U0139639

Arthur Conan Doyle

THE ADVENTURES OF SHERLOCK HOLMES

THE ADVENTURES OF SHERLOCK HOLMES

福尔摩斯探案集

全彩珍藏版

[英]阿瑟·柯南·道尔 / 著

高格 / 译

中国华侨出版社

北 京

阿瑟·柯南·道尔像

    阿瑟·柯南·道尔（1859—1930），英国小说家。1859 年 5 月 22 日出生于爱丁堡，1885 年获爱丁堡大学医学博士学位，而后至 1891 年一直行医。1885 年起，柯南·道尔开始创作侦探小说《血字的研究》，并于 1887 年发表在《比顿圣诞年刊》上。1890 年，柯南·道尔出版其第二部小说《四个签名》，借此一举成名。次年，他弃医从文，专事侦探小说的创作，陆续出版了系列福尔摩斯侦探小说《波希米亚丑闻》《红发会》《身份案》《博斯坎比谷奇案》《五颗橘核》《巴斯克维尔的猎犬》等，不仅使其中的主人公福尔摩斯成为家喻户晓、受人崇拜的英雄人物，更使侦探小说继爱伦·坡之后发展至巅峰。由此可说，柯南·道尔是侦探小说的发扬光大者。在柯南·道尔逝世之前，他将其侦探小说结集出版。1902 年，柯南·道尔被封为爵士。1917 年以后，他开始从事世界性的神秘主义改革运动。1930 年 7 月 7 日，柯南·道尔逝于英国苏塞克斯的克罗伯勒。

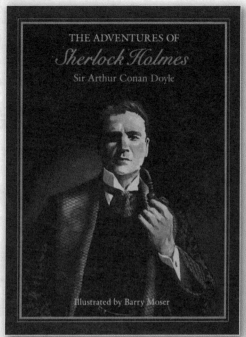

《福尔摩斯探案集》封面

　　《福尔摩斯探案集》是世界侦探小说的集大成之作，讲述了神探福尔摩斯及其助手华生依靠逻辑分析推理手段侦破系列悬案的故事，内容涉及英国社会各个阶层及人物，情节跌宕起伏、曲折迷离，富有神秘感。整部小说思维缜密、布局奇诡，成为当时侦探小说的高峰。作品出版后，深受读者喜爱，一版再版，并被翻译成各种语言发行于世界各地。

福尔摩斯漫画像

　　柯南·道尔笔下的福尔摩斯是一个机警、敏捷、思考严密、细致入微的侦探形象。他疾恶如仇，具有高度的责任感和使命感，对于案件的侦察十分仔细，并善于运用心理学和逻辑学，把人物心理活动与证据材料密切联系起来，进行周密的逻辑推理，梳理案情的脉络，最后作出判断。鉴于福尔摩斯的巨大影响力，英国皇家化学学会于 2002 年宣布，追认福尔摩斯为荣誉会员，这项荣誉以往只颁发给诺贝尔奖获得者或杰出学者和工业家。

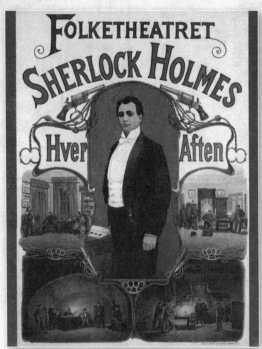

有关侦探福尔摩斯的电影海报

　　自1887年在《血字的研究》中首次亮相以来，福尔摩斯凭借严密的逻辑推理，以及在《四个签名》《红发会》《身份案》等系列小说中的勇敢表现，成为私家侦探的代名词，并成为众多电影导演创作的素材，至今有关福尔摩斯的电影已拍摄了许多，其中以拉斯伯恩扮演的福尔摩斯形象最为经典。以上两图为不同时期侦探福尔摩斯的电影海报。

有关福尔摩斯的游戏画面

　　柯南·道尔的小说以其卓越的逻辑推理深受广大读者喜爱，而据其改编的冒险游戏更是赢得众多电脑玩家的青睐，在游戏中，玩家自己充当福尔摩斯，可以依据现场中遗留的蛛丝马迹来推理断案，是一个融智慧与勇气于一体的娱乐性游戏。

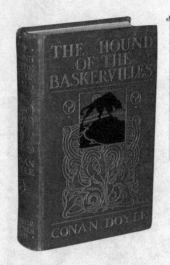

《巴斯克维尔的猎犬》封面

　　在 1893 年的一段时间里，柯南·道尔决定停止侦探小说的创作，于是在《最后一案》中让福尔摩斯溺毙于瑞士的莱辛巴赫瀑布，但由于公众的强烈要求，柯南·道尔只好让福尔摩斯在 1902 年刊登于《海滨杂志》上的《巴斯克维尔的猎犬》中"复活"，并创作了更多的侦探小说。该小说将人对财富的贪欲和费尽心机图谋占有的阴险毒辣手段，写得淋漓尽致，使小说具有社会学的意义。

《比顿圣诞年刊》封面

　　《血字的研究》创作于 1885 年，1887 年沃德以 25 英镑将其版权买断，并连续刊登在《比顿圣诞年刊》及美国《利平科特杂志》上。它的发表使柯南·道尔声名大振，福尔摩斯和侦探小说也正式步入世界文学的高雅殿堂。此图为 1887 年版的《比顿圣诞年刊》封面，上以《血字的研究》作为大标题。

柯南·道尔 1923 年与他的妻儿在车站月台上的留影

福尔摩斯博物馆及内景

　　该博物馆位于贝克街221号，离大英博物馆非常近，这所房子建于1815年，在柯南·道尔笔下，福尔摩斯于1881—1902年住于此。为了纪念这位作品中的人物，1990年，人们建立了这个在世界上独一无二的博物馆。馆内摆放着许多书籍、桌椅以及作品中福尔摩斯用过的烟斗、放大镜和衣帽等物品。据说柯南·道尔在创作时，很大程度上借鉴了这一实际场景，所以，博物馆的结构与小说中的介绍别无二致。

柯南·道尔酒吧

　　该酒吧位于柯南·道尔的家乡爱丁堡市，内部设置十分讲究，许多慕名而来的游客都会在这儿喝上一杯地道的威士忌。在现当代文学史上，柯南·道尔可谓开创了侦探小说的黄金时代，他所塑造的"福尔摩斯"和"华生"形象，以及他的文笔、天才的构思与推理的创新手法，影响了无数后来的侦探小说家。自1887年发表《血字的研究》以来，他一生共创作过70余篇中短篇侦探小说，这些小说在他去世前一两年被整理归类，分短篇和长篇两卷在英国出版，总书名为《福尔摩斯探案集》。

PREFACE · 前言

　　说到侦探小说，人们首先想到的多半会是 100 多年来风靡全球的"福尔摩斯探案"系列小说。那位总是叼着烟斗、手拿拐杖、有着鹰钩鼻子和锐利双眸，同时又机智勇敢、疾恶如仇、具有高度责任感和使命感的私人侦探夏洛克·福尔摩斯可谓家喻户晓，早已深入人心，他不仅成为全世界人民心中名侦探的最佳代名词和受人崇拜的英雄，还使英国知名的皇家化学学会第一次将"荣誉研究员"的称号授予了这位小说中的虚构人物。而小说中提到的福尔摩斯位于英国伦敦贝克街 221 号 B 的住宅，在今天已被建成福尔摩斯博物馆，每天都有络绎不绝的、来自世界各地的福尔摩斯侦探迷们前去拜访参观。

　　那么，提到这位有如此巨大影响力的人物，就不得不说说他的创造者阿瑟·柯南·道尔。

　　阿瑟·柯南·道尔（1859—1930），英国著名侦探小说家、剧作家。出生于苏格兰爱丁堡附近的皮卡地普拉斯，父亲是当地政府的一名公务员，与几位叔叔都颇具绘画才能，这对儿时的柯南·道尔影响很深。自小聪颖的柯南·道尔先在教会学校学习，后考入英国最古老的大学——爱丁堡大学攻读医学，并于 1885 年获得医学博士学位。此后，柯南·道尔开设了一家私人诊所，但生意平平。有趣的是，这位毕业于名牌大学的医学博士却对文学情有独钟。1887 年，英国《比顿圣诞年刊》采用了他 27 岁时为《康希尔》杂志所写的第一部侦探小说《血字的研究》，柯南·道尔由此崭露头角。1890 年，他的第二部侦探小说《四个签名》问世，一经出版即引起轰动，柯南·道尔由此一举成名。次年，声名大振的医学博士即决定弃医从文，从此开始了其显赫的侦探小说创作生涯。1893 年，柯南·道尔把最后创作的 12 篇短篇小说汇集成《回忆录》出版，然后决定辍笔，让福尔摩斯在《最后一案》中意外死去，打算从此结束侦探小说的创作。意想不到的是，这一做法引起了广大英国读

1

者的愤怒和指责，他们不能容忍如此令人喜爱的大侦探就此从人们的视野中消失。对此，柯南·道尔惊喜交集，于是又连续创作了《巴斯克维尔的猎犬》《空屋历险记》《归来记》《恐怖谷》《新探案》等探案故事，以安慰殷切期盼的读者。

柯南·道尔虽然也创作过传奇小说和剧本，但最受人们欢迎的还是他的侦探小说。他一生中共创作了70余篇中短篇侦探小说，其中心人物都是神探福尔摩斯和其绝佳的搭档华生医生。就影响而言，柯南·道尔几乎可以与莎士比亚、狄更斯等人媲美。更为重要的是，在继承了美国侦探小说鼻祖埃德加·爱伦·坡、英国小说家威尔基·柯林斯，以及法国小说家埃米尔·伽波里奥侦探小说的优秀传统后，柯南·道尔首次让侦探小说步入了世界文学的高雅殿堂，使侦探小说成为与诗歌一样的独立文学类别而备受世人瞩目。而《福尔摩斯探案集》则成为世界上最伟大和最畅销的文学作品之一，开辟了侦探小说历史的"黄金时代"，被推理迷们称为"推理小说中的《圣经》"。英国著名小说家毛姆说："和柯南·道尔所写的《福尔摩斯探案集》相比，没有任何侦探小说曾享有那么大的声誉。"柯南·道尔也因此被誉为"英国侦探小说之父"，成为世界畅销书作家之一。

时至今日，这套作品依旧受到人们的热烈欢迎，应归功于其历久弥新的特色。总体而言，"福尔摩斯探案"系列小说具有以下几个鲜明特点：（一）谋篇布局，独具匠心。"福尔摩斯探案"系列结构都很紧凑，布局谋篇以奇诡见长。虽然福尔摩斯侦破的每件案件都具有一定的偶然性——这一点在柯南·道尔后期的作品中尤其突出，但读者往往对结局却并不感到意外，因为福尔摩斯的破案法宝总是其所擅长的逻辑推理。（二）情节跌宕，悬念迭起。柯南·道尔在设计案情时，特别注重情节的复杂性与可信度。一个重要的手法就是设计连环案或案中案。案件的发展往往是出人意料，一个悬念未解，另一个悬念又接踵而来，而案件的侦破也往往是在悬念迭起的高潮中成就的。（三）语言洗练，简单易懂。柯南·道尔的语言凝练、易懂，常用对话，这可能与小说的读者群定位有关。毕竟这些小说当时针对的是所谓的普通大众，再加上杂志连载的篇幅有限，因而客观上也要求小说必须在语言上简单质朴、情节上引人入胜。（四）叙事手法精妙，视角独特。"福尔摩斯探案"系列就叙事手法而言可谓自成一家：除个别作品采用第三人称叙述或福尔摩斯自述外，其余的叙述者都是"我"，即华生医生。他不但是夏洛克·福尔摩斯的助手，同时也是所有案件侦破的旁观者、参与人及记录者，可谓身兼四职。实际上，最早的《血字的研究》第一部的副标题就是"前陆军军医部医学博士约翰·H. 华生回忆录"。叙述视角的偶尔变换也给叙事增添了一抹亮色，也为福尔摩斯后来的变调自述埋下了伏笔。凡此种种，为福尔摩斯日后风靡世界奠定了优秀的文学基础。

从20世纪30年代起，世界各国相继出版了《福尔摩斯探案集》，有的是全集，有的是精选。仅在中国，从20世纪80年代至今的30多年中，就有几十家出版社翻译出版了这套作品，总印数超过了2000万册。与此同时，福尔摩斯也从书本走向了世界影视的大舞台，他神奇的破案故事影响了一代又一代人，至今仍为人们津津乐道。在现当代文学史上，柯南·道尔侦探小说的艺术技巧，他的天才构思与推理的创新手法，他所塑造的"福尔摩斯"和"华生医生"，影响了无数后辈的侦探小说家，对后来侦探小说的发展产生了巨大而深远的影响。

本次出版的《福尔摩斯探案集·全彩珍藏版》收录了作者1893年辍笔前的经典作品，包括《血字的研究》《四个签名》和《回忆录》，每个作品都布局巧妙、情节跌宕，令读者难以释卷。现在，就让我们跟随大侦探福尔摩斯的脚步，开始一段神秘离奇、惊心动魄的冒险之旅吧！

CONTENTS · 目录

血字的研究

第一章　夏洛克·福尔摩斯先生 3

第二章　演绎法 10

第三章　劳瑞斯顿花园街的惨案 20

第四章　约翰·兰斯的陈述 30

第五章　广告引来的访客 37

第六章　托拜厄斯·葛莱森的重大发现 44

第七章　一线希望 53

第八章　荒漠里的流浪者 61

第九章　犹他之花 69

第十章　约翰·费瑞尔与先知的交谈 76

第十一章　逃命 81

第十二章　复仇天使 89

第十三章　华生医生的回忆录 97

第十四章　尾声 107

四个签名

第一章 演绎法的研究 115

第二章 案情的陈述 122

第三章 寻求解答 127

第四章 秃头人的故事 131

第五章 樱池别墅的悲剧 140

第六章 福尔摩斯的论证 147

第七章 木桶的插曲 155

第八章 贝克街的侦缉小分队 165

第九章 线索中断 174

第十章 罪犯的末日 183

第十一章 阿格拉宝物 191

第十二章 乔纳森·斯摩的奇异故事 196

回忆录

银色白额马 216

假面之谜 238

证券交易所的书记员 255

"格洛里亚斯科特"号帆船 271

马斯格雷夫家族的仪典 287

赖盖特村之谜 302

驼　者 318

住院病人 333

希腊译员 350

海军协定 366

最后一案 395

血字的研究

第一章
夏洛克·福尔摩斯先生

1878 年，我在伦敦大学取得医学博士学位之后，按照规定，去奈特利学习陆军外科医生的必修课程。奈特利的课程刚一结束，我就被分派到诺桑伯兰，做第五火枪军团的外科军医助理。这个火枪军团当时还在印度驻扎着。我还在赶往部队的途中时，第二次阿富汗战争就开始了。我从孟买上岸后，听说我所在的那个军团早已越过隘口，挺进敌军境内了。但我还是和一群同样没赶上部队的军官追了上去，顺利抵达坎大哈。在那儿，我找到了自己所属的那个军团，立刻开展起我的新工作。

那次战争让很多人获得了荣誉和升迁，可是，留给我的却只有不幸与灾难。后来，我被转调到伯克郡旅，跟着那个旅参加了那场激烈的、决战生死的迈旺德战役。我就是在那次战役中受的伤。一颗滑膛枪子弹射中了我的肩膀，把我的肩胛骨都打碎了，还擦伤了锁骨下的大动脉。如果不是我那个忠实而英勇的勤务兵——莫瑞救了我，把我放到马背上顺利地驮回英国阵地，我肯定会落入那些凶残的敌人的手里。

疼痛把我折磨得瘦骨嶙峋。经过长途辗转，愈加虚弱不堪的我终于和那一大批伤员一起被运送到了波舒尔后方医院。在医院里，我的身体有了很大的好转，但是，就在我刚刚可以下床稍微走动，甚至能到外面的走廊上晒会儿太阳的时候，我又非常倒霉地染上了印度属地的瘟症——伤寒。我一下子昏迷了好几个月，生命岌岌可危，不过，到最后我还是清醒了，慢慢好转起来。可是这次伤寒好了以后，我的身体变得异常虚弱，

图为伦敦贝克街221B。福尔摩斯他们所居住的221B是很有名的，但当时贝克街是从东侧由南到北有1号至42号、西侧由北到南是44号至85号，并不存在221号。221B只是作者柯南·道尔制造出来的虚幻的地方。

憔悴不堪。所以，几个医生会诊以后，决定马上送我回英国去，一刻都不能耽搁。因此，我就乘坐着运兵船"奥仑帝兹"号被遣送回英国。经过一个月的航行，我终于在朴次茅斯码头登陆了。当时我的身体真是糟透了，几乎到了无法恢复的程度。不过，仁慈的政府给我放了9个月的假，让我调养身体。

在英国，我没有一个亲友，所以就自由得如空气一般，再加上每天还有11先令6便士的收入，日子倒过得逍遥自在。这样的生活，让我很快就被伦敦城那个大染缸腐蚀了。英国所有游手好闲的人，还有懒汉们全都在这个城市里聚集着。刚开始，我住在河滨路的一家旅馆，过了一段无聊而又非常不舒适的生活，每次拿到钱以后，还没捂热就花完了，严重超出了我的支付能力，所以，我的经济境况变得愈加紧张起来。我很快就意识到一个问题：我要么从这个大城市搬到乡下去住，要么彻底改变眼下的这种生活方式。我选择了后者，决定离开这家旅馆，找个不算奢侈的住处，花费也能小一些。

作出这个决定的当天，我站在科瑞帝安酒吧门口的时候，突然有人在我的肩膀上拍了一下。我扭头一看，竟然是小斯坦福。在巴茨的时候，他是我的助手之一。在伦敦城这茫茫人海中，竟然能遇到熟人，对于我这个孤单的人而言，真的是一件值得庆贺的事儿。在巴茨的时候，斯坦福跟我根本就算不上要好，可是如今我居然激动地跟他聊了起来。他看见我，好像也颇为兴奋。欣喜之下，我就邀请他去霍本餐厅吃中饭。然后，我们就一起乘车前往。

"华生，你最近忙什么呢？"马车滚滚地穿行在伦敦那喧闹的街道时，他非常不解地问我，"看你瘦得就剩一把骨头了。"

我简单地给他讲诉着我的危险遭遇，我的经历还没讲完，就已经到地方了。

"好可怜啊！"听完我的不幸境况之后，他表现出深深的同情，"那你现在有什么打算啊？"

"我准备再找个住的地方，"我说，"想租几间价钱便宜、住着又舒服的房子，这个事情不知道好不好办。"

"真是太巧了，"我那个同伴说，"今天，你已经是第二个跟我这么说的人了。"

"第一个是谁呀？"我问。

"在医院化验室工作的一个人。他今天早上还发愁叹气呢，他找了好几间很不错的房子，就是租金太高了，他一个人支付不起，可又找不到合租人。"

"上帝呀，"我叫出了声，"要是他真想找合租人的话，我倒是挺合适，我也很愿意。我感觉有人做伴总比一个人住好得多。"

斯坦福从酒杯上方盯着我，露出一副很吃惊的表情。"你应该还没听说过夏洛克·福尔摩斯，"他说，"否则，你或许不会愿意跟他长期相处的。"

"怎么了，他有什么不对劲的地方吗？"

"哦，我不是说他有哪里不对劲。只是他的思想有些奇怪——对于某些科学研究，他有些痴迷甚至是狂热。但话又说回来，他这个人确实非常正派。"

"那他是学医的吧？"我问。

"不是，没有人知道他整天到底在钻研些什么。但我知道，解剖学是他的专长，他还是个一流的药剂师。可是，据我所知，他压根儿就没有系统地学过医学。他研究的那些东西又杂又乱，根本不成体系，还非常离谱。不过，他积累的那些离奇古怪的知识，让他的教授也不得不佩服。"

"他的本行到底是什么，难道你就没问过他吗？"

"没有。他这个人，尽管高兴起来也会说个不停，但却很少说心里话。"

"我倒很想会会他，"我说，"假如让我找合租人的话，我倒愿意找个喜欢学习、又很安静的人。我这身体现在还很虚弱，经不起吵闹与刺激。那种滋味，我已经在阿富汗受够了，这辈子再不愿被折磨了。我什么时候能跟你这位朋友见个面啊？"

"他这会儿肯定还在化验室呢，"斯坦福说，"他有时候好几个礼拜都不去，去了就在里面待一整天。要是你不介意的话，我们吃过饭就一起坐车去吧。"

"太好了！"我说。然后，我们就聊到其他话题上去了。

我们从霍本出来，在去医院的路上，斯坦福又详细地跟我说了一些有关那位先生的事情。

"你要是跟他相处不好的话，可不能怨我啊。我也是一次偶然的机会，在化验室里遇到他的，他的情况只知道一点点，具体的我也不清楚。反正是你自己愿意这么做的，我不用负什么责任。"

"要是处不下去，分开不就行了嘛，"我盯着我这位同伴，接着说，"斯坦福，我怎么觉得这件事你好像打算撒手不管了，这中间肯定有事儿。是不是那个人真的非常古怪，或者是有什么其他原因啊？别这样拐弯抹角的。"

"要想用语言把那些无法描述的事情准确地表达出来简直是太难了，"斯坦福笑着说道，"我就是觉得福尔摩斯那个人对科学过于苛求了，甚至有点走火入魔。记得有一次，他拿了点刚提炼出来的植物碱让他的朋友尝。你知道，他没有一点恶意，只是本着一种钻研的态度，想弄清楚那种药物的各种效果而已。说实话，我觉得他肯定也会拿自己做这种实验的。他对于知识的科学性有着狂热的渴望。"

"有那样的精神也没什么错呀。"

"是没错，但确实有些过分。他甚至还拿着棍子在解剖室鞭打尸体呢，这总该算很离谱的事情吧。"

"鞭打尸体？"

"是的，他就是想看看，人死了之后，尸体上还会不会留下伤痕。他鞭打尸体的时候，我可是亲眼看见的。"

"你不是说他不是学医的吗？"

"他确实不是学医的。谁知道他都在研究些什么东西。到地方了，他究竟是怎样的人，你还是自己看吧。"他说。我们下了马车，拐进一条很窄的巷子里，穿过一个小侧门，走进一家大医院的配楼。这种地方，我是非常熟悉的，根本就不用带路。我们踏上白石台阶，穿过一条走廊。走廊两侧的墙壁都刷得雪白，还有很多深褐色的小门。走廊的尽头处有一条矮矮的直通化验室的拱形过道。

化验室那个房间很大，瓶子杂乱无章地放得到处都是。随意摆放着几张又宽又矮的桌子，桌子上面有很多蒸馏瓶子、试管，还有一些跳动着蓝色火焰的小本生灯。他独自一人坐在离门口较远的一张桌子前，趴在那儿全神贯注地做着实验。听见我们的脚步声时，他扭头看了我们一眼，然后兴奋地蹦了起来，冲着我的同伴斯坦福大声喊道："我成功了！我找到了！"他手里拿了一根试管跑向我们，"我找到一种只能与血红蛋白发生沉淀反应的试剂。"就算他发现一座金矿，也不一定有现在这样的激动和高兴。

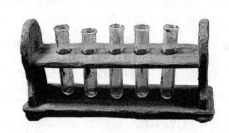

图为化学器皿。福尔摩斯精通化学，经常自己做各种实验。在华生第一次与福尔摩斯见面的时候，福尔摩斯正在试验一种鉴别血液的新方法。

"华生医生，福尔摩斯先生。"斯坦福为我俩介绍道。

"您好！"福尔摩斯一边热情地跟我问好，一面用力地握着我的手。我真是无法相信他的力气竟有这么大。

"我敢说，您肯定在阿富汗待过。"

"您咋知道呀？"我很惊讶地问。

"这不算什么，"他笑了一下，"我们

"我敢说，您肯定在阿富汗待过。"
"您咋知道呀？"我很惊讶地问。

眼下说的是有关血红蛋白的事情。我敢说，您肯定已经明白我这项发现的重大价值了吧？"

"单从化学理论的角度说，这个发现毫无疑问是非常有意义的，"我说，"不过，至于实用方面……"

"我说，先生，这可是最近几年实用法医学上最重要的发现了。分辨血迹的时候，这种试剂可以保证我们万无一失，难道您没看出来吗？请跟我到这边来！"他着急地扯着我的衣袖，拉我到他原先做实验的那张桌子旁边。"我们先搞点鲜血，"他一边说，一边拿起一根长针朝自己的手指扎去，然后把那滴血吸进吸管里。

"现在，我要把这点鲜血滴到一公升的水里去。您看，这一公升滴有鲜血的混合液跟清水差不多，血液在里边的比例还不到百万分之一。即便这样，我也敢说绝对会发生明显的反应。"他边说边往混合液中放了几颗白色晶体，接着又加了几滴透明液体。没过一会，那混合液中就出现了暗红色，有几颗棕色的颗粒慢慢沉到了瓶底。

"哈哈！"他像小孩子得到新玩具一样开心地拍着手，高兴地叫道，"您觉得怎么样啊？"

"这个实验看起来确实够精密的。"我说。

"太好了！真是好极了！以前检测时，经常用愈创木树脂，操作起来很不方便，得出的结论也不够准确。就算是用显微镜观察血球，效果也不是很理想，假如血迹干的时间过长，就算用显微镜，也检验不出什么结果。现在看来，不管血迹是否新鲜，这种试剂都能产生作用。要是能早点发现这种试剂的话，世上就不会有那么逃脱法律制裁，现在还逍遥法外的犯罪分子了。"

"的确如此！"我喃喃地说。

"这一点，对于很多刑事犯罪案件来说，都是非常重要的。很多时候，可能罪行都发生好几个月了，才找出来一个犯罪嫌疑人。就算在他的衬衣或其他物品上面发现有深褐色的斑点，可是，那些斑点到底是血迹，还是泥污、铁锈、果汁痕迹之类的，或者是别的什么东西。这个问题让很多法医专家头痛不已，可究竟是为什么呢？原因就是还没找到一种准确可信的检测方法。现在问题解决了，我们有夏洛克·福尔摩斯的这种检测手段了，将来就不会再遇到这样的困难了。"

他两眼放光地说着。讲完之后还一只手按着胸口，鞠了个躬，感觉就像在对无数个假想出来的、正在鼓掌的观众致谢一样。

"恭喜恭喜。"我只好向他表示祝贺。他那激动的模样让我非常惊讶。

"假如早点发现这个检测方法的话，去年发生在法兰克福的冯·彼斯夫的那个案件，肯定会判他死刑，绞死他的。还有布拉德福德的梅森、臭名远扬的莫雷、蒙彼利埃的罗菲尔、新奥尔良的塞姆森都该受到制裁。运用这种检测方法能够破获的案件，我现在就能列出来20多个。"

"你简直就是一部犯罪案件的活字典，"斯坦福大笑着说，"你应该搞一个这样的专刊，刊名就叫'警务旧闻'。"

"这样的刊物看着肯定非常有意思，"福尔摩斯一边用橡皮膏贴刚刚被扎破的手指，一边说，"我必须得谨慎点，"他扭过头对我笑了笑，接着说道，"因为我平时接触的这些东西好多都有毒。"他说着就把手伸给我看。他的手几乎已经被大小相等的橡皮膏贴满了，而且，经常被强酸腐蚀，手的颜色都变了。

"我们来找你，是想跟你说个事儿，"斯坦福说着就在一只三条腿的高脚凳上坐了下来，还用脚挪了另一只凳子给我，接着说道，"我这个朋友想找个住的地方，你不是正愁着找不到合租人嘛，我就想着介绍你俩认识一下。"

福尔摩斯听说我想跟他合租房子，看起来非常高兴。"我在贝克街上看中了一套小公寓，"他说，"正好适合俩人住。希望你不讨厌强烈的烟草味。"

"我就一直抽船牌香烟。"我说。

"那敢情好。我经常接触化学药品，有时候也做个试验，你不会介意吧？"

"当然不会。"

"再让我想想——我还有没有其他缺点。我情绪不佳的时候，会连着好几天不说话。到时候，请你不要觉得我在生气，也不用搭理我，过一段时间就没事儿了。你有什么不好的地方要说说吗？俩人住在一起之前，最好还是先彼此说一下自己的缺点。"

看他这么一本正经的，我不由笑了起来。"我有一只小公犬，"我说，"我的神经受过刺激，受不了吵闹。每天起床的时间很不固定，还特别懒。我身强力壮的时候，还有些别的坏毛病，不过眼下的缺点主要就这些。"

"那你所谓的吵闹里边包括拉提琴吗？"他有些紧张地问。

"那得看拉提琴人的水平了，"我回答说，"如果拉得好的话，就是一种高雅的享受，如果拉得不好……"

"哦，那就没事儿了，"福尔摩斯笑着说道，"你要是能看中那套小公寓的话，我觉得我们就可以把这件事定下来了。"

"什么时候能去看看房子呀？"

"你明天中午来这里找我，我们一起去，然后把所有的事情都定下来。"他说。

"那好，明天中午准时见。"我跟他握手道别。

我们离开时，他又忙着做试验去了。斯坦福和我一起朝我现在住的那家旅馆走去。

"对了，我问你啊，"我突然停下来转向斯坦福说，"太奇怪了，他是怎么知道我在阿富汗待过的？"

同伴诡异地冲我笑了笑。"这正是他异于常人的地方，"他说，"很多人都想弄清楚他到底是咋看出来的。"

"哦，这岂不是很神秘吗？"我来回搓着双手说道，"还真挺有意思的。非常感谢你介绍我俩认识。你知道，'要想研究人类，最好的方法还是从具体某个人入手'。"

"那就是说，你准备好好研究他了，"斯坦福跟我道别时说道，"不过，你很快就会知道，他这个人几乎没法研究。我敢说，他了解你比你研究他要高明多了。再见！"

"再见！"我跟他告别。然后朝我住的旅馆走去，心里对刚刚认识的这位朋友非常好奇。

第二章
演绎法

第二天，我在约定的时间跟福尔摩斯见了面。见面之后，我们就去贝克街看他提到的那套小公寓。那套公寓共有两间舒服的卧室，一个客厅不仅宽敞，而且通风也好；房间里的装修让人感觉很舒服；两扇窗户又宽又大，敞亮的房间，采光很好。不管从哪个角度说，那套公寓都很让人满意。如果我们合租的话，租金也就非常划算了。所以，我们当场决定把房子租下来。当天晚上，我就收拾好自己的行李，搬出旅馆住了进去。

第二天早上，福尔摩斯也紧跟着搬过来几只箱子，还有几个旅行包。我俩打开行李，归置各种东西，连着忙活了两天才整理得差不多。我们安顿下来后，慢慢地适应这个全新的环境。

图为19世纪时的一款注射器。福尔摩斯有时使用致瘾性药物，如可卡因和吗啡等，他认为使用可卡因会兴奋大脑，因此他常常使用可卡因，用个人注射器为自己注射。在那个时代这些药物的使用是合法的。

事实上，福尔摩斯并不是一个很难相处的人。他很安静，生活也非常有规律，每天晚上坚持10点之前上床睡觉。早上，我还没起床，他就已经吃完早饭出去了。他有时候会在化验室或解剖室里整整待上一天，间或也会徒步去特别远的地方，去的通常都是伦敦城的贫民窟之类的地方。当他热衷于工作的时候，他那股不怕累的劲头和精力是无人能及的；不过，他也经常会有另一个极端的表现，就是整天在客厅的沙发上躺着，一整天几乎一句话不说，甚至连动都不动一下。每次他这个样子的时候，我总能从他的眼神里看到一丝飘忽不定和失落。要不是我看他平时的生活那么严谨，那么有节制，我简直要怀疑他是不是对服用麻醉剂有瘾。

几个礼拜之后，我对他这个人的兴趣，还有对他的生活目标的好奇与日俱增。其实，仅凭他的长相和外表就能引起旁人的注意。6英尺高的个子，因为太瘦看起来格外的高；抛开他怅然若失的样子不说，他的目光总是那么犀利；鹰钩鼻子又细又长，让他整个人看起来机警而果断；方正的下巴有些突出，这表明他这个人很有毅力。他那双手，虽然经常被墨水或化学药品弄得斑斑点点的，不过，摆弄起那些精致易碎的化验仪器时，动作可是相当娴熟和灵巧。我经常在一边观察他。

假如我直言自己对福尔摩斯有极强的好奇心，而且我一直在尝试着攻破他对自己的事情保持绝对缄默的壁垒，那读者可能就要把我当成一个无药可救的好事鬼了。可是，在你下结论之前，不妨再想一个问题：我当时的生活是那么的空虚和无趣，在那样的日子里，我所能关注的事情真的极其贫乏。我当时的身子骨，只有在天气特别晴朗的时候，才能稍微去外面转转；再加上，平时几乎没有朋友来看望我，来打破我这寂寞的生活。在各种因素的影响下，自然而然地我就把所有的注意力都放在了经常陪伴着我的这个同伴身上，他身上的秘密激发了我极大的兴趣，我的大部分时间花到了怎样揭穿他的秘密上面。

他的确不是在钻研医学，斯坦福所说的这一点，在他回答我的一个问题时得到了证实。他所做的实验和研究，不像是为了取得科学学位证书，也不像为了跻身学术界。可是，他对某些问题研究的那股热情却令人叹服，而且，就算是一些冷僻的领域，他也能说得有理有据，经常语出惊人。按照常理，一个人假如不是为了达到自己的目的，不可能工作得如此勤奋，只是为了寻求知识的精密与准确。因为那些毫无目标、随意阅读的人，很难获得精确的知识。如果没有充足的理由或者明确的目的，绝对没人肯把精力花费在过多的细枝末节上面。

跟他某些方面的知识非常丰富一样，他无知的那面一样让人吃惊。对于现代文学、哲学和政治，他几乎一窍不通。当我引用托马斯·卡莱尔 ① 文章里的话时，他傻乎乎地问我卡莱尔究竟是何许人也，他是干什么的。最不可思议的是，我无意中发现关于哥白尼学说和太阳系的构成，他竟然一点都不知道。这可是19世纪啊，知识如此丰富的一个人，竟然连地球绕着太阳转这么简单的道理都不知道，这件事简直让人难以相信。

---

① 苏格兰的历史学家、散文家，著作有《法国革命》《论英雄、英雄崇拜和功绩》等。

"你看起来很吃惊啊，"他看见我那吃惊的表情，不由地笑着说道，"就算我知道这些知识，我也会尽可能忘掉的。"

"忘掉？"

"你应该知道，"他解释说，"我觉得人的大脑就好比一个空的阁楼，往里面添置家具的时候，得是有选择性的。不管遇到什么，对自己有用没用的东西一股脑儿全都往里装，那这个人肯定是个傻瓜。要是东西装得太多，对他有用的那些知识就可能会被挤出来；就算勉强留在里面，顶多也是跟一些乱七八糟的东西混淆在一块儿。所以，他想用的时候就会觉得非常困难。因此，那些会工作的人，往自己那个阁楼一样的大脑中装东西的时候，都会非常谨慎认真地选择一番。除了自己工作时会用到的那些工具之外，其他的他什么都不要；而且，装进去的那些工具还摆放得井井有条。那种认为阁楼的四壁是富有弹性的、能随意伸缩的想法是绝对错误的。相信我，假如某个时间你的知识突然增加了，你之前熟悉的那些东西就可能被忘掉。这一点，非常重要，所以绝不能让那些对自己没用的知识把有用的给挤出来。"

"但是，这可是有关太阳系的常识啊！"我争辩道。

"这个跟我有关系吗？"他把我的话打断了，看起来有些不耐烦，"你说我们都是围着太阳转的，但是，就算我们是围着月亮转，这个问题对我、对我的工作而言，又有什么意义呢？"

就在我准备问他他研究和工作的目的到底是什么的时候，他的态度告诉我，我的问题可能会惹他不高兴。所以，我就把刚才那简短的谈话思量了一番，努力地想从那段谈话中得出一些有价值的结论。他说与他的研究无关的知识他都不会在意和关注，那么，他所拥有的知识肯定就是对他非常有用的了。我在脑海中一样一样地考虑着，罗列着他所擅长的学科，然后又拿铅笔把这些东西写了出来。写出来以后，我自己都忍不住笑了起来。竟然是这个样子的：

福尔摩斯的知识范围清单

1．文学知识——无；

2．哲学知识——无；

3．天文知识——无；

4．政治知识——浅薄；

5．植物学知识——有限，他对莨菪和鸦片非常熟悉，对毒品的了解一般，但实用园艺知识几乎为零；

6. 地质学知识——片面，只注重实用，他能一眼辨认出各种不同的土质。他散步回来的时候，让我看过他裤管上的泥污，他根据泥污的颜色和干硬的程度告诉我那些泥点分别是在伦敦的什么地方溅上的；

7. 化学知识——精湛而博深；

8. 解剖知识——精确，但不成系统；

9. 惊险文献知识——丰富，他几乎知晓近一个世纪发生过的所有的恐怖事件；

10. 提琴拉得很不错；

11. 善于使用棍棒，也擅长刀剑和拳术；

12. 有足够的实用性很强的英国法律知识。

把这些写出来以后，我感觉非常失望，全都扔到火里去了。"就算我把这些本领全都联系在一起，然后去寻求看哪个行业是需要所有这些本领的，也不一定能搞明白这位仁兄到底在做些什么，"我自言自语道，"那我最好还是立刻放弃这样的尝试。"

我刚才在前边提到了他拉小提琴的本领。他的小提琴拉得非常棒，不过，跟他别的本事一样，也有一些让人费解的地方。我很清楚他会拉不少曲子，而且还都是比较有难度的。因为在我的软磨硬泡之下，他给我拉过几首门德尔松的抒情曲，还有一些他自己喜欢的曲子。但是，他一个人的时候，很少能拉出一些像样的乐曲或大家熟知的旋律。黄昏时分，他坐靠在扶手椅里闭目养神，随手拨弄着横放在膝盖上的小提琴。琴声时而激昂忧郁，时而古灵欢畅。很明显，琴声都是他当时某种情绪的一种反映，可我无从知道，那些乐调到底是他某种情绪的宣泄，还是一时兴之所至的任意拨弄。他那些嘈杂刺耳的独奏，让我觉得很不舒服；要不是他为了补偿对我忍耐力的考验，经常在独奏之后连着拉上几首我所喜欢的曲子，我肯定会暴跳起来提出抗议的。

前两个礼拜，没人来拜访过我们。我还以为这位同伴也跟我一样，孤孤单单的没有朋友呢。但是，没多久，我就知道他认识的人很多，而且来自各个截然不同的社会阶层。其中有一个面色蜡黄的人，獐头鼠目的，眼睛特别黑。福尔摩斯告诉我说，他是雷斯垂

图为福尔摩斯博物馆，小说中福尔摩斯和华生医生于1881—1904年居住在这里。现实中，贝克街原本是没有221B的，由于福尔摩斯的名气和仰慕者的需要，英国政府特意设立了这个门牌。1990年在此成立了福尔摩斯博物馆，馆内的布置摆设都以小说中提及的情节为准。

德先生。那个人每个礼拜都会来个三四次。有一天早晨，来了个非常时髦的年轻姑娘，坐了半个多小时就走了。同一天下午，又来了一位客人，灰白的头发，穿着破烂的衣服，样子很像一个犹太小贩，他看上去心神不定，身后还跟了个老妇人，踽踽而行的。还有一次，有个白发绅士来和我的同伴会谈；此外，还有个身穿棉绒制服的车站的服务生来找过他。每次有稀奇古怪的不速之客出现时，夏洛克·福尔摩斯都会恳求我把客厅让给他，我不得不回到自己的卧室里待着。就因为给我带来的诸多不便，他经常给我道歉。他说："我只能把这间客厅当成自己的办公室了，那些都是我的顾客。"这样，我终于又找到了一个直接向他提问的好机会，可是，为了慎重起见，我也没有勉强他对我吐露实情。我当时的想法是，他不愿意谈论自己的职业，肯定有自己的理由。不过，没多久他自己就主动地提到了这个问题，与我之前的想法大相径庭。

我清楚地记得，那天是 3 月 4 号，我起床比往日早了一点。福尔摩斯还在吃早饭，房东太太一直都知道我有睡懒觉的习惯，所以桌子上根本就没有安排我的位置，也没准备我那份咖啡。我突然就莫名地有些恼火，立刻摁铃，粗暴地吩咐房东太太，我打

每次有稀奇古怪的不速之客出现时，夏洛克·福尔摩斯都会恳求我把客厅让给他，我不得不回到自己的卧室里待着。

算吃早饭了。然后，我拿起桌子上的一本杂志翻了起来，以此打发等待早餐的那段时间。我那位同伴自顾嚼着面包，一声不吭地坐在那里。杂志上有篇文章的标题下面，有人用铅笔画了道横线，我很自然地先看起那篇来。

那篇文章的标题似乎有点夸张，叫什么《生活之书》。那篇文章想表达的观点是：一个喜欢观察的人，假如他能够准确而系统地去观察自己所遇到的各种事物的话，他就会有非常大的收获。我感觉那篇文章写得很精明，可也有荒唐至极的地方：从理论上看，它貌似无懈可击；但是我感觉它的推论非常牵强，还有夸大其词的嫌疑。文章的作者宣称，一个人瞬间的表情，肌肉的每一下颤动，还有眼睛的每次转动，都能反映出他内心深处的某种想法。按照文章作者的观点，在那些观察和判断能力训练有素的人面前，说谎几乎是不可能的事情。作者还说，这个推论就如欧几里得定理那样准确。可是，在不懂的人眼里，这个结论的确有点神乎其神。在没有搞清楚他是如何得到这个结论之前，大家可能真的会把他当成一个圣人，能够未卜先知。

"仅凭一滴水，"文章的作者说道，"逻辑学家就可能推断出大西洋或尼亚加拉大瀑布的存在，根本就无须亲眼所见或亲耳所闻。因此，生活就像是一条巨大的链条，看见其中的一个环节，就能把整个链条的形势推断出来。这些推断和分析的能力，如同别的技术一样，如果没有长时间的耐心研究和练习，是不可能掌握的。有的人，即使花费一生的精力，也不见得能达到登峰造极的境界。初学者，最好不要一上来就去钻研那些非常难的关于事物精神和心理方面的问题，应该先从一些简单容易掌握的问题开始。比如说，遇见一个陌生人，一瞬间就应该能判断出对方的经历和职业。这种训练，看上去可能会觉得可笑无趣，不过，它确实能提升一个人的观察能力，让他变得灵敏起来。而且，还能告诉人们应该观察什么地方，都观察些什么。人的指甲、衣袖、鞋子和裤子膝盖的地方，拇指和食指之间的茧子、脸上的表情、衬衣的袖口等，以上这些，无论是哪一点，都能把对方的职业清楚地显露出来。把这所有的情形都联系起来，调查案件的人还没有恍然大悟的情况，几乎是无法想象的。"

"简直就是胡说八道，"读到这儿，我不由地把杂志摔到了桌子上，大声说道，"我这辈子还是第一次看见这种谎话连篇的文章呢。"

"哪一篇啊？"福尔摩斯问我。

"喏，就这篇。"我一边坐下开始吃早饭，一边拿汤匙指出那篇文章给他看，"想必你早就看过了，标题下面还有你用铅笔做的标记呢。我承认这是一篇很精彩的文章，可我读完以后，还是想生气。很明显，这套神乎其神的谬论，肯定是哪个吃饱了没事干、不切实际的家伙，坐在自己的书房闭门造车，瞎编出来的。太荒唐了。我倒觉得应该把他弄到地下火车的三等车厢里去，让他挨个儿地说出同车厢人的职业。我敢和他打赌，一千比一的赌注，我都敢。"

"那你可就输惨了，"福尔摩斯沉着地说道，"那篇文章是我写的。"

"你？"

"没错，在观察和推理上，我有一种特异功能。这篇文章在你的眼里可能是荒唐至极，事实上，里面谈到的那些理论都是非常实用的，实际到甚至能为我挣到牛奶和面包。"

"那你究竟是怎么靠它生活的？"我忍不住问他。

"哦，我有一套独创的生存手段。我估计全世界以这种行当生存的人可能也就我一个。我是一个'侦探顾问'，你应该能明白这个行业是做什么的。伦敦有很多政府的官方侦探，还有许多私家侦探。他们有困难时都会来找我，然后我想办法帮他们厘清思路。通常情况下，他们只要告诉我所有的证据，然后我凭借着自己对犯罪史知识的了解，就能把他们那错误的思路矫正过来。所有的犯罪行为都有极其相似的地方。假如你已经详尽彻底地掌握了一千个案件的所有情节，而还无法解释第一千零一个案件的话，那就太让人感到奇怪了。雷斯垂德先生是一个很有名气的侦探，他之所以来找我，是因为最近处理一件伪造案的时候，陷入了僵局。"

"那其他人呢？"

"他们大多数是经私家侦探介绍来的，都是碰到了什么解决不了的问题，需要有人指引方向。我只不过是认真倾听他们案件的详细情况，而他们则采纳我的建议，这样一来，我就能赚到钱了。"

"按照你的说法，别人掌握详尽细节都解决不了的麻烦，而你足不出户就能把那些疑团解开吗？"

"确实如此。因为我拥有一种只凭直觉就能把问题分析出来的能力。偶尔也会碰到一两件比较麻烦的案子，要是那样，我就只能跟他们跑一趟，亲自去勘查一番。你知道，我可以把自己拥有的那些特殊知识全部都运用到

图为第二次英阿战争，英军66步兵团最后的战士，包括2名军官和9名士兵在迈万德希格村奋战，脚下的狗是吉祥物鲍比。阿富汗的气候相对英国要炎热很多，在第二次阿富汗抗英战争（1878—1880）中的1880年7月，阿军在迈旺德之战中击溃英军1个旅。华生作为一名军医参与了当时的战斗，在战斗中他受了伤，并因此被送回国。

案子上，那样很多问题都能迎刃而解了。这篇文章中所谈到的那些推断理论，虽然你很不屑甚至嘲笑，但是在我的实际工作当中，却发挥着非常重要的作用。敏锐的观察力，是我的第二种本能。我们第一次见面时，我就说过你在阿富汗待过，当时你似乎还觉得特别不可思议。"

"没错，那肯定是有人跟你说过。"

"绝对没有。当时我一眼就看出来你刚从阿富汗回来。那是这么长时间以来形成的一种习惯，我的脑海中闪过一连串的线索，我得出结论前所经历的那些步骤，几乎是觉察不到的。可是，这当中的那些步骤是肯定存在的。对于你的这件事，我是这么判断推理出来的：首先，这位先生是做医务工作的，还具有一种军人的风度。很显然，他肯定是军医。而且，他之前应该在热带待过，因为他脸上的皮肤黝黑，但手腕的皮肤看起来则黑白分明，所以，黝黑肯定不是他原本的肤色。他看起来很憔悴，很明显，他应该是大病初愈，而且还颇为劳顿。他的左胳膊受过伤，眼下行动起来还有点不太方便。那么敢问，一个胳膊受过伤的英国的军医，在某个热带地方受尽艰辛，那会是哪里呢？当然只可能是阿富汗。这一系列思维过程，用不了一秒钟我就能立刻说出你是刚从阿富汗回来的，当时你还觉得惊讶不已。"

"听你这么一分析，这件事不是还挺简单的嘛。"我笑着说，"你让我想起了埃德加·爱伦·坡[1]笔下的侦探——杜宾。真是太出乎我的意料了，除了小说之外，现实中居然真的存在这样的人。"

福尔摩斯站起身，把他的烟斗点上。"你肯定觉得把我跟杜宾放到一起，已经是高看我了。但是，在我眼里，杜宾这个家伙简直太不值得一提了。他总是先沉默一刻钟，然后再突然把他朋友的心事戳穿，这样的做事风格真是太做作、太肤浅了。没错，他的确具有一些分析问题的能力，但他还称不上天才，只不过是爱伦·坡把他想象得太过完美了。"

"加伯黎奥[2]的作品，你读过吗？"我问道，"你觉得勒寇克这个人物怎么样，在你眼里，他算得上一个侦探吗？"

福尔摩斯不屑地哼了一声。"勒寇克简直就是个没一点用的大笨蛋，"他没好气地说，"关于他，就有一点还值得一提，那就是他的精力。那本书真是让我恶心透了。整本书都只是在讲一个如何分辨无名的罪犯，这样的问题，我用不了 24 小时就能解决掉，而勒寇克竟然花费了大约六个月的时间。这么长的时间，简直能为那些侦探写本

---

① 美国的小说家、诗人，美国侦探小说之父。
② 法国著名的侦探小说家，主要作品有《勒寇克先生》《勒鲁日案件》等。

教科书出来了，告诉他们应该注意避免一些什么问题。"

听到我所佩服的那两个人物被他贬得一文不值，我这心里特别不是滋味。于是，我走到窗前，看着外面喧闹的大街。"或许这家伙真有这么聪明，"我自言自语道，"可他也太骄傲了，自负得都有点过了。"

"最近一直都没什么案件，"他有些抱怨地说，"也没抓到什么罪犯，我们这些人的脑子简直一点用都没有了。我非常清楚自己的才能足以能让我出名。自古以来，还从未有过像我这样的人，不仅在罪行的侦查上具有天赋，还做过这么多如此精湛的研究。而结果是什么呢？居然没有案件让我侦查，即便有，也只是一些简单得有点幼稚的案子，犯罪的动机很容易就能看出来，连苏格兰场的那些工作人员都能一眼识破。"

他那种傲慢的态度，自以为是的话语，让我很是恼火。我觉得还是转移话题为妙。

"我想知道那家伙在找什么。"我指着一个身材魁梧、穿着朴实的人说道。那个人正在街道对面慢慢地走着，在寻找门牌号，看上去很着急的样子。他手里拿了个蓝色的大信封，很明显是送信的。

"你说的是那个退役的海军陆战队的军士吧？"福尔摩斯问。

"他又开始吹牛了，"我心里暗想，"我根本就没有办法证实他的结论是不是正确，这一点他明明是知道的。"

"你说的是那个退役的海军陆战队的军士吧？"福尔摩斯问。

我正这样想着的时候，发现刚才说的那家伙看见我们的门牌号以后，飞快地从街道对面跑了过来。接着就传来一阵非常急促的敲门声，楼下有人说话，声音听起来很低沉。然后就听见沉重的脚步声从楼梯上传来。

　　"这儿有福尔摩斯先生的信件。"那人一进来就把信给了我这位朋友。

　　这可是个难得的机会，可以好好杀杀福尔摩斯的傲气。他刚才胡说八道，肯定想不到会走到眼下这一步。"小伙子，我能问一下，"我尽可能温和地说，"你的职业是什么吗？"

　　"我就是一当差的，先生，"那人生硬地回答，"我的制服拿去修补了。"

　　"你以前是做什么的呀？"我一边问，一边幸灾乐祸地瞄了我那位同伴一眼。

　　"我以前是个军士，先生。我在皇家海军陆战轻步兵团当过兵。先生，没有回信吗？那好，先生。"

　　他并拢脚后跟，举手敬了个礼，然后就走出去了。

第三章
劳瑞斯顿花园街的惨案

我那位同伴的理论再次得到了实践的证明。我不得不承认，自己确实是大吃一惊，所以我就更加佩服他的分析能力。不过，我的内心深处，依然存在一丝怀疑，总害怕这是他预先设好的圈套，准备要弄我一番；至于为什么要要弄我，我就想不明白了。当我回过神儿来看他的时候，他已经把来信看完了，一副若有所思的样子，两眼茫然。

"你是咋判断出来的呀？"我问他。

"判断什么？"他很不友好地说。

"哦，我想知道你是怎么推断出来他是个海军陆战队的退役军士的。"

"我现在没空扯这些没用的事情，"他非常直接地答道，很快又笑着对我说，"请原谅我刚才的粗鲁，因为我的思路被你打断了，不过没有关系。这么说，你是真看不出来他以前是一个海军陆战队的军士？"

"真看不出来。"

"其实这个事情是很容易的，不过，要我解释起来还真有些麻烦。就像让你解释二加二为什么等于四一样，你肯定会觉

图为两张华生的肖像，第一张是他初次与福尔摩斯见面的年代，第二张是1887年，是《血字的研究》最初发表的年代。

得有点困难，但你明知道这是毫无疑问的事实。隔着街道，我就看到了那家伙手背上刺了一只蓝色大锚，这个特点，让我判断出他应该是个海员。而且，他的行为举止透露着军人气质，他那络腮胡子也是军队特有的。所以，我就能判断出来他是个海军陆战队员。此外，他看上去有点自傲，还露出一种惯于命令人的神情。他那仰着头挥手杖的姿势，你总该注意到了吧。只看外表，他是个稳重而成熟的中年人——根据这些，我就敢肯定他做过军士。"

"简直太妙了！"我不由得喊出了声。

"其实这不算什么。"福尔摩斯说。不过，他脸上的表情告诉我，我流露出的这万分惊讶和佩服的神情让他非常高兴。"刚刚我还在说没罪犯呢，现在看来是我说错了——你看看这个！"他说着就把刚送来的那封信扔给了我。

"哎哟，"我粗略地扫了一遍，不禁叫了起来，"这简直太可怕了！"

"看来，这件事情确实非比寻常，"他淡淡地说，"麻烦你把信的内容大声地念一遍给我听，可以吗？"

我就给他念了那封信：

亲爱的福尔摩斯先生：

昨天晚上，布里克斯顿路尽头的劳瑞斯顿花园街3号发生了一起凶杀案。今天凌晨两点钟左右，巡警突然在该处发现有灯光，因为他们一直都知道这间房里没住人，所以就怀疑可能出什么事了。巡警看见房门敞开着，空荡荡的前厅中间横着一具男尸。那具男尸的穿着非常整齐，口袋里还有名片，上面写有"伊诺克·J.卓伯尔，美国俄亥俄州克利夫兰城人"的字样。既没有任何遭抢劫的迹象，也没有发现一丝能表明致死原因的线索。虽然房间内有几处血迹，可是死者的身上却没有一点伤痕。死者是怎么来到这间空房的，我们实在解释不了，感觉这个案件非常棘手。希望您在12点钟之前能惠临现场，我会在那里恭候大驾。在得到您的回复之前，现场会一直保持原状。假如您无法光临，亦请详情告知，您若不吝赐教，吾将不胜感激。

您真诚的

托拜厄斯·葛莱森

"在伦敦警局里，葛莱森算得上是首屈一指的有才能的人物。在那群蠢货里边，他跟雷斯垂德应该称得上是佼佼者。他们俩也说得上是机敏干练的，不过都太循规蹈矩了，非常保守。他俩暗地里互相争斗，明枪暗箭，如同俩卖笑的女人一样疑心重、爱嫉妒。这个案子，要是他俩都插手管的话，那肯定会闹出很多笑话来。"

福尔摩斯若无其事、不紧不慢地娓娓道来，我反倒觉得非常吃惊。"我们可是一分钟都不敢耽误了，"我大声说道，"需要我去雇马车给你吗？"

"我还没考虑好去不去呢。我这懒鬼可是世上少有的，不过，那也只限于我懒劲上来的时候。很多时候，我还是精力充沛的。"

"你说什么？你不是一直都在盼望这样的机会吗？"

"老兄，这跟我有关系吗？即便我成功破获了这起案件，我敢说，葛莱森和雷斯垂德那帮家伙肯定会把所有的功劳揽到他们身上。就因为我不是官方工作人员。"

"可是眼下他们正向你求助啊。"

"没错。他很清楚我的能力比他强，当着我的面，他也承认。不过，就算是割掉他的舌头，他也绝对不会当着第三个人的面承认这一点。即便是这样，我们最好还是去看看。我一个人单干也可以啊，自己破案。虽然我什么都得不到，但也能讥笑讥笑他们。我们走吧！"

他利落地穿上外套，那副模样表明他跃跃欲试的心理已经战胜了之前的冷漠和无动于衷。

"把你的帽子戴上。"他说。

"你想让我跟你一起去吗？"

"对啊，假如你没其他事情的话。"一分钟之后，我们已经坐在马车上了，快速地去布里克斯顿路。

那是个阴霾的早晨，雾气很重，笼罩在房顶上的那层灰褐色的帷幔，看起来很像是下面那泥泞不堪的街道的反映。我那位同伴的心情很好，对意大利克雷莫纳的提琴、斯特拉迪瓦里提琴和阿玛蒂提琴之间的不同之处大发议论，我一声不吭，安静地听着他的高谈阔论。沉闷的天气，加上这个让人感觉有点恐怖的任务，让我的心情变得很糟。

"你好像根本就没有把眼前的这个案子放在心上。"我终究还是把福尔摩斯关于乐器的谈话给打断了。

"现在什么材料都没有，"他答道，"在证据还没完全掌握以前就做出某种假设，这样是完全错误的，会让你的判断出现偏差。"

"你马上就能看到材料了，"我一边说，一边指着前方，"要是我没搞错的话，这应该就是布里克斯顿路，那间房子就是案发现场。"

"就是。停车，师傅，赶紧停下！"距离那间房子还有一百码左右呢，他坚持让车夫停下来，我们步行走完剩下的路。

劳瑞斯顿花园街3号，阴森森的，从外面看上去就有点像一座凶宅。这儿一共4

栋房子，距离街道有一段路程，其中有两栋住着人，另外两栋一直空着，3号就是空着的房子之一。空房子临街的一面有三排窗户，由于长期没人居住，看着颇为凄凉。满是尘土的玻璃上面贴有"招租"的广告，就像眼睛得了白内障似的。每栋房的前面，都有一个草木茂盛的小花园，那些花园把这几栋房跟街道隔开。小花园里还有一条黄色的小道，用黏土和石子铺就而成，经过一整夜的大雨，四处泥泞一片。花园四周有低墙围着，大约3英尺高，墙头上面有木栅栏。靠墙边的地方，站着一个身材魁梧的警察，旁边还有几个闲人，伸着脖子使劲朝里边张望着，想看看房间里的情形，可是什么都没看到。

当时，我还以为福尔摩斯肯定会马上跑进房子里去，立刻对这个神秘案件展开研究。但他好像一点都不急，一副若无其事的模样。面对眼前的这种情形，我觉得他的做法有点故弄玄虚的嫌疑。在人行道上，他来回踱着步子，四处打量着，时而茫然地盯着地面，时而注视着天空和对面的房屋，连低墙头上面的木栅栏也没放过。这样认真观察完以后，就漫步走上那条小道，准确地说，他是从路旁的草地上踏过去的。他仔细察看着小道的路面，目不斜视。有两次，他还停住了脚步。有一次我甚至在他的脸上看到了笑容，还听见他激动地叫出了声音。那泥泞不堪的黏土地面上，有很多脚印。可是，

他仔细察看着小道的路面，目不斜视。有两次，他还停住了脚步。

不停地有警察从那条小道上走过，我简直无法理解，我那位同伴怎么会期望从那里找出些什么线索。可是，他那敏锐的观察力，我到现在都记得非常清楚。所以，他肯定能看出来很多我看不到的东西，对于这一点，我深信不疑。

在那栋房子门口，迎接我们的是一个身材高大的人，浅黄色的头发，白皙的脸庞。他手里拿着本子。他迎了上来，非常热情地抓住我那位同伴的手。"你能来，真是太好了，"他说，"现场我保护得非常好，一切都是原来的样子。"

"只有那个除外，"我朋友指着那条小道说，"一群水牛从那里经过，糟糕的程度也不过如此。很明显，葛莱森，肯定是你已经得出了某种结论，所以才准许人们踩那条小道的。"

"我一直在里边忙活儿呢，"那个侦探避重就轻地说，"我同事雷斯垂德先生也在，外面的事情是他负责的。"

福尔摩斯看了我一眼，扬着眉头，带着一丝讥讽。"你跟雷斯垂德两个大人物都在场，第三个人也就没有什么插手的必要了。"

葛莱森来回搓着双手，一副得意扬扬的样子。"我觉得我们已经尽力了。可是，这件案子确实过于奇怪了，这正符合你的胃口，我知道的。"

"你不是乘马车来的吗？"福尔摩斯问他。

"不是的，先生。"

"雷斯垂德呢？"

"他也没有，先生。"

"那我们进里面看看吧。"

询问完这些看似根本就不连贯的问题以后，福尔摩斯就大步朝房屋走去。葛莱森在他后面跟着，脸上的表情很惊讶。

通往厨房的是一条很短的过道，过道上面没铺地毯，尘土落了一地。过道两边各有一扇门。很明显的，其中一扇门有好长时间都没开过了。另一扇门是通往餐厅的，这个餐厅就是案发现场。福尔摩斯走进去，我在他身后跟着，内心有点紧张，是因为死尸。

这间屋子很大，方形的，再加上没有摆设任何家具，所以感觉格外空旷。墙上粘的那些劣质的壁纸，有的出现了斑斑点点的霉迹，有的都已经大块大块地剥落了，里面黄色的粉墙露在外面。门的对面是一个很好看的壁炉，炉框的材质是白色的假大理石，壁炉台子的一端剩了一截红色蜡烛。里面仅有的一扇窗户也是脏兮兮的，所以房间里昏暗一片，感觉就跟蒙了一层灰暗的色彩似的。房间里落满了厚厚的尘土，让那种昏暗的色彩显得更加浓重了。

我是后来才看见这些情形的。我一走进去，那具恐怖无比的尸体就吸引了我所有的注意力。他在地板上横躺着，没有一丝亮光的双眼茫然地盯着已经褪色的天花板。看上去大约四十三四岁的样子，身材中等，肩膀很宽，黑色的卷发，还蓄着又短又硬的胡须。他穿的是厚厚的绒面呢罩袍和背心，浅色的裤子，还戴着洁白无瑕的硬领结和袖口。他旁边的地板上还扔着一顶干净的礼帽。他两只胳膊伸张着、双拳紧攥、两条腿交叠着，由此可知，他临死之前经历过一番痛苦的挣扎。他那张已经僵硬的脸庞上的表情看起来异常恐怖，在我眼里，那种表情充满了愤恨，是我这辈子从未见过的。扭曲而狰狞的脸庞，看着很可怕，再加上他那低平的额头、扁塌鼻，还有撅出来的下巴，让他看起来像极了一只奇丑无比的扁鼻猿猴。而且，他那已经僵硬的，因痛苦而歪歪扭扭的姿态，让他整个人看起来愈加的恐怖。我也见过各种各样的死尸，可是，像这么可怕的情形，我还真是第一次见。

瘦削而拥有侦探家气概的雷斯垂德，此时就在门口站着，冲着我朋友跟我打招呼。

"全城的人肯定都会为这个案件轰动的，先生，"他说，"我不是没见过世面的新手，但是，这么离奇的案子，我以前从未见过。"

"有什么线索没有？"葛莱森问他。

"什么线索都没发现。"雷斯垂德附和地答道。

福尔摩斯走到尸体旁边，跪在那里聚精会神地察看着。"你们确定没有一点伤痕吗？"他边问，边指着周围的血迹。

"绝对没有。"那俩侦探不约而同地回答说。

"那就是说，这些血迹肯定是别人的，有可能就是凶手的。假如这确实是一起凶杀案，就让我想起了1834年发生在乌特勒支的一起范·詹森被杀的案子。葛莱森，那个案子，你还记得吗？"

"不记得了，先生。"

"你最好重温一遍那个旧案。这个世上，原本就没多少新鲜的事情，前人早已这样做过了。"

他说话的工夫，灵巧的手指摸摸这儿，按按那儿，还把尸体衣服的扣子解开察看了一遍。我又在他眼中发现了我之前说过的那种茫然的神情。他的动作迅速极了，而且检查得认真与细致，也完全出乎我的意料。最后，他竟然趴在死者的嘴唇上闻了闻，还看了一眼死者脚上蹬的皮靴的靴底。

"尸体确实没有挪动过吗？"他问道。

"我们进行了一些必要的检查之后，就再没有动过。"

"好了，现在就把他送去葬了吧，"他说，"不用再检查什么了。"

担架和抬担架的4个人，葛莱森早就准备好了。他一招手，他们就进来把尸体抬出去了。就在他们抬尸体的时候，有一枚戒指掉到了地板上。雷斯垂德赶紧捡了起来，一脸疑惑地盯着。

"这里肯定有女人来过，"他叫出了声，"这是一枚女式的结婚戒指。"

他说着，就把拿戒指的那只手伸给大家看。我们围了上去。可以肯定，那枚非常朴素的金戒指确实是新娘子戴的。

"要是这样，整个案子就更复杂了，"葛莱森说，"天啊，这个案件已经够复杂了。"

"那你为什么不说戒指可能会让整个案件变得更简单呢？"福尔摩斯说，"这样傻盯着戒指，一点用都没有。你从衣袋里查出过什么东西吗？"

"全在这里，"葛莱森指着堆在楼梯口的东西说，"有一只金表，号码是97163，伦敦巴瑞德公司制造的；一条重而结实的金链子，艾伯特牌的；一枚金戒指，上面有共济会的标志；一个狗头形状的金别针，狗的两只眼睛是红宝石镶嵌而成的；名片夹是俄罗斯皮的，里边的名片上印着'克利夫兰，伊诺克·J.卓伯尔'的字样，正好跟衬衣上面E.J.D三个缩写字母相符合；没发现钱包，就有一些零钱，总共7英镑13先令；还有一本袖珍版的薄伽丘的小说《十日谈》，扉页上的名字是约瑟夫·斯坦杰森；另外还有两封信，其中一封是给卓伯尔的，另一封是寄给约瑟夫·斯坦杰森的。"

"信上的地址呢？"

"河滨路，美国交易所，本人亲启。这两封信都是盖恩轮船公司寄过来的，来信通知他们轮船从利物浦出发的具体日期。看来这个背运的家伙正准备去纽约。"

"斯坦杰森这个人，你们调查过没有？"

图为怀表，有钱人会为它配上金链等饰物，甚至表盘等都会是金的，以彰显财富和地位。

"我一看到这个就调查了，先生，"葛莱森说，"广告稿我已经派人送到各家报馆刊登去了，也派人去美国交易所打探了，只不过现在还没回来。"

"克利夫兰那边，你们联系上了没有？"

"我们今天早上就发电报过去了。"

"我们详细介绍了一下这个事情的情况，还恳请他们为我们提供任何可能有价值的线索。"

"在你看来的那些关键性的细节，你没有

提及吧？"

"斯坦杰森这个人，我倒是问到了。"

"还问过其他的没有？难道说，整个案件就没有别的非常关键的问题吗？你怎么没有再发个电报过去啊？"

"该说的，我在电报上都已经说了。"葛莱森非常不满地说。

福尔摩斯偷偷地笑了一下，正准备再说点什么，雷斯垂德过来了回搓着双手，显出一副得意的样子。我们跟葛莱森在房间里说话时，他一直在前面的房间里。

图为福尔摩斯在侦破案件时经常使用的放大镜，借助它可以寻找到各种有关的线索。

"葛莱森先生，"他说，"刚才，我又突然发现了一件非常重要的事情。如果不是我认真地察看了一番墙壁，可能就漏掉了。"那个矮个子说话的时候，两眼放光，很显然，他正在为胜过这个同事一筹而得意。

"到这边来。"他说着，又回到刚才那间屋子去了。尸体已经抬出去了，所以，房间里的空气好像清新多了。"好了，就站在那儿吧！"

他拿起一根火柴在靴子上划亮，然后举起来映照着墙壁。

"看那个！"他骄傲地说着。

我在前边提到过，墙壁上的壁纸，有好多地方已经剥落了。那个墙角的位置，有一大片壁纸掉了下来，那块粗糙的黄色粉墙裸露在外面。就在墙上壁纸剥落的地方，用鲜血写着一个潦草的单词：

RACHE

"对于这个词，各位有什么看法吗？"那个侦探大声地说，那模样像极了马戏团的老板正在吹嘘自己的把戏，"大家之所以会忽略这个词，是因为它在房间最暗的角落里写着，谁也不会想到来这儿察看。这个词是凶手用死者或自己的血写的。看，上面还有血顺着墙往下淌的痕迹！这一点就能说明：这绝对不可能是自杀。可是为什么会把它写到这个角落里呢？让我告诉你们，壁炉上的那一截蜡烛，你们应该都看到了吧。它当时肯定是亮着的，要是这样的话，那这儿就是最亮的地方，而不是最黑暗的角落。"

"就算你发现这个血字，又能怎样？"葛莱森非常不服气，轻蔑地问。

"能怎样？这就表明写字的人原本是打算写一个女人的名字'瑞切尔'——Rachel，只是不知道被什么事打断了，他或她没来得及把字写完。请你记好我说过的话，等案件真相大白以后，你肯定会发现有个叫'瑞切尔'的女人与整个案件有关。现在，随你怎么取笑我。福尔摩斯先生，或许你确实特别聪明，还很能干，不过说到底，姜还是老的辣。"

那个墙角的位置，有一大片壁纸掉了下来，那块粗糙的黄色粉墙裸露在外面。就在墙上壁纸剥落的地方，用鲜血写着一个潦草的单词：RACHE

　　"非常抱歉！"福尔摩斯说。我那位同伴听完他的高见之后，忍不住放声大笑起来，把那矮个子给惹恼了。"我们3个当中，的确是你最先看见这个字迹的，当然应该算你的功劳。而且，就像你说的那样，还能充分证明，这个血字是昨天晚上案件里的另一个人所写。这间屋子，我还没来得及检查呢。你要是不介意的话，现在我想检查一番。"

　　福尔摩斯说着，就从衣袋里掏出来一把卷尺，还有一个特别大的圆形放大镜。他一言不发，手里拿着那两样东西，来回在屋子里走着，时而停下来，时而跪下去，有一次整个人居然趴到了地上。他那么忘我地忙活着，就像我们根本就不存在似的。自始至终，他都自言自语地小声咕哝着，有时惊叫，有时叹气，有时还吹着口哨，有时又像满怀希望、备受鼓舞一样小声惊呼。我站在旁边观察他时，不由得想到了训练有素的纯种的猎犬，在树林子里窜来窜去，迫切地低声叫着，直到找出猎物的踪迹为止。他一下子察看了20分钟，认真仔细地测量着一些遗迹之间的距离。那些痕迹，我可是说什么都看不出来。他有时居然还用卷尺对着墙壁测量，让我无法理解。后来，他还小心翼翼地从地板上捏起来一小撮灰色的尘土，然后用一个信封装好。接着，他又拿着放大镜对着墙上的血字观察了一番，细致地察看了每一个字母。最后，他看上去已经很满意了，就把卷尺和放大镜装回口袋里。

"有人说过，所谓'天才'，就是拥有不停歇地辛苦工作的本事，"他笑着说，"虽然这个定义算不上恰当，不过，对于侦探工作来说，倒也适用。"

葛莱森和雷斯垂德一直盯着这位同行的一举一动，非常好奇，也带着几分藐视和不屑的神情。很显然，他们还没有看明白。福尔摩斯每一个细微的动作，都有很现实的意义和非常明确的目的，反正我是已经慢慢领悟到了。

"先生，你有什么想法啊？"他俩异口同声地问。

"我要是贸然相助的话，您二位在这个案件上所立下的汗马功劳，可能就要被我夺去了。"我那位同伴说，"眼下，你们进展得非常顺利，别人最好还是不要随便插手。"他的话里满是嘲讽。"假如二位能随时告知我侦查进展的情况，"他接着说道，"我也很愿意鼎力相助。现在，我需要找那位发现这具尸体的警察了解一些情况。他的姓名和住址，你们愿意告诉我吗？"

雷斯垂德打开记事本看了一眼。"他叫约翰·兰斯，"他说，"估计现在已经下班了。你去肯宁顿花园门路，奥德利大院 46 号能找到他。"

福尔摩斯记下地址。

"走吧，医生，"他对我说，"我们去找他一趟。我跟你们说点对这个案子非常有用的事。"他扭过头去，接着对那俩侦探说，"这是一起谋杀案。罪犯是个中年男子，6 英尺多高。按照他的身材，脚偏小，穿方头皮靴，抽印度雪茄。他是跟受害人一块儿乘一辆只有一匹马拉着的四轮马车来的。那匹马的蹄铁有 3 个都是旧的，只有右边的前蹄铁是新的。凶手很可能是赤红的脸，右手的指甲特别长。这只是一点迹象，不过，对于您二位来说，应该是很有帮助的。"

雷斯垂德和葛莱森互相望了一眼，笑了一下，满脸都写满了怀疑。

"假如这个人确实死于他杀，那他又是怎么死的呢？"雷斯垂德问。

"被毒死的。"福尔摩斯简短地说了一句，就迈步朝外走去，"还有，雷斯垂德，"他快走到门口时，又扭过头去说道，"在德语中，'RACHE'这个词的意思是复仇，所以就不要再在寻找那位'瑞切尔小姐'上浪费时间了。"

讲完这几句赠言，福尔摩斯就转身出来了，留下那两个对手傻乎乎地站在那儿。

第四章
约翰·兰斯的陈述

我们从劳瑞斯顿花园街 3 号走的时候，都已经午后 1 点了。我和福尔摩斯先去旁边的电报局发了封长电报以后，他才雇了辆马车，让车夫送我们去雷斯垂德所说的那个地方。

"再没有比第一手证据更重要的材料了，"福尔摩斯说，"说实话，我对这件案子早就胜券在握了，不过我们最好还是把该查的都查个明白。"

"福尔摩斯，你都把我弄晕了，"我说，"你刚才讲的那些问题，你自己也不一定像你表现出来的那么成竹在胸吧。"

"我讲的肯定不会错，"他说道，"一到那儿，我就发现了马路边沿处有马车车轮留下的两道的痕迹。除了昨天夜里下过雨之外，连着一个星期的天气都非常好，因此，那两道深深的车轮痕迹肯定是昨夜才留下的。还有就是马蹄印，只有一个蹄印比较清楚，另外 3 个都模糊不清，那说明清楚的那只蹄铁是新的。既然那辆马车是雨后才到那儿的，而且，据葛莱森所说，今天早上再没有别的车辆到过那儿，那就可以断定，昨夜那辆马车肯定在那儿停留过。所以，送那两个人到空房里去的就是那辆马车。"

"听你这么一说，似乎挺简单的，"我说，"可是，你又是怎么判断出那个人的身高的？"

"哦，每个人的身高，百分之八九十都能从他步伐的距离上推断出来。这个办法其实很简单，所以，我给你说具体的数据计算也没什么意义。那个人步子的长度，我是在房屋外面的黏土地上，还有房屋里面的尘土上测量出来的。而且，我还另外找到一个方法，能验证我的这种计算方法是否准确。一般来说，人往墙上写字时，都会很自然地写在和自己视线的高度相当的位置。墙壁上写的那个词距离地面正好 6 英尺。这样算的话，就更加简单了。"

"那他的年龄你又是怎么知道的？"我接着问。

"哦，一个人如果能非常轻松地一步迈过 4 英尺半，那他的年龄绝对不可能太大。小花园的那条小道上有一个很宽的水洼，他一步就能跨过去。可是皮靴子是绕道走的，方头靴正是从水洼上面跨过去的。其实这些一点都不神秘。我所用到的这些观察事物的方法和推理的手段，都是我那篇文章里所说过的。你还有不理解的吗？"

"手指甲和印度雪茄烟。"我又问道。

"墙壁上的那个词是用食指蘸着血写的。我用放大镜发现有些墙粉被刮掉了，假如那个人的指甲是修剪过的，不可能把墙粉刮掉。在地板上，我还找到了一些颜色特别深、呈片状散落的烟灰，这可能是印度雪茄。我以前对雪茄的烟灰做过专门的研究。其实，我还写过关于这方面的论文呢。我不是说大话，所有的烟灰，不管是什么牌子的，雪茄或纸烟，我只看一眼，就能辨认出来。一个精明能干的侦探，胜于葛莱森和雷斯垂德之辈的地方，就体现在这些微不足道的细节上。"

"红脸是怎么回事啊？"我继续问他。

"哦，这是个极为大胆的猜测，不过我相信自己的推断。根据案件现在的进展，这个问题暂时还是别问了吧。"

我把手放在额头上。"我这脑子都成一团糊糊了，"我说，"感觉越来越神秘了。你说，那俩人——假如确实是俩人的话——到底是怎么进入那间空屋子里去的呢？拉他们的那个车夫怎么样了呢？他用什么方法能让死者服毒啊？从哪儿来的血？凶手显然不是为了钱财，那他的动机是什么？现场又怎么会有女人的戒指？最让人费解的是，凶手离开前怎么会用德文往墙上写'复仇'这个词呢？说实话，我真的想不通这些问题是怎么联系起来的。"

我那位同伴面露笑容，带着一丝赞许。

"这个案件的疑难之处，你总结得简明扼要，

雪茄属于香烟的一类，是由干燥及经过发酵的烟草卷成的香烟，吸食时把其中一端点燃，然后在另一端用口吸咄产生烟雾。根据原料产地等的不同雪茄也分很多种类，其中古巴生产的雪茄普遍被认为是雪茄中的极品。

说得非常好。"他说，"我虽然掌握了许多主要的细节问题，不过，还有很多不太清楚的地方。关于那个矮个子发现的那个血字，只是一个圈套罢了，试图暗示这是哪个团体或地下党派所为，目的就是误导警察。事实上，那个血字根本就不是德国人写的。你要是留意的话，就能发现字母 A 其实是仿德文印刷体写的。可是现在，真正的德国人写的通常都是拉丁字体，很少再写那种旧字体了。所以，我们基本可以断定，那个血字不可能出自德国人之手，而是不怎么高明的模仿，问题是，他这么做有点多此一举。这只是一个小诡计，目的就是扰乱侦查工作的方向。医生，我不打算再过多地跟你讨论这个案件。你知道，魔术师要是说穿了自己的把戏，别人就不会再夸赞他了。关于我的工作方法，要是我给你讲过多的话，你可能就会有这样的感觉：这个福尔摩斯也不过如此，比一般人高明不到哪儿去。"

"我绝对不会这么想，"我说，"你几乎已经把侦探术发展成一门科学了，还如此的精确，这可是前所未有的。"

看我这么真诚地对他作出这么高的评价，我的同伴激动得脸都涨红了。我早就发现了，他每次听见别人称赞他在侦探方面所取得的成就时，都会非常敏感，跟小姑娘听见别人夸她漂亮时的反应是一样的。

"我再跟你说件事，"他说，"穿皮靴的那个人和穿方头靴的人去的时候，坐的是同一辆马车，而且他们的关系好像还特别好，经过花园里的小道时，有可能还是互相挽着胳膊。他们进屋后，还在里面来回走动来着。说得更准确点，穿皮靴的那个人站在那里一直没动，只是穿方头靴子的人不停地在屋里踱步。这些情况，我都是根据地板上的尘土判断出来的。而且我确定，他越走越激动，他那越来越大的步伐就能说明这一点。他边走边说，最后终于忍不住发起怒来，然后悲剧就上演了。现在，我知道的所有情况都已经跟你说完了，剩下的就是一些猜想和直觉了。幸运的是，关于这个案件，我们已经有了一个好的开头。我们的行动得快一点，下午我还得去阿勒音乐会，听诺曼·聂鲁达的演奏呢。"

我们说话的工夫，马车在昏暗的街道和冷清的小巷穿梭着。到一条肮脏而凄凉的巷口的时候，车夫突然停住车。"奥德利大院就在那儿，"他手指着一条狭窄的胡同说，胡同两边是灰黑色的砖墙，"我在这里等着你们。"

从外面看，奥德利大院很不怎么样。我们从那条狭窄的胡同穿过去，就看见了一个方形的大院，石板铺成的地面，四周的那些房子简陋而肮脏。穿过一群群脏兮兮的孩子和一排排晒褪色的衣服，终于找到了 46 号。房门上挂了个小小的铜牌，上面写着"兰斯"。我们敲门一问，那位警察正睡觉呢。我们就在前面的小客厅等他。

很快，那位警察就出来了。我们扰乱了他的美梦，他看起来很不高兴。"在警察局里，我都已经汇报过了。"他说。

福尔摩斯从口袋里拿出来一枚半磅的金币，在手中掂量着。"我们想麻烦你再详细地从头说一遍。"他说。

"只要是我知道的，我愿意全部都告诉你们。"那位警察双眼直盯着那枚小金币说道。

"那就把事情的前后经过给我们讲一遍吧。随便怎么说都行。"

兰斯往马毛呢沙发上一坐，紧皱着眉头，看起来，好像在努力地不让自己的陈述有一点遗漏。

"那我就从头说起吧，"他说，"晚上10点到第二天早上6点这段时间，是我值班的。我负责巡逻的地段一直都非常安静，只有晚上11点的时候，白哈特街上有人打架，此外，再没发生别的事情。1点左右，下起雨来了，我正好撞见了哈里·莫切——他负责荷兰树林区——我俩站在亨瑞埃塔街的拐弯处聊了一会儿。大概在2点左右，我觉得应该再转一圈，看看布里克斯顿路有什么事儿没有。那条路泥泞不堪，还很偏僻，一个人影都看不到，只间或有一两辆马车经过。我一边转悠，一边想着如果能喝杯热酒就好了。正想着的时候，突然看见那栋空房子的窗口有灯光。劳瑞斯顿花园街

"只要是我知道的，我愿意全部都告诉你们。"那位警察双眼直盯着那枚小金币说道。

的那两栋房子一直都没住人，这个我知道的。其中一栋房子的最后一个租客患伤寒死了，但房东仍旧不愿整修下水沟。所以，当我看见那个窗口有灯光的时候，吓了一大跳，就怀疑可能出事儿了。然后，我就朝房屋门口走去——"

"到门口的时候，你停住了，然后又掉头回到小花园门口，"我那位同伴突然问了一句，"你那么做是为什么呀？"

兰斯好像被吓住了，脸上写满了疑问，那双大眼睛直瞪着福尔摩斯。

"天啊，就是那样，先生，"他说，"但您怎么知道啊，真是见鬼！您看，我走到房屋门口时，突然感觉就我一个人，势单力薄的，我觉得最好找个人陪着我进去。其实，我也不是害怕这世间的什么东西，就是当时突然想起了患伤寒死去的那个人，没准儿正在里面查看要他性命的那个下水沟。一想到这个，我很害怕，就转身走回大门口，看看还能不能看见莫切的提灯。但是，他早就不见踪影了，也没发现有其他人。"

"大街上连一个人都没有吗？"

"没有，先生，连一条狗都没看见。我只能重新走回去，壮着胆推开房门。屋里一点声音都没有，我就走到有灯光的那间屋子。看见壁炉台上点燃着一支红蜡烛，摇曳不定的烛光下，只看见——"

"行了，你看到的那些情况我已经知道了。然后，你在房间里转了几圈，还跪到尸体旁边，接着，你把厨房的门推开了，之后——"

因为警笛与警用马路电话箱钥匙。警笛最早出自英国。英国人约瑟夫·哈得逊发明了警笛并装备了警察部队，后来警笛的款式也不断增多。它的使用者有城市警察、乡村警察、消防警察等。通过使用不同形状和材料的警笛，不仅可以体现特殊身份，还能吹出不同笛音，用以起到其特殊的作用。

听见这些，约翰·兰斯被吓得忽然站跳起来，一脸满是怀疑的表情。"你当时在哪儿藏着呢，居然看得这么清楚？"他大声嚷道，"我说，你应该不知道这些事情啊。"

福尔摩斯大笑起来，掏出自己的名片，丢给桌子对面的警察。"你可不要把我当成凶手给逮起来，"他说，"我只不过是一条猎犬，不是狼。关于这一点，葛莱森和雷斯垂德两位先生会替我做证。请你继续讲。你后来又做什么了？"

兰斯重新坐下，仍旧是一脸的惊讶和怀疑。"我走到大门口吹响警笛，莫切和另外两名警察听见以后就都赶了过来。"

"街道上，当时一点情况都没有吗？"

"对呀，只要是正常一点的人早就回家去了。"

"此话怎讲？"

那个警察笑了一下。"这辈子，我可没少见过醉汉，不过，醉成那样的人，还真是第一次见。我从屋里出来时，那家伙就在门口靠栏杆站着，扯着嗓子，正放声唱着像科伦拜恩①那段小曲之类的调子。他几乎站不稳当，不说他了。"

"那家伙长什么样啊？"福尔摩斯问。

福尔摩斯的插话，好像让约翰·兰斯有点不高兴。"他就是一个烂醉如泥的醉鬼。我们要是没什么事的话，没准儿会送他去警局。"

"你有没有注意到他的面色和衣服啊？"福尔摩斯没忍住，又问了一句。

"我觉得自己当时应该注意到了，我跟莫切还扶过他呢。高高的个子，脸很红，下边还长了一圈——"

"已经够了，"福尔摩斯大声说，"他后来怎么样了？"

"当时我们太忙了，没时间搭理他。"那位警察说道，语气中明显带着不满，"不过，我敢打保票，他绝对找得到回家的路。"

"他的衣服是什么颜色的？"

"外衣是棕色的。"

"他手中拿马鞭了吗？"

"马鞭？没拿。"

"他肯定是扔到什么地方了，"我的同伴咕哝着说道，"你后来有没有看到或听见马车经过啊？"

"没有。"

"给你这半磅金币，"同伴边说，边站了起来，把帽子戴上，"兰斯，你干警察这一行，估计永远都高升不了。你那脑袋瓜不能只当个摆设，应该适当地用一用。你昨天晚上原本能捞个警长差事的。因为，你昨晚看见的那家伙，就是这起神秘案件的重要线索，我们现在正寻找他呢，再争论这个已经没有意义了，我只不过是告诉你一个事实。我们走吧，医生。"

我们一起走出来，找到我们的马车。留下那个警察满脸迷茫地站在那里，很显然，他已经感觉不安了。

"这个大蠢驴！"我们坐着马车往回赶的时候，福尔摩斯恼恨地说，"你想想，遇上这么难得的一个好机会，他竟然白白错过了。"

"我还是想不明白。警察描述的那个人确实跟你推断出来的情况相符合，可他既

①原文是 Columbine，是意大利喜剧或哑剧里的一个角色，一般都由少女扮演。

我们一起走出来，找到我们的马车。留下那个警察满脸迷茫地站在那里，很显然，他已经感觉不安了。

然已经走了，为什么还要返回去呢？一般情况下，罪犯应该不会这么做吧。"

"是戒指，先生，戒指，他返回去就是找戒指的。如果我们没有其他办法抓到他，就只能把那枚戒指当诱饵，引他上钩。我肯定能抓住他，医生，我愿意跟你打赌，二比一的赌注，就赌我能抓住他。这一次，可是多亏了你啊。如果不是你，我也许就不去了，那样，我可就错过这个前所未有的、绝佳的研究机会了。我们就把它叫作'血字的研究'好吗？就算我们用一些华丽的辞藻，也没有关系啊。在这平淡乏味的生活中，谋杀案，犹如贯穿其中的一根预示凶兆的红线。我们的职责就是发现它，从生活中把它剔除出去，让它完全暴露出来。我们先吃饭，然后去听诺曼·聂鲁达的演奏。她的指法非常棒，还有其弓法，简直妙极了。尤其是她演奏肖邦的一段小曲，可谓妙不可言。"

这个私家侦探坐靠在马车上，不停地哼唱着，跟只云雀一样。我则默默地思考着：人类的智慧真是太神奇了。

第五章

广告引来的访客

　　忙活了一个上午，我这身体真有些受不了，下午感觉疲惫极了。福尔摩斯去听音乐会了，我在沙发上躺着，努力地想睡上两个钟头，可怎么都睡不着。因为上午所发生的一切让我过于激动和兴奋了，无数个奇怪的念头和猜想充斥着我的大脑。我只要闭上眼，就感觉被害人那扭曲得跟只猴子一样的面容在眼前晃悠。在我看来，那张脸简直丑恶至极。至于把长着这样容貌的一个人从这个世界上除掉的那个凶手，我倒觉得应该对他表示感激，除此之外，我没有别的感觉。假如说，一个人的罪恶真能从相貌看出来的话，那克利夫兰城的这位伊诺克·J.卓伯尔肯定就是穷凶极恶之辈。当然，我知道案子还得公正处理，从法律上讲，即使被害者有罪，杀人者的罪行也得予以追究。

　　我的同伴推断认为，那人是中毒身亡的，我越想越感觉这个推断不同寻常。我还记得，福尔摩斯闻过尸体的嘴，我知道肯定是他已经查出来了什么东西，才会得出这样的结论。而且，死者身上一没伤痕，二没被勒死的印迹，如果不是中毒身亡，又会是怎么死的呢？可是，还有一个问题，那就是地板上怎么会有血迹，会是谁的呢？房间里没有厮打的痕迹，也没发现可以打伤对方的东西。找不出这些问题的答案，我敢说，无论是福尔摩斯，还是我，想安然入睡几乎是不可能的事情。尽管眼下我还猜不出来他究竟是怎么想的，但是，他表现出来的那种冷静和胸有成竹的样子，让我坚信他对整个案件所有的情节早就有结论了。

福尔摩斯回来的时候，已经很晚了，晚饭早就在饭桌上摆好了。我知道，他肯定不是因为听音乐会才这么晚的。

"今天的音乐演奏简直太棒了，"福尔摩斯说着，在桌边坐下来，"达尔文在音乐方面的观点，你还记得吗？他说，人类在还没学会说话的时候，就已经能创造和欣赏音乐了。或许正是出于这个原因，我们才总是不由自主地被音乐所感染。我们的内心深处，对于人类原始时期的那段朦胧模糊的时光，还依稀存留着某种混沌的记忆。"

"这个观点好像太宽泛了一些。"我说。

"人要是想对大自然作出某种解释的话，那他所想象的领域就应该跟大自然一样广阔。"福尔摩斯说，"你还好吧？你看上去跟以往不太一样啊。是不是布里克斯顿路的那起案子影响到你了？"

"不瞒你说，我的确是被这个案子搅得心神不定。"我说，"我以为有了在阿富汗的那段经历之后，已经磨炼得很坚强了。迈旺德那场战争，我眼睁睁地看着同伴们被炸得血肉横飞，可我并没觉得害怕。"

"我能理解。因为这起案子疑点太多了，所以就会引起很多猜想。要是不存在猜想的话，也就无所谓恐惧了。你看过晚报没有？"

"没呢。"

"这个案件，晚报上说得非常详细。不过，抬死尸时发现了一枚女式的结婚戒指这个细节却没有提到。没提这点更好。"

"什么意思？"

"你看这则广告，"福尔摩斯说，"我今天上午勘察完现场以后，马上在各大报纸上刊登了这则广告。"

他把报纸扔了过来，我朝他指的那个位置看了一眼。"失物招领栏"的头一条就是。"今早在布里克斯顿路，白哈特酒店与荷兰树林之间捡到一枚结婚金戒指。望失主看到以后，于今晚8点至9点去贝克街221号B座华生医生处认领。"

图为已婚妇女所佩戴的结婚戒指。镀金雕花的指环上镶有一颗夺目的红宝石，象征着婚姻的圣洁、珍贵与唯一。

"请你别介意，"福尔摩斯说，"把你的名字写到广告上去了。要是我用自己名字的话，也许会被一些愚蠢的侦探识破，他们就可能从中插手。"

"这没什么，"我答道，"可是，如果真的有人前来认领的话，我没戒指给人家啊。"

"哦，这个你不用担心，"他说着，递给我一枚戒指，

"这个绝对能应付。跟原来的几乎是一模一样的。"

　　"那你感觉来认领的人会是谁啊？"

　　"嗯，应该就是穿棕色外衣的那名男子——那个红脸的、穿方头靴子的朋友。要是他不亲自来的话，应该会找个同伙来。"

　　"难道他就察觉不到这么做的危险性吗？"

　　"肯定不会。关于这个案子，假如我的想法没错的话——我有绝对的把握确定我不会判断错误。为了这枚戒指，那家伙会甘愿冒险的。据我的推测，他弯腰看卓伯尔尸体的时候，戒指掉了下来，但他当时并没注意到。从那栋空房走了以后，他才发现戒指不见了，然后就慌忙赶回去。不过，他看见因为他自己的大意，蜡烛没有熄灭，警察已经在屋里了。在那种情形下，他突然出现在房子门口，很有可能被怀疑，所以，他只好装出一副烂醉如泥的模样。你不妨站在那个人的角度想一下，他仔细地把整件事情回想一遍之后，肯定会想到，戒指也有可能是他从那栋空房走了以后，不小心掉到路上了。那他会怎么做呢？他应该会着急地在晚报上翻找一遍，但愿能从招领栏里发现些什么。当他看见这则广告的时候，肯定异常兴奋，甚至以为得到了上天的眷顾，怎么可能去怀疑这是个陷阱呢？在他眼里，寻找戒指和谋杀案之间根本就没什么联系，这是说不通的。他会来的，他肯定会来。要不了一个小时，你就能看见他了。"

　　"他来了之后，我该怎么做啊？"我问他。

　　"哦，到时候，我会对付他的。你有没有什么武器啊？"

　　"只有一把很旧的左轮手枪，还剩几发子弹。"

　　"你最好擦干净它，把子弹也装上。那可是个不要命的家伙。尽管我能趁他不备抓住他，不过，最好还是有所准备，以防万一。"

　　按照他的话，我回卧室准备去了。我把手枪准备好，拿着出来的时候，餐桌都收拾完了。福尔摩斯正在拨弄他那心爱的玩意儿——小提琴。

　　"案情变得越来越复杂了，"我走出来时，福尔摩斯说道，"美国方面的回电，我刚刚收到，证明了我对整个案件的想法是对的。"

　　"那是？"我急切地问。

图为福尔摩斯和华生佩带的手枪，华生称这些武器被用过多次：在《四个签名》，他们冲安达曼岛人开枪。在《铜山毛榉案》中，华生开枪射杀恶犬。《最后一案》当中，福尔摩斯与莫里亚蒂教授对峙时手持枪械；同样，福尔摩斯在《绿玉皇冠案》中将手枪对准了乔治·伯恩维尔爵士。图为韦伯利斗牛犬手枪（福尔摩斯携带）。

"如果能把我这小提琴的弦换成新的就好了，"福尔摩斯说，"把枪装到口袋里。那家伙来了以后，你只需像平常那样跟他说话就行，剩下的交给我就行。别露出什么破绽，否则会打草惊蛇的。"

"已经8点了。"我看了看表，说道。

"没错，估计再过几分钟他就到了。把门稍微打开点。好，就这样，钥匙插到门里吧。谢谢！这本稀奇的旧书，是我昨天在书摊上买的。书名是《论各国之法律》，里面是拉丁文，1642年在低地列日[①]出版的。出版这本棕皮小书的时候，查理一世的脑袋瓜还在脖子上结实地长着呢。"

"出版商是谁呀？"

"菲利浦·德·克罗伊，谁知道是个什么人。书的扉页上写着'古罗米·怀特藏书'，笔迹已经褪色了。不知道威廉·怀特是何许人，可能是17世纪的一个实证主义法律家吧，他的签名就透露出一种法律家的特点。我说，那家伙已经来了。"

他刚说完，就听见门铃大震。福尔摩斯慢慢地站起身子，朝房门口挪动了一下椅子。只听见女仆穿过门廊，开门闩的声音。

"华生医生住这儿吗？"那声音听得非常清楚，语气很蛮横。我们没听见女仆的答话，就听到关大门的声音，然后就是上楼梯的声音。拖沓的脚步声，有些沉重，还有点迟疑。我朋友仔细地倾听着，脸上闪过一丝惊异的神情。缓慢的脚步声顺着走廊逐渐近了，然后就听到了轻轻的敲门声。

"进来。"我大声喊道。

进来的不是我们预想中的那个恶棍，而是一个老太婆，满脸的皱纹，她步履蹒跚地走进房间，猛然被灯光一照，好像有点眼花。她鞠个躬以后，就在那儿站着，眯着眼睛望着我们。她那抖个不停的手在口袋里好一阵摸索。我瞄了同伴一眼，他看上去一脸的不快，我只好表现出一副泰然自若的样子。

那老太婆终于掏出来一张晚报，指着那则广告。"两位先生，我来就是为了这件事情。"她说着，又鞠了一躬。

"这则广告说，您在布里克斯顿路捡了一枚结婚金戒指。那是我女儿莎莉的，她是去年这个时候结婚的，她丈夫在一艘英国轮船上做会计。要是他回来以后，知道她的戒指没了，保不准他会做出什么蠢事来，我连想都不敢想。他那人是个急性子，万一再喝点酒，就更粗暴了。不好意思，事情是这样的，我女儿昨晚去看马戏表演，是跟——"

"您看这枚戒指是她的吗？"我问她道。

---

① 低地，现在指的是比利时，当时包括荷兰、比利时等国家。列日是比利时的一座城市。

"真是上帝保佑啊，"那老太婆嚷了起来，"今天晚上，莎莉肯定会高兴坏的。这枚戒指就是她丢的那枚。"

"您住哪儿啊？"我边问，边拿起铅笔。

"宏兹德区，邓肯街 13 号。离这儿挺远的。"

"布里克斯顿路好像并不在宏兹德区与那个马戏团之间啊。"福尔摩斯突然插了一句。

那老太婆转过头，用那双发红的小眼睛尖利地瞪了福尔摩斯一下。"这位先生刚才问的是我的住址，"那老太婆说，"莎莉和我们没住一起，她住在佩克罕区，梅菲尔德 3 号公寓。"

"您贵姓？"

"我姓索耶，我女儿姓丹尼斯，她丈夫叫汤姆·丹尼斯。他在轮船上工作的时候，是一个英俊正直的小伙儿，在公司也是数得着的会计。但是，只要上了岸，就又玩女人，又酗酒——"

"索耶太太，给您戒指，"我看见了同伴的暗示，就把她的话给打断了，"很显然，这枚戒指的确是您女儿的。现在物归原主了，我很高兴。"

那老太婆转过头，用那双发红的小眼睛尖利地瞪了福尔摩斯一下。

那老太婆咕哝着说了很多万分感谢之类的话以后，包好戒指，装进口袋，然后拖沓着脚步下楼去了。她一出房门，福尔摩斯马上站起身，跑到他的卧室。只过了几秒钟，就走了出来，他穿着大衣，还系着围巾。"我得跟着她，"福尔摩斯慌忙地说，"她肯定是凶手的同伙，她应该能带我找到凶犯。你先别睡，等我回来。"那老太婆出去的时候，大门"砰"地响了一声以后，福尔摩斯就下楼去了。我站在窗前，看见那老太婆在马路对面缓慢地走着，福尔摩斯尾随在她身后不远的地方。"如果福尔摩斯的判断没有问题的话，"我心想，"那他现在就要找到案子的凶手了。"其实，他根本就没必要叮嘱我等他回来，因为在没看到他跟踪的结果之前，我是绝对睡不着的。

福尔摩斯出去时，已经快9点了。不知道他要去多长时间，我就坐在屋里吸着烟，翻看一本亨利·莫杰尔的《放荡的生活》。刚过10点，我听见女仆回房间睡去了。11点的时候，房门前传来房东太太那沉重的脚步声，她也睡觉去了。一直到快12点的时候，我才听见福尔摩斯拿着钥匙开大门的弹簧锁。他一进房间，脸上的表情就告诉我，行动失败了。究竟是兴奋，还是懊恼，这两者好像在他的内心打架一样。最终，还是兴奋战胜了懊恼，福尔摩斯突然放声大笑起来。

"无论如何，我绝不能让苏格兰场的人知道这件事情。"他大声地说着，然后坐到椅子上，"我总讥讽他们，这一次，他们肯定不会轻易放过我的。但是，就算被他们知道以后嘲笑我，我也不介意，我早晚都会挣回面子的。"

"到底怎么了？"我问他。

"哦，我还是跟你说说我上当受骗的经过吧，反正已经无所谓了。那家伙没走几步，就一瘸一拐起来，表现出脚疼痛难忍的样子。然后，她就停了下来，喊住一辆马车。我尽可能地离她近一些，想听听她告诉车夫的住址。事实上，我压根儿就没必要那么

苏格兰场本身既不是位于苏格兰，更不负责苏格兰的警备。苏格兰场这个名字源自1829年，当时首都警务处位处旧苏格兰王室宫殿的遗迹，因而得名，所以伦敦警察厅称为苏格兰场。

着急，因为她故意说得很大声，即使隔着街道也听得非常清楚。'宏兹德区，邓肯街13号。'当时，我还以为她说的是真话呢。看见她上了马车，我也跟着跳到车子后面，这项本领是每个侦探必会的技术之一。就这样，我们一直朝前走，一路上片刻未停，直达目的地。快到13号门口时，我先跳了下来，在马路上转悠着。我看见马车停住后，车夫从上面跳下来，打开车门候着，但是，根本就没人下来。我走到车夫旁边，他在漆黑的车厢里四下摸索着，

嘴里还骂骂咧咧的，骂的那些话简直不堪入耳，那可是我这辈子听见过的'最动听的'词了。乘客不知道什么时候不见的。我心想，这车费，他可能是没处要了。我们去13号打听了一下，那里住的是一个叫科斯威克的裱糊匠，这个人还小有名气，是规矩人。没听说过叫什么索耶或丹尼斯的人住在附近。"

"照你的意思，"我惊讶地大声叫道，"那个看着极其虚弱，走路拖沓的老太婆竟然在你和车夫的眼皮子底下，在马车还跑动的时候，跳下去了？"

"哪有什么老太婆，真是见鬼！"福尔摩斯愤愤地说，"我俩倒像个老太婆，居然被人家骗得这么惨。那绝对是个非常年轻的小伙儿，而且身手还不错。此外，他还是个相当不错的演员，他化装的技术简直无人能比。很明显，他知道会被人跟踪，所以就上演了这一出，趁我没注意的时候，逃之夭夭。这次失败告诉我们，要想把那家伙找出来，绝对没有我当初想得那么简单，他不是一个人，他的朋友很多，而且都心甘情愿替他冒险。嗨，医生，你看上去疲乏极了，赶紧睡去吧。"

我真是快撑不住了，所以，就听从他的劝说，回卧室睡觉去了。福尔摩斯独自在即将燃尽的火炉旁坐着。可是很晚的时候，我还模糊地听见了他那低沉而忧郁的琴音。我知道，他还在认真思考着眼下这起案件的难题，看来，他是非想明白不可了。

第六章
托拜厄斯·葛莱森的重大发现

第二天，各大报纸无一例外地用大量的篇幅详细报道了所谓"布里克斯顿奇案"的消息，有的报纸甚至还针对该案件发表了特别评论。其中有一些消息，我连听都没听过。关于这起案件的一些剪报，现在还保存在我的剪集本里呢。现摘录如下：

《每日电讯》是这么报道的：这是迄今为止犯罪记录中最为神秘莫测的案件。死者用的是德国名字、没有明显的犯罪动机、把如此狠毒的字样写在墙壁上，这些足以证明这桩谋杀案是政治亡命徒或革命党所为。美国的社会党派别众多，毫无疑问，被害人是因触犯其不成文的规定才被追踪至此，遭到迫害的。

这则报道顺便提及了之前的秘密刑事审判、托发娜仙液案、烧炭党人案、布兰维利耶侯爵夫人案、达尔文理论案、马尔萨斯原理案，还有拉特克利夫公路谋杀案等许多案件。报道的最后，还给政府机关提出了一些忠告，建议以后应该加强对在英外侨的管理和监视之类的话。

《旗帜报》发出的评论是这样的：在自由党执政期间，此类目无王法的滔天暴行经常发生，原因就在于民心不稳，政府能力薄弱。被害者是美籍公民，已经在伦敦城待了数周之久。他被害前住在坎伯韦尔区托基街夏邦提耶夫人的出租公寓里。他来这里旅游观光，由私人秘书——约瑟夫·斯坦杰森先生陪伴。本月四号礼拜二，俩人跟女房东道别之后，就去了尤斯顿车站，准备乘坐快车到利物浦去。那天在车站的站台上，还有人看到过他们，之后就没了踪影。据悉，在距离尤斯顿车站不远的布

英国的主流报纸，左上为《每日电讯报》。

里克斯顿路的一栋空屋子里，发现了卓伯尔先生的尸体。他是怎么进入那间空房，又是怎么被杀的，这些问题尚未弄清。至今，还未找到斯坦杰森本人。让人欣喜的是，苏格兰场的雷斯垂德和葛莱森二位神探都参与了该案的侦查，因此我们坚信，此案很快就能水落石出。

《每日新闻报》评论道：毫无疑问，这就是一桩政治犯罪。大陆各国政府的强行专制和对自由主义的仇视，让很多有前科的公民涌入我们国家。假如不再追究他们之前的种种作为，给他们改过自新的机会，这些人极有可能转变为好公民。对于流亡人群，有一套非常严厉的法律规定，只要触犯，必是死罪。眼下，最重要的就是尽快找到其秘书斯坦杰森，从而更加深入地了解被害人的详细情况。被害人生前在伦敦城寄宿的住址现已获悉，这大大推进了整个案件侦查的进展。这一线索，都应归功于苏格兰场葛莱森先生的聪明智慧，等等。

我和福尔摩斯是吃早餐的时候一起看的这些报道，他认为这些报道极为"有趣"。

"我就说嘛，不管案件有什么进展，功劳都是雷斯垂德和葛莱森他们俩的。"

"那也得看结果啊。"

"哦，你就等着看吧，结果对他们不会有什么影响的。要是抓住凶手了，当然是因为他们二人恪尽职守；万一没逮住，他们就会说虽然用尽各种办法，可是——不管咋说，他们总是不会有错的，错的永远都是别人。不管结果怎样，总有人为他们唱赞歌的。法国有一句俗语，说得非常好：'再蠢的笨蛋，都会找到比他更蠢的人奉承他。'"

"怎么会这样？"我忍不住叫道。我们正聊着的时候，走廊和楼梯上突然传来一阵嘈杂的脚步声，还有房东太太抱怨的声音。

"侦缉队的贝克街分队来了。"同伴说得一本正经。刚说完，门就被撞开了，闯进来6个流浪街头的小混混，衣服破烂不堪，还脏得要命，那种模样我还是第一次见。

"立正！"福尔摩斯大声喝道。那 6 个小混混"唰"地站成一排，跟 6 个极为难看的雕像一样。"以后，维金斯一个人上来报告就行，其余的都在街上给我等着。维金斯，找到没有啊？"

"没有呢，先生，还没找到。"其中一个孩子回答道。

"我想着你们就没找到，给我接着找，一直找到为止。给你们的工钱，"福尔摩斯给他们每人一个先令，"好了，走吧，我希望你们下次能带来点好消息。"

福尔摩斯一挥手，那群混混就下楼去了，跟一窝耗子似的。很快，就听见了他们在街上那尖锐的叫喊声。

"这些小混混，一个顶一打警察，能找到不少线索。"福尔摩斯对他们很是满意，"人们只要看到警察模样的人，就是知道也不会说的。这些小家伙可不一样，哪儿都能去，不管啥事儿都打听得出来。他们机灵得很，简直是无孔不入。关键是得组织起来。"

"你雇他们是因为布里克斯顿路的案子吗？"我问他。

"没错儿，我就是想再确定一件事情，只不过需要些时间。好消息快要来了！看，街上的葛莱森正朝我们这儿走呢。他一脸得意，我确信他是来找我们的。你瞧，他停下来了。错不了！"

　　"立正！"福尔摩斯大声喝道。那 6 个小混混"唰"地站成一排，
跟 6 个极为难看的雕像一样。

门铃急促地响起来了，眨眼间，那位美发侦探一步三个台阶地就跳到楼上来了，径直冲进我们的客厅。

"亲爱的老伙计，"他牢牢地抓住福尔摩斯那没有任何反应的双手，大声嚷道，"赶紧恭喜我吧！这桩案子，我已经全部搞清楚了，很快就真相大白了。"

我看见福尔摩斯那表情丰富的脸上，似乎闪过一丝急躁的情绪。

"这么说，你又发现重大线索了？"他问。

"是的！重大线索，老伙计，凶手都已经抓住了！"

"凶手叫什么？"

"亚瑟·夏邦提耶，皇家海军的一名中尉。"葛莱森自负地来回搓着他那双胖手，挺着胸脯得意地大声说道。

他说完以后，福尔摩斯如释重负，长舒一口气，忍不住露出了笑容。

"坐吧，来支雪茄吧，"他说，"我们特别想听听你是怎么做的。来杯兑水的威士忌吧？"

"那就来一杯吧，"那位侦探说，"这两天真是忙坏了，累惨我了。你知道的，虽然没干什么体力活，但这脑子一直紧绷着。这种滋味你肯定深有体会，福尔摩斯先生，我们都是靠脑子吃饭的。"

"您太高看我了，"福尔摩斯煞有其事地说道，"快给我们讲讲，这么值得庆贺的成绩，您是怎么取得的。"

那位侦探往扶手椅上一坐，傲慢地一口一口地抽着雪茄，突然兴奋地拍了一下大腿。

"简直太好笑了，"他大声嚷道，"雷斯垂德那个笨蛋，自诩聪明过人，事实上却错得离谱。他还在苦苦寻找那个秘书斯坦杰森呢。一个还没出世的孩子能和这桩案子有什么关系。那个秘书跟案子根本就没有一点关系。我敢打赌，他很有可能已经抓住那个秘书了。"

说到这里时，葛莱森得意地大笑起来，差点喘不上气来。

"那你的线索又是怎么找到的呢？"

"哦，我还是都告诉你们吧。当然了，华生医生，这些可得保密，只有我们几个说说就行。第一个需要解决的难题，就是必须弄清楚死者的身份。有的人可能会刊登广告，等着别人给他带来消息，或者等着死者生前的亲戚或朋友主动前来，以便得到一点消息。葛莱森用的不是这种方法。死者身边的那顶帽子，你还记得吗？"

"当然记得，"福尔摩斯说，"坎伯威尔路129号，约翰·安德伍德父子帽店。"

福尔摩斯说完以后，葛莱森立刻露出了沮丧的表情。

图为英国绅士所戴的高顶丝质礼帽。这种帽子的特点是平顶，帽檐短窄，帽筒长，质地挺括，绒布面料，造价较为昂贵，是男士们用来彰显身份的必备行装之一。

"真没想到，这一点你也注意到了，"他说，"你去过那家帽店吗？"

"没去过。"

"哎呀！"葛莱森把心放回肚子里，"虽然这一点看上去非常不起眼，但你也不该轻易放弃这个机会。"

"智慧超群的人眼里没有小事。"福尔摩斯就跟引用名言似的说道。

"就是。所以，我就去找到了店主安德伍德，我问他有没有卖过一顶这种式样、这个号码的帽子。他们打开账本，很快就查出来了。那顶帽子，是一个叫卓伯尔的先生买的，他们负责送到托基街夏邦提耶的公寓。就这样，我找到了死者生前的住址。"

"非常好，太聪明了！"福尔摩斯小声夸赞说。

"然后，我就赶紧去拜访了夏邦提耶太太，"那位侦探继续说道，"我看见她脸色苍白，神情慌张。恰好，她女儿也在——那姑娘长得漂亮极了。我跟她说话时，发现她眼睛红肿，嘴唇不停地哆嗦。当然，这些肯定逃不过我这双眼睛。所以，我就有些怀疑。福尔摩斯先生，你应该能够理解，发现正确线索时的那股子说不出来的劲头，就感觉整个人激动得全身发颤。然后，我就问她：'你们之前的房客——克利夫兰城的卓伯尔先生，被人杀害了，你们听说了没有？'

"那位太太点点头，她好像根本就说不出话来了。而她女儿则哭了起来。所以，我就更加确信她们肯定知道一些什么情况。

"我接着问她们：'卓伯尔先生从你们这儿离开去车站的时候，大概是几点钟？'

"'8点，'她极力控制着自己那激动的情绪答道，'听他秘书斯坦杰森先生说过，去利物浦的火车只有两趟，一趟9点15分的，一趟11点的。他们准备坐早点的那趟。'

"'之后你们再没见过面吗？'

"我刚问完这个问题，那太太的脸唰地一下苍白得跟死人脸一样。过了好久，她才继续说'再没见过'，但她回答的声音特别小，还很不自然。

"又过了一会儿，那姑娘说话了。她看着倒还挺冷静，说得也比较清楚。

"她说：'撒谎没啥好处的，妈妈，我们最好还是全都告诉这位先生。我们后来确实又见过卓伯尔先生。'

"'希望上帝能原谅你，'夏邦提耶太太伸着双手，叫了一声，然后就靠在了椅背上，'你可把你哥哥害惨了！'

"'亚瑟肯定也希望我们能说实话。'那位姑娘坚持说道。

"然后,我就说:'你们最好把所有的情况都告诉我。说半截子话,还不如不说呢。再说了,警方掌握的情况到底有多少,你们也不知道。'

"'都怪你,爱丽斯,'她母亲大声地责备道,一边转向我说'那我就全都告诉你吧,先生。你可别以为,我这么着急是为了我儿子,以为他可能跟这桩谋杀案有什么牵连。他可是清清白白的。我只不过是担心你们或其他人对他产生怀疑。我说,这是绝对不可能的。他的人品一直都很好,又有正经的工作,还有他以前的种种表现,都是很好的证明。'

"我说:'你把事情的前前后后详细地说一遍吧。相信我,假如你儿子跟这桩案子真的没有关系,我们绝不会冤枉他的。'

"她说:'爱丽斯,你还是回避一下吧,我跟先生说就行。'然后,她女儿就出去了。她接着说道:'哦,先生,我原本没打算告诉你这些的,但我女儿都戳破了,我也没有其他选择了,只能告诉你。反正我已经决定说出来了,肯定不会有任何隐瞒的。'

"'这样才是明智之举嘛。'我说。

"'卓伯尔先生,差不多在我们这儿住了3个礼拜。他跟秘书斯坦杰森先生一直在大陆旅游观光。他们所有的箱子上都贴着哥本哈根的标签,我猜想那儿应该就是他们的最后一站。斯坦杰森这个人,不太爱说话,看着挺有涵养;但他那位主人,别介意我说话难听,简直糟糕透顶,完全相反。那家伙粗鲁、下流。他们住进来的那天晚上,卓伯尔就醉得一塌糊涂,他清醒的时候,都已经是第二天中午12点了。他对女仆们的态度,轻佻而随意,让人厌恶到了极点。更可恨的是,他很快就用这种态度轻薄我女儿爱丽斯。那家伙三番五次地对她说一些让人恶心的话语。庆幸的是,我女儿还小,好多事都还不懂。有一次,他竟然抱住我女儿,把她紧紧地搂在怀里。他这种下流的行为,连他秘书都骂他是畜生,不干人事儿。'

"'那你为什么要隐忍这一切呢?'我问她,'我觉得,这样的房客,你完全有权利把他轰走啊。'

"我这样一问,夏邦提耶太太的脸不自觉地涨得通红。'如果我在他来的那天就拒绝的话,就没这么多事儿了。'她接着说,'不就是因为诱惑太大了嘛。他们每个人每天付1英镑的租金,那一个礼拜就是14英镑啊。再加上,正逢淡季,客人少得可怜。我一个寡妇家,儿子在海军服务,花销很大的。这么大的一笔收入,我真是不舍得白白丢掉,所以,我就尽可能地容忍着。但是,他到最后做得实在太过分了。我已经忍无可忍了,就把他轰走了。就是因为这个,他们才从这儿搬走的。'

"'那后来呢？'

"看他乘车走了，我这颗心终于落地了。我儿子这段时间正好在家休假。不过这些事情，我根本就没敢跟他说。他脾气不好，还特别疼爱这个妹妹。那两人走了以后，我把大门关上，以为总算除掉一块心病。可谁知道，还没过一个小时，就有人喊门了，那个卓伯尔竟然又回来了。他看上去特别兴奋，明显又喝了不少酒。他硬闯了进来，当时，我跟女儿正坐在屋里，他前言不搭后语地说什么没赶上火车。后来，他居然当着我的面，对爱丽斯说起话来，还煽动她跟他私奔。他跟我女儿说：'你都是大人了，法律不会再约束你了。我的钱多得是，别再管你这个老妈了。赶紧跟我一起离开这里吧。你能像公主那样享福的。'我那可怜的爱丽斯害怕极了，拼命地躲着他。但他一把拉住她的手，使劲地往外拽，把我吓得叫喊起来。这时，我儿子亚瑟正好进来了。随后的事情，我就不清楚了。我就听见一阵乱骂，还有厮打的声音，简直乱成了一团，我都快吓死了，头都不敢抬。最后，终于壮着胆抬头的时候，看见亚瑟笑着站在门口，手里还拎着一根木棍。'那家伙应该不会再来找麻烦了，'他说，'我得跟着他去，看他究竟干什么去了。'他说完就拿着帽子跑出去了。第二天早上，我们就听说卓伯尔先生被害的消息了。'

"这些可都出自夏邦提耶太太之口。她讲的时候，喘一阵儿，歇一会儿。有时候，声音还特别小，我几乎听不太清楚。不过，她所说的每一个字，我都记下来了，肯定不会有错的。"

"确实精彩，"福尔摩斯打了个哈欠说，"后来咋样了？"

"夏邦提耶太太讲完以后，"那位侦探接着说道，"我已经发现了整个案子的关键所在。所以，我就直直地盯着她，这一招对付女人绝对管用，问她儿子是什么时候回的家。

图为抓捕过程中正在等待的英国警察和协助人员。

"'我不知道'她说。

"'你不知道？'

"'我真不知道。他有大门的钥匙，自己能开门进来。'

"'他回来的时候，你已经睡下了吗？'

"'是的'。

"'你睡的时候几点了？'

"'11点左右。'

"'这么说，你儿子差不多出去了两个钟头。'

"'是这样的。'

"'有没有可能是四五个小时？'

"'有这种可能。'

"'那他这几个小时都做什么了？'

"'这个我也不知道。'她回答我的问题时，嘴唇都发白了。

"当然，都说得这么明白了，就没必要再问下去了。我得知夏邦提耶中尉的下落之后，就叫上两个警察把他抓了起来。我拍着他的肩膀，警告他老实点。他居然还粗暴地说：'我就知道，你们是因为恶人卓伯尔被杀的案子抓我的。'关于这个事情，我们一个字儿都没跟他说，他自己倒不打自招，这就更让人怀疑了。"

"值得怀疑。"福尔摩斯说。

"抓他的时候，他的手里还拿着一根非常结实的橡木棍子，正是她母亲说的追卓伯尔时拿的那根木棍。"

"那你是怎么看的？"

"哦，按照我的推断，他一直把卓伯尔追到布里克斯顿路。在那儿，他们又争吵起来，卓伯尔不小心狠狠地挨了一棍，可能正好戳住了心口，就命丧黄泉了，而且还没留下一点伤痕。当夜，雨下得正大，周围又没什么人。夏邦提耶就把尸体拖进了那栋空房子里。至于说蜡烛啊、血迹啊、墙上的血字啊，还有戒指之类的东西，都只是误导警察的一些迷惑而已。"

"说得很好！"福尔摩斯称赞地说道，"葛莱森先生，你真是越来越厉害了，看来，你又给我们提供了不少有价值的线索。"

"我也觉得自己这件事干得挺利索，"那个侦探自豪地说，"不过，那小伙子却是这么说的：他追了一段路之后，卓伯尔察觉到了，就拦了一辆马车跑掉了。他只好回家去，半路上碰到一个以前在轮船上共事的老伙计，他就和那个老伙计闲逛了好久。但是，当我问他那位老伙计住哪儿时，他回答得含糊不清，无法令人信服。我觉得这件事情的前前后后，都跟这桩案子非常吻合。让人想笑的，还是雷斯垂德，他从开始就判断错误了。我估计他发现不了什么重大线索。还真是，说曹操，曹操就来了。"

没错，来者正是雷斯垂德。说话工夫，他都已经爬上楼梯，很快就进屋来了。通常情况下，不管是他的穿着，还是行为举止，都透露着一种自信和得意，今天竟然全都看不到了。他一脸愁容，神情沮丧，连衣服都穿得乱七八糟的。很显然，他来这儿是向福尔摩斯求助的。因为他看见同事时，明显变得局促不安起来，很不自在。他在客厅正中央站着，双手不停地玩弄着帽子。"这起案子真是太离奇了，"他终究还是张嘴说话了，"简直太不可思议了。"

"哦，你也这么认为吗，雷斯垂德先生？"葛莱森幸灾乐祸地说，"我早知道你会这么说的。那个秘书斯坦杰森先生，你找到了吗？"

"秘书斯坦杰森先生，"雷斯垂德非常严肃地说，"今早6点左右，在哈利迪私人旅店遇害了。"

第七章
一线希望

雷斯垂德带来的这个重大消息，简直太突然了，完全出乎我们的意料。我们全都惊诧不已，不知道该说什么。葛莱森猛地跳了起来，杯子里剩余的兑水威士忌都被弄翻了。我静静地望着福尔摩斯，他一言不发，眉头紧皱，低垂在眼睛上。

"斯坦杰森也被害了，"福尔摩斯咕哝着，"案情变得更复杂了。"

"原本已经够复杂了，"雷斯垂德发着牢骚，在椅子上坐了下来，"我感觉自己就像参加什么战争会议一样，摸不着一点头绪。"

"你这，你这消息准确吗？"葛莱森有点结巴地说。

"我就是从他住的地方直接过来的，"雷斯垂德说，"我还是第一个到案发现场的人呢。"

"我们刚刚一直在听葛莱森关于这起案件的高见呢，"福尔摩斯说，"不知你是否愿意给我们讲讲你的所见所闻啊？"

"当然没问题，"雷斯垂德把身子坐正，说道，"我不否认，我一直以为卓伯尔的死肯定与斯坦杰森脱不了干系。这个重大消息，让我知道自己彻底错了。我一直坚持自己最初的想法，才开始调查这个秘书。3号晚上8点半左右，有人在尤斯顿车站见过他俩。4号凌晨两点，就在布里克斯顿路发现了卓伯尔的尸体。所以，我需要解决的问题，就是搞清楚8点半到案件发生的这一段时间里，斯坦杰森到底在做什么，他后来又去了哪里。我给利物浦发了份电报，把斯坦杰森的外貌特征告诉了他们，让他们密切关注美国船只。同时，挨个地查找尤斯顿车站周围的旅店和公寓。我当时是这么想的，假如卓伯尔和他的秘书已经分开了，正常情况下，斯坦杰森当晚肯定会在车站周围找个住的地方，然后，等第二天早上再去车站。"

"而且，他们极有可能已经定好了碰面的地点。"福尔摩斯说。

"确实如此。为了打听他的下落，我昨晚奔波了一整夜，可惜一无所获。今天一大早，我接着查找。大约 8 点钟，我走到小乔治街的哈利迪私人旅店。我问店里有没有一个叫斯坦杰森的先生，他们说有。

"'那他恭候的那位先生肯定就是您了，'他们说，'他一直在等一位先生，都等两天了。'

"'那他现在哪儿呢？'我问。

"'还在楼上睡觉呢。他让我们 9 点再叫醒他。'

"'我得马上找他去。'我说。

"当时，我想着我的突然出现，有可能会让他措手不及，吃惊之余，他没准儿还能说露点什么。旅店一个打杂的主动要求带我上楼。他的房间在 2 楼，一道很短的走廊通向他的房间。打杂的给我指了指房门之后，就转身准备下楼。这个时候，我眼前的场面，恐怖而令人作呕，虽然我已经有 20 年这样的经验了，当时也觉得恶心。房门下边流出来一条曲折的血路，一直流到走廊上，在墙脚处汇集成一摊。我忍不住叫了起来，那个打杂的听见以后，又掉头回来了。他看见之后，吓得差点晕过去。房门在里边反锁着，我们只好用肩膀把门撞开。房间里的窗子敞开着，那具男尸就躺在窗户旁边，身上还穿着睡衣，蜷缩成一团。他断气已经有一段时间了，四肢僵硬。尸体刚一翻过来，那打杂的就立刻认出来，他正是住在这间房里叫斯坦杰森的那位客人。凶手用刀深深地刺入了他身体的左侧，想必是刺到了心脏。最为离奇的是尸体上方有什么，

图为英国私人旅馆。

你们知道吗？"

听到这儿，我身上的汗毛都竖起来了，在福尔摩斯还没说话之前，我都感觉到恐怖了。

"用血写的'拉契'吧。"福尔摩斯说。

"一点没错。"雷斯垂德说的时候，语气里还带着一丝恐惧。屋里有一时

间安静极了。

这个无名凶手的作案手段貌似很有策略，但同时又令人费解，所以，整个案件就更加让人觉得恐怖。虽然尸体遍地的战场，已经把我这神经锻炼得很坚强了，可是，只要想起那种场面，还是觉得毛骨悚然。

"有人看到过凶手，"雷斯垂德接着往下说，"是一个送牛奶的小孩儿看见的。他去牛奶房时，经过旅店后面那条通向马棚的小巷子。他发现平时躺在地上的梯子今天是竖起来的，正好对着2楼的一个窗口，那扇窗敞开着。那小孩儿过去以后，还扭头看了一眼，看见有个人正在下梯子。那人下梯子的时候，从容镇静、不慌不忙。那小孩儿以为是旅店做活儿的木匠，也就没太在意那个人，只是觉得那会儿就开始做活儿，好像早了点。他模糊记得那个人的个子很高，脸色通红，披着棕色的长外衣。他把死者杀害以后，肯定还在房间里逗留过一段时间。因为我们在脸盆里发现了血水，表明凶手在里面洗过手。被单上留有血迹，说明他杀完人以后擦拭过刀子。"

听见凶手的身材和长相完全符合福尔摩斯的推断，我就望了望他，但他脸上没有一丝得意的神情。

"在案发现场，你有没有找到什么能抓捕凶手的线索？"福尔摩斯问。

"没有。斯坦杰森装着卓伯尔的钱包，不过，钱包好像一直都是他保管着的，因为所有的开销都是他负责的。钱包里共80多英镑的现金，一分不少。这桩案子确实有点奇怪，不管凶手是出于什么动机，绝不可能是为了钱财。死者的口袋里也没发现有文件或笔记本之类的东西，就找到一份电报，还是一个月以前从克利夫兰城发过来的，电文是'J.H,现在欧洲'，不过，电报没有署名。"

"再没其他东西了吗？"福尔摩斯问。

"没啥重要东西了。对了，床上还扔着一本小说，估计是被害人睡觉时翻看的。床边的椅子上还放着他的烟斗。桌子上有一杯水。窗台上还摆了个木匣子，里面有两颗小药丸。"

"最后这个就是关键，"福尔摩斯激动地叫了起来，"现在，我的推论总算完整了。"

那俩侦探莫名其妙地望着他。

"我已经全部掌握了，"我的同伴信心百倍地说，"整个案件的所有线索，我都已经理清楚了。当然，有

电报通信是在1837年由美国S.F.B.莫尔斯首先试验成功的，之后成为一种快速的通信手段，它的出现使人们的通信方便了很多。

"没啥重要东西了。对了，床上还扔着一本小说，估计是被害人睡觉时翻看的。床边的椅子上还放着他的烟斗。桌子上有一杯水。窗台上还摆了个木匣子，里面有两颗小药丸。"

些细节部分还有待于完善。不过，从卓伯尔和斯坦杰森在火车站分手开始，一直到发现斯坦杰森的尸体为止，这段时间发生的所有重要事情，我都弄明白了，如同我亲眼所见一样。现在，我把我的想法证明一个给你们看看。那两颗小药丸，你带来没有？"

"我带着呢，"雷斯垂德说着，掏出来一只小木匣子，"小药丸、钱包、电报我都带上了，打算把这些证物放到警察局里，那儿相对保险些。我之所以还带着小药丸，完全是偶然。我事先声明啊，我觉得这算不上什么重要的线索。"

"把药丸给我看看吧，"福尔摩斯说，"嗨，医生，"他冲着我说道，"你看这是一般普通的药丸吗？"

看上去确实有点特别。灰白的珍珠色，又小又圆，对光看的时候，几乎是透明的。"根据它这么轻的分量，还有透明的特点判断，这药丸应该能溶解在水里。"

"说得对极了，"福尔摩斯说，"你能否下楼一趟，帮忙把那只小狗抱上来吗？那可怜的小狗都病了好长时间了，昨天，房东太太不是还叫弄死它，省得它活受罪吗？"

我去楼下把小狗抱了上来。那条狗连呼吸都不顺畅了，两眼迟钝，看着就活不了多久了。没错，只用看它下巴那发白的毛，就知道它已经比一般的狗长寿了。我又放了一块垫子在地毯上，然后才把狗放到垫子上。

"现在，我把其中一颗分成两半，"福尔摩斯一边说，一边用小刀切开药丸，"一半装回木匣子里以备将来用，我把这半个放到杯子里，然后再加一勺水。注意看，我们这位医生朋友说得没错，它在水里很快就能溶解了。"

"应该很有意思，"雷斯垂德说，听声音好像有些生气，他觉得福尔摩斯在耍弄他，"可是，我搞不懂这个跟斯坦杰森的死有什么关系。"

"别着急，朋友，耐心一点！你很快就会明白，这关系大着哩。我得再加点牛奶，这样味道就更好了，要是把它放到狗的嘴边，它肯定会一口气舔完的。"

正说着，他就把杯子里的东西倒进盘中，放到狗的嘴边，盘子很快就被狗舔干净了。福尔摩斯那严肃而认真的态度，让我们不敢贸然怀疑，全都安静地坐着，观察着那只小狗，期待着出现什么惊人的结果。可是，什么都没有，那只狗卧在垫子上，仍旧艰难地呼着粗气。很显然，药丸对它没有一点影响，情况既没有好转，也没有恶化。

福尔摩斯早就把表掏出来了，时间一分一分地过去了，还是没有任何结果，他脸上露出了非常失望和极度懊恼的表情。他咬着嘴唇，用手敲着桌子，看着很是着急。他的情绪过于激动了，我不禁有些替他担心。而那两位官方侦探却幸灾乐祸地面露微笑，还带着明显的嘲讽，福尔摩斯的挫败，让他们很是高兴。

"这绝对不可能是巧合，"福尔摩斯大声嚷道，他站起身，焦躁不安地踱着步子，"不可能只是巧合。在卓伯尔的案子里，我就怀疑可能存在着某种药丸，现在，斯坦杰森遇害之后，竟然真的发现了这种药丸。怎么可能没有反应，到底是为什么呢？我确信，我所有的推断都不会有错！不可能的！可是，这可怜的小家伙吃了以后，竟然一点事儿都没有。哦，我知道了！我知道了！"福尔摩斯兴奋地尖叫着，跑向那只木匣子，把另一颗药丸也拿出来切开，然后把半颗放进水里，又加了点牛奶，放到狗的嘴边。那个倒霉的小家伙，舌头还没完全碰着，四条腿就抽搐起来，接着，就跟遭了电击似的，硬挺挺地死掉了。

福尔摩斯长舒一口气，擦着额头上的汗。"我应该坚信自己的推断才对。我刚才就应该想到的，假如某个事实好像有悖于一系列推论的话，那这个事实肯定还有别的某种解释。木匣子里的两颗药丸，一颗是烈性毒药，另一颗根本就没毒。事实上，我没看见木匣子之前，原本就应该想到这一点的。"

福尔摩斯最后说的那些话，让我感觉太不可思议了，我甚至怀疑他的神智是否清醒。可是，小狗确实死了，事实就在眼前摆着，他的推断一点错都没有。我感觉脑海中的疑团好像正在慢慢消散，关于这桩案子的真相，我似乎也隐约有了新的认识。

"二位可能会觉得这一切过于奇怪，"福尔摩斯接着说，"你们从一开始，就没能抓住眼前那条唯一正确的线索。幸亏我抓住了这条线索，之后发生的所有事情，都证明了我最开始的假设确实是正确的，而且，后来的事情全都符合我的逻辑推断。所以，那些你们觉得无法理解和让案情变得更加复杂的事情，总会让我有所收获，而且还能证明我的推论。把理解不了的事情神秘化，是不对的。那些堪称神秘的案件通常都是最普通的，就是因为几乎找不到什么能据以推理的离奇或特殊的证据。假如在这桩案件中，我们是在马路上发现死者尸体的，而且，也没发现任何异于寻常和耸人听闻的细节，那要想破获这起谋杀案，可就麻烦多了。所以，我觉得这些离奇的情节，不仅没有增加让案子真相大白的难度，反倒还减少了查案的许多困难。"

葛莱森先生勉强耐着性子听他发表议论，这个时候，再也忍不下去了。"我说，福尔摩斯先生，"他说，"我们都不否认你的确是个聪明干练的人，你也有一些独创的高招。但是我们眼下需要的不是你的这些理论和说教，而是把凶手缉拿归案。我所做的调查及进展情况已经说过了，我知道自己错了。至少夏邦提耶这小伙子不可能跟第二桩案件有关。雷斯垂德坚持追查他那个斯坦杰森，看来也错了。你这儿说一点，那儿说一点，感觉就像比我们高明一样。可是，都到这个时候了，我觉得我们有权利直接问问你，关于整个案子，你到底掌握了多少。凶手的名字，你能说出来吗？"

"先生，我不得不同意葛莱森的说法。"雷斯垂德接过话头说，"我俩都已经努力了，而且都没能成功。从我来你这儿到现在，你说你已经掌握了你所需的全部证据，而且还说了不止一遍。你现在不能再继续保密下去了。"

"假如不赶紧把凶手抓住，"我说，"他极有可能再干出什么暴行来。"

我们这样步步紧逼，福尔摩斯还是很犹豫的。他在房间里来回走着，头垂得很低，眉头紧锁，他思考问题的时候总是这个样子。

"谋杀不会再有了，"他突然停下来对我们说道，"大家尽可放宽心，我敢肯定这一点。至于凶手的名字，我确实知道。不过，这个不算什么，抓住凶手才叫真本事呢。我有预感，我很快就能抓住他的。关于这件事情，我想亲自部署，自己动手。必须考虑周全，做到万无一失，因为我们的对手异常狡猾和凶残。而且，事实证明他还有个跟他一样机敏的帮凶。绝对不能让凶手察觉出有人掌握了线索，只要他有一丝的怀疑，就会立刻更名改姓，瞬间消失在这座城市的400万人海之中。我没有丝毫伤害二位感情的意思，可我不得不说，我觉得警方应该对付不了他，也正是因为这个，我才没有要求你们协助。万一我失败了，不用你们说，在拒绝你们协助这一点上，我难辞其咎。不过，我已经做好了承担这种后果的准备。我现在保证，等不会影响到我的全盘计划时，我肯定会马上告诉你们的。"

　　福尔摩斯的保证，加上他对警方的不信任和藐视，让葛莱森和雷斯垂德非常不满。葛莱森的脸涨得通红，都快红到发根了。雷斯垂德那双圆溜溜的眼睛，惊讶而又愤怒地瞪着福尔摩斯。不过，还没等他们张嘴争辩，门外传来了敲门声。来者竟是那群小混混的代表，那个不起眼的小维金斯。

　　"先生，走吧，"维金斯举起手，敬了个礼，说道，"马车准备好了，在下面等着呢。"

　　"好极了。"福尔摩斯轻声说了几句。"你们苏格兰场怎么不用这种手铐啊？"他一边从抽屉取出一副钢手铐，一边接着说，"多好的锁簧啊，轻轻一碰就铐上了。"

　　"反正老式的也能用，"雷斯垂德说，"重要的是，我们得找到被铐的人。"

　　"也是，也是。"福尔摩斯说着，笑了一下，"维金斯，你最好去把车夫叫上来，让他帮我把箱子搬下去。"

　　我顿感惊讶，听我同伴的话音，感觉他好像准备出门旅行一样，他可从未跟我提起过。房间里正好放着一只很小的旅行箱，他把皮箱拉出来，忙活着系箱子上的带子。这个时候，车夫进来了。

　　"车夫，帮我把这个皮带扣系好吧。"福尔摩斯只顾蹲在那儿摆弄皮箱，说话时

"先生，走吧，"维金斯举起手，敬了个礼，说道，"马车准备好了，在下面等着呢。"

图为福尔摩斯的皮箱，里面有警棍、手铐等物品。

连头都没回。

那家伙的脸绷得紧紧的，不情愿地朝前走了几步，伸着双手准备帮忙的时候。刹那间，就听见"咔嗒"一声，是钢手铐，福尔摩斯立刻跳了起来。

"各位，"他双眼放光尖叫道，"还是让我为大家介绍一下这位杰弗森·霍普先生吧，杀死卓伯尔和斯坦杰森的凶手就是他。"

这一切简直太突然了。我甚至还没反应过来是怎么回事。胜利的表情，从福尔摩斯的脸上一闪而过，他那响亮的声音，闪亮的手铐魔术般地突然铐住凶手手腕时，他脸上露出的那种迷茫凶狠的神情，我到现在还记得清清楚楚。当时，我们愣了差不多两秒钟，跟雕像一样。接着，那个车夫狂怒地嘶喊一声，从福尔摩斯的掌控中挣脱出来，直奔窗户，木框和玻璃全都被他撞得粉碎。就在他往外钻的时候，葛莱森、雷斯垂德和福尔摩斯三个人，跟猎狗一样地拥上去，把他拖了回来。然后就是一场激烈的打斗。那家伙确实凶猛，我们4个人对付他都很吃力。他那股蛮劲儿就跟癫痫病发作了一样。跳窗户时，他的脸和手都被划破了，血一直往外流得厉害，可他的反抗并没有因此而受到影响。最后等雷斯垂德掐住他的脖子的时候，他几乎喘不上气来了，他才意识到抵抗已经没有用了。但我们还是不放心，就把他的手脚全都绑起来了。绑牢以后，我们才站起来，大口大口地喘着粗气。

"他的马车就在下面，"福尔摩斯说，"正好送他去苏格兰场吧。好了，各位，"他开心地笑着说道，"这桩神秘的小案件，我们总算搞定了。现在，你们有什么问题，尽管问吧，我肯定有问必答。"

第八章
荒漠里的流浪者

　　北美大陆中部有一大片沙漠，寸草不生，几乎无人涉足过。一直以来，这片沙漠都是阻止文明进程的重大障碍。自内华达山脉到内布拉斯卡，自北面的黄石河到南边的科罗拉多，这片区域一片荒凉死寂。不过，大自然在这片严酷的荒漠上也不是只有一种色彩。这儿有被大雪覆盖的高山，有深不可测的峡谷，山石险峻的大峡谷之间有湍急的河流。看不到边际的平原，冬天遍地积雪，白茫茫一片；夏天则是灰色的盐碱地。即使是这样，那干旱荒凉、看不到一点生机的特征也是无法改变的。

　　这块没有一点希望的土地上，几乎没有人烟。偶尔只有波尼人和黑足人的队伍，去别的地方打猎的时候会从此地路过。不管是多么勇敢和坚强的人，都会铆足劲儿赶紧离开这片可怕的荒原，早点回到大草原的怀抱里去。只有躲藏在矮树丛中的小狼，在空中缓慢盘旋的老鹰，还有笨拙的灰熊会在阴森的峡谷中出没，寻找吃食。这些就是荒原上仅有的居客。

　　布兰卡山脉北麓景象的荒凉，简直堪称世界之最。放眼望去，只有一片片的盐碱地，低矮的槲树带从中间隔开。最远处是连绵起伏的群山，白雪皑皑，银光闪闪。这片土地上看不到生命，也找不到任何与生命有关的东西。铁青色的天空中看不到飞鸟，暗灰色的大地上没有一点响动，反正就是绝对的死寂。在这块广袤荒芜的土地上，就算你竖起耳朵仔细倾听，也无济于事，只有一片可以让人绝望的死寂。

如果说这广阔的荒野上找不到一点与生命有关的东西，好像也是不准确的。站在布兰卡山上俯瞰下去，有一条曲折的小路从沙漠穿过，一直延伸到远处地平线的尽头。那是经无数辆车子的辗轧，无数个冒险者的踩踏才形成的小路。地上还零星地散落着一些白晃晃的东西，在阳光底下闪闪发光，显得格外刺眼。走近一看，竟是一堆堆的白骨。那些又粗又大的是牛骨，小而细的是人骨。这条长达1500英里的可怕的道路，正是路边这些累累白骨踩踏出来，后人沿着一路前行。

1847年5月4日，有一位孤独的游人站在山上俯瞰这个凄凉的场面。在这样的绝境中，那个人看起来简直就像个幽灵。观察力再强的人，估计也很难准确地判断出他到底是40岁还是60岁。他那张脸消瘦而憔悴，棕色的皮肤像干羊皮一样，紧紧地裹着那格外突出的骨头。棕色的须发已有些斑白，双眼深陷，目光呆滞。他站在那儿，如同骷髅的手中攥着一支来复枪，以此来支撑自己的身体。可看他那魁梧高大的身材，原本应该是一个非常健壮的人。而他那张瘦削的脸，加上骨瘦如柴的四肢上罩着的那像大口袋一样的衣服，让他看上去老朽而虚弱。他已经快死了，因为饥与渴。

他一直强忍痛苦，坚持沿着山谷行走，这会儿，终于挣扎着爬上了这片高地，他始终抱着一丝希望能看见一丁点的水源。可是，展现在他面前的，只有荒凉的盐碱地，还有最远处那起伏的山峦，连一棵树木都没看见，因为长树的地方就可能有水。这么大的一片荒地，看不到一丝希望。他使劲地瞪大那双迷茫的眼睛，朝着北边、西边和东边张望了一遍，他知道了，流浪的日子就要结束了，看来自己是要葬身于这片凄凉的山头上了。"死在这儿，与再过20年死在鹅绒锦被的床上，有什么区别啊？"他自言自语地说着，走到一块大石头的背阴处，准备坐下休息一会儿。

他坐下之前，先把那支暂时用不着的来复枪放到地上，然后又卸下背在右肩上的大包袱，包袱外面还裹了一块灰色的大披肩。包袱看起来好像挺重的，他都快拿不动了，所以他往地上放包袱时，落地重了一些。那灰色的包袱里竟然传来了哭声，接着，钻出来一张受到惊吓的脸，那双棕色的眼睛忽闪着，还伸出来两只胖乎乎的小拳头，只是上面长有雀斑。

"你把我摔得好痛啊。"那孩子稚气的语气中，带着些许的埋怨。

"是吗？"那男人非常抱歉地说，"是我不小心。"他说着把那灰色的大包袱打开，抱出来一个可爱的小女孩。那女孩，5岁的样子，穿着一双漂亮的小鞋，上衣是粉红

来复枪是英文 rifle 的翻译，意思是枪管中的膛线。一般凡是具有膛线的枪都可以称作来复枪。

色的，嘴巴用麻布围着。单看那装扮，就知道她妈妈对她的照顾有多么周到。虽说那孩子的脸色有点苍白，不过，从她那壮实的胳膊和小腿看得出来，她并不比同年龄的孩子受的苦难多。

"现在好点没有啊？"他看见她仍在揉着脑袋后面乱蓬蓬的金头发，担心地问道。

"你在这儿吻一下，就好了，"她一边认真地说着，一边指给他看磕着的地方，"妈妈就是这么做的。妈妈去哪儿了？"

"妈妈先走了。你很快就能见到她了。"

"哎，真的走了吗？"小女孩说，"太奇怪了，她连再见都没跟我说。以前，她每次去姑母家喝茶时，都会告诉我的。可她这次都去三天了。哦，快渴死了，不是吗？这儿难道就没有吃的喝的吗？"

"没有，一点东西都没有，亲爱的。你只要忍耐一下，很快就好了。你靠着我，对，这样，你会好受些。我这嘴唇也干得要命，连说话都有些吃力，可我还是得告诉你眼前的处境。你手里拿的什么呀？"

"多漂亮！好东西！"小女孩举着那两块云母石片，兴奋地说，"我回家以后，要把这个送给弟弟鲍伯。"

"你很快就能看见比这个还要美丽的东西了。"大人颇为坚定地说，"对了，我刚才正准备问你，我们从那条河离开时的情景，你还记得吗？"

"哦，记得。"

"那好，我们当时以为很快就能再遇到一条河，知道吗？可是，不知究竟哪儿出了问题，罗盘、地图，或者是其他地方出了问题，我们一直都没再找到河流。快没水了，就剩一丁点了，都给你们这么大的孩子留下了。后来——后来——"

"后来，你就不洗脸了。"小家伙打断他的话，非常认真地说着，一边抬头盯着他那张脏兮兮的脸。

"没水洗脸，连喝的都没有了。后来，本德先生是头一个走的，接着是印第安人皮特、麦克格瑞格夫人、约翰尼·亨斯，再后来，亲爱的，就是你妈妈了。"

"那就是说，妈妈已经死了。"小女孩哭着说，然后用围布蒙着脸，大哭起来。

"是的，全都走了，就剩咱们俩了。后来，我以为来这边可能会找到水。所以，我就背着你，我们俩一步一步地走到这里。可是，好像没有一点好转的迹象。现在，我们已经快撑不下去了！"

"你的意思是，我们快死了吗？"孩子突然不哭了，仰着头问，她的脸上全是泪水。

"我想应该快了。"

"你怎么不早点说啊？"小女孩竟高兴地笑了起来，"刚才你可把我吓坏了。你看，现在已经没事儿了，我们死了以后，就又能跟妈妈在一起了。"

"是的，肯定能，小宝贝。"

"你也能看见她的。我得跟妈妈说说，你对我特别好。我相信，她肯定正在天国门口迎接我们呢。她手里还拎着一大壶水，拿着好多热腾腾的荞麦饼，两面都烤得焦黄，我跟鲍伯最爱吃这样的。可是，我们还得等多长时间才能死啊？"

"不知道——应该不会太久。"大人注视着北边的地平线说道。这个时候，蔚蓝色的天穹之下，闪动着三个黑点，而且移动的速度非常快，越来越大了。很快，就看清楚是三只褐色的大鸟。它们在这俩人的上空盘旋了一会儿，就落在了他们后面的那块大石头上。这是三只巨雕，也就是西部所说的那种秃鹰。它们就是死亡的先兆。

"公鸡和母鸡，"小女孩指了指眼前的庞然大物，拍着手愉快地叫着，她想让它们重新飞起来，"我说，这地方是上帝创造出来的吗？"

"当然是。"大人回答道。她这个突如其来的问题，让他大吃一惊。

"伊里诺斯州是他创造出来的，密苏里州也是，"小女孩接着说道，"可是，这儿创造得一点都不好，竟然连水和树木都漏掉了。我还以为是别人创造的呢。"

"我们祈祷吧，你觉得怎么样？"大人神情恍惚地说。

白头海雕又名美洲雕或秃鹰，是一种大型猛禽，成年海雕体长可达1米，翼展2米多长，飞行能力很强，其视力比人类的眼睛要锐利很多倍，是北美洲的特有物种。1782年6月20日，美国国会通过决议立法，选定白头海雕为美国的国鸟。

"天还没黑呢。"小女孩说。

"不要紧，祷告原本就没规定时间。放心吧，上帝绝对不会责怪我们的。你现在就开始祈祷吧，我们在荒野上时，每晚你都会在篷车里祷告的。"

"你为什么不祷告啊？"小女孩瞪着眼睛，一脸的疑问。

"我已经不记得祷文了，"他说，"我从有半截枪那么高的时候开始，就再没祷告过了。不过，我觉得，现在重新开始祷告也不是特别晚。你把祷文说出来，我跟着你念。"

"那你也得跪着，我也跪下。"她说着，就把包袱平铺到地上，"你最好像这样举着手，能感觉好一点。"

这个奇特的场面，除了秃鹰，再没别的什么人或东西看到了。在又长又窄的披肩上，两个流浪者并排跪着，一个天真可爱的小女孩，一个野蛮坚强的冒险家。两张脸——胖胖的小圆脸和瘦削而憔悴的黑脸，同时仰望着没有一丝云彩的天空，面对着与他们同在的可敬可畏的神灵，虔诚地祈祷着；两种声音——清脆而稚嫩，苍老而沙哑，一起虔诚地祈求着上帝的宽恕和怜悯。他们做完祷告以后，重新坐回大石头的阴影中，孩子靠着她这位保护人那宽厚的胸膛，逐渐睡去了。他看了她一会儿，但终究不能与自然抗衡。他连着三天三夜都没休息过了，眼睛都没合一下。眼帘缓缓地垂了下来，把疲倦的双眼盖住了，慢慢地，脑袋也耷拉到了胸前。大人那斑白的胡须和小女孩那金色的头发搅到了一起，两人都睡过去了。

假如这位流浪汉再晚睡上半个钟头，就能看见那副壮观的场面了。这片盐碱地的尽头，一阵烟尘突然扬起。刚开始的时候，特别轻，远看着就像雾气一样。可是，烟尘越扬越高，越散越多，最后竟形成了一团浓云，很显然，这么大的飞尘，只可能是急速前进中的大队人马扬起来的。假如这儿是一片沃土的话，人们就敢肯定，草原上迁徙的大队牧群正在朝这个方向移动。但在这块寸草不生的盐碱地上，显然不可能出现这种情况。烟尘朝这两位熟睡中的流浪者的方向滚滚而来，越来越近。朦胧的烟雾中，逐渐看见了帆布盖的篷车，还有全副武装的骑士的身影，原来这支车队是开往西部的。阵势浩荡啊！前边的人都已经到山脚底下了，后面的队伍一直延伸到地平线的尽头。这片漫无边际的荒野上，两个轮的、四个轮的车子一辆接一辆；骑马的、步行的，队列络绎不绝；无数个肩负重担的妇女蹒跚着；篷车旁边，许多个孩子拖着步子踉跄地跑着；白色的篷车上还有一些小孩子，正从里面往外张望着。很明显，这可不是普通的移民队伍，看着更像是一群难民。因环境的压力，正在寻找新的安乐之地。人声、马声和车声夹杂着，乱成一团，响声震天。可是即便这样，也未能把山头上那俩困乏至极的落难人惊醒。

队列最前面的是20多个表情严肃、神情镇定的骑手。他们穿着朴素，衣服是全手工做成的。每个人都挎着一支来复枪。他们走到山脚下的时候，停住了，开了个简短的小会。

"弟兄们，朝右边走，有井。"说话的人紧绷着嘴唇、胡子刮得很干净、头发灰白。

"往布兰卡山的右边走，我们就能到里奥·格兰德了。"又有一个人说道。

"不用担心，我们肯定能找到水的。"第三个人大声说道，"神会把水从岩石中引出来的，他是不会抛弃我们的。"

"是啊！是啊！"那几个人异口同声地说。

就在他们准备重新出发的时候，眼神儿最好的那个年轻小伙子突然叫了起来，同时，用手指着头顶上那块险峻的峭壁。原来，有个粉色的小东西正在山头上随风飘荡着。

那暗灰色的岩石把它衬托得格外鲜明和突出。他们一看见那个小东西，就立刻勒住马缰，举起枪。与此同时，越来越多的骑手从后面赶了上来。他们不约而同地喊道："有红人①。"

"这儿不可能有红人出没的。"一个长者说道，看着像是他们的首领，"我们已经穿过波尼红人的地段了，翻过前边那座大山之前，再也看不见任何部落了。"

"还是让我上去看看吧，斯坦杰森兄弟？"其中一个人说道。

"我也去，我也去。"十几个人争先恐后道。

"把马留下，我们在这儿等着你们。"那位长者答应说。

那几个年轻人立刻跳下马，拴好以后，沿着险峻的山坡一路攀爬上去，他们对那个目标充满了好奇。

他们悄然而迅速地攀爬着，动作从容而敏捷，就像经过长期训练的侦察兵一样。山脚下的人望着他们在峭壁之间行走如飞，终于爬到了山顶。最先发现目标的那个年轻小伙子最先上去。紧跟在他身后的人们发现他突然举起双手，好像很吃惊的样子。他们上去一看，也被眼前的场面惊呆了。

山顶的这小片平地上，一块巨大的石头突出着。一个身材高大的男子躺在巨石旁边，长而斑白的须发，刚毅的相貌，瘦削的脸庞。他那安详的神情和均匀的呼吸表明他睡得很沉。他身边还依偎着一个小女孩。小胳膊又圆又白的，紧紧地搂着大人那又黑又瘦的脖子；满头金发的小脑袋，靠在这位穿着棉绒上衣的男子的胸口；小嘴微启，露出两排整齐洁白的牙齿；稚气的小脸上，还带着一丝顽皮的笑容；胖乎乎的小腿上，套着白色的短裤；鞋子也特别干净，上面的扣子闪闪发亮。所有这一切，跟她同伴那干瘦的手足放在一起，这样的对比简直太奇异了。而在这俩人头顶的那块巨石上面，停着三只蠢蠢欲动的秃鹰，它们一看见突然间来了这么多人，就失望地长啼一声，无奈地飞走了。

秃鹰的长啼把这两个熟睡中的人惊醒了，看见跟前站了这么多人，两人有些恍惚。那男子挣扎着站起身子，俯瞰着山下。自己被睡神叫去的这段时间，原本一片荒芜的原野上，现在竟然出现了这么多人马。他的脸上写满了不可思议，他举起自己那骷髅般的手，在眼上晃了晃。"这大概就是所谓的神志不清吧。"他喃喃地说。站在他身边的那个小女孩，紧紧地抓住大人的衣角，一句话都不说，用小孩子所特有的那种吃惊的眼神，打量着四周。

爬上来的那些人很快就打消了对这俩落难人的疑虑，让他们相信，这一切都不是

---

① 指北美的印第安人，他们的皮肤发红，所以被人称作"红人"。

幻觉。其中一个人把小女孩抱起来，放到肩膀上。还有两个人搀扶着她那虚弱疲乏到极点的同伴，一起朝队列走去。

"我叫约翰·费瑞尔。"那个流浪汉自报家门道，"我们总共 21 个人，就剩下我和这个小家伙了。在南边的时候，没吃没喝的，他们都已经死了。"

"这孩子，是你的吗？"有人问他。

"我觉得，现在应该算是吧。"那个流浪汉坦率地说，"她已经算是我的孩子了。是我救的她。谁都别想夺走她，从现在开始，她就叫露茜·费瑞尔了。可你们是什么人呀？"他满脸好奇地望着那些身材魁梧、脸色黝黑的救命恩人。接着问道："你们的人看着好多啊。"

"估计有上万人吧，"其中一个年轻人说，"我们都是遭难的上帝的儿女——天使莫罗尼的选民。"

"虽然关于这位天使的事情，我并没有听说过，"流浪汉说，"但是，她挑选的子民，倒都是很好的人啊。"

"神的事情，不许乱说。"又一个人严厉地说道，"我们全都信奉用埃及文字写在金叶片上的摩门经文，这些经文是由帕尔迈拉的圣徒约瑟·史密斯秉承下来的。我们来自伊利诺伊州的诺武城，我们在那里建造了自己的教堂。因为那里的暴民和一些无视神明的人，我们才躲到这里来的，就算是一直在这荒漠中流浪，我们也心甘情愿。"

提到诺武城，费瑞尔立刻就回忆起来了。"我明白了，"他说，"你们是摩门教[①]的。"

"我们就是摩门教徒。"他们一起说道。

"那你们现在准备去哪儿啊？"

"不知道呢。上帝会给我们指引的，我们的先知会传达上帝的旨意。你得先见见我们的先知，他会好好安置你的。"

这个时候，他们已经走到山脚下了，一大群移民很快就围了过来。有面目温顺的女人，有打闹活跃的孩子，还有眼神真诚的男子。大家看着这两个陌生人，孩子还这么小，大人又如此虚弱，都不由地发出同情的叹息声。

图为摩门教徒去犹他州时的庞大队伍，里面有篷车、牛以及小孩等。虽然队伍庞大，但由于路上恶劣的环境和沿途印第安人等的冲突，很多人最终没能到达终点。

---

① 该教是约瑟·史密斯在 1830 年创立的。刚开始并没有正式的教名。后来约瑟·史密斯被杀害，布瑞格姆·扬率领着该教的教徒们迁徙到美国中部的犹他州，1847 年在该地安定发展起来。

不过，救援的那几个人的脚步并没停下来，他们拨开众人，径直往前走着。那群摩门教徒在后面跟着，一直走到一辆马车前。那辆马车又高又大，外观豪华、布置讲究，看着明显不同于别的马车。而且，这辆车子套了6匹马，其他大多是两匹的，顶多也不过4匹。车夫旁边，坐着一个年龄不到30岁的人。可是，只看他那硕大的脑袋，还有那坚定自信的表情，就知道他肯定是个领袖。他正读着一本棕皮的书。这群人走到他面前的时候，他放下书，认真地聆听着这件怪事的经过。听完以后，他盯着那两个落难的人。

"要是带你们一起走的话，"他非常严肃地说，"除非你俩信仰我们的宗教。我们绝不能引狼入室。不能因为你们这个发霉的斑点，而在日后让整个果子都烂掉，如果是这样，还不如扔下你们，让你们的白骨暴露在这荒野之上。这个条件，你们能接受吗？"

"就让我们跟着你们走吧，什么条件都能接受。"费瑞尔急切而认真的样子，把那个稳重的长老都给逗笑了。可是那位首领的表情，依然那么庄重而肃穆。

"斯坦杰森兄弟，就留下他吧，"他说，"给他点吃的喝的，还有这个孩子。你还得负责给他们讲授教规呢。我们已经耽搁很久了，赶紧动身吧，前面就是锡安山①！"

"走了，向锡安山前进！"摩门教徒们齐声呼喊起来。口号跟波浪似的，一波一波地往后传去，喊声逐渐消失在远处了。鞭声噼噼啪啪，车轱辘轰轰隆隆，大队伍动起来了，又开始蜿蜒前进。长老斯坦杰森让那两个落难人坐在他的车里，食物和水早就给他们准备好了。

"你们就在这儿歇息吧，"他说，"疲劳过几天就消失了。从现在开始，你们得永远记住，你们已经是摩门教的教徒了。布瑞格姆·扬已经指示过了，他传达的就是约瑟·史密斯的话语，也就是上帝的旨意。"

---

① 这里指的是美国锡安山。锡安山是希伯来语，意思是"神圣的安详之地"。摩门教徒1860年到此开垦。该地1909年成立纪念地，1919年被辟为国家公园。最著名的景观是高耸而狭窄的锡安山峡谷。

第九章
犹他之花

　　摩门教徒们在找到他们的乐土之前，遭遇了各种艰辛和苦难，这里我们不再一一细说。他们坚持走出了从密西西比河到洛矶山西麓的这片区域，那种顽强坚韧的精神绝对是史无前例的。他们凭借着盎格鲁－撒克逊人那种不畏险阻的勇敢和百折不挠的毅力，战胜了野人、野兽、饥渴、疲惫和病痛——所有老天所能降临给人类的磨难。可是，那几乎看不到希望的旅程，加上无穷无尽的艰辛和恐怖，就算是他们中间最坚强的人也害怕过、动摇过。所以，当他们听见领袖的宣布——"脚下这个沐浴在阳光中的犹他山谷，就是神灵赐予我们的乐土家园，这片未经开垦过的处女地将永远属于我们"的时候，所有的人全都叩首下跪，虔诚祷告。

　　很快，扬就用事实向大家证明——他不仅是个行动果断的领袖，还是个做事干练的统治者。未来城市的规划图已经画好了，大体的轮廓也就出来了。城市周边所有的土地，依据每个教徒地位的高低，全部按比例合理分配。商人依旧做生意，手艺人重操手艺。就像变魔术一样，城市中陆续出现了街道和广场；在乡下，挖沟修渠、植篱划界、栽种作物、开垦林地，一派生产忙碌的气象。第二年夏天的时候，乡间便是麦浪万顷，金黄一片。在这块新开发的居住地上，万物生机勃勃，尤其是城中心那座宏伟气派的大教堂，也一天天地高耸起来。每天从第一缕阳光出现，到傍晚最后那片晚霞消失，教堂里的叮叮当当的声音从未间断过。这座教堂是这群移民为纪念那位神灵修建的，因为他们认为是神灵保佑他们克服万难险阻，引领他们来到这块安居之地的。

约翰·费瑞尔跟小女孩相依为命，不久，费瑞尔就正式认下了这个女儿。这两个落难人跟着这些摩门教徒结束了他们伟大的旅程。小露茜·费瑞尔一直在斯坦杰森长老的篷车里，很讨人喜欢。篷车里有斯坦杰森的3个老婆，还有他任性早熟的12岁的儿子，露茜的身体很快就复原了。因为她这么小就没了妈妈，性格又特别温顺，所以不久就获得了那3个女人的宠爱。这种居无定所、以帐篷为家的新生活，也慢慢地让小露茜适应接受了。此时，困苦的费瑞尔也逐渐恢复起来了，而且，还向大家证明他不只是个得力的向导，还是个勤恳踏实的猎手，新伙伴们因此很快就对他刮目相看。所以，当这种漂泊的生活终于结束的时候，除了先知扬，还有斯坦杰森、坎伯尔、约翰斯顿及卓伯尔4个长老之外，所有人都认为费瑞尔应该享有和大家同等的权利，分得一大片肥沃的土地。

就这样，费瑞尔也有了属于自己的一块土地。他在这块土地上建造了一间结实的木屋。后来，经过逐年的扩建，木屋慢慢地变成了一幢气派的别墅。费瑞尔这个人很现实，懂得人情世故，还有一副好手艺。他的身体很健壮，一天到晚都勤勤恳恳地在自己的土地上耕种，并不断地改良。所以，他的农庄经营得很好，发展很快。不到3年，他就超过了邻居；不到6年，成了小康家庭；第9年的时候，他已经非常富裕了；12年过去了，整个盐湖城，能跟他相比还不足五六家。从盐湖这个内陆湖开始，到很远的瓦撒齐山区的这片区域里，再没有谁能比约翰·费瑞尔更出名的了。

可是，费瑞尔却因为一件事情伤害了同教人的感情。无论怎么辩论和劝说，他都不能像同伴那样娶妻成家，而且，关于为什么会一再拒绝成家，他也只字不提，只是固执地坚持着自己的想法。所以，就有人开始为难他了，说他对于自己所信仰的宗教不够虔诚；也有人说他过于吝啬，不愿意破费；还有人揣测他以前肯定有过一段刻骨铭心的感情经历，或许在大西洋沿岸曾经有个金发女郎为他憔悴而死。无论别人怎么说、怎么看，费瑞尔始终都固守着自己的单身日子。除此之外，他在各个方面都恪守着这块新乐土上的宗教的教规教义，被公认是个规规矩矩、行为端正的人。

露茜·费瑞尔在木屋中慢慢成长起来，能帮着父亲打理很多事情了。山间这清新的空气，松林里那宜人的脂香，像慈母一般抚育着这位少女。日子一年年地过去了，露茜也渐渐长成大人了：健美的身材、日渐娇艳的脸蛋、轻盈的步子，出落得漂亮大方。露茜那苗条轻盈的身影时而穿过麦田，时而骑在父亲的马背上，那种成熟而优美的姿态，完全像一个地道的西部少年。从费瑞尔农庄经过的路人，看到这一幕的时候，都会想起昔日的情景。当年的蓓蕾，现如今已经绽放成一枝美丽的花朵了。经过这么多年，她父亲成了该地最富有的人的同时，她也长成了太平洋沿岸的这个山区中最为标致的一个美洲少女。

　　不过，父亲并不是第一个发现她已经长大成人的。一般来说，这种事情很少是被当父亲的最先发现的。这种微妙的变化简直太神奇了，而且都是悄悄进行的，不能用日子来计量。其实，最感觉不出这种微妙变化的还是女孩自己。只有当她听见某个人的声音，或碰触到某个人的手，会心跳加速或产生一种难以名状的情感时，她才可能意识到，有一种新奇的、非常强烈的人性的本能在她内心深处萌芽了。世界上几乎所有的人都忘不了自己萌动时的样子，那件预示自己新生活到来的事情，差不多每个人都能回忆起来。但是，对于露茜·费瑞尔来说，暂且不说那件事对她和别人的命运究竟造成了什么样的影响，只就那件事情本身而言，就已经够可怕的了。

　　那是一个暖和的6月的清晨，摩门教徒们像蜜蜂那样地忙碌着——蜂巢的形象就是他们的标志。农田里、街道上，到处都是劳碌的人群。大路上尘土飞扬，川流不息的骡队拉着沉重的货物向西边进发。当时，加利福尼亚州掀起了淘金的热潮，贯穿大陆、通向太平洋沿岸的大路横穿过伊莱克特新城。大路上有从很远的牧区赶来的成群的牛羊，也有经过长途跋涉疲惫不堪的移民。露茜·费瑞尔，凭借着自己高明的骑术，纵马穿行在这条人畜纷杂的道路上。她那张漂亮的脸蛋因为过多运动而红了起来，栗色的长发迎风飘在脑后。她这是去城里为父亲办事的。跟往常一样，她凭借着年轻人无所畏惧的冲劲，使劲地催马前行，心里只惦记着自己需要办的事情。风尘仆仆的淘金者们，一个个全都惊奇地望着她，就连最为冷漠的运送毛皮的印第安人，看见这个容貌如此漂亮的白皙少女时，也不免露出惊愕的表情，紧绷的面孔也不由得舒展开来。

　　快进城的时候，露茜看见了6个长相非常粗野的牧人，他们从大草原上赶来的牛群已经把道路完全堵死了。她在一边等得不耐烦了，就策马往牛群的缝隙里钻，准备穿过这群障碍。可是，她刚进入牛群，后边的牛就一股脑儿地挤了过来，她发现自己陷进了一片牛海之中，周围攒动的都是眼睛凸出、长着犄角的庞然大物。因为她平时经常跟牛群相处，所以面临这样的处境，她也没有露出一丝的惊慌，仍旧瞅准缝隙策马前行，想穿过牛群。不幸的是，马肚子被一头牛猛地抵了一下，马受到惊吓后顿时狂怒起来，它前蹄跃起，长嘶不已，来回颠腾得特别厉害，如果不是一等的骑手，很可能已经被摔下马了。当时的情形非常危急。受惊的马每一次颠腾，都可能会受到牛角的抵触，这让马越发狂躁起来。这个时候，露茜除了紧紧夹住马鞍之外，也无计可施。只要稍一松手，就可能摔下马去，被疯牛乱蹄踩死。这是她第一次面对突发情况，所以此时的她已经头晕眼花，感觉天旋地转。她手里紧攥的那根缰绳，眼瞅着就要脱手了；周围高扬的尘土，还有拥挤的牛群散发出的那股子气味儿，几乎让人窒息。露茜都已经撑不住了，几近绝望，就在这千钧一发的时刻，耳边突然传来了一个亲切的声音，让她知道有人来救自己了。一只棕色的大手牢牢拽住马的嚼环，在牛群里开出一条出路，很快就把她带出了牛群。

"小姐，希望你没受伤。"那位救星礼貌地说。

露茜抬起头，看着他那张黝黑粗犷的脸，无邪地笑了起来。"真是吓死我了，"她一脸无辜地说道，"没想到一群牛竟然会把我家的邦乔吓成这样！"

"上帝保佑，幸亏你没从马上摔下来。"他非常认真地说道。这个年轻的小伙子，身材高大，一脸豪气，身穿结实的粗布猎服，骑着一匹红棕色的骏马，肩上挎着一支长筒的来复枪。"我猜，你就是约翰·费瑞尔的女儿吧。"他接着说，"我看见你是从他的农庄过来的。你回去后问问他，是否还记得圣路易的杰弗森·霍普一家。万一他真的是那个费瑞尔，那他跟我父亲以前还是至交呢。"

"你亲自去问他，不是更好吗？"她一脸认真地说。

小伙子听见她这么说，颇为兴奋，那黑黑的大眼睛里闪着激动的光芒。"我会的，"他说，"我们已经在山里待了俩月了，现在这个样子贸然去拜访不太好。不过，他看见我们以后肯定会款待我们的。"

一只棕色的大手牢牢拽住马的嚼环，在牛群里开出一条出路，很快就把她带出了牛群。

"他肯定会对你大为感激的。我也得好好谢谢你。"她说，"爸爸特别疼我，如果我被那些牛踩死的话，他会伤心死的。"

"我也会特别伤心的。"她这个同伴说道。

"你？呃，我不觉得这跟你有什么关系啊。你还不一定就是我家的朋友呢。"

这位年轻的猎人听她这么说，那张黝黑的脸不禁沮丧起来，露茜发现以后，不由得大声笑了起来。

"看你，我不是那个意思，"她说，"你现在当然已经是我的朋友了。你一定得去看我们啊。我得赶紧走了，要不然，爸爸以后就不会再让我替他办事了。再见了！"

"再见。"他说着，摘下头上的墨西哥式的宽檐帽，低头在她的小手上吻了一下。她掉转马头，挥动马鞭，沿着大路飞驰而去，后面扬起一阵烟尘。

小杰弗森·霍普与同伴们骑着马继续赶路。一路上，他心事重重，一言不发。他和同伴们一直在内华达山上寻找银矿，眼下正要回盐湖城，准备回去筹措一大笔资金，来开采他们找到的那些矿藏。其实，他之前跟所有的同伴一样，一直热衷于这种事业。可是，这次意外的邂逅彻底扰乱了他的心思。这么漂亮的少女，爽朗而又纯洁，就如山上的清风一般。他那颗热火般难以自制的心灵深深地被触动了。她的身影从自己的视线中消失的时候，他觉得自己生命中最重要的转折点已经来了，什么银矿和其他乱七八糟的问题，现在对他而言，都没有刚刚发生的这件占据了他全部心神的事情重要。这个时候，他心中激发出的爱情，已经不像孩子时期的幻想一样忽闪忽现、变化无常了，而是一个性格坚韧、意志坚定的男子汉所爆发出的那种奔放狂热的激情。他长这么大，所有的事情都做得非常出色。所以，他暗自下定决心，只要努力和坚持能让他成功的话，那他这次也绝对不会失败的。

他当晚就去拜访了约翰·费瑞尔，后来，又去了很多次，终于互相熟识起来。约翰·费瑞尔一直深居在山中，这12年来，他全身心地致力于农庄的工作，与外界几乎完全隔绝了。不过，这些年所发生的事情，霍普却熟悉得很，然后他就把自己的所见所闻，一件一件地说给费瑞尔听。霍普讲得有声有色、妙趣横生，不仅深深吸引着这个父亲，就连露茜也听得津津有味。当年，霍普也是加利福尼亚的拓荒者之一，所以，在那满地黄金、充满暴力的岁月里，

图为一处淘金场地。美国历史上向西进运动持续了很长时间，特别是西部发现黄金等资源后，大量的人口便不断向西迁移。许多不同地方的人来此谋求财富和更好的生活。

他当晚就去拜访了约翰·费瑞尔，后来，又去了很多次，终于互相熟识起来。

人们发财致富、倾家荡产的故事，他几乎全能说出来。他当过侦查员，做过猎手，也寻找过银矿，还当过牧场里的工人。只要听说哪儿有冒险的事情，他都会去尝试一番。他很快就赢得了费瑞尔的欢心，经常得到费瑞尔的夸赞。每当这个时候，露茜都会保持沉默。不过，她那颗年轻的心早就不受控于自己了。她那羞红的脸颊、幸福的眼神，就是很好的证明。或许，她那淳厚的老父亲还没发现这些征兆，不过，那个赢得她芳心的小伙子可都把这些看得一清二楚。

夏天的一个黄昏，霍普骑着马从大路上飞奔过来，到庄园门口的时候停了下来。站在门口的露茜，跑上前去迎接他。他把马缰绳往篱笆上一扔，沿着门前的小路大踏步走来。

"我得走了，露茜，"他一边说，一边抓着她那两只小手，含情脉脉地望着她的脸，"我现在不会让你立刻跟着我走，可是，等我下次回来的时候，你能下定决心跟我走吗？"

"那你啥时候回来啊？"她有点害羞地问道。

"最多俩月，亲爱的。到那时，你就是我的了，谁都不能阻挡我们。"

"那爸爸是什么意思啊？"她问。

"他没意见，只要求我们把银矿办好。不过这个问题，我一点都不担心。"

"哦，那就好。只要你们都已经安排好了，我就不多说什么了。"她温柔地说着，脸庞紧紧地依偎着他那宽厚的胸膛。

"谢天谢地！"他低沉着声音说道，一边俯下身子吻她，"那就这样决定了。我待的时间越长，就越舍不得离开。大家都在峡谷等着我呢。再见吧，哦，亲爱的，再见！用不了俩月，你肯定能见到我的。"

他说着挣脱出她的怀抱，跃身骑上马，径直飞驰而去，连头也没回，感觉就像只要他回头看见了离别的人，就会动摇自己的决心一样。她一直站在门口凝望着他的背影，直到看不见了才走回屋子。她觉得自己是整个犹他州最最幸福的姑娘。

第十章

约翰·费瑞尔与先知的交谈

　　杰弗森·霍普他们已经离开 3 个星期了。这个年轻人回来的时候，也就是他失去宝贝女儿的时候，约翰·费瑞尔每次想到这里，就不免觉得不舍和失落。可是，让他最终下定决心同意这桩婚事的，还是女儿那满脸的幸福。他早就想过了，不管怎么说，他都不会让女儿跟一个摩门教徒结婚的。他觉得摩门教的婚姻简直就是一种耻辱。无论他怎样看待摩门教的教规教义，但在这个问题上，他始终坚持自己的想法。不过，他从来都没有把这个问题说出来过，因为这里是摩门教的地盘，发表有悖于教规教义的言论是很危险的。

　　没错，确实特别危险，就连教会里那些颇有名望的圣徒，也只敢私下偷偷发表自己的议论，恐怕哪句话万一传出去了，那可就要大祸临头了。有的人，以前遭受过迫害，好容易逮着一个报复的机会，就变本加厉，残忍至极。

图为摩门教一夫多妻的家庭。在摩门教成立的初期，少数人推行多重婚姻（一夫多妻制）的做法，这种情形已经在 1890 年得到了废除。摩门教的传教和生活形态是以家庭为中心，因此该教会特别重视家庭。

这个组织那无形的力量简直无处不在。神秘感让其变得更为恐怖，它就像是万能的一样，而其所作所为又是别人所看不到、听不见的。只要有谁反对教会，那他就会立刻消失。没人知道他去哪儿了，也没人知道他发生了什么事情。妻儿还在家中等待着，但他却再也不会回来告诉他们自己在神秘审判者手里的遭遇了。说话稍有疏忽，行为略有闪失，马上就有灭顶之灾。没人知道笼罩着他们的那股可怕的势力到底是一种什么样的东西，所以，每个人都谨小慎微，战战兢兢。就算是在空无一人的旷野上，也不敢小声嘀咕自己对这股压迫势力的怀疑。

刚开始的时候，这股神秘而恐怖的势力只用来对付那些叛教的人。可是没过多久，它打击的范围就大了起来。当时，成年女子已经无法满足需求了。如果没有充足的女人，一夫多妻制的教条也就形同虚设了。所以，四处都散播着各种各样奇怪的传闻——在从来没有印第安人出现过的地方，移民在半路被谋杀，营地也遭到了抢劫；摩门教长老的深屋里突然出现了陌生女人。她们那憔悴的脸上流露出抹不掉的恐惧，整天哭哭啼啼的。夜晚从山里回来的游民们传言，傍晚的时候，有一长队骑着马、戴着面具的全副武装的匪徒，像幽灵一样从他们身边经过。这些故事被传得有板有眼，而且越来越像真的一样，经过几次印证以后，人们就把这些行为归到了某人的名下。

谁要想更深入地了解这个可怕罪恶的组织，只能加剧自己内心的恐惧。这个凶残的组织里到底有哪些人，没人知道。那帮人打着宗教的旗号，却干出如此残忍血腥的勾当，他们的身份是绝对保密的。你对着倾诉自己对先知或教会不满的那个朋友，很可能就是半夜点着火把、抄着家伙前来恐怖报复的成员之一。所以，每个人都对自己的邻居疑心重重，根本就没人敢把自己的心里话说出来。

那天早晨天气很好，约翰·费瑞尔正准备去麦田，突然"咔嗒"一声，大门的门闩响了，他隔着窗户朝外望去，从小路上走过来一个身体健壮、淡茶色头发的中年男子。费瑞尔吓了一跳，因为来者不是别人，而是布瑞格姆·扬这个大人物。他顿时害怕起来，他知道扬的来访对自己来说可是凶多吉少。费瑞尔连忙跑向门口迎接摩门教的这位领袖。对于费瑞尔的殷勤，扬表现得极为冷淡，他紧绷着脸走进客厅。

"费瑞尔兄弟，"他说着，顺便坐了下来，浅色睫毛下那锐利的双眼挑剔地盯着这位老农，"摩门教善良的信徒们对你们始终都非常友好。你在沙漠中快要饥渴而死的时候，是我们给你食物、救了你，然后平安地把你带到神明所选中的这个山谷里来，还分了一大片土地给你，在我们的庇护之下，你逐渐地富裕起来，是这样吧？"

"是的。"费瑞尔答道。

"所有这一切，我们对你只有一个条件，那就是，你必须绝对地忠诚于我们的宗教，各方面的教规你都必须遵守。关于这一点，你当初可是答应过的。如果大家没说错的话，你从来都没认真遵守过。"

"请问，我哪方面遵守得不够啊？"费瑞尔摊着双手，争辩道，"是我没有按时缴纳公共基金，还是我没去教堂做礼拜？还是我……"

"那你的妻子们呢？"扬问，他环顾着四周，"叫她们出来，我要见她们。"

"我没娶妻，这是事实，"费瑞尔说，"不过，眼下的女人太少了，我觉得应该有好多人都比我更需要。再说，我也不是孤零零一个人，还有女儿侍候我呢。"

"我来找你谈话，正是为你女儿的事情，"这个摩门教领袖说，"她已经长大了，而且算得上是我们犹他州的一枝花。好多有头有脸的人物都看上她了。"

约翰·费瑞尔一听，心顿时揪了起来。

"外边很多人传言，说她跟一个非摩门教徒订下婚约了，我希望这些都不是真的，这肯定是那些无聊的人在胡说八道。约瑟夫·史密斯经典的第十三条是怎么说来着——'摩门教的每个女子都应嫁给摩门信徒，她要是嫁给非摩门信徒的话，就是罪不可赦。'经典上是这么说的。既然你是遵守教义的，那你就不能纵容你女儿违背它。"

约翰·费瑞尔没有吱声，不停地把玩着手中的马鞭。

"考验你全部诚意的时候到了。四圣会已经作出决定，这个姑娘还很年轻，不会让她嫁给老长者的，我们也允许她自己挑选。我们这几个当长老的，'小母牛'已经不少了。不过，我们的孩子们倒还有需要，斯坦杰森有个儿子，卓伯尔也有一个，他们都很乐意把你女儿娶进家门。你就让你女儿在他俩之间选一个吧。他们年轻有钱，还都是忠诚的教徒。这件事情，你有什么意见吗？"

费瑞尔眉头紧缩，沉默了一会儿。

"您给我们一些时间考虑一下吧，"他终于说道，"我女儿还小，还没到结婚年龄呢。"

"她有一个月的选择时间，"扬边说，边站起身，"一个月以后，她必须给我一个答复。"

图为马鞭，通常用来赶马，有时也可以作为武器使用。

扬走到门口的时候，突然扭过头，那张通红的脸上流露着凶光。"约翰·费瑞尔，我劝你好自为之，"他大声喝道，"如果你想拿着鸡蛋去碰石头，违抗四圣命令的话，当初还不如就让你俩暴死在荒漠里呢！"

他挥着拳头，做了一个恐吓的手势，

然后就转身走了。费瑞尔能听见门前石头小路上他那沉重的脚步声。

费瑞尔把胳膊肘支在膝盖上，呆坐在那里，想着到底该怎么跟女儿说这个事情。这个时候，一只柔软的小手突然把他的手给握住了。他抬起头，看见了站在身边的女儿。那张惨白而恐惧的脸表明，刚才这番谈话她都已经听到了。

"我不是有意偷听的，"她望着父亲的脸说道，"他那么大的声音，整个房间都能听到。爸爸，爸爸，我们该怎么办啊？"

"你先别慌，"他说着就把她拉到怀里，用粗大的手抚摩着女儿那栗色的长发，"我们肯定会有办法的。你对那小伙子的感情不会因此而淡下来，对吗？"

露茜没吱声，只是紧紧地抓住父亲的手，隐忍着抽泣着。

"不会，绝对不会。我可不想听见你说会。那个小伙子很有前途，还是个基督徒。只凭这一点，他就比这儿的人强好多倍，别管他们的礼拜和祈祷怎么样，也别管他们有什么说教。正好有一批人明早去内华达，我们想办法给霍普捎个信，把我们目前这糟糕的处境告诉他。如果我没看错这个年轻人的话，他肯定会像骑着电报一样，飞奔回来的。"

父亲这样的形容，让露茜忍不住破涕为笑。

"只要他回来，肯定会有办法的。可我是在担心你啊，爸爸。我听说过——听说过那些关于违抗先知的事情，非常可怕，说什么违背他的人会有灭顶之灾的。"

"但是，我们还没违抗他呢。"父亲说，"万一我们违抗他的话，那还真得提防点呢。我们还有一个月的时间呢。到时候，我们最好还是离开这个鬼地方。"

"离开这里！"

"只能这样了。"

"农庄怎么办？"

"我们可以把它卖掉，尽量换成钱。万一卖不掉也就算了。说实话，露茜，我不是现在才有这个想法的。我生来都不喜欢向别人屈服，让我像这里的人一样，屈服于那个该死的先知的淫威之下，我做不到。因为我是一个崇尚自由的美国人，我忍受不了这里的一切。我觉得可能是自己老了，他们那一套我学不会。如果他们真来我的农庄撒野的话，我就让他们尝一尝猎枪子弹的滋味。"

"可他们是不会放我们走的。"女儿提醒他说。

"我们等霍普一回来就逃出去。在这之前，你可别自己烦恼啊，我的乖女儿，也不能哭肿眼睛，如果他回来后看见你这副模样，肯定会找我算账的。不用害怕，不会有什么危险的。"

安慰女儿的时候，约翰·费瑞尔满怀信心，语气十分坚定。可是当晚，露茜就发现父亲跟往日不一样了，非常谨慎地把门窗拴好关紧，还把卧室墙上挂着的那支已经生锈的旧猎枪摘下来，擦拭干净，最后装上了子弹。

第十一章
逃命

　　跟摩门教领袖交谈完的第二天早上，约翰·费瑞尔就去了盐湖城。他在那里找到前去内华达山的那个朋友以后，托他给杰弗森·霍普带去了一封信。他把眼下正威胁着他们的这件事情都写在信里了，还让他赶紧回来。办完这件事情以后，费瑞尔的心里轻松多了，所以，他回家的时候，心情还是比较愉快的。

　　他快走到自己农庄的时候，惊奇地发现大门两边的柱子上各拴着一匹马。让他更为吃惊的是，他回到屋子时看见客厅里多了两个年轻人。一个是苍白的长脸，在摇椅上躺着，高高跷起的双腿一直伸到火炉上；另一个粗俗丑陋、傲气逼人，两手在裤兜里插着站在窗前，嘴里还哼着流行的赞歌。他们看见费瑞尔进来了，就朝他点了点头。在摇椅上躺着的那个先开口了。

图为表现早期摩门教徒西部拓荒的雕塑。摩门教对美国西部的早期开发起到了关键的作用，是美国西部拓荒的先锋。盐湖城这座城市就是摩门教早期的教徒拓荒而新建起来的一座城市。

　　"你可能还不认识我们吧，"他说，"这位是长老卓伯尔的公子，我叫约瑟夫·斯坦杰森。当神明伸出它的援手，收容你们进入我们这和善的羊群时，我们就一起在荒漠中旅行过。"

　　"神明最终肯定会把全天下的人都吸引过来

的，"另一个人的鼻音很重，"虽说神明的行动缓慢了些，不过，却精细得很，不会有一丝的疏漏。"

约翰·费瑞尔淡淡地鞠了一躬。其实他早就猜到这二位来者的身份了。

"我们来这里，"斯坦杰森接着说，"是遵从父亲的命令，向你女儿求婚的。请你和你女儿看看，你们到底看中我俩中的哪一个了，哪一个最合你们的心意。我现在呢，有4个老婆，但是卓伯尔老兄都已经7个了。所以，我觉得我比他更需要。"

"不对，不是这样的，斯坦杰森兄弟。"另一个大声嚷道，"有几个老婆并不是问题的关键，你我到底能养活几个才是最重要的。我父亲已经把他的磨坊送给我了，所以说，我现在可比你有钱。"

"可是，我的前程可比你的好多了。"斯坦杰森激动地说，"等神明把我父亲请走时，他那硝皮场和制革厂就全都是我的了。到那个时候，你可就该叫我长老了，我在教会里也就比你有地位了。"

"那就让姑娘自己决定吧，"小卓伯尔一边端详着镜中的自己，一边强露笑颜地说道，"我们只好完全听从她的选择了。"

这两个人争论的时候，约翰·费瑞尔一直在门口站着，气得肺都要炸了。他真想拿着手里的马鞭对着这俩人的脊背猛抽一顿。

"你们听着，"他忍不住大步跨到他们面前，厉声喝道，"只有我女儿让你们来的时候，你们才能来。没有她的允许之前，我不想再看到你们。"

那两个年轻的摩门教徒颇为震惊，他俩瞪大眼睛盯着费瑞尔。在他们眼里，他们这样争着跟他女儿求婚，不管是对他女儿，还是对他而言，都是抬举他们，是一种至高的荣耀。

"要想从这间屋子出去，只有两条路，"费瑞尔喝道，"门或窗户。你们选择哪条啊？"

他那张棕色的脸露出凶狠可怕的表情，双手青筋暴露同样吓人。那两个一看形势不妙，撒腿就跑。费瑞尔一直跟到大门口。

"你俩商量好到底哪位合适以后，通知我们一声就行了。"他讥讽地说道。

"你会为此付出代价的！"斯坦杰森的脸都气白了，大声嚷道，"你居然公然违抗先知，违抗四圣会。你会后悔的！"

"神明会重惩你的，"小卓伯尔也喊道，"他既然能让你生，同样也能让你死！"

"行啊，那我就先让你死给我看看，"费瑞尔狂怒地说。如果不是露茜拽住他的胳臂，拦住他，他早就冲上楼去，拿猎枪下来了。他还没挣脱出露茜的手，就听见马蹄声响了起来，他知道他俩已经走远了，追不上了。

"这两个该死的浑蛋！"他擦着前额的汗珠大声说道，"我的孩子，就算是干干净净地死了，也不能嫁给这号杂种。"

"爸爸，我肯定会这么做的，"她坚决地说，"幸好，霍普很快就回来了。"

"是啊，他很快就回来了。回来得越早越好，还不知道他们接下来会做出什么事情来呢。"

现在正是最危急的时刻，这刚强的老农和他的养女，身边确实特别需要一个能帮他们出谋划策的人。移民在这个地方定居以后，像这种公然违抗四圣命令的事情，还从未发生过呢。假如一丁点的小错误都得遭受严酷惩罚的话，那做出这么大逆不道的事情，其后果就可想而知了。费瑞尔很清楚，现在来说，他的财富和地位对自己没有一点用处。之前，经常有一些跟他一样既有名望、又很富裕的人偷偷被干掉，教会没收他们的财产。虽说费瑞尔足够勇敢，可是，这幽灵一般捉摸不定的恐怖感时刻笼罩着他，只要一想起来，就会不寒而栗。他能够勇敢地面对任何摆在明处的危险，就是无法忍受这种让人终日惶恐的折磨。即便如此，费瑞尔还是小心地隐藏着自己那恐惧的心理，不想让女儿发现，整天摆出一副无所谓的样子。但是，这一切根本就没能逃脱女儿那双慧眼，她早就发现父亲整日里也是提心吊胆、心神不宁的。

但是，这一切根本就没能逃脱女儿那双慧眼，她早就发现父亲整日里也是提心吊胆、心神不宁的。

他已经料到了，扬肯定会用某种方式对自己的行为提出警告的。事实确实如此，只是警告的方式大大出乎了他的意料。费瑞尔第二天早上起床的时候，吃惊地发现被子上钉了张字条，就在他胸口的位置，字条上的粗体字写得歪歪扭扭的：

29天内改邪归正，到时候——

　　最为恐怖的莫过于最后画的那一道。这字条到底是怎么送进他房间里的，约翰·费瑞尔说什么都想不明白，因为仆人们都睡在偏房里，所有的门窗也都插得好好的。他把纸条捏成一团，根本就没打算告诉女儿，但这件事确实更让他觉得害怕了。很明显，纸条上的"29天"指的就是扬说的一个月期限里剩下的天数。看来，要想对付拥有如此本领的神秘敌人，只靠血气之勇是远远不够的。钉纸条的那只手，完全能把刀子扎进他的心脏里。而且，他永远也不可能知道自己到底是被谁杀死的。

　　接下来的那个早上，事情更让费瑞尔感到毛骨悚然了。他们吃早饭时，露茜突然大叫起来，她用手指着上面。天花板的正中央，竟然有一个数字"28"，很明显是用木炭棒画上去的。女儿还不理解这个数字的含义，他也没跟她细说。当晚，费瑞尔没有睡觉，拿着那把猎枪，整整守护了一夜，他什么也没看见，也没听见有任何动静。但是，第二天早上，大门上却又写着一个大大的"27"。

　　就这样，时间一天天地过去了。如同每天的黎明必然会准时到来一样，他每天早上都能发现那个暗处的敌人所记下的数字，而且都是在非常显眼的地方写着距离一个月的期限还有几天。那个要命的数字有时候写在墙上，有时候在地板上，还有几次用小纸片贴在花园的门上或栅栏上。无论约翰·费瑞尔怎样认真警戒，他都没能发现那些每天必有的警告到底是何时所为。他只要看见那些数字，就有一种近乎迷信般的恐惧。所以，他整天坐立不安，日渐憔悴起来。他眼中流露出的神情，跟被追赶的野兽显出的那种惊骇仓皇一模一样。期盼着内华达的那个年轻人快点回来，就是他现在唯一的希望。

　　"20"变成了"15"，"15"很快又变成了"10"，那个人仍旧毫无音信。离期限越来越近了，还是看不到他的人影。只要听见大路上有马蹄声，或者马车夫的吆喝声，费瑞尔都忍不住会跑到大门口张望一下，总惦记着是救星回来了。眼看着"5"变成了"4"，然后又变成了"3"，这个老农几乎失去信心了，对于逃走已经不抱任何希望了。他孤掌难鸣，再加上他也不熟悉周围大山的情形，他知道单凭他自己是逃不出去的。所有的大路，早已被严密把守起来，除非有四圣会的命令，所有人都过不去。他能有什么法子，看来真是无路可走了，这场灭顶之灾估计是逃不过去了。不过，老人的决心从未动摇过，他宁愿拼死一搏，也不能让女儿忍受这样的侮辱。

这天晚上，他独自坐着思量自己的心事，可还是想不出有什么法子能避免这场灾难。这天早上，房间墙壁上的数字已经是"2"了，可就剩一天了。过完明天，到底会发生什么样的状况？他想象过无数种模糊而可怕的场面。他死了以后，女儿会怎么样呢？难道真就逃不出他们布下的这无形的天罗地网吗？想到自己的无能为力，老人不由得趴在桌子上哭了起来。

什么声音？如此寂静的夜晚，从哪儿传来一阵轻微的匍匐声，虽然很小，但是在这么静的深夜，也能听得非常清楚。声音好像是从大门口传过来的。费瑞尔轻手轻脚地走到客厅，屏住呼吸，凝神听着。过了一会儿，那个轻微的、让人浑身发毛的声音又响了起来。很显然，有人在轻轻地敲门呢。这究竟是半夜前来执行神秘暗杀行动的刺客，还是写最后一天期限的狗腿子呢？此时，约翰·费瑞尔觉得与其这样整天心惊胆战、惶惶不可终日地煎熬着，还不如痛痛快快地死去呢。所以，他就跑过去，把门闩拔下来，打开门。

外面寂静无声。夜色晴朗，无数的繁星在天空闪烁。老人看见的只有庭院里的小花园，小花园四周的篱笆，还有那扇门。不管是花园里，还是大路上，都没发现一个人影。费瑞尔又朝两边看了看，刚想长舒一口气，却无意间看见脚下趴着一个人，不由得大吃一惊，那个人的四肢伸得直挺挺的。

费瑞尔又朝两边看了看，刚想长舒一口气，却无意间看见脚下趴着一个人，不由得大吃一惊。

这情景可把他给吓坏了。他依靠在墙上，用手捂住自己的嘴巴才没叫出声来。刚开始，他以为是个受伤或将死的人，再定睛一看，只见地上的那个人手脚并用，像蛇似的没有一点声音地迅速爬行着，一直爬到客厅。那人一爬进屋里，立刻就站起身子，把门关紧。老人这才看清楚出现在眼前的人竟然是杰弗森·霍普，他那张有点可怕的脸，和脸上那坚毅的神情，让老人目瞪口呆。

"天啊！"约翰·费瑞尔喘着粗气说，"你真是快吓死我了。你干吗这样进来呀？"

"赶紧给我点吃的，"霍普沙哑着嗓子说，"我两天两夜都没吃一口东西了。"他看见晚餐就在桌子上放着，就跑过去抓起冷肉、面包，狼吞虎咽起来。"露茜还好吗？"他肚子吃饱以后才问道。

"她挺好的。这些危险她都不知道。"父亲说。

"那就好。房子四面都有人监视，所以我才一路爬进来的。他们确实挺厉害的，不过，要想抓住一个瓦休湖的猎手，还差那么一点。"

此刻的约翰·费瑞尔完全变了个人一样，情绪立刻高涨起来，这个忠实可靠的帮手终于回来了。他激动地紧紧握着年轻人那粗糙的大手。"你真是好样的，"他说，"除了你之外，不会再有人冒死来救我们了。"

"您说对了，老先生，"这位年轻猎手说，"我确实很敬重您，不过，假如这次只关系到您一个人，我可能还会仔细考虑一下，到底要不要伸着脑袋来捅这个马蜂窝。但现在是露茜有难，容不得我仔细考虑了。他们到来之前，我们得走得远远的，从此以后，犹他州再没有霍普这家人了。"

"那我们到底该咋办啊？"

"明天就是期限的最后一天了，我们今天晚上就得动身，要不就来不及了。我弄到一头骡子和两匹马，都在鹰谷放着呢。您现在有多少钱啊？"

"两千金币和五千块的纸币。"

"够了。我还有不少钱呢，全都凑到一起吧。我们得翻过大山从卡森城走。您最好去把露茜叫醒。正好仆人们不在这间房子里睡。"

费瑞尔去叫女儿准备动身，杰弗森·霍普把他找得到的所有吃的东西全部打包，又灌了满满一粗陶罐的水。因为他知道山里的水井不仅少，还都离得很远。他刚准备好，费瑞尔跟他女儿也穿好衣服出来了。他们就要出发了。这对情人热切而简短地互相问候了几句，由于时间宝贵，而且，眼前还有很多需要做的事情。

"我们必须立刻就走，"杰弗森·霍普嗓音低沉而坚决地说道，带着一种明知山有虎偏向虎山行的悲壮，"前后的进出口都有人看守。不过，如果小心点的话，我们可以从侧面的窗户出去，然后从田野上穿过去。只要到大路上，再走两里的路程，就能到达放着骡子和马匹的鹰谷了。天亮以前，我们必须翻过山去。"

"万一被人拦住了怎么办啊？"费瑞尔问。

霍普拍着衣服底下鼓出来的左轮手枪。"如果真是寡不敌众，也至少捎上他们两三个，给我们做个伴。"他咬牙切齿地说。

房子里的灯火已经全部灭掉了。费瑞尔透过黑乎乎的窗口，望着曾经属于自己的这块土地，从今以后，这里就永远不再属于自己了。虽然他早有准备，但还是有些舍不得。不过，为了女儿的名誉和幸福，就算是倾家荡产他也愿意。树林里沙沙作响，广阔的田野看上去是那么的宁静，这一切原本应该让人觉得幸福的。可是谁又知道，这里经常有杀人不眨眼的恶魔出没。年轻猎手脸色苍白，表情紧张，足以说明他爬进来的时候，已经彻底摸清了周围险恶的情况。

费瑞尔拎着钱袋，里面装满了金币和钞票；杰弗森·霍普带着有限的干粮和水；露茜也拎了一个小包袱，里面是她的珍贵物品。他们轻轻地、万分谨慎和小心地打开窗户，等到有一片乌云遮住月色的时候，才悄悄地跳出窗外，走到小花园里。他们屏住呼吸，猫着腰，高一脚低一脚地来到花园篱笆的暗地里；又沿着篱笆走到通往麦田的一个缺口处。刚走到缺口，霍普一把拽住那父女俩，把他们拉到了黑暗的地方。3个人趴在那儿，大气都不敢喘一下，吓得浑身直哆嗦。

由于长期在草原上生活，霍普练就了两只山猫般敏锐的耳朵。他们刚趴下，就听见距离他们几步之遥的地方传来了一声猫头鹰的叫声。几乎是同一时间，不远处也传来了一声同样的叫声。然后就在那个缺口的地方，他们3个看见了一个模糊的身影，那个身影也发出了同样的叫声，紧接着，从暗地里又钻出一个人来。

"明晚半夜动手，"第一个人说道，他可能是个领头的，"以夜莺叫三声为令。"

"收到，"另一个人说，"需要我通知卓伯尔兄弟吗？"

"通知他，再让他传给别的人。九到七！"

"七到五！"另一个人对道。然后，俩人就各自离开了。很显然，他们说的最后那两句话就是暗号。他们的脚步声一消失，杰弗森·霍普就站起身子，拽着同伴们从缺口穿了过去，然后，用最快的速度带着那父女俩在田地上飞奔。不过，露茜好像有些跑不动了，霍普只好半拉半拽地拖着她跑。

"赶紧！快点！"他气喘吁吁地、不断地催促着，"我们已经穿过警戒线了。接下来只能快跑了，快点！"

跑上大路以后，他们前进的速度就快了起来。中途，他们还遇到过一次人，只好

第一本关于福尔摩斯的小说《血字的研究》。

迅速闪到一边的麦田里。临近城边的时候，霍普又拐上一条通往山间的小路，浮现在他们眼前的是两座黑压压的险峻的大山。他们此刻走的这条狭窄的小路就是霍普说的鹰谷，马匹就在这儿等着他们。霍普凭着自己高强的识路本领，在乱石中熟练地穿梭着，他们沿着一条干涸的小溪，走到一个以山石作为屏障的僻静之处，骡子和马匹就拴在那里。露茜骑着那头骡子，费瑞尔拎着钱袋，跨上了其中的一匹马。杰弗森·霍普骑着剩下那匹马走在崎岖山路的最前面，为他们领路。

对于从未在深山荒野中行走过的人来说，如此险峻崎岖的山路，肯定会把他们吓坏的。山路一边是高耸的绝壁，突出来的巨石随时都有掉下来的危险，上面那一道道的石梁，看着很像是山石魔鬼身上的肋骨。山路的另一边，遍地是乱石碎岩，根本无路可走。这曲折的小道可是唯一的出路，而且有些特别窄的地方，只能单人通过。路面崎岖，只有骑术高超的人才能顺利通过。虽然眼前困难重重，可是，这几位逃亡人的心里却充满了希望，他们每前进一步，就离那个危险的地方远了一步。

然而，他们很快就发现还是没有从摩门教徒的势力范围内逃脱出去。就在他们走到山路最荒凉的一段时，露茜突然指着上面，惊讶地喊叫起来。小路上方，背衬夜空的黑乎乎的岩石上，站着一个哨兵。他们看见他的时候，哨兵也发现他们了。接着，寂静的山谷中响起了吆喝声："什么人？"

"去内华达的旅客。"杰弗森·霍普一边随口回答，一边抓住马鞍旁的来复枪。

他们看见，只有一个哨兵，他正扣动扳机，瞄准他们，好像并不满意他们的回答。

"谁的准许？"那哨兵又问道。

"四圣批准的。"费瑞尔答道。在摩门教这么多年，他知道四圣代表着最高的权威。

"九到七。"哨兵说。

"七到五。"杰弗森·霍普立刻对道，花园里听到的那个暗号，他一直记着呢。

"过去吧，愿神明保佑你们。"顶上那个人说。过了这个关口，前方的路逐渐宽阔起来，马能迈开步子跑着前进了。回头望去，那个哨兵，还倚着枪支，独自在那里站着。这一次，他们知道已经彻底逃离摩门教的辖区了，自由就在前方。

第十二章
复仇天使

整个晚上，他们一直在错综的小路和乱石累累的崎岖山路上行走。好几次，他们甚至迷失了方向，好在霍普对山间的情形比较熟悉，才又重新回到了正道上。天亮的时候，他们看见了一种奇异的景观，虽说有些荒凉，但确实非常壮观。他们的周围是白雪覆盖的连绵群山，一直延伸至最远处的地平线上。山路两侧不是悬崖，就是绝壁。他们的头顶上还悬挂着很多落叶松，感觉一阵风过去，头顶上就可能会压满落叶松的枝叶。其实，这也不完全是幻想出来的恐惧，这荒凉的山谷中，那些堆积着的树木，和遍地的乱石，都是这样滚落下来的。他们前进的过程中，就有巨石滚落下来，那雷鸣般的轰隆声回荡在这寂静的峡谷中，疲劳的马都被惊吓得快跑起来。

当地平线底下的太阳慢慢升起时，积雪覆盖的山峰逐渐亮了起来，跟过节时张灯结彩的情景一样，慢慢地，所有的山头都披上了红光，明亮得有些耀眼。看见如此奇妙的景象，3个逃亡者更加振奋了，前进的精神头更加足了。走到一个有激流涌出的谷口时，他们停下来饮马，并草草吃了些东西充饥。父女俩想多歇息一会儿，而杰弗森·霍普却坚持继续赶路。"他们现在很可能正一路追赶过来呢，"他说，"成败就看谁的速度快了。我们只要安全到达卡森城，随便怎么歇息都行。"

接着又走了一整天的山路。傍晚时分，他们计算了一下，已经离开虎口30多英里了。

晚上，他们在一处悬岩底下歇息，因为这里能挡住寒风。3个人紧挨在一起取暖，睡了几个小时。天不亮的时候，又出发了。始终没有发现追踪的任何迹象，所以，杰弗森·霍普觉得他们应该算是彻底逃出来了，那个恐怖残酷的组织对他们已经鞭长莫及了。可是，他们不知道那只鹰爪到底能伸多远；他更不知道，那只鹰爪很快就要逼近他们、粉碎他们了。

逃命第二天，临近中午的时候，眼瞅着原本就不多的干粮快要吃完了，但这位猎手一点都不慌张，因为这大山里，能猎取来充饥的飞禽野兽多的是。他以前就经常靠着一支来复枪填饱肚子。他找了个相对隐蔽的角落，然后捡来干柴枯枝生起一堆火，好让同伴们暖和暖和。他们现处在海拔五千英尺的高山上，冷得骨头疼。霍普拴好骡马，跟露茜说了几句话之后，就扛着来复枪走了，想去撞撞运气，打点吃的回来。他扭过头，看见了正围在火堆边取暖的老人和姑娘，还有站在那里一动不动的骡马。他又走了几步，就被大石头挡住了视线，看不到他们了。

他穿过一个又一个的峡谷，差不多走了两英里，连一个野兽的影子都没看见。可是，树干上的痕迹和别的一些迹象表明，附近肯定出没过无数只野熊。但他找了两三个钟头，还是没有任何结果。最后，就在他准备空手而归时，抬头一看，不由得兴奋不已。在他头顶三四百英尺高的那块突出来的岩石边上，有一只貌似羊的野兽，但它却长着一对硕大的犄角。那就叫它"大犄角"吧，它好像正在为霍普看不见的同类站岗放哨。幸运的是，它正好背对着霍普，所以根本就没发现他。霍普趴到地上，找了块岩石作为枪的支架，从容而稳当地瞄准以后打了一枪。那只野兽蹦跳起来，挣扎了几下，就滚了下来。

那只野兽太重了，霍普一个人根本扛不动，所以他只割下来了一条腿和一些腰肉。这个时候，天色快暗下来了。他背上战利品，准备沿着来路返回，可是就在他抬脚的时候，他意识到问题的严重性了。他寻找野兽的时候过于专注，早就远离自己熟悉的那片山谷了，如今想找到他来时的路，还真是不太容易。他感觉自己所待的这个山谷，突然变得错综复杂，到处都惊人得相似，根本辨认不出来。他只好先沿着一条沟走着，差不多走了一英里，看见一个水流湍急的山涧，他确定自己来的时候没有从这里经过。所以，他知道自己走错了，不得不走另一条，可还是不对。天色越来越暗了，等他终于找到熟识的小路时，天已经完全黑了。熟悉的小路是找到了，但要想沿着这条小路从此不再走错的话，也不是件简单的事情。此时，月亮还没升起来，小路两侧那高耸的绝壁，加剧了黑暗的程度。背上那沉重的东西，压得霍普都快喘不上气了，再加上忙活了这么久，他早就疲乏极了。可他仍然坚持着蹒跚前进，因为每往前走一步，就接近露茜一步，而且，还有这么多东西，足够以后路上吃的，霍普只要想到这些，就觉得精神振奋。

他已经走到和他们分开的那个山谷口了。即使在黑暗中，挡在山谷口的那些巨石的形状，霍普也认得出来。他心想，父女俩肯定已经等着急了，他都快离开5个小时了。激动之余，他拢着两只手放在嘴边，大声喊了起来，想借着山谷的回音，告诉他们自己回来了，他停下来，仔细倾听着回音。只听见被这片沉寂荒凉的山谷的石壁折回来的自己的回音，其他的，什么声音都没有。他接着又更大声地喊了一句，可还是没听见他们的动静。跟他们分开也没多久啊。他隐约有一种莫名的恐惧感，赶紧跑了过去，慌乱中，把那宝贝一样的兽肉也给丢掉了。

他拐了个弯，刚才生火的那个地方的情形就看得一清二楚了。那堆火的余炭还在发着微光，不过，非常明显的是，他离开之后，再没人管过这堆火。四周死一般的寂静。那股莫名的恐惧感竟然变成了现实。他立刻跑向前去，火堆旁边一样活的东西都没有，骡马、费瑞尔和露茜全都不见了踪影。很显然，他离开以后，这里发生了极其可怕的灾难，他们全都遇难了，而且，一丝痕迹都没有留下。

这个意外而巨大的打击，真是吓坏了霍普。他顿时感觉天旋地转，只好抓住来复枪来支撑自己不跌倒下去。他毕竟是个意志坚强的人，没多久，就从那种失魂落魄中清醒过来。他拾起火堆中一截半焦的木柴，吹燃。然后，借着火的亮光，把周围仔细察看了一遍。遍地都是马蹄印，这表明那帮人已经骑着马追到这里了。马蹄印去路的方向，表明他们又回盐湖城去了。两个同伴是不是全都被他们带走了？霍普以为他们肯定会这么做的，但是，当他的眼角瞥见一样东西时，他的神经不由得紧张起来。在他们歇息地几步远的位置，突起了一小堆红土，这原来肯定是没有的。没错，这是个刚挖的坟墓。年轻猎手靠近的时候，发现小土堆上竟然还插着一根树枝，树枝的裂开的缝隙里还夹着一张纸，上面潦草地写着几个字，不过，也看得非常清楚：

约翰·费瑞尔
生前居住盐湖城
死于 1860 年 8 月 4 日

刚刚与他分别的那个刚强的老人，就这样死了，这几个字居然就成了老人的墓志铭。杰弗森·霍普四处寻找着，看还有没有第二个坟墓，没找到。那帮凶残的追赶者肯定把露茜带回去了。她终究还是没能逃脱原本悲惨的命运，注定要给长老的儿子做小老婆。

在他们歇息地几步远的位置，突起了一小堆红土，这原来肯定是没有的。没错，这是个刚挖的坟墓。

当这个年轻人意识到这一点，而自己又无能为力的时候，他真有一种冲动——跟随这位老人，一起长眠于他最后安息的这个地方算了。

不过，最终，还是坚强的精神战胜了因绝望而产生的过分的伤感。如果他真的一无所有的话，至少他还能用一生的时间来报仇雪恨。杰弗森·霍普有着惊人的耐力和毅力，所以他那复仇的决心也是百折不挠的。或许是因为跟印第安人相处久了，受他们影响太大，才勾起了他复仇的决心。霍普站在无比凄凉的火堆边，感觉只有彻底而痛快的报仇，用自己的双手亲自把仇人杀死，才能让自己的痛苦稍微减轻一些。他决心已定，要凭借着自己顽强的意志，把所有的精力全都用到报仇上。他的脸色苍白而狰狞，非常可怕。他一步步走向兽肉掉落的地方。即将灭掉的火堆被他重新复燃起来，他开始烤兽肉，一直烤到足够他几天的吃食为止。他把烤好的兽肉打包捆好。虽然他此时已经疲惫至极了，可仍旧踩着那帮追赶者的足迹，翻过大山，一步步地往回走去。

他在原先骑马走过的那条路上，整整艰难地走了 5 天，忍受着脚痛和疲乏。晚上，他随便窝在乱石中,小睡上几个小时。天不亮,就起来接着赶路。第六天,他就回到了鹰谷。不幸的逃亡就是从那里开始的。他站在鹰谷俯瞰下面,能看见摩门教徒们的房舍和农庄。现在的他,已经瘦骨嶙峋、筋疲力尽了。他用来复枪支撑着身体,伸出瘦得如干柴一般的手,对着脚底下那安静的城市狠狠地挥着拳头。他看见城市的一些主干道上都挂着旗帜,还有别的一些过节的标志。就在他寻思其中缘由的时候,忽然传来一阵马蹄声,有个人骑着马正冲他过来。那人走近时,霍普才认出来是叫考伯的摩门教徒。霍普以前多次帮助过他,所以他走近的时候,霍普就跟他打起了招呼,想向他打听一些有关露茜的消息。

"我是杰弗森·霍普,"他说,"还记得我吧?"

那个叫考伯的摩门教徒一脸惊讶地看着他。也难怪,眼前这个蓬头垢面的流浪汉,脸色苍白、双目狰狞、破衣烂衫的,很难让人相信他就是昔日那个英俊潇洒的年轻猎手。可是,当他确定眼前这个人真是霍普的时候,他脸上的惊讶瞬间变成了恐惧。

"你疯了吧,居然还敢回到这里,"他惊叫起来,"我跟你说话,万一被人发现的话,我这条小命可就保不住了。你帮费瑞尔父女逃跑,四圣早就下令抓捕你了。"

"我不怕他们,更不在乎他们的抓捕。"霍普诚恳地说道,"考伯,这件事情,你肯定已经听说了。求你千万跟我说实话。我们一直都是朋友,看在上帝的面上,别拒绝我,回答我几个问题吧。"

"你想知道什么?"这个摩门教徒紧张地说,"赶紧问,石头有耳,大树也长有眼睛呢。"

"露茜·费瑞尔,他们把她怎么样了?"

"她昨天与小卓伯尔结婚了。你可站稳了,你千万得站稳了。看你,怎么这样魂不守舍的?"

"别管我,"霍普嘴唇发白,有气无力地说。他刚才还靠着那块石头站着呢,现在已经颓然跌坐到地上了:"你是说,他们结婚了?"

"昨天结的,就是因为这才把那些旗帜挂起来的。在谁应该娶她的这个问题上,小卓伯尔和小斯坦杰森还有不少争执呢。因为追赶你们的时候,他俩都去了,露茜的父亲还是斯坦杰森开枪打死的,所以,他有充足的理由要求娶她。不过,在四圣会议上,卓伯尔派的势力相对比较大,所以,先知就把露茜判给小卓伯尔了。但是,最终无论是谁霸占了她,都长久不了。我昨天就发现她一脸的死相,哪儿还有个女人的样子,简直就是一个女鬼。你这是要走吗?"

"是的，我得走了。"杰弗森·霍普说着站起身子。他那张脸，简直就像一尊大理石雕像，表情冷酷而坚定，双眼透着杀气。

　　"你要去哪儿啊？"

　　"我不知道。"他说着，扛起自己的武器，大步朝山谷下面走去，一直走到深山中有野兽出没的地方。找遍所有的野兽也几乎找不出来比霍普更凶狠、更危险的。

　　那个摩门教徒果然没有说错。不知道究竟是因为父亲的惨死，还是因为被迫成婚、心怀怨恨，可怜的露茜一直颓废不振，日渐憔悴起来，不到一个月就郁郁而终了。她那个浑蛋丈夫，之所以争着娶她，完全是为了得到约翰·费瑞尔的财产。所以，露茜的死亡，并没有给他带来一丝的悲伤，倒是他的那群老婆对露茜的死表示了哀悼，并且遵守摩门教的习俗，在露茜下葬的前一晚，为她守了一整夜的灵。第二天凌晨，她们还围坐在灵床边的时候，房间的门突然被推开了，闯进来一位衣衫破烂、长相粗犷、蓬头垢面的男子。她们个个吓得魂飞魄散，直打哆嗦。这位男子根本就没正眼瞧那群缩成一团的女人，他径自朝着露茜·费瑞尔那苍白安静的遗体走去，那遗体原本承载着露茜纯洁的灵魂。他俯下身子，在她那冰凉的额头上深深地吻了一下。然后，拿起她的手，把那只结婚戒指从她手指上取了下来。"她绝对不能戴着这种东西下葬。"他凄惨地喝道。当她们还没反应过来大声叫喊的时候，他已经飞身下楼不见踪影了。这件事是如此的稀奇，如此的突然，如果不是露茜手指上那枚金戒指不见了，连守灵的那些人都不敢相信这件事情是真的，更别说让其他人相信了。

　　连着几个月以来，杰弗森·霍普一直逗留在深山之中，过着野人一样的生活，他一刻都没有忘记报仇的事情。不久，城中就开始流传起来，说深山之中经常有怪人出没，他们甚至看见那怪人在城外徘徊过。有一次，一颗子弹"嗖"地穿透斯坦杰森的窗子，射进了距离他不足一英尺的墙里。还有一次，小卓伯尔经过绝壁的时候，头顶突然滚落下来一块巨石，他赶紧趴在地上，才躲过了一劫。没多久，这两个年轻的摩门教徒，就把他们被谋杀的原因查清楚了。于是，他们多次率领人马进入深山，想抓住他们的对手，或者杀死他也行。可他们从来没有成功过。他们只好严加防范起来，不独自外出，天黑以后也绝不出门。除此之外，还加派人手守卫着他们的房子。过了一段时间，他们感觉应该可以放松警惕了，因为一直没有关于仇人的任何消息，也没人发现过他的行踪。所以他们以为，时间长了以后，他复仇的情绪可能就淡下来了。

　　事实绝非如此，相反地，那种复仇的念头愈加强烈了。猎手霍普的决心一直都很坚定，从未动摇过，再说，除了报仇以外，再没有什么事情能够占据他的心灵了。更何况，他首先是个很实际的人，他很快就意识到，不管多么强壮的体格，都经不起如此过度的劳累。露宿荒野不说，还吃不到正经的食物，照这样下去，他很快就会垮掉的，如果他跟野狗似的丧命于这深山之中，那还谈什么复仇大计啊？如果真这样下去，结果肯定如此，那不正合敌人的心意了吗？所以，他支撑着回到他以前在内华达待过的矿上，准备在那儿恢复体力，再积攒足够的金钱，今后追踪仇人的时候，就不至于过于匮乏了。

他原计划离开一年就回来的，因为各种意外，一直脱不了身，竟拖了5年之久。5年过去了，昔日的切肤之痛，他现在仍然记忆犹新。当年那个没齿难忘的夜晚，他面对约翰·费瑞尔的坟墓时那种报仇的迫切心情没有丝毫的减轻。他乔装打扮，隐姓埋名，又回到了盐湖城。他一心只想着让正义得到伸张，至于自己的性命，早就不重要了。他到了盐湖城以后，才发现等待他的是非常不好的消息。几个月前，摩门教有过一次分裂，年轻教徒公然反抗长老们的统治，很多对教会不满的人都走了，离开了犹他州，从此与摩门教没有任何关系。小卓伯尔和斯坦杰森也走了，但是，没人知道他们到底去哪儿了。听说，小卓伯尔设法变卖了他大部分的财产，在他走的时候，应该是个腰缠万贯的大富翁。相比之下，他那位同伴斯坦杰森，就成穷人了。至于他们如今到底在什么地方，找不到任何线索。

面对这样的困难，无论多么迫切的复仇心，一般人很可能就心灰意冷，甚至放弃复仇计划。可是，杰弗森·霍普竟然丝毫没有动摇过。他揣着自己所剩不多的一点积蓄，在美国各个城市寻找仇人。没钱的时候，就以打零工来糊口。一年年地过去了，他那满头黑发逐渐斑白起来，可他还坚持漂泊，就像一只永不罢休的敏锐的猎犬似的。他所有的心血都倾注到了这个复仇计划上，为了复仇，他献出了自己宝贵的一生。苍天不负苦心人。虽然他只是透过窗户瞥见了仇人那张脸，可是，那一瞥告诉他：他苦苦寻找的那俩仇人就在俄亥俄州的克利夫兰城里。他回到自己那脏乱不堪的寄宿处，准备好自己复仇的各项事宜。遗憾的是，那天卓伯尔凑巧也透过窗户认出了街上的这个流浪者，还从他的眼中看到了杀机。当时，斯坦杰森已经是他的私人秘书了。所以，他就在

图为柯南·道尔的日记。在这本由柯南·道尔自画插图的日记中，记录了他在北极一艘名叫"希望"的捕鲸船上的冒险生涯。1880年，在近一年的时间里，还是学生的柯南·道尔中止了在爱丁堡的医学学习，在这艘船上当随船医生。此时的他已经发表了自己的第一篇短篇小说，但他笔下的福尔摩斯要在7年之后才会诞生。

图为福尔摩斯当时所用的显微镜。福尔摩斯经常使用高倍放大镜和光学显微镜来研究对办案有帮助的东西。

斯坦杰森的陪同下找到了一个警察，并告诉他，因为昔日的情敌怀恨在心，他们现在面临着生命危险。当天晚上，杰弗森·霍普就被抓了起来。因为没人来保释他，所以关了他好几个礼拜。他被放出来以后，他之前发现的处所早就人去楼空了，卓伯尔跟他秘书已经到欧洲去了。

霍普复仇的计划又一次落空了。可是，积攒在心头的怨恨也又一次激励了他，让他坚持跟踪下去。因为没有路费，他只好工作了一段时间，节省每一分钱为以后的计划做准备。等他的积蓄足够维持生活的时候，他就出发前往欧洲。到了欧洲以后，他又在每个城市寻找仇人。钱花完的时候，再脏再累的工作他都做，但始终没发现那两个亡命徒。等他赶到圣彼得堡的时候，他俩正好动身去巴黎了；等他赶到巴黎以后，又听说他们刚刚出发去哥本哈根了；可是，等他到达哥本哈根的时候，还是迟了几天，他们已经去伦敦了。在伦敦，他总算追到他们了。至于之后发生的事情，这位老猎人自己的讲述，全都详细地记载在华生医生的日记里，所以，我们还是有幸能读到的。

第十三章
华生医生的回忆录

很明显，罪犯疯狂的抵抗并不是对我们哪个人有敌意。当他意识到自己无力反抗时，竟然温和地笑了起来，同时还表示，但愿他挣扎的时候，并没有伤害到我们。"我知道，你准备送我去警察局的，"他对福尔摩斯说，"我的马车就在外面。假如你们给我松绑的话，我想自己下楼上马车。我可不像从前那么轻了，想把我抬起来可不是件容易的事情。"

葛莱森和雷斯垂德互相交换着眼神，好像在说这样的要求太冒险了。而福尔摩斯竟爽快地答应了罪犯的请求，解开我们捆在他脚踝上的毛巾。那罪犯站起身子，舒展着双腿，好像再次证明一下，它们终于又重获自由了。我到现在还清楚地记得，我当时看着他的时候，就在心里暗自惊叹，他的魁梧与健壮真是世间少有。如同那惊人的身体一样，他那饱经风霜的黑脸上所流露出的坚决而刚毅的神情，也不容忽视。

"假如警察局长这个位子空缺的话，我觉得你就是再合适不过的人选。"他看着我的同伴，语气中带着由衷的钦佩，"对于我这桩案子的侦破，你的方法的确是无懈可击的。"

"你们还是跟我一起去吧。"福尔摩斯对那俩侦探说。

"我来驾车。"雷斯垂德自告奋勇道。

"好啊，葛莱森和我们一起坐车。还有你，医生。你对这桩案子饶有兴趣，也跟我们走一趟吧。"

我欣然答应。于是，我们就一起下楼了。那个罪犯没有一点逃跑的意思，他安静地坐上原本就属于他的马车，我们跟着上了马车。雷斯垂德则爬上了车夫的位置，扬起鞭子策马前进，很快就到了目的地。我们被带到一间小屋里，那儿有位警官，他把这名罪犯的姓名和被他杀死的那俩人的姓名全都记了下来。那警官面色白皙、表情冷漠，只是机械地履行着自己的职责。"本周内，犯人就会提交法庭审讯。"他说，"杰弗森·霍普先生，在审讯之前，你还有什么想说的吗？我得先提醒你，你所说的每一句话，我们都会记下来，很有可能作为定罪的依据。"

"各位先生，我有很多话想说，"我们那个罪犯缓缓地说，"我想把整件事情，一五一十地全部告诉你们。"

"等审讯的时候，你再说不是更好吗？"那警官问。

"我可能永远都不会接受审讯了，"他说，"你们别惊讶，我从没想过要自杀。你是医生吗？"他严厉而深邃的目光看着我问道。

"没错，我是医生。"我说。

"那麻烦你用手按一下我这里。"他一边微笑地说着，一边用那双戴着手铐的手，指了指自己的胸口。

我用手在他的胸口按了一下，立刻感觉到里面的跳动有些异常。他的胸腔里有轻微的震动，就像在一间不结实的房子里，发动了一台强力的机器似的。在如此安静的小屋子里，我听见了他胸腔里那异常的杂音。

"天啊，"我叫道，"动脉血瘤症！"

"他们都这么说，"他淡然地说道，"上个礼拜，我去看过一个医生，他告诉我说，这血瘤过不了几天就会爆裂。实际上，这个病都好多年了，而且一年比一年糟糕。当年我在盐湖城的深山里时，整日露宿，长期过度紧张和疲劳，再加上吃不饱肚子，就得了这种病。如今，我的任务已经完成了，至于啥时候死，我根本不在乎。不过，我想在死之前，把整件事说清楚，这样就有个真实的记载。我可不想被别人当成一个冷酷的杀人犯。"

那位警官和两位侦探开始商议起来，讨论让他说出自己的经历是否合适。

"医生，你看他的病情真有可能会突然恶化吗？"警官问。

"是的。"我回答说。

"要是这样的话，为了维护法律的公正，我们有责任先录取他的口供。"那位警官说，"先生，现在，你可以开始陈述了。但是，我必须再告诉你一遍，你所说的一切，我们都会记录下来的。"

"请允许我坐着说吧，"罪犯说着，就毫不客气地坐下了，"这个血瘤症经常让我觉得疲累，再说，半个小时之前，我们还有过一番打斗，这只能让病情更严重。我都是快要死的人了，所以不会说谎的。我的每一句话都是真实的。至于说，你们最终会怎么判决，那我就管不着了。"

说完这几句话，杰弗森·霍普往椅背上一靠，开始了下面这惊人的讲述。他从容不迫地述说着，而且还讲得很有条理，那种感觉，就像是在讲述一件再平常不过的事情似的。我敢保证，这篇供词绝对准确，因为这是我直接从雷斯垂德的笔记本上抄录的。当时，罪犯陈述的时候，他可是一字不差地记在笔记本上的。

"至于我恨这俩人的原因，对你们来说根本就不重要，"他说，"其实这是他们罪有应得，他们害死过两个人——父女俩，所以他们应该为此而付出代价。事情都已经过去这么长时间了，我根本就拿不出什么证据去法庭控告他们。但是，他们的罪行，我是永远都忘不掉的。因此，我就下定决心，一个人来承担法官、审判员和行刑的刽子手的任务。假如你们站在我的立场上，假如你们也是有血性的男子汉的话，肯定也会像我这样做的。

"我刚刚提起的那个女孩子，20年前原本应该嫁给我的，却被逼迫着嫁给了那个卓伯尔，结果含恨而终。我把那枚结婚戒指从她遗体的手指上摘下来的时候，就发过誓，一定要让卓伯尔看着这枚戒指死去。而且，还得让他在临死前知道，自己是在为犯下的罪行付出代价。我跨越两大洲，不远万里地追踪着卓伯尔他们，终于让我追上了，这期间，我一直都把这枚戒指带在身上。他们试图用这种方法拖垮我，简直就是妄想。就算我明天就死，当然，完全有这种可能，可是，我死之前总算没有遗憾，因为我在世间的任务已经完成了，而且还完成得非常出色。那俩人都死了，还都是我亲手杀死的。除此之外，我再没别的奢望和要求了。

"他们有的是钱，而我是个穷光蛋。所以，到处追踪他们，对我来说一点都不轻松。我赶到伦敦时，差不多已经没钱了。所以，我必须先找份工作来糊口。驾车、骑马对我而言，其实就像走路一样简单，于是，我就去了一家马车场，到那里就被雇用了。每个礼拜向车主缴纳一定的租金，余下的就是我自己赚的。虽说剩下的钱不多，但总能够我勉强维持生活。最难的事情就是路太不好认了，我觉得在所有的城市中，伦敦城的街道是最复杂最难认的。所以，我只好随身携带着地图。一直等我对几家大旅馆和主要车站慢慢熟悉了以后，这份工作才算顺利起来。

"过了好长时间，我才发现那俩人的住处。我四处打听，最后还是无意中撞上他们的。他们的落脚地是泰晤士河对岸坎伯韦尔的一家旅馆。我知道，只要被我发现了，他们就再也逃不出我的手掌心了，因为我留了胡子，他们绝对认不出我来。我把他们盯得死死的，等待着下手的机会。这一次，我说什么都不会让他们逃掉的。

"不过，还是差点让他们溜掉了。在伦敦，无论他们走到哪儿，我都紧紧地跟着，有时候赶着马车，有时候步行。其实，最好的办法还是赶着马车，那样他们就摆脱不掉我了。这样一来，我只能清晨或深夜时才能拉点生意，赚点钱，所以就不能按时给车主交租金了。可是，只要我能亲手把这俩仇人杀死，其他的我都顾不上了。

"他们特别狡猾。对于我的跟踪，他们肯定已经有所察觉了，所以从来不一个人外出，晚上也绝不出门。我每天都赶着马车跟踪他们，连着两个星期，从未发现他们分开过。卓伯尔经常喝得烂醉如泥，斯坦杰森却从来都没有懈怠过。我整天守着他们，总也找不到下手的机会。不过，我并没有泄气，因为我有一种强烈的预感，报仇雪恨的时候就要到了。我所担心的只有一个问题，那就是我胸口这病，我怕它万一提前爆裂了，我这报仇的计划可就前功尽弃，那样，我死都不会瞑目的。

"终于，有一天晚上，当我赶着马车徘徊在他们住的那条托基街的时候，突然发现他们住的那家旅馆的门口来了一辆马车。然后，就有人开始往外拿行李，接着，卓伯尔和斯坦杰森跟着出来了，他们一起上马车走了。我赶紧扬起鞭子远远地在他们后面跟着。我当时特别害怕他们会改变住处。马车到尤斯顿车站的时候停了下来。我找了个小孩帮忙看住我的马车，跟着他们来到月台上。我听到他们在打听去利物浦的火车。车站上的人说，刚开走一趟，下一趟车还要等好几个小时。这个消息让斯坦杰森很是懊恼，但卓伯尔却高兴坏了。我混在人群里，距离他们很近，所以，他们说的每句话我都能听见。卓伯尔说他得去办点私事儿，希望斯坦杰森等他一会儿，很快就回来。可是，那位同伴不仅不赞同，还提醒他说，他俩必须待在一起，不能单独行动。卓伯尔说，那件事得谨慎些，他必须一个人去。斯坦杰森接着说了句什么，我没听清，只

图为 19 世纪末的利物浦车站。

听到卓伯尔破口大骂起来，说斯坦杰森不过是自己的跟班而已，没有权利反过来命令他。那个秘书讨了个没趣儿，也就不再说什么了，只是告诉他，要是他误了最后一趟车，就去哈利迪旅馆找他。卓伯尔说他 11 点钟之前就能回来。说完，他就径直出了车站。

"我等待了这么久的时刻终于到来了。仇人已经在我的掌控之中了。他俩在一块儿

的时候，还能互相帮助，一旦分开了，就只能任我控制了。但是，我也没有贸然行动，报仇的一整套计划，我早就制订好了：手刃仇人的那一刻，如果不让他知道自己到底是被谁杀死的，如果不让他死个明白，那就不能出我这口怨气。按照这个报仇计划，我要让毁了我一生的仇人有时间反省自己所犯下的滔天大罪，他们的报应来了。碰巧的是，几天前，有个坐我车子的人，在布里克斯顿路附近看了几处房子，下车的时候，把其中一栋房的钥匙落在我车上了。虽说他当晚就领走了钥匙，不过，他领回去之前，我早已弄好了模子，还照着又配了一把。这样，我至少能在这座城市里找一个安全的处所，好放开手脚做自己的事情。接下来需要解决难题，就是怎么把卓伯尔带到那栋空房里去。

"一路上，他进了一两家酒店。在最后一家酒店停留了大约半个小时，出来的时候，差点都站不稳当了，他显然醉得不轻。我前面正好停了一辆双轮小马车，他就招呼坐上车。我紧紧地在后面跟着，我的马鼻子几乎要碰到前面车夫的身体了。我们穿过滑铁卢桥，又在街上跑了好几英里。让我感觉奇怪的是，他居然又回到了他原先住的地方。我想不明白，他到底打算做什么。不过，我还是继续跟着，距离那家旅馆大约还有一百码，我就停住车子。他进了那所房子，那辆马车也走了。给我杯水吧，我说得嘴好干啊。"

我倒了一杯水递给他，他一口气就喝完了。

"这就好多了，"他接着说，"我等了一刻钟，或者更久一点，突然听见房子里好像有打闹声一样。接着，大门就开了，出来两个人，卓伯尔和一个年轻小伙子，我之前从没看见过这个年轻人。那小伙子揪住卓伯尔的衣领，把他拉到门外的台阶上，使劲推了一下，紧接着又猛踹一脚，一直把卓伯尔踹到街道中间。'你这个狗杂种！'他对卓伯尔挥舞着手里的木棍，厉声喝道，'让你调戏女孩子，给你点厉害尝尝！'那小伙子的样子愤怒极了，如果不是那浑蛋拼命跑掉了，我觉得，那年轻人肯定会拿着棍子痛打他一顿。卓伯尔跑到拐弯处的时候，正好看见我的马车，就喊住我，然后一脚跳上马车。'去哈利迪旅馆。'他说。

"他主动上了我的马车，我简直高兴坏了，心狂跳不止。我特别怕在这最关键的时刻，血瘤会突然破裂。我一边不紧不慢地赶着马车朝前走着，一边想着到底该怎么做。其实，我完全可以一直把他拉到乡下，在荒无人烟的小路上，好好跟他算一算总账。就在我决定这么做的时候，他又一次帮我把难题解决了。他的酒瘾又上来了，他让我停到一家大酒店外面，还嘱咐我在原地等他。他一直在里面待到人家打烊，出来的时候，已经醉得不省人事了。所以我更加确信自己绝对胜券在握。

"你们别以为我会一刀结束他的性命，那样就太便宜他了，法律可能会这么惩罚他，可我做不到。我早就想好要给他一次机会，他要是能把握住的话，还可能有活的希望。我在美国流浪的时候，什么样的工作都做过。我在约克学院的实验室看过门、扫过地。有一次，教授讲解毒药问题的时候，给学生们看过一种叫'生物碱'的东西，那是他从南美洲土著人制造的毒箭上提炼出来的。那东西的毒性很大，只要沾上一点，立刻就会毙命。我记准了教授摆放毒药瓶子的位置，就趁他们走了之后倒出来了一点。我本来就是一个相当不错的配药高手，所以，我把那些毒药制成了易溶解的小药丸。然后，往每个盒子里放了一颗，同时还装了一颗同样的但没有毒的药丸。我当时就想，只要找到机会，那俩人就一人一盒，他们每人先挑选一颗吃下去，剩下的那颗就是我的。这种方法，就像用手帕蒙着枪口射击一样，不仅能把人杀死，还不会发出声响。从那天开始，那两盒药丸就一直带在我身边。现在，终于派上用场了。

"当时都快凌晨1点了。天气非常糟糕，狂风刮个不停，倾盆的大雨不停地下着。虽然外边环境不好，但我心里却乐开了花，我兴奋得只想大声欢呼。各位先生，假如你们有谁朝思暮想地盼着一件事情，连着盼了20多年，等你终于盼到的时候，就肯定能理解我当时是一种什么样的心情了。我点了一支雪茄，吐着烟雾，试图让自己那紧张的神经放松一些。因为过于激动，我的手一直打战，太阳穴也突突地跳得厉害。我赶着马车前进的时候，看见黑暗中的老约翰·费瑞尔和可爱的露茜正冲着我笑。我看得是那么清楚，就跟我此刻看见这间小屋里的各位先生一样。走了一路，他们始终都在我前面，走在马的两侧，一直跟着我来到布里克斯顿路的那栋空房子里。

"周围一个人都没有，只听得到哗啦的雨声。我透过车窗往车里看了一眼，因为酒劲，卓伯尔缩成一团睡得正香。'该下车了。'我喊醒他。

"'哦，好的。'他应了一声。

"他肯定是以为到他吩咐的那家旅店了，所以二话没说，跳下马车跟着我就走，我们走进了空屋子前面的小花园。他当时还没有完全清醒，走路很不稳当，所以我只好搀扶着他，省得他跌倒。走到门口的时候，我打开门，把他带到前屋。我敢对你们发誓，这一路上，费瑞尔父女始终都走在我们前面。

"'太暗了。'他跺着脚说道。

"'马上就有亮光了，'我擦着火柴说，顺便点亮随身带的那支蜡烛。我扭头正对着他，同时让蜡烛靠近我的脸。接着说'好了，伊诺克·卓伯尔，现在，你好好看看我是谁！'

"他醉眼蒙眬地瞅了我半天。突然露出了一脸的恐惧，整张脸都痉挛起来了，这表明他已经看出来我是谁了。他吓得面色如土，趔趄着往后退，豆大的汗珠从他额头上滚落下来，上下牙齿不停地打架。他那副狼狈相，让我忍不住靠着门大笑起来。虽然我早知道，报仇是件非常痛快的事情，但我从没想到竟然会如此大快人心。

"'你这狗杂种！'我说，'为了找你，我从盐湖城跑到圣彼得堡，可每次都让你给逃掉了。如今，你终于逍遥到头了。今天晚上，我俩当中，肯定会有一人看不到明天的太阳。'我说话时，他又往后退了几步。他脸上的表情表明，他认为我发疯了。没错儿，我当时的确跟疯子似的，太阳穴咚咚地跳得厉害，就像有大铁锤在敲打一样。我明白，当时，假如血不是从我的鼻孔涌出来，让我稍微缓解一些的话，我的病很可能就发作了。

"'你说露茜·费瑞尔现在过得怎么样啊？'我吼了起来，同时把门锁上，在他眼前晃着钥匙，'虽说惩罚来得太慢太晚，但终究还是没能让你逃掉。'我说这些话的时候，他吓得嘴唇直打哆嗦，他甚至还想让我饶过他，虽然他明知道求饶根本就没用。

"'你要谋杀我？'他结巴地说道。

"'算不上谋杀，'我说，'只不过是杀死一条疯狗，怎么能说是谋杀呢？当初你抢走我的心上人，杀死她的父亲，并强逼着她嫁给你的时候，你对她可有过一丝的怜悯吗？'

"'不是我打死她父亲的。'他争辩说。

"他吓得躲在角落里大喊大叫，苦苦哀求。我只好把刀放在他的喉咙上，看着他乖乖地咽下一颗，同时我把剩下的那颗也吞了下去。

"'可是你把她那颗纯洁的心给撕碎的！'我怒吼道，接着把装毒药的盒子放到他面前，'还是让上帝作出裁决吧，挑一颗吞下去。一颗要命的，一颗活命的。我吃你挑剩下的那颗。让我们看看，这世间究竟是自有公道在，还是生死只能靠运气。'

"他吓得躲在角落里大喊大叫，苦苦哀求。我只好把刀放在他的喉咙上，看着他乖乖地咽下一颗，同时我把剩下的那颗也吞了下去。我俩面对着面安静地站在那里，等着看最后的结果。一两分钟过去了，当异常痛苦的表情出现在他脸上的时候，他知道自己吞下的是毒药，他当时的表情，我这辈子都忘不掉。看着他那副嘴脸，我不禁大笑起来，我举着露茜的结婚戒指让他看清楚。不过，这一切瞬间就结束了，因为那种生物碱的毒性太强了。他那张脸因痛苦而痉挛起来，扭曲得变了形；他双手还在朝前伸着，然后，身子一晃，一声惨叫，就栽倒在地了。我用脚把他的身体翻过来，摸了摸他的心口，停止跳动了，他已经死了！

"当时，我鼻孔的血一直往外冒个不停，不过我根本就没有在意。当时，我也说不清楚为什么会用血在墙上写字。可能是一时兴奋，也可能是想搞点恶作剧，误导警察，当时我真是太高兴、太激动了。我想起来了，纽约就发生过一桩德国人被谋杀的案子，死者身上就写着"RACHE"这个单词。当时各家报纸还有过一番争论，说是秘密党所为。我当时就想，这个让纽约人觉得神秘的单词，应该也能迷惑住伦敦人的。所以，我就在墙上找了个合适的位置，蘸着自己的血，用手指写了这个单词。完事儿以后，我就回到马车上，四周还是没有一个人影，狂风骤雨也没有任何停下来的迹象。我驾着车走了一会儿，伸手摸了一下装戒指的口袋，才知道戒指不见了。我就像被雷击了一样，那枚戒指可是她留下的唯一的纪念品。我猜想，很可能是自己弯腰看卓伯尔的时候，不小心弄掉了。所以，我只好重新把马车赶回去。我把马车停到不远处的一条街道上，壮着胆走向那栋空屋。不管多么危险，我都不能失去那枚戒指。我刚走到那栋空房门口，就和一个警察撞了个正着，那警察刚从空房子里出来。我赶紧装成一个醉鬼，才避免了他的怀疑。

"杀死伊诺克·卓伯尔的经过就是这样的。接下来需要做的事情，就是用同样的方法对付斯坦杰森，这样，约翰·费瑞尔的仇也就报了，我当时知道斯坦杰森住在哈利迪旅馆。我整整在那家旅馆周围转悠了一天，他始终都没露面。我觉得，可能是卓伯尔的迟迟未归，让他有所察觉和警惕了。斯坦杰森这个人真的非常狡猾，他一向谨慎，处处提防。不过，他要是以为待在房间不出来，就能躲开我，那他可就想错了。我很快就弄清楚了他房间的窗口。第二天一大早，趁着天还没亮，我借着旅店外面巷子里放的那把梯子，爬进他的房间。我把他喊醒，说他很久以前杀过人，现在到他接受惩罚的时候了。我还把卓伯尔的死告诉了他，让他也挑一颗药丸。我给他活命的机会，他根本就不予理睬，只是从床上跳起来，死死地卡住我的喉咙。为了自卫，我把刀扎进了他的心脏。无论用哪种方法，结果肯定都是一样的，因为上帝绝对不可能让他那肮脏的双手，拿起那颗无毒的药丸。

　　"还有几句话，干脆全都说了吧，反正我也活不了多久了。报完仇以后，我继续拉着马车，我想再拼命干上几天，等路费攒够以后，就回美国去。那天，我的马车正在广场上停着，突然看见有个衣着破烂的小孩儿在打听叫杰弗森·霍普的车夫。他说，贝克街221号B座有个先生要雇用他的马车。我没有任何防备地跟着就来了。后来的事情，大家都知道了，这位先生非常干脆利索地给我戴上了手铐，他的动作那么麻利，我这辈子都不曾见过。各位，这就是我所有的经历。当然，你们完全可以把我当成一个罪犯，不过，我倒觉得自己跟你们是一样的，都是一个伸张正义的法官。"

　　他的故事是这样的惊心动魄，可是，他讲述起来又是那样的从容和淡定，我都听得出神了，连那两位见多识广的职业侦探，也深深地被这个故事吸引住了。他的故事讲完了，我们全都呆坐在那里，一言不发。小屋内一片寂静，只有雷斯垂德在飞速地

"我给他活命的机会，他根本就不予理睬，只是从床上跳起来，死死地卡住我的喉咙。"

记着供词的最后几句话，铅笔画在纸上，发出沙沙的声音。

"我还想搞清楚一个问题，"最后，还是福尔摩斯开口问道，"我的广告登出以后，来认领戒指的那个同党到底是什么人？"

那罪犯冲着我朋友挤了挤眼，扮了个鬼脸。"我只能说出自己的秘密。连累别人的事情，我不干。看见你的广告，我想过这有可能是个陷阱，可是，也不排除真是我丢的那枚戒指。我朋友自愿替我跑一趟。我想，你不得不承认，他的事情做得够漂亮吧。"

"确实漂亮。"福尔摩斯坦率地说。

"那么，各位先生，"那位警官严肃而冷漠地说，"法律手续还是不能少的。这个礼拜四，我们将要把这名罪犯提交法庭审讯，届时，希望各位先生能够出席。开庭之前的这段时间，他将交由我负责。"他说完，就打了下铃。进来了两个看守，把杰弗森·霍普带走了。我和朋友也就从警察局出来，乘马车回贝克街去了。

第十四章
尾声

我们接到通知说让我们本周四务必出庭。但是，到礼拜四的时候，我们已经不用去法庭做证了。这桩案子，已经被更高级别的法官——上帝受理了，杰弗森·霍普也已被传唤到另一个法庭去了，在那里，他将得到最为公正的审判。因为，霍普被捕的当天夜里，他的动脉血瘤就爆裂了。直到第二天早上才发现他死了，他躺在地板上，带着一脸平静的笑容，就好像临死之前，他回顾着自己的一生，发现并没有虚度年华，终于报仇雪恨，可以没有遗憾地离开了。

"这个人的死，肯定会把葛莱森和雷斯垂德给气坏的，"第二天傍晚，我们闲聊这件事的时候，福尔摩斯说，"这样，他们吹嘘的本钱不就没有了吗？"

"在抓住凶手的这件事情上，他俩到底有什么功劳，我真是没看出来。"我说。

"这个世界上，重要的不是你真正做了些什么，"我那位同伴尖酸地说，"而是，你怎样让别人相信你做了什么。"停了一会儿，他又轻松地说道，"无所谓了。无论怎样，我都不会放弃这桩案子的。我经历过那么多案子，再没有比这一件更精彩的了。虽说简单了点，不过，还真有几点值得我们深思的。"

"简单？"我不由地大叫起来。

"是啊，其实真挺简单的。根本就算不上复杂。"夏洛克·福尔摩斯说。他看见我一脸的惊讶，忍不住笑了起来。"你想啊，不用任何帮助，只是正常的推理，不到3天，我竟然就把罪犯捉到了，这就说明，这桩案子确实算不上复杂。"

"说得也是。"我说。

"我好像告诉过你，越是看似不寻常的事情，越不可能成为障碍，反倒有可能是一条线索。面对这种情况，最关键的就是要能够进行逆向推理，一层一层地把问题剖开。这种方法其实很容易的，但确实非常有用，只是在实践中，人们都不怎么用它。日常生活中，人们大多习惯于正向思维，所以，逆向推理的方法就很容易被大家忽略。假如说具备综合推理能力的人有 50 个的话，那么，能进行分析推理的人，估计也就一两个吧。"

"老实说，"我说，"你的意思，我还是不大明白。"

"我没想着让你马上搞清楚。让我试试，看能不能说得更通俗一点。比如说，你罗列了一连串的事实，绝大部分人会告诉你一个结果。那是因为，只要他们把所有的事实统统联系起来，再经过思考，结果是显而易见的。然而，假如你说的只是一个结果，只有极少数人，能够凭借自己的感知，把导致这种结果的各项步骤推理出来。这种能力，也就是我所说的'逆向推理'或'分析推理'。"

"我懂了。"我说。

"这个案件就是一个非常好的例子。只有一个结果，剩下的一切都只能靠自己去发现和推理。好了，现在我还是尽可能地给你讲讲，我在这桩案子里是怎么进行推理的吧。这都得从头说起。你知道，快到那栋空屋的时候，我是步行过去的。对于屋内

"老实说，"我说，"你的意思，
我还是不大明白。"

的一切，我当时什么都不知道。我当然得先从街道查起了，这一点我已经解释过了，我在街道上发现了明显的马车车轮的印迹。经过分析，我确信那印迹肯定是在夜间留下的。再加上车轮间的距离较小，所以我又确定是出租的四轮马车，不可能是自用马车，因为伦敦城里几乎所有拉客的四轮马车都比自用马车窄。

图为出租马车。1588 年伦敦就有出租马车了。由于私家马车象征着地位和财富，并不是每个富人都供养得起，于是有人开始经常出租四轮马车的生意。一般来说，轮距越宽，驾驶舒适性越高，但出租马车考虑到路况及方便性等原因，通常都比私家马车轮距要窄些。

"这就是我经过察看，得出的第一个结论。接着，我缓慢地走向花园的那条小路。巧的是，那正好是一条黏土路，所以很容易留下脚印。没错儿，在你眼里，那只不过是一条被很多人踩得稀烂的泥路。但是，在我这双训练有素的眼中，泥路上的每个印迹都有它的意义。侦探学中，足迹学是最为重要，也最容易被人忽略的。幸亏，我一向都非常重视这一点。经过无数次的实践以后，重视足迹已经成为我的一种习惯。在那条泥路上，我看见了警察那沉重的靴印，同时，也发现了最先经过花园的那两人的足迹。他们的足迹明显早于其他人，要看出这一点其实也不是很难。因为他们的足迹后来被人踩过之后，几乎已经看不到了。这样，我就有了第二个推论：夜间总共来了两个人，其中一个身材高大，这个，我是根据他步幅的大小推算出来的；另一个人穿得很时髦，这一点，是从他那小巧而精致的靴印上推断出来的。

"进入屋子以后，我的第二个推论就得到了证实。躺在我们面前的那位先生，确实穿着一双漂亮的靴子。假如真是谋杀的话，那个身材高大的人无疑就是凶手。死者的身上没有任何受伤的痕迹，可是，他脸上那恐惧激动的表情，让我确信，他死之前已经料到自己快要死了。如果是心脏病突发，或其他自然原因导致猝死的话，脸上不可能表现出那种恐惧激动的表情。我趴在死者的嘴边闻了一下，有股酸味，所以，我又得出一个结论：他是被迫服毒身亡的。我之所以说他是被迫的，是从他脸上那愤恨和恐惧的表情看出来的。我用排除法得到这样的结论，除此之外，任何假设都不能解释这一现象。不要以为这是前所未有的事情，被迫服毒，在犯罪史上有过记载，算不上什么新闻。只要提到这个，不管哪个毒物学家，都会马上想到敖德萨的多尔斯基案，和蒙彼利埃的勒帝里埃案。

"我们现在说一说作案动机这个问题。很明显，罪犯的目标不是财物，因为死者身上值钱的东西一样没少。那到底是政治案件，还是情杀案呢？我当时就考虑了这个问题，我比较偏向于后者。因为如果是政治暗杀的话，凶手只要得手了，肯定会立刻逃窜的。但是，这桩谋杀案却完全相反，罪犯好像非常从容，而且，屋子里到处都是他的足迹。这说明，他从一开始就在案发现场。所以，这肯定是仇杀案，不可能带有什么政治性。因为，如此处心积虑的报复手段，只可能发生在仇杀案里。等发现墙上的血字以后，我就更加确信自己的推断了。一看就知道，那血字肯定是凶手的障眼法。等最后发现戒指的时候，问题基本就已经确定了。很显然，罪犯拿出那枚戒指的目的，是让死者回想某个已经死去的或不在场的女人。关于这个问题，我还问过葛莱森，他往克利夫兰发过电报，调查卓伯尔以前的经历，我问他有没有发现什么特别的问题。他说没有，你应该还记得他的回答。

"接着，我认真察看了房间内的情况。结果就是，我确定凶手身材高大，同时，也发现了很多细节问题：如印度雪茄、长指甲，等等。再加上，房间内没有任何打斗的痕迹，所以，我又得出一个结论：地板上的血迹，是罪犯异常激动时流的鼻血。因为，我发现只要有血迹的地方，就有他的脚印。一般来说，很少会有人因为感情激动而流这么多鼻血，除非这个人的血气特别旺盛。因此，我就做了大胆的推测，凶手很可能是身体强壮的红面人。事实证明，我的推测是正确的。

"离开案发现场之后，我就去做了葛莱森漏掉的事情。我给克利夫兰警局的局长发了份电报，向他咨询了伊诺克·卓伯尔的婚姻状况，回电说得很清楚：卓伯尔控告过一个旧日的情敌，名叫杰弗森·霍普，要求得到警方的保护，那个霍普现就在欧洲。所以我相信，这桩神秘案子的线索我已经找到了，接下来需要做的，就是抓捕凶手了。

"我心里当时就有了结论，跟卓伯尔一起进屋的不是别人，就是那个车夫。因为街道上有马随便走动的痕迹，假如有人看管的话，绝对不会出现这种情况。车夫如果不在屋中，那他会去哪儿呢？还有，只要是神智健全的人，肯定不会当着第三者的面实施自己蓄谋已久的犯罪行为，那样岂不是太荒谬了。最后，在伦敦城里，要想到处跟踪一个人的话，除了当个马车夫以外，还有别的更好的办法吗？综合所有这些问题，我就得出了一个非常肯定的结论：杰弗森·霍普，肯定是出租马车的车夫。

"假如他真是马车夫的话，就没理由突然不干了。相反，他应该会想到，突然辞掉工作，更有可能引起别人的怀疑。所以，眼下最好还是继续赶车。此外，认为他目前用的是假名的想法，也是说不通的。你想，在没有一个人认识他、完全陌生的国家里，他有必要更名改姓吗？所以，我就把流浪街头的小混混们组织起来，形成了一支侦查队，分派他们去伦敦城的各家马车厂打探消息，直到找出那个人为止。这是一支绝对高效率的队伍，很快就找到了，这些你应该很清楚。至于说，斯坦杰森的死，确实完全出

"我就把流浪街头的小混混们组织起来，形成了一支侦查队，分派他们去伦敦城的各家马车厂打探消息，直到找出那个人为止。"

乎我的意料，不过，无论什么时候，意外事件总是无法避免的。你也知道，在斯坦杰森被害的现场，有两颗小药丸。我早推测出肯定存在着毒药之类的东西。你看，整个案子其实就是一条逻辑链环环相扣，没有任何的间断。"

"简直太妙了！"我忍不住叫了起来，"应该把你的这些功绩公布出去，告诉所有的人。你应该把这桩案子写成报告发表一下。你要是不感兴趣的话，我替你写。"

"你想写就写吧，医生，"他说，"你最好先看看这个！"他说着，把一张报纸递给我，"看这儿！"

他给我的是当天的《回声报》，他指给我看的那一篇报道，正好是我们刚刚讨论的案子。

"社会公众，"报纸上这样写道，"因为谋杀伊诺克·卓伯尔和约瑟夫·斯坦杰森两位先生的凶手——霍普的突然死亡，让我们失去了讨论这起神秘案件的绝好机会。我们从有关当局了解到，该案件源自旧时的一段孽债，涉及自由爱情和摩门教婚姻制度的问题。不过，案件的内幕和具体的细节，我们可能永远都无法获悉了。被害的两个人，年轻时都是摩门教徒，已故凶手霍普也来自盐湖城。虽说该案件并没有产生别的影响，但它至少又一次彰显了警方破案的神速；同时，也对所有的外国人有一定的警示作用——他们的纠纷最好在本国内解决，不要带着纷争来我们国家。神秘案件侦破得如此之快，完全有赖于苏格兰场知名警官雷斯垂德和葛莱森两位先生。据说，凶手是在一个私人侦探夏洛克·福尔摩斯先生的家里被当场抓获的。作为业余侦探，夏洛克·福尔摩斯先生在侦破案件上也具有一定的才能，相信经过两位导师的教诲，他日后肯定能取得很大的成就。两位官员也将荣膺一定的奖赏，以表彰他们的功劳。"

"我一开始不就跟你说过吗？"夏洛克·福尔摩斯笑着说道，"我们对血字研究的结果就是：为他们挣得奖赏！"

"无所谓，"我说，"反正，事实的经过我都已经记在本子上了，公众迟早都会知道真相的。现在，案子已经破了，你也得到了某种成就感。还是像罗马守财奴那样吧：

"'笑骂随你，我权当不知；家藏万贯，唯我独乐。'"

四个签名

第一章
演绎法的研究

夏洛克·福尔摩斯把药水瓶从壁炉架的角落拿了下来，又从一个干净的摩洛哥皮包里掏出皮下注射器，然后用他那修长白皙而有力的手指安上精细的针头，把左胳膊的衬衫袖子捋上去。他盯着自己那扎了无数针眼的、肌肉发达的胳膊，沉思了一会儿，最后，还是扎了进去，缓缓地推动着细小的针管，躺在绒面安乐椅上，异常满足地长舒一口气。

这样的事情，每天3次，几个月来，我都已经习惯了，可是，习惯并不代表我赞同他的做法。相反，日子一天天地过去，我越来越无法容忍这件事情。但是，我也鼓不起勇气去阻止他，所以，每当深夜想起来的时候，总觉得良心不安。我多次尝试着把我真实的想法告诉他，可他那冷漠孤僻的性格，再加上听不进别人的意见，让我感觉毫无顾忌地对他提出忠告还真不是简单的事情。他能力高超，但有些刚愎自用，以及我所见过的他很多种不同的性格，这些都让我非常担心，很怕惹他不高兴。

终于，有一天下午，可能是我午饭时喝了点葡萄酒的缘故，也可能是他享受毒品的态度刺激了我，我再也忍不下去了。

"今天，这个又是什么呀？"我问他，"吗啡？可卡因？"

他刚刚翻开一本旧书，无力地抬起头，用呆滞的眼神望着我。

"可卡因，"他说，"百分之七的浓度。你想试试吗？"

"我才不要呢，"我气呼呼地说，"阿富汗的战役，把我的身体残害得到现在还没完全恢复呢，我可不想再糟蹋它了。"

　　看见我生气的样子，他竟然笑了起来。"华生，或许你说得没错，"他说，"我知道这个对身体不好。但是，它不仅能让我异常兴奋，还能提神醒脑，所以，就算它有点副作用，也没有关系。"

　　"那你也得考虑一下，"我诚恳地说，"这其中的利害得失吧！你的大脑，或许真如你自己说的那样，会因为刺激而变得兴奋起来，可是，这说到底都是有害于自己身体的。它会加剧身体组织器官的质变，或者，至少也能引起永久性的组织衰退，这些可能出现的不良反应，你都知道的。你怎么还只是贪念一时的快感，来戕害你那天赋过人的精力呢？你得知道，我说这些话，不只是站在朋友的立场，我作为一名医生，应该对你的健康负责。"

　　听完我的话以后，他不但没有不高兴，反倒把两肘支在安乐椅的扶手上，十个指尖对齐，表现出一副对谈话很感兴趣的样子。

　　"我这个人吧，"他说，"只要一闲下来，就会心神不宁。尽管把所有的难题、最深奥难解的密码、最复杂的分析统统都给我吧，那样，我就会精力充沛，再不用这样的刺激了。乏味的生活让我憎恶，我渴望精神上的刺激和兴奋，所以，我才选择了这个特殊的职业——准确地说，应该是创造了这个职业，因为这个世界上从事这种工作的人就我一个。"

　　"唯一的私家侦探吗？"我竖起眉头说。

　　"唯一私人咨询侦探，"他说，"我是侦查方面最高的裁决机构。不管是葛莱森和雷斯垂德，还是阿瑟尔尼·琼斯，他们遇到麻烦时——这种事儿经常发生——就会来请教于我。我以一个专家的资格，审看材料，然后提出权威的意见。我不跟他们抢功，报纸上也不会提及我。只要我的能力可以在工作中得到发挥，能让我自己享受到那种成就感，这就是我所渴望的。至于我工作的方法，你在杰弗森·霍普案里已经见过了吧？"

　　"是的，我记得很清楚。"我诚恳地说道，"那是我这辈子所见过的最神秘的案子。案子的经过，我已经写成一本册子了，还用了个非常新颖的题目——《血字的研究》。"

　　他一脸严肃地摇了摇头。

　　"我大概看了一遍，"他说，"老实说，真是不敢恭维。要知道，侦探学应该是，也必须是一门非常精确的学科。研究的时候，应该抱着一种客观冷静的态度，不能掺杂过多的感情。你把它写得跟小说一样，结果给人的感觉就是，很像是在欧几里得几何定理中加入了爱情故事。"

"可是，案子里的有些情节，确实很像小说啊，"我辩驳道，"我总不能篡改事实吧。"

"其实，有的事实完全可以省略，只要把重点说出来就行了。这个案子唯一值得写的地方，就是我怎样通过巧妙的推理和分析，也就是所谓的演绎法，从事实的结果把原因找出来的。"

我把那个案子写出来，原本是想赢得他欢心的，谁知道竟然遭到了批评，所以，心里很不舒服。我不否认是他的自负惹怒了我，他的意思好像是说，我那篇小说里的每一句话，都应该只描写他一个人的行为。在贝克街与他同住的几年里，我有过多次察觉，不管是沉默还是说教，我那位同伴总是流露着骄傲和自负。我不想再跟他争辩了，只顾坐着按摩我那条受伤的腿，曾经被子弹打穿的那条腿，虽说并不妨碍走路，可是，只要天气有所变化，就会疼痛难忍。

"最近，我已经把自己的业务发展到欧洲大陆去了。"沉默了一会儿，福尔摩斯往烟斗里装满烟丝，接着说，"上个礼拜，就有个叫弗朗索瓦·勒·维拉德的人来向我求教，此人你应该知道，最近在法国侦探界小有名气。他有凯尔特人的敏锐性和灵活性，就是知识面过于狭窄，这严重影响着他侦探水平的提高。他求教的是一个有关遗嘱的案件，特别有意思。我给他提供了两个类似的案例作为参考：一个是1857年里加城的案件，另一个是1871年圣路易城的案子，这两个案例让他成功地找到了突破口。今天早上收到的这封信，就是他向我表示感谢的。"

说着，他递给我一张皱巴巴的外国信纸。我看了一遍，信上几乎全是恭维的话语，什么"伟大"、"手段高明"、"行动果断"之类的，如此充满激情的赞扬，正符合法国人那热情的特征。

"看着特别像一个小学生在赞扬自己的老师。"我说。

"哦，他对我所给予的帮助评价过高了，"夏洛克·福尔摩斯轻声说道，"他这个人本来就很有才能的。理想侦探家必备的3个条件，他满足两条，就是观察力和推断力。至于知识面窄这个问题，他以后应该能弥补上的。现在，他正忙着把我那几篇小文章翻译成法文。"

"你的文章？"

"哦，你还不知道啊？"他笑着说，"惭愧啊，我写过几篇技术理论方面的专论。那篇《各种烟灰的鉴别》，

图为福尔摩斯雕塑。福尔摩斯是很有名的侦探。在福尔摩斯所居住的贝克街，地铁口就可以看到福尔摩斯的雕塑。

不知道你还有没有印象。那篇专论中，我列举了140种雪茄烟、纸烟、烟斗丝的烟灰，各种烟灰的差别，我都附有插图进行了说明。在刑事案件侦查中，烟灰是经常出现的证据，有时候甚至是整个案件最关键的线索。你可以再回想一下杰弗森·霍普的那个案子你就会发现，烟灰的鉴别对于案子的侦破多少都有一定的帮助。比如说，在一起谋杀案中，假如你能确定凶手抽的是印度雪茄的话，你侦查的范围就会缩小很多。印度雪茄的黑灰明显不同于'鸟眼烟'的白灰，在经过训练的人眼里，就像卷心菜完全不同于马铃薯一样简单。"

"在鉴别细微的事物方面，你确实才能过人。"我说。

"那是因为我知道小细节的重要性。这一篇文章，写的是有关跟踪脚印的问题，里面还特别提到了一种用熟石膏提取脚印的保存方法；还有一篇新奇点的小文章，说的是一个人的职业对他的手形会产生一定的影响，里面还附有石匠、水手、木刻工、排字工、织布工和钻石工的手形图。对于精密的侦探学来说，这些都具有很重要的实践意义，尤其是在判断无名尸体，或探求罪犯身份的时候，这些就会显得格外重要。哦，我只顾说自己的嗜好，让你心烦了吧？"

"一点都不，"我热切地说，"相反，我很感兴趣，特别是亲眼见过你对这些方法的实际运用。你刚才说到了观察和推理，从某种程度上来说，这两者应该是相互关联的吧？"

"哦，基本是没什么关联。"他舒适地往椅背上一靠，猛吸一口烟斗，吐出一股浓浓的蓝烟，"举个例子说，通过观察，你今天早上去过威格摩尔街的邮局；但是经过推理，我知道，你去那儿发了封电报。"

"没错儿！"我说，"全说对了。可我搞不懂，你是咋知道的。我是一时冲动才那么做的，没跟任何人提过啊。"

"这个简单，"我的惊讶让他得意地笑了起来，"根本就无须解释，不过，解释一下倒是能够把观察和推理的区别给说清楚。我在你的鞋面上发现了一小块红泥，威格摩尔街邮局的对面正在整修路段，挖出来的泥土全在人行道上堆积着，要想进入邮局，必须得踩着那些泥土过去，而那种泥又是一种特殊的红色，据我所知，除了那儿之外，周围根本就没有那种颜色的泥土。这些都是通过观察得出来的，剩下的，就是推理出来的。"

"那封电报，你是怎么推理出来的？"

"整个上午，我一直在你对面坐着，并没看见你写过信。而且，你的桌子上，有一整张邮票和一捆明信片，那么，你去邮局如果不是发电报，还能干什么呀？排除所有不相干的因素，剩下的肯定就是事实了。"

"的确是这样的，"我稍微想了一下，回答说，"你说得对，这确实挺简单的。现在，我再给你个复杂点的，考验一下你的理论，你不会觉得我冒失吧？"

"绝对不会，"他说，"相反，我非常欢迎。这样，就省得我注射第二针可卡因了。我愿意认真回答你所提出的任何难题。"

"你经常说，只要是人们使用的东西，上面都会留下一些痕迹，受过训练的人能够据此很容易地推断出使用者的特征。现在，我这儿有一块刚得到的表，你能从上面，把这块表旧主人的性格习惯推断出来吗？"

我把表递给他，心里偷着乐了起来。因为在我看来，这几乎是个无法解答的难题。我总算能够杀杀他平日自负的傲气了。他拿着表，认真地察看着，一会儿看看表盘，一会儿又把表盖打开，仔细观察里面的组件；先是用肉眼观察，后来又拿了个高倍放大镜察看。看见他脸上的沮丧，我差点就笑出声来了。最后，他合上表盖，把表还给我。

"表上几乎没发现什么痕迹，"他说，"这块表最近刚刚清洗过，大部分痕迹被洗掉了。"

"是的，"我说，"这表到我手里之前，确实是刚清洗过。"

同伴把这个作为借口，以此来掩饰自己失败的做法，让我很不以为然。就算是一只没有被清洗过的表，又会发现什么对推断有帮助的痕迹呢？

"虽说留下的痕迹不是很多，可是，经过观察，我还是有所发现的。"他双眼半闭，仰望着天花板说道，"我还是说一说吧，不对的地方，请你指正。这只表原本是你哥哥的，是你父亲遗留给他的。"

"没错，表的背面刻着 H. W. 两个字母。你知道这一点并不稀奇。"

"也是，W 代表着你的姓。这块表差不多有 50 年的历史了，表上刻的字跟表的生产时期很接近，所以，我推断出应该是你上一辈遗留下来的。习惯上，珠宝类的东西，大多传给长子，而长子通常都和父亲同名。我没记错的话，你父亲已经去世多年了，所以，我确信这块表一直在你哥哥手里。"

图为柯南·道尔的第一任妻子路易斯·霍金斯，她一直支持着丈夫的写作事业。在她去世后，柯南·道尔一度陷入沮丧之中，直到 1907 年 9 月与他的情妇珍·勒奇结婚，情况才有所好转。

"这些都说对了，"我说，"还有其他的吗？"

"你哥哥这个人生活习惯不太好——不爱干净也不负责任。他继承了一大笔财产，原本有着大好的前程，但他没有好好把握机会，所以，他经常生活得非常窘迫，偶尔也有景况好的时候，他最后是因为酗酒而死的。我观察分析出来的就是这些。"

我激动地跳了起来，烦躁不安地在屋子里来回踱着步子，心里一阵悲痛。

"福尔摩斯，你真是太过分了。"我说，"我真是没想到，你居然会做出这种让人不齿的事情。你肯定事先调查过我哥哥的身世，现在，还装模作样地说什么是推断出来的。就凭这块旧表，你就能推断出这些事实，你觉得我会相信吗？而且还说得这么刻薄。坦白说，我觉得你这些话全都是骗人的。"

"亲爱的医生，"他平声静气地说，"请原谅我的冒犯。我只顾着根据理论来推断问题，竟然忘了这可能会勾起你痛苦的回忆。我向你发誓，在你让我看这块表之前，我根本就不知道你还有个哥哥。"

"那你怎么推断得这么准确啊？你说的全都符合事实。"

"哦！那就有点运气了，我只不过是把一些可能的情况说了出来，没想到会这么准确。"

"这么说，你不是猜测出来的？"

"不是，不是，我从来都不做任何的猜测。猜测可不是什么好习惯，它会影响正常的逻辑推理。你之所以会觉得奇怪，是因为你并不了解我的思路，你没有留意那些能推断出大事的小细节。说得具体点吧，我一开始就说了，你哥哥的生活习惯很不好。你看这块表，底下的边缘处有两处凹痕，整个表面也有无数细小的划痕，由此可见，他经常把表和钱币、钥匙之类的硬东西放在一起。对一块价值50多英镑的表，如此的不经心，那我说他生活习惯不好，应该不算过分。一块表都这么贵重，那遗产的数目肯定不会小。"

我点了点头，表示同意他的推理。

"伦敦的当铺有个习惯，收到表的时候，都要用针尖在表里面刻上当票的号码，这个办法比贴标签好，不会丢掉或发生混淆。我用放大镜仔细看了一下，至少发现了四个此类的号码。所以，我断定你哥哥经常生活得很窘迫，同时也判断出他也有景况不错的时候，要不然，他就没有能力把表赎回来了。最后，你可以再仔细看看，表的内盘上有个钥匙孔，钥匙孔的周围也有很多伤痕，显然是被钥匙戳的。清醒的人怎么可能划出这么多痕迹呢？只有醉汉的表，才会留下这样的痕迹。他夜里上弦的时候，双手颤抖，就会留下痕迹。这有什么神秘的吗？"

"经你一说，我真是茅塞顿开。"我说，"请原谅我刚才的冒犯。我原本不该怀疑你的能力的，眼下你手里没有案子吗？"

"正因为没有，我才注射可卡因的。不让我动脑子，我简直就活不下去，有什么乐趣可言啊？你站到窗边来，看看外面，还有比这个更凄凉、更惨淡、更无聊的世界吗？你看，那满大街翻滚的黄雾，从那些灰蒙蒙的房屋间飘过，还有什么比这个更乏味、更无趣的吗？医生，如果英雄无用武之地，单有一腔热血又有什么用啊？犯罪是经常的事，生活还在继续，芸芸众生之中，我怀揣一身本领有什么用呢？"

我正准备回答他的长篇大论，突然传来一阵急切的敲门声。房东太太走进来，手里托着个铜盘，铜盘里放着一张名片。

"有位年轻姑娘要见你，先生。"她跟我的同伴说。

"玛丽·莫斯坦小姐。"他看着名片念到，"哦！名字好陌生啊。哈德森太太，请她进来吧。医生，你别走，我希望你留下。"

第二章
案情的陈述

莫斯坦小姐迈着沉重的脚步从容地走了进来。她长着金黄色的头发，身材娇小，体态轻盈，举止高雅，衣着也非常得体。她那身简朴素雅的衣服，表明她生活得并不优越。暗灰色毛呢料衣服，没有任何花边和装饰，同样深颜色的帽子，只在边缘插了根白色翎毛。那张脸算不上漂亮出众，却温柔可爱，特别是那双蓝色的大眼睛，感情饱满，富有神采。我见过那么多女人，遍及三大洲数十个国家，可是，如此高雅精致的面孔，我还真是第一次见。福尔摩斯让她坐下的时候，她的嘴唇颤了一下，双手也一直发抖，很显然，她的情绪非常紧张，内心充满了不安。

"福尔摩斯先生，我来向您请教，"她说，"主要是因为您以前帮我的女主人塞西尔·佛利斯特夫人解决过一场家庭纠纷。您的帮助让她感激不尽，她也非常钦佩您的才能。"

"塞西尔·佛利斯特夫人啊，"他回想了一下，说道，"我记得，不过只是帮了一点小忙而已。那个案子其实挺简单的。"

"她可不这么认为。不过，我这次来请教您的这件案子，您应该不会再说它简单了。我真没想到，自己的处境竟然会变得这么复杂、这么离奇。"

福尔摩斯搓着双手，两眼放光。靠在椅子上的身体稍微向前倾了一下，那张清晰而像老鹰一样的脸上，流露出精神高度集中的神情。

"把你的案情说一下吧。"他认真而简短地说。

"请原谅，我失陪了。"我感觉不太方便，所以就站了起来。

让我倍感意外的是，那位年轻姑娘竟然用戴着手套的手止住了我。

"如果您愿意留下来的话，"她说，"或许还会对我有很大的帮助呢。"

我只好又坐了下来。

"我尽量说得简单些，"她接着说，"事情是这样的。我父亲是驻印度部队的军官，我从小就被送回来了。我母亲去世得早，这

图为爱丁堡罗睿圣学院，它是一所英式传统寄宿学校，苏格兰最古老的私立学校。寄宿学校是一种部分或全体学生不仅在那里学习，而且一同居住的学校。在英国，寄宿学校作为"社会等级"的象征，成为名门贵族和中产阶级家庭让孩子接受教育的首选。学校的学生可能在离开其父母的情况下，度过他们的童年和青春期的大部分时光，只有在假期时才返回家中。

里也没什么亲戚，所以，我就被送去爱丁堡城读书。我寄宿的那个学校，环境非常舒适，我一直在那儿待到17岁。1878年的时候，我父亲已经是军团里资格最老的上尉了，他请了一年的假回国探亲。他从伦敦发了份电报给我，说他已经平安抵达伦敦，住在朗厄姆旅馆，让我立刻去跟他相见。他发的那份电文，字里行间都充满了慈爱，我到现在都清楚地记得。我一到伦敦，就去了朗厄姆旅馆。可旅馆的人却跟我说，他们那里确实住了位叫莫斯坦的上尉，不过，他头天晚上出去以后，就没再回去过。我在那里等了一整天，一点消息都没有。到了晚上，我听了旅馆经理的劝告，去警局报了案。而且，还在第二天早上的各家报纸上刊登了寻人启事，什么结果都没有。都到现在了，仍旧没有任何关于我那可怜的父亲的消息。他满怀希望地回到祖国，原本以为从此能够享享清福了，谁想到……"

她用手抵住喉咙，抽泣得说不出话来了。

"具体日期还记得吗？"福尔摩斯翻开他的记事本问道。

"他是1878年12月3日失踪的，都快10年了。"

"那他的行李在哪儿啊？"

"一直在旅馆的行李里面，没发现任何线索——只有一些衣服和书本，还有很多安达曼群岛的稀奇珍玩，他是在那儿监管因犯的。"

"他在伦敦有什么朋友吗？"

"我所知道的，只有一个——舒尔托少校，跟我父亲是一个军团的，驻孟买陆军第34军团。这个少校当时刚退伍不久，住在上诺伍德。我们当时就跟他取得了联系，

但他根本就不知道我父亲回国这件事。"

"那就奇怪了。"福尔摩斯说。

"最离奇的事，我还没说呢。大概6年前吧，具体日期是1882年5月4日，我在《泰晤士报》上看到了一则启事，询问玛丽·莫斯坦小姐的住址，还说有好事，那则启事没有署名，也没有地址。那个时候，我刚刚去塞西尔·佛利斯特夫人家里当家庭教师。我跟她说了以后，就把我的住址登在了报纸的广告栏上。当天，我就收到了一个邮局寄来的小纸盒，盒子里装着一颗光泽炫目的大珍珠，可是一个字都没找到。从那以后，每年的那一天，我都会收到一个纸盒，里面都装着一颗同样的珍珠，而且从没发现邮寄者的任何线索。有一些行家看过这些珍珠，都说是稀世珍宝，价值连城。你们可以看看这些珠子，确实非常好。"

她说着，打开一只扁平的盒子，那6颗上等的珍珠，我这辈子还是第一次见。

"您说的这个确实挺有趣的，"福尔摩斯说，"还有别的什么情况吗？"

"有，我今天早上又收到了一封信，您看看，正是因为这封信，我才来向您求教的。"

"谢谢。麻烦您把信封也给我吧。邮戳，伦敦，西南区，日期7月7日。哦！这角上——可能是邮递员的大拇指印吧。信纸不错，这信封6便士一扎呢，可不便宜。看来，这写信的人对书信还挺讲究的，没写发信人地址。

请于今晚7点到莱西厄姆剧院外面左侧的第三根柱子旁等我。如若怀疑，可偕二友一起来。您是备受委屈的姑娘，肯定会还你公道的。别带警察，若带就取消见面。

您不知名的朋友

"这件事情简直太奇妙、太有趣了，莫斯坦小姐，您打算怎么做啊？"

"我来就是要跟您商量啊。"

"我们必须。您、我，还有——对了，华生医生，可以跟我们一起去。信上不是说，可以带两个朋友嘛，他一直跟我一起工作。"

"可他愿意去吗？"她问福尔摩斯，同时望着我，一脸的请求。

"我愿意，只要是我能做的，"我赶紧回答说，"倍感荣幸。"

"没想到二位这么热情，"她说，"真是太让我感激了。我一直都很孤独，没什么可以相信的朋友。我6点钟再来这里，应该可以吧？"

"可不能晚了，"福尔摩斯说，"对了，我再问一点，这封信和寄珍珠的盒子上的笔迹一样吗？"

"都在这儿呢。"她说着，拿出来了6张纸。

"您想得真是太周到了，我所有的委托人里边，您算得上模范了。我们还是来看一看吧。"他把纸全都平铺在桌子上，一张张认真地对比着。

"除了这封信之外，其余的笔迹都是伪装出来的，"他对比完后说，"不过，可以肯定的是，全部出自一个人之手。您看这个字母'e'总是这么突出，再看看末尾处的字母's'的弯法。莫斯坦小姐，我不是想给您无谓的希望，但我想知道的是，这笔迹与您父亲的相比，有没有相似的地方？"

"一点相似的地方都没有。"

"我就知道是这个结果。那我们6点钟见吧。您最好把这些东西留下，我得再研究一下，现在才3点半，再会吧。"

"再见。"我们的客人说着，满眼感激地看了我俩一眼，然后，把装宝贝的盒子往怀里一揣，匆忙地走了。

我站在窗口，看见她迈着轻快的步子沿街走去，直到她那灰色的帽子和白翎毛在人群中消失。

"多迷人的一个姑娘啊！"我回过头对我同伴说。

他的烟斗已经重新点上了，他靠坐在椅子里，双眼紧闭。"是吗？"他有气无力地说，"我没留意啊。"

"再见。"我们的客人说着，满眼感激地看了我俩一眼，然后，把装宝贝的盒子往怀里一揣，匆忙地走了。

"你简直就是一架机器——计算机！"我叫喊道，"有时候，你真是一点儿人情味儿都没有。"

他轻声地笑了一下。

"首先，最重要的一点，"他叫道，"就是你的判断不能被一个人的外貌特征所迷惑。委托人，在我眼里只是一个单位而已，是所有问题中的因素之一。情感倾向会影响理智的判断。我跟你说，我平生见过的最漂亮的一个女人，竟然为了得到保险赔款，亲手毒死了3个小孩子，最后被判处绞刑；相反，我知道的一个长得奇丑无比、很不招人喜欢的男子却是慈善家，为伦敦的平民捐赠了25万镑的救济金。"

"可是，这次……"

"在我这里，没有例外，因为它会破坏定律。你以前对笔迹有过研究吗？你看这个人的笔迹，有什么想法啊？"

"写得倒还挺清晰，"我回答说，"写信的人应该是个生意人，而且性格比较坚强。"

福尔摩斯摇了摇头。

"你看看那些长字母，"他说，"高低几乎跟一般的字母差不多，'d'写得像'a'，'l'倒像个'e'，如果是性格坚强的人，无论写得多么潦草，字母的高低总应该是很分明的，他写的'k'显得犹豫不定；他所有的大写字母里都透露着自负。我得马上出去一趟，还需要弄清楚几个问题。我给你介绍一本书吧，绝对不同凡响，温伍德·里德的《成仁者》，我一个小时后回来。"

我捧着书坐到窗前，可我的思绪早就从那本著作上飞扬开了。我满脑子都是刚才来的那位客人——她的音容笑貌，她生活中所遇到的稀奇古怪的事情。如果说她父亲失踪那年她17岁的话，那她现在就27岁了——正是从少不更事蜕变到成熟端庄的妙龄阶段。我坐在那里开始胡思乱想，直到一个危险的念头闪过脑海，我才慌乱地拿起最近的一篇病理学论文，专心看了起来，借此来遏制我那狂妄的想法。我是什么啊？一个陆军军医，还拖着一条伤腿，没多少存款，怎么能有这种念头呢？她只不过是案件里的一个单位，一个因素而已，除此之外，再不是什么了。假若我的前途注定是一片黑暗的话，最好还是像个男子汉一样坚强地担当起来，别再有什么幻想——妄想着彻底改变自己的命运。

第三章
寻求解答

福尔摩斯回来的时候，已经5点半了。他精神抖擞，一副轻松、急切而兴奋的表情，之前那沮丧的情绪一点都看不见了。

"这案子没什么太神秘的地方，"他接过我为他倒的咖啡说，"所有的事情好像只有一种解释。"

"什么！你的意思是，案子的真相你已经查清楚了？"

"还不能这样说。不过，我倒是发现了一个非常有价值的线索。当然，有些细节问题，还有待于补充。我刚刚去查了旧的《泰晤士报》，在上面找到了舒尔托1882年4月28日去世的讣告，也就是委托人说的跟她父亲一个军团——驻孟买陆军第34军团的那个少校，他生前住在上诺伍德。"

"福尔摩斯，或许是我这脑袋太迟钝了吧，可是，我真不明白，这个讣告能说明什么问题。"

"你真没看出来啊？太让我意外了。关于这个问题，我们这样来看，莫斯坦上尉失踪了，他在伦敦可能去拜访的人只有舒尔托少校，奇怪的是，舒尔托少校竟然说自己根本就不知道老战友回来了。4年后，舒尔托死了。他死后不到一个星期，莫斯

图为英国东印度公司在印度的总部，出于对印度治理的需要，英国会向当地派遣相关的官员和军队。

坦上尉的女儿就收到了这么贵重的礼物，而且之后每年都会收到。如今，又寄来一封信，说她被亏待了，你想，她除了失去了父亲以外，还会受什么亏待啊？此外，礼物为什么在舒尔托刚死没几天就寄给她了呢？舒尔托的继承人是不是知晓什么秘密，想用这些宝物来弥补父辈的罪过呢？根据这些事实，你能做出什么别的推论吗？"

"那他为什么非要用这种方法来弥补罪过呢？做得也太玄乎了！还有，他6年前为什么不写信，非得等到现在才写呢？此外，信上说要还她一个公道，她会得到什么公道啊？如果认为她父亲还活着的话，那是不是过于乐观了。而且，她有没有受过别的什么委屈，你又不知道。"

"不好解释，确实有很多令人费解的地方。"福尔摩斯沉思着，"不过，我们今晚跟着走一趟，应该就全搞清楚了。哦，四轮马车，莫斯坦小姐在里边坐着呢。你准备好没有？我们最好赶紧下去，已经有点晚了。"

我把帽子戴上，然后拿了一根最粗最重的手杖。福尔摩斯取出抽屉里的手枪，装进衣袋里，看来，他已经料到今天晚上的行动可能会遇到什么危险。

莫斯坦小姐披了件黑色的斗篷，裹着围巾。她看起来非常镇定，不过脸色异常苍白。面对今天晚上这离奇的行动，如果她没有觉得害怕的话，那她可真不是一般的女子。她把自己的情绪控制得非常好，从容镇定地回答着夏洛克·福尔摩斯提出的几个新问题。

"舒尔托少校和我父亲是特别要好的朋友，"她说，"父亲的来信中，几乎每次都会提到少校。他们都是驻安达曼群岛军队的指挥官，所以经常在一起。对了，我还在父亲的书桌里找到了一张字条，上面写的什么根本就看懂，也看不出跟案子有什么关系，不过，我想着您可能会愿意看一看，所以就带来了。给您。"

福尔摩斯小心翼翼地打开那张字条，平铺着放在膝盖上，然后，拿着双层放大镜仔细地察看了一遍。

"这纸应该是印度制造的，"他说，"而且一直是钉在板上的。上面的图好像是一所大房子建筑图的一小部分，有很多大房间、走廊，还有甬道。中间有一个用红墨水画的十字，红十字上面还有模糊的铅笔字迹'从左侧3.37'。纸的左边还有一串奇怪的图形文字，像联结在一起的四个十字，旁边还有字，不过写得非常潦草，四个签名——乔纳森·斯摩，穆罕默德·辛格，阿卜杜拉·可汗，达斯特·阿克巴。我也看不出来这纸条跟案子有什么关系。不过，这肯定是一份非常重要的文件。因为，这以前在票夹里珍藏过，这么平整，而且两面都很干净。"

"我确实是从他的票夹里发现的。"

"莫斯坦小姐，请您好好保存，我们以后可能还用得着呢。现在，我感觉这个案子比我预想的要复杂深刻多了。我得再考虑考虑。"

他说完，就往后靠到了车座的靠背上。我一看他那紧皱的眉头和呆滞的目光，就知道他已经开始深思了。我和莫斯坦小姐小声地聊着天，说着我们眼下的行动，可能遇到的情况。我们那位同伴一直沉默不语，直到我们到达目的地。

当时正值九月，不到7点钟天色就暗了下来。整个城市都被浓雾笼罩着，大街上到处都是泥泞一片，让人窒息的团团黑云在半空中低悬着。海滨沿岸那昏暗的路灯变成了混沌的光晕，洒在遍地泥浆的人行道上。街道两边店铺橱窗里的亮光，透过蒙蒙的雾气，无力地照着车马络绎不绝的大街。看着灯光闪烁之下那川流不息的路人，我心里突然有一种荒诞恐怖的想法，人们的表情有的欢喜、有的忧郁、有的疲惫、有的快活，就像人这一辈子，从黑暗到光明，然后再从光明返回黑暗之中。我不是一个容易动感情的人，可是，如此压抑的晚上，加上即将面临的怪事，我的精神也不由得紧张起来。莫斯坦小姐的表情告诉我，她有着跟我一样的感觉，没有被这外界环境影响到的，只有福尔摩斯。他用手电筒照着，不停地在本子上写着。

莱西厄姆剧院的入口处挤满了观众。两轮和四轮马车源源不断地停靠过来，一个个穿着雪白的衬衣、礼服笔挺的男子和裹着围巾、穿戴华丽的女人从车上下来。我们刚靠近约定的第三根柱子，就有个脸色黝黑、一身车夫打扮的矮个男子朝我们走来，一边还给我们打着招呼。

"二位就是陪同莫斯坦小姐一起来的吗？"他问道。

"我是莫斯坦小姐，这两位是我朋友。"她说。

那个人用锐利的眼神盯着我们，好像有点怀疑。

"小姐，恕我冒昧，"他严肃而强硬地说，"得请您向我保证，您这二位朋友都不是警察。"

"我保证。"她说。

那人吹了声口哨，应声过来一个流浪街头的小混混，还带来辆四轮马车。那小混混把车门打开，跟我们打招呼的那个人跳上去驾车，我们也跟着上了马车。没等我们坐稳，车夫就扬起马鞭，在浓雾弥漫的街道上飞速前进起来。

我们当时的处境很是怪异，不知道要去哪里，也不知道要干什么。难不成我们被人耍弄了？好像也不太可能。反正这一趟应该不会白

手电筒是用于照明的便携用电设备。它虽然是相当简单的设计，但它一直迟至19世纪末期才被发明，因为它必须结合电池与电灯泡的发明。在早期因为电池的蓄电力不足，因此在英文中它被称为"flashlight"，意即短暂的灯。

跑，肯定会有重大发现的。莫斯坦小姐还像之前那样镇定从容。我给她讲自己在阿富汗的危险经历，想方设法地鼓励她、宽慰她。可是，说真的，当时的处境和吉凶未卜的命运，我自己都感觉忐忑和害怕，所以，我讲的那些事情也是乱七八糟的。直到现在，我给她讲的那个滑稽的小故事，还被她当成笑话呢：那支步枪是如何在深夜钻进我的帐篷，我又是怎样用一只小老虎把枪给打死的。刚开始，我还能分辨出来我们途经的街道，可没过多久，由于路途遥远，雾气太大，加上我对伦敦本来就不熟悉，我完全分不清楚方向了。只感觉到路程好像挺远的，剩下的什么都不知道了。不过，福尔摩斯可没迷路，车子每经过一个地方，他都能小声把地名说出来。

"罗契斯特路，"他说，"到文森特广场了。我们现在走的好像是沃克斯霍尔桥路，肯定经过萨利区。没错，就是这样走的。我们已经在桥上了，你们应该能看到闪光的河水。"

我们往外看去，真的是灯光照耀下的泰晤士河。马车还在不停地奔跑，很快，我们就到了河的对岸，转入了迷宫一样的街道。

"沃兹沃斯路，"我的同伴又说，"修道院路，拉克霍尔小巷，斯托克维尔，罗伯特街，冷港小巷，我们要去的地方，可不像是什么繁华地段。"

我们果真被带到了一个可疑而恐怖的地方。道路两边全是一排排深灰色的砖房，一直到拐角处的时候才看见了几家简陋刺眼的酒馆；接着，还是一排排的住宅楼房，每栋楼的前面都有个小花园；偶尔也能看见几所新建的楼房——很像是大城市伸向郊区的大触角。最后，马车终于在一排新房的第三个门口停住了。周围的房屋都没住人，我们停车的这所房子，也只有厨房的窗户里透着一丝微光，别的房间同样是一片漆黑。我们刚敲了一下门，大门立刻就开了，开门的是一个裹着黄色包头、穿着宽松的白色衣服、系着黄丝带的印度人。这个东方仆人，出现在郊区这所三等普通住宅里，让人感觉很不搭调。

"主人正在恭候各位。"他说。他刚说完，房间里就传来了一声高喊。

"吉特穆特迦①，请他们进来吧，"那声音说道，"把他们直接请到我这儿来。"

---

① 一般指英国家庭中侍餐的男仆、男侍者。

第四章
秃头人的故事

　　我们跟在印度仆人后面走上一条过道，那昏暗的过道非常简陋，脏兮兮的。我们走到右侧的一个门口，那个仆人推开门，黄色的光线立刻射了出来。一个身材矮小的秃顶的人在灯光下站着，他的头顶又光又亮，周围长着一圈红色的头发，很像枫树林中撅起的一个光秃的山顶。他搓着双手，脸上的表情飘忽不定，时而微笑，时而眉头紧皱，一刻都不消停。那张嘴巴天生地奢拉着，还露着参差不齐的黄牙。尽管他总有意识地用手把脸的下半部分遮挡起来，可是，还是没能掩盖住他的丑陋。虽说他已经秃顶了，不过看着还挺年轻，事实上，他也刚刚30岁出头。

　　"莫斯坦小姐，很愿意为您效劳。"他那又尖又细的嗓子不断地喊着，"先生们，很荣幸为你们效劳。请进来吧，屋子确实小了些。不过，小姐，这都是根据我自己的喜好摆设布置的。在伦敦南郊这荒凉的沙漠中，我这里可算得上是小块文化绿洲了。"

　　小屋里的景象真让我们惊叹不已。小屋的布置与整栋简陋的房子极不相配，那种感觉，

图为英国贵族与他们的印度仆人。英国殖民印度后，很多印度人开始以做英国家庭的仆人为生，由于他们忠实，受到英国家庭的欢迎，因此有条件的英国家庭一般都会有印度仆人。

就像是一颗最璀璨的钻石，却镶嵌在一个铜托上。华丽考究的帷幔装饰着四面的墙壁，精美的画框和东方式的花瓶露在外面。厚实软和的琥珀色与黑色相间的地毯，踩上去很舒适，感觉就像踩在草地上似的，上面还横铺着两张大虎皮。一只印度大水烟壶放置在屋子角落的席子上，东方味更加浓厚了。鸽子形的银色挂灯，被一根金色的线悬挂在屋顶中央。油灯燃烧的时候，满屋子都能闻到一股清香。

"撒笛厄斯·舒尔托，"那矮个的男人说，脸上仍旧是一种似笑非笑的表情，"我的名字。您肯定就是莫斯坦小姐了，那这两位先生……"

"夏洛克·福尔摩斯先生，华生医生。"

"哦，医生？"他有些激动地叫道，"您带听诊器了没有？我能不能请您——您愿不愿意帮我个忙？我一直怀疑我这心脏瓣膜有问题，麻烦您了，我这大动脉还好，可我这瓣膜，我想听听您的宝贵意见。"

我应他的请求，听了他的心脏。除了他因为恐惧而紧张得全身筛糠一样地发抖之外，什么问题都没有。

"您的心脏很好，"我说，"不用担心，没什么毛病。"

"莫斯坦小姐，请您不要介意我的性急，"他颇为轻松地说，"因为我经常感觉不舒服，所以一直怀疑自己的心脏出什么问题了。我很高兴它很正常。莫斯坦小姐，假如您父亲能爱惜点自己，别伤着自己心脏的话，他兴许还能活到现在呢。"

水烟直到18—19世纪才传入欧洲，这类时兴的消遣，曾风行欧洲大陆。在当时是一种财富和地位的体现，只有富人和权贵才能够享用，所以当时家里有水烟是一种富贵的体现。

听完他的话，我的心里涌起一股无名火，我真恨不得走上前去给他一拳。对着一个可怜人说那些伤心事，他怎么说得这样没轻没重的。莫斯坦小姐坐了下来，她的脸色立刻变得煞白，连嘴唇都变成了白色。

"我心里早就知道，父亲已经离开了。"她说。

"我会尽可能把一切都告诉您的，"他接着说，"而且，我还要还您一个公道。不管我哥哥巴塞洛缪怎么说，我都会还您公道的。今天，我很高兴您带来了两位朋友，他们不仅仅是您的保护人，同时也能为我的行为当个见证人。我们3个人一起，就能对付我哥哥巴塞洛缪了，不过，我们不能让外人介入——尤其是警察或官方。不用外人的帮助，我们就能圆满地把问题给解决掉。事情万一公开出去，我哥哥巴塞洛缪肯定不会善罢甘休的。"

他在低矮的靠椅上坐着，水蓝色的眼睛无神地望着我们，像是在等待我们的保证。

"我保证，"福尔摩斯道，"不管您说什么，我都不会透露出去的。"

我也点了点头。

"那就好，那就好。"他说，"莫斯坦小姐，我想敬您一杯意大利红葡萄酒，或者是匈牙利红葡萄酒，可以吗？别的酒，我这儿也没有。我打开一瓶，可以吗？您不喝啊？那好吧。我抽这种有淡淡香味的东方烟，各位应该不会介意吧。我有点紧张，这水烟对我来说，可是最好的镇静剂。"

他把那个大水烟壶点燃，烟壶的玫瑰水里缓缓地冒着烟。我们3个围坐成一个半圆，伸着脖子，双手托着下巴。那个怪异而激动的矮个子坐在我们3个中间，光秃的头顶，忐忑不安地抽着水烟。

"当初我决定跟您联系的时候，"他说，"本来是想告诉您我的住址来着，但我怕您不相信，带来些不受欢迎的人。没别的办法，我只好这样做了，我让我的仆人威廉斯先去见你们，因为我很相信他的应变能力。我告诉他，万一形势不妙，就不带你们来。我这样谨慎的安排，希望你们能够谅解，因为我这个人比较孤傲，不喜欢跟人来往，尤其是警察之类的人，更不愿意跟他们打交道了。我生来就对任何粗俗的人或东西不感兴趣，我几乎从来不接触俗物。我的生活，各位也看到了，周围的环境应该还算文雅吧，我自诩是保护艺术的人，这也算我的一点小嗜好。那幅山水画可是科罗特的真迹，萨尔瓦多·罗萨那幅作品的真伪，可能会引起一些鉴赏家的怀疑，不过，布格罗的那幅画可是绝对的真品。我对现在的法国派，可谓情有独钟啊。"

"舒尔托先生，非常抱歉，"莫斯坦小姐说，"您邀请我来这里，是要跟我说一些事情，现在已经不早了，希望我们能尽早地结束谈话。"

"估计还需要一段时间，"他说，"我们还得一起去趟上诺伍德，找找我哥哥巴塞洛缪。我们几个都得去，但愿我们能说服他。我自认为做得合乎情理的事情，总会惹他不高兴。昨天晚上，我俩就辩论了很长时间。他脾气上来的时候有多难应付，你们根本就想象不到。"

"要是我们还得去上诺伍德的话，是不是应该立刻动身啊。"我忍不住建议道。

他竟然大笑起来，耳根都笑得发红了。

"那可不行，"他大声说道，"这样突然把你们带去，他不定会说什么呢。不行，我们得好好准备一下，我们几个至少应该站在同一条战线上。我需要首先声明的是，这整件事情有几个问题，连我自己还都没弄清楚到底是怎么回事呢。所以，我只能把我知道的讲给你们听听。

他竟然大笑起来，耳根都笑得发红了。"那可不行，"他大声说道，"这样突然把你们带去，他不定会说什么呢……"

"我父亲，各位应该已经猜到了，就是以前驻印度军队的约翰·舒尔托少校。他11年前退役以后，回来住到了上诺伍德的樱池别墅。他在印度发了大财，回来的时候带了一大笔钱和一批稀世珍玩，另外还带了几个印度仆人。有这么好的条件，所以他就买了一幢别墅，日子过得非常优裕。巴塞洛缪和我是双胞胎兄弟，我父亲就我们俩儿子。

"我清楚地记得，莫斯坦上尉的失踪，在当时引起了不小的轰动。不过，具体的情况我也是从报纸上看到的。知道他跟我父亲是很要好的朋友以后，我们经常毫无顾忌地在父亲面前谈论这件事情。有时候，他也会跟我们一起猜测这件事究竟是怎么回事，所以，在这件事情上，我们从来都没有怀疑过，可谁知道，他竟然知道整件事情所有的秘密——阿瑟·莫斯坦到底出什么事了，只有我父亲一个人知道。

"不过，我们也知道，父亲心里好像确实有秘密，甚至害怕有危险。平时，他从来都不敢一个人外出，此外，他还雇用了两个拳击手来给樱池别墅看门。今天晚上给你们赶车的那个威廉斯就是其中之一，他曾经是英国轻量级拳击冠军。父亲究竟在害怕什么，他从来都没跟我们说过。只要看到装木腿的人，他就会特别加强防备。有一次，

134

他甚至拿枪把一个装木腿的英国人给打伤了，结果人家只不过是来做生意的普通小贩，最后，我们赔了人家一大笔钱才把事情摆平了。刚开始，哥哥和我以为只是父亲的一时冲动，直到后来，奇怪的事情一件接着一件，我们才慢慢改变了想法。

图为带有镶金和宝石吊坠的珍珠项链。

"1882年初的时候，父亲收到一封从印度寄来的信，让他大惊失色。当时，他正在吃早饭，看完信以后，差点晕倒过去。从那天开始他就一病不起，直到死去。信上到底写了些什么，我们一直都不知道。不过，他看信的时候，我在旁边瞄了一眼，只知道信很短，字很潦草。他的脾脏肿大病已经很多年了，那一次，病情严重恶化。4月底的时候，医生说父亲已经没有希望了，他想在临终前告诉我们一些事情。

"我们进去的时候，父亲靠在高高的枕垫上，呼吸很急促。他让我们锁上门，坐到床边去。他紧紧地抓住我俩的手，开始给我们讲述那件大事。由于疼痛难忍，加上感情过于激动，他的话说得断断续续的。现在，我尽可能地按照他的原话，给你们重述一遍。

"'只有一件事情，'他说，'在我快要死的时候，还像块大石头一样压在我的心口，那就是，太对不住莫斯坦的女儿了。因为我这辈子无法宽恕的贪念，私自扣下了她应得的宝物——至少有一半都应该是她的。但是，我也从来没敢动过这些宝贝。我知道贪婪是非常愚蠢的行为，可是，只要这些宝物在我手里，我说什么也舍不得再分给别人了，这样，我心里才会觉得满足。你们看，在装金鸡纳霜的瓶子旁边，有一串珍珠项链，那是我特意找出来送给她的，可是，就算是这个，我也舍不得。我的孩子们，阿格拉宝物，你们应该公平地分一半给她。不过，不是现在，等我死了以后再给——这串项链现在也不能给她。毕竟，病得比我还要严重的人，最终还有痊愈的呢。

"'现在，我告诉你们，莫斯坦是怎么死的，'他接着说，'他有心脏病，而且已经很多年了，不过，除了我再没人知道。在印度时，我俩经过几番离奇的周折，找到一大批宝物。后来我回国的时候，把宝物全都带了回来。莫斯坦回伦敦了，他当晚就跑到这里，让我把他的那份给他。他是从车站走着到这儿的，当时给他开门请他进来的，是已经亡故的忠心老仆人拉尔·乔达。因为对宝物平分的意见有分歧，我和莫斯坦吵得很凶，他气得从椅子上跳了起来，紧接着，突然用手捂住胸口，脸色发青，仰面跌倒下去了，他的头撞到宝箱角上。我弯下腰准备扶他起来的时候吓了一大跳，他竟然死了。

"'我呆坐在椅子，愣了好半天，脑子里一片空白，不知道该怎么办。刚开始，我当然也想到了报警，可我仔细一想，在那种情况下，他们肯定会把我当成凶手抓起来的。他是在我俩争吵时咽气的，而且，他头上的伤口对我也非常不利。此外，万一真到法庭上了，他们肯定会查问宝物的来历，这可是我必须保守的秘密。他跟我说过，他来这里，没有一个人知道。所以，我觉得，这件事其实也没必要让别人知道。

"'当我还在想该怎么办的时候，一抬头，发现仆人拉尔·乔达就在门口站着。他悄悄地走进屋子，然后把门拴上，"主人，别害怕，"他说，"不会有人知道是你害死他的。我们把尸体埋掉，不就没人知道了吗？""可不是我害死他的呀，"拉尔·乔达摇摇头笑着说，"主人，你们的争吵我都听见了，我还听见他倒下去的声音。不过，我肯定会守口如瓶。家里其他人都已经睡着了。我们还是赶紧把他埋了吧。"所以，我就决定这样做了。连我的仆人都不相信我，难道我还能指望陪审团的蠢蛋宣判我无罪吗？那12个审判官其实就是些买卖人。当晚，我和拉尔·乔达就把尸体埋掉了。没几天，莫斯坦上尉神秘失踪的案子就出现在了伦敦的各大报纸上。事情的整个经过，我已经讲完了，你们也应该知道，莫斯坦的死根本就不是我的错。我的错误，就是掩埋了尸体、隐匿了宝物，除了我自己那份，还把莫斯坦的那份也霸占了。所以，我想让你们把宝物还给他女儿。你们凑近点，宝物藏在……'

"他还没说完，就脸色大变，双眼直瞪着，嘴张得大大的，叫了起来：'赶他出去！一定把……一定要赶他出去！'那声音我这辈子都忘不掉。我俩一起扭头，朝他直瞪着的窗口看去。只见黑暗中有一张脸正望着我们，他的鼻子紧贴在玻璃上，脸上长了很多毛，一双愤怒的眼睛，表情也非常恐怖。我和哥哥立刻跑到窗前，可那人已经跑了。等我们再回头看父亲的时候，他的头耷拉着，脉搏已经停止了。

"当天晚上，我们就把花园搜了个遍，只在窗户底下的花坛上发现一个清晰的脚印，别的什么都没发现。如果不是那个脚印，我们还以为那张恐怖的面孔是我们的幻觉呢。很快，就有更确凿的证据显示，周围有一帮人正在对我们进行某种秘密行动。因为，第二天早上，我们发现父亲卧房的窗户敞开，橱柜和箱子全都掀得底朝天，而且，箱子上还钉了张纸条，纸条上潦草地写着'四个签名'。这几个字到底什么意思，那个神秘人物到底是谁，到现在我们也不知道。我们唯一能肯定的是，虽然父亲的箱柜都被撬开了，不过，并没有丢失什么财物。很自然地，我们兄弟俩都猜到，这件事情肯定与父亲平时的恐惧有联系，可是，事情的真相仍旧无从得知。"

那矮个男人又把他的水烟壶点上，深沉地猛吸几口。我们安静地坐在那儿，认真地听他讲着。当他讲到莫斯坦上尉死的那一段时，莫斯坦小姐的脸色突然变得惨白。

"他还没说完，就脸色大变，双眼直瞪着，嘴张得大大的，叫了起来：'赶他出去！一定把……一定要赶他出去！'那声音我这辈子都忘不掉……"

我生怕她会晕过去，赶紧拿起旁边桌上的威尼斯式水瓶，给她倒了杯水，她喝完以后才慢慢恢复过来。夏洛克·福尔摩斯双眼紧闭地靠在椅背上沉思。看着他那副模样，我不由得想起他今天还抱怨生活乏味无趣呢，现在，终于有问题可以让他的才华得以施展了。撒笛厄斯·舒尔托先生仔细地看看我们 3 个，他讲述的故事确实对我们影响很大，这个发现让他流露出一脸的自豪和得意。他吸着水烟壶，接着往下说了起来。

"哥哥和我，"他说，"各位应该能想到，因为父亲说的那批宝物而特别兴奋。用了好几个星期，甚至好几个月的时间，挖遍了整个花园，结果什么都没找到。只要一想起藏宝物的地方到父亲嘴边而没说出来，就会让我们发狂。只看父亲拿出来的那条项链，我们就知道那批宝物有多么贵重了。我和哥哥巴塞洛缪也讨论过那条项链的事情。毫无疑问，那些珍珠非常值钱，哥哥也有些割舍不下。他的为人跟家父非常像，而且，他还说把项链送给莫斯坦小姐的话，很可能会招来很多闲话，没准儿到最后还能给我们带来麻烦呢。所以我能做的，也只有说服他，我先找到莫斯坦小姐的住址。然后，我每隔一段时间，把拆下来的珍珠寄给她一颗。我想着，这样做，至少能让她的生活有所保障。"

"您真是太好心了，"我的同伴真诚地说，"您的做法，真的很感人。"

那小个子歉意地挥着手。

"我们只不过是替她保管财产而已，"他说，"我是这么想的。可是，我哥哥的想法却完全相反。我们的生活已经很优裕了，我也不想要更多的财产。再说了，这样子对待一位年轻小姐，真的是太卑鄙了。法国有句谚语'鄙俗生罪恶'说得很有道理。我们兄弟俩因为在这件事情上的意见不一致，最后只好分开住了，我带了个印度仆人和威廉斯从樱池别墅搬了出来。昨天，我发现一件重大事情——宝物找到了。所以，我就赶紧联系了莫斯坦小姐。现在，我们得一起去上诺伍德，找他要回属于我们的那份宝物。昨天晚上，我已经和哥哥巴塞洛缪交换过意见了，虽然他并不欢迎我们，不过，他已经答应在那儿等着我们了。"

撒笛厄斯·舒尔托先生说完以后，在矮椅子上坐了下来，手指不停地动着。我们全都沉默着，思绪还停留在这离奇事件的新情况上。福尔摩斯最先站起身子。

"先生，自始至终您都做得非常好，"福尔摩斯说，"为了表达谢意，或许，我们还能为您心中的疑问提供一些线索呢。不过，就像莫斯坦小姐刚才说的那样，时间不早了，我们最好赶紧办正事，可不能耽误了。"

我们那位新朋友把水烟壶的烟管收起来，然后，从帷幔后面取出一件又厚又长的仿羔皮领的大衣。尽管夜晚的天气还很闷热，但他却把所有的纽扣都系住了，最后，还戴了一顶兔皮帽子，帽檐一直拉到耳朵边。他把自己包裹得严严实实的，只露出一张清瘦的脸。

"我身体不好，"他领我们走出来时说道，"只好多加小心了。"

马车就在外面候着，很显然对我们的出行早有准备了。车夫立刻驾车快速地行驶起来。撒笛厄斯一直说个不停，那声音几乎盖住了车轱辘的响声。

"巴塞洛缪很聪明，"他说，"你们知道他是怎么找到宝物的吗？他最后断定宝物肯定在屋子里藏着。所以，他计算出整栋房子的体积，就连小小的角落都测量个遍，没漏算一寸地方。他测量出楼房总的高度是 74 英尺，然后，他又分别测量了每个房间的高度，还用钻探的方法量出了楼板的厚度，最后再加上室内高度，总共只有 70 英尺，差了 4 英尺。所以，少出来的这 4 英尺，只可能在房顶。房屋最高一层的天花板是用板条和灰泥修成的，他在上面打了个洞。一点没错，上面有一个没人知道的封闭的屋顶阁楼。宝物箱就在屋顶正中央的两根橡木上放着。他从洞口把宝物箱取了下来，里面全是珠宝。按照他的估算，那些珠宝总共值 50 多万英镑呢。"

这么庞大的数字，把我们几个惊得目瞪口呆。假如我们能帮莫斯坦小姐把她应得的那份要回来，那她可就立刻从一个清贫的家庭教师变成全英国最富有的继承人了。

作为一个真诚的朋友，当然应该为她感到高兴，但是，惭愧的是我的私心在作祟，感觉胸口被一块重石压住了一样。我结巴着说了几句恭贺的话，就沮丧地坐在那儿，一声不吭。我们那位新朋友后来说了点什么，我几乎没听到。很明显，他是个忧郁症患者，我依稀记得他好像说了一连串的病症，还从他的皮夹子里掏出了很多秘方，让我给他解释那些秘方的内容和效用。我真的希望他能完全忘掉我那晚的回答。因为福尔摩斯还记得，我嘱咐他使用蓖麻油的时候不能超过两滴，此外，还建议他可以用大量的番木鳖碱①当成镇静剂。不管怎么说，马车突然停住，车夫给我们打开车门的时候，我总算是长松了一口气。

"莫斯坦小姐，樱池别墅到了。"撒笛厄斯·舒尔托先生一边扶她下车，一边说。

---

① 又叫马钱子碱，是一种剧毒的化学物质，一般用来毒杀老鼠。

第五章
樱池别墅的悲剧

抵达当晚冒险历程的最后一站时，已经快 11 点了。雾气已经散去了，伦敦城的夜景还是很宜人的。浓云在温和的西风中缓缓地行走着，半月时不时地露出云端。当时，前方的道路已经看得很清楚了，但是，撒笛厄斯·舒尔托仍然坚持拎着一只车灯，为我们把路照得更亮一点。

樱池别墅坐落在一片广场之上，周围有高高的石墙环绕着，石墙上扎满了碎玻璃片。唯一的出入口，就是那扇又窄又小的铁门。为我们带路的那个人"砰砰"地敲了两下门。

"谁啊？"一个粗暴的声音从里面传了出来。

"我，麦克默多。都这个时候了，还会有谁来这儿啊。"

图为 19 世纪时伦敦城的美丽一角。

里面那个声音抱怨了几句，很快就听见了钥匙的响声。小铁门朝里打开了，里面站着一个低矮健壮的人，手里拎的灯笼泛着黄光，他往外伸着脖子，那双多疑的眼睛瞪着我们。

"撒笛厄斯先生，是您吧？这几位是谁啊？没有主人的准许，我不能让他们进来。"

"不让他们进去？麦克默多，你简直无理取闹！昨天晚上，我就已经跟我哥哥说过了，今天

140

会陪几个朋友一起过来。"

"撒笛厄斯先生，他一整天都没出屋子了，我没听到他的任何吩咐。您知道，我只听从主人的吩咐。您可以进来，至于您的朋友，还是先在外面等一下吧。"

撒笛厄斯·舒尔托没想到会碰到这么一招，他上下打量着那个仆人，一脸的尴尬。

"你太过分了，麦克默多，"他嚷道，"怪罪下来，我担着也不行吗？况且，这儿还有位女士呢，大半夜的，你总不能让人家站在大街上吧。"

"撒笛厄斯先生，真是对不住您了，"那个守门人坚持说，"或许，这几位真是您的朋友，不过，他们不一定是主人的朋友。主人付我工钱，我就得尽到我的职责，把守卫工作做好。再说，您这几位朋友，我一个都不认识。"

"哦，认得的，麦克默多，"福尔摩斯大声而友好地说，"我想你应该还认识我的。4年前，爱里森场的拳击赛，那个跟你打过3个回合的业余拳击手，你不记得了吗？"

"是夏洛克·福尔摩斯先生吗？"那个拳击手叫道，"上帝啊，我怎么没认出来呢？谁让您一声不响地站在那儿，您要是直接过来对着我的下巴来一勾拳，我肯定早就认出您了！哦，您真是的，白白浪费了您的天赋！您要是一直练下去的话，前途肯定是不可估量的！"

"华生，你瞧，就算我别的方面都不行了，也还能谋份工作呢。"福尔摩斯冲我笑着说，"我们这位朋友肯定不会再把咱们拒之门外了。"

"先生，您请进！还有您的朋友，都进来吧！"他说，"撒笛厄斯先生，真是对不住，主人命令得特别严，我必须先弄清楚您的朋友是谁，才敢让他们进来。"

一进门就看见一片荒芜的空地，空地上有一条曲曲折折的碎石子小路，小路直接通往一所方方正正的大房子，那房子从外面看着并没有什么奇特的地方。只是，枝叶掩映之下只看得到一个角，月光照在顶层的窗户上，给人一种阴森恐怖的感觉。如此之大的房子，寂静无声，透着一股阴森，让人浑身发毛。甚至连撒笛厄斯·舒尔托也隐隐感到不安起来，手里提的车灯颤得直响。

"真是太奇怪了，"他说，"肯定出什么事了。我明明跟他说过我们今晚会来，而他房间窗户的灯都没亮。真搞不明白，他到底什么意思。"

"他平时都防范得这么严吗？"福尔摩斯问。

"没错，他受我父亲的影响。您知道，我父亲一直都非常宠爱他，有时候，我甚至觉得父亲告诉他的事情可能会多一些。月光照着的那扇窗户，就是巴塞洛缪的房间。虽然看着很亮，但是里面根本就没有灯光。"

"确实没有灯光，"福尔摩斯说，"不过，我发现门旁边的那扇小窗户里有灯光。"

"哦，那是女管家——伯恩斯通太太房间里的灯光。让她给我们说说具体的情况。不过，得请各位稍等一下，我们要是突然全进去的话，她事先没有准备，可能会吓坏的。等等，嘘——听是什么？"

他把车灯举得高高的，抖个不停的手让灯光摇曳不定。莫斯坦小姐紧紧地抓住我的手腕，我们站在那儿，紧张极了，心跳得厉害。我们竖起耳朵仔细听着，半夜三更的，这所黑漆漆的大房子里传出一阵阵凄惨的声音，是一个受了惊吓的女人断断续续的哭叫声。

"是伯恩斯通太太的声音，"舒尔托说，"这房子里就她一个女人。各位在这儿稍等一下，我很快就回来。"

他立刻跑向那扇门，习惯性地敲了两下。一个身材高大的妇人，像看见亲人一样，把他请了进去。

"哦，撒笛厄斯先生，您来得太巧了！我正要找您去呢。哦，撒笛厄斯先生！"直到门关上以后，我们隐约还能听见她那急切的声音。

"是伯恩斯通太太的声音，"舒尔托说，"这房子里就她一个女人。各位在这儿稍等一下，我很快就回来。"

福尔摩斯拎着撒笛厄斯留给我们的灯笼，仔细地察看着房子的周围，空地上堆得到处都是垃圾。莫斯坦小姐和我站在一起，我紧紧地攥着她的手。爱情真是奇妙的事情。我俩前一天还彼此不认识呢，今天初识，也未曾说过一句悄悄话，可是，现在面对这么危险的处境，我们的手竟然不约而同地握在了一起。后来，每次想到这件事情，我都觉得很有意思，当时的动作好像只是下意识的。后来，她也经常跟我说，她当时只有一个感觉，那就是，只有紧靠着我才会觉得踏实和安全。我们俩手拉着手，像小孩子一样，全然不在意周围的黑暗和沉寂，反倒更坦然、更无所畏惧了。

"这地方真是太奇怪了！"她张望着周围说道。

"感觉就像全英国的鼹鼠都集中到这儿来了。这种景象，我只在巴勒莱特附近的一个小山坡上看见过。不过，当时那里正钻探开矿呢。"

"这儿也一样啊，"福尔摩斯说，"这些都是寻找宝物留下的痕迹。你可别忘了，他们整整挖了 6 年。也难怪这块地跟沙砾坑似的。"

这个时候，房门突然开了。撒笛厄斯·舒尔托跑了出来，两只手朝前伸着，两只眼中写满了恐惧。

"巴塞洛缪肯定出事儿了！"他喊道，"我害怕啊！我可经受不起这样的刺激。"

他确实吓坏了。仿羔皮衣领中露出来的那张脸痉挛着，一点血色都看不到，像极了一个受到惊吓、慌忙逃跑求助的小孩。

"我们进屋看看。"福尔摩斯果断地说。

"快进去！快点进去吧！"撒笛厄斯恳求着，"我真被吓坏了，一点主意都没有了！"

我们跟在他后面，穿过甬道，走进女管家的房间。那惊魂未定的老太太，正在屋子里来回踱着步子，一看见莫斯坦小姐，就像是找到了靠山一样。

"天啊，看您这张脸，多恬静啊！"她激动地对着莫斯坦小姐哭诉起来，"看见您以后，我感觉好多了。我这一整天啊，都快难受死了！"

我们那位女同伴轻抚着老太太皱巴巴的双手，温柔地轻声安慰她了几句。老太太那惨白的脸，才慢慢地有了点血色。

"主人把自己锁在房间里，喊他也不回应，"她说了起来，"今天一整天，我都在等着他的召唤。他平时也总喜欢一个人待着。可是今天，我总觉得哪儿不大对劲，恐怕出什么事了，所以，一个小时之前我就上楼去，偷偷地从钥匙孔朝里看了看。撒笛厄斯先生，您一定得上楼去，您得亲自去看看！我跟着主人 10 年了，不管喜怒哀乐，他所有的表情我都见过，可是，现在这种表情我真是从来都没看见过。"

夏洛克·福尔摩斯提着灯笼，在前面走着。撒笛厄斯吓得牙齿打架、两条腿直哆嗦，我只好搀扶着他上楼。上楼梯的时候，福尔摩斯两次用放大镜，认真地观察着楼梯棕毯上留下的脚印。他把灯提得很低，一级一级慢慢地走着，同时不忘到处仔细地察看。莫斯坦小姐在楼下陪伴失魂落魄的女管家。

爬完3节楼梯，走到一条很长的走廊上，走廊右边的墙壁上挂了幅印度壁毯，左边有3扇门。福尔摩斯沿着走廊缓缓地挪动着步子，小心地四处察看着。我们紧紧地跟在他的身后，长长的身影投射在我们身后的走廊上。我们的目标是第三个门。福尔摩斯使劲地敲着门，里面一点动静都没有；他又使劲地转动着门钮，推门也推不开。我们提起灯照了照，从门缝里看见里边反锁着呢。钥匙已经转动过了，所以，孔眼没有被完全堵死。夏洛克·福尔摩斯俯下身子，透过钥匙眼朝里看了一下，很快就站直身子，倒吸了一口冷气。

"华生，真挺恐怖的，"他说，那激动的样子，我还是第一次见，"你看看是怎么回事。"

我弯着腰从钥匙孔朝里望了一眼，吓得立刻缩了回来。月光照进房间里，隐约中，在我正前方的半空中好像悬挂着一张脸，正注视着我。除了那张脸，其余的都沉浸在一片黑暗之中。那张脸跟撒笛厄斯的脸几乎一模一样，而且，都是秃顶，都只有一圈红发，脸上没有一点血色。唯一不同的是，那张脸的表情是死板不动的，狰狞地笑着，牙齿不自然地露在外面。这样死寂的夜晚，在月光照射下的房间里看见这般笑脸，比看到一脸愁容更让人觉得害怕。房间里的那张脸，跟我们这位矮个子朋友如此相像，我忍不住扭头看他还在不在身边。我突然想起，他之前说过，他跟哥哥是一对双胞胎。

"这简直太吓人了，"我跟福尔摩斯说，"现在该怎么办？"

"得先把门打开，"他说着，就使出浑身的力气朝门锁撞去。

门响了一下，可还是推不开。我们就一起上，使劲冲了过去，"砰"的一声，门锁被撞断了，我们也闯进了巴塞洛缪·舒尔托的房间里。

图为19世纪时的一间化学实验室。

那屋子倒很像是一间化学实验室。正对着门的墙上，放着两排带玻璃塞的瓶子；本生灯、试验管和蒸馏瓶把桌子摆得满满的；墙角还摆着几个竹篮子，里面放了很多盛着酸液的玻璃瓶。有一瓶好像是破了，有一股黑乎乎的液体流了出来。房间里充斥着一种异常刺鼻的柏油味儿。房间的一边，散乱地堆着板条和灰泥，上面竖着一架梯子，梯子顶端的天花板上有一个洞口，大约能容一人出入。梯子底下的地面上，凌乱地盘放着一卷长长的绳子。

房间的主人，在桌子旁边的一张扶手木椅上坐着，脑袋耷拉在左肩上，一副惨笑的表情。他的身体又僵又冷，很明显，已经死了很长时间了。他不只是面部表情古怪，连四肢都朝内侧蜷曲着，跟正常人的死亡是不一样的。他一只手在桌子上放着，旁边有一个奇怪的东西——纹理紧密的棕色木棒，木棒的一端用粗麻绳绑着一块石头，看着很像一把锤子；此外，还有一张纸，明显是从记事本上撕下来的，纸上的几个字写得非常潦草。福尔摩斯拿起来看了看，然后又递给我。

"你看看，"他抬着眉头对我说。

借着提灯的光线，我看见了"四个签名"那几个字，心里好不害怕。

"天啊，这，这到底什么意思啊？"我问。

"是谋杀！"他说着，就俯身检验尸体去了。

"哦！果然被我说中了，你瞧这儿！"

他手指着尸体耳朵上方扎在头皮里的一根黑色长刺。

"看着像是一根荆刺。"我说。

"没错，就是荆刺。你把它拔出来。千万要小心点，上面有毒。"

我用拇指和食指把那根荆刺拔了下来。刚一拔出来，伤口就愈合了，除了能看见一丁点表明伤口的血印之外，几乎看不到任何痕迹。

"在我看来，这又离奇得无法解释了，"我说，"不但没有搞清楚，反倒更加糊涂了。"

"恰恰相反，"他解释说，"已经很清楚了，我只需要再搞明白几个细节，把整个案子连起来就可以了。"

我们进入房间以后，几乎已经忘记那位同伴了。他一直站在门口，跟筛糠似的，嘴里还不停地叨叨着。突然，他发出了一声惊叫。

"宝物全部不见了！"他喊道，"宝物全都被他们抢走了！看那个洞口，我们就是从那儿取出宝物的，还是我帮哥哥拿下来的！我是最后一个离开他的！昨天晚上，我下楼走的时候，还听见他锁门的声音了呢。"

"当时是几点？"

"10点。他现在死了。要是把警察叫来，他们肯定会怀疑是我把他害死的，他们肯定会怀疑我的。您二位应该不会怀疑我吧？你们肯定不会认为是我害死他的吧？如果真是我害死他的，我怎么还会请你们来这里呢？哦，天啊！我快要疯掉了！"

他跺着脚，甩着胳膊，疯了似的痉挛起来。

"撒笛厄斯先生，您不用害怕，也不用紧张。"福尔摩斯温和地说着，在他肩上

"撒笛厄斯先生，您不用害怕，也不用紧张。"福尔摩斯温和地说着，在他肩上拍了拍，"听我的劝，坐车去警察局报案，您应该全力配合他们才对，我们会在这儿待着，一直等您回来的。"

拍了拍，"听我的劝，坐车去警察局报案，您应该全力配合他们才对，我们会在这儿待着，一直等您回来的。"

那矮个儿迷迷糊糊地按照吩咐，跌跌撞撞地摸黑下楼去了。

第六章
福尔摩斯的论证

"华生，"福尔摩斯搓着双手说，"现在，我们还有半个小时，得充分利用起来。我跟你说过了，这案子已经快彻底搞清楚了，不过，我们也不能过于自信，省得出现什么差错。看着好像挺简单的，没准儿这其中还藏着什么玄机呢。"

"简单？"我向他表示抗议。

"当然简单了，"他说，那语气就像一个老教授在跟学生们讲课一样。"你最好在屋角坐着别动，要不然，你的脚印会毁掉证据的。我现在要工作了。首先，凶手是怎么进来的？又是怎么离开的？从昨天晚上到现在，房门一直都没打开过。窗户呢？"他提着灯朝窗户走去，一边察看，嘴里一边咕哝着。他不像是在跟我说话，而是在自言自语。"窗子是从里面插着的，窗框还这么结实，两边连合页都没有。我们还是把它打开吧，旁边没有雨水管道，离房顶还挺远。不过，窗台上有人站过。昨天晚上下小雨了，窗台上有一个脚印，还有一个圆圆的泥印，地板上也有，桌边还有一个呢。华生，你看，这可是个不错的证据。"

我确实看见了几个非常清晰的圆泥印。

"这可不是脚印。"我说。

"对我们来说，这个证据更重要。这是木柱留下的印迹。窗台上的是靴子印——靴子后跟有宽铁掌，旁边也有木柱的痕迹。"

"那个人装着木腿。"

"没错儿。不过，还有个同伙，而且身手还很不错。医生，你能爬上这面墙吗？"

我伸头看了看窗外。月亮还照着房屋的那个角落。我们距离地面少说也有6丈高，墙壁上连个插脚的空隙都看不到。

"绝对爬不上来。"我说。

"要是没有帮手的话，的确是爬不上来。不过，假如这儿有一个朋友，屋子角落有一根结实的粗绳子，他只用把绳子的一端系在墙壁的大扣环上，把另一端扔下去。我觉得只要你有力气，就算是装着

"昨天晚上下小雨了，窗台上有一个脚印，还有一个圆圆的泥印，地板上也有，桌边还有一个呢。"

木腿，也能拽着绳子爬上来。当然，你下去的时候，也可以用同样的方法。最后，你那位同伙再把绳子拉上来，从扣环上解下来，把窗户关上，从里面插好，再从来时的路线出去。"他指了指绳子接着说，"还有个细节需要注意，装木腿的那位朋友，虽说爬墙的本事还可以，但肯定没当过水手，因为水手经常爬桅，手掌会磨出茧子的，这位朋友的手掌可没有。我用放大镜不止发现了一处血迹，越到绳子的末端，越是明显。所以，我敢断定，他下去的时候，手掌心因为速度过快磨破了。"

"这样也说得通，"我说，"那案子岂不是更匪夷所思了。他的同伙是谁，又是从哪儿进来的呢？"

"没错，还有那个同伙！"福尔摩斯若有所思地重复着，"那个同伙确实有点意思。他让整个案子变得非同一般。我觉得，这个同伙可能要刷新英国犯罪手段的新纪录了。不过，类似的作案手段，印度好像有过先例，要是我没记错的话，就发生在塞内甘比亚。"

"那他会从哪儿进来呢？"我又问了一遍，"门锁着，窗户太高够不着，难不成从烟囱爬进来的？"

"烟囱太窄了，根本就容不下一个人，"他说，"刚开始，我也这么想过。"

"那他到底从哪儿进来的？"我追问。

"我的理论方法，你一点都没用上，"他摇着头说，"我都跟你说过很多次了。你先排除绝不可能的情况，剩下的，就算令人难以置信，那也是事实。我们可以肯定，不是门，也不窗户和烟囱；我们还能确定，他之前不可能藏在房间里，因为这儿根本就没有藏身之处，那他会从哪儿进来呢？"

"天花板上的那个洞。"我叫道。

"就是那个洞，他肯定是从那个洞进来的。你来提着灯，我们去上面的阁楼看看——就是藏宝物的地方。"

他蹬着梯子，双手抓住橡木，一使劲，就翻到阁楼上去了。他弯腰把灯接了过去，我跟着也上去了。

那小阁楼约10英尺长，6英尺宽。一根根橡木之间横铺着些薄板条，上面又抹了层灰泥。我们只能踩着一根根椽子小心行走。阁楼的顶部是尖形的，这才是这栋房子真正的屋顶。阁楼里面什么东西都没摆，堆积着厚厚的一层尘土。

"你看这儿，"夏洛克·福尔摩斯抵着斜坡的墙壁说，"这是个活动门，拉开以后，外边就是斜度不大的房顶，那个同伙就是从这儿进来的。我们找找，看能不能发现什么可以推断出这个人的特征的痕迹。"

他用灯照着地板，今天晚上我第二次在他脸上看到了惊讶的表情。我看向他凝视的地方，也吓得出了一身冷汗。地板上全是打赤脚的印迹，一个个地十分清楚，还很完整，大小不足一般人的一半。

"福尔摩斯，"我小声说，"这么可怕的事情竟然是一个小孩子做的。"

他稍微稳定了一下神色。

"刚开始我也吓了一跳，"他说，"实际上这挺正常的。我一时疏忽了，原本应该想到的。这儿没什么可察看的了，我们还是下去吧。"

"对于那些小脚印，你有什么看法啊？"我们下到房间以后，我迫不及待地问他。

"华生，你还是自己分析一下吧。"他回答得有些不耐烦，"我都已经把方法告诉你了，你应该学着在实践中运用，然后，我们再互相交换意见，这样，彼此就能多学点经验。"

"眼前这些事实，我实在是什么都想不出来。"我说道。

木馏油是木材在炭窑中炭化时排出来的产品或在蒸馏甑或蒸馏炉中蒸馏制得的产品，一般为黑色的黏稠状液体，有较大刺激性气味。它具有柔和度好、耐老化、耐高温等优点，可作为防水、防腐的材料。

"你很快就会明白的，"他立刻说，"这里应该没什么重要的地方了，不过，我还得再察看一遍。"

他掏出放大镜和皮尺跪在地上，在房间里丈量着、观察着、比较着，那又细又长的鼻子几乎挨到了地面上，发光深陷的眼睛就像鹰眼一般。他行动起来那么敏捷、悄无声息，看着鬼鬼祟祟的，活像正在寻找气味的猎犬一样。一个奇怪的念头突然闪过我的脑海，假如他的这份精力和智慧没有用来维护法律，而是去犯罪的话，那他将会是多恐怖的罪犯啊！他察看的时候，嘴里一直都小声咕哝着，最后，突然欢喜地惊叫一声。

"我们的运气真不赖啊，"他说，"没什么问题了。那个同伙不小心踩到了木馏油。你看，那里有个小脚印，就在那刺鼻的木馏油的右边。装油的瓶子裂缝了，油流出来一些。"

"这又能说明什么呢？"我问。

"没什么，"他说，"只是我们快要抓住他了而已。"

"我知道，一只狗能靠嗅觉沿着气味一直追下去，话说狗闻鲱鱼追全郡，那么，让一条训练过的猎犬闻着如此强烈的味道追踪下去，岂不是很容易吗？这就是数学中讲到的比例法则，结果是唯一的。不过，哦，警察来了。"

楼下传来一阵沉重的脚步声、嘈杂的说话声，还有关大门的声音。

"趁着他们还没上来，"福尔摩斯说，"你摸摸尸体的胳膊和腿。什么感觉？"

"硬得跟木头似的。"我说。

"没错。极度强烈收缩，比一般的僵硬得多。还有他面部的扭曲，和所谓希波克拉底[1]的笑容，你怎么看？"

"他中了生物碱剧毒，"我说，"跟番木鳖碱很像，会造成类似于破伤风症状的肌肉僵直。"

"我一看见他脸部肌肉扭曲的样子，立刻就想到了这个。进来以后，我赶紧寻找能让人体中毒的工具。我找到的那根能轻易扎进或射入他头皮的荆刺，你也看到了。当时死者好像是在椅子上直坐着的，你再看那刺扎入的位置，正好对着天花板的那个洞口。你再认真瞧瞧这根荆刺。"

我小心翼翼地拿着那根刺，凑近灯光认真地看着。那根黑刺又长又尖，尖的那头有一层亮亮的、像干胶一样的东西；钝的那头是用刀削圆的。

---

① 被西方尊为"医学之父"的古希腊著名医生，欧洲医学奠基人。

"你看这荆刺是英国生长的吗？"他问。

"肯定不是。"

"根据这些事实，你应该能得出一个合理的结论。不过，正规军已经来了，我们这非官方侦探该撤退了。"

说话工夫，脚步声已经到走廊了。进来一个穿着灰色衣服的胖子，他身材高大，红红的脸，一看就是多血体质，肿眼泡中间的那双小眼睛闪烁不停。紧跟在后面的，是一个穿着制服的警官，还有站在那里瑟瑟发抖的撒笛厄斯·舒尔托。

"这成什么样儿了！"那个人扯着粗哑的嗓门嚷道，"现场怎么弄成这个样子！这俩人是谁啊？这间房里热闹得都快成养兔场了。"

"阿萨尔尼·琼斯先生，您应该还记得我吧？"福尔摩斯平心静气地说。

"当然，我当然记得！"他喘着粗气说，"您不就是大理论家夏洛克·福尔摩斯先生嘛。记得您！您还跟我们讲过主教门珍宝案的动机，和您的推论结果呢。没错，您的确给我们指引了一个正确的方向，不过，您也得承认，那次破案主要是运气好，可不是您给我们指的什么正确方向。"

"那个案子本来就不复杂，挺好理解的。"

"哦，行了！行了！别不好意思承认。不过，这到底是怎么回事？太糟糕了！简直糟透了！事实就摆在眼前，用不着什么理论推测。也算是运气，正好赶上我来上诺伍德办别的案子！报案的时候，我正好在分署。您觉得此人是怎么死的？"

"哦，这桩案子好像用不上我的理论。"福尔摩斯冷漠地说。

"用不上，用不上。不过，我们也不能否认，有时候，您还真能一语说破。据我了解到的，门是从里面反锁着的，50万英镑宝物全部丢失。窗户呢？"

"关得好好的，但是窗台上有脚印。"

"行了，行了。窗户要是关着的话，那脚印就跟本案没什么关系了，这是常识性的问题。死者有可能是突然身亡，不过，珠宝确实不见了。我知道该怎么解释了。有时候，我也会灵机一动。警官，你先出去一下。还有您，撒笛厄斯先生，也到外面去吧，这位医生朋友可以留下。福尔摩斯先生，您看看我的想法怎么样？撒笛厄斯自己承认昨天晚上跟哥哥在一起，结果他哥哥突然死了，因此，撒笛厄斯就趁机拿走了宝物。您觉得我说得怎么样？"

"死者还非常细心地起身把门反锁上了。"

"哼！这一点确实有点说不通。不过，我们应该用常识理解这个事情。我们都知道，昨天晚上撒笛厄斯确实跟他哥哥在一起了，而且俩人还有过争吵。现在，哥哥死了，宝物没了。撒笛厄斯离开以后，再没人见过他哥哥，而且，他的床没有睡过的痕迹。此外，撒笛厄斯的反应很不对劲，肯定是心里有鬼，才会如此惊慌的。您看，我只要对撒笛厄斯四面夹击，他肯定难逃法网。"

"您还没掌握所有的证据呢！"福尔摩斯说，"这根荆刺，是我从死者的头皮上取下来的，而且我敢断定这上面有毒，从伤口处就能看出来。您看，还有放在桌子上的这张纸，上面有这样的字样；纸的旁边，还放着一根奇怪的绑着石头的木棒。这些东西，您准备如何解释呢？"

"这些都可以解释啊，"那胖侦探一脸不屑地说，"房间里摆满了印度古玩，假如真有人能用这根有毒的荆刺杀人的话，那撒笛厄斯同样可以用它来杀人啊；至于这张纸，只不过是故弄玄虚的障眼法而已。唯一需要解释的就是，他是怎么出去的。哦！对了，这天花板上不是还有个洞嘛。"

他拖着笨重的身子，费了半天劲才爬上梯子，从那个洞口爬到了阁楼上。紧接着，就听见他激动地嚷着说他发现通往屋顶的活动门了。

"有时候，他也能找到一些证据，"福尔摩斯耸着肩膀说，"偶尔也能说出点道道。法国有句老话'和有一点思想的愚人相处更难'。"

"您瞧，"阿萨尔尼·琼斯从上面下来时说道，"事实胜于理论。我的想法已经得到证实了，上面有个通往屋顶的活动门，而且还是半开着的。"

"那活动门是我打开的。"

"哦，是吗？这么说，那门您也注意到了。"他似乎有点沮丧，"行吧，不管谁先发现的，都能说明罪犯逃跑的路线。警官！"

"到！长官。"走廊上的声音应道。

"让撒笛厄斯先生进来吧——撒笛厄斯先生，我现在有责任告知您，您现在说的每一句话都可能成为对您不利的证词。因为您哥哥的死，我代表政府正式逮捕您。"

"你们看，我怎么说来着？我早知道会这样的。"那可怜的矮个子伸着双手冲我俩嚷了起来。

"撒笛厄斯先生，您别着急，"福尔摩斯说，"我会为您洗刷冤情的。"

"理论家先生，不要承诺得太早，恐怕事情并没您想象的那么简单。"那位侦探立刻辩驳道。

"琼斯先生，我不但要替他讨回公道，我还得奉告您，昨天晚上来这间屋子的共有两个人，我还能告诉您其中一个凶手的姓名和特征，他叫乔纳森·斯摩，个子不高但很灵活，文化程度很低，右腿已经断了，装着一只木腿，木腿里侧有磨损。他左脚

"你们看，我怎么说来着？我早知道会这样的。"那可怜的矮个子伸着双手冲我俩嚷了起来。

靴子底部钉的方形前掌很不整齐，靴子后跟上钉的是铁掌，是个中年人，皮肤很黑，以前是个囚犯。这些情况，再加上他手掌上磨掉的手皮，对您应该是有所帮助的。至于另外那个……"

"是啊，另外那个人呢？"阿萨尔尼·琼斯仍然傲慢地问道，但他显然已经被福尔摩斯的精确分析所打动了。

"另外那个非常古怪，"夏洛克·福尔摩斯扭头说道，"但愿我很快就能介绍这两个人给您认识。华生，你过来，我跟你说句话。"

他把我带到楼梯口。"这场意外，"他说，"差点让我们把来这里的初衷给忘了。"

"我正想说呢，"我说，"莫斯坦小姐不适合待在这个恐怖的地方。"

"你现在赶紧把她送回去。她住在下坎伯韦尔的塞西尔·佛利斯特夫人家里，离这儿挺近的。你要是还想回来的话，我就在这儿等着你。不过，你应该累了吧？"

"一点都不累，案子的真相搞不清楚，我是睡不着的。危险恐怖的场面我也经历过不少，可说真的，今晚这一连串古怪的事情，真让我的神经受刺激了，我现在兴奋得很。都到这个节骨眼儿上了，我很乐意帮你把这个案子结了。"

"你在这儿，对我有很大的帮助，"他说，"我们得分开行动。随便这个琼斯怎么干吧。你把莫斯坦小姐送回去以后，去一趟河边朗伯斯区平池巷 3 号，右手边第三栋房子里，有个做鸟类标本的叫谢尔曼的老头儿。他的窗户上画了一只抓住一只小兔子的黄鼠狼。你敲门把谢尔曼老头儿叫起来，就说我要借他的托比用用，然后，你坐车把托比带回来。"

"托比是狗吧？"

"一条非常厉害的混种狗，嗅觉很灵敏。我宁可让这只狗来帮忙，因为它比全伦敦的警察都有用得多。"

"我肯定会带它回来的。"我说，"现在是 1 点，要是能换一匹马，3 点之前我指定能回来。"

"我在这儿，"福尔摩斯说，"还得找伯恩斯通太太和那个印度仆人去了解点情况。撒笛厄斯先生跟我说过，那个印度仆人就住在阁楼旁边的那间房里。我们回头再研究琼斯那伟大的工作方法，听他的嘲笑和讽刺吧。

"我们已经见惯了，有的人偏偏喜欢对他们不了解的事情妄下结论。"

歌德的话永远都这么精辟。

第七章
木桶的插曲

　　警察们来时乘的马车就在外面，我就借他们的车送莫斯坦小姐回去。出于女性天使般的善良，遇到危难时如果身边有比自己更脆弱的人，她总能保持镇定。我去找她的时候，她还一脸平静地陪坐在吓坏了的女管家身边。可是，一坐进车里，她就再也支撑不住了，先是身子瘫软下来，接着就小声啜泣起来——今天晚上这离奇的冒险真够她受的。后来，她还怪我说，那天晚上，我一路上过于冷漠无情。但是，她当时根本就不知道，我的内心经过了怎样的挣扎，我又是怎样极力抑制自己的痛苦的。我们在院子里手拉着手的时候，我就已经对她充满了怜悯和爱意。虽说我也经历过不少人情世故，可是，如果没有那天晚上的遭遇，我也很难看到她温柔坚强的本性。当时，两个顾虑让我不敢向她表达我的爱意，首先，她正处于危难之中，孤苦一人、心力交瘁，如果我盲目示爱的话，就有乘人之危的嫌疑；其次，更让我犯难的是，假如福尔摩斯真的把案子破了，那她就会马上得到一笔财产变成富翁，而我只不过是个医生，在这个能亲近她的机会向她表达爱意，算得上光明磊落的行为吗？她会不会把我当成一个为了她的钱财的粗鄙之徒啊？我可不想在她心里留下这么不好的形象。这批宝物就跟一堵打不透的墙似的横在我俩中间。

　　我们到达塞西尔·佛利斯特夫人家的时候，差不多已经凌晨两点钟了。仆人们早都睡了，只是，佛利斯特太太非常担心莫斯坦小姐收到奇怪信件这个事情，所以，她

煤油灯是电灯普及之前的一种照明工具，以煤油为燃料。一般为玻璃质材，灯头一侧有个可把灯芯调进调出的旋钮，可以控制灯的亮度。

一直坐在灯下等着。她亲自出来为我们开门。她是个举止端庄的中年妇女，她的胳膊关切地搂着莫斯坦小姐的腰，还像慈母一样轻声细语地慰问着她，让我感到极大的安慰。很明显，莫斯坦小姐在这个家里不像是被雇用的，更像是一位备受尊重的朋友。互相介绍过以后，佛利斯特太太真诚地邀请我进屋歇息，还让我把今晚的奇遇讲给她听。我不得不跟她解释，说还有非常重要的事情要办，而且，承诺她日后肯定会随时来给她们汇报案子进展的情况。我道别上车后，有意识地扭头望了一眼，我好像看到了台阶上她俩手拉手的身影，模糊中还看见半掩着的房门，花窗玻璃射出来的灯光，还有晴雨表和发亮的楼梯扶手。处在眼下这离奇怪异的环境中，能看见如此宁静的一个英国家庭，心情不由得舒畅多了。

今天晚上所发生的一切，我越想越觉得离奇荒诞。借着煤油灯的光亮，马车在寂静的街道上行驶着，我又开始回想整个案件这一系列的情节。有几个问题目前已经很清楚了，那就是莫斯坦上尉的死、每年邮寄来的珍珠、报纸上的广告，还有莫斯坦小姐收到的信。可是，也正是这些事情，竟然又把我们引入了更深、更惨的迷境中。印度宝物，莫斯坦上尉皮夹子里奇怪的图样，舒尔托少校临终前的怪异表现，宝物的发现，紧接着发现宝物的人被害了。死者被害时种种奇怪的现象，那些脚印，怪异的凶器，与莫斯坦上尉那张图上写着相同字样的纸片。这一连串情节如此错综复杂，除非是福尔摩斯那样的天才，一般人根本就理不出头绪，更别提找出什么线索了。

平池巷在朗伯斯区的尽头，有一排又窄又小的两层破旧的楼房。我对着3号门喊了好久，才听见有人应了一声。接着，那扇百叶窗里亮起了烛光，有个人从楼窗探出头来。

"走开，你个醉鬼！"探出来的那个头嚷道，"你再喊，我就放43只狗出去咬你。"

"你只用放出来一只就行，我来就是为了这个。"我说。

"赶紧滚！"那声音又吼道，"你最好给我听话点，我这包里可是臭抹布，你要是还不走，我可就丢下去了！"

"我只想要一只狗。"我又喊道。

"别废话！"谢尔曼吼道，"赶紧走。我数一、二、三，就朝你扔抹布了。"

"夏洛克·福尔摩斯先生——"我刚说出这几个字，百叶窗像是被施了什么魔力似的，立刻关上了，不到一分钟门就开了。谢尔曼是个又瘦又高的老头儿，有点驼背，戴了副蓝色镜片的眼镜，脖子上的青筋凸得很高。

"我这儿永远欢迎福尔摩斯先生的朋友，"他说，"先生，里边请。当心那只獾，它会咬人。你个淘气鬼！小淘气！你可不能咬这位先生。"然后，他又指着头从笼子缝钻出来的、瞪着两只红眼睛的黄鼠狼说，"先生别怕，这是一只蛇蜥蜴，没有毒牙，我养着它主要是吃甲虫的。我刚才对您的冒犯，还请您不要介意。实在是有调皮的孩子经常跑来这里捣乱，吵醒我。夏洛克·福尔摩斯先生需要什么啊？"

"他想借用您的一只狗。"

"哦！那肯定是托比。"

"是的，就是托比。"

"托比在左边第七个栏里。"

谢尔曼手里拿着蜡烛，在前面缓慢地走着，周围全是他收集的稀奇禽兽。在闪烁跳动的光线下，模糊地感觉每个角落都有闪烁的眼睛在偷偷地窥视我们。就连头顶的橡木上也是黑压压的野鸟，它们的美梦被我们的动静搅醒了，它们慵懒地在两只爪子之间转换着重心。

托比的确是一只混种狗，长得很丑，黄白相间的毛特别长，耳朵耷拉着，走路的时候摇摇摆摆的。谢尔曼递给我一块糖，让我喂它，很快，我就跟它建立了友情，它乖乖地跟我上了马车。我再次回到樱池别墅时，皇宫的时钟刚敲过 3 下。当过拳击手的麦克默多已经被视为同谋，和撒笛厄斯先生一起被抓到警察局去了。大门由两个警察把守着，我报上侦探的名字以后，他们才准许让我带着狗进去。

福尔摩斯在台阶上站着，双手在口袋里叉着，嘴里叼着烟斗。

"哦，你把它带来了，"他说，"好狗！真是好狗！阿萨尔尼·琼斯走了。你走了以后，我跟他大吵了一架。他不仅逮捕了我们的朋友撒笛厄斯，就连看门的人、女管家，还有印度仆人也全都抓走了。只在楼上留了一名警官，现在，这院子已经是属于我们的了。把狗留在这里，我们到楼上去吧。"

我们把托比拴到一条桌子腿上，就上楼去了。房间里还保持着原来的样子，只不过死者身上多蒙了一个床单。那个困倦的警官在房间角落里斜靠着。

"警官，借我用一下你的牛眼灯吧。"我的同伴说，"帮忙把这块纸板系到我脖子上，让它垂到我的胸前。谢谢！我还得把靴子和袜子脱掉。华生，麻烦你把我的靴袜带到楼下去，现在，我得试试攀爬的本领。再请你用这条手帕蘸一点点木馏油，

图为当时晚上人们经常用来照明的提灯。

行了，一点就行。你再跟我去阁楼一趟吧。"

我俩从洞口爬上去。福尔摩斯又拿着灯照积土上的那些脚印，

"你再仔细观察一下这些脚印，"他说，"看出什么不一样的没有？"

"这脚印，"我说，"是一个孩子或一个低矮女人的。"

"除了大小，还有别的特殊之处吗？"

"感觉跟一般的脚印没什么差别啊。"

"差别大了。你看这里，这片尘土上，是一只右脚印。现在，我在旁边踩一个我光脚的脚印，你再看看有什么不一样的？"

"你的脚趾是紧挨着并拢在一起的，小脚印的脚趾是叉开的。"

"没错，说得很对，记好这一点。现在，你再去闻一闻那活动门的门框。我在这儿站着，因为我手里拿着这条手帕呢。"

我按照他的话去闻了一下，有一股刺鼻的木馏油的味道。

"他离开的时候，用脚踩过那里。假如你能闻到的话，托比就更没问题了。现在可以到楼下把托比放开了，我马上就下来。"

我下了楼，走到院子里时，福尔摩斯已经在屋顶上了。他在房顶缓慢地爬行着，胸前挂着灯，就跟一只巨大的萤火虫一样。爬到烟囱后面就看不见了，不过，很快又隐约出现了，好像绕到另一侧去了。我也跟着转到房屋后面，看见他在房檐角上坐着。

"是你吗，华生？"他大声问道。

"是我。"

"那个人就是从这里上下的，底下那黑乎乎的是什么东西啊？"

"水桶。"

"有盖没有？"

"有。"

"旁边有梯子没有？"

"没有。"

"这该死的家伙！从这里下去最危险了。但他居然能从这里爬上来，那我也能从这里跳下去。这下水管还挺结实的，不管它了，我下来了！"

一阵脚步声过后，那灯光沿着墙边稳稳地落了下来，他轻巧一跳，先落到了木桶上，接着又跳到了地上。

"找这个人的行踪还真不是件容易的事，"他边穿靴袜边说，"不过，凡是他经过的地方，瓦都被踩松了。他慌乱中，还把这个东西给掉了。套用你们医生的话就是，

这个证明我的诊断是正确的。"

他拿灯照着一只小布袋，大小跟纸烟盒差不多，用彩色的草编织而成，外面还装饰着几粒廉价的小珠子。布袋里装的是6根黑色的荆刺，一头尖尖的，一头是圆的，跟扎在巴塞洛缪·舒尔托头上的一模一样。

"这凶器非常危险，"他说，"你当心别扎着。我很高兴捡到了这个，因为他所有的凶器可能都在这里面。这样，我俩才可能避免被刺的危险。我宁可挨枪子儿，都不愿中这荆刺的剧毒。华生，你还有力气再跑6英里吗？"

"当然。"我说。

"你那腿能受得了吗？"

"受得了。"

他拿灯照着一只小布袋，大小跟纸烟盒差不多，用彩色的草编织而成，外面还装饰着几粒廉价的小珠子。

"嗨，托比！好托比！闻闻这个，托比，闻闻！"他拿着蘸过木馏油的手帕，放到托比的鼻子前。托比站在那里，多毛的腿叉开着，往上翘着鼻子，那模样，就像酿酒家在品尝佳酿一样。福尔摩斯扔掉手帕，往托比的脖子上系了根结实的绳子，把它牵到放木桶的地方。托比立刻不停地大声狂吠着，鼻子在地上四处嗅着，尾巴翘得老高，循着气味径直朝前跑去。我们扯着绳子，在它后面紧跟着。

此时，东方已经发白，晨曦中渐渐能看清楚远方了。我们的身后，那栋方正的大房子冷清地耸立着，房子的窗户仍然没有一丝光亮，高高的院墙光秃秃的。院子里到处堆放着散乱的垃圾，杂草丛生。那凄凉悲惨的景象似乎正是昨夜惨案的写照。

我们来到围墙底下，托比在墙的阴影里低叫着。接着，我们发现有个墙角长着一棵小山毛榉树，墙角离地面较近的位置，砖缝有磨损，而且砖块的棱角已经被磨圆了，应该是经常有人踩着这里爬墙。福尔摩斯先爬了上去，把托比从我手里接了过去，然后把它放到墙的另一侧。

"墙头上有木腿人的手印，"他等我也爬上墙的时候说道，"你看，那白灰上有血迹。幸亏昨天晚上的雨不大，就算间隔了28个小时，路上应该也还留有气味。"

我们穿过车马拥挤的伦敦街道时，我心里不禁有些怀疑，托比到底能否嗅着气味找到凶手。不过，我的这种疑虑很快就被打消了，托比灵敏地在地面上嗅着，循着气味摇摆地朝前跑着。很明显，这刺鼻的木馏油的气味要比路上别的气味更加强烈。

"你可别以为，"福尔摩斯说，"我只能依赖这个同伙踩住了化学药品这一点，才能侦破此案。我还有好几种别的方法能抓住凶手。但是，现在，幸运之神送给我们这个最便捷的方法，如果我们弃之不用的话，那可就是我的不对了。可是，这也把原本有些复杂、需要一些智慧才能解决的问题变简单了。假如破获案子的线索太简单了，我们的功劳也就显示不出来了。"

"其实，我们的功劳挺多的。"我说，"福尔摩斯，我感觉与上次你在杰弗森·霍普谋杀案中所用的方法相比，你这次用到的方法更加高明，因为这个案子简直太匪夷所思了。比方说，你怎么对装木腿的那个人的情况那么有把握呢？"

"哦，老兄！这个其实挺简单的，不是我在吹嘘，事实都是明摆着的。负责看管囚犯的两名军官，得知了一个埋藏宝物的秘密。寻宝地图是一个叫乔纳森·斯摩的英国人给他们画的。你应该还记得，莫斯坦上尉的地图上就写着这个名字。他不仅写下了自己的名字，而且把同伙的名字都签上了，也就是所谓的'四个签名'。这俩军官根据地图——也可能是他们中的一个——找到了宝物，并带回了英国。我推测，带宝物回国的这个人，很可能没有完全履行最初的约定。乔纳森·斯摩为什么没得到宝物呢？答案也是明摆着的。那张藏宝地图，是莫斯坦在看管囚犯期间得到的。乔纳森·斯摩之所以没亲自去拿宝物，是因为他和同伙们都是囚犯，没有行动自由。"

"这只是推测而已。"我说。

"也不能这么说。这不只是推测，应该说是唯一合乎情理的假设。我们还是看看这些假设是怎么与后来的事实相吻合的吧。舒尔托少校把宝物带回国以后，一直过着很安稳的日子，直到印度来信的那一天，他就像惊弓之鸟一样，这是什么原因呢？"

"那封信肯定是这么说的：被你们欺骗的囚犯已经刑满释放了。"

"说是刑满释放，不过，更有可能是越狱逃窜，因为对于他们的刑期，舒尔托少校肯定知道得很清楚。要真是刑满释放的话，他应该不至于害怕成那样。他从此都进行了什么防备呢？他格外注意装着木腿的人。他用枪误伤了一个装木腿的英国小贩，说明装木腿的肯定是个白种人，而那张图上就一个白种人的名字，另外三个都是印度人或其他种族人的名字，所以，我们就能肯定，装木腿的这个人就是乔纳森·斯摩。你说，我的这些推论有个人主观臆断吗？"

"没有，非常清楚，而且很精确。"

"那好，现在，我们站在乔纳森·斯摩的角度分析一下。他回英国主要有两个目的：一是为了得到属于他的那份宝物，再一个就是找欺骗他的那个人报仇。他找到舒尔托少校的住址，而且，还很有可能买通了舒尔托家里的哪个仆人。据伯恩斯通太太说，家里还有个叫拉尔·拉奥的仆人，我们都没见过，这个人品行恶劣。除

"也不能这么说。这不只是推测，应该说是唯一合乎情理的假设。"

了少校本人和已经过世的那个忠实的仆人之外，没人知道宝物藏在什么地方。乔纳森·斯摩突然得知少校命在旦夕，唯恐少校死的时候会把宝物的秘密一起带走。慌乱之中，他冒着被守卫拳击的危险，来到临死的这个人的窗前。不过，当时少校的俩儿子在场，他没能进去。少校死了，他恼怒至极，当晚又潜入房内，翻找文件，试图找到埋藏宝物的线索。临走前故意留了写有'四个签名'的字条，表明有不速之客造访此地。很显然，他这么做是早就想好的，他原本想杀死少校以后，在尸体旁边留张同样的纸条，表明这不是普通的谋杀，而是为了替同伴们讨回公道。其实，这种自以为聪明的做法在犯罪史上是很常见的，有时候，反倒还能从此找到有关凶手的一些线索。我说的这些，你都听懂了吗？"

"全懂了。"

"乔纳森·斯摩接下来会怎么做呢？他只能继续暗中留心搜宝的进程。有时候，他可能会离开英国，隔一段时间，再回来打探消息。在阁楼上发现宝物以后立刻有人

图为在安达曼群岛的囚犯。安达曼群岛位于印度和缅甸之间的古代贸易路线上，1789 年被英国占领，长期为流放英属印度各族政治犯的场所，以后有不少大陆人迁入，原住居民为矮黑人。1857 年印度民族起义发生后，为了惩罚兵变中的俘虏，英国于 1858 年初在此建立了一个新的流放地。

告诉了他，毫无疑问，家中肯定有他的内线。乔纳森的腿不方便，根本就不可能爬到巴塞洛缪·舒尔托家的高楼上，因此，他就带了个身手不错的同伙，让同伙先爬到楼上去。谁知他赤脚踩到了木馏油，所以才把托比给弄来了，而且，还让一个腿部受伤的、领半俸的退役军官，跛着脚跑 6 英里的路程。"

"照这么说，杀人的是那个同伙，不是乔纳森。"

"没错。我在房间内发现了乔纳森足的痕迹，由此可见，同伙把人杀死这件事，让乔纳森非常恼火。他跟巴塞洛缪·舒尔托无冤无仇，顶多把他捆起来，塞上嘴巴就行了。杀人是要偿命的，他可不愿意把自己送上绝路。谁知道同伙突然兽性大发，竟然用毒刺把人给杀死了。他看已经没法挽回了，就留了张纸条，带着宝物跟同伙一起跑了。这些情况，就是我所推断出来的。再说他的长相，他被拘押在酷热的安达曼群岛多年，所以，肯定已经是中年人了，而且，皮肤应该晒得很黑；再从他步幅的大小，能够推断出他的高矮；至于他脸上长满胡子，这一点，是撒笛厄斯·舒尔托亲自从窗户里看见的。除此之外，应该没什么别的情况了。"

"那个同伙呢？"

"哦！这个也算不上神秘，你很快就能知道了。今天早上的空气好新鲜啊！你看那团红云，多漂亮啊，看着跟红鹤的羽毛似的。太阳已经穿透伦敦的云雾了。被阳光照着的人，不计其数，但是，像我俩这样肩负着如此使命的人，估计是再也找不到了。在大自然面前，我们这点雄心壮志，是如此的渺小！你熟悉让·保罗的书吗？"

"非常熟悉，我是先看了卡莱尔的作品以后，才开始看他的书的。"

"这就像从河流溯回到湖泊一样。他说过一句很有深意的话'能认识到自身渺小的人才称得上是真正的伟大'。你看，这句话说到了比较和鉴赏的能力，这种能力本身就是崇高的证明。我们能从里希特尔（让·保罗的笔名）的书中找到很多精神食粮。你带手枪了吗？"

"我有根手杖。"

"我们发现凶手以后，这些家伙应该用得上。乔纳森交给你，那个同伙要是不老实，我就用枪打死他。"

他说着，把左轮手枪掏出来，装了两颗子弹以后，又装进外套右边的衣袋里。

我们跟着托比，在通向伦敦市区的路上走着，路两边是别墅式的村落房舍，快走到人流密集的街道上了。下苦力的和码头的工人们已经忙碌起来了，家里的女人们正开门清扫门前的台阶。街道角落里，方形屋顶的酒店都开始营业了，从里面走出来的粗壮的汉子们，正用袖子擦着下巴上沾的酒水。街道的尽头，瞪大眼睛的野狗盯着我们。不过，忠心敬业的托比始终低着头在地上嗅着，没有受到任何影响，只是偶尔发出一阵着急的低鸣声，表明跟踪的味道仍然非常强烈。

一路上，我们经过斯特里萨姆区、布瑞斯顿区、坎伯韦尔区，绕了很多条小巷，才走到奥弗尔区东面的肯宁顿巷。我们要找的这个人，就像是专门迂回着绕路一样，也可能是有意这样，以免被人追踪。只要附近有弯曲绕路的小道，他们绝对不从正路走。他们从肯宁顿巷的尽头拐向了左边，穿过证券街和麦尔斯路，走到骑士街以后。托比突然停止不前了，在原地来回乱窜，一只耳朵耷拉着，另一只笔直地竖立着，一副拿不定主意的样子。最后，转了好几圈，仰着头，好像在向我们求救。

"这托比怎么回事啊？"福尔摩斯厉声吼道，"凶手不可能上车，更不可能乘气球飞了。"

"或许，他们在这儿停留过一阵子。"我推测说。

"哦！行了，它又走了。"我的同伴长舒一口气说。

夏洛克·福尔摩斯和我面面相觑，不由得同时大笑不止。

163

托比的确又开始前进了。它四下嗅了一阵，就像突然下定决心一样，箭一般地飞冲出去。那味道好像比以前更加强烈了，因为托比根本就不用鼻子嗅地，只管拼命拽着绳子往前跑。福尔摩斯两眼闪着亮光，他肯定以为快找到凶手的老窝了。

我们朝九榆树的方向跑去，最后，来到白鹰酒店旁边的布拉得里克和纳尔逊大木场。托比异常兴奋和激动，它从侧门钻到锯木工人正在干活的大木场，然后，越过成堆的锯末、刨花和碎木，又跑上两边堆着木材的小路，最后，跳到放在手推车的一只木桶上，得意地狂叫起来。它站在木桶上，吐着舌头，眨巴着眼睛，向我俩炫耀着自己的战绩。木桶边和手推车的轱辘上，沾满了黑乎乎的油渍，空气中有一股强烈刺鼻的木馏油的气味。

夏洛克·福尔摩斯和我面面相觑，不由得同时大笑不止。

第八章
贝克街的侦缉小分队

"接下来怎么办？"我问，"托比也不是万无一失的。"

"它的行动完全按照自己的感觉，"福尔摩斯说着，把站在桶上的托比抱了下来，我们牵着它从大木场走了出来。"你只用算一算木馏油每天在伦敦市内的运输量，你就知道我们为什么会走错方向了。很多地方都使用木馏油，尤其是木材的防腐上用得更多，所以，我们也不能全怪托比。"

"我们可以按原路返回到刚才那个地方，让它再判断一次。"我提议道。

"也是，幸好不是很远。在骑士街左边的时候，托比有点拿不定主意，很明显，气味就是从那个地方混杂的。我们走上了错误的方向，现在，只好到另一条路线找了。"

我们拉着托比返回气味混杂的那个地方。它绕了个大圈，然后，毫不迟疑地跑向一个新的路线。

"得留意点，可不能再被它带到木馏油桶的运送地了。"我说。

"我已经想到这个了。不过，你瞧，它一直沿着人行道跑，运油桶的马车走的是马路，这次，我们肯定不会走错的。"

我们跟着它，经过贝尔芒特路和太子街，往河滨跑去，一直来到河边一个用木材搭建的码头上。托比带着我们走到紧挨水边的位置，然后，站在那儿望着水面，发出哼哼的声音。

"糟糕，"福尔摩斯说，"他们肯定从这儿上船了。"

有几只平底小船和几艘小艇在木码头上系着。我们让托比在每条小船上都闻了闻，虽然它很认真，但一点迹象都没发现。

靠近码头的地方有一所砖砌的小房子。房子2楼的窗户上悬挂着一块牌子，上面写着"莫迪凯·施密斯"几个大字，底下还有一排小点的字"出租船只：按时按日计价。"房子的门上还有块牌子，说这里还有小汽船。这小码头上，堆积了很多焦炭，应该就是小汽船所用的燃料。福尔摩斯仔细地察看了一下周围，满脸的不高兴。

"看来，这事儿真麻烦了。"他说，"他们早就想好把踪迹隐匿起来了，他们如此聪明，是我没想到的。"

他走向那间砖房的时候，正好有个卷发的小男孩从里面跑了出来，大约6岁的样子。一个红脸肥胖的女人在后面追着他，那女人手里还拿着块海绵。

"杰克，赶紧回来洗澡！"她叫道，"快点回来，你这个调皮鬼！你这个样子，要是你爸爸回来看见了，肯定不会轻饶你！"

"小朋友！"福尔摩斯趁机喊了一声，"看这小脸，红扑扑的，乖孩子！杰克，你想要什么好东西吗？"

那个小孩略微思考了一下。

"我想要一个先令。"他说。

"比一个先令更好的，你要吗？"

"那就两个先令吧。"那精明的小家伙想了想，说道。

"那好吧，给你！——施密斯太太，这孩子真讨人喜欢。"

"上帝保佑你，先生。他就是太调皮了，他爸整天不在家，我都快管不住他了。"

"哦，他出去了？"福尔摩斯一脸失望地问道，"真是太不巧了！我找施密斯先生还有点事呢。"

汽船是以蒸汽为动力，蒸汽机驱动的轮船。它最早成功试航于19世纪初，是工业革命的产物，相比老式的帆船等船只，它的速度快了许多。

"先生，他昨天一大早就出去了。老实说，到现在都没回来呢，我都快急死了。不过，先生，您要是想租船的话，跟我谈是一样的。"

"我想租他的小汽船。"

"先生，那小汽船他正好开走了。我也正是因为这个才担心的，汽船上的煤不多了，根本就不够去伍尔维奇跑个来回。

他要是坐平底船去的话，我就不这么担心了。因为他有时候可能会去特别远的格雷夫森德，而且，万一他有什么事的话，很可能还会耽搁几天。但是，如果煤烧完了，汽船怎么走呢？"

"他应该会在半路上买点煤。"

"这不好说，不过，他一般不会这么做，因为他经常说袋装的煤太贵。还有啊，装木腿的那个人，长得那么丑还一副外国派头，我一点都不喜欢。他经常来我们这里，不知道他到底想干什么。"

"装木腿的人？"福尔摩斯显出有些惊讶的样子。

"是啊，先生！那家伙贼眉鼠眼的，不止来过一次呢。昨天晚上，我男人就是被他从床上喊起来的。而且，我男人事先好像知道他要来，所以，他早就把汽船点着，一直等着。先生，跟您说句实话吧，我真是放心不下啊。"

"但是，亲爱的施密斯太太，"福尔摩斯耸了耸肩说，"您自己干着急也没用啊。您咋知道昨晚来的就是装木腿的人呢？您怎么能肯定是他呢？"

"先生，我能听出来他的声音，嗓音很粗，吐字还不清楚。他在窗户上敲了几下——当时3点左右吧。'伙计，快点，'他喊道，'我们得动身了！'然后，我男人把我的大儿子——吉姆也给喊醒了，没跟我打声招呼，他爷俩就出去了。我还能听见那只木腿走路时发出的声音呢。"

"就装木腿的一个人来的吗？"

"先生，这个我也不清楚，不过，我没听见别人的声音。"

"施密斯太太，真是不巧，我来原本想租一只汽船的，因为我早听说过它很不错，它的名字是——让我想想啊。"

"先生，是'曙光号'。"

"哦！就是。是绿色的、船舷上有宽宽的黄色线条的旧船吧？"

"不是，不是的。跟河上经常看见的那种正规的小船一样，油漆是新刷的，黑色的船身，上面还画着两道红线。"

"谢谢。但愿施密斯先生很快就能回来。我们要去下游，要是看见'曙光号'的话，我会告诉他您挂念着他呢。您刚才说，那汽船是黑色的烟囱，对吗？"

"不是的，先生，黑烟囱上还有白色的线条。"

"哦，就是，您只是说船身是黑色的。那就再见吧，施密斯太太！华生，那儿有只小舢板，让他把我们送到河对岸去吧。"

"跟这样的人说话，最关键的是，"上了船以后，福尔摩斯说道，"不能让对方知道他们的话跟你有任何的关系，要不然，他们的嘴巴就会像牡蛎一样闭得紧紧的，什么都不说。你应该装出不懂的样子，提出异议，像刚才那样拿话逗引着他，这样，你就能把你想知道的事情从对方嘴里套出来了。"

"我们接下来要做的，已经非常清楚了。"我说。

"你觉得，我们接下来应该做什么啊？"

"雇只汽船，去下游找'曙光号'啊。"

"我说老兄，这可是件大工程了，无异于大海捞针。从这儿到格林尼治，两边有无数个码头可以停靠。桥对面，好几十里以内，全是停船的地方。你要是挨个去找的话，不知道得找几天呢。"

"那就让警察也出动吧？"

"不行，除非到最后紧要的时刻，我可能才会叫上阿萨尔尼·琼斯。他这个人还可以，我可不想让他的职务受到什么影响。再说，我们都查到这分上了，我想独自完成它。"

"那我们在报纸上刊登一则广告，或许可以从管理码头的人那里得到点什么消息，你觉得怎么样？"

"那就更糟了！那样不就等于告诉凶手，我们正在找他们吗，那他们可能就会立刻离开英国。即便是现在，他们很可能也有逃出国的打算，所以，我们必须让他们觉得这里是安全的，这样，他们就不会急于走掉了。在这方面，琼斯的行动对我们是非常有利的。因为每天的报纸上都刊登着他的意见，所以，凶手们肯定在暗地里庆幸，大家侦查的方向都是错的，他们就会暂时安心地待在这里。"

"那接下来，我们到底该怎么办啊？"我在米尔班克教养院的门前下船的时候问道。

"现在，我们坐这辆车子回家，吃早饭，然后睡上一个小时，没准儿我们今天晚上还要跑路呢。车夫，到邮局的时候停一下。托比暂时留下吧，可能还用得着。"

到大彼得街邮局的时候，车子停下来，福尔摩斯下去发了一份电报。

"我给谁发电报，你知道吗？"他上车后问我。

"我哪里会知道啊。"

"杰弗森·霍普那个案子里，我雇用过贝克街的侦缉小分队，你还记得吗？"

"他们啊！"我笑了起来。

"对于这桩案子来说，没准他们真能发挥大作用呢。就算他们失败了，我也还有其他办法，不过，我还是想先让他们试试。刚才，我就是去给维金斯那个小队长发电报的。我们吃完早饭前，他们就能赶到。"

当时是早上八九点。奔波了一整夜，我真是疲乏极了，走路的时候，两条腿也跛了起来。对于这个案子，在侦查上我没有同伴那顽强的敬业精神；当然，我也不可能只把它当成一个抽象的理论分析；由于巴塞洛缪·舒尔托平日里的行为并不得人心，所以，我对凶手似乎也谈不上反感；但要是说到宝物，就是另一回事了。按理说，那些宝物或者至少是宝物的一部分，应该是莫斯坦小姐的。只要有寻回宝物的可能，我将尽自己最大的努力去做。没错，宝物要是真找回来的话，我或许永远都没机会接近她了。如果爱情轻易地被这种念头影响了，那这样的爱情也未免太无力、太自私了。福尔摩斯要是真把凶手给抓住了，我会用 10 倍的精力去寻找宝物的。

图为福尔摩斯博物馆中盥洗的角柜。角柜最上面放着一个青花瓷的水罐。那个年代由于没有水池，早上都是由女仆打好水，将水盆，水罐和毛巾送到主人的房间，待梳洗完毕之后再带走。

回到贝克街的家中，冲了个澡，换上干净的衣服，感觉精神多了。下楼的时候，早饭已经弄好了，福尔摩斯正坐在那里喝咖啡呢。

"你瞧瞧，"他指着一张翻开的报纸，笑着跟我说，"那个精力旺盛的琼斯，加上一个无所不能的记者，一起把这桩案子包办了。你已经被这个案子搞得够烦了，还是先把你的火腿蛋吃了吧。"

我接过他手中的报纸，报道的标题是《上诺伍德的神秘案件》：

昨晚 12 点左右，在上诺伍德的樱池别墅里发生一桩惨案。别墅主人巴塞洛缪·舒尔托先生在房间内被人暗杀。据可靠消息称，死者身上并没发现明显的伤痕，死者父亲身前遗留下来的一批印度宝物被全部盗走。最先发现死者被害的，是死者之弟撒笛厄斯·舒尔托先生，还有跟他一起拜访死者的夏洛克·福尔摩斯先生和华生医生。幸运的是，著名的阿萨尔尼·琼斯侦探，当时正好在上诺伍德警察分局。所以，半个小时后，他就亲临案发现场主持工作。琼斯先生不愧经验丰富、训练有素，很快就找到了线索。死者的弟弟——撒笛厄斯·舒尔托的嫌疑最大，已经被捕。此外，女管家伯恩斯通太太、印度仆人拉尔·拉奥，还有看门人麦克默多也有作案嫌疑，已经被捕。有证据显示，凶手熟知进出房间的路径。根据琼斯先生的高超的技术和精确的侦查，已经证明凶手不是从门窗进入房间的，而是从房顶穿过一扇暗门进出的。由以上这些事实，我们可做出以下结论：这绝不是一般的盗窃案。警察局在这件案子中能这么负责地及时处理，说明出现这种情况时，应该有一个资深长官及时出面主持一切。由此可见，分散部署全市的警力，以便遇到情况时，就近赶到现场的提议，还是不无道理的。

"写得真精彩啊，"福尔摩斯啜着咖啡笑着说，"你有什么想法啊？"

"我怎么觉得，我俩也差点被当成凶手给抓起来呢。"

"我也有这种感觉，万一他脑子突然一热，没准儿现在还真会把我俩给抓起来呢。"

就在这个时候，门铃突然响了，接着，就听见房东哈德森太太激烈地跟人争吵着。

"天哪，福尔摩斯，"我站起半个身子说，"他们真来抓我们了！"

"不，还不至于吧。应该是我们的非正规部队——贝克街的冒牌军来了。"

说话工夫，杂乱的赤足声和大声的说话声已经从楼梯上传了过来。一下子进来十几个破衣烂衫的小流浪者。虽说他们进来的时候吵嚷得很厉害，不过，他们好像也有纪律。他们迅速站成一排，正对着我们，等着我们的命令。站在前面年龄较大的那个，看着像是队长，一脸的神气。不过，加上他那褴褛的衣服，看着未免有点滑稽。

"先生，一接到您的命令，"他说，"我立刻就带着他们赶过来了。车钱是 3 先

说话工夫，杂乱的赤足声和大声的说话声已经从楼梯上传了过来。一下子进来十几个破衣烂衫的小流浪者。

令6便士。"

"钱先给你，"福尔摩斯递给他钱的时候说道，"维金斯，我以前不是跟你说过嘛，以后有什么事你自己上来。他们听你的吩咐，别全挤上来，我这房间站不下这么多人。不过，这次就算了，全都听我的吩咐。现在，我要找一只名为'曙光号'的汽船，船主的名字是莫迪凯·施密斯。黑色的船身，上面有两道红线，烟囱也是黑色的，上面有一道白线，这只汽船在河流的下游。我需要有一个人守在米尔班克教养院对岸的莫迪凯·施密斯码头。只要发现汽船回来，立刻来向我报告。你们到下游以后，必须在两岸分散开来，仔细寻找。一有消息，立即来报。都听懂了吗？"

"是的，司令。"维金斯说。

"报酬还是老规矩。谁找到汽船就多给谁一个基尼，今天的工钱先给你们，好了，你们可以出发了！"

他给每个人发了一个先令，那群小流浪者就闹哄哄地下楼去了。没一会儿，他们就在马路中间消失了。

"只要那汽船还在水面上，我们肯定能找到它。"福尔摩斯说着，从桌子旁站了起来，点上烟斗。"不管是哪儿，他们都能去，能看见各种事情，还能偷听别人的谈话。据我估计，天黑前，他们就会来报告汽船的消息。这段时间，我们除了等待，没事可做了。只有找到'曙光号'或莫迪凯·施密斯以后，我们的侦查工作才能继续下去。"

"把我们的剩饭给托比吃就行。福尔摩斯，你不睡会儿吗？"

"不，我一点都不累。我这身体奇怪得很，工作起来就不知道什么是累，反倒是一闲下来，就会萎靡不振，感觉整个人要垮掉一样。我得吸会儿烟，认真想想那位女当事人委托给我们的这件谜案。眼前这个问题，想想其实也不难解决，因为装木腿的人本来就不多，至于那个同伙，更是绝无仅有了。"

"你又说到另外那个人了。"

"不是我故弄玄虚，不过，你肯定也有自己的想法。现在，我们再来看一下所有的情况：脚印特别小、从不穿鞋子的赤足，一头绑着石块的木棒，敏捷的动作，还有带剧毒的荆刺。根据这些情况，你能得到什么结论啊？"

"一个野人！"我叫道，"或许是跟乔纳森·斯摩一伙的印度人。"

"不太可能，"他说，"一开始，看见那奇怪的凶器时，我也这么想过。不过，发现那特殊的脚印以后，我就开始从别的方面考虑。印度半岛上的确有身材矮小的居民，但他们的脚印绝不可能是这样的。印度人的脚大多是狭长的，他们经常穿拖鞋，还习惯把鞋带夹在趾缝中间，让拇指和别的脚趾分开。而且，这些荆刺只能用吹管吹

图为安达曼群岛上的人在跳舞。世界上土著居民中最矮的人种生活在安达曼群岛上，他们的脸长得比较大，鼻子直直的，头发黑而且短，皮肤像漆一样黑。一位叫曼尔高·帕洛的探险家在他的著作《东方见闻录》中这样描写他们："生着狗一样的头、齿和眼睛，他们非常残忍，要吃人的。"因此，这个土著民族也叫"狗面民族"。

射出去。你说，这样的野人，我们在哪儿能找到？"

"南美洲。"我说。

他伸手从书架上拿下来一本厚厚的书。

"这是最新出版的地理辞典的第一卷，应该算得上是最新的权威版本了。看看这上面是怎么说的。

'安达曼群岛，位于孟加拉湾，与苏门答腊相隔 340 英里。'

"嗯！嗯！这写的是什么？'气候湿润、珊瑚礁、鲨鱼、布勒尔港、监狱、罗特兰德岛、白杨树——'噢！在这儿！找到了！

'虽然有人类学家说过非洲的布希曼人、美洲的迪格尔印第安人、火地岛人是最矮小的，但堪称世上体型最小的人，还数安达曼群岛的土著人。这个岛上的人，平均身高不足 4 英尺，好多成年人都不足 4 英尺。他们生性残暴、容易动怒，脾气倔强。不过，只要赢得了他们的信任，有了感情以后，他们就会至死不渝。'

"注意听这儿，华生！下面这段：

'他们天生怪相，畸形的大脑袋、凶残的小眼睛、面部扭曲、手脚尤其小。因为凶残成性、脾气乖戾，英国政府想尽办法，最后还是没能把他们争取过来。他们对遇难船只来说，永远是个祸害。他们经常用绑着石块的木棒敲碎遇难水手的脑袋，或者拿毒刺扎死他们。这种屠杀，总是以人肉盛筵而告终。'

"多么'可爱出色'的民族啊！华生，要是没人管住这小子，让他随心所欲，后果简直不堪设想。我想乔纳森·斯摩恐怕也是不得已才雇用他的。"

"那他是怎么找到如此奇怪的同伙的呢？"

"哦，这个就不知道了。不过，既然我们已经知道乔纳森是从安达曼群岛来的，那他跟这个土著人在一起，应该也没什么奇怪的。反正我们总会搞清楚实情的。华生，你看着疲累极了，你还是躺在那沙发上，我给你催眠吧。"

他拿起房间角落里的那把小提琴，拉着一首低缓的曲子，很显然，那催眠曲是他自编的，他向来都有触景作曲的本事。直到今天，他那瘦削的双手、真诚的脸庞，还有弓弦上下的动作，我还模糊记得呢。当时，在音乐声中，我一身轻松地很快就进入了梦境。在梦里，我看见了对着我满脸微笑的玛丽·莫斯坦。

第九章
线索中断

　　我下午醒来的时候，天色已晚，精神和体力也恢复得差不多了。福尔摩斯还在原处坐着，只是把小提琴放到了一边，手里捧了本书认真地看着。他发现我醒了，只是望了我一眼，一脸不愉快的表情。

　　"你睡得很沉，"他说，"我还担心刚才说话的声音吵到你呢。"

　　"我什么都没听见，"我说，"有什么新消息吗？"

　　"很不幸，什么消息都没有。我承认我很意外，也很失望。我原本以为，到现在总该有明确消息的。刚才，维金斯已经来报告过了，说没找到一点汽船的踪迹，真是急死人了。因为时间很紧，现在每个小时都非常关键。"

　　"我已经休息够了，我能做点什么吗？再奔跑一晚上应该没问题。"

　　"不用，我们现在什么都做不了，只能在这里等消息。要是我们现在出去了，万一有消息来了，反倒会耽误事儿。你有事就去忙吧，我得在这儿守着。"

　　"那我想去坎伯韦尔拜访一下塞西尔·佛利斯特夫人，她昨晚跟我约好了。"

　　"只是去拜访塞西尔·佛利斯特夫人吗？"福尔摩斯两眼发光，一脸笑意地问道。

　　"当然，也看望莫斯坦小姐，她们都很想知道案子的进展。"

　　"别跟她们说得太多，"福尔摩斯说，"不管多好的女人，都不能完全相信她们。"

　　对于他如此偏激的言论，我没时间留下跟他辩论。

"我一两个小时内就回来。"我说。

"好的！愿你一切如意！你要是去河对岸的话，顺便送托比回去吧，我觉得已经用不着它了。"

我按照他的话，把托比还了回去，并给它主人半个英镑作为酬劳。然后就去了坎伯韦尔看望莫斯坦小姐。由于昨晚的惊险和奔波，她看着还是有些疲乏，不过，她也一直在等待着消息。佛利斯特太太也充满了好奇，急切地想知道事情的真相。我把事情的前前后后都跟她们说了一遍，凶险的部分保留了下来。只提到了巴塞洛缪先生的被害，至于那些恐怖的场面、凶手使用的凶器，都略过去了，即便这样，她们也听得惊险万分。

"真像是惊险小说！"佛利斯特太太说，"一个受委屈的姑娘，50万英镑的宝物，凶残的野人，还有装着木腿的罪犯。这些可比经常谈到的什么恶人啊、邪恶的伯爵之类的故事惊险多了。"

"危难之时，还有两个正义骑士相救呢。"莫斯坦小姐那双明亮的眼睛望着我说道。

"哦，玛丽，你的宝物能不能找到全靠这次搜捕了。我看你好像一点都不激动啊。你想想看，你都快成巨富了，这是多让人高兴的事情啊。"

恰恰相反，她摇了摇头，对于这件事情好像并不怎么感兴趣。对于即将到来的这笔财富，她并没有表现出异常的高兴，这让我的心头一阵激动和兴奋。

"现在，最让我担心的，就是撒笛厄斯·舒尔托先生的安危，"她说，"别的我根本就不在乎。自始至终，他的表现都那么厚道，让人尊敬，我们有责任帮他洗刷冤情，还他一个公道。"

我从坎伯韦尔回到家时，天已经黑了。福尔摩斯的椅子旁边放着他的书和烟斗，人却没影了。我到处找了一遍，以为他会留下张字条什么的，可一个字儿都没找到。

"夏洛克·福尔摩斯先生是不是出去了？"哈德森太太正好进来放窗帘，我就问她。

"没看见他出去，先生，他在自己房间里呢。先生，"她说话的声音很小，"我估计他可能生病了！"

"哈德森太太，他怎么会生病呢？"

"哦，先生，他真是奇怪。您出去之后，他一直在房间里回来走个不停。后来，他又好像在自言自语，一听见有人喊门，他都会跑到楼梯口问：'哈德森太太，谁呀？'他现在一个人躲在屋里，可是，我还是能听见他来回踱步的声音。先生，但愿他没生病。刚才，我只不过多了句嘴，劝他吃点药。可他竟然回头瞪了我一眼，把我吓得够呛，都不知道最后怎么从他屋子里出来的。"

您出去之后，他一直在房间里回来走个不停。后来，他又好像在自言自语，一听见有人喊门，他都会跑到楼梯口问：'哈德森太太，谁呀？'

"哈德森太太，您根本就不用担心，"我说，"我见他以前也这样过，他心里有事儿，所以才会这样心神不定的。"

我尽可能轻松地安慰着我们的好房东，实际上，我自己心里也充满了不安。整整一夜，耳边不断地传来他的脚步声，我知道，因为无法进行下一步的行动，他的情绪已经越发焦躁不安起来。

第二天吃早饭的时候，他那瘦削的脸很是疲倦，两颊还有点发红。

"老兄，你都快把自己拖垮了，"我说，"我听见你昨夜在屋子里走了一宿。"

"我睡不着啊，"他说，"这该死的问题都快把我给急疯了。所有大的难题都已经解决了，现在，竟然被这个根本就算不上问题的障碍给挡住了，真让人不甘心啊。我们都已经知道谁是凶手，知道汽船的名字，还有别的一切情况，可就是找不到汽船的消息。其他方面都行动起来了，能想到的办法我都用上了，河两岸也搜遍了，竟然还是没一点消息。施密斯太太那边也没有丈夫的消息，我甚至都想到汽船已经被他们沉到河底去了，不过，这一点也有些说不通。"

176

"我们该不会是被施密斯太太耍了吧。"

"不会，这点可以放心，我已经调查过了，确实有一只这样的汽船。"

"那他们会不会去上游了？"

"也有这种可能，不过，我已经派了一批人去上游瑞查门附近搜查了。要是今天再没消息的话，明天，我就得亲自去找凶手，不再寻找汽船了。不过，可以肯定的是，我们一定会得到消息的。"

可是，一点消息都没有，维金斯和别的搜查队员都没发现什么情况。各大报纸不断地刊登着上诺伍德案件的消息。他们把所有的矛头都指向了不幸的撒笛厄斯·舒尔托。除了说警方将于第二天验尸的消息之外，都没什么新消息。傍晚时分，我走路去坎伯韦尔，向那两位女士说了我们目前的窘境。从那边回来的时候，福尔摩斯还是一脸的沮丧，情绪非常糟糕，甚至都懒得回答我的问话。一整夜，他都在忙着做一个难解的化学实验，蒸馏罐加热以后散发出的那股难闻的气味，把我熏得只好离开了那间屋子。天快亮的时候，我还听见试管的响声，他那个恶臭的实验竟然还没有做完。

早上，我突然惊醒，福尔摩斯竟然在我床前站着。他穿着一身水手的衣服，披了件短大衣，脖子上还系着一条红围巾。

"华生，现在，我得亲自去下游，"他说，"经过认真考虑，只能这么做了，不管怎样都应该试一试。"

"那我跟你一起去吧？"我说。

"不行。你还是留守在这儿比较好。我也不情愿去，尽管维金斯昨天晚上非常泄气，不过，我觉得今天一定会有消息的。一切来信和来电，你都可以帮我代拆。你根据自己的判断处理，你愿意吗？"

"当然。"

"我的行踪无法确定，估计你也不能发电报给我了。要是顺利的话，我应该也不会耽搁太久。回来肯定会给你带来消息的。"

吃早饭时，还没有他的消息。翻开《旗帜报》，上面刊登着该案件的最新进展。报道是这样写的：

关于上诺伍德的那桩惨案，据可靠消息称，案情错综复杂，没预想中那么简单。最新证据显示：撒笛厄斯·舒尔托

图为 1860 年英国的水手服。水手服是 19 世纪英国海军水手所穿的制服，特色是长而平的衣领，在胸口形成一个倒三角形，必要时会在领际绑一条领巾。

皇太子艾德华穿水手服的肖像。水手服本来只是军用制服,当时的维多利亚女王觉得好看,便让人设计成童装给皇太子艾德华穿,水手服遂成为王室的流行款式,进而风靡整个英国,最后成为全世界海军制服的标准款式。

先生是无辜的。昨晚,撒笛厄斯·舒尔托先生、女管家伯恩斯通太太已被释放。警方已经掌握了有关真正凶手的最新线索。现在,该案件是由苏格兰场精干的阿萨尔尼·琼斯先生负责的,预计不日就能破案。

"这样还让人比较满意,"我心里想,"我们的朋友撒笛厄斯·舒尔托总算重获自由了。他们所谓的最新线索指的是什么呢?估计,这又是警方遮掩错误的老套路而已。"

我随手把报纸扔到了桌子上,目光突然被报纸上寻人栏里的一则小广告给吸引住了。那则广告是这么写的:

寻人——礼拜二凌晨 3 点左右,船主莫迪凯·施密斯及其长子吉姆乘"曙光号"汽船从施密斯码头离开,至今未归。该汽船黑色船身,上有两道红线;黑色烟囱,上有一道白线。若有知莫迪凯·施密斯及其"曙光号"汽船者,可去施密斯码头告知施密斯太太,或报信给贝克街 221 号 B 座,可领取 5 英镑酬金。

很明显,这则广告是福尔摩斯登的,贝克街的地址就是很好的证明。我觉得,这则广告的措辞简直巧妙极了,就算凶手们看见了,也只会把它当成一则普通的寻找丈夫的广告而已,根本就看不出其中的奥秘。

那天过得特别慢。只要有敲门的声音,或者是大街上传来沉重的脚步声,我都会以为是福尔摩斯或看到广告来报信的人。我试着看书,可是根本就无法集中精神,满脑子都是那两个奇怪的凶手。偶尔,还会冒出这样的想法:是不是福尔摩斯的推论出现了根本性的错误?他是不是患有严重的自欺病?或者他根据不够充分的证据作出了什么错误的臆断?我从未见过他在工作上出过什么差错,但是,智者千虑必有一失。我猜想,很可能是因为他过于自信,把原本非常简单的一个问题,当成一个错综复杂的离奇案件来对待,才导致他一错再错?可是,回头再一想,所有的证据,可都是我亲眼看见的,而且我也听了他推断的过程。此外,再看看这一连串的事实,虽然有些细节都是非常隐蔽的,不过全都指向同一个方向。我必须承认,就算福尔摩斯的推论真有错误,这个案件本身,也肯定有异于常理的、让人费解的地方。

下午 3 点,门铃突然一阵大响,从楼下传来的声音带着几分威严,来的不是别人,居然是阿萨尔尼·琼斯先生。不过,他的态度与之前反差很大,不像在上诺伍德时那么傲慢、派头十足了，也不再自称常识专家了。相反，他满脸谦虚，还夹杂着一丝自惭和歉意。

"您好，先生，您好！"他说，"我知道，福尔摩斯先生出去了。"

"是的，我也不知道他什么时候能回来。您只好等等了。您请坐，这儿有雪茄烟，您要来一支吗？"

"谢谢，给我来一支吧。"他说话时，用红手帕在额头上轻轻地擦了擦。

"再给您来一杯威士忌苏打酒吧？"

"好的，只要半杯就行。都到这时节了，天还这么热。我的心情简直烦透了，我当初对上诺伍德这个案子的看法，您还记得吗？"

"我好像听您说过一回。"

"哦，现在，这案子必须得重新考虑了。我原以为撒笛厄斯·舒尔托先生已经被我牢牢套住了，但是，先生，半路上又让他给溜了。他摆出了一个不争的事实，自打从他哥哥那里走了以后，一直都有人和他待在一起，所以，就不可能是他。这案子简直太难以理解了，我在警局的名誉该受到影响了，所以，我很想得到一点帮助。"

"谁都有需要帮助的时候。"我说。

"先生，您那位朋友夏洛克·福尔摩斯先生，简直太了不起了。"他粗着嗓子非常肯定地说，"几乎没人能超过他。我知道，他经手过无数桩案子，而且，每一桩他都能弄得清清楚楚。虽然他经常不按常理出牌，而且有时候会过早地作出推论，不过，总的来说，他肯定会成为最杰出的侦探。不管别人怎么看，反正我是望尘莫及。今天早上，我收到一封他的电报，才知道关于巴塞洛缪的案子，他又发现新的线索了。电报在这儿。"

他把电报从衣袋里掏出来递给我。电报是 12 点从白杨镇发的，上面写道：

请马上赶往贝克街。如果我还未归，请等候。舒尔托案凶手的踪迹已被我找到。你若想参与本案的侦破，今晚可与我同去。

"真是好消息，中断的线索肯定已经被他找到了。"我说。

"哦，看来他也有弄错的时候，"琼斯稍感安慰地说道，"我们这位侦探能手，也可能搞错方向。没准儿这次又是一场空欢喜。不过，我们当警察的，绝不能错失任何机会。有人喊门，可能是他回来了。"

一阵沉重的脚步声从楼梯上传来，还有急促的喘息声，中途还停下歇息了一两次，爬楼梯对此人来说，好像非常吃力似的。他终于来到门口，进了我们的房间，他的样子与我们听见的声音非常吻合。是个老人，一身水手装扮，外面还穿着大衣，扣子一直系到颈部。他的背驼得很厉害，两条腿跟筛糠似的抖个不停，痛苦地喘着粗气。手里拄着一根粗木棍，才勉强支撑住身体，俩肩膀耸动着才能吃力地大喘一口气。他的脸，只能看见一双闪烁发光的深色眼睛，还有发白的眉毛和灰色的胡须，剩下的全都被围巾挡住了。总的看来，他很像一个上了年纪、穷困潦倒，但备受尊重的航海家。

"老先生，您有事吗？"我问。

他用老年人特有的方式，不紧不慢地四下里望了望。

"夏洛克·福尔摩斯先生在吗？"他问。

"他不在。不过，我能代表他，您要是有什么事儿，告诉我就行。"

"我只能告诉他本人。"他说。

"但是，我确实能够代表他，是有关莫迪凯·施密斯汽船的事情吧？"

"没错，我知道那汽船在哪儿，也知道他要找的人在哪儿，还知道宝物藏在什么地方，我知道所有的情况。"

"那您跟我说吧，我定会转告他的。"

"我只跟他本人说。"他坚持说，老人那种固执和易怒的特点在他身上显露无遗。

"那您只能在这里等他回来了。"

"不，不行，我可不想为这事荒废一整天的时间，福尔摩斯先生要是不在家的话，只好让他自己再想办法去打探这些消息了。我很不喜欢二位的尊容，所以，我一个字都不会跟你们说的。"

他站起来，准备出门。但是，阿萨尔尼·琼斯抢到他前面，把他拦下了。

"老人家，请等一下，"琼斯说，"您掌握的消息非常重要，您不能就这样走了。我们必须把您留下，不管您是否愿意，一直等到我们的朋友回来为止。"

老人想夺门而出，但是，阿萨尔尼·琼斯早就用背把门顶住了，挡住了老人的去路。

"你们简直太过分了！"老人愤怒地用手杖捣着地板嚷道，"我到这儿，是拜访朋友的。我跟你俩素不相识，你们强行把我扣下，这样对我真是太无礼了！"

"您先别着急，"我说，"您损失的时间我们会对您有所补偿的。请您到那边的沙发上坐一会儿，福尔摩斯先生很快就回来了。"

他非常不情愿地用双手遮住脸，无奈地坐了下来。琼斯和我重新点上雪茄烟，继续聊着。突然，听见了福尔摩斯的声音。

"我说，你们也该给我一支雪茄吧。"他说。

我俩惊讶地从椅子上跳了起来，一脸微笑的福尔摩斯，就在我俩旁边坐着。

"福尔摩斯！"我吃惊地叫了起来，"怎么是你？刚才那老头儿呢？"

"老头儿不是在这儿嘛，"他说着，掏出一把白发，"都在这儿——假发、胡子、眉毛。哦，这装化得真不错，没想到连你俩都被骗了。"

图为化妆盒。福尔摩斯擅长化妆易容，他通过伪装来搜集证据，甚至连华生也能骗过去，在最后一案和波西米亚丑闻里都有化妆成教士过。

"哦，你个鬼东西！"琼斯兴奋地叫道，"你真该去当演员，而且还是个非常出色的演员。你那咳嗽，跟我在济贫院听到的一模一样；还有，你那抖个不停的双腿，要是去表演的话，每星期至少能赚10英镑呢。不过，我还是看出你的眼神了，所以，想完全把我们骗住，可不是件容易的事情。"

"今天一整天，我都是这副装扮，"他说着点了支雪茄，"你知道，现在，尤其是我的侦探被我们这个朋友写成书之后，有好多罪犯已经慢慢认识我了。所以，工作的时候，我只好稍微装扮一下。我的电报，你收到了吧？"

"这不，一收到就赶过来了。"

"这个案子，你那边进展得怎么样啊？"

"毫无头绪。没办法，我只好放了俩人，至于剩下那俩人，我也没找到任何证据。"

"没关系，等会儿，我给你俩把他们的缺给补上。不过，你得听从我的安排。所有的功劳都算你的。但一切行动务必听从我的指挥，你有什么意见吗？"

"只要你能帮我抓住罪犯，我什么意见都没有。"

"那好。第一件事，得准备一艘警察快艇——要汽船，今天晚上7点，在威斯敏斯特码头等候。"

"这个简单，那附近肯定有。等会儿，我去对面的电话亭联系一下就行。"

"还需要两名能干的警察，以防罪犯拒捕。"

"快艇里原本就有两三个警察，还有吗？"

"抓住罪犯以后，宝物肯定也就找到了。我想，我这位朋友肯定非常愿意把宝物箱亲手送给那位姑娘。这批宝物有一半都该属于她的，应该让她亲自打开。嗨，华生，你愿意吗？"

"荣幸之至。"

"这个，似乎有点不合乎章法，"琼斯摇着头说，"不过，也是可以通融的。但是，看完宝物以后，必须送回警局再做检验。"

"那是应该的，好办。还有，我很想先听听乔纳森·斯摩亲口说出整个案子的详细经过。你知道，凡是我经手的案子，我向来都习惯彻底了解整个详情。所以，在有警察在场的情况下，我可能会在这里或别的地方，先对他来一次非官方审问。这个，我想你应该不会反对吧？"

"看来，案件所有的情况你都已经掌握了。虽然我不知道究竟有没有乔纳森·斯摩这个人，不过，你要是真能抓住他的话，我肯定不会反对你先审问他的。"

"那就是说，这个你也同意了？"

"同意，还有别的要求吗？"

"还有，我得留你跟我们一起吃晚饭，半个钟头就能做好。我准备有生蚝、一对野鸡，还有一点上好白酒。华生，你还不知道吧，我可是个管家的能手啊。"

第十章
罪犯的末日

那顿晚餐吃得很愉快。福尔摩斯心情好的时候，也是非常健谈的。那天晚上，他的情绪高涨，因为他一直说个不停，我还是头一次见他如此兴高采烈。他的话题一个接着一个，神迹剧、中世纪的陶器、意大利斯特拉迪瓦里制作的小提琴、锡兰的佛学，还有未来战舰，不管是哪个方面，他好像都有过研究一样，而且，一说起来就滔滔不绝，这两天的抑郁全都不见了。私下里，阿萨尔尼·琼斯也是个很随和的人，爱说爱笑，他像美食家一样享用着这顿晚餐。至于我，知道整个案子今晚终于有了结果，所以和福尔摩斯一样高兴，开怀畅饮了几杯。虽然是案子把我们3个凑到了一起，但是，餐桌上没一个人提及饭后的冒险任务。

吃完饭，福尔摩斯看了一下表，又倒了满满的3杯红葡萄酒。

"让我们再干一杯，"他说，"预祝今夜行动成功。时间差不多了，我们得出发了。华生，你有手枪吗？"

"以前在部队的时候有一支，在抽屉里放着呢。"

"最好把它带上，以防万一。车子在外面等着我们呢，我让他6点半来这儿接我们。"

我们抵达威斯敏斯特码头的时候，刚过7点，那艘警察汽艇早就在那里等候了。福尔摩斯认真地检查了一遍。

"汽船上有警用标示吗？"

"有，边上那盏绿灯就是。"

"那就把它摘下来。"

把绿灯摘下来以后，我们陆续上了船。汽船的缆绳已经解开了，琼斯、福尔摩斯和我坐在船尾；另外有一人掌舵，一人看机器；我们前面，还坐了两名健壮的警察。

"往哪儿开啊？"琼斯问。

"伦敦塔，让他们把汽艇停到雅各布逊船坞的对面。"

警用汽艇的速度就是快，我们超过了无数只行驶缓慢的、满载的平底船。接着，我们又把一只小汽船远远地甩在了后面，福尔摩斯一脸微笑，似乎非常满意。

"按这样的速度，我们几乎能赶上河里所有的船只。"他说。

"那可不一定。不过，赶得上我们汽艇的，倒真不多见。"琼斯说。

"我们只要能追上'曙光号'就行，那可是一艘出了名的快船。华生，我现在给你说说事情的经过。我说过，我们被一个根本算不上问题的障碍给挡住了，我很不甘心，你还记得吗？"

"记得啊。"

"没办法，我只好用做化学实验的办法，让自己的脑子得到彻底的放松。记得有个伟大的政治家说过，'换一种工作，就是最好的休息'，这话说得太对了。当我成

警用汽艇的速度就是快，我们超过了无数只行驶缓慢的、满载的平底船。

功做完溶解碳氢化合物的实验以后，我又重新考虑了一下该案中的这个问题。我派出去的那些孩子，把河流的上下游都找遍了，竟然一点结果都没有。那只汽船，没有在任何码头上停靠，也没有返回原地。要说为毁灭证据而自沉，似乎也不像，当然，要是真找不到，也不排除有这个可能性。我承认，乔纳森这个人确实有点狡猾，也有些手段，我原以为他没受过什么教育，想不出如此复杂周密的招数。我再一想，他已经在伦敦住了这么长时间了——他长期监视樱池别墅能证明这一点，所以，他得手之后不会立刻就走，总得用点时间——哪怕就一天，稍微准备一下，才会放弃他的住处远走高飞。不管怎么说，这种可能性总是存在的。"

"我觉得，这种可能性不大，"我说，"他有可能在行动前就已经做好离开的准备了。"

"不，我不这么认为。他需要躲藏，所以，这个藏身之处对他很重要，除非他确定那个住处没什么用了，否则，他肯定不会轻易放弃的。此外，我还想到了一点，乔纳森应该也能意识到，他那个同谋无论怎么装扮，那副怪相都会特别引人注意，而且，很容易让人联想到上诺伍德的惨案，乔纳森警觉性那么高，肯定不会忽略这一点的。为掩人耳目，他们的行动只能在晚上进行，天亮之前还必须赶回去。按照施密斯太太的说法，他们是 3 点钟在施密斯码头上的船，再有一个多小时，天就亮了，路人也该多起来了。因此，我觉得他们走不了多远。他们用很多钱堵住了施密斯的嘴，为了最后的逃跑，他们还租下了施密斯的汽船，宝物到手以后，他们就匆忙回到藏身之地去了。这一两天，他们看看报，听听外面的风声，再挑一个晚上，从格雷夫森德或唐斯码头，坐上他们预定好的大船，逃到美洲或别的殖民地去。"

"那艘汽船，他总不会也带到住处去吧。"

"当然不会。我觉得，虽说我们没找到那艘汽船，但肯定离得不远。站在乔纳森的立场想一想，按照他的逻辑，他肯定会想到，假如警察真的跟踪来了，不管是把汽船送回去，还是停靠在码头上，都很容易被发现。那么，有没有办法既能把汽船藏起来，又能在用的时候不耽误事儿呢？我要是他的话，会怎么做呢？我认为，唯一的办法，就是把汽船送进船坞里，稍作修整，这样，不仅藏得特别保险，等用的时候，提前说一声就可以了。"

"这好像太简单了点。"

"正因为简单，才容易被我们忽视呢。接下来，我就按照这个思路去行动。我一身水手装扮，沿着下游的船坞，一家一家地打听，一连问了 15 家，都没有。不过，当我问到第十六家——雅各布逊船坞的时候，他们告诉我，两天前有个木腿人送去了一艘名为'曙光号'的汽船，让他们整修。'那船一点问题都没有，'船坞的工头跟我说，

'喏，就在那儿，上面有两道红线的那只。'正说着，不远处走过来一个人，不是旁人，就是失踪的那个船主——莫迪凯·施密斯，他喝得醉醺醺的。当然，我是不认识他的，是他自报家门，而且还说了船的名字。'今晚8点，我们要来开船，'他还说，'记好了，8点整。可不能耽误了，有两个很重要的客人要用船。'罪犯肯定给了他很多钱，他在工人们面前，炫耀着自己满口袋叮当响的银币。我跟了他一会儿，看见他进了一家酒店。我就又回到那家船坞，半路上，正好遇到了一个我的小帮手，我让他待在那里，盯紧汽船。我们约定好了，他在船坞出口处站着，那汽船一出来，就冲我们挥舞手帕。我们暂且在这里等着，保持一定的距离，如果再不能人赃俱获，那可就真是怪事了。"

"且不说那几个人到底是不是真正的凶手，你的准备倒是周密得很，"琼斯说，"不过，如果是我的话，我肯定会派几个得力的警察，埋伏在雅各布逊船坞附近，等他们来的时候，当场抓捕。"

"我绝不赞同这样做，乔纳森这个人太狡猾了，他动身前肯定会先派人来勘察情形的，要是有什么可疑之处，他指定会再躲藏一段时间。"

"但是，你要是跟紧莫迪凯·施密斯的话，不就能找到他们的藏身之处了吗？"我说。

"要是那样，我的时间可就被耽误完了。而且，我认为施密斯应该不知道凶手的住处。他只要有酒喝、有钱花，别的，他才不管呢。有事儿的时候，凶手们会派人通知他的。各方面我都想到了，这是我能想到的最好的办法。"

这样说着，我们已经连着飞速穿过了泰晤士河上的好几座桥。出市区的时候，最后一线阳光还照着圣保罗教堂尖顶上的十字架呢；到伦敦塔的时候，天色已经完全暗下来了。

"那儿就是雅各布逊船坞，"福尔摩斯说着，手指着河岸边萨里区那密密麻麻的桅墙，"那么多平底船正好能打个掩护，我们就在这儿缓慢地来回荡着吧。"他拿出望远镜观察着河岸。"我看见我指派的那个小家伙了，"他说，"不过，没有挥舞手帕。"

"我们最好停在下游等他们。"琼斯有点着急地说。

当时，我们都挺着急的。连那几个不大明白这次任务的警察，也是一副跃跃欲试的样子。

"不能过于想当然了，"福尔摩斯说，"虽说他们十分之九会去下游，但是，也不能轻易地忽略上游。我们现在这个位置，能

图为伦敦塔桥。桥身由4座塔形建筑连接。新桥有5个拱，其中位于河中间两座主桥墩之间的拱跨度最大。两座主桥基上建有两座花岗石和钢铁结构的方形5层高塔，望去仿佛两顶皇冠。行人登桥可欣赏泰晤士河景色。

清楚地看到船坞的出口，而他们几乎看不到我们。今天晚上，月色很亮，也没有云雾，我们最好在这儿待着。你看，那边煤气灯光底下，人太多，太拥挤了。"

"那些都是船坞的工人。"

"虽然他们看起来肮脏粗俗，但是，他们每个人的内心都有一股不灭的生机和活力。这些从外表是看不出来的。这不存在什么可能性，人类真是一个难解的谜。"

"有人说过，人是有灵魂的动物。"我接着说。

"对于这个问题，温伍德·瑞德的解释非常精辟，"福尔摩斯说，"他说过，虽说每个人都是一个谜，但只要把人类当成一个整体来看，就能发现规律了。比如说，你无法了解一个人的个性，但却很清楚人类的共性。个性差异很大，而共性则是永恒的，统计家们大都是这么想的。等等，你们看到那手帕没有？没错儿，那边就是有个白色的东西在挥舞。"

"是的，正是你安排的那个小家伙，"我叫道，"我看得非常清楚。"

"'曙光号'就在那儿，"福尔摩斯大声说，"出来了，它的速度可真够快的。师傅，我们得全速前进，跟上有黄灯的那只汽船。要是让它给跑了，我永远都无法原谅自己。"

"曙光号"驶出了船坞，两三条小船把它给挡住了。等我们再次看见它的时候，它的速度更快了。它正沿着岸边朝下游飞速前进，琼斯看见以后，不停地摇头。

"这船的速度也太快了，"他说，"我们恐怕是追不上了。"

"必须追上，"福尔摩斯嚷道，"师傅，赶紧添煤！加快速度赶上去！就算把船烧着了，也得赶上它！"

我们紧紧地跟在它后面。汽艇锅炉的火势很猛。强大的引擎飞速运转着，像一具钢铁心脏似的铿锵直响，尖尖的船头划破了河面原有的平静，左右两边分别激起了滚滚的浪花。引擎每动一次，我们就随着船身颠簸、颤抖一下。船舷上的大黄灯那长而闪烁的光束射向我们的前方。前边不远处有个黑点，那就是"曙光号"，它后面那两道白色的浪花，表明了它前进的神速。当时，河面上有很多大大小小的船只，我们横穿侧绕地穿梭在那些船只中间。黑暗中，不时有声音冲着我们喊叫。可"曙光号"仍旧轰隆前进着，我们在后面穷追不舍。

"伙计们，赶紧添煤，多添点！"福尔摩斯冲着下面的机舱嚷道，机舱内烈火熊熊，照着他们那着急的鹰一般的面孔，"蒸汽烧得越多越好！"

"我们好像追上了一点。"琼斯看着"曙光号"说。

"确实追上不少，"我说，"再过几分钟，应该就能追上了。"

在这关键的时刻，不幸的事发生了。一只托了 3 只货船的汽船横在了我们前面。

伦敦桥是一座横跨英国泰晤士河的箱形梁桥，首次兴建于公元50年，后来经过不断改建成为今天的样子，著名的伦敦塔桥位于它的东面。

幸亏我们反应够快，迅速转动船舵，才没有撞上去。可是，等我们绕过挡道的船只时，已经被"曙光号"落下了很多，幸好，还能看见它。昏暗的暮色当时已变成了满天的星斗。汽艇的锅炉烧到极限了，驱动力大得惊人，原本就不怎么结实的船壳被震得嘎吱作响。我们从伦敦桥正底下穿过，经过西印度码头、驶过狭长的戴普弗德港区，最后又绕过狗岛。现在，已经能看清楚原本只是个小黑点的"曙光号"了。琼斯用探照灯径直射向它，照到了船上的人影。坐在船尾的那个人，双腿跨在一个黑乎乎的东西上面，身边还有一团黑影，像只纽芬兰狗一样蹲伏着。掌舵的是个男孩，在锅炉红光的映照下，光着上身的施密斯正拼命地加着煤。刚开始，他们应该还不确定我们是否在追赶他们。可是现在，他们不管往哪儿走，我们都紧随其后，他们才确定被我们盯上了。在格林尼治时，两艘汽艇相差大约三百步的距离；不过，到布莱克沃尔的时候，差距已经不到二百五十步了。我这半生四处奔波，到过很多国家，也打过不少猎，追赶过很多猎物，但像今晚在泰晤士河上追人这么惊险刺激的，以前还从未遇见过。我们一步步地逼近前面的汽船。在如此安静的夜晚，前面汽船上机器的轰隆声，我们听得清清楚楚。船尾那个人依然在那里蹲坐着，两只手不停地忙活着，还时不时地抬头估算着两艘船之间的距离。两艘船仍旧飞速前进着，不过距离更近了，只差4艘船的长度了。当时，我们正处在宽阔的河道上，两岸一边是巴克金平地，另一边是普林斯迪沼泽。琼斯厉声喝道让他们停船，坐在船尾的那人听到我们的喊叫，站起身子挥舞着拳头，愤怒地大声冲我们骂着。那个人身材高大，体格健壮，叉着双腿站着。我看见，他右腿下面支着一根木柱。蹲伏在他身边的那团黑影，听到他的骂声以后，缓缓地站了起来，竟然是个黑人，那么矮小的个子，是我从未见过的。那小黑人长着畸形的大脑袋，头发乱蓬蓬的。当时，福尔摩斯已经准备好了手枪，那个畸形的野人也掏出来一把手枪。他身上披了件黑色的像毯子一样的东西，只露出一张脸。但是，只看那张凶残丑陋的怪脸，足以让人整夜地做噩梦。我第一次知道竟然有如此狰狞丑恶的面孔，那双小眼闪烁着阴森的光，厚厚的嘴唇从牙根往上翻着。他疯狂地冲我们喊叫着，像野兽一样地暴怒着。

"他一抬手，我们就开枪。"福尔摩斯小声对我说道。

当时，两艘船之间就剩下一艘船的距离了，差不多伸手就能够到我们的猎物。那白人叉开双腿站在那里，不停地狂怒地骂叫着。在我们的灯光的照射下，那小黑人一脸的愤恨，咬牙切齿地叫喊着。

幸运的是，我们能清楚地看见他们。我们看见，那矮小的黑人从毯子里掏出一根木尺状的、又短又圆的木棒，放到嘴边。我们立刻扣动扳机，同时开枪。那小黑人转了个圈，高举着双手，掉进河里去了，一瞬间，他那双凶残的眼睛就消失在白色的旋涡里了。就在这个时候，装木腿的那个人奔向船舵，使出浑身的力气扳着舵柄，他们的汽船突然冲向南岸，幸亏我们跟它还相隔几英尺远，才算没有被它的船尾撞上。我们立刻转换方向，紧追上去。"曙光号"已经靠近南岸了，岸上是一片空旷荒凉的沼泽地，在月光的照射下，能看到地面上积聚的一汪汪死水，和一堆堆腐烂的植物。那汽船冲到岸边就停下了，船头朝向空中，船尾在水里沉着。罪犯跳上岸，但他那条木腿全都陷到了泥沼中。他拼命地挣扎着，一步都动不了。他愤怒地叫嚷着，左脚不停地跳动，泥沼中的木腿越陷越深。等我们靠岸的时候，他已经被困在那里，动弹不得了。我们站在船上扔给他一根绳子，套住他的肩膀，像拉鱼一样地把他拽了出来。施密斯父子俩坐在船上，满脸愁容，听见我们的命令以后，才无奈地离开"曙光号"，来到我们这艘船上。"曙光号"的甲板上，放着一只精制的印度铁箱，毫无疑问，那肯定是导致巴塞洛缪·舒尔托遇害的藏宝箱。铁箱上没钥匙，特别重，我们小心翼翼地把箱子搬到我们船上，然后，把"曙光号"拖在后面，缓慢地驶回上游。我们拿着探照灯，不停地扫射着河面周

我们看见，那矮小的黑人从毯子里掏出一根木尺状的、又短又圆的木棒，放到嘴边。我们立刻扣动扳机，同时开枪。

围，始终没看到那小黑人的影子，估计已经葬身于泰晤士河底了。

"瞧这儿，"福尔摩斯手指着船舱的木门说，"我们要是再晚一步开枪，就没这么幸运了。"在我们之前站的位置的后面，那木门框上扎着一根毒刺，想必是我们开枪的时候射过来的。面对那根毒刺，福尔摩斯还是像往常那样，耸耸肩膀笑了一下。但是，我得承认，每次想起那晚和死神打个照面的惊险，我都心有余悸。

第十一章
阿格拉宝物

被捕的犯人坐在我们的船舱里，他面前放着宝物箱，那可是他费尽多年的心思，千辛万苦才弄到手的。烈日把他的皮肤晒得很黑，那双眼睛透着无所畏惧的凶光；一脸的皱纹，表明他长期在户外做艰苦的工作；胡子拉碴的下颚明显往外突出着，说明他这个人性格倔强；卷曲的黑发多半已经发白了，想必他已经50岁左右了。他正常的时候，相貌也算不上难看，但愤怒起来，那浓浓的眉毛和特别突出的下巴就形成了一副恐怖的面孔。他低着头，一声不响地坐在那儿，被铐起来的双手放在膝盖上，锐利的双眼直盯着那让他犯罪的箱子。不过，我觉得，他那种表情好像悲哀大于愤恨。半路上，他还抬起头望过我一眼，眼神中颇有几分嘲讽的意味。

"乔纳森·斯摩，"福尔摩斯说着，点了一支雪茄，"事情弄成现在这样，也不是我的本意。"

"先生，我也不想搞成这个样子，"他非常坦率地说，"我这条命，估计也活不长了。但我对您发誓，我真没想过要杀害巴塞洛缪·舒尔托先生，都怨童格那恶鬼，他用一根该死的毒刺把他给杀死了。先生，我跟这个真的没有关系。巴塞洛缪的死，让我很难过。事后，我还用绳子狠抽了那恶鬼一顿。但是，人都死了，我也没办法啊！"

"先抽支雪茄吧，"福尔摩斯说，"你浑身都湿了，我这里还有些酒，你先喝点，暖暖身子。我问你，那黑人那么矮小，还没什么力气，你怎么就确信他能制住巴塞洛缪先生，然后再放绳子给你呢？"

"先生，您这么说，就跟您亲眼见过一样。我原本以为那房间里没人，因为我很清楚他们的生活习惯，往常的那个时候，巴塞洛缪先生一般都还在楼下吃晚饭呢。我也无意隐瞒此事，对我来说，最好的辩护就是实话实说。当时，房间里如果是那个老少校的话，我肯定会毫不迟疑地把他掐死。我杀他，就跟抽这支雪茄一样容易。但是现在，我竟然因为巴塞洛缪被送进监狱，真是太不甘心了，我素来跟他无冤无仇。"

"现在，由苏格兰场的阿萨尔尼·琼斯先生负责押解你。他会先带你去我家，我想让你告诉我案件的详细经过。所以，你必须跟我说实话，你要是老实坦白的话，没准儿我还能帮你一把。那毒刺的毒性很快，我觉得，我有办法证明你爬进房间之前，巴塞洛缪先生就已经中毒死掉了。"

"先生，事实就是这样，我进去的时候，他已经死了。我从窗户爬进去，看到他歪着脑袋狰狞微笑的模样，我真被他吓坏了。如果不是童格跑得快，我差点就宰了他，正因为这样，他一紧张，就把那根木棒和一包毒刺给丢了。我想，您应该也是凭借着这两样东西，才找到我们的。不过，让我不解的是，您是如何把所有的线索联系起来，最后发现我的。当然，我这不是怨恨您，只是觉得有些奇怪而已。"他苦笑了一下，继续说，"您说，我原本有权利拥有这 50 万英镑的，可是，竟然在安达曼群岛修了半辈子的防护堤，我这后半辈子，估计又得去达特姆尔高原挖沟了。自从第一次遇上阿奇姆特那个商人，从而与阿格拉宝物扯上了关系之后，我就撞上了霉运，凡是跟这宝物有关的人，没有一个不倒霉的。那个商人，因为宝物丢了性命；舒尔托少校，因为宝物整日活在恐惧当中；我呢，就要服一辈子的苦役了。"

"你们可真像团聚的一家人啊，"阿萨尔尼·琼斯把头伸进船舱里说道，"福尔摩斯，给我点酒喝吧。我们应该庆祝一番。很遗憾，我们没能活捉另外一个，但也没办法了。福尔摩斯，幸亏你出手快，要不然，可就遭他的毒手了。"

"这样的结果，还算圆满，"福尔摩斯说，"不过，那'曙光号'的神速，可真是出乎我的意料。"

"按照施密斯的说法，'曙光号'算得上泰晤士河上速度最快的汽船之一，如果当时有人帮他驾驶的话，我们可能真就追不上了。而且，他赌咒说自己对上诺伍德的惨案毫不知情。"

"他的确什么都不知道，"乔纳森说道，"我

图为在南非的柯南·道尔。19 世纪末英国在南非的布尔战争遭到了全世界的谴责，1900 年，柯南·道尔以随军医生的身份前往南非。他为此写了一本名为《在南非的战争：起源与行为》的小册子，为英国辩护。1902 年，国王因为他对英国在南非布尔战争的支持，授予其爵士头衔。

只听说他的汽船速度很快，才租了下来。我们只不过给了他一大笔钱而已，别的，什么都没跟他说。我承诺他说，只要能顺利地送我们去格雷夫森德，他还能再得到一大笔酬金，我们打算乘坐停泊在那里的'爱斯梅达拉'号轮船去巴西。"

"嗯，他要是真不知情的话，我们会从轻处理的。虽说我们抓人很迅速，但是在判刑上，我们还是非常谨慎的。"琼斯说。面对被捕的犯人，傲慢的琼斯一副威严的架势，看到这些，福尔摩斯浅浅地笑了一下。我也看出来了，琼斯的话其实也是说给他听的。

"我们马上就到沃克斯霍尔桥了，"琼斯接着说，"华生医生，您从这里，带着宝箱下去吧。您应该很清楚，我对这种行为可是担着责任的。虽说这样做不合规矩，不过，既然我们有约在先，我也不能食言。但是，鉴于宝物特别贵重，我有权利派个警官陪着您。您打算坐车去吗？"

"有这个打算。"

"很遗憾，这儿没钥匙，我们原本应该先清点一下的。估计您到时候，也得把箱子砸开。乔纳森，钥匙呢？"

"河底下呢。"乔纳森简洁地答道。

"哼！你制造的这个麻烦，对我们来说完全多余。反正已经人赃俱获，就算没有钥匙也没关系。医生，不用我再嘱咐您了，千万得小心。您办完事情以后，直接把箱子带回贝克街就行，我们在那儿等您回去以后，再去警局。"

到沃克斯霍尔以后，在一个友好率直的警官的陪同下，我们带着沉重的宝箱下了船。一刻钟之后，我们就已经到塞西尔·佛利斯特夫人的家门口了。夜间突然造访，把开门的女佣人吓了一跳，她说佛利斯特夫人不在家，估计到很晚才会回来，莫斯坦小姐在客厅里。我让那名警官在车上等着，一个人拎着宝箱径直来到客厅。

她在窗户边坐着，一身半透明的白色衣服，脖子上和腰上都系了根红丝带。她靠坐在一张藤椅上，从灯罩里射出来的柔和的光线洒在她的身上，照着她那张漂亮端庄的脸庞，映着那蓬松的金黄色的头发，一只白皙的胳膊在椅背上随意地搭着。那姿势、那神情，似乎都流露着无限的忧郁之情。一听见我的脚步声，她立刻就站了起来，苍白的脸上闪出一道红晕，惊讶之中又带有几分喜悦。

"我听到外面有车声，"她说，"还以为是佛利斯特太太提前回来了。没想到，竟然是您来了。您带来什么消息没有？"

"比消息要好，"我把宝箱放到桌子上，心头虽然一阵酸楚，但仍然表现出一副无比欢快和高兴的样子，"我给您带来的东西，比什么消息都要宝贵，我把属于您的财富带来了。"

她望了一眼那个铁箱子。

"这就是宝物啊？"她淡淡地说。

"对啊，箱子里装的，就是那一大批阿格拉宝物。您一半，还有一半，是撒笛厄斯·舒尔托先生的。您二位，每人差不多都能拿到20万英镑。您想想看，每年光利息都有1万英镑呢。在英国，应该找不出比您更富有的年轻女士了。难道这不值得庆贺吗？"

可能是我的高兴表现得有点过了，她已经察觉到了我的不真诚。因为我发现，她略微抬了下眼眉，用奇怪的眼神瞥了我一眼。

"我能得到这些宝物，"她说，"真是多亏了您的帮助啊。"

"没有！没有！"我说，"不是我，都是我那位朋友夏洛克·福尔摩斯的功劳。他在侦破案件上那么厉害，也为这个案子耗费了很多精力，最后差一点就让罪犯给逃走了。就更甭提我这样的人了，就算耗尽心思，也找不出任何线索的。"

"华生医生，您请坐，把事情的经过跟我讲讲吧。"她说。

我把上次见过她以后发生的事情粗略地跟她说了一遍。福尔摩斯想出新的找寻方法、"曙光号"被发现、阿萨尔尼·琼斯的拜访、今夜的行动，还有泰晤士河上刺激的追踪。她用心地倾听着，当我说到差点被毒刺扎到时，她的脸色突然变得煞白，我真怕她可能晕倒。

"我没事儿，"她说，我赶紧给她倒了杯水，"我不要紧。为了我，让朋友们遭遇这样的危险，我心里真是过意不去啊。"

"事情都已经过去了，"我说，"这不已经没事了嘛。别说这些让人心惊胆战的事了，我们还是看一看让人高兴的东西吧。我是特意给您送宝物来的，我觉得，您肯定很愿意亲手打开它，成为第一个看到它的人。"

"我确实非常感兴趣。"她说。不过，听她说话的语气，好像并不怎么兴奋。或许是因为这宝物来之不易，她才勉强这样表示一下，要是漠不关心的，好像就太不礼貌了。

"这箱子好漂亮啊！"她欣赏着箱子说，"应该出自印度吧？"

"没错，是贝拿勒斯的金属制品。"

"还挺重的，"她试着抬了抬箱子，说道，"光这个箱子，估计就挺值钱的。钥匙呢？"

"乔纳森把钥匙扔到泰晤士河里了，"我说，"我们只好借用一下佛利斯特太太的火钳了。"

箱子的正面，有一个粗而结实的铁环，上面还铸着一尊佛像。我拿着火钳，从铁环下面插进去，使劲往上撬着，嘣的一声，铁环开了。我双手颤颤巍巍地掀起箱盖，我俩盯着箱子里面，呆住了。箱子里面是空的！

难怪箱子会那么沉，四壁都是用三分之二英寸厚的铁板做成的，特别结实，而且，做工也非常精细，用来收藏宝物确实不错。但里面什么都没有，竟然是空的。

"宝物已经丢了。"莫斯坦小姐平静地说。

她的这句话，终于让我理解了其中的深意。隐藏在灵魂深处的那个阴影，突然消失不见了。我说不出来，压在我的心口的这阿格拉宝物有多沉重，不过，现在总算被挪开了。我承认，我的想法有些自私、不够真诚，甚至是错误的，但是，我俩之间的金钱障碍已经除掉了，别的，我都顾不得了。

"感谢上帝！"我因为高兴而忍不住失声说道。

她微微地笑着，带着一脸的疑问。

"您怎么会这么说啊？"她问我。

"因为我终于敢向你表白了呀，"我紧紧地抓住她的手，她也没有缩回去。"玛丽，我爱你，如同任何一个男人爱一个女人那样真切。之前，因为这批宝物、这财富把我的嘴给堵住了。现在，宝物已经丢了，我就敢告诉你，我有多么爱你了。所以我要说'感谢上帝。'"

"那我也该说'感谢上帝。'"她温柔地说。我轻轻地把她揽入怀中。

不知道究竟是谁把宝物弄丢了，我只知道，那晚我得到了自己的至宝。

第十二章
乔纳森·斯摩的奇异故事

那名警官倒还挺有耐心，一直在车上等着我。我出来的时候，已经很晚了。我把空箱子给他看了一下，他的脸上立刻布满阴云。

"这下子，奖金也没有了！"他不高兴地说，"要是箱子里没有宝物的话，我们也就拿不到奖金了。原本以为，我和伙伴山姆·布朗今晚都能拿到 10 英镑的奖金呢。"

"撒笛厄斯·舒尔托先生很有钱的，"我说，"无论有没有宝物，他都会付给你们酬金的。"

那警官摇着头，满脸沮丧。

"这事太糟糕了，"他不停地重复着，"至少阿萨尔尼·琼斯先生这么想。"

那警官果然没说错。我回到贝克街，让琼斯先生看那只空箱子的时候他的脸色很难看。福尔摩斯、琼斯和乔纳森他们也是刚刚回到贝克街。因为他们半路改变了之前的计划，先去警局做了备案。跟往常一样，福尔摩斯懒懒地坐在他的椅子上，对面，坐着无所畏惧的乔纳森，他那条木腿在好腿上搭着。当我让大家看那只空箱子的时候，他靠在椅子上，放肆地大笑起来。

"乔纳森，是你捣的鬼！"阿萨尔尼·琼斯愤怒地说。

"没错。宝物已经被我放到别的地方了，你们永远都找不到的。"乔纳森得意地笑着嚷道，"那宝物本来就是我的，我要是得不到，也不会让别人得到它的。实话告诉你们，除了安达曼群岛监狱里的那三个人和我之外，谁都没有拥有这批宝物的权利。如今，既然我们四个都得不到它，我就代替他们三个把它给处理掉。我们四个人是签过名、发过誓的，无论什么时候都要一条心。我知道，他们三个肯定会同意我这么做的。那就是，宁可把宝物丢到泰晤士河底，也绝不能让它落到舒尔托或莫斯坦的家人或朋友手中。我们杀死阿奇姆特，可不是让他们发财的。宝物、钥匙，都跟童格埋葬到一起了。当我意识到肯定能被你们追上的时候，就已经把宝物丢到了永远安全的地方去了。你们这趟忙活，一个子都捞不着。"

"乔纳森，你在骗我们！"阿萨尔尼·琼斯大声说，"你要是真把宝物丢进泰晤士河的话，连同箱子丢下去，不更省事儿吗？"

"我丢起来省事儿，让你们捞着也很省事儿啊。"乔纳森说着，狡猾地瞥了他一眼，"既然你们有本事抓到我，那你们肯定就有本领打捞出一只箱子。现在，宝物已经被我零散地丢进长达5英里的河道里了，想全部打捞来，可不是件容易的事。我也是狠了心才这么做的，被你们追上的时候，我都快疯了。可惜也没用，我这一辈子命运时好时坏，不过，从来都不知道什么是后悔。"

"乔纳森，这件事情相当严重，"琼斯说，"这次，你要是能维护法律，而不是这样破坏的话，在判刑的时候可能还有机会从轻发落呢。"

"法律？！"乔纳森咆哮起来，"好个法律！这宝物不是我们的还能是谁的？又不是他们挣的宝物，还偏问我要，这算什么法律啊？这批宝物，我是怎么赚到手的，你们可以看看：整整20年，一直住在那热虐泛滥的沼泽地里；白天在红树底下做苦力，

"法律？！"乔纳森咆哮起来，"好个法律！这宝物不是我们的还能是谁的……"

晚上就被关进污臭的囚棚；身上戴着镣铐，忍受着蚊虫的叮咬和疟疾的折磨；那些该死的黑脸看守，不顺心时就拿我们这些白人撒气，我付出如此昂贵的代价，好不容易才赚到了阿格拉宝物，而你，竟然来跟我谈什么法律公道。就因为我不愿意拱手让出自己辛辛苦苦得到的东西，你就要来跟我讲公道吗？我宁愿自己被绞死20次，或者被童格的毒刺扎死，都不甘心在牢狱里服苦役，眼睁睁地看着别人拿着原本属于我的钱去逍遥快活！"

说到这里，原本沉默的乔纳森变得有些狂躁，他开始滔滔不绝地讲了起来。他双眼发光，伴随着因激动而挥舞的双手，手铐锒铛直响。看着他那副愤恨和暴躁的模样，我才理解了，得知他越狱的消息以后，舒尔托少校为什么会那样惊慌失措。原来都是有据可循的，有那种反应实属正常。

"你忘了整件事情我们一点都不了解，"福尔摩斯平静地说，"我们还没听你讲事情的经过，所以，现在还不能说公正的法律到底有多少是站在你这边的。"

"哦，先生，还是您说得公正合理些。虽说这手铐是您给我戴上的，但我应该谢谢您，我没有怨恨您。您说的和做的一切还都算公正。您要是想听听我的故事的话，我不会有丝毫的隐瞒。我保证，我所说的每一句话都是真实的。谢谢您，麻烦把杯子放到我身边，我说得口干的时候，能喝口水。

"我本是伍斯特郡人，出生在珀肖尔城附近。我们斯摩族的人，有很多都住在那里。有时候，我特别想回家乡看看，但我的口碑一向不好，那些族人也未必欢迎我回去。他们都是非常忠诚的教徒，乡亲之间彼此尊敬，规规矩矩地过着安稳的日子，只有我，喜欢到处流浪。18岁的时候，我爱上了一个姑娘，惹出了麻烦，为了脱身只好逃了出来。当时，正好赶上步兵三团要开往印度，我就加入了军队，开始了靠军饷为生的生活。

图为英国士兵用"炮毙"的方式处决"1857年印度民族起义"的被俘起义者。1857年5月，印度爆发了民族大起义。这是印度历史上第一次由下层人民和部分爱国封建主进行的抗英独立战争。但在英国的残酷镇压下最终失败了，参加起义的人大部分被处以极刑。

"但是，命中注定，我在军队待不长久。我刚学完正步操，学会用步枪，就冒冒失失地去恒河里游泳。结果，就在我游到河中间的时候，突然钻出来一条鳄鱼，咬掉了我整个小腿，就像做外科手术那样的干脆。大量的失血，加上受到惊吓，我当时已经晕过去了。幸运的是，班长约翰·霍德——我们连队的游泳能手，当时也在河里。要不是霍德拉住我，一直拖到岸边的话，我可能早就被淹死了。在医院里休养了5个月，我才装上木腿跛着出来了。因为残废，我的军籍已经被取消了。从此，也很难再找到什么工作了。

"各位可以想象一下，当时我还不到 20 岁，就成了没用的瘸子，真够倒霉的。不过，很快就因祸得福、时来运转了。有个叫艾贝尔·怀特的人，刚到印度经营靛青园子，他正需要一个监管靛青园苦力们的人。那个人，又恰好是我们团长的朋友。由于我的残疾，团长一直对我很照顾。简单点说，就是团长竭力推荐我去，因为那份差事大多数时候骑在马上，我虽然残疾了，但骑马还是没有问题的，我可以用膝盖夹住马腹。我的任务，就是不停地在庄园里巡视，监管那些苦力，随时向园主报告他们的劳动情况。酬劳还是挺不错的，住得也比较舒适。我当时想着，就算在这靛青园里待上一辈子，好像也不错。艾贝尔·怀特园主很和善，待人也很友好，经常去我的小屋抽支烟，或者跟我聊上几句。那边的白人，相互间都很照应，也很亲热。不像这里，彼此间这么冷漠。

"唉，好景总是不长久的。大叛乱① 突然就爆发了，让我们一点准备都没有。头一个月，大家还都像在肯特郡或萨里郡自己家里一样，过着安稳的日子。谁知道到了下个月，20 多万的劳力全都失去了管束，整个印度简直跟地狱一样。当然，各位肯定已经从报纸上知道这些消息了，而且，有可能比我这个不认字的人知道得还多呢，我只晓得自己亲眼所见的事情。我们那个靛青园，在一个叫穆特拉的地方，处在西北几个省份的边缘带。一到晚上，焚烧房屋的火焰都能把整个夜空给照亮；白天，总能看见不少拖家带口的欧洲人，从我们的靛青园经过，他们都是去驻扎着军队的、最近的阿格拉城避难的。园主艾贝尔·怀特这个人非常固执，他一直以为叛乱的消息有些言过其实，他总想着叛乱很快就会平息的，所以，他每天依旧坐在凉台上喝酒抽烟，周遭的烧杀抢夺好像跟他无关似的。我和管账的道森夫妇，也不好抛下他一个人，只好都陪着他了。灾难终究还是降临了。那一天，我正好去远处别的园子巡视，傍晚的时候，才慢悠悠地骑着马往回走。半路上，远远地看见陡斜的河道底部有一堆东西。我骑着马下去一看，把我吓了个半死。竟然是道森的妻子，被人割得稀烂，而且一半的尸体都已经被野狗叼去了。不远处就是道森的尸体，他手里还拿着子弹打完了的手枪。在他前面，有 4 具压在一起的印度兵尸体。我拉着马缰绳，不知道该往哪儿走。突然，看到园主的房屋着火了，火焰已经窜到了房顶上。我知道，就算是赶过去，也救不了主人，只不过是白白搭上自己的性命罢了。我站在那里，能看到穿着红色衣服的劳力们，足有上百人，他们正冲着火焰中的房子手舞足蹈。有几个人朝我指了指，接着，就有两颗子弹擦着我的头皮过去了。我掉转马头，拼命地向田地奔去。到深夜的时候，

① 1857 年在印度爆发的推翻英国殖民统治的民族大起义。

总算逃到了阿格拉城里。

"事实上，阿格拉城也不是绝对的安全。当时，整个印度简直就是一个马蜂窝。能聚集一些英国人的地方，也不过是他们的枪炮能保障的那一小片而已。别处的英国人，全都是流浪无助的逃难者。那可是一场几百万人打几百人的战争啊。最让人痛心的是，那些印度兵，无论是步兵、骑兵还是炮兵，都是之前我们一手训练调教出来的精锐部队。他们手里的武器是我们的，连军号都跟我们吹得一样。在阿格拉驻守的是孟加拉第三火枪团，里面也有锡克人，总共两支骑兵连，一个炮兵连。此外，又新成立了一支志愿队，大多是商人和政府人员。虽然我装着一条木腿，但还是参加了。7月初，我们在沙根吉迎击叛军，也打退过他们一段时期。后来，弹药用完了，只好又退回城里。

"四周传来的都是糟糕透顶的消息，其实，这也没什么好奇怪的。你只用看看地图，就会发现，我们的位置，正好在叛乱的正中心。东边100多英里的地方，就是勒克瑙；南边，差不多同样远的地方，是坎普尔城。周围到处都充斥着残杀和暴行。

"阿格拉是个比较大的城市，这里聚集了各色稀奇古怪而又偏激的人。在曲曲弯弯狭窄的街道上，我们这少得可怜的英国人根本就无法设防。所以长官决定，把河对岸的阿格拉古堡，据为防守阵营。关于这个古堡，或者有关这个古堡的记载，不知道各位有没有人听说过或看见过。古堡那个地方非常怪——我去过不少的穷乡僻壤，但像那里那么怪异的地方，我生平还真是第一次见。那个地方大得惊人，稍微新点的那部分，容纳了我们所有的部队、家眷和装备物资，地方还有富余。但是，这一部分远不及旧的那部分面积大。可那边根本就没人去，因为那都是蝎子蜈蚣的地盘。废弃已久的大厅、弯绕迂回的甬道和长廊，不熟悉的人进去很容易迷路的。所以，几乎没人去旧堡那边。偶尔，可能会有几个人点着火把结伴去探险。

"流经旧堡前面的那条小河，正好形成一道护城壕。古堡两边和后面有很多出入口，这些出入口和我们部队驻扎的地方，当然都需要派人防守。但我们的人真是太少了，顾及每个角落和所有的炮位肯定是不够的，所以，绝不可能在每个出入口都派重兵把守。我们在古堡中央设了个中心防卫室，每个出入口分派一个白人带领两三个锡克兵看守。我带领着两个锡克兵，负责把守古堡西南角一个孤立的小门，每晚固定地守卫几个小时。当时的指示是，一有危急情况就打枪，中心防卫室会立刻派人接应。但我负责的那个小门，距离古堡中央足有二百多步远，中途还得穿过无数迷宫般的长廊和甬道。我很怀疑，假如真遇到攻击时，援兵能否及时赶来。

"我是新入伍的，还有残疾，能当个小头目，心里颇为得意。我和另外两个来自旁遮普省的锡克兵把守了两个晚上。那俩士兵一个叫辛格，一个叫阿卜杜拉·可汗，都是身材高大、长相很凶的家伙；而且都打过仗，在之前的齐连瓦拉战役中还跟我们交过手呢。虽然他们的英语说得还不错，但我根本就听不懂他们在说什么。他俩老是站在一块儿，用锡克语叽里咕噜地说一整夜；而我，总是独自在古堡外面站着，俯瞰下面那曲折宽阔的河流，和城市中辉煌的灯火。河对岸传过来的敲鼓声和打锣声，还有沉醉于鸦片中的叛军们的狂叫声，一整夜都在提醒我们——对岸就是异常危险的敌人。夜间值班的军官，每隔两个小时都会到各门口巡视一次，以确保安全。

"把守的第三个晚上，天气很糟，还下着小雨。在那样的天气里接连站立几个小时，还真不是什么好差事。我再次试着跟那俩锡克兵攀谈，他们对我还是爱理不理的。后半夜2点左右，稍稍打破夜间死寂的巡视军官刚走。我看那俩同伴不愿搭理我，就放下枪，拿出烟斗，划着一根火柴。突然，那俩锡克兵就朝我冲了过来，一人夺过枪，用枪口对准我的脑袋；另一个掏出一把刀架在我脖子上，咬牙切齿地说，我只要动一下就用刀子割破我的喉咙。

"当时，我的第一个念头就是，他俩和那些叛兵肯定是一伙的，这是他们攻击的开始。这个门口要是被他们占据了，整个古堡肯定就落到敌人手里了，堡里的那些家眷就会遭到在坎普尔城那样的虐待。各位可能会认为，我是在为自己编瞎话，可我发誓，那个念头闪过的时候，我虽然感觉出来刀尖就放在我的喉咙上，但我还是决定大喊一声，哪怕是最后一声也行，没准儿还真能让中心防卫室听到呢。按住我的那个人，好像已经看穿了我的心思，就在张开嘴的时候，他低声说道：'别出声，古堡没有危险，这边没有叛兵。'听他说话的口气，好像是真话。那家伙棕色的眼珠子告诉我，我只要一喊就没命了，我只好不再出声，看他们打算把我怎么样。

"'先生，先听我说，'个子稍高，模样较凶，叫阿卜杜拉·可汗的那个对我说，'现在，你只有两条路可以选择：要么跟我们合作，要么就永远别再出声了。事关重大，我们没有太多的时间考虑。要么你对上帝发誓，真心实意地跟我们合作到底；要么现在就把你的尸体丢到河里。然后，我们去对岸投降叛军。没有商量的余地，你选择哪条，生还是死？时间紧迫，你只有3分钟来考虑，下次巡视来之前，必须把事情办好。'

"'我还不知道到底怎么回事呢，怎么选择啊？'我说，'不过，我先声明，要是你们的计划威胁到古堡安全的话，我绝不跟你们合作，宁愿让你们一刀杀了我，痛快！'

"'这事跟古堡一点关系都没有，'他说，'我们只想让你做一件事，跟你们英国人来这里的目的一样的事情。我们是让你去发财的。今天晚上，你要是愿意跟我们合作的话，我们就当着这把刀发誓赌咒，锡克人从不违背自己的誓言——我们会把得

来的宝物公平地分给你四分之一。这已经是最公道的了。'

"'宝物？'我问，'跟你们一起发财，我当然愿意啊，可你们总得告诉我该怎么做吧。'

"'那你得先发誓，'他说，'用你父亲的性命，你母亲的声誉，还有你的宗教发誓，无论是现在还是以后，不利于我们的事情不做，不利于我们的话不说。'

"'我愿意发誓，'我说，'只要古堡不会受到威胁。'

"'那我和我的同伴也发誓，分给你四分之一的宝物。也就是说，我们四个人，平均每人一份。'

"'可我们只有三个啊。'我说。

"'不，还必须分给达斯特·阿克巴一份。等他的这段时间，我可以把这个秘密告诉你。辛格，请在外面守着，他们来的时候告诉我们。先生，事情是这样的。我知道你们欧洲人都是遵守诺言的，我们才会相信你。你要是个谎话连篇的印度人的话，不管你怎样对上帝发誓，我都会让你的血染红我的刀，然后再把你的尸体丢到河里去。但我们对英国人很信任，你们也信任我们。那就听我说吧。

"印度北面有个土王，领地很小，但财富不少。他的钱财有一部分是他父亲留下的，但大多数是他自己剥削来的。他是个贪财如命的家伙，还非常吝啬。叛乱发生以后，他想同时和老虎、狮子成为朋友——既想讨好叛兵，又不愿得罪白人。虽然他很快就发现局势对白人非常不利，因为周围到处都是白人被害或被赶跑的消息，但他还是犹豫不决。最后，他终于想出一个两全其美的办法，他把自己的财产分成两份，金银钱币留下，藏在宫中的保险箱里；珠宝钻石用另一个铁箱装着，交给一个心腹，让他扮作商人带到阿格拉古堡藏起来。要是叛兵胜的话，他能保住金银钱币；要是白人赢了，虽然损失了金钱，但他至少还有珠宝钻石。他这样划分完财产以后，就加入了叛党，因为在他周围叛兵的实力真的太强了。先生，你想想看，他的财产是不是应该让忠诚如一的那方拥有。

"假扮商人的那个心腹，化名阿奇姆特，现在在阿格拉城里，他打算偷偷进入古堡。他那个同伴，就是我的结盟兄弟达斯特·阿克巴，这个秘密还是他告诉我们的。达斯特·阿克巴跟我们商量好了，今天晚上把他从我们这个守门带进来。他们很快就到了，他知道我俩在这里等他。这里很安静，不会有人发现他们的到来。从今往后，世界上再没有叫阿奇姆特的商人了，那土王的宝物就让我们几个平分了吧。先生，您说这样好吗？'

"在我们伍斯特郡，生命是神圣而不可侵犯的。但当时处在那样一个烧杀抢夺、朝不保夕的环境中，就全都变样了。那个商人阿奇姆特的生死，对于当时的我而言是无关紧要的，让我心动的只是那批宝物。我甚至还想过带着宝物回家乡去，想着如何使用那笔财富，想着我这个游手好闲的人带回去一大袋金币，肯定会让乡亲们看傻眼的。所以，我很快就下定决心了。阿卜杜拉·可汗以为我还在犹豫，又紧逼着问了一句。

"'先生，您再好好想想，'他说，'此人要是被指挥官抓住的话，肯定会被处死，这批宝物也就充公了，我们捞不到一分钱。反正他现在在我们手里，我们为什么就不能私下里把这批宝物给平分了呢？宝物装入我们的口袋，和充入军库还不都是一样的。这批宝物，足以让我们每个人都变成富翁。我们离别处都很远，不会被发现的。您说，有比这个想法更好的吗？先生，我再问您一次，您是跟我们一起呢，还是做我们的敌人呢？'

"'我真心实意地加入你们。'我说。

"'太好了，'他说着，把枪还给了我，'我们相信您，您会和我们一样，说到做到，永远遵守誓言。现在，我们只能静心等着他们的到来了。'

"'你那位盟弟知道我们的计划吗？'我问。

"'这主意就是他想出来的。我们还是去门外，跟穆罕默德·辛格一起站岗吧。'

"那时，雨季刚刚开始，雨还在下着。夜空中，浓浓的乌云来回飘荡着，周围一片朦胧，只能看清楚几步远的距离。门前是一条深水沟，里面积水不多，有的地方都干涸了，所以，走过来是很容易的。我们安静地站在那里，等待着前来送死的那个人。

"突然，对岸远处有一点油灯罩的光亮，在堤岸处不见了，很快又出现了，缓缓地朝我们的方向走了过来。

"'他们来了！'我说。

"'您还像往常那样查问，'阿卜杜拉小声说，'可别吓着他，让他过来，我们会把他带到里面，您在外面守着就行，剩下的交给我们。准备好灯，免得弄错了。'

"闪烁的灯光缓慢地朝我们移动着，走走停停。后来，终于看见那俩黑影已经到对岸边上了。我看着他们下了河沟，淌过积水，爬了上来。

"'什么人？'我低声问道。

"'朋友。'来人答道。我用灯照着他们，前面是个高个子锡克人，黑胡须长得都快齐腰了，那样高大的人我只在舞台上看见过。另外那个人矮小的身材，胖得跟个球似的，头上裹着大黄头布，手里捧着一样东西，用围巾包着。他浑身抖个不停，那双手像发疟疾似的抽搐着。那两只发亮的小眼睛，不住地四下张望着，就像出洞的老鼠一样。我觉得，杀掉这样的一个人，真的有点不忍心。但一想起珠宝，我的心就立刻狠了起来。他一看我是个白人，兴奋地低声欢呼了一声，然后就朝我跑了过来。

"'先生，请您保护我，'他喘着粗气说，'我是来避难的商人阿奇姆特，请您保护我吧。我是从拉吉普塔纳逃到这里避难的。由于我以前是贵军的朋友，所以在路上他们抢我的钱、抽打我，还侮辱我。现在，我和我这点家当总算是安全了，太感谢你们了。'

"'包里是什么？'我问。

"'一只铁箱子，'他说，'里面是一两件祖宗留下的东西，虽然别人都说不值得拿着，但我舍不得扔掉。我不是讨饭的，您的长官要是允许我在这里住下的话，我肯定会给您和您的长官很多报酬的。'

"我不能再让他继续说下去了。越看他那张可怜巴巴的小胖脸，我越不忍心杀他。还不如赶紧交给他们呢。

"'押到总部去。'我说。那俩锡克兵一边一个夹着他，高个子在后面跟着，拥着他进门去了。他被包围得死死的，肯定难免一死。我一个人拎着灯守在外面。

"死寂的长廊上传来了他们的脚步声。突然，那声音停住了，紧接着，就是厮打的声音。没多久，突然有人气喘吁吁地朝我奔了过来，我被吓了一跳。我举起灯，仔细地盯着门口，竟然是那个矮胖子，他满脸是血，拼命地跑着；像猛虎一样的高个子，在后面紧追，手里还拿着刀。那矮胖子商人跑得特别快，简直出乎我的意料，眼看就追不上了。我知道，他要是能跑出我这道门，就有活命的可能。我有一点心软了，想饶他一命，可一想到珠宝，就又狠起了心肠。我看他跑近了，就拿枪朝他的双腿之间抡过去，把他给绊倒了，他就像被击中的兔子一样在地上翻了两个跟头。没等他爬起来，那锡克兵就骑跨上去，在他身上猛戳两刀。他竟然没有挣扎，也没出一声，躺在那儿一动不动的。我想，绊倒的时候，他可能就已经摔死了。各位先生，你们看，无论对我是否有利，我都如实讲了。"

说到这儿，他停了下来，伸着被拷的双手，接过福尔摩斯倒给他的兑水威士忌。他的讲述，不管是他那残忍的罪行，还是他陈述时表现出的那无所谓的表情，都让我觉得此人真是极其凶残和恶毒。不管他即将得到什么样的惩罚，我都不会同情的。夏洛克·福尔摩斯和琼斯都把手放到膝盖上，认真地听着，脸上带着明显的厌恶。或许乔纳森已经觉察到了，因为当他接着往下说的时候，语气和动作中，明显带着一丝不满。

"当然，事情确实很残忍，"他说，"但我倒想问问，处在我当时的情境之下，有几个人能做到宁可被杀也不要宝物的？还有，他一到古堡，就意味着我俩总得死掉一个。而且，如果让他跑出去的话，整件事就彻底暴露了，我将受到军事制裁——枪决。那个时候，人们肯定不会手下留情的。"

或许乔纳森已经觉察到了，因为当他接着往下说的时候，语气和动作中，明显带着一丝不满。

"你接着说你的事吧。"福尔摩斯打断他的话。

"好吧。我和阿卜杜拉·可汗，还有达斯特·阿克巴一起把尸体抬了进去。虽然他身材矮小，但也挺沉的。辛格在外面把守。他们早就找好了地方，离古堡门还有很远的一段距离，绕过一条曲折的甬道，走进一间空荡荡的大厅，里面的砖墙都破得不成样了，角落有一处凹陷，正好把尸体扔进去。我们把阿奇姆特丢了进去，上面又撒了些碎砖掩盖，处理完以后，我们就回去看宝物了。

"那只小铁箱，也就是桌子上现在放着的这只箱子，还在阿奇姆特最先被打倒的地方放着。箱子盖雕花的提柄上系着用丝绳拴着的钥匙。我们打开箱子，在灯光的照射下，里面的珠宝灿烂耀眼，跟我小时候在珀肖尔城读的书中说的一模一样。那些珠宝看得人眼花缭乱。大饱眼福之后，我们就动手列了一份清单。总共有143颗优质钻石，其中一颗叫'大莫卧儿'的，据说是世上第二颗大钻石。还有97块上等翡翠，170块红宝石，有的比较小。40块红玉，210块青玉，61块玛瑙，很多绿玉、缟玛瑙、猫眼石、绿松石，还有一些我当时不认识的宝石，不过，后来都慢慢认得了。此外，还有300多颗极品珍珠，其中12颗镶在一根金项链上。我把宝箱从樱池别墅拿回来的时候，清点过，别的都在，就少了那根项链。

"清单列好以后，我们把宝物放回箱中，拿到外面让辛格看了一下。然后，我们再一次庄重宣誓：必须团结起来严守秘密。我们一致同意先把宝箱藏起来，等局面稳定下来之后再平分。如果当时就把宝物给分了，没什么好处。那么昂贵的珠宝带在身上，万一被发现了，会被人怀疑的，再说，我们住的那破地方，根本就没有藏的地方。所以，我们就把箱子搬到掩埋尸体的那个大厅，在相对最完好的那面墙上，卸下来几块砖，把铁箱放进去，最后又把砖照原样放上去，小心遮盖好，并记好了藏宝的位置。第二天，我就画了四张图，我们每人一张，上面还有我们四个人的签名。我们发誓，今后，我们任何一个人都代表着四个人，不能独吞。我敢摸着良心说，我从未违背过这个誓言。

　　"至于印度大叛乱的结果，不用我说，诸位也知道。从威尔逊占领德里，科林爵士收复了勒克瑙之后，叛军自动瓦解，不断地有新的部队开到。那纳·沙希伯逃窜到国外去了。格瑞斯德上校率领着一个急行纵队，来阿格拉肃清了叛兵。整个印度好像慢慢地恢复了平静。我们四个翘首企盼，以为很快就能平分宝物、安全离开了。但是，转眼工夫，我们的希望就破灭了，我们四个因杀害阿奇姆特全都被抓了起来。

　　"事情出了岔子。那土王虽然信任阿奇姆特，把宝物交给了他，但是东方人疑心太重，他又指派了一个更加亲信的人在后面跟着，暗中监视并紧紧盯住阿奇姆特的行动。那天晚上，他一直偷偷地跟在后面，看着阿奇姆特进了古堡。他以为阿奇姆特在古堡里已经安全了。第二天，他亲自要求进入古堡，可怎么都找不到阿奇姆特。他感觉事情太奇怪了，就跟防守的班长说了情况，班长又把情况汇报给了司令官。然后，立刻在古堡内做了一次详细的大搜查，尸体找到了。好了，我们还以为平安无事的时候，就一起因谋杀罪被逮了起来。我们三个当时是守卫，剩下那个是和被害人一起来的。审讯过程中，没人提到宝物。反正那个土王已经被废掉了，还被赶出了印度，再没人来追究宝物了。但是证据确凿，谋杀罪名成立，我们四个都是凶手。那三个锡克人被判处终身监禁，我被判处死刑。不过，我后来获得了减刑，跟他们一样了。

　　"谁都没想到，我们竟会落得这样的下场。我们四个待在监狱里，这辈子估计都失去自由了，同时，我们又共守着一个秘密。只要能用上宝物，立刻就会成为富翁，坐享清福。明明知道外面有大批宝物，等着我们去享用，可还得为了吃点糙米、喝口生水，备受狱卒们的棒棍相加、任意辱骂，我简直都快急疯了。但是，我这人生来倔强，还忍得下去。我时刻都在等候时机。

　　"终于，时机好像到了。他们把我从阿格拉调往马德拉斯，然后又被转到安达曼的布雷尔岛上。那个岛上的囚犯，几乎没有白人，加上我一去就表现很好，所以，很快就得到了特殊待遇。在哈瑞特山脚下的好望镇上，我拥有了一间属于自己的小茅屋，几乎没什么人管。那个岛上，流行着一种可怕的热病。距离我们很近的地方，就是吃人的野人部落，他们只要一有机会，就朝我们放毒刺。我们在那里，每天的任务就是开垦空地、挖沟、种番薯，也干些别的杂活，只有到了晚上，我们才有些空闲时间。闲来没事，我慢慢帮着外科医生调剂一些配方，也学到了些皮毛。我一直在寻找逃跑的时机，但是，那里距离任何一块陆地都有几百英里，而且，周围的海面上几乎没有风。所以，要想逃出去几乎是不可能的。

"外科医生萨莫顿，是个活泼好玩的年轻小伙儿，一到晚上，就有很多青年驻军军官去他屋里玩牌赌钱。我经常去配药的那间外科手术室，就在他客厅的隔壁，仅一墙之隔，中间只通着一个小窗户。有时候，我在手术室里闷得无聊，就熄了灯，站在小窗户旁边，听他们聊天，看他们玩牌。我本身也喜欢玩牌，在一边看着也能过过牌瘾。经常来玩的，有管理士兵的舒尔托少校、莫斯坦上尉和布罗姆利·布朗中尉，偶尔也会有两三个监狱官。有几个还是玩牌高手，牌技很精，他们凑在一块儿，倒也玩得很高兴。

"没多久，我就看出了些蹊跷。不管是哪次赌钱，都是军官们输，监狱官赢。我不是说这里有什么猫腻。那几个监狱官自从到了安达曼群岛，整天都闲着无事，只好用玩牌打发时间，玩得多了就熟练了，技术也就提高了。军官们玩得不好，逢赌必输，越输越急，赌注就越下越大。所以，那几个军官的手头一天窘似一天，舒尔托少校输得最多。刚开始，他还用现金钞票，到后来，钱输光了，只好赌期票。偶尔，他也会赢回一点，一高兴赌注更大了，然后就输得更惨。所以，搞得他每天愁容满面，经常借酒消愁。

"一天晚上，他输得比哪次都惨。我当时正好在茅屋外面乘凉，莫斯坦上尉和舒尔托少校慢悠悠地回营地。他俩是形影不离的好朋友。那个少校开始抱怨自己的运气不好。

"'莫斯坦，我完了，'从我的茅屋走过时，他对上尉说，'完蛋了，看来，我只有打报告辞职了。'

"'老兄，别胡说了，'上尉拍拍他的肩膀说道，'我还有过比你现在还糟的时候呢，不过——'我只听见了这些。不过，我已经开始动脑子了。

"隔了两天，我看见舒尔托少校正在海边散步，就趁机上前跟他搭话。

"'少校，我想请教您个问题。'我说。

"'乔纳森，怎么了？'他拿下嘴里叼的雪茄，问我。

"'先生，我想问问您，'我说，'要是发现埋藏的宝物的话，交给谁比较好啊？我知道有个地方藏着一批宝物，价值50万英镑呢。反正我自己也没机会用了，还不如上缴有关当局，我没准儿还能获得减刑呢。'

"'乔纳森，50万英镑？'他深吸了口气，死死地盯着我，看我说的是不是真话。

"'没错，先生。都是现成的珠宝，就在那里放着，随时都能到手。因为宝物的主人已经潜逃出国了，所以，谁先到谁就能得到宝物。'

"'应该上缴政府，乔纳森，'他连话都说不囫囵了，"上缴政府。"听他说话的语气，我就知道，他已经中了我的圈套了。

"'先生，您觉得我应该向总局汇报吗？'我小声地问。

"'你先别急，要不然，你会后悔的。乔纳森，你先把事情的经过跟我说说。'

"我跟他说了整个情况，有些事实隐匿掉了，不能把藏宝地点泄露出去。我讲完以后，他傻站在那里，想了很久。从他那颤个不停的嘴唇，我就看出来了，他的内心正进行着一场激烈的斗争。

"'乔纳森，事关重大，'他最后说，'你先别到处乱说，让我好好想想，再告诉你怎么做。'

"又过了两天，他和莫斯坦上尉提着灯，深夜跑到我的小茅屋里。

"'乔纳森，我把莫斯坦上尉请来，你再把那个故事说一遍给他听吧。'他说。

"我把之前告诉他的话又讲了一遍。

"'听着很像是真的，是吧？'舒尔托说，'值得干吧？'

"莫斯坦上尉点头表示同意。

"'乔纳森，我们这样做。'舒尔托说，'我俩讨论过你的情况，一致认为，这

"我把之前告诉他的话又讲了一遍。"

是你个人的秘密，跟政府没关系。这是你的私事，你想怎么处理都行。眼下的问题是，你有什么条件？如果能达成协议的话，我们倒是很愿意代你办理，至少能代替你去调查一下。'他说话的时候，竭力装出冷静和无所谓的样子，但他的眼中满是贪婪和狂热。

"'说到这个嘛，两位先生，'虽然我的内心也异常激动，但也故作镇静地说道，'像我现在的处境，只有一事相求，恳请二位帮助我重获自由，还有我那三位朋友。事成之后，我们可以把五分之一的宝物，作为对您二位的酬谢。'

"'哼！'他说，'才五分之一啊，不划算！'

"'算起来，你们每个人也有 5 万英镑呢。'我说。

"'可我们怎么让你们重获自由啊？你应该知道，这样的要求，根本就办不到。'

"'这个也不是很难啊，'我说，'我都已经想好了。唯一的困难，就是我们需要一艘能够远航的船，充足的食物。在加尔各答和马德拉斯，有很多合用的小快艇，双桅快艇也多得很，只要给我们弄来一艘，我们趁夜间上船。只要把我们送到印度沿海，随便哪个地方都行，你们的任务就算完成了。'

"'要是就你一个人还好说。'他说。

"'少一个都不行，我们发过誓的，四个人不离不弃。'我说。

"'莫斯坦，你瞧，'他说，'乔纳森真守信用，还这么仗义，不愿抛弃朋友，值得信任。'

"'这可是掉脑袋的事儿啊，'莫斯坦说，'不过，你说的也对，这笔钱，确实能解决我们不少问题。'

"'嗯，乔纳森，'少校说，'我想，我们只能答应你的条件。不过，我们也得先搞搞清楚，你说的是不是真的。你可以先把藏宝的地点告诉我，等每月的替补船来的时候，我请个假，先去印度调查一番。

"'不急，'我说。他越是着急，我就越冷静。'我还得先征求一下那三位盟兄的意见呢。我跟您说过，我们四个，只要有一人不同意，就不能擅自行动。'

"'岂有此理！'他插话道，'我们的协议，关那三个黑鬼什么事？'

"'黑也好，蓝也罢，'我说，'我跟他们是有盟约在先的，要想行动，必须一致同意。'

"第二次见面的时候，辛格、阿卜杜拉·可汗和达斯特·阿克巴全部都在场。我们又重新协商了一下，事情才最终决定下来。协商的结果是，我们把阿格拉堡藏宝位置的图画给他俩一人一份，还要把那面墙藏宝的位置在图画上标出来，好让舒尔托少校去印度调查。假如舒尔托少校找到宝箱的话，不能擅自挪动，得先弄来一艘快艇，并准备充足的干粮，在罗特兰岛帮助我们离开。然后，舒尔托少校必须立刻回营销假；

接着，再让莫斯坦上尉请假到阿格拉与我们会合，平分宝物。舒尔托少校应得的那份，由莫斯坦上尉带回。所有的计划，我们都发下了毒誓，绝不会有半点泄露，只要是想得到的、说得出的誓言，我们都说了。那晚，我花了一整夜的时间，才把那两张藏宝图画了出来。每张图的下面，都签有四个名字：穆罕默德·辛格，阿卜杜拉·可汗，达斯特·阿克巴和我的。

"各位，我的故事，估计已经让你们听烦了吧？我知道，琼斯先生肯定想早点送我回看守所，他才能放心。我还是尽量说简单点吧，那个混蛋舒尔托一去不复返。没多久，莫斯坦上尉给了我一张由印度开往英国的轮船旅客名单，舒尔托的名字就在上面。后来，又听说他的伯父遗留给他一大笔财产，所以他就退役了。没想到，他竟然无耻到这种地步，骗了我们四个不说，连莫斯坦上尉他也骗，一下子欺骗了 5 个人。后来，莫斯坦又去了趟阿格拉，我们果然没有猜错，宝物已经不见。那恶棍违背了他的誓言，竟然独吞了宝物。从那天开始，我就是为报仇活着的。不管是白天，还是晚上，我满脑子只想着报仇。什么法律，什么断头台，我全都不在乎。我一门心思只想着逃走，找到舒尔托，然后亲手掐死他。这就是我当时唯一的愿望，与杀死舒尔托这件事比起来，阿格拉宝物都变成次要的了。

"嗯，我这辈子有过不少愿望，每一个都能成功实现。等待机会的那几年，我受尽了痛苦和折磨。我刚才说过，我学了点医药知识。一天，去林子里干活的犯人带回来一个野人，是安达曼群岛的本地人，他病得很重，自己找了个没人的地方等死呢。虽然我知道野人天性凶残，但我还是精心照顾了他俩月。他的身体慢慢恢复起来，又能下地走路了。他也对我产生了感情，几乎不再回林子里去了，整天守着我的小茅屋。我还跟他学了一些当地的土话，这样，他对我就愈加敬爱了。

"他叫童格，是个技术精湛的船夫，他有一条很大很宽的独木船。我看他对我那么忠心，还愿意为我做任何事情，我知道，逃走的机会终于来了。我告诉了他所有的计划。一天晚上，我让他把船划到一个没人看守的码头等我，还让他准备了几瓶水，很多番薯、椰子和红薯。

"这个童格确实很能干，而且，再找不出比他更忠实的伙伴了。那晚，他把独木船划到那个码头处。说来也巧，那码头居然有人站岗，是个阿富汗狱卒，此人一直喜欢羞辱我，让我吃尽了苦头，我早就说要报复他了。机会来了，他可是自己送上门的，也算老天有眼，临走时还给我一个报仇的机会。他肩上挎着枪，背对着我站在岸边。我想找块石头，把他的脑袋砸烂，但一块都没找到。

"脑海中突然闪过一样武器。于是，在黑暗中我悄悄坐下，把木腿解了下来，用手拿着，猛跳了3下，蹦到他的面前。他还没来得及取下肩上的枪时，我已经抢起木腿使劲地砸向了他，把他的脑门敲得粉碎。你们看，我木腿上的这条裂纹，就是砸他时留下的。由于单脚站立，身体失去了重心，我俩都摔倒在地。但我爬起来了，而他躺在那里一动也不动了。我跳上独木船，一个小时后，就已经远离海岸了。童格把用得着的东西全都带到了船上，连同他的兵器和神像。船上有一支竹子做的长矛，还有几张安达曼椰子树叶编成的席子，我就用那支竹矛做桨，席子做帆。我们在海上漂了10天，第十一天的时候，一艘商船把我们给救了。那艘船是由新加坡开往吉达港的，船上都是马来西亚朝圣客，那些人有点特别，不过，我们很快就跟他们混熟了。他们有一点特别好，就是能让我们静静地待着，不打探我们的来路。

"我要是把我俩一路上所有的惊险刺激都说一遍，到天亮都讲不完，各位也未必有兴趣听下去。我们满世界流浪，去过很多地方，可就是回不了伦敦，但报仇的事情，我一刻都没有忘记过。我晚上睡觉经常梦到舒尔托，在梦里，我都不止杀了他一百次了。三四年前，我们终于回来了。而且，很快就发现了舒尔托的住处。我想法子打听那些宝物他是否已经变卖，我跟帮助我的那个人成了朋友，但我不会说是谁的，不愿牵连人家。我很快就知道宝物还在他手里，然后，我就想方设法地报仇，但他太狡猾了。他的身边，不是有他儿子和那个印度仆人，就是有他雇的那俩拳击手，从来没有单独活动过。

"有一天，突然接到他将死的消息，可我实在是不甘心就这样便宜了他。于是，我就赶紧去了他家花园，站在窗外瞅着房间里的动静，他在床上躺着，他那俩儿子分别站在床的两边。当时，我本来想冒险冲进去，跟他们爷仨拼命的，可我再一看，他那下巴颏耷拉着，已经死了，进去也没用了。那晚，我偷偷溜进他的房间，翻查了他的文件，想找找看有没有藏宝的记录，可最后什么都没找到。我当时真是愤怒到了极点。临走前，就想留下点什么记恨的标记，这样也算对我那三位盟友有个交代，帮他们泄愤。所以，我就写下了我们四个的签名，跟图上的一样，把纸别在了他的胸前。在他入土之前，被他抢夺和欺骗过的人，如果不在他身上留下点什么痕迹，真是太便宜他了。

"从那以后，我就依靠童格来维持生活。我在集市或类似的地方，让童格表演吃生肉，跳战舞，一整天下来，也能有满满一帽子的铜板收入。我也时刻关注着樱池别墅的消息。这几年，就听说他们一直在寻找宝物，别的，也没什么消息。最后，终于盼来了我们渴望已久的消息，他们竟然在巴塞洛缪·舒尔托化验室的房顶上发现了宝物。我就立刻跑去查看情形，谁知道墙太高了，我这个木腿根本爬不上去。后来，又听说房顶有个暗门，还弄清楚了舒尔托先生每天的晚饭时间，才想起来让童格去帮我。我和童格去樱池别墅的时候，带了一根长绳。童格攀爬的本领简直跟猫一样，他把绳子系到腰上，很快就从

"临走前，就想留下点什么记恨的标记，这样也算对我那三位盟友有个交代，帮他们泄愤。所以，我就写下了我们四个的签名，跟图上的一样，把纸别在了他的胸前。"

房顶进到了房间内。可谁知道，巴塞洛缪·舒尔托当时竟然还在房间里，所以，童格就把他给杀了，他自以为做得很漂亮。我拉着绳子爬上去的时候，他像一只骄傲的孔雀一样，在房间里来回踱着步子。我气得用绳子鞭他，骂他是杀人犯的时候，他才清醒过来。我先用绳子把宝箱卸了下去，临走之前，还写了一张四个签名的纸条放到桌子上，想说明物归原主了。童格收回绳子，把窗户关好，仍旧从原路下来。

"我差不多已经说完了。我听船夫说过，'曙光号'是一艘快船，我就觉得逃走的时候用它还挺方便。于是，我就找老施密斯商量，说要是他能顺利把我们送到大船上的话，会付给他一大笔酬金。或许，他已经察觉到这里面有事儿，但他没兴趣管这些闲事。我说的这些，全都是实话。各位，我说这些，不是为了讨你们的欢心，因为你们对我并没什么优待，我只是觉得，不隐瞒是我最好的辩护而已。我要让全天下的人都知道，舒尔托少校是怎样欺骗了我们。他儿子的死，真不是我的错。"

"你讲得非常有意思，"福尔摩斯说，"这个新奇的案子，也确实得到了圆满的结局。你最后讲的那一段，大部分跟我推测的一样，只是我没想到绳子是你自己带来的。不过，还有一点，我本来以为童格的毒刺全都丢了，可最后在船上的时候，他怎么会又朝我们放出来一根呢？"

"先生，他确实把毒刺都丢了，不过吹管里还有一根。"

"哦，就是嘛，"福尔摩斯说，"这点我还真没想到。"

"还有什么问题吗？"乔纳森殷勤地问。

"没什么了，谢谢。"我的同伴说。

"那好吧，福尔摩斯，"阿萨尔尼·琼斯说，"我们都应该顺着你点，因为您可是破案的专家。不过，我也有自己的职责，您和您朋友的要求，我今天已经很通融了。现在，只有把讲完故事的这个人送进牢里我才放心。马车在外面等着呢，还有两名警官，非常感谢您二位的帮助。当然，开庭时，还希望二位能出庭做证。二位晚安吧。"

"晚安，二位先生。"乔纳森·斯摩跟着说。

"乔纳森，你走前面，"谨慎的琼斯出门时说，"我得小心点，以免让你像在安达曼群岛那样，用你的木腿打我。"

"好了，这出小短剧收场了。"我俩静坐着抽了会儿烟，我说道，"从今往后，估计我就没多少机会跟你学习破案方法了。我已经跟莫斯坦小姐订婚了。"

他沉闷地哼了一声。

"我早猜到了，"他说，"恐怕我不能跟你表示道贺。"

我有点失望。

"我选的对象，你有什么不满意的吗？"我问。

"绝对没有。她是我所见过的最可爱的一位女士，而且对我们这类工作很有帮助。在这方面，她肯定有某种天分。她收藏阿格拉藏宝的位置图和她父亲的文件，就是很好的证明。不过，爱情是情感问题，这跟我最看重的冷静和理智是不相容的。我永不结婚，以免让自己的判断力受到影响。"

"这个我相信，"我笑着说，"这一次，我的判断经得起任何考验。我看，你很累了。"

"是啊，我也感觉到了，估计一个礼拜都恢复不过来了。"

"真是奇怪，"我说，"要是别人，我肯定会说他生性懒惰，可是你，怎么会时不时地有如此旺盛的精力和强大的能量呢？"

"没错，"他说，"我本来就是个懒散的人，同时也是个好动的人，我经常会想起歌德的那句话：

'上帝只不过给了你一张人皮，原来是徒有其表，流氓本性。'

"还有一点，在上诺伍德这桩案子里，我怀疑他们在樱池别墅有内应，不是别人，就是琼斯一网打捞的那个印度仆人——拉尔·拉奥。抓住这个人，总算是琼斯一个人的功劳了。"

"功劳分配太不合理了，"我说，"整个案子都是你一个人侦破的。我从中找到了妻子，琼斯得到了奖赏和荣誉，那么，请问，你得到了什么？"

"我啊，"夏洛克·福尔摩斯说，"我还有可卡因啊。"说着，他就伸手抓瓶子去了。

回忆录

银色白额马

一天早晨，吃早饭时，福尔摩斯说："华生，恐怕我得亲自去一趟了。"

"去一趟？去哪儿？"

"达特穆尔，金斯皮兰。"

他的话并没有让我感到意外。相反，到目前为止，他还没介入那件离奇古怪的案子中，倒让我感到很意外，要知道，那件案子可是轰动全英国了。他整天皱着眉头，低头沉思，在屋内不停地走来走去，烈性烟叶一斗接一斗地抽个没完。我的问题和提议，他完全置之不理。报童送来的当天的报纸，他也只是随便翻一下就扔到一边去。尽管他不言不语，我也明白，其实福尔摩斯正在认真思考着什么。韦塞克斯杯锦标赛中的名驹诡异失踪，以及驯马师被杀的惨案，是迫切需要福尔摩斯用他超凡的分析力去解决的一个问题，所以，当他突然说，要去案发现场时，我丝毫不感到意外。这是我预料之中的事，也是我希望的事。

"要是你觉得我不会给你带来不便，我很乐意和你一同前往。"

"亲爱的华生，你能与我同去真是太好了。我想你肯定会不虚此行，因为从这件案子的某些细节来看，它别具独特之处。我想，现在动身去帕丁顿车站刚好能赶上火车，在路上我再仔细跟你谈谈这个案子的详细情况。别忘了带上你的那个漂亮的双筒望远镜。"

一个小时以后，我和我的伙伴已经安然坐在驶往埃克塞特的火车头等车厢里。福尔摩斯聪敏消瘦的脸被他那带护耳的旅行帽包住了大半。在帕丁顿车站买来的当天的报纸，正被他那细长的手指翻得哗啦哗啦作响。

过了雷丁站一段时间后，他看完最后一张报纸。他把那堆报纸叠在一块，塞进了座位底下，然后，掏出香烟盒来，并让我吸烟。

"火车跑得挺快的。"福尔摩斯一边看着窗外，一边看腕上的手表，"我们目前的速度是每小时五十三英里半。"

"我没有注意那些四分之一英里的路杆。"我说。

"我也一样。这条铁路线附近电线杆的间距是六十码，所以，计算起来并不麻烦。我想关于约翰·斯特雷克被害和银色白额马失踪的事，你已有所耳闻了吧。"

"我是通过《电讯报》和《新闻报道》知道的。"

"运用思维推理的技巧就可以侦破此案，但关键要推敲细节，查明事实真相，根本用不着去寻找新的证据。这桩惨案极不寻常，作案过程充满了技巧，而且牵涉很多人的切身利益，所以，我们才会颇费心思地推测、假设、猜想，而这些推测、猜想恰恰会成为障碍，困扰我们，阻滞我们的破案思路。这就需要我们分辨清楚，哪些是不容置疑的事实，哪些是爱臆想的评论家及记者们的虚假、夸大的言辞，并将它们区别对待，然后，我们的任务就是立足于确凿的事实，作出正确的推论，并找出破获这桩神秘案件的关键点。星期二傍晚时分，我收到两封电报，一封来自马的主人罗斯上校，一封来自负责这个案件的格雷戈里警长，他请我与他合作侦破此案。"

我很吃惊："星期二傍晚！你昨天为什么没去呢？现在已经是星期四的早晨了。"

"坦白说，我犯了个大错——比那些通过你的回忆录认识、了解我的人所能想象的还要大，我亲爱的华生，这样的错误恐怕我以后还会再犯。问题出在我根本不相信这个事实：达特穆尔北部这样一个人烟如此稀少的地方，那匹英国良马竟然隐藏了这么长的时间。昨天，我一整天都在等马被找到的消息，如果没有猜错的话，那个盗马贼与杀害约翰·斯特雷克的凶手应该是同一个人。谁知直到今天早晨，除了年轻人菲茨罗伊·辛普森被逮捕以外，事件根本没有任何进展。这结果告诉我，不能再等了，必须采取行动了。不过，从某种意义讲，昨天的时间也不算是浪费。"

赛马是历史最悠久的运动之一。从古到今形式变化很多，但基本原则都是竞赛速度。现代赛马运动起源于英国，一般情况下都是看谁的赛马跑得快并最终到达终点，先到达终点的马就赢得比赛。

"如此说来，你已经作出推论了？"

"至少这件案子的主要事实，我已掌握得差不多了。现在我可以细细讲给你听。我觉得，将情况清楚地讲给别人听，也有助于自己厘清思路。还有，如果一开始我不把我所掌握的情况交代清楚，我就很难指望能得到你的有力帮助。"

　　我仰身后躺，舒服地靠在椅背上抽了一口雪茄。福尔摩斯则俯身向前，伸出他那瘦长的食指，不停地在左手掌上指点着，向我说起这次旅行要处理的案件的情况。

　　福尔摩斯说："银色白额马是索莫密血统，和它闻名遐迩的祖先一样，始终保持着优异的成绩。它已有5岁，它的主人罗斯上校真幸运，因为在赛马场上那马每次都能赢得头奖。在这次不幸事件发生以前，那匹名驹是韦塞克斯杯锦标赛的夺冠大热门，人们在它身上下的赌注是三比一。它一直都是众赌客最看好的马，事实上，它也从未让下注者失望过，所以，尽管赌注比悬殊，还是有很大一笔钱押在它身上。正是因为这一点，为了切身的利益，才会有人想方设法阻止银色白额马去参加下星期二的比赛。

　　"当然，大家都对这样的事心知肚明，所以在金斯皮兰，也就是上校驯马厩所在地，为了保护这匹名驹，人们采取了各种各样的措施。驯马人约翰·斯特雷克原是个赛马骑师，后来因为发福了，他的主人罗斯上校才不得已让他退了下来。他总共给上校做了5年的骑师、7年的驯马师，他算得上是一个诚实淳朴的仆人。斯特雷克手下只有3个马童，毕竟上校的马厩不大，总共才4匹马。每晚都会有一个马童睡在马厩里，剩下的两个就睡在草料棚中。3个小伙子的人品都没有任何问题。约翰·斯特雷克已经结婚，他住的小别墅距离马厩大约有二百码远近。他膝下无子，家里有一个女仆，日子过得还算惬意。那个地方很荒凉，只在北边半英里开外有几座用于疗养的别墅，那是塔维斯托克镇的承包商为病人建造的，那里也常有愿意到郊外换换空气的人出入。而塔维斯托克镇则坐落在西面约两英里以外的地方，同样还是大约两英里左右的地方，是巴克沃特勋爵的梅普里通马厩，由赛拉斯·布朗负责料理那里的一切事务。荒野其他方向就全是异常荒芜的旷野了，零星可见少数流浪的吉卜赛人住在那里。星期一晚上的那桩惨案就发生在这样的环境中。

　　"这天晚上与平常一样，马匹经过训练、刷洗后，马厩在9点钟就准时关门上锁了。两个马童去了斯特雷克家，在厨房里用了晚饭。第三个马童内德·亨特留下看守马厩。9点多一点，女仆伊迪丝·巴克斯特前往马厩为留守的内德送晚饭，晚饭是一盘咖喱羊肉。女仆没有带任何饮品，马厩里有自来水，而且马厩有规定，值班的人只能喝水，不能喝别的。因为要穿过荒野中的小路，天色又很黑，所以女仆拎了一盏提灯。

　　"大约在还差三十码就到马厩的时候，从暗处走过来一个人，让伊迪丝·巴克斯特停一下。借着提灯昏黄色的灯光，她看到此人穿戴很绅士，头上戴着一顶布帽，身上穿着一套灰色粗呢套装，脚登高筒靴。她印象最深的是这个人苍白的脸色及紧张的神情。她心想，这个人的年龄应该30出头吧。

"他问：'请问这是哪儿啊？如果看不到你的灯光，我恐怕只好在荒野里过夜了。'

"'这里是金斯皮兰马厩啊。'女仆回答。

"'啊，是吗！运气不错！'他高声道，'我听说，每晚都会有一个马童独自睡在这里，你就是要给他送晚饭吧。我相信你总不会过分清高，连一件新衣服的钱也不屑赚吧？'说完，这个人将手伸进背心口袋，从中掏出一张叠好的白纸片来，'只要你今天晚上把这东西交给那个孩子，你就能拿到钱，买一件漂亮的衣服了。'

"他的直截了当把伊迪丝吓坏了，她赶忙从他身旁跑过去，奔到马厩窗下。她向来习惯把饭从窗口递过去。窗户早已经打开了，马童亨特正坐在里面的小桌旁边等她呢。伊迪丝还没有来得及把刚刚发生的事情告诉他，陌生人又出现了。

"'晚上好，'陌生人从窗外探身向里说道，'我想和你谈谈。'姑娘发誓说，在陌生人说话时，她看到他手里紧攥着一张露出纸角的小纸片。

"'你到这里来有何贵干？'亨特问道。

"'这件事能使你的钱包鼓起来，'陌生人说道，'你们有两匹马将要参加比赛，除了银色白额马，还有贝阿德。透露点可靠的消息给我，我不会让你吃亏的。听说在五弗隆距离赛马中，贝阿德可领先银色白额马一百码，你们自己都把钱押到贝阿德身上，

"请问这是哪儿啊？如果看不到你的灯光，我恐怕只好在荒野里过夜了。"

有这回事吗？'

"'原来，你是一个可恶的赛马探子啊，好啊！'亨特喊道，'现在我就让你看看，我们金斯皮兰是怎样对付这号人的。'他跳了起来，冲过去把狗放了出来。女仆赶紧朝家的方向跑去，她边跑边向后望，只见那个陌生人仍俯在窗上，向里探望着什么。可是，一分钟过后，亨特带着狗一同跑出来时，这个人已经不见了，尽管亨特带着狗围着马厩四处查看，却连这个人的影子也没有发现。"

"等一下，"我问道，"亨特带着狗跑出去找人时，马厩没有锁上门吗？"

"问得好，华生，太好了！"我的伙伴低声说，"我也认为这是一个要点，所以为了查清这件事，昨天我特意往达特穆尔发了一封电报，答案是亨特在离开以前把门锁上了。我还可以再补充一点，马厩的窗户很小，人是钻不进去的。

"亨特等他的同伴回来以后，便立即派人把发生的事情报告给驯马师。斯特雷克听到报告后，尽管他不清楚这件事的真实用意，但是他还是异常激动不安。半夜1点钟，斯特雷克太太从梦中睡醒时，看见他正在穿衣服，准备外出。面对妻子的询问，斯特雷克回答说，因为他太担心这几匹马，所以一直不能入睡，他想去马厩去看看它们是否一切安好。斯特雷克的妻子听着雨滴打在窗上的声音，就央求丈夫留在家里，可是，他不听妻子的劝告，披上雨衣走出了家门。

"斯特雷克太太在早上7点钟醒来时，发现丈夫仍未回来，就匆匆忙忙穿好衣服，叫醒女仆与她一道去了马厩。到了那里，只见马厩门敞开着，亨特倒在一张椅子上，完全不省人事，马厩里的名驹踪影全无，驯马师也不在那里。

"睡在草料棚里的两个马童很快被她们叫醒，但是，昨天晚上两个人睡得都很沉，没有听到任何声响。亨特被大剂量的麻醉剂麻倒，怎么也弄不醒他，两个马童和两个女人只好把亨特留在那里，任他继续睡下去。他们一起跑到外面，寻找失踪的驯马师和名驹。他们原以为是驯马师把马拉出去进行清晨训练了，可是登上附近的小山丘，俯视四周荒野，仍未看到那失踪的名驹，但他们意外发现了一件东西，那东西使他们预感到似乎有悲剧发生了。

"在离马厩四分之一英里远的金雀花丛中，他们找到了斯特雷克的大衣。而荒野上距此不远的地方有一片洼地，就在洼地的最低处他们发现了驯马师的尸体。他的头颅已被击得粉碎，显然是被沉重的凶器击碎的。他的大腿上还有一道长伤痕，分明是非常锐利的工具留下的痕迹。斯特雷克右手握着一把小刀，刀把和刀身上都凝满了血块，可以看出，他与攻击他的对手进行过殊死搏斗。他的左手握着一条领带，女仆认出领带是头天晚上到马厩来的那个陌生人的。亨特清醒后，也认定领带是那个人的。

他还肯定地说，就是陌生人站在窗口时，往咖喱羊肉里下的麻醉药，让他失去了知觉。洼地底部泥地上留有大量马的足迹，说明惨案发生时名驹也在搏斗现场，但从那天早晨开始就再也没有人见过它。尽管给出了巨额悬赏，达特穆尔所有的吉卜赛人都在细心留意打探，却没有丝毫线索。最后，经过化验得出结论——马童亨特剩下的晚饭里含有大量麻醉剂，而在同一天晚上，在斯特雷克家里用饭的人也吃了同样的饭菜，却没有被麻醉的症状。

"这就是案子的基本情况。我讲述时没有掺入任何推测，尽可能客观地还原事实。现在我再介绍一下警方就这个案件采取了哪些措施。

"警长格雷戈里受命调查该案，他是一个很有能力的警官。要是他的脑瓜里再多点想象力，那他很快就能高升。抵达出事地点后，他很快就找到并逮捕了那个被视为嫌疑犯的人。其实找到那个人并没费多大工夫。刚才我提到的那些小别墅，他就住在那儿。他的名字据说叫菲茨罗伊·辛普森。他出身不错，本人也受过良好的教育，他在赛马场上虚掷过大量金钱，他目前的工作是伦敦运动俱乐部的马匹预售员。检查他的赌注本时发现，他出了高达 5000 英镑的赌注，赌白额马会输。辛普森被捕以后主动交代，他到达特穆尔的目的就是希望得到有关金斯皮兰名驹的消息，当然，也想了解有关第二名驹德斯巴勒的情况。德斯巴勒是巴克沃特勋爵的名驹，现在养在赛拉斯·布朗的梅普里通马厩。那天晚上的所作所为，他并不否认，但他声称自己并无恶意，只不过想得到最新资料而已。面对那条领带，他的脸色十分苍白，他根本说不清楚，领带怎么会握在被害人手中。他的湿衣服说明他在雨夜外出，他那根槟榔木手杖，十分结实，上端还镶着铅头，用它来做武器，反复击打，足以使驯马师毙命。可是从另一方面看，辛普森身上却没有伤口，而从驯马师刀上的血迹可以看出，至少有一个袭击他的人身上受了伤，简言之，基本情况就是这些。华生，如果你能给我一些提示，我非常感激。"

我怀着极大的兴趣听完了福尔摩斯的讲述，他讲得言简意赅，条理清晰。尽管我已经知晓了大部分情况，但是，这些事情之间的关联，以及这些关联的重要性，我还是一点都不清楚。

"有没有可能在搏斗中，斯特雷克自己割伤了自己呢？"我提出了看法。

"大有可能，"福尔摩斯说道，"这样的话，对被告有利的一点就排除了。"

"此外，"我说道，"直到现在，我还不知道警察对此有什么看法。"

"恐怕我的推论正和他们的背道而驰，"我的朋友接着说，"据我所知，警方是这样推测的，把马童麻醉倒以后，菲茨罗伊·辛普森就拿出事先准备好的钥匙，打开

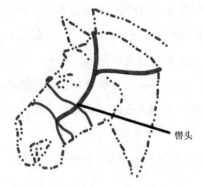

辔头，又称马辔、马勒，是为了驾驭马、牛等牲口而套在马颈上的器具，一般由嚼子和缰绳组成。

了马厩大门，牵出了银色白额马。显而易见，把马偷走是他的主要目的。马辔头没有了，辛普森就解下领带，套在马嘴上，然后，任马厩门开着，他把马牵到外面，不料半路碰到了驯马师，或者是驯马师追上了他，后来就爆发了激烈的争吵和搏斗，尽管斯特雷克有一把小刀可以用来自卫，但作用不大，而辛普森却用自己那根粗手杖打碎了驯马师的头颅。接下来，他把马带到了某个秘密地点，藏了起来，也有可能那匹马在他们激烈搏斗时，幸运地脱缰逃走，现在它正在荒原上游荡。这就是警方对案子作出的分析。这种说法不大靠谱，可是，其他的解释更不可信了。无论如何，到达现场之后，我很快就能查清情况，在此之前我实在无法作出更加合理的解释。"

黄昏时分，我们的火车抵达了塔维斯托克小镇。就像盾牌上的浮雕一样，塔维斯托克镇坐落在达特穆尔辽阔原野的中央。已有两位先生在车站等候我们，个头较高的那位，仪表堂堂，有着狮子鬃发，络腮胡须，还有一双深邃明亮的蓝眼睛。另一个人身材不高，看起来机警能干，他身穿双排扣长大衣，脚蹬一双锃亮的高筒靴，络腮胡子修剪的整整齐齐，戴着眼镜，这个人就是罗斯上校，一个著名的体育运动家。另一位则是警长格雷戈里，他在英国侦探界已经算是声名显赫的人物了。

"非常高兴您能来到这里，福尔摩斯先生，"上校说道，"这件案子，警长已尽了一切努力。同样，我也愿尽一切力量协助您为可怜的斯特雷克报仇，同时找回我的马。"

"事情有新的进展吗？"福尔摩斯问道。

"惭愧地说一句，收获甚小，"警长说道，"有一辆敞篷马车在外面等着，想必天黑之前，您肯定愿意去现场看一下，我们不妨在路上边走边谈。"

几分钟过后，我们几人已经坐在了一辆四轮马车里。马车轻快地穿过德文郡这个古朴、别致的城市。警长格雷戈里脑子里装的好像都是案情，他口若悬河地讲个没完。福尔摩斯间或打断他一下，或问一两个问题。这两位侦探的对话，我始终兴致勃勃地倾听着。罗斯上校帽子斜拉到双眼上，双臂交叠倚靠在车座上。探长将自己的观点说了出来，几乎和福尔摩斯在火车上的说法没有任何出入。

"菲茨罗伊·辛普森已落入法网，"格雷戈里说道，"我相信，他就是凶手，当然我也知道证据并不充足，一旦情况有变，结论很有可能被推翻。"

黄昏时分，我们的火车抵达了塔维斯托克小镇……已有两位先生在车站等候我们……

"斯特雷克的刀伤怎解释呢？"

"我们认为，在他倒地时自己划伤的。"

"我的朋友华生医生在赶往这里的路上，也这样说过。如果说法成立，对辛普森来说，就大大不妙了。"

"那是当然。辛普森没有刀伤，也没有其他伤痕，但是，他却罪证确凿。他有理由对那匹名驹过分关注，又有给马童下药的嫌疑，那晚暴雨中他曾外出，他还有一根可以做凶器的手杖，他的领带也握在被害人手中。我觉得，我们有足够的证据可以提出诉讼了。"

福尔摩斯摇了摇头。"一个有头脑的律师完全可以将它们一一推翻，"福尔摩斯说道，"他为什么要把马牵出马厩呢？假如想害它，在马厩内下手不就得了？在他身上找到钥匙了吗？哪家药店卖给他的麻醉药？还有，他一个外乡人，能把马藏到哪儿去？何况这匹马这么有名气。他要女仆转交给马童的那张纸，又作何解释呢？"

"他说那是一张 10 英镑的钞票，在他口袋里找到了。不过你所提到的其他问题，并不复杂。他在这儿，不算是个陌生人。每年夏季，他都要到塔维斯托克镇来住两回。麻醉剂可能是在伦敦买的。至于钥匙，可能用完之后随手就扔掉了。那匹名驹可能被藏在荒野的洼地里，或是废旧的矿坑里。"

"那条领带他怎么说呢？"

"他承认领带确实是他的，但他说已经丢了。还有一个新情况，足以说明是他把马牵出了马厩。"

福尔摩斯立马来了精神。

"在距惨案发生地不到一英里的地方，我们发现许多足迹，说明有一帮吉卜赛人在星期一夜晚在此处逗留，次日他们就离开了。那么，我们可以假设，辛普森和吉卜赛人早已协商好，当辛普森被人追赶时，他就把马交给吉卜赛人，那匹名驹可以在那些吉卜赛人手中啊？"

"这倒也是。"

"现在我们正在荒原上搜寻这些吉卜赛人。塔维斯托克镇周围 10 英里以内的每个马厩和房屋，我已都仔细检查过了。"

"附近还有一家马厩，是吗？"

"不错，这么重要的因素，我们当然不会忽视。因为他们的赛马德斯巴勒，是赌赛中的第二大热门，他们巴不得名驹银色白额马出事呢。传闻驯马师赛拉斯·布朗在这场比赛中也下了很大赌注，而且他与可怜的斯特雷克关系并不好。但我们已搜查过他们的马厩，没有发现他们与案子有什么关联。"

"辛普森与梅普里通马厩有利益关系吗？"

"一点也没有。"

福尔摩斯身子后仰，靠在马车椅背上，车厢中的几个人陷入了沉默。几分钟以后，在路旁一座整洁的红砖长檐小别墅前，我们的马车停了下来。不远处，穿过一块空地，矗立着一座长条灰瓦房。其他方向都是延绵不断的莽莽荒原，古铜色凤尾草铺满大地，随着荒原的起伏一直蔓延到天边。偶尔从荒原上凸现出来的，还有塔维斯托克镇的一些尖塔。还有一排房屋点缀在西面不远处，那就是梅普里通马厩了。我们几个逐个跳下车时，福尔摩斯仍靠在车椅上，两眼盯着前方，好像在望着天空思考着什么。我过去碰了碰他的手臂，他才猛然醒悟，跳下车来。

"抱歉，"福尔摩斯转向正在上下打量着他的罗斯上校，解释道，"我正在做白日梦。"他的眼睛闪闪发光，神态中流露出无法压抑的兴奋之情。根据经验，我知道他手中已有了线索，但我实在猜不出他是从何处得来的。

"我想，你愿现在就去犯罪现场看看吧？福尔摩斯先生。"格雷戈里说道。

"我想先在这儿停一会儿，弄明白一两个细节问题。依我看，斯特雷克的尸体应该已经抬回来了吧？"

"是的，就在楼上，明天验尸。"

"他跟随你多年了吧？罗斯上校。"

"不错，他是一个好仆人，我对他很满意。"

"警长，相信你已经检查过死者口袋里的东西了吧？

"东西都放在起居室里，你要去看看吗？"

"那太好了。"

走进房间，我们围着中间的一张桌子坐下，警长拿出一个方形铁盒，将铁盒里面的东西摆放在桌子上。一盒短火柴，一根两英寸长的牛油蜡烛，一支 ADP 牌欧石南根烟斗，一个海豹皮烟袋，装着半盎司细细长长的板烟丝，一块金链银怀表，5 个金币，一个铝制铅笔盒，几张纸，一柄象牙把小弯刀，刀刃坚硬、锋利，刀身上"韦斯公司·伦敦"这几个字清晰可见。

"这把刀子很有意思，"福尔摩斯说着，把刀拿在手中，细看了一会儿。"你看，刀上还有血迹呢，这应该是驯马师用的那把刀子吧？华生，这样的刀子，是医生用的吧。"

"这就是我们医生用来做眼科手术的眼翳刀。"我说道。

"我猜就是这样。刀片精细，刀刃锋利，只有做手术才会用得到。他带着这把刀在暴雨中出行，没有刀鞘，又没有放到口袋里，真是让人费解。"

"这把小刀的软木圆鞘，后来在他的尸体旁边找到了。"警长说道，"他太太说，这刀本来是在梳妆台上放着呢，他晚上离家时随手拿走了，这把小刀不算一件好武器，不过当时也许他手边除了这把小刀再也找不到更合适的武器了。"

"很可能。这些纸是做什么用的呢？"

"有 3 张是草料商的收据，一张是罗斯上校写给他的指示，还有一张，嗯，是妇女服装店的发票，开票人是邦德街的莱苏丽尔夫人，是开给威廉·德比希尔先生的，总共 37 英镑 15 先令。斯特雷克太太跟我们说过，德比希尔先生是她丈夫的一个好朋友，他的信有时会寄到这里。"

"德比希尔太太品位很高啊，"福尔摩斯看了看发票说道，"花 22 基尼买一件衣服可真舍得。不过，这里没有什么好看的了，现在，去犯罪现场看看吧。"

我们刚走出房间，一个等在过道里的女人就走上前来，伸手拉住了警长的衣袖。她神情憔悴，面容消瘦，可以看出近日的惨案把她吓得不轻。

"把他们抓到了吗？有没有找到他们？"她上气不接下气地问道。

"还没有，斯特雷克太太。不过，福尔摩斯先生已经从伦敦赶来了，他可以帮助我们，我们一定会尽全力的。"

"如果我没有记错的话，前不久我在普利茅斯一座公园舞会上见过你，是吗，斯特雷克太太？"福尔摩斯说道。

"不，先生，你肯定看错人了。"

"不会吧！我发誓，你当时穿着一件漂亮的淡灰色礼服，上面还镶有鸵鸟毛。"

"我从来就没有这样的衣服，先生。"这位女士答道。

"啊，这就是了，"福尔摩斯说道，他向那妇人道了一下歉，就跟着警长向外走去。穿过荒原，没走多远，就来到发现死尸的地点，洼地边缘生有大片的金雀花，驯马师的大衣就曾经挂在那里。

"据我所知，那天夜里并没有风。"福尔摩斯说道。

"没有，但雨很大。"

"这么说，大衣不是被风吹到金雀花丛上的，而是被人放到那里的。"

"没错，是在那儿挂着的。"

"真有意思，看地面上那么多脚印就知道，从星期一晚上到现在，已有好多人来过这儿了。"

"在发现尸体的地方，我们铺了一张草席，我们都站在席子上。"

"很好。"

"这袋子里有一只斯特雷克穿的靴子，还有一只菲茨罗伊·辛普森的皮鞋，以及银色白额马的一块蹄铁。"

"我的警长，你越来越厉害了！"福尔摩斯接过袋子，走到洼地，来到底处，他把草席往中间挪了挪，然后伏身趴在席上，双手托着下巴，对着面前被践踏过的泥土，仔细研究起来。福尔摩斯突然叫道："快看！这是什么？"原来是一截烧过的火柴梗，火柴上面裹满了泥巴，乍一看，好像是一根小木棍。

"真是的，我竟然把它给漏掉了。"警长说这句话时，极度懊恼。

"它陷在泥里，本来就很难发现，我能找到它，是因为我本来就在找它。"

"什么！你原先就知道，可以找到它？"

"我想，有这个可能。"

福尔摩斯从袋子里拿出靴子，认真地与地上的脚印作着比较，接着他爬回到洼地边沿，爬进羊齿草和金雀花丛中，东张西望。

"这里恐怕没有什么痕迹了，"警长说道，"方圆一百码之内，我已仔细检查过了。"

"的确如此！"福尔摩斯站起来说道，"你既然已开金口，我就不必再多此一举了。

趁着天还没黑，我很乐意在荒原上随便走走，那样，明天再过来时，我对这里的地形就可以减少一分陌生感。另外，为了求个好运气，请允许我把这块马蹄铁放进我的衣袋里。"

我的伙伴这种不急不慢、一板一眼的工作方法，让罗斯上校很不耐烦，他瞥了一下自己的表。"我希望你能跟我回去，探长，"罗斯上校说，"有几个地方，我想向你请教一下，特别是我们要不要事先告知公众，在比赛名单中除去我那匹马的名字，不参加锦标赛了。"

"用不着那样，"福尔摩斯果断地大声说，"我保证，银色白额马一定能参加比赛。"

上校点点头。"听到你这样说，我很高兴，先生，"罗斯上校说道，"你们在荒原上四处转转吧，完了可以到可怜的斯特雷克家找我们，然后我们再一起返回塔维斯托克镇。"

罗斯上校和警长离开以后，福尔摩斯和我在宽阔的荒野上慢慢地走着。夕阳渐渐沉落到梅普里通马厩后面，给我们面前广阔无垠的大地染上了一层金光，羊齿草和黑莓也沐浴在这金光之中，之后，色彩渐渐变浓、变暗，由黄色变成了红棕色。这奇妙绚丽的自然之景对我的朋友来说，没有丝毫的吸引力，他根本无意欣赏，一个人沉浸在深思里。

"这样吧，华生，"他终于开口说话了，"我们先暂且不管是谁杀害了约翰·斯特雷克，集中精力去寻找那匹马。喏，我们假设在惨案发生时或者在惨案发生后，那匹马脱缰逃跑了，它究竟能跑到哪里去呢？马是最合群的动物。让它自己选择，它没有跑回金斯皮兰马厩，那么，它一定跑到梅普里通马厩去了。它怎么可能孤身在荒原上乱跑？如果真的乱跑，早就该有人发现了。吉卜赛人拐走它有什么用呢？这些人通常一听说出了什么麻烦事，总是避之唯恐不及，生怕警察找上门来，怎么会自寻麻烦呢？他们是无法卖掉这样一匹名马的。如果带上它，他们要冒很大风险而且可能还一无所获。这一点傻瓜也该明白。"

"那马会去哪儿呢？"

"我刚才说过了，除了金斯皮兰马厩就是梅普里通马厩了。它现在不在金斯皮兰，因此，必定在梅普里通。我们就按照这个假设走下去，看看结果如何。正如警长所说，这一带荒原上的土质又干又硬，可是越接近梅普里通地势则越低下，在这里你可以看到，不远处有一个长长的洼地一直向远方延伸，星期一夜里，这条洼地肯定很湿。没猜错的话，那匹名驹一定会经过那里，因此，那儿一定留有它的蹄印，我们应该很容易找出来。"

我们两个边走边说，越说越有精神，没用几分钟就走到了那片洼地旁。在福尔摩斯的建议下，我往洼地右边走，他向左方走，但是还未走出五十步，我就听到他在后面喊我，回头一看，他正招手让我过去。因为就在他面前的软泥地上，他发现了一些清晰的马蹄印，他从口袋里掏出那块马蹄铁，与地上的蹄印进行比较，正好吻合。

"瞧瞧，想象多么有价值啊，"福尔摩斯说道，"格雷戈里缺的就是这一点。我们设想事情都有哪些可能，然后，按照设想的去行动，就会发现我们是正确的。那我们就继续下去吧。"

我们两人开始穿越湿软的低洼地段，接着，又走过了四分之一英里的干硬的草地，然后，地面又斜了下去，我们又重新发现了马蹄印。但是，后来有半英里路程马蹄印不见了，不过，快到梅普里通马厩时，马蹄印又出现了，是福尔摩斯先看到的。他站在那里，用手指着马蹄印，脸上带着胜利的神情。可以看出，在马蹄印旁边还有一个人的脚印。

"原先可只有马啊。"我大叫道。

"没错啊，原先没有人。哈哈，这是怎么一回事？"

原来，马和人的足迹突然转向，向着金斯皮兰方向走去。福尔摩斯吹了声口哨，我们两个人掉转头，继续跟着足迹走。福尔摩斯双目紧盯着地上的足迹，我偶然向旁边一看，惊异地发现，人和马的足迹又向相反的方向折了回去。

"多亏了你，华生，"在我指出我的发现时，福尔摩斯说道，"这下咱们可以少跑好多冤枉路，不然咱们还得走回老路。咱还是跟着足迹往回走吧。"

我们顺着足迹未走多远，足迹就在一条沥青路上消失了，这条路正通向梅普里通马厩的大门。我们向前走去，还未靠近马厩，一个马夫从门里跑了出来。

"这儿不许闲人逗留。"他说道。

"我只想问一个小问题，"福尔摩斯伸出拇指和食指，将手插到口袋里，说道，"如果明天早晨5点钟，我来拜访你家主人赛拉斯·布朗先生，会不会太早了？"

"上帝保佑你，先生，那时过来他会接见的，他可是起床最早的人。这不他来了，先生，让他自己来回答你的问题吧。不，先生，不行，如果让他看见我碰了你的钱，我的工作就完了。假如你不介意的话，请等一会儿再给吧。"

听到这话，福尔摩斯把从口袋里拿出的半克朗（2先令6便士）重新放了回去。一个神情粗暴、面目狰狞的老头儿从门内大步流星地地走了出来，手中挥舞着一根长长的猎鞭。

"你在干什么，道森？！"他叫喊道，"不许废话！干你的活去！还有你们两个，来这儿干什么？"

"我要和你谈谈，我的好先生，10分钟足够了。"福尔摩斯和蔼可亲地说道。

"我没有工夫和游手好闲的人闲扯，这儿不欢迎陌生人。赶快走开，否则我就把狗放出来，让他咬你们。"

福尔摩斯走到他的身边，俯下身在他耳边说了些什么。他一下子跳了起来，脸都涨红了。

"胡扯！"他高声叫道，"简直是讹诈！"

"很好。我们是在这里大庭广众之下谈呢，还是到你的客厅里去谈呢？"

"那，要是你愿意，进来吧。"

福尔摩斯开心地笑了。

"不会耽搁太久的，华生，"福尔摩斯说道，"现在，布朗先生，我听从你的安排。"

20分钟过后，福尔摩斯和赛拉斯·布朗重新走出来时，天边的红霞已完全消失，后者脸上的红光也已经完全消失了。我还从来还没见过像赛拉斯·布朗那样一刹那间就能发生那么大变化的人。只见他脸色煞白，额头挂满汗珠，双手剧烈地颤抖着。他那盛气凌人、不可一世的神态已荡然无存。他畏畏缩缩，像一条狗一样服服帖帖地跟在我朋友身旁。

"一定完全照办，保证按照您的指示去办。"他说道。

"绝对不能有任何闪失。"福尔摩斯说着，回头看了他一眼。他好像从福尔摩斯的眼里看到了某种可怕的力量，浑身抖个不停。

"啊，不会的，绝不会出错，保证出场比赛，用不用将它做些改变？"

福尔摩斯稍一想，放声大笑。"不，用不着。"他说，"我会写信给你。不许捣鬼，不然的话……"

"啊，请放心，请放心！"

"嗯，我就相信你一次。好吧，明天等我的指示。"福

他畏畏缩缩，像一条狗一样服服帖帖地跟在我朋友身旁。

尔摩斯说完这话，毫不理会那人向他伸过来的颤抖的手，扭身就往外走。我们又踏上了返回金斯皮兰的路。

"赛拉斯·布朗这种混蛋，一会儿像发怒的公牛，一会儿像墙角的老鼠，而且一脸的奴才相，我还从来没有碰见过这样的人呢。"在我们拖着疲惫的双腿往回走时，福尔摩斯说道。

"这么说来，马在他那儿了？"

"他原本虚张声势，妄图把事情赖掉。可是，我分毫不差地说出了他在那天早晨干的好事，他认为自己的一举一动都被我看见了。你应该看得出来，那个方头鞋印，与布朗的鞋印一模一样。再说，下人们根本没有胆量去做这种事。加上他每天习惯早起，而且还是第一个起床，所以我对他说他是怎样发现有匹马在荒野上游荡的，他怎样跑到它身边去的，后来他看到那匹名驹时心情怎样惊奇，怎样兴奋，因为只有这匹马才能打败他下注的那匹马。开始他是想把它送回金斯皮兰马厩，但是他心中又起了邪念，他打算把马藏起来，一直藏到比赛结束为止。然后，他将马牵回梅普里通马厩，藏了下来。我一五一十地把每个细节都说了出来，他只好心服口服，低头认罪了。"

"可是，不是已经搜查过马厩了吗？"

"是啊，不过，像他那样的老油子，鬼点子多着呢。"

"他为了一己之私什么都做得出来，你为什么还把马留在他手里？"

"老兄，他现在会像对待自己的性命一样小心翼翼地保护它的。他比谁都清楚，要想获得宽大处理，唯一的希望就是保证那匹马的安全。"

"不过，罗斯上校怎么看都不像是一个爱讲情面的人。"

"这件事怎么处理，罗斯上校说了不算，我可以按照自己的方法行事，我可以只告诉他我想说出来的事情。做私人侦探，就有这么点好处。华生，你有没有发现，罗斯上校对我很没礼貌，他有点傲慢。现在我想拿他来消遣一下，先别告诉他有关那匹马的事。"

"没有你的允许，我绝不吐露只言片语。"

"当然，与是谁杀害约翰·斯特雷克相比，这件事只是一件小事。"

"你打算继续追查下去吗？"

"恰恰相反，我们两个今夜就坐车回伦敦去。"

我完全没有料到，我的朋友会说出这样的话来，我们到德文郡不过几个小时时间，侦查工作一开始就战绩辉煌，现在，他竟然将已经开始的工作甩手不管，准备回去了，这真是不可思议。往驯马师家走的路上，尽管我再三追问，福尔摩斯都守口如瓶，闭口不谈此事，我也就不再说什么了。客厅里，上校和警长早已在等我们。

"我和我的朋友已决定今天乘夜车返回伦敦，"福尔摩斯说道，"实在是不虚此行，我们已经呼吸过你们达特穆尔的新鲜空气了，果真是清新迷人啊。"

警长双眼发愣，上校轻蔑而又毫不掩饰地撇了撇嘴。

"这么说来，你没有希望能够抓获杀害可怜的斯特雷克的凶手了？"上校问道。

福尔摩斯调皮地耸了耸双肩。

"这很不好办，困难太大了，"福尔摩斯说道，"可是我完全可以肯定，星期二你的马可以照常参加比赛，让你的赛马骑师早做准备吧。能否给我一张约翰·斯特雷克的照片？"

警长从一个信封中拿出一张，递给了福尔摩斯。

"亲爱的格雷戈里，麻烦你先准备好我需要的东西，再在这里等一会儿，我还想问女仆一个问题。"

"我必须得说，我们这位从伦敦来的顾问太让我失望了，"我的朋友刚离开客厅，罗斯上校便毫不客气地说道，"他来到这儿，事情也没有任何进展。"

"至少他能确保你的马一定能参加比赛。"我说道。

"不错，他是那样说过，"上校耸着肩说，"希望他找到了那匹马，好证明他没有胡扯。"

就在我正想回敬他几句为我的朋友辩护时，福尔摩斯又走进屋来。

"好了，先生们，"福尔摩斯说道，"现在没事了，咱们可以到塔维斯托克镇去了。"

一个马童打开马车门，我们登上四轮马车。福尔摩斯好像忽然想起了什么，他弯身向前拍了拍马童的胳膊。

"我发现你们的围场里有几只绵羊，"福尔摩斯问道，"是谁照料它们呢？"

"是我啊，先生。"

"它们近来有什么不对劲的地方吗？"

"啊，先生，没什么大毛病，就是有 3 只不知怎么跛足了。"

看得出来，福尔摩斯对这个答案非常满意，只见他搓着手，咧着嘴笑了。

"异想天开的推测，华生，不过，推测得相当准，"福尔摩斯捏了捏我的手臂说，"格雷戈里，我提醒你注意一下羊群中的这种怪毛病。走吧，车夫。"

罗斯上校仍然是那副对我朋友的才能根本不信任的表情。可是，从警长脸上的表情能够看出，福尔摩斯的话引起了他的注意。

"你觉得那很重要吗？"格雷戈里问道。

"绝对重要。"

"还有什么需要特别关注的？"

"那天夜里，狗的反应很奇怪。"

"狗没有什么奇怪反应啊。"

"这才是最奇怪的。"夏洛克·福尔摩斯说。

4天之后，我和福尔摩斯再次乘火车去温切斯特市，目的是去看韦塞克斯杯锦标赛。罗斯上校与我们约好在车站旁碰面，然后，我们坐上他的大马车去城外赛马场。罗斯上校阴沉着脸，态度极其生硬、冷淡。

"直到现在，连马的影子都没看到。"上校说道。

"如果你看到它，应该还认得它吧？"福尔摩斯问道。

上校听了大怒。"我赛马20年了，还从来没听人说过这样的话，"他说着，"就是小孩子，也认得银色白额马的白额头和它那布满斑点的右前腿。"

"赌注情况怎么样？"

"这才真是奥妙呢。昨天是十五比一，可是比差越来越小了，现在竟然下跌到三比一了。"

"啊！"福尔摩斯说道，"明摆着有人知道了一些内部消息。"

马车抵达看台附近的围墙边上，我看到赛马牌上关于比赛和参赛马匹的一些介绍。

韦塞克斯金杯赛

每匹马交款50英镑。头名除金杯外得奖金1000英镑，第二名得奖金300英镑，第三名得奖金200英镑。赛马年龄：以四五岁口为限。赛程：一英里五弗隆。

一、希恩·牛顿先生的赛马：尼格罗；骑师：红帽，棕黄色上衣。

二、沃德洛上校的赛马：帕吉利斯特；骑师：桃红帽，黑蓝色上衣。

三、巴克沃特勋爵的赛马：德斯巴勒；骑师：黄帽，黄色衣袖。

四、罗斯上校的赛马：银色白额马；骑师：黑帽，红色上衣。

五、巴尔莫拉尔公爵的赛马：艾里斯；骑师：黄帽，黄黑条纹上衣。

六、辛格利福特勋爵的赛马：拉斯波尔；骑师：紫色帽，黑色衣袖。

"我们把另一匹准备好的赛马撤出了比赛，现在，所有的希望都寄托在你的话上了，"上校说道，"什么，怎么可能？我的银色白额马？"

"五比四，银色白额马！"赛马场内，赌客高声喊道，"五比四，银色白额马！

五比十五，德斯巴勒！其余赛马，五比四！"

"所有的赛马都有编号，"我大声说道，"6匹马都在那儿。"

"6匹马？那么说，我的银色白额马也要出场了？"上校异常激动地喊道，"可是我怎么看不到它，没有看到我那匹马过来。"

"才过了5匹，这匹一定是你的。"

我的话音还没落地，那匹矫健的栗色马就从磅马围栏里奔腾而出，从我们面前一闪而过。马背上坐着的那位，黑帽红衣打扮，人人都知道那是罗斯上校的骑师。

"那不可能是我的马，"上校大叫道，"这匹马从上到下看不到一根白毛。你到底在玩什么花样，福尔摩斯先生？"

"呵呵，让我们来看看它跑得如何。"我的朋友冷静地说道，他拿起我的双筒望远镜，仔细看了好几分钟。"棒极了！开始得相当好！"他突然又喊道，"它们冲过来了，已经开始拐弯了！"

赛马一直跑过来时，我们在马车上看得很清楚，那情景真是太壮观了。6匹马原来并排而行，靠得非常近，简直像挤在一起一样，一条毯子好像就能把它们全部罩住。可是，刚跑完一半赛程，梅普里通马厩的黄帽骑师就冲到了前面。然而，再次跑过我们面前时，德斯巴勒的力气已经所剩无几，罗斯上校的名驹却势不可挡，一路冲刺，驰过终点，最终将它的对手甩开有六马身的距离，巴尔莫拉尔公爵的赛马艾里斯得了第三名。

"如此看来，一点不错，真是我那匹马，"上校用一只手遮到眼上，喘着粗气望着我的朋友说，"我承认，我确实不知道是怎么回事。但是这秘密保守的时间也太长了吧，福尔摩斯先生？"

"当然了，上校，你马上就可以把事情弄清楚了。我们这就一道过去看看那匹马。你瞧，它在这里。"说话间我们已走进磅马的围栏内，这地方除了马主人和他们的朋友外，其他人严禁出入。"你只需用一点酒精给马儿洗洗脸，洗洗腿，你就能认出它就是那匹银色白额马。"

"这太难想象了！"

"我在盗马贼那里找到了它，便自作主张安排它来参加比赛了。"

"亲爱的先生，干得好，也做得够神秘。这匹马看来状态很好，非常健壮。它从来都没有像今天这么出色。我当初对你的能力有些信不过，特此向你表示歉意。多亏了你，我才能找回我的马，你真是大好人，如果你能将杀害约翰·斯特雷克的凶手捉拿归案，那就更好了。"

"这件事我也已经办妥了。"福尔摩斯平静地说道。

上校和我都无比惊讶地望着福尔摩斯。上校问道："你抓到他了？那他人呢？"

上校和我都无比惊讶地望着福尔摩斯。上校问道："你抓到他了？那他人呢？"

"就在这里。"

"这里！哪儿？"

"就在我的眼前。"

上校怒气冲冲，面色通红。

"我承认受了你的恩惠，我也很感谢你，福尔摩斯先生，"上校说道，"可是你刚才的话，不是恶劣的玩笑，就是无耻的污蔑！"

福尔摩斯忍不住笑了，"我向你保证，我没有说你同罪犯有任何联系，上校先生，"他说道，"真正的凶手，现在就站在你身后。"他走到马的身边，把手放到它那光滑发亮的脖子上。

"是这匹马！"上校和我异口同声喊道。

"不错，就是这匹马。如果我说它是出于自卫杀人，那它应当只能算轻罪。其实，那个约翰·斯特雷克压根儿就是一个不值得你信任的家伙。现在铃响了，我想留在这儿在下一场比赛中赢点钱。案件的详细情况，我们不妨另找合适的机会再谈。"

那天晚上我们乘坐普尔门式快车返回伦敦时，我的朋友一路上都在讲述星期一晚上在达特穆尔驯马厩发生的那件案子，以及他揭破谜底的手法。罗斯上校和我本人一样，都听得忘记了周围的一切，我们也都觉得旅程实在是太过短促了。

"实话实说，"福尔摩斯说道，"我根据报纸上的报道所作出的推论没有正确性可言。如果有些细节没有被他们的过分报道掩盖了的话，这些细节还是相当重要，很有价值的。我当初去德文郡之前，也同意菲茨罗伊·辛普森就是杀人凶手这一说法。当然，我也知道当时证据不足。就在咱们乘坐马车，来到驯马师家时，我才突然想到咖喱羊肉蕴含的重大意义。你们应该还会记得，你们都跳下马车时，我当时还坐在车里傻傻发呆吧，我当时感到很惊奇，我对自己的头脑也产生了怀疑，我怎么就把这么明显的一条线索给忽略掉了呢。"

"我坦白相告，"上校说道，"直到现在，我也不知道咖喱羊肉对我们有什么用。"

"这是我推理链条中的第一个环节。弄成粉末的麻醉剂肯定还会有气味。这气味虽然不是很重，但还是可以闻得出来的。如果把它与普通食物混到一起，吃的人一旦发觉，可能就不会再吃进肚里去。咖喱这种气味很冲的调料，正好可以掩盖麻醉剂的气味。但是，作为一个陌生人，那天晚上，菲茨罗伊·辛普森绝对不会带着咖喱去驯马师家中做手脚。当然也不排除这种可能，那天晚上他带着麻醉剂前去马厩，碰巧当晚的菜肴是咖喱羊肉，这种巧合当然是难以让人信服的，因此，辛普森就被排除在案件之外了。于是，斯特雷克夫妇就成了我的重点怀疑对象，因为只有这两个人能决定将咖喱羊肉作为这天晚上的晚餐。别人也吃了同样的菜但没有出事，可见，麻醉剂是在菜做好以后，专门给马童加进去的。那么他们两个人中哪一个能接近这份菜肴下手而又避开了女仆呢？

"在这个问题得以解决之前，我明白了这条狗不出声的重要意义，一个可靠的推论总是能影响到其他的推论，让人从中发现问题。我从辛普森事件中得知，马厩中养有一条狗，但是，有人进来并且牵走了马，这狗竟然一声没叫，没有惊醒睡在草料棚里的两个马童。显而易见，这条狗对这位午夜来客非常熟悉。

"那时我已有把握，或者说差不多完全相信，那个在深夜来到马厩，把马牵走的人就是约翰·斯特雷克。他为什么这样做呢？可想而知，他有不可告人的秘密。不然，他为什么要对自己的马童下药呢？可是，短时间内我还真想不明白他为什么要这样做。以前有过这样一些案子，驯马师通过代理人出高额赌注赌自己的马匹会输，然后就想办法作弊，故意让自己的马输掉比赛。有时，在赛马中他们故意勒紧缰绳，放慢速度让马跑不快。有时他们还会采取一些更隐秘、更阴险的手法。咱们碰到的这个属于哪一种呢？也许，通过检查死者衣袋里的东西，有助于我很快找到答案。

图为当时医生做手术用的手术刀，非常锋利。

"果然不出所料，你们应该还记得，死者手中握有了一把奇怪的小刀，这把刀任何一个神智正常的人都不会拿它来做武器。正如华生医生所说，那是一把手术刀，只有外科手术室做最精密手术时才使用的到。其实，那天夜里，他也打算用这把小刀来做一项小手术。罗斯上校，关于赛马你经验丰富，你肯定知道，在马的后踝骨腱子处皮下用小刀轻轻划上一小道，那是绝对不会找到任何痕迹的。但是这么一弄，马将慢慢出现轻微的跛足，而这一般只会被人认为训练过度，或是感染了轻微的风湿疼痛，没人会发现。那其实是一个恶毒无耻的阴谋。"

"混蛋！恶棍！"上校气愤地大声嚷道。

"我们现在应该明白为什么约翰·斯特雷克要把马牵到洼地里去了吧。因为这样一匹烈马被刺伤以后，一定会高声嘶叫很难控制，难免会惊醒睡在草料棚中的人。所以，这一切绝对需要到远离马厩的野外去做。"

"我真瞎啊！"上校大叫道，"难怪他要用蜡烛和火柴了。"

"正是，检查过他的东西以后，我不仅幸运地发现了他的犯罪手法，而且还找到了他的犯罪动机。上校，你是一个阅历丰富的人，你知道，一个人不可能把别人的账单藏在自己的口袋里随身携带。一般来说，自己处理自己的账务都没有工夫。所以我很快断定斯特雷克过着重婚生活，他另外还有一个家。通过那份账单可以看出，事情与一个挥霍成性的女人有关。即使像你这样对下人慷慨大度的人，也很难想象得到，为了给自己的女人买一件衣服，他肯花20基尼。我寻机向斯特雷克夫人打听过这件衣服的事，她毫不知情，我对这个结果很满意，说明她是个没有关联的局外人。我记下了服装店的地址，相信只要我带上斯特雷克的照片走上一趟，一定能弄清这位神秘的德比希尔先生的真实身份。

"从那时开始，一切就都很明白了。斯特雷克把马牵到洼地里，在那里点起蜡烛不会被别人发现。辛普森慌忙逃走时弄丢了领带，斯特雷克捡到了它，或许他想，可以用来绑马腿。在洼地里，他转到马后面，擦亮火柴点亮了蜡烛。可是，马被那突然而来的光亮惊坏了，出于动物的自卫本能，它感到有人要对它不利，于是猛地尥起蹶子来，那铁蹄正中斯特雷克的额头，这时，斯特雷克为了做那种细致的工作时更加方便，顾不得还下着雨，脱掉了自己的大衣，所以在他被踢倒时，手中的小刀割伤了他的大腿。我说得还算清楚吗？"

"高明！"上校喊道，"非常高明！整个过程好像都给你看见了。"

"最后一点推测，我承认，过于冒险。我突然想到，斯特雷克这么一个阴险狡诈的家伙，要想在马身上做这种细致的手术，他不经过练习决不会轻易动手。他会找什么东西来练习呢？我看到了那些绵羊，于是就提了一个问题，真的，连我自己都感到很惊奇，答案证明我的推测完全正确。

"回到伦敦我走访了那位服饰商，她认识斯特雷克，他就是那名叫德比希尔的阔绰顾客，他有一个打扮的时髦漂亮而又喜好奢华服饰的太太。我相信，就是这个女人使斯特雷克背上了大笔债务，导致他走上犯罪的不归路。"

"你把一切都说得一清二楚了，但是还有一个问题，"上校大声说道，"这匹马去了哪里？"

"啊，它幸运地脱缰逃跑了，后来，你的一位邻居替你照顾着它。关于这个问题，我们必须宽容。我想，如果我没有搞错的话，火车应该到了克拉彭站，用不了 10 分钟就可以抵达维多利亚车站了。如果你愿意到我们那里抽烟，上校，我很乐意把其他一些细枝末节讲给你听，想必你一定很有兴趣。"

假面之谜

　　我的朋友福尔摩斯以他那非凡的才能侦破了很多戏剧性的案件，他的表现吸引我们成为他的忠实观众，最后连我自己也融入那些故事之中。我整理他的一些案件记录，并将它们以小说的方式发表出来时，自然而然地就会热衷于写他的成功，淡化他的失败。我之所以这样做，并非是为了顾全福尔摩斯的好名声——实际上，每当遭遇失败，背水一战之时，他的过人精力和才干就越能表现得淋漓尽致，更令人五体投地——其实，如果福尔摩斯遭遇失败，别人也未必能成功，而故事的结局也就永不可知。然而，偶尔也会有这样的情况，他的侦查出了差错，有失误，但真相最终也还是被他查出。这类案子我记录的大约有五六个，其中两例案子最有特色，也最引人入胜。一件是马斯格雷夫仪典案，还有一件就是我接下来所要讲述的。

　　福尔摩斯这个人，虽然不喜欢为了锻炼身体而强迫自己进行体育活动，但是，体能比他更好的人也不多见。而且，还有一点我可以肯定，在同重量级的人中，福尔摩斯还是我见过的最优秀的拳击手，不过，他始终认为因锻炼而消耗体能简直就是浪费生命，所以除了与他本职工作有关的活动之外，他对其他活动都懒得过问。但他整天看起来都好像劲头十足，不知疲倦。显然，依照他那样的养身之道，还能保持良好的体能实在是难能可贵。他日常饮食简简单单，生活朴素得近乎节衣缩食。除了偶尔使用点可卡因，福尔摩斯再没有其他恶习。而且只在无案可查，而报纸新闻又枯燥无味之时，他才借助于麻醉剂来消愁解闷。

　　早春时节的一天，福尔摩斯十分清闲，他居然要与我一起去公园散步。公园里，榆树枝头嫩芽初露，栗树也开始绽放出尖尖的五瓣新叶。我们俩谁也不说话，这对两个交情很深的人来说是很正常的，我们信步漫游，两个小时很快就过去了。等我们回到贝克街，已经快 5 点了。

"对不起，先生，"我们的小仆人一边开门一边说道，"刚才有一位先生来找您。"

福尔摩斯不满地看了我一眼。

"午后散步要不得！"福尔摩斯说道，"那位先生已经走了吗？"

"是的，先生。"

"有没有请他进来？"

"有的，先生，他进过屋。"

"他等了多长时间？"

"等了半个小时，先生。他好像有急事，先生，他不停地在屋里走来走去，还跺着脚。先生，我待在门外都能听到他的动静。后来他来到过道里，大声嚷起来：'他是不是永远都不回来了？'没错，他就是这么说的，先生。我对他说：'请您再等一会儿。'他说：'那样的话我去外面等他好了，快闷死我了，我过一会儿再回来。'说完他就离开了，我说什么都留不住他。"

"够了，够了，你尽力了，"我们走进屋中，福尔摩斯说道，"真叫人郁闷，华生。我现在实在需要一件案子。从这个人不耐烦的样子可以看出，这件事情很重要。桌上的那个烟斗不是你的，一定是那个人忘在这儿的。这只欧石南根烟斗很不错啊，长柄，用烟草商们的话来说，那应该称为琥珀柄。我不清楚伦敦城究竟有几支货真价实的琥珀烟嘴，有人认为里面包着苍蝇的或者有些许瑕疵的才是真正的琥珀。瞧，他肯定是心烦意乱得不行，所以才会把自己这个宝贝烟斗给落下了。"

"你怎么知道这只烟斗是他的心爱之物呢？"我问道。

"哦，我看这烟斗的原价也就 7 先令 6 便士左右，你看，它已经修补过两次了，一次修补的是木柄，另一次修的是琥珀烟嘴。你可以很清楚地看出，两次修补用的都是银箍，这肯定要花不少钱，绝对高出了烟斗的原价。这个人宁愿花高价修补也不愿花同样的钱去买一只新烟斗，可见他十分珍惜这只烟斗。"

"其他还有什么吗？"我问道，因为福尔摩

对于福尔摩斯来说，烟斗就像他的放大镜一样，也是他的一件侦探工具。福尔摩斯不但自己喜欢抽烟，而且还喜欢通过烟斗的使用习惯、烟丝的种类以及残留的灰烬来分析人物的性格、身份甚至长相。

斯正把烟斗拿在手里，翻来覆去地看着，并以他那种独有的专注神情打量着它。

他拿起烟斗，伸出他那细长的食指在上面弹了一下，好像一个生物教授在讲授骨骼课一样。

"烟斗这个东西，有时候能说明很多问题，"福尔摩斯说道，"除了表和鞋带以外，大概没有什么东西比烟斗更能显示一个人的个性了。可是这烟斗上显示的不十分明显，也不大重要。以下就是烟斗主人的一些情况：身体健壮，是个左撇子，牙齿很好，粗枝大叶，生活富裕。"

我看到我的朋友说出自己的判断之后，用眼睛斜视着我，显然是在看我是否明白他是如何推理的。

"买得起一只7先令的烟斗，你就认为他一定很富裕吗？"我说。

"这可是格罗夫纳板烟，这种烟草一盎司可要8便士啊，"福尔摩斯边说边从烟斗里倒出一点烟丝来放在手掌心，"他只需花一半的钱就可以抽上等好烟了，可见他不需要节省，吃穿不愁。"

"那么，还有别的吗？"

"他习惯在灯上或煤气喷灯上点烟斗。你看，烟袋锅的一边已经烤焦了。如果用火柴绝对不会出现这种情况。谁用火柴点烟时会烧焦烟斗边呢？要是用油灯点烟不可能不烧到烟斗边。而烧焦的只是烟袋锅的右边，由这一点，我判断他是一个惯用左手的左撇子。你不妨拿起你的烟斗在灯上试试，你就能发现，你习惯用右手，必定是烟斗左边靠着火了。你有时可能不这样用右手点烟，但那种情况很少发生，他可是经常如此啊。烟斗的琥珀嘴已被咬破，能咬成这样的人一定身强力壮，牙齿结实。要是我没听错的话，我已经听到他上楼的脚步声了，咱们现在可以把烟斗放下，研究一些更加有趣的东西。"

一会儿房门打开，一个个头很高的年轻人走了进来。他身穿一套深灰色衣服，服饰色彩素净而又很讲究，他手中还拿着一顶褐色宽檐呢帽。我估计他的年龄应该在30岁左右，但他实际上应该年龄还要大一些。

"对不起，"他有些不好意思地说，"刚才我应该先敲门的。不错，我应该先敲门。可是现在我心里又烦又乱，失礼之处，请多加包涵。"他手捂额头，好像站立不稳一样，扭身倒在一张椅子上。

"看样子，你已经一两夜没有睡觉了。"福尔摩斯和颜悦色地说，"这其实比工作过度还要伤身，甚至比无度行乐还要伤神。请问我能帮你些什么？"

"我想请你多加指点，先生。我不知道该怎么办，我的整个生活好像已经毁灭了。"

"你想请我做你的顾问侦探？"

"还有很多啊，你博学多才，见多识广，我想请你赐教。我想知道接下来我该怎么办。我希望你能帮助我。"

他说话时逻辑混乱，呼吸急促，声音微弱、颤抖，我觉得他好像连开口说话都非常吃力，但他始终在理智地压制着自己的情绪。

"这件事真让人头疼，"他说道，"一般人都不愿意拿自己的家务事来说三道四。尤其是我妻子的这种行为，还要拿来当着你们两个陌生人的面讲，实在太让人难受了。我这样做是不大妥，可是，我已经到了山穷水尽的地步，不得不向你求助了。"

"亲爱的格兰特·芒罗先生——"福尔摩斯开口说道。

我们的客人从椅子上跳了起来。"什么？"他叫道，"你知道我的名字？"

"如果你不想暴露自己的姓名身份，"福尔摩斯微笑着说，"我建议你以后不要再把名字写在帽子里衬上，至少你要注意，跟别人讲话时不要让帽顶对着人家。我可以告诉你，在这间屋子里，我和我的朋友已经听说过足够多的稀奇古怪的秘密，而且我们有幸给许多惶惑不安的心灵带来宁静。我相信，我们可以给你提供同样的帮助。时间宝贵，我恳请你别再耽搁了，赶快把你的事情毫无保留地谈一谈吧。"

我们的来客重新把手放回前额，好像感到非常头疼一样。从他的神情举止上我能

我们的客人从椅子上跳了起来。"什么？"他叫道，"你知道我的名字？"

看得出来，他这个人不善言辞，保守自制，天性矜持骄傲，心中的痛苦宁愿自己默默地承受，也不愿在外人面前流露出来。后来，他忽然手握成拳状，在空中挥了一下，似乎抛除了一切顾虑，开始义无反顾地说了起来：

"事情是这样的，福尔摩斯先生，我结婚已经有3年了。在这3年的婚姻生活中，我和我的妻子艾菲像其他和睦的夫妻一样，彼此深爱着对方，生活得很快乐。我们无论在思想上、语言上和行动上都没有任何隔阂。可是，从上星期一开始，我们之间突然出现了障碍。我发现，在她的生命中以及思想上有些东西我竟然毫不知情，好像她已经变成了一个陌生的女人。我们两人的心疏远了。我想知道怎么会这样？

"但是有一件事我要事先声明，福尔摩斯先生，艾菲很爱我的。这一点你不要有什么误会。她全心全意地爱着我，并且她爱的越来越深。我对这一点深信不疑，我也能感觉得到她的爱。这很容易理解，每个男人都能察觉出来一个女人是否在乎他。但是我们之间存在一个秘密，在这个秘密揭开之前，我们恐怕不能像以前一样相处了。"

"请赶快把事情经过告诉我，芒罗先生。"福尔摩斯说这话时，看起来很不耐烦。

"我先把我所知道的艾菲的过去给你们讲一下，我们两个初次见面时，她年纪还很轻，才25岁，但她已经是个寡妇了，那时人们称呼她为赫伯龙夫人。她小时候就随家人去了美国，生活在亚特兰大城，在那里，她嫁给了那个赫伯龙律师，他的委托人很多。他们生育过一个孩子，可是有一段时间，那个地方黄热病肆虐，她的丈夫和孩子都死于那场流行病。我看到过赫伯龙的死亡证明书。这场悲剧令她对美国再无好感，她便返回英国，与她未出嫁的姑母一起生活，她们就居住在米德尔塞克斯的平纳尔。这里我还要说一点，她的丈夫给她留下了一笔丰厚的遗产，大约有4500英镑。她丈夫活着的时候用这笔资产投资，现在平均年利7厘。我遇见她时，她在平纳尔才住了6个月，我们倾心相爱，认识几个星期就结婚了。

图为离开罗得岛驶往美洲的大西方号远洋轮船。随着经济的不断发展，英国等国家与美国的联系也更加紧密，往来也更为方便，但当时只能选择乘船来往两地。

"我自己也经营蛇麻生意，每年收入约为七八百英镑，日子过得很宽裕。我们在诺伯里租了一幢年租金为80英镑的小别墅，房子也还不错。我们这个小地方虽然靠近城市，可是也别具浓厚的乡土风情。我们房子不远处有一家小旅店和两幢房屋，在我们门前那片田野的另一方还有一幢单独的小别墅。除了往车站去的半路上有房子，其他地方再无任何房子。我的工作具有季节性，我只有在特定的季节才进城去办事，可是在夏季我就很清闲了，根本不用进城。在我们的乡下别墅里，我和我的妻子自由自在地生活着，悠闲又快乐。可以说，在这件可恶的事情发生之前，我们的生活一片阳光，从来没有任何阴影。

"在我接着往下说之前，我还要告诉你一件事。我们结婚时，我妻子把她的全部财产都转到了我的名下。我原本不太愿意，我觉得万一哪天我的生意出现了问题，那情况就很难应付了。可是，她执意要这样做，我不好拒绝，只有照办了。大约6个星期以前，她突然来找我要钱。

"'杰克，'她说，'当初接受我的钱的时候，你说过什么时候我要用钱都可以问你要。'

"'对啊，'我说道，'那些钱本来就是你的嘛。'

"'嗯，'她说道，'那我要100英镑。'

"她的这个要求，让我感到很意外，原先我以为她不过是要买一件新衣服什么的。

"'这些钱准备做什么用啊？'我问道。

"'哦，'她用开玩笑的口吻说道，'你说过，你只是我的银行而已，要知道，银行可是从来不问人家取钱做什么用的。'

"'没问题，如果你当真需要，钱可以给你。'我说道。

"'啊，是的，我真的需要。'

"'你不想告诉我你要这笔钱有什么用吗？'

"'杰克，以后再说吧，现在不行。'

"我只好同意了。不过这事以前从来没过，可以说，这是我们两人之间的第一个秘密。我开了一张支票给她，也没有多想什么。虽然这件事和日后发生的事没有什么关系，我感觉还是提一提为好。

"对了，刚才我说过，离我们的房子不远有一幢小别墅。它和我们的房子只隔着一块空地，如果要到那边去，就得沿大道走过去，再转到一条小路上。小别墅附近有一片漂亮的苏格兰枞树林，平时没事时，我喜欢去那儿散步。那里的树木和空气总让我感觉到很舒服。那幢小别墅8个月来一直空着，这实在太可惜了。因为那座两层的小楼确实很漂亮，院子里还有一道充满古趣的游廊，四周种满了金银花。有很多次经过那儿时我都停下来想，如果住在这里面那该有多舒适啊。

"哎，就在上星期一傍晚，我沿着那条路散步时，看到一辆空篷车从对面开出来，同时别墅游廊旁边的草地上堆着地毯，还有其他一些杂物。显然，这幢小别墅终于有人入住了。我走到那里，像一个无所事事的闲人一样停下来东张西望，想看看住得离

图为一处英国豪华别墅。这座 18 世纪的建筑拥有马厩、露天游泳池、果园、牧场、网球场以及多间卧房。当时有钱的英国人会买下这一类的别墅居住。

我们那么近的邻居究竟是什么人。可是就在这时，我突然注意到上面一扇窗户里有一个人也正在偷窥我。

"福尔摩斯先生，我当时看不清这张脸，可是，我脊梁上寒气直往上蹿，冷汗飕飕地就冒了出来。我站得离窗户有点远，怎么也看不清楚。不过这张脸极度不自然，而且看起来也不像是人类。这就是我的整体感觉。我快步走向前去，想把对方看得更清楚些。但我刚刚走近，那张脸突然消失了，好像一下子被房中的黑暗吞没了一样。我在那里停了足足有 5 分钟，一直在想这件事，从各个方面试着分析自己的印象。但从那张脸上看，我根本分不清是男是女，毕竟离得太远，我看不清楚。可是这张脸给我留下的印象十分深刻。它就像白垩土一样，颜色发灰、发青，而且僵硬，没有表情，别扭得吓人。我心里困惑不安，于是决定去拜访一下这所房子的新住户。我上前敲了敲门，门很快打开了，一个又高又瘦的女人出现在门口，这个女人面容丑陋，脸色阴沉。

"'你想干什么？'她操着生硬的北方口音问道。

"'我是你的邻居，就住在那边，'我边说边朝我住的地方点了点头，说道，'我看你们刚搬到这儿，我想知道，有没有需要帮忙的地方……'

"'喂，我们什么时候需要，自然会找你的。'她说完，径自关上了门。我遭受了这样不礼貌的拒绝，非常生气，就转身回家去了。整个晚上，虽然我竭力试着去想别的事，可是脑海里总摆脱不了窗口的那张怪脸，以及那个没有礼貌的女人。我决定向妻子隐瞒这件事，因为她是一个胆小怯弱，而又神经质的女人，我自己不愉快也就罢了，没有必要再让她跟着我多事。我只是在临睡前顺便提了一下，现在那幢小别墅已经有人入住了，她并没有多说什么。

"我这个人睡觉很死。家里人总笑我睡得香，没有什么东西能在夜里吵醒我。但那天晚上，不知道是这件事刺激了我，还是其他什么缘故，我无法像平时那样沉睡。我在半睡半醒中，迷迷糊糊地觉得房间内有动静，我慢慢意识到妻子已经穿好了衣服，还披上了斗篷，戴上了帽子。我言语不清地说了几句奇怪的话，大概是质问她怎么会有这种不适时的行为。当我蒙蒙眬眬的目光突然落到我妻子的脸上时，我惊异得竟然无法言语。她当时的表情，以前我从未见过，肯定也不是装出来的。烛光下，她脸色惨白，呼吸急促，一边系斗篷一边偷偷地望着床上，看是否吵醒了我。认定我还在熟睡后，她悄无声息地溜出了房间，不一会儿，就传来了一阵刺耳的咯吱声，那只能是关闭大门时大门合页发出的声音。我翻身从床上坐起，用手在床栏上敲了敲，以确定我是真的醒着。然后我从枕下拿出表，当时是凌晨 3 点钟。夜里 3 点钟我妻子还要往外面跑，她到底要干什么呢？

"我坐了大概有 20 分钟之久，满脑子想的都是这件事，我试着寻找一些合理的原因。可越想越觉得不可思议。就在我绞尽脑汁，苦苦思索时听到门又被轻轻关上了，接着就是我妻子上楼的脚步声。

"'你刚才去哪儿了，艾菲？'她刚进房间，我就问道。

"我的问题让她大吃一惊，她突然发出了一声尖叫。这一惊一叫比任何事情都让我难受，因为这声音里分明含有难以言喻的愧疚之情。我妻子一向忠诚坦白，而现在她偷偷溜进自己的房间，丈夫跟她说句话都能让她这样不安，以至于吓得叫出声来，顿时，我心中阵阵发凉。

"'你睡醒了，杰克！'她惊慌失措，勉强笑着说道，'怎么回事，我还以为没有什么能吵醒你呢。'

"'刚才你到哪里去了？'我严肃地问道。

"烛光下，她脸色惨白，呼吸急促，一边系斗篷一边偷偷地望着床上，看是否吵醒了我。"

"'难怪你那么惊讶，'她说。我清楚地看到，她在解斗篷上的纽扣时手指一直在发抖。'哦，以前我从没有这样做过。实际上是这样的，我感觉闷得透不过气来，特别想呼吸一下新鲜空气。如果不去屋子外面走走，我恐怕早就晕倒了。我在外面站了几分钟，现在感觉好多了。'

　　"她说出这些话，向我解释的时候，始终不敢正视我，她说话的语调与平时也大不相同。我知道，她说的这些话都是谎言。我感到非常伤心，不再理她，转过脸去，面对着墙壁，我心中有着成千上万种怀疑、猜忌与怨恨。我妻子究竟对我隐瞒了什么？她夜间外出到底去了哪儿？我知道，除非将事情查个水落石出，否则我永远不会安宁。奇怪的是，在她第一次向我撒过谎之后，我再也不想多问她一句。那一夜我辗转反侧，很难入睡，思来想去，越发不得要领。

　　"第二天我本应到城里去打理生意，但我心中烦乱不堪，也顾不得那么多了。我妻子好像也和我一样坐立不安。她老是用眼睛偷偷看我，她的眼光中充满了疑虑，她知道我根本不相信她的解释，她也是六神无主，拿不定主意。早餐时我俩一句话都没有说，吃完饭我立即出去散步，以便在早晨新鲜的空气中把这件事好好琢磨一下。

　　"我一直走到克里斯特尔宫，在那里耗费了一个小时，回到诺伯里时已经一点了。正巧回来的路要经过那幢小别墅，在小别墅前，我停下来望望窗户，看看是否能看到昨天见过的那张怪脸。福尔摩斯先生，你无法想象我有多么惊奇，因为就在那时，小别墅的门突然打开了，我妻子从里面走了出来。

　　"看到是她，我惊呆在那里，当我们的目光相遇时，我惊奇地发现，我妻子居然比我还要激动。一开始，她似乎想缩回到屋子里去。后来，她看到再隐藏也于事无补，便朝我走过来，她脸色苍白，目光惊恐不安，她嘴角勉强挤出的那几丝微笑，根本无法掩饰她的慌张。

　　"'啊，杰克，'她说道，'我刚过来看看能否为咱们的新邻居做点什么。你为什么这样看着我？杰克，你不会是生气了吧？'

　　"'看来，'我说道，'你昨夜就是到这儿来了。'

　　"'你这样说什么意思？'她叫了起来。

　　"'我敢肯定，你昨夜来过这里。这都是些什么人，竟然用得着你深更半夜来拜访他们？'

　　"'我以前没有来过这儿。'

　　"'你竟然对我撒谎？'我高声叫道，'你说话时腔调都变了。我什么时候对你有过秘密？我现在就进去把事情弄个清清楚楚。'

"'哦，不，不，杰克，看在上帝的分上！不要进去。'她激动得无法自已，喘着气叫道。我朝门口冲去时，她一把抓住我的衣袖，拼尽全身力气把我往回拉。

"'我求求你别这样，杰克，'她高声喊道，'我发誓改天把所有的事情都告诉你，如果你现在进去，只会把事情弄得越来越糟。'我试着摆脱她，但她双手牢牢抓住我，发疯一样地哀求祷告着。

"'你要相信我，杰克！'她哭喊道，'就这一次好吗，你绝对不会后悔的。要知道，如果不是为了你好，我绝不会对你保留什么秘密。这关系到咱们的全部。如果你和我一起回家，一切都会好起来的，如果你非要进去，那么我们之间的一切都结束了。'

"她的表情和言语那么诚恳，又那么绝望，她的话打动了我，于是我站在门前，犹豫不决。

"'我可以相信你，但有一个条件，也就只有一个条件，'我最后说道，'那就是，从今天起，这种秘密活动到此为止。你可以保留你的秘密，可是你得答应我，晚上不能再出来，不再瞒着我做什么事情。如果你答应我不再有同样的事发生，我就不再追究过去的一切。'

"'我知道你肯定会相信我，'她长长地松了一口气，大声说，'我完全听从你的意愿。啊，咱们走吧，离开这儿，回家吧。'

"她仍然紧拽着我的衣袖，引我离开了小别墅，我走时向后看了一眼，看到上次见到的那张铅灰色的脸又出现在窗户上，正在向我们张望。这个怪人和我妻子究竟有什么关系呢？还有昨天我见过的那个粗鲁的女人与她又有什么关系呢？这真是一个耐人寻味的谜题。我知道在找到答案之前，我的心情永远无法保持平静。

"此后两天，我一直在家待着，我妻子信守我和她的约定，据我所知，在此期间她从未迈出家门一步。可是，在第三天，我有充分的证据证明，尽管她信誓旦旦，可是毫无用处，那个秘密拥有一股让她无法摆脱的神奇吸引力，最终让她做出背叛她的丈夫和她的誓言的举动。

"那一天我进城去料理生意，往常我回家总是搭乘3点36分的火车，但是，那天我改乘2点40的火车提前返回。我刚进家门，女仆就惊慌失措地跑进客厅。

"'太太呢？'我问她。

"'去外面散步了。'她回答。

"我心中顿时起了怀疑，我快速上了楼，想看看她是否真的不在家。我不经意间向窗外望去，看见了这样一幕，刚才和我说话的那个女仆正飞快地穿过田野朝着小别墅的方向跑去。我心里立马明白——我妻子又去了那里，她一定还吩咐过女仆，如果我回来，要赶快去通知她。我怒上心头，颤抖着跑下楼来，冲出家门，决定把这件事来个彻底了断。我看到我妻子和女仆沿着小路急急忙忙往家赶，但我没有停下来和她们说话。这幢小别墅里藏有秘密，使我的生活蒙上了一层阴影，我发誓，无论如何，今天非揭开它的谜底不可。我来到那所房子前，门都没敲一下，直接转动把手，冲进了过道。

"楼里静悄悄的。厨房里的炉灶上，一只水壶正'嘶嘶'作响。一只大黑猫盘蜷缩在一个篮里。以前我看到的那个女人已消失得无影无踪。我跑进另一个房间，里面还是没有人。我跑到楼上，另外两个房间也是空的。整个别墅竟然空无一人。别墅内的家具陈设和装饰用的挂画极为寻常、粗俗，只有一个房间雅致舒适，与众不同，就是我从窗户看到怪脸的那个房间。当我在壁炉台上发现我妻子的一张全身照时，我心中的全部疑惑顿时变成了满腔怒火，那张照片是3个月前我让她拍的。

"我在别墅里待了好大一会儿，确认整个别墅确实无人之后，才怀着前所未有的沉重的心情离开了。我回到家中，我妻子来到客厅迎接我，我伤心不已，异常恼怒，因此不愿和她多说什么，我从她身旁冲进书房中。我还未来得及把门关上，她紧跟在我身后挤了进来。

"'真的很抱歉，我没有坚守自己的诺言，杰克，'她说道，'不过，要是你知道全部情况，我相信你一定会原谅我的。'

"'那就把所有的事情都告诉我吧。'我说道。

"'我不能，杰克，我不能。'她喊道。

"'如果你不告诉我谁住在那幢别墅里，你把相片送给了什么人，咱们可能无法互相信任了。'我说完后，就丢下了她，走出了家门。那是昨天发生的事，福尔摩斯先生，从那以后我们就没有见过面。关于那件奇怪的事，我知道的也仅限于此。这是我们夫妻之间第一次出现芥蒂。我又惊讶、又气愤，不知道怎么办才好。今天早上我突然想到你，也许你能给我一些合理的建议，所以我就急忙赶到你这里来了，我的一切都拜托你了。如果这里面有哪些地方我没有讲清楚，你尽管问我好了。不过，请赶快告诉我该怎么办，我实在是无法忍受这样的折磨。"

他的这段不寻常的讲述，我和福尔摩斯全神贯注地听完。这个人的情绪还是非常激动，因为他的故事讲得有些凌乱，还不太连贯。我的伙伴手托下巴，沉默地坐在那里，陷入了沉思。

"告诉我，"他终于打破沉默问道，"你能肯定你在窗户上看到的怪脸是一张男人的脸吗？"

"'如果你不告诉我谁住在那幢别墅里，你把相片送给了什么人，咱们可能无法互相信任了。'我说完后，就丢下了她，走出了家门。"

"每次我看到它时，距离都很远，因此我不敢肯定。"

"但显然这张脸给你留下的印象很糟糕。"

"它看起来颜色极不自然，而且没有表情。我一走近，它就立即消失了。"

"你妻子问你要 100 英镑，已有多长时间了？"

"将近两个月了。"

"她前夫的照片你有没有见过？"

"没有，在他死后不久，那里发生了一场大火，烧掉了她所有的文件。"

"她不是有一张死亡证明吗，你说你看到过，是吧？"

"是啊，那场火灾过后，她又要了一份副本。"

"你有没有遇到过在美国认识她的人？"

"没有。"

"或者，接到过那里的来信？"

"没有。"

"谢谢你。这件事，我需要再好好想一下。如果小别墅里现在还没有人，我们查起来可能会有些困难。不过，事情多半是这样，昨天你闯进去之前，里面的人得到消息，他们提前躲了起来，现在可能又回去了，这样我们很容易弄个明白。我建议你先回诺伯里，注意观察那幢小别墅的窗户。如果能肯定里面有人住着，你不要硬闯，先给我和我的朋友拍一份电报。我们收到电报后，一小时之内就会赶过去，这件事很快就会真相大白。"

"如果那别墅现在还空着怎么办？"

"如果这样，我明天就过去，咱们到时再做商议，再见。对了，最重要的就是，没有查明原因之前，你不要再自寻烦恼了。"

"我感觉这件事有些蹊跷，华生，"我的朋友把格兰特·芒罗先生送到门口，回来后说，"你有什么看法？"

"这件事很棘手。"我回答道。

"正是，我要是没猜错的话，这应该是一桩敲诈勒索案。"

"那么是谁在敲诈呢？"

"哦，肯定是住在那个舒适的房间里、把她的照片挂到壁炉上的那个家伙啊。华生，绝对是这样，窗户里的那张怪脸确实值得关注啊，不管怎样，我绝不愿意错过这个案子。"

"你已经作出推论了吗？"

"嗯，这个推论只是暂时的。要是这个推论不正确的话，那未免太使我感到意外了。我认为住在小别墅中的那个人，就是那女人的前夫。"

"你怎么会这样想呢？"

"不然的话，她为什么那样惶恐不安，而且还坚决不让现在的丈夫进去？依我看来，事实应该是这样：这个女人在美国结了婚，她前夫染上了什么不良的恶习，或者染上了什么令人讨厌的恶性疾病，遭到别人遗弃或者变成低能之人。结果她成功离开他，返回英国，更名改姓，想重新开始自己的生活。她伪造了一张死亡证明并将它拿给现在的丈夫看。现在她结婚已经3年了，她认为自己已经相当安全了。可是她的前夫突然发现了她的踪迹，或者我们可以设想，某个与那名残病者有瓜葛的狡诈女人发现了她。于是他们写信给这个妻子，威胁说要找上门来拆穿她。她便向丈夫要了100英镑来打发他们。可他们不甘心，最后还是来了。当丈夫向妻子提起别墅有人入住时，她马上明白这些人已经追踪到家门口了。她等丈夫熟睡后，跑出去设法说服让他们别再给她添麻烦。这一次收效甚微，第二天早晨她只好再次前往，于是就像她丈夫跟我们说过的那样，出来时她正好撞见了他，她只好承诺不再去那里。但摆脱这些可怕邻居的愿望实在是太强烈了，两天过后，她再次进行了尝试。这次她去的时候，还带去那张照片。就在她们商谈之时，女仆跑来报告说主人已经回来了。她料定丈夫必然会直奔别墅探个究竟，于是就让别墅里的人从后门溜出，躲到附近的枞树林中去了。所以，他在那里一个人影都没找到。不过今晚他再去看时，如果别墅还空着那才让人奇怪呢。你觉得我的推论怎么样？"

"这纯属猜测。"

"但它至少与所有事实没有冲突。如果到时再有新的发现，我们重新考虑也不算晚。在那位朋友从诺伯里没有给我们传来消息之前，我们只好耐心等待了。"

其实我们并没有等多长时间。我们刚用完茶点，电报就到了。电报内容：别墅仍有人居住。又见到了窗户里的那张怪脸。乘坐7点钟那班火车过来，等你前来处理一切。

我们走下火车时，他果然在月台上等候，灯光下，我们看到他脸色苍白、焦虑不安，激动得浑身颤抖。

"他们还在那儿，福尔摩斯先生，"他紧拉着我朋友的衣袖说，"我刚才过来时，看到别墅里亮着灯。现在是彻底解决它的时候了。"

"那你打算怎么办呢？"我们走在幽静、黑暗的树荫道上，福尔摩斯问他。

"我打算直接冲进去，好好瞧瞧到底谁住在那所房子里。我希望你们两位在场，能给我做个见证。"

"你妻子说过最好不要揭开这个谜底，你决定不计后果非要这么做吗？"

"对，我已经决定了。"

"好，我想你是对的。没完没了地怀疑也不能解决问题，查明真相要比那样好很多。我们最好立刻就去。当然，从法律上说，我们这样做是不应该的。不过我想这也很有必要。"

那天晚上，天色异常昏暗，我们从公路转进一条狭窄的小路，路两旁树篱夹道，灌木丛生，这时，天上又下起毛毛细雨，格兰特·芒罗先生急不可耐，奔在前面，我们也跟跟跄跄地跟在他身后跑着。

"那边亮着灯的屋子是我家，"他又用手指着幽暗的树丛中闪现出来的灯光，低声说，"这就是我要进去的小别墅。"

说话间，我们已走到小路的拐

图为柯南·道尔故居。位于英格兰萨里郡，建于1897年，由柯南·道尔亲自设计，从1897年到1907年他都居住在这里，并完成了13篇福尔摩斯侦探故事。

弯处，那所楼房离我们非常近了。门前地上投射出一抹昏黄的灯光，显然大门只是虚掩着，并没有关上，楼上的一扇窗户里，灯光明亮。我们放眼望去，只见一个黑影恰好从窗帘上一闪而过。

"就是那个怪物！"格兰特·芒罗叫道，"你们也看到了，现在里面有人。快跟我来，我们马上就可以把事情弄个水落石出了。"

我们走近大门，突然有个女人从黑影中走了出来，站立在大门前那金黄色的灯光里。黑暗中我看不清楚她的脸，只见她双臂高举作恳求状。

"看在上帝的分上，别这样！杰克，"她大叫道，"我预料你今晚一定会来。亲爱的，请你冷静一下！再相信我一次，你绝不会后悔的。"

"艾菲，我已经相信你太久了，"他厉声叫道，"放开我！让我进去。我的朋友和我要把这件事做个了断！"他将她推到一旁，我们紧随其后走了进去。他刚推开门，一个老妇人冲到他跟前，企图拦住他的去路，他一把推开了她，我们很快就冲到了楼上。格兰特·芒罗跑进那个亮着灯光的房间，我们随后跟了进去。

这是一个温暖舒适、布置精致的卧室，桌上点着两支蜡烛，壁炉架上也点着两支。房间一角还有一张桌子，好像有个小女孩正俯身坐在那里。我们刚一进门，她就背过脸去，我们只看见她穿着一件红色外套，戴着一双长长的白手套。她突然转过身来看着我们，我当下被吓得一声惊叫。她的脸正对着我们，呈现出极为怪异的铅灰色，而且死气沉沉，完全没有表情。刹那间，谜底很快就被福尔摩斯揭开了。他笑了笑，伸手到这孩子耳后，从她脸上揭下来一个假面具，原来那是一个极黑的黑人小女孩，我们目瞪口呆的表情，让她乐得露出了一排闪亮的白牙齿。而她那好玩的样子，又让我忍不住大笑起来。可是格兰特·芒罗用手按着自己的喉咙，站在那里傻傻地呆望着。

"上帝啊！"他大声喊道，"这究竟是怎么回事？"

"我来告诉你怎么回事，"他妻子坚毅稳定地走了进来，她自豪地扫了我们一眼，说道，"你不顾我的感受，逼我说出实情，那么现在咱们必须寻找一个最好的解决方法了。我前夫死在亚特兰大，但是孩子活了下来。"

"你的孩子？"

她从胸口取出一个银盒。"你从没见我打开过它吧。"

"我以为那不能打开呢。"

她按了一下弹簧，盒盖应声开启。里面有一张男人的照片，那个人容貌出众，看起来英俊而有智慧，但他的面貌带有明显的非洲特征。

"这就是亚特兰大的约翰·赫伯龙，"夫人说道，"他品格高尚，这个世界上根本无人可比。我为了跟他结婚不惜与同族人断绝了关系，不过在他生前我从来都没有后悔过。遗憾的是，我们唯一的孩子继承了他的种族特征，而不是我的。因为不同种族的人通婚，这种情形时有发生。小露茜比她的父亲还要黑。不管肤色如何，她都是我的亲生骨肉，是我最亲爱的小女儿，是妈妈的心肝宝贝。"那小家伙听到这些话，直奔过来偎依在母亲怀里。"因为她身体不甚健康，换了地方可能会水土不服，所以我才把她托付给我们以前的仆人，由那个忠诚善良的苏格兰女人来照顾她。我从来没有考虑过要遗弃自己的孩子，可是，后来我遇到了你，杰克，我太爱你了，因此我不敢把我有小孩的事告诉你，上帝原谅我，因为怕失去你，所以我没有勇气说出真相。我只有在你们二人中作出选择，我的懦弱让我选择了你，我只得舍弃我的小女儿。这件事我瞒了你3年，可是我一直可以从保姆那里得到消息，知道她一切安好。但是，我终于忍不住还是想见见自己的孩子。我竭力劝说自己打消这个念头，可是我办不到。我知道这样做有危险，但还是决定让孩子过来，哪怕就几个星期也好。于是我将那100英镑寄给了保姆，告诉她我们附近有幢小别墅，她可以过来住，和咱们做邻居，那样也不至于暴露关系。我还考虑了很多，甚至嘱咐她白天要把孩子关在屋里，并且掩盖住孩子的小手和小脸，那样的话，就算有人从窗外看到她，也不会乱说闲话，说这里有一个小黑人。如果我不这样处处小心，也许就不会弄巧成拙了。因为我怕被你识破真相，谁知结果我头脑发昏，反而破绽百出。

"是你先告诉我这幢小别墅有人来住了，我本来应该等到早晨才是，可是我激动得难以入睡，就想出去看看，我知道你不容易吵醒，所以夜里就溜了出来。谁知道偏偏被你看到了，于是麻烦就开始了。第二天你又撞见了我，好在你宽宏大量，没有追究。3天以后，你从前门闯入时，保姆和孩子从后门避开了。今天晚上你终于知道了一切，我想问一下，你打算如何处理我和我女儿呢？"她说完话，握紧双手，静候他的回答。

长长的十几分钟过后，格兰特·芒罗先生打破了沉默。他的回答令人宽慰。他伸手抱起那个孩子，吻吻她，然后，伸出另一只手挽住他的妻子，转身朝门口走去。

"咱们回家吧，那些事可以慢慢商议，"他说，"我虽然不是十全十美，艾菲，可是比你想象的要好一点。"

福尔摩斯和我跟在他的身后，走上那条小路，刚走出小路，我的朋友拉了一下我的衣袖。

"我认为，"他说道，"我们应该回伦敦去了，这要比留在诺伯里更有价值。"

那天夜里，关于这个案子他再也没有提一个字，直到他最后点亮一支蜡烛，准备回卧室时才说：

"华生，如果以后你感觉我对自己的能力过于自信，或者处理案子的时候过于草率，请记得在我耳旁轻轻说一声'诺伯里'，那我一定会不胜感激。"

他伸手抱起那个孩子，吻吻她，然后，伸出另一只手挽住他的妻子，转身朝门口走去。

证券交易所的书记员

　　婚后不久，我就在帕丁顿区买了一个诊所，它过去的主人是老法夸尔先生。有段时间他将自己的诊所经营得红红火火，可是他年事已高，加上无法摆脱圣维特斯舞蹈病的折磨，他的门诊也就逐渐冷落下来。因为，人们自然而然都会有这样的看法，那就是：只有自身健康的医生，才能医好病人，如果连自己身上的毛病都无法医治，那他的医术可就值得怀疑了。所以，这位老前辈的收入就随着他身体的日渐虚弱而减少，我从他手中买下这个诊所时，他的年收入已经由以前的 1200 英镑滑落到现在的 300 多英镑了。不过，我有信心，我年富力强、精力旺盛，不出几年，这个诊所一定还会东山再起，恢复往日兴旺发达的景象。

　　诊所开业后的 3 个月，我医务繁忙，一直埋头工作，因此与我的朋友夏洛克·福尔摩斯很少会面。我忙得根本没空去贝克街，而福尔摩斯本人，除非办案需要，一向很少在外走动。6 月的一个清晨，吃完早餐，我正坐着阅读《英国医务杂志》，忽然听到门铃声响起来，接着我那老朋友高亢而刺耳的声音就传了过来，实在令我惊奇不已。

　　"啊，亲爱的华生，"福尔摩斯边说边大步流星地走进了房间，"见到你我很高兴！《四个签名》案件使尊夫人受了惊扰，相信她现在已完全康复了吧。"

　　"谢谢你，我们两个人都很好。"我热情地握着他的手说。

　　"而且我希望，"他坐到摇椅上，说道，"繁忙的诊所医务，没有让你对案件推理的兴趣消退吧。"

　　"正好相反，"我回答道，"昨天夜晚我还把原来的笔记都看了一遍，并把我们的破案记录分析归类了呢。"

"你不会认为资料搜集工作可以就此罢手了吧。"

"根本不会。我巴不得它们更多一些呢！"

"那么，今天就出去一趟怎么样。"

"好啊，只要你愿意。"

"远行去伯明翰，有问题吗？"

"可以，没问题。"

"那你的诊所怎么办？"

"我邻居出门时我替他接诊。他始终想还我这份人情。"

"啊！好极了！"福尔摩斯背靠着椅子，眯着眼睛盯着我说，"我发现你最近身体不大好，夏天感冒真是够烦人的。"

"我上星期得了重感冒，整整在家待了3天。可是，我感觉我现在已经完全康复了。"

"不错，你现在看起来是很精神。"

"哦，你怎么知道我感冒过呢？"

"亲爱的伙计，我的方法你应该知道的。"

"想必，又离不开你的推理法了。"

"那是当然。"

"从哪儿说起呢？"

"你的拖鞋。"

我低下头，看了看套在脚上的那双漆皮新拖鞋。"你究竟如何……"我问道，可是福尔摩斯打断了我的话。

"你的拖鞋是新的，"他说道，"刚买回来几个星期。可是朝我这边翘起的鞋底上已有烧焦的痕迹。原先我以为是鞋子弄湿了，放在火上烘干时烧焦的，可是鞋面上有个写有代号的圆纸片，那是商店的商标纸。如果鞋子沾过水，这写有代号的纸片早掉了。所以鞋底只能是你在炉子旁烤火时烤焦的。一个人要是没灾没病，哪怕是在这样潮湿的6月天里，也不会坐在炉子旁去烤火啊。"

如同福尔摩斯的所有推理一样，一旦经过解释，事情看起来就非常简单。他从我的表情看出了我心内所想，笑了起来，但那微笑却带有嘲讽的意思。

"恐怕我这么一说，就没有秘密可言了，"他说道，"只说结果不说原因应该更好些，那样可以让人记忆深刻。现在，你做好去伯明翰的准备了吗？"

"当然了。这是什么案子？"

"到火车上我会把一切都告诉你。我的委托人就等在外面那辆四轮马车上。你能立即动身吗？"

"请等一等。"我草草给邻居写了一张便条，又跑上楼向妻子简单交代了一下，在门外的台阶上跟上了福尔摩斯。

"你的邻居是医生？"福尔摩斯说着，朝隔壁门上的黄铜门牌点了点头。

"对，跟我一样买下一家诊所。"

"这个诊疗所有些年头了？"

"同我的一样，房子刚建好，两家诊疗所就开业了。"

"哦，你这边的生意要相对好些了。"

"我也是这样认为的。你怎么知道的？"

"看看那些台阶，我的朋友。你门口的台阶与那边的相比，低了3英寸，显然是被磨薄的。马车里的这位就是我的委托人霍尔·派克罗夫特先生。现在我来介绍你们认识。喂，车夫，让马跑快点，时间太紧了，我们得去赶火车。"

与我面对而坐的派克罗夫特先生，是一个身材高大、气度不凡的年轻人，看起来坦率、真诚，他蓄有微微卷曲的黄胡须，头戴一顶闪亮的丝织礼帽，身穿整洁朴素的黑色套装，一眼就可以看出，他属于那种精明能干的伦敦青年。外人称他们为"伦敦佬"（指居住在伦敦平民区的人）。英国最骁勇善战、声名远扬的义勇军团，就是由他们这类人组成的。在英伦三岛，这类人中涌现出的杰出的体育家和运动员远多于其他阶层。他那红润的脸庞自然地流露出欢乐的神情，可是他下垂的嘴角，让我感觉到他身上带有一种莫名其妙的悲哀。然而，直到我们登上了去伯明翰的火车，在头等车厢里就座之后，我才知道他遇到了什么麻烦事。他来找夏洛克·福尔摩斯，正为此事。

"我们的火车旅程长达70分钟，"福尔摩斯说道，"霍

与我面对而坐的派克罗夫特先生，是一个身材高大、气度不凡的年轻人，看起来坦率、真诚，他蓄有微微卷曲的黄胡须，头戴一顶闪亮的丝织礼帽，身穿整洁朴素的黑色套装，一眼就可以看出，他属于那种精明能干的伦敦青年。

尔·派克罗夫特先生，麻烦你把给我讲过的那些有意思的经历，再原原本本地给我的朋友讲述一遍，越详细越好。多听一遍对我也有好处。华生，这件案子大有文章，也可能什么都没有。不过，它异乎寻常，又荒诞不经，至少你我都很喜爱这一点，现在，派克罗夫特先生，请开始吧。"

我们的年轻旅伴看着我，双目炯炯有神。"这事情最糟糕的是，"他说道，"我感觉自己好像被人耍了，但是，看起来好像又没有那回事，我也没觉察出哪儿上当了。如果我真的拼着饭碗换来的是一场空，那么我可算是笨到家了。华生先生，我不善于讲故事，事情大致是这样的：

"我以前在德雷珀广场旁的考克森和伍德豪斯商行工作，可是今年春天刚开始，商行就卷入了委内瑞拉公债券案，以至于一败涂地，这件事你们应该都还记得。商行破产了，包括我在内的 27 名职员理所当然全被辞退了。我在那里工作了 5 年，老考克森给了我一份推荐信，当然，评价很高。我东奔西跑地找工作，可是与我情形相同的人很多，很长一段时间，我到处吃闭门羹。我在考克森商行工作时，每星期有 3 英镑的薪酬，我积攒了大约 70 英镑，可是，这点积蓄很快就用光了。我一筹莫展，沦落到了山穷水尽的地步，甚至连回复求职广告的信封和邮票都支付不起。我去过无数家公司、商店，靴子都磨破了，可是工作的事仍然没有着落。

"终于有一天，我听说龙巴德街的一家大证券行——莫森和威廉斯商行有个空缺。冒昧地说一句，伦敦东部中央邮政区的情况你可能不大熟悉，可是我可以告诉你，它应该是伦敦财力最为雄厚的商行。那家公司只接受信函应征，我把自己的推荐信和申请信都寄了过去，我感觉机会渺茫，也就没抱多大希望。不料却收到了回信，他们说，如果我下星期一过去，只要我的外表能令他们满意的话，我就可以得到那份工作。没人知道这究竟是怎么一回事。有人说经理只是把手伸到那堆申请书里，随便抽了一份。不管怎样，这次我确实很幸运，我从来都没有那样开心过。薪水起初是一星期 1 英镑，工作几乎与我在考克森商行一样。

"下面我要说的，就是这件事的古怪之处了。我住在汉普斯特德街附近，波特巷 17 号。没错，就在我收到聘用通知的那天晚上，我坐在家里吸烟，房东太太走进屋来，手里拿着一张名片，名片上面印着'财政经理人阿瑟·平纳'。我以前从来没有听说过这个人，更想不明白他找我有什么事，可是，我还是让房东太太把他请了进来。来人中等身材，头发、眼睛、胡须都是黑色的，鼻头发亮。他走路时步伐轻快，说话时语速很快，好像是一个惜时如金的人。

"'相信你就是霍尔·派克罗夫特先生吧？'他问道。

"'正是，先生。'我说着，拉过来一把椅子，让他坐下。

"'你以前是在考克森和伍德豪斯商行做事吗？'

"'是的，先生。'

"'是莫森商行新录用的职员吗？'

"'正是。'

"'嗯，'他说道，'事情是这样的，听说你在理财方面能力突出，有过优异的成绩。你记得考克森的经理帕克吧，一提起你他就赞不绝口。'

"他这样说，我当然很高兴。我对工作一向认真负责，但是我做梦也没想到，伦敦城里竟然有人这样评价我。

"'你的记忆力怎么样？'他说道。

"'还不错。'我谦虚地回答。

"'你离职以后，对市场行情还熟悉吗？'他问道。

"'是的。我每天早上都留意看证券交易所的牌价表。'

"'真是一个有心人啊！'他大声说，'这才是生财有道呢！你不反对我来考你一下吧？请问埃尔郡股票牌价是多少？'

"'106.5 ~ 107.175 英镑。'

"'不错，新西兰统一公债呢？'

"'104 英镑。'

"'好，英国布罗肯·希尔恩股票呢？'

"'7~7.6 英镑。'

"'好极了！'他举起双手大声欢呼，'与我听到的完全相符，你果然厉害。我的朋友，去莫森商行去当一个书记员，简直太委屈你了！'

"你可以想象，他这副狂喜的模样，怎能不让我感到惊奇呢。'啊，'我说道，'别人可不像你这样高看我，平纳先生。我找到这份工作很不容易，我已经很满足了。'

"'不能这样说，先生，你应该出人头地，你干这事简直是大材小用。我要告诉你，我很欣赏你的才能。我提供给你的工作和薪水，与你的才干相比是不高，但和莫森商行相比，那就差别大了。跟我说一下，你什么时候去莫森商行上班？'

"'下个星期一。'

"'啊哈！我斗胆想跟你打个赌，你没有必要去那里上班。'

"'不去那里上班？'

"'对呀，先生。因为那一天，你就要成为法国中部五金有限公司的业务经理了，

在法国城乡各地，这家公司还拥有 134 家分公司，此外，它还有两家分公司，分别位于比利时的布鲁塞尔和意大利的圣雷莫。'

"我大吃一惊。'我从来没有听说过这个公司。'我说道。

"'你可以没听说过。公司一直在低调、平稳地运营，它的资金是向私人筹集的，生意好的没法说，根本不需要大肆宣扬。我哥哥哈里·平纳是公司创始人，现在已经是总经理，还进了董事会。他知道我在这里交友广泛，所以，要我替他物色一个精明干练，而薪俸要求不高的人，一个干劲足而又听从指挥的年轻人。帕克提到了你，于是今晚我才来这儿找你。开始时薪酬不高，一年 500 英镑。'

"'一年 500 英镑！'我叫了起来。

"'不过，这也仅仅是在开始的时候。除此之外，你的代销商完成的营业额，你都可以从中提取 1% 的佣金。说句实话，这笔收入应该高于你的薪水。'

"'可是我对五金生意一无所知啊。'

"'这有什么关系啊，我的朋友，你不是懂会计吗。'

"兴奋过度让我的脑袋嗡嗡作响，我坐立不稳，差点从椅子上滑下来。可是猛然间，疑问出现了。'我必须坦诚相告，'我说道，'莫森商行虽然一年才给我 200 英镑，可是莫森商行真实可靠。实话实说，我对你们的公司确实知之甚少……'

"'啊，聪明，有头脑！'他兴高采烈地大叫道，'你就是我们需要的人才。你有主见、有原则，这非常正确。你看，这有一张 100 英镑的钞票，如果你认为我们已经谈妥了，你现在就可以把它收起来了，就当是你预支的薪水。'

图为穿着非常讲究的绅士。在当时像大银行家、权贵以及有钱人等都对穿着非常讲究，出行还会配上帽子和手杖等物品。

"'太好了，'我说道，'我什么时候开始我的新工作呢？'

"'明天下午 1 点到伯明翰，'他说道，'我口袋里有张便条，你可以带上它去见我哥哥。这家公司的临时办公室在科波莱森街 126 号 B，你可以去那里找他。虽然我对你很满意，但是，你的任用还得经过他的认可。'

"'说真的，我都不知道该怎样感谢你才好，平纳先生。'我说道。

"'不用这样，我的朋友。这一切都是你应得的。可是有一两件小事，我们必须先安排好，很简单，不过是走走形式而已。你手边有一张纸，麻烦你在上面写上：我欣然同意出任法国中部五金有限公司的业务经理，年薪至少 500 英镑。'

"我照他所说的写好，然后他把那张纸放进口袋里。

"'还有一个小问题，'他说道，'莫森商行方面你怎么处理呢？'

"我兴奋过头以至于把这个事忘了个干净。'我写封信给他们，直接辞职好了。'我说道。

"'恰恰相反，我不希望你这么做。因为你，我和莫森商行的经理起了争执，我去向他打听你的事，他很没教养地责骂我把你从他们商行挖走。我实在是忍无可忍，就对他说：'如果要用能力出众的人，那你就应当拿出丰厚的报酬。'他说：'他宁肯拿我们的低薪，也不会拿你们的高薪。'我说：'我和你赌5英镑，如果他接受我的工作，就不会再理会你们了。'他说：'可以！我们把他从下层贫民窟里救了出来，谅他也不敢说走就走。'他就是这么说的。

"'这个可恶的东西！'我说道，'我们根本没打过交道，我为什么非要替他着想呢？如果你不愿意我理他，那我当然不会写信给他了。'

"'那好！就这么定了，'他说着从椅子上站起来，'好，我真是太高兴了，能替我哥哥找到你这样的人才。这100英镑，是你的预支薪金，拿着这封信。请把地址记下来，科波莱森街126号B，请记好，约定的时间是明天下午1点钟。晚安，祝你好运！'

"以上这些，就是我记忆中的有关我们两人谈话的全部内容。华生医生，你可以想象，好运突然从天而降，我该是多么高兴。那天，直到半夜了我还没有睡觉，我为自己庆幸不已，第二天我一早就坐上了前往伯明翰的火车，因而赴约时间充裕。我在新大街找了一家旅店，安放好自己的行李，然后按他给我的地址找了过去。

"提前一刻钟我就到了那里，不过，我想这也没什么。126号B在一个狭窄的甬道内，它夹在两家大商店的中间，甬道尽头是一道曲折的石头阶梯，沿着阶梯上去有很多隔间，租给一些公司或自由职业者做办公室用。业主的名字都写在墙壁上，却没有法国中部五金有限公司的名字。我站在那里惶恐不安，怀疑整个事件是不是一场恶意设计的骗局，这时一个人走上前来跟我说话，他与昨晚我见到的那个人长得很像，尤其是身形和嗓音，简直是一模一样，但是，他的胡子刮得很干净，头发颜色稍微有点浅。

"'你可是霍尔·派克罗夫特先生？'他问道。

"'是的。'我说道。

"'嗯！等的就是你，但是你比约定的时间来得早了一些。今天早上，我兄弟给我来了一封信，他在信上夸奖了你一番。'

"'我正在找你们的办公室。'

"'我们公司的牌子还没来得及挂上去，因为我们也是上个星期刚到这儿，租了这几间临时办公室。跟我来，我们来谈谈你工作的事。'

"我跟着他走到楼梯顶端，就在顶层石板瓦下面，有两个空空荡荡、满是灰尘的小房间，没有挂窗帘，也没有铺地毯，他领我走了进去。我原以为它就像我常见的办公室那样，宽敞舒适，窗明几净，齐刷刷地坐着很多的职员。可是我看到屋里除了两把松木椅和一张小桌子，加上桌子上的一个账簿，还有一个废纸篓，就没有其他东西了。

　　"'别泄气啊，派克罗夫特先生，'那个刚认识的人看见我不高兴地苦着脸，便说道，'罗马也不是一天就能建成的，虽然我们资金充足，但是从不在办公室装饰上炫耀。你请坐，把你的推荐信拿给我看一下。'

　　"我把信交给他，他非常认真地看了一遍。

　　"'看来你给我弟弟阿瑟留下了一个好印象，'他说道，'我非常相信他的眼光。你知道吗，他特别信赖伦敦人，但是我喜欢伯明翰人，可是这回我乐意接受他的建议，你已被我们录用了。'

　　"'我做什么工作呢？'我问他。

　　"'你以后要经管巴黎的大仓库，负责为法国 134 家代售店输送英国制造的陶器。这批商品一星期内就可准备齐全，在这段时间内，你需要待在伯明翰做些有用的事。'

　　"'什么事？'

　　"他没有回答我，只是从桌子抽屉里取出一本大红册子来。

　　"'这是一本巴黎工商客户名录，'他说道，'每个人名后面都有行业名称。我想请你把这个册子带回家去，将五金商及他们的地址都摘抄下来。这对我们非常有用。'

　　"'好的，不过这里已经都做过分档归类了。'我提醒说。

　　"'那些表不大靠谱。他们的做法跟我们的不一样。抓紧时间抄吧，请在星期一12 点把名单准备好，到时候交给我。再见，派克罗夫特先生。如果你在工作上表现得热忱而有智慧，你尽管可以放心，公司不会亏待你的。'

　　"我把那本红册子夹在腋下，回了旅馆，心里很不是滋味。一方面，我的确是被他们正式聘用了，口袋里还装着 100 英镑；可是另一方面，那个办公室的模样，外面没有公司名字，作为一个企业，一眼就能让人看出很多问题，我雇主的经济情况，给我留下的印象很糟糕。

　　"但是，不管怎样，我手里已经拿到了钱，先把工作做起来再说，我开始坐到桌旁工作。整个星期日，我都在努力干工作，可是直到星期一我也只抄到字母 H。我便去了我的东家那边，还是在那间空荡荡的破屋子里找到了他。他告诉我可以继续抄到星期三，再去找他。可是到星期三我仍然没有弄完，于是我又埋头苦干到星期五——也就是昨天。我才带着抄好的东西，去找哈里·平纳先生。

"'非常感谢,'他说道,'我想我大概低估了这项任务的困难程度。这份名单对我来说,有很大的实用价值。'

"'我花费了很长时间。'我说道。

"'好吧,现在,'他说道,'我要你抄一份家具店的单子,因为这些家具店都卖瓷器。'

"'好的。'

"'明天晚上7点钟,你可以过来找我,告诉我情况进展如何。别太劳累了,工作之余,晚上可以去戴氏音乐厅消磨一两小时,这对你来说好处多多。'他说话时满面笑容,我一看到他张开的嘴,顿时心惊肉跳,因为他左上第二颗牙齿上,蹩脚地镶着一颗金牙。"

夏洛克·福尔摩斯搓着双手,兴奋不已,我则好奇地望着我们的委托人。

"你肯定感到很惊奇,华生医生。是这么一回事,"他说道,"我和伦敦那个家伙谈话时,听我说不去莫森商行上班了,他喜笑颜开,我无意中看到,他的第二个牙齿上也镶着金牙,跟这个一模一样。这两次我都看到金光在嘴里闪动,再加上这两人的声音、体形完全一样,只有胡须和头发有所不同,但是那些是可以用剃刀和假发来改装的。因此,我可以肯定,他们"兄弟俩"其实是同一个人。当然也许有人会说,两兄弟可能长得很像,但是,他们不可能以同样的方式镶了同一颗牙齿。

"他说话时满面笑容,我一看到他张开的嘴,顿时心惊肉跳,因为他左上第二颗牙齿上,蹩脚地镶着一颗金牙。"

他客气地把我送出门外,我走在街上,心中七上八下,不知道怎么办才好。回到旅馆,我把头伸进凉水盆里浸了浸,绞尽脑汁,苦苦思索。他为什么把我从伦敦哄骗到伯明翰来呢?他比我先来又有何目的?他又为什么给自己写信呢?总之,这些问题对我来说实在是太复杂了,无论如何,我也找不出一点头绪。后来我突然想到,这件事对我来说很复杂,但对夏洛克·福尔摩斯先生来说，可能只是小菜一碟。我于是搭夜车回到伦敦，今天一早就来拜访福尔摩斯先生，并请你们二位同我一起去伯明翰。"

这位证券交易所的书记员讲完他的离奇经历以后，我们沉默了好大一会儿。后来夏洛克·福尔摩斯瞥了我一眼，身子一仰，靠到座椅上，脸上带着满意而又想评论的表情，好像一位品尝家刚刚啜入一口美酒一样。

"很精彩，是吗？华生，"他说道，"这里面有很多非常有趣的地方。我想你肯定同意我的看法，我们不妨去法国中部五金有限公司的临时办公室，专程拜访一下阿瑟·平纳先生，对你我二人来说，这一次的经历肯定别有趣味。"

"可是，怎样上门比较合适呢？"我问道。

"啊，一点都不难，"霍尔·派克罗夫特兴奋地说，"我就说咱们是朋友，想在这里谋个差事，这样我带你们两个人去找总经理，不是再自然不过的事吗？"

"当然，就是啊，"福尔摩斯说道，"我愿意亲眼见见这位先生，看看他到底在玩什么鬼把戏，看我能否从中发现什么线索。我的朋友，你到底有什么本事啊，使他们那么看重你？或者可以……"他说到这里，开始咬起自己的指甲，望着窗外，若有所思，直到我们到达新大街，再没有听见他说一个字。

晚上7点钟，我们3个人来到科波莱森街这家公司的办公室所在地。

"来早了没任何用处，"霍尔·派克罗夫特说道，"显而易见，他到这里来只是为了与我碰面，除了他指定的那个时间外，这个房间总是空荡荡的，没有一个人。"

"这点值得深思。"福尔摩斯说。

"哎，听我说！"霍尔·派克罗夫特喊道，"走在我们前面的那个人就是他。"

他指着一个正慌忙奔走在街道另一侧的人说道。那个人矮小、黝黑、衣服考究，我们看到，他正奔向街对面一个叫卖晚报的小孩，只见他就在夹杂着马车和公共汽车的车流中横穿过大街，从那个孩子手中买了一份报纸，然后，握在手中走进一个门去。

"他去了那儿！"霍尔·派克罗夫特嚷道，"他进去的地方，就是那家公司的办公室。跟我来，我尽可能把事情安排得妥帖些。"

由他领着，我们爬了5层楼，来到一扇半开着的房门前，霍尔·派克罗夫特轻轻地在门上敲了一下，里面的人应声让我们进去。我们走了进去，这是一个没有摆设的空荡荡的房间，正如霍尔·派克罗夫特说过的那样。我们在街上见到的那个人，此时就坐在唯一的一张桌子旁，那张报纸就在他面前摆放着。他抬起头看我们时，我觉得，我还从来没见过如此悲戚的面孔，不只是悲痛，简直还带有濒临死亡的恐怖。他的额角不停地向外冒汗，面颊像鱼肚子一样的灰白，圆睁着双眼，绝望地盯着他的书记员，好像以前不认识一样，从我们的委托人脸上惊异的表情来看，他的雇主平时绝不是这个样子。

"你气色不大好！平纳先生。"霍尔说道。

"是的，我有点不舒服。"平纳答道，显然在竭力保持镇静，在说话前他舔了舔干燥的嘴唇，"与你同来这两位先生是什么人？"

"一位是伯蒙奇的哈里斯先生，另一位是普瑞斯先生，本地人，"霍尔机灵乖巧地说道，"他们二人都是我的朋友，也是很有能力的人，不过

图为福尔摩斯博物馆一角。客厅最内侧是一个壁炉，旁边则是书架，壁炉的另一端是福尔摩斯的实验台。实验台上方挂着华生在阿富汗参军时期军人装束的相片。

他们失业有一段时间了，他们希望你能在公司里给他们安排个差事。"

"这很容易！这很容易！"平纳先生强作笑容，大声说道，"好啊，我保证会尽力的。哈里斯先生，你想找哪方面的工作呢？"

"我是一名会计师。"福尔摩斯说道。

"啊，很好，我们正需要这方面的人。那么，普瑞斯先生，你呢？"

"书记员。"我说道。

"公司很有希望接纳你们，我们一有消息会马上通知你们。现在你们先回去吧，看上帝面上，让我一个人待一会儿！"

他说最后几句话时，声音特别大，好像他已经无法自制，彻底崩溃了一样。福尔摩斯和我对望了一眼，霍尔·派克罗夫特趋身向前，向桌前迈近一步。

"你忘了，平纳先生，我是按照约定来这里听取你的指示的。"他说道。

"当然没忘，派克罗夫特先生，没错，"对方用已恢复的比较冷静的语气说道，"你可以在这里等一下，你的朋友也可以与你一道等待，如果你们有足够耐心的话，3分钟过后我一定会来处理你们的事。"他很有礼貌地站起身，朝我们鞠了个躬，从屋子另一端的门走了出去，并随手把门关上了。

"现在怎么办？"福尔摩斯小声说，"他是不是打算逃走？"

"不可能的。"派克罗夫特答道。

"为什么？"

"因为那扇门通往一间内室。"

"那有出口吗？"

"没有。"

"里面可有家具？"

"昨天还空着呢。"

"那么他在里面究竟能做什么？这件事真是太蹊跷了，这个叫平纳的家伙是不是被吓疯了？什么事能让他害怕得浑身哆嗦呢？"

"莫非他怀疑我们是侦探。"我猜测。

"就是啊。"派克罗夫特大叫道。

福尔摩斯摇摇头。"他不是被我们吓成那样的，我们进屋时他脸色就白得很难看了，"福尔摩斯说道，"可能是……"突然，福尔摩斯的话被一阵砰砰的响声打断了，是从内室门那边传过来的。

"他干吗在里面敲门？"派克罗夫特喊道。

敲击之声又响了起来，而且比刚才声音更大。我们都不知道怎么回事，两眼紧盯那扇关着的门。我看了福尔摩斯一眼，见他面色严肃，身子十分激动地向前倾着。接着又传来一阵低低的喉头咕噜声，还有一阵咚咚的撞击木器的声音。福尔摩斯发疯一般，一个箭步窜了出去，猛推那扇门。可是门已从里面反锁了。我们也照他的样子一起用力去撞门。一个铰钉突然崩断，紧接着另一个也崩掉了。门砰然倒下。我们从门上踩过去，冲进内室，但是，里面却空无一人。

一时间，我们有点不知所措，可是只一会儿就发现，靠近我们进来的屋角还有一扇小门。福尔摩斯奔过去推开了门，一件外衣和背心胡乱扔在地板上，门后面，法国中部五金有限公司的总经理用自己裤子上的背带挂住脖子，自杀了。他双膝收起，那颗挂着的脑袋和身体形成一个可怕的角度，他的两只脚咚咚地踢在门上。原来，我们的谈话就是被这个声音打断的。我抱住他的腰部，将他举起来，从挂钩上松开绳子，福尔摩斯和派克罗夫特则解下了缠在他脖子上的那条松紧性很好的裤子吊带，那根带子已经陷进了他青紫色的皮肤里。我们把他抬到外间。他躺在那里，面无血色，模样吓人，紫黑色的嘴唇随着微弱的喘息翕动着，与5分钟以前的他判若两人。

"你看他还能活下来吗，华生？"福尔摩斯问道。

我俯下身检查他。他的脉搏微弱而且时续时断，可是呼吸却越来越长，渐渐趋于平顺，他的眼皮微微颤动，眼底露出一丝眼白。

"差一点就命丧黄泉了，"我说，"可是现在已经没有大碍了。把窗户打开，请把冷水瓶递给我，"我解开他的领扣，往他脸上洒了一些冷水，反复将他的双臂举起，直到他的呼吸变得长而连贯，恢复自然。"现在只是时间问题了。"我从他身旁站起身，说道。

福尔摩斯站在桌子旁，手插进裤袋里，低垂着头。

"我想，现在我们可以把警察找来了，"他说道，"他们来了以后，我们就把案子移交给他们。"

"可是，我还是一头雾水，"派克罗夫特挠着头说，"他们特意把我骗到这里来做什么，还有……"

"嗨！这一切都明摆着呢！"福尔摩斯不耐烦地说，"只是，这最后的突然行动真叫人难以理解。"

"那其余的事你都弄明白了吗？"

"一切显而易见，华生，你说呢？"

我耸了耸肩。"我必须承认我一无所知。"我说道。

"啊，如果你们先把这些事情好好想一想，就不难得出结论。"

"那你如何推论出来的呢？"

"整个事情有两点关键之处。第一点是他让派克罗夫特写了一份声明，愿意为这家莫名其妙的公司效力，你没看出这很值得怀疑吗？"

"我没想到这一点。"

"那他们要他写这份声明有什么用呢？这不符合常理，一般来说，口头承诺就可以了，这一次绝对没有特殊理由非要打破常规。你难道没有看出来吗，我年轻的朋友，他们之所以这样做，就是急于得到你的笔迹，这不就是一个好办法吗？"

"他们要我的笔迹有什么用？"

"问得好，为什么呢？解答出这个问题，我们的案子就进展神速了。为什么呢？只能有一个合理的解释，那就是有人想模仿你的笔迹，不得不先得到你的笔迹样本。现在让我们看看第二点，就发现这两点遥相对应了。这第二点就是，平纳想让你保留那个工作岗位，务必要让那家大企业的经理这样认为，有一位他从未谋面的霍尔·派克罗夫特先生星期一早晨就要按时去上班了。"

"我的上帝！"我们的委托人喊道，"我真是瞎了眼啊！"

"现在看看他们为什么要模仿你的笔迹吧。如果有人冒名顶替你，去那家商行上班，可是字迹和你递交的申请书上的有出入，这个把戏无疑会被人戳穿。可是如果在这段时间内，那个坏蛋学会模仿你的笔迹，那一切就天衣无缝了，我估计这家公司没有人认识你。"

"确实是一个也不认识。"霍尔·派克罗夫特垂头丧气地说道。

"太好了。当然，这件事的关键之处就是阻止你多想，以免你改变主意，并且避免你和那里的任何人接触，这样，也就没人能告诉你，有人冒名顶替你去莫森商行上班了。所以他们预支给你一大笔薪水，把你远远地支到中部地区，在那里他们给你安排了好多工作，使你根本没时间回伦敦，不然他们的小把戏就要被你拆穿了。这一切再明白不过了。"

"那他为什么要假装成自己的哥哥呢？"

"啊，显而易见，他们共有两个人参与这个小把戏。另一个人已经冒充你进了莫森商行，他们不愿有第三者参与这个阴谋，但是还要有人来当你的雇主，所以他只好乔装打扮，冒充两兄弟，他们认为，即使你发现他们模样相似，也会认为是哥儿俩长得很像。好在你无意中幸运地发现了他的金牙，否则，你根本不会起疑心。"

霍尔·派克罗夫特双手握拳，气愤地在空中挥舞着。"天啊！"他叫喊道，"在别人愚弄我的时候，那个假霍尔·派克罗夫特在莫森商行里做了什么啊？我们怎么办才好？福尔摩斯先生，请告诉我怎么办？"

"赶快发一份电报通知莫森商行。"

"他们星期六 12 点关门。"

"不要紧。那里一定还有看门的或值班的警卫……"

"啊，对了，他们保存着大量贵重的证券，所以他们设有一支常备警卫队。在伦敦时我听别人说过这件事。"

"太好了，马上给他发一份电报，看看那里有没有出什么问题，是不是有一个冒用你名字的书记员在那里上班。这些都很清楚了。可是，我始终不大明白，为什么一看到我们，那个坏蛋就立即跑出去要上吊自杀？"

"报纸！"一阵嘶哑的声音在我们身后叫了起来。这个人已翻身坐起，面色苍白，一副惨状，但他双眼已有些光泽，颤抖着手抚摸脖子里宽宽的红色勒痕。

"报纸！就是报纸！"福尔摩斯突然高兴地喊起来，"我真笨啊！我老想着我们过来这件事，根本没想到报纸。肯定，报纸上有秘密。"他将报纸摊在桌子上认真地读起来，突然，他喜出望外地喊道。"快看这条，华生。"他大声说道，"这是伦敦报纸《旗帜晚报》早版。这里有我们需要的东西，快看大字标题：《伦敦大案：莫森和威廉斯商行发生凶杀，大宗有预谋的大抢劫，罪犯已落网》华生，这不就是我们急于知道的吗？请大声念出来，让我们好好听听。"

这个报道在报纸上占据的位置，就说明了这是城里的一起重大案件，内容记载如下：

今日下午，伦敦发生一起凶险的抢劫案，一人致死，凶犯已落网。不久前，莫森和威廉斯这家存有百万英镑以上巨额证券的著名证券行，设立了警卫人员。经理意识

"报纸！就是报纸！"福尔摩斯突然高兴地喊起来，"我真笨啊！我老想着我们过来这件事，根本没想到报纸。肯定，报纸上有秘密。"

到自己肩头责任重大，便置办了若干最新式的保险柜，并在楼上安排了一名武装警卫日夜看守。上周公司招收一名新职员霍尔·派克罗夫特。谁知，此人不是霍尔本人，而是恶名昭著的伪币制造犯及大盗贝丁顿。该犯与其弟刚刚服满5年苦役获释。现尚未查明他们用何种方法冒名被这家公司任用，以便借此获取各种锁钥的模型，彻底摸清了保险库和保险柜的设置情况。

照莫森商行惯例，星期六中午职员放假。因此，在下午1点20分，苏格兰场的警官图森看到一个人拿着一个毡制手提包走出来时，感到非常惊奇。他心生怀疑，便跟踪其后，罪犯虽然拼死抵抗，但图森在警察波洛克的协助下，终于将其擒获。当即查明发生了一起胆大包天的抢劫案。从手提包中搜出价值近10万英镑的美国铁路公债券，此外还有矿业及其他公司的巨额股票。在搜查房屋时，发现那遇难警卫的尸体被弯曲着塞进一个大衣柜里，若非警官图森采取了果断行动，尸体在星期一早晨之前将不会被人发现。该警卫的颅骨被人在身后用火钳砸碎。毫无疑问，一定是贝丁顿借口遗忘了什么东西，进入楼内杀死了警卫，迅速把大保险柜内的东西席卷而尽，然后携带赃物逃跑。他的弟弟经常与他伙同作案，此次经过查证，好似未曾参与，不过警方仍在尽力查访他的下落。

"好了，我们可以使警方在这方面省去不少麻烦，"福尔摩斯看了一眼那蜷缩在窗旁的枯槁憔悴的人，说道，"人性真是一种复杂、奇怪的东西。华生，你看，即使是恶棍和杀人犯也有这样的感情：弟弟一听说哥哥性命不保，宁可选择自杀，自绝生路。不过，我们的行动不容迟缓。医生和我留下来看守他，派克罗夫特先生，麻烦你去把警察找来。"

"格洛里亚斯科特"号帆船

一个冬天的夜里，我和我的朋友夏洛克·福尔摩斯在炉子两侧，对面而坐，福尔摩斯说道："华生，我这里有一点资料，我认为你很有必要读一读。这些资料与'格洛里亚斯科特'号三桅帆船奇案有关。治安官老特雷佛就是因为读了这些文件，受到惊吓而死。"

福尔摩斯打开抽屉，从里面取出一个颜色灰暗的小圆纸筒，解开缚绑在上面的绳带，递给我一张石青色的纸，这是一封字迹潦草、字数寥寥的短信，上面写着：

伦敦野味供应正持续稳步增加。我们相信总保管赫德森现已奉命接受一切黏蝇纸的订货单并保存你的雌雄的性命。

读完这封不知所云的短信，我抬起头望着福尔摩斯，只见他正在认真观察我脸上的表情，他还在笑呢。

"你好像被弄糊涂

福尔摩斯打开抽屉，从里面取出一个颜色灰暗的小圆纸筒，解开缚绑在上面的绳带，递给我一张石青色的纸，这是一封字迹潦草、字数寥寥的短信。

了。"他说道。

"我实在无法想象，这样的一封短信怎么能吓死人呢。在我看来，它的内容荒诞不经，并没有什么意思。"

"说得没错。不过事实却是如此，那位身体强健的老人，看完这封短信后，竟然像被手枪射中了一样，当场倒在地上。"

"你这么说反而惹起了我的好奇心，"我说道，"但是刚才你为什么要说，我有特别的原因研究一下这件案子呢？"

"因为这是我生平经手的第一个案子啊。"

我一直都在想方设法试探我的搭档，想听他说说，当初是什么原因促使他下定决心，投身罪案侦查工作的，可是他一直懒得跟我说这些。这时他坐在扶手椅上，弯着身子把文件铺在双腿上，点起烟斗猛吸一阵，然后拿起那些文件翻来覆去地看着。

"我从来没有跟你说过维克托·特雷佛吗？"他问道，"他是我两年的大学生活中结交的唯一一个好朋友。我这个人从来不擅长交际，华生，我偏爱一个人闷声闷气地待在屋子里，训练自己的思维方法，因此，很少与同龄人交往。除了击剑和拳术以外，我也不爱好其他的体育活动，而那时我的学习方法与别人也大相径庭。因此，我根本没有必要与别人打交道。但是，特雷佛是个例外。那是因为有一天早晨，我前往小教堂，他的牛头犬咬伤了我的脚踝，因为这样一个意外我们才认识了。

"认识之初，我们的交往平淡无奇，但是我们的友谊就是从那时开始的。我在床上躺了10天，特雷佛经常过来看我。刚开始，他每次来时只是闲聊几分钟而已，可是不久，我们交谈的时间越来越长了。那学期还未结束，我们已经成了生死之交。他精力充沛、年轻气盛，在许多方面与我截然不同，但我们也有一些共同之处。当我发现他也和我一样，总是形单影只时，我们的关系越发亲密了。后来他请我到他父亲那里游玩，他父亲老特雷佛住在诺福克郡的敦尼索普村，我欣然接受了他的邀请，准备一个月的假期都在那里度过。

"老特雷佛是地方治安官，又是一个有钱有势的地主，显然在当地很有声望。敦尼索普村位于布罗德市的郊区，是朗麦尔北部的一个小村落。特雷佛的宅第是一所老式的栎木梁砖瓦房，占地面积颇广，门前有一条通道，两旁是茂密繁盛的菩提树。附近有大片大片的沼泽地，那是狩猎野鸭的绝妙场所，更是横竿垂钓的好去处。他家中有一个书房，还很精致，听说，是从原来的房主手中随房屋一并购得的。此外，还有一位很不错的厨子。要是有谁在这里度一个月假还嫌不满意，那他实在是太过挑剔了。

"老特雷佛的妻子已经去世，除了我朋友这个独生儿子外，别无亲人。

"我听说他本来还有一个女儿，可是去伯明翰的时候，患白喉病死了。老特雷佛是一个非常有意思的人，我对他很感兴趣。他文化水平不高，可是身体强壮，脑子灵活。他读书不多，但曾去各地远游，见过大世面，所见所闻，他都能牢记于心。从外表上看，他体格结实，身材粗壮，有着一头乱蓬蓬的花白头发，一张饱经风霜的古铜色面孔，还有一双锐利得近乎凶狠的蓝眼睛，虽然他看起来有点让人生畏。但他在乡里却以和蔼可亲、乐善好施而著称，而且他在法院处理案件时也时常本着宽大为怀的精神。

"一天，我刚到他们家没多长时间，我们用完晚餐后，几人坐在一起喝葡萄酒，小特雷佛忽然说到我的那些观察和推理习惯。那时，虽然还未意识到这些观察和习惯在我一生中将起的作用，但我已经把它们归纳总结成一整套完整的思想方法。这位老人显然认为他的儿子说得太离谱了，我的一点雕虫小技在他那里被过分夸大了。

"'那好吧，福尔摩斯先生，'他饶有兴趣地笑着说，'以我为例，你来观察，看你能否从我身上推断出什么来。'

"'恐怕我推断不出什么来，'我说，'不过我看得出来，过去一年里，你一直担心有人会对你从背后下手，搞暗算。'

"这位老人嘴角上的笑意顿时消失得一干二净，他大吃一惊，两眼紧盯着我。

"'啊呀，确实有这回事，'他说道，'维克托，你知道，'老人转身对他儿子说，'自从那伙来沼泽地偷猎的人被我赶走以后，他们就发誓要杀死我们，而爱德华·霍利先生果真遭人偷袭。从那以后我总是格外小心，多加提防，但不知你是怎么知道这事的？'

"'你有一根很漂亮的手杖，'我答道，'从杖上刻着的字可以看出，你买来它还不到一年。可是你却下大功夫在手杖头上凿了一个洞，灌上熔化了的铅，把它做成让人生畏的武器。我料想你采取这种预防措施，必定是担心有什么危险。'

"'还有其他的吗？'他微笑着问道。

"'你年轻时还经常参加拳击。'

"'被你说中了。你怎么知道的呢？是不是我的鼻子有些被打歪了？'

"'不是，'我说道，'是从你耳朵上看出来的。你的耳朵扁平而且宽厚，那是拳击家的特征。'

"'还有吗？'

"'从你手上的老茧来看，你干过多年的采掘工作。'

"'我确实是通过金矿发家致富的。'

福尔摩斯不是很喜欢用枪，而是精通搏击术与杖术。和绅士一样，福尔摩斯常常携带一根手杖。华生称他是单棍搏击的专家，曾两次将手杖当作武器来使用。

"'你去过新西兰。'

"'说得不错。'

"'你去过日本。'

"'非常正确。'

"'你曾经和一个人往来关系密切，那个人姓名的缩写字母是 J.A.，可是后来，你却极力想把他彻底从脑海中忘掉。'

"说到这里，老特雷佛先生慢慢地站起身来，他那双蓝色的大眼睛瞪得圆圆大大的，用怪异、发疯一样的眼神死盯着我，然后一头向前栽倒过去，他的脸撞进桌布上的硬果壳堆里，昏倒过去，不省人事。

"华生，你可想而知，当时我和他儿子都被这场景给震惊了。好在他失去知觉的时间并不长，就在正当我们解开他的衣领，用冷水往他脸上浇时，他喘了一口气，慢慢坐了起来。

"'啊，孩子们，'他勉强笑着说，'但愿没有吓坏你们。我的外貌看起来好似很强壮，可是我的心脏很弱，些微的压力就可能使我昏倒。福尔摩斯先生，我不清楚你是如何推断出来的，不过在我看来，那些现实生活中的侦探也好，虚构想象出来的侦探也罢，在你面前，都只不过像一些乳臭未干的小孩子。先生，你可以选择它作为你一生的职业。我这个饱经世事的人说过的话，请你记住了。'

"华生，你要相信。当时，观察推理仅仅是我的业余爱好，首先促使我考虑选择这种爱好作为终生职业的，就是他的劝告及他对我的能力的过多赞誉的评价。然而，当时东道主突然生病引发了我的不安，使我没空去想别的事。

"'但愿我的话没有给你带来痛苦。'我说道。

"'啊，你当真触到了我的伤疤。但我想打听一下，你是怎么知道这些的，你又知道了多少？'尽管他半开玩笑地说这些话，可是眼中惊骇的神情始终无法消除。

"'这非常简单，'我说道，'那天我们在小艇中，你卷起袖子去捉鱼时，我见你胳臂弯上刺着"J.A."两个字母，字形虽然清晰可辨，但笔画已被弄得相当模糊。字的周围还沾染着墨迹，很明显，后来你想方设法要抹去那字迹。由此可以看出，这两个缩写字母，你本来感觉它们十分亲切，后来却极力想忘掉它。'

"'好厉害的眼睛啊！'他放松地吐了一口气，说道，'事情果然如你所料。不过我们没有必要再去谈论它了。一切鬼魂之中，我们旧相知的阴魂才是最可怕的。现在回房去吧，让我们安生地吸一支烟吧。'

"从那时起，虽然老特雷佛对我的态度没有改变，仍很亲切，但亲切中明显带有几分疑虑。这一点连他的儿子都有所觉察。

"'你把我爸爸吓了一跳,'小特雷佛说道,'他都不清楚,哪些事你知道,哪些事你不知道了。'在我看来,虽然老特雷佛刻意控制,避免自己的疑虑外露,但他心里的疑虑却十分强烈,举手投足之间都隐约可见。我终于确信他的不安都是因我而起,于是我决定离开。可是就在我即将离开的前一天,发生了一件小事,后来,事实证明这件事非常重要。

"那时我们3个人正坐在花园草坪的椅子上,一边晒太阳,一边欣赏布罗德的美丽景色,一个女仆走过来说,有一个人在门外求见主人老特雷佛先生。

"'他叫什么名字?'我的东道主问道。

"'他就是不说。'

"'那么,他想干什么呢?'

"'他说你认识他,他想和你谈一谈。'

"'那么领他过来吧。'不大一会儿,一个瘦小干瘪的人就走了进来,这个人面貌粗俗猥琐,走起路来拖拖拉拉,身上穿着一件夹克,敞露着胸,袖口上带有一块柏油污痕,里面是一件花哨的红花格衬衫,棉布裤子,脚蹬一双破旧不堪的长筒靴。他那瘦削的棕色脸庞,露出狡猾的神情,脸上堆满笑容,露出一排参差不齐的黄牙。他的双手满是皱纹,拳头半握,显然是水手们惯有的架势。在他精神不振地穿过草坪,朝我们走过来时,我听到老特雷佛喉中发出一种类似打嗝的声音,他从椅子上跳到地上,奔向屋里。转瞬间又跑了出来,他经过我面前的时候,身上散发出一股浓烈的白兰地酒味。

"'我说,朋友,'他问道,'你来找我有什么事?'

"那个水手停在那里,双眼惶恐疑惑地望着老特雷佛,但是已然在咧嘴微笑。

"'你认不出我是谁吗?'水手问道。

"'啊,哎呀,这一准是赫德森了。'老特雷佛吃惊地说道。

"'我正是赫德森,先生,'这个水手说道,'喂,上次分别后,30多年过去了。你现在在你的家园里安居乐业,而我的生活仍然是贫困潦倒。'

"'唉,你应该清楚我并不会忘记过去的日子,'老特雷佛大声说着向水手走了过去,对他低语了几句,然后又提高嗓门说道,'请先去厨房,先用点东西,我一定想法给你安排一个好差事。'

"'谢谢你,先生,'水手抹一抹前额的头发说道,'我刚从航速8海里的不定期货船上下来,我在那上面待了两年,偏偏人手不够,相当累,现在该休息了。我想

我只好去找贝多斯先生或过来找你了。'

"'啊,'老特雷佛大声喊道,'你知道贝多斯先生人在哪里吗?'

"'谢天谢地,先生,我的老朋友们在哪儿,我全都知道得清清楚楚。'这个人不怀好意地狞笑道,然后就匆匆跟在女仆身后向厨房走去。老特雷佛先生含糊不清地告诉我们,他去采矿的途中与这个人同船而行。说完他不再理会草坪上的我们,自己进屋去了。一个小时之后我们也回了屋,却发现老特雷佛四肢伸开、烂醉在餐室的沙发上。整个事件,在我心中留下了很坏的印象。因此,次日我离开敦尼索普村时,心中没有半点儿惋惜。因为我觉得,我留在他家里,只会使我的朋友感到难堪。

"所有这一切发生在长假中的第一个月。我又回到了伦敦,在家里,我做了7个星期的有机化学实验。然而,时值深秋,也就是假期即将结束之时,我朋友给我来了一封电报,请求我重回敦尼索普村,并说他有急事,迫切需要我的指教和协助。我于是放下手头的事情,再次北上。

"他准备了一辆双轮单马车在车站接我,我一眼就能发现,在这两个月中他吃了很多苦,他脸色憔悴、面容消瘦,平时特有的高谈阔论、愉快活泼的模样已消失不见。

"'我爸爸性命危急。'这是他开口说的第一句话。

"'不可能!'我叫喊道,'怎么回事?'

"'他中风了,神经严重受创。时时刻刻都有危险,我猜他有可能撒手人寰。'

"华生,你可以想象,这意外的消息,把我吓坏了。

"'是什么引起的呢?'我问道。

"'啊,问题就在这儿。请你上车,我们路上好好谈一谈。你还记得你要离开的头天晚上,来到我家的那个家伙吗?'

"'当然记得啊。'

"'你知道那天我们请进来的是什么人吗?'

"'不知道。'

"'福尔摩斯,他是魔鬼。'他大声喊道。

"我诧异地傻望着他。

"'没错,他就是一个魔鬼。自从他来了以后,我们的生活再也没有安宁过,根本没有。从那晚起爸爸的尊严就被人踩在脚底,现在他就要没命了,他的心也破碎一地。都是那个该死的赫德森把他害成这样的。'

"'那么,他有什么手段啊?'

"'啊,这正是我想要知道的。像爸爸这样忠厚善良的老好人,怎么能任凭那样一个恶棍来摆布呢！现在，福尔摩斯，你能前来真是太好了。你的判断力和处事能力没的说，我知道你一定能为我想出一个万全之策。'

"我们的马车在洁净而平坦的乡间道路上疾驰而过，在我们的前方是一望无垠的布罗德平原，正沐浴在落日红霞的光辉之中。穿过左手边的小树林，遥遥望去，治安官屋上高高的烟囱和旗杆清晰可见。

"'爸爸让这家伙做园丁，'我的同伴说道，'后来，那人极度不满，于是又提升他为管家。全家好像就任由他来摆布了，他整日游手好闲，胡作非为，女仆们向我父亲告状，说他酗酒成性，语言下流。爸爸只好用提高她们薪水的方式来安抚她们。这家伙没事就划着小船，拿上我爸爸最好的猎枪出门游猎。而在这样做时，脸上总是带着讽刺挖苦、不可一世的神情，假使他是我这个年纪的人，我早已揍他不下20次了。福尔摩斯，我告诉你，在这些日子里，我除了拼命克制自己别无他法，现在我问自己，要是我不克制自己，是否是更明智的做法。

"'唉，我们的处境越来越糟糕。赫德森这个畜生也越来越嚣张。有一天，他竟当着我的面，与我父亲说话的时候言语放肆，我便抓住他的肩膀把他推到门外。他悄无声息地溜走了，脸色发青，眼露凶光，露出一种威胁恐吓的神情。此后，我不知道我可怜的老父亲又同这个人有过什么交涉，但第二天父亲找到我，要我向赫德森赔礼道歉。你可以想象，我断然拒绝了，并且责问父亲为什么允许这样一个混蛋对他及全家这样胡作非为。

"'我父亲说道："哎，我的孩子，你说得一点没错，可是你不知道我的难处啊。不过你早晚会知道，维克托。不论发生什么事，我都会设法让你知道的。但是现在，你总不愿让你可怜的老父亲伤心为难吧，孩子。"

"'爸爸非常激动，整天把自己关在书房里，我从窗户里可以看到他正在不停地写着东西。

"'那天晚上，发生了一件事，让我松了一口气，因为赫德森对我们说，他打算离开了。我们吃过晚饭，正在餐室坐着时，他喝得迷迷糊糊地走了进来，用他那沙哑的破喉咙说出了他的意图。

"'他说道："我无法再在诺福克待下去了，我要到汉普郡去找贝多斯先生。我敢打保票，他肯定与你一样，很高兴见到我。"

"'"赫德森，我希望你不是因为心中有气才离开这儿的。"我父亲低声下气地说，听到这里，我浑身血液都沸腾起来。

"'"他到现在还没有向我赔礼道歉呢。"他黑着脸看着我说。

"爸爸非常激动，整天把自己关在书房里，我从窗户里可以看到他正在不停地写着东西。"

"'爸爸转身对我说道："维克托，你应该承认失礼了，你对我们这位可敬的朋友确实有点粗鲁。"'

"'我回答道："完全相反，我认为我们父子俩太迁就他了。"'

"'赫德森含恨高叫道："啊，你是这样认为的，是吗？那好极了，伙计，咱们走着瞧！"'

"'他垂头丧气地走出屋去，半小时过后便离开我家，我爸爸反而陷入了担惊受怕的状态。一夜又一夜，我听到他在室内踱来踱去，而在他刚刚恢复信心之际，大祸从天而降。'

"'究竟发生了什么事？'我急忙问道。

"'很奇怪。昨晚爸爸收到一封盖着福丁哈姆的邮戳的信件。爸爸看过之后，好像神志不清的人一样，双手开始轻轻拍打着头部，并在室内急得直绕圈子。后来我扶他到沙发上，他的嘴和眼皮都已歪向一侧。他中了风，我立即请来福德哈姆医生，我们合力把爸爸扶到床上，可是他瘫痪得越来越严重，神智恢复的可能微乎其微，我想已很难再有活命的希望。'

图为盖有邮戳的信件。邮戳是邮局盖在实寄的邮件包裹等上的各类戳记。邮戳通常是圆形的，内容有地名、日期以及时刻，福尔摩斯根据这一特性知道了邮件的收发时间等有用信息。

"'小特雷佛，你简直吓坏我了！'我大声说道，'那么，那封信究竟写了什么啊，竟然能引起如此可怕的后果？'

"'没写什么。这就是最奇怪的地方。那封信极其荒诞，内容琐碎。啊，我的上帝，我最害怕的事情果然降临了！'

"就在他说话间，我们已顺着林荫路转弯，看到微弱的灯光下，房子的窗帘低垂。我们快步走到门口，我朋友已显出满面悲伤之情，一位黑衣绅士迎了出来。

"'医生，我爸爸什么时候离开的？'小特雷佛问道。

"'就在你刚离开的时候。'

"'他可恢复过知觉？'

"'临终之前苏醒过一会儿。'

"'有什么交代我的吗？'

"'他只说在日式柜子的后抽屉里有一些文件。'

"我的朋友和医生一同去了死者的住房，我留在书房了，脑子里翻来覆去全是这件事，我觉得自己从来没有像今天这样心情沉重。老特雷佛曾是一个拳击家、旅行家，又是一个采金人，那他怎么会任这个容貌猥琐的水手随意摆布呢？还有，为什么一提到他手臂上模糊不清的姓名开头字母，他就昏厥过去，而一封从福丁哈姆寄来的信怎么就吓死了他呢？接着，我想起福丁哈姆在汉普郡，贝多斯先生就住在那里，而那个水手已经冲他而去。那么这封信可能出自水手赫德森之手，信中说他已经揭发了老特雷佛过去秘密的犯罪事实。要不然就是贝多斯给老特雷佛发来的警告信，告诉他，有一个旧日的相识即将检举他们。如此看来就很清楚了。但他儿子为什么要说这封信琐碎而又荒诞呢？那他一定是没有看懂。果真如此，那信里一定使用了某种特别的密码，字面的意思与实际意义不符。我一定得看看这封信。如果信中果真有秘密，我相信我可以破解出来。没有点灯，大约有一个钟头的时间，我一直坐在那里反复思考这个问题，后来，一个满面泪痕的女仆拿进一盏灯来，我的朋友小特雷佛跟着走进书房。他面色苍白，但神情镇静，手中拿的就是现在在我膝盖上摊着的这几张纸。他在我对面坐了下来，把灯移至桌边，把石青色纸上字迹潦草的短信指给我看，这封短信就是你现在看到的：'伦敦野味供应正稳步增加。我们相信总保管赫德森现已奉命接受一切黏蝇纸的订货单并保存你的雌雉的性命。'

"我第一次读这封信时脸上的惶惑表情恐怕与你一模一样。然后，我又重新仔细地阅读了一遍。正如我所料，这些奇怪的词组里隐藏有秘密。我原先以为，像'黏蝇纸'和'雌雉'等应该是事先约好的暗语。这种暗语太随意了。意义也很难推断。不过我认为情况并非如此，而赫德森这个词出现在信里面，似乎表明信的内容与我的猜想相差不大。而且这封短信来自贝多斯先生，并非来自那个水手。我又试着把词句倒过来读，可是那'性命、雌雉'等词还是说不通。于是我又试着隔一个词来读，无论'the offor'，还是'supply game london'都不能表示任何意思。

"可是仅仅过了一会儿，解开这个谜底的方法终于被我发现了，我看出从头一个字开始，每隔两个词一读，信息就出来了，这些信息足以使老特雷佛陷入绝境。

"是一封词句简单明了的警告信。我当即把它读给我的朋友：

'The game is up. Hudson has told all. Fly for your life.'
（一切都完了。赫德森已说出一切。你赶快逃命吧。）

"维克托·特雷佛双手颤抖，捂在脸上。'我猜想，一定是这样了，'他说道，'这比死亡还要残酷，因为这意味着要蒙受耻辱。可是"总保管"和"雌雉"这两个词是什么意思啊？'

"'这些词儿在信中并无他意，不过，要想找到那位发信人，这对我们倒大有用处。你看他开始是这么写的 'The...game...is' 等，将预先拟好的词句写完，便在每两个词之间加上两个词。他自然会使用最初出现在头脑中的词。我们可以确信，他是一个狩猎爱好者，或是一个喜好饲养家禽的人。你了解贝多斯先生的情况吗？'

"'呃，你这么一说，'他说道，'我记得每年秋季，我那可怜的父亲常常应贝多斯先生的邀请到他那里去打猎。'

"'那么，毫无疑问，这封信就是他发来的，'我说道，'我们接下来只需查明，这两个有权有势的人究竟有什么把柄握在水手赫德森手中，以至于他可以用来威胁他们。'

"'唉，福尔摩斯，我担心那会是一件罪恶而耻辱的事！'我的朋友惊呼道，'不过我对你没有什么好隐瞒的。这里是我爸爸的声明，他之所以写下它，是因为他知道来自赫德森的威胁日益逼近。他给医生留话，然后我在柜子里找到了它，请你拿去念给我听吧，我自己实在是没有勇气去看它了。'

"华生，小特雷佛给我的就是这几张纸，那天晚上在旧书房我念给他听，现在我念给你听。你瞧，纸外面写着：'"格洛里亚斯科特"号三桅帆船航行记事。1855 年 10 月 8 日自法尔默思启航，同年 11 月 6 日，于北纬 15° 20'，西经 25° 14' 沉没。'内容以书信的形式来记载：

我最挚爱的儿子，那日益迫近的耻辱已使我的暮年暗淡无光，我可以诚实恳切地说，我不畏惧法律的制裁，也不害怕丧官职，更不会因认识我的人瞧不起我而心里难过。可是一想到一直爱我、尊敬我的儿子将因我而蒙羞受辱，这怎能不使我内心痛如刀割。如果一直让我提心吊胆的横祸果真降临，那么我希望你读一读这篇记事，然后你就可以从中了解我犯下的罪过及应受的罪责。若事不至此，一切风平浪静（愿万能的慈悲上帝赐准），万一这张纸没有被毁掉，落入你手中，我恳求你，看在上帝分上，看在你亲爱的母亲分上，念在我们父子间的恩情，一把火烧了它吧，永远别再提起它。

倘若你果真能看到此信，那我也明白，不是事情败露，我已被逮捕，就是我已经长眠于地下，再无开口之日了（因为你知道我的心脏衰弱）。但无论哪种情况，都没有必要再继续隐瞒下去。以下所讲，句句属实，我以心起誓，以求宽恕。

亲爱的儿子，我原先不叫特雷佛，我年轻时的名字是詹姆斯·阿米塔奇（詹姆斯·阿米塔奇这两个词缩写字母为J.A.），由此你可以明白为什么我那次会受到惊吓以致昏死过去了吧。就是几个星期以前，你大学的朋友对我说的那一番话，在我听来我化名的秘密好像被他一语道破。化名前，我在伦敦银行工作，后因违犯国法被判处流刑。孩子，请不要过分苛责我。那是一笔不得不还的赌债，我只好动用了不属于我自己的钱去偿还了。当然我确信能在事情被别人察觉之前把它归还。可是最可怕的厄运竟然避之不及，我赖以偿还的款项竟然没能如期到手，加上提前查账，我的款项亏空很快暴露。此类案子本来可以从轻处理，可是30年前的法律远比现在严酷得多。于是在我23岁生日那天，被定了重罪押锁在"格洛里亚斯科特"号帆船的甲板上，同行的还有其他37名罪犯，我们都将要被流放到澳大利亚。

那是1855年，克里米亚战争进行得正激烈。原先用来运载罪犯的船只，大部分被征用到黑海中做军事运输，政府不得不选用较小的不适当的船只来遣送罪犯。"格洛里亚斯科特"号帆船是做中国茶叶生意的商船，式样陈旧，船首沉重，船身宽阔。与新式快速帆船根本没法比。这只三桅帆船载重500吨，除了38名囚犯以外，船上还载有26名水手，18名士兵，一名船长，3名船副，4名狱卒，医生和牧师各一名。从法尔默思启航时，船上差不多有一百号人。

一般来说，囚犯船的囚室隔板都是用厚橡木制成的，可是这只船的囚室隔板却薄而脆。就在我们被带到码头准备上船时，我特别留意一个人，他现在和我是邻居，我们的囚室都在船尾。这是一个年轻人，面容秀气，没留胡须，鼻子细挺，瘪嘴。他看起来得意扬扬，走起路来满不在乎，大步流星，与众不同的是他身材尤为高大，还没有见谁的头能高过他的肩部，他身高至少6英尺半。船上那么多忧郁而消沉的面孔里，还有这样一张精神饱满而神情坚定的脸足以引人注目。这张面孔的出现，犹如给我这个暴风雨中人送来了炉火。我发现他与我为邻，心情激动。一天夜深人静的时候，有人在我耳边低语，我回头一看，发现他已设法在囚室隔板上挖出了一个洞，这更是让人喜出望外。

他说道："喂，朋友！你叫什么名字？你做了什么被关在这儿？"

我回答了他，又问他是谁。

他说："我就是杰克·普伦德加斯特，我发誓，跟我在一起，你会得到好处的。"

在我被捕之前，早已听说过他的案子，他的案子当时轰动全国。他出身很好，又聪明能干，但是沾染了无药可救的坏毛病，他用巧妙的欺诈手法，从伦敦巨商手中诈骗了大笔巨款。

这时他扬扬得意，说道："哈哈！这下，你想起我这件案子了。"

我说："不错，我记得很清楚。"

他说："那么，你可记得那案子的独特之处吗？"

我说："有什么特别的呢？"

他说："我有将近25万镑巨款到手，不是吗？"

我说："传闻好像是这么多。"

他说："可这笔赃款一个子儿也没有找到，你知道吗？"

我回答："不知道。"

他又问道："喂，你猜我把这笔巨款藏到哪儿去了？"

我说道："我半点也猜不出来。"

他大声说道："这笔钱还握在我的手掌心。千真万确！记在我名下的英镑，比你脑袋上的头发丝还要多。小老弟，要是你能挣钱，又懂得怎样花钱管钱，那你就可以为所欲为了。喂！你不会认为一个无所不能的人，会甘心在这个耗子、甲虫满地爬，船舱烂臭的破船里听天由命吧，不会的先生，这样的人不仅能救自己，还会救助他的难友。咱们一起大干一场！去信赖并依靠他吧，你可以凭《圣经》宣誓，他一定能把你解救出来。"

他当时说话的时候就是这样。起初我并未放在心上。可是时隔不久，他又对我进行了试探，并且十分郑重地向我宣誓，告诉我有一个夺取船只的秘密计划确实酝酿已久。上船之前，已经有12个犯人事先串通一气，普伦德加斯特领头策划，金钱就是他的动力。

普伦德加斯特说："我还有一个伙伴，是一个不可多得的好人，既诚实，又可靠，我的钱现在归他保管。猜猜看，现在他人在哪里？呃，他就是这只船上的牧师——那位虔诚的牧师，一点不错！他穿一件黑上衣，在船上那身份实在是当当响，箱子里的钱足够买通全船上下人。全体水手对他言听计从。在他们签字受雇以前，他用现金把他们一个不漏地收买过来了。他还收买了二副梅勒和两个狱卒，要是他认为收买船长很划算，那他连船长本人也会收买过来。"

我问道："那么，我们究竟该怎么做？"

他说："你想怎么做呢？我们要使一些士兵的衣服染的鲜红，比哪个裁缝做的都要好。"

我说："可他们都配备有武器啊。"

他说："小伙子，我们也有武器，每人两支手枪。有全体水手在后面支持着我们，要是我们还不能夺下这只船，那我们早就该让人送进小姑娘们的寄宿学校了。今夜你和在你左边那个人试着谈谈，看看他可不可靠。"

我照着他说的做了，发现我的左邻是个年轻人，处境和我差不多，罪名是造假币。这个原名叫伊文斯的人现在也像我一样，已经更名改姓，现在是英国南方一个富有而成功之人。他很乐意参加我们的行动，因为这是我们自救的唯一办法，所以在我们的船只横渡海湾之前，全船犯人只有两个未参与我们的计划。一个生性怯弱，难以让人信任；另一个患黄疸病，对我们来说毫无用处。

我们的夺船行动一开始确实是进展顺利，没有遇到任何阻碍。水手中没有无赖之徒，是专门挑选来干这种勾当的。冒牌牧师经常到我们囚舱来给我们鼓劲，他背后挂着一个黑书包，表面上装满了经文，他进进出出，忙个不停。到了第三天，我们每个人的床脚都藏有一把锉刀、两支手枪、一磅炸药和20发子弹。两个狱卒早已成为普伦德加斯特的心腹，二副也成了他的得力帮手。我们需要对付的人，除了船长、两个船副、两个狱卒，还有马丁中尉和他的18名士兵以及那位医生。事情虽然进展顺利，但我们还是不敢有任何疏忽，决定在夜间进行突然袭击。然而，事情爆发得却比预期的还要快。情况具体是这样的：

在船开航后第三个星期的一天晚上，医生来船舱给一个犯人看病。他将手伸到犯人床铺下面时，摸到了手枪模样的东西。如果他当时保持镇定，不露声色，我们的事情可能就会败露，但他是个胆小如鼠的家伙，他惊叫一声，面色苍白，那个囚徒立即明白了是怎么一回事，并立即将他抓起来。他来不及发出警报，就被堵上嘴绑到床上。医生从甲板上下来时，打开了通道门上的锁，我们就从此门一涌而出。

两个哨兵首先中弹倒地，一个班长闻声跑来，想看看发生了什么事，也被射杀。另有守卫在官舱门口的两个兵士，他们的火枪似乎根本没有装火药，所以根本就没向我们开火。他们在企图上刺刀时也中弹身亡。在我们蜂拥而至冲进船长室，里面早已响起了枪声，推门一看，发现船长已经倒下，钉在桌上的大西洋航海图上溅满了他的脑髓，牧师此时就站在他的尸首旁，手里拿着还在冒烟的手枪。两个船副早已被拿下，整个事情看来就要大功告成了。

船长室旁边紧挨着的就是官舱，我们一窝蜂奔到那里，往长靠椅上一坐，兴高采烈地畅谈起来，又一次恢复了自由的感觉能让人欣喜若狂。官舱周围都是货箱，冒牌牧师威尔逊拖过来一个箱子，拿出20瓶红葡萄酒。我们将瓶颈打碎，把酒倒进酒杯，正准备一饮而尽时，突然出其不意地传来一阵枪声，官舱里顿时硝烟弥漫，连桌子对面的人和东西都无法看见。等到烟雾散尽，只见这里已是血肉横飞。威尔逊和其他8个人在地上蠕动着，垂死挣扎，时至今日，我想起那桌上的鲜血和红葡萄酒还会作呕。这惨烈的场景，让我们不寒而栗。我想当时要是没有普伦德加斯特，那我们一定全完了。他像发怒的公牛一般，一声怒吼冲出门去，我们其余的生存者也都紧随其后。冲出舱外，只见船尾站着中尉和他手下的10个士兵，原来，正对着桌子上方的官舱上面有一个可开启的旋转天窗，稍稍打开一些，他们就可以从隙缝中向我们开枪。在他们重新装填好火药之前，我们冲上前去。他们英勇抵抗，但最终还是被我们控制了局面，我们没用5分钟就把他们全部解决了。我的上帝！这只帆船差不多已经变成了一个屠宰场！普伦德加斯特就像暴怒的魔鬼一样，把一个又一个的士兵像拎孩童一样拎起来，不管是死是活，通通扔到海里。有一个伤势很重的中士，落水后出人意料地泅游了很长时间，直到有人实在看不下去，一枪打碎他的脑袋才罢休。战斗结束了，除了两个狱卒、两个船副和一名医生，其余的敌人已一个不留。

关于剩下的这几个敌人怎样处置，我们产生了分歧。许多人夺回了自由已经心满意足，根本不愿意再多杀人。为了生存而杀死手执利刃的士兵与冷酷无情地残害人命根本就是两码事。我们8个人，5个犯人和3个水手说，我们愿意给剩下的人一条生路，但普伦德加斯特和他的一伙人却听不进去。他说，把事情处理得干净利落是我们求得安全的唯一机会。他可不愿意留下活口，将来站在证人席上去多嘴多舌。他差一点还要把我们关起来，不过最后他说，如果我们几个愿意，可以乘坐小艇离开。我们对这个建议欣然接受，因为早已对这种血腥的屠杀厌恶至极，我们也明白，这件事还没有结束，更残酷的事情还在后面。于是，他发给我们每人一套水手服，一桶淡水，一小桶腌牛肉，一小桶饼干，外加一个指南针。普伦德加斯特丢给我们一张航海图，告诉我们，说我们是一艘遇难船只上的海员，船只沉没于北纬15度，西经25度。然后他割断缆索，任凭我们漂流而去。

我亲爱的儿子，现在我要讲到这个故事最惊险的地方了。在暴动的时候，水手们曾经落帆顶风而行，但在我们下船离开之后，他们又扬起风帆，乘着轻微的东北风渐渐飘离了我们。我们的小艇在平稳起伏的波涛缓缓前进。我们一伙人中，我和伊文斯算是受教育最多的人。我俩坐下来研究航海图，确定我们所在的方位，并计划该向哪个海岸行驶。这些问题确实需要认真思考，因为向北约500英里是佛得角群岛，非洲海岸则在距我们约700英里的东方。因风向转北，我们基本确认向塞拉利昂行驶比较好，于是便掉转船头朝着这个方向前进。这时我们向后方看，三桅帆船已距我们很远，不见船身只见船桅。就在我们向它眺望时，突然看到一股浓密的黑烟从船上冲天而起，像一棵怪树悬挂于天际。几秒钟以后，一声雷鸣般的巨响震耳欲聋，等到浓烟消散，"格洛里亚斯科特"号帆船已无影无踪。我们立即掉转船头，拼尽全力向那里驶去，海面上那仍未散开的淡烟说明了那艘船上一定有惨事发生。

我们花费了很长时间才到达那里，起初我们怕到得太迟，恐怕已经无人可救。只见一条支离破碎的小船和一些断桅残板在海面上漂荡起伏，这正是帆船沉没的地方，但我们没有发现还有人活着。我们正失望地掉转船头时，忽然传来一阵呼救声，这才看到不远处有一个人僵直地横躺在一块木板上。我们把他拖上船一看，原来是那个叫赫德森的年轻水手，他被严重烧伤，筋疲力尽，话都说不出来，直到次日清早，才把事情的经过告诉了我们。

原来，我们离开以后，普伦德加斯特与他的同伙就开始动手杀害那剩下来的5个人。他把两个狱卒枪毙后扔进大海，三副也遭到同样的处决。普伦德加斯特亲自去中舱割断了可怜的医生的喉咙。这时只剩下大副一人，这是一个机智勇敢的人。他见普伦德加斯特手持血淋淋的屠刀步步逼近，便猛地挣开事先弄松了的绑索，冲上甲板，钻进尾舱。有12个罪犯手持手枪下来抓他，只见他手拿一盒火柴，坐在一个已经打开的火药桶边上，船上原来还载有100桶火药。大副发誓说，谁要是敢碰他一下，他就点燃火药，叫全船人同归于尽。但话未说完爆炸就发生了。赫德森认为大副根本没有点着火柴，而是一个犯人开枪射击时误中了火药桶，但是不管具体原因是什么，反正这就是"格洛里亚斯科特"号帆船和那些劫船暴徒的最终结局。

我亲爱的孩子，简言之，我所参与的这件可怕事件的全部过程就是这样。第二天，一艘驶往澳大利亚的双桅船"霍特斯泼"号救起了我们。船长相信我们就是遇难客船的幸存者。"格洛里亚斯科特"号运输船也被海军部认为是海上失事记录在案，有关它的真实命运从来没人泄露出去。经过一段顺利航程之后，"霍特斯泼"号将我们留在了悉尼口岸，伊文斯和我更名改姓从事采矿业，在世界各地的人往来密集之地，我们很容易就隐瞒了过去的身份。其余的事我不再细说。后来我们发了财，周游世界，还以殖民地富翁的身份返回英国，购置了大笔产业。20多年来，我们过着富裕安乐的生活，我们希望将过去的事永远埋葬。后来这个水手过来找我，我一眼即认出，他就是被我们从沉船残骸上捞上来的那个人，当时我心中有何感想已可想而知了。他不知用什么方法追踪到这里，借着我们心内满怀恐惧，对我们敲诈勒索。你现在应该明白，我为什么要那样讨好他了，多多少少你对内心充满的恐惧的我应该有所同情吧。他虽然离开我到另一个受害者那里去了，可是仍在对我进行欺诈勒索。

"下面写的字，由于手抖得厉害，几乎难以辨认，'贝多斯写来密信说，赫德森已说出一切。上帝啊，可怜可怜我们吧！'

"这就是那天晚上我念给小特雷佛听的故事。华生，这种情况可真算得上是颇具戏剧性的案子了。我的好友历经这样一场风波，不胜悲痛，便离开此地迁往特拉伊种茶树去了，我听说他在那里干得很好。至于那个水手及贝多斯，自从那天写了那封警告信以后，便断了音信，消失得无影无踪了。警局也没有接到任何检举，看来贝多斯是把赫德森的虚声恐吓误以为真了。有人看到赫德森在附近出没，警局认为他杀害贝多斯以后逃逸了。而我宁可相信事实恰恰相反。很有可能是贝多斯陷入绝境，认为赫德森出卖了自己，便铤而走险杀死了赫德森，然后携带钱财逃往国外。这就是这件案子的全部情况，医生，如果它们对你采集资料能有所帮助，我很乐意拿出来供你选用。"

马斯格雷夫家族的仪典

我对我的朋友夏洛克·福尔摩斯性格中一点与众不同的地方，感到特别烦恼。他思维清晰、敏锐过人，服饰也简朴整洁，可是他的日常生活却杂乱无章，十分邋遢，让同住的人无法接受。我自己在这方面也好不到哪儿去。我在阿富汗那种乱七八糟的环境中工作过，加上性格天生放荡不羁，我也变得自由散漫起来，行为品格根本不像一个医生。但对我来说，事情总还有个限度。当我看到一个人把烟卷放在煤斗里，将烟叶放在波斯拖鞋顶上，而那些未来得及答复的信件却被他用一把大折刀插在木制壁炉台中央时，我就开始觉得自己跟他比起来还是相当不错的。此外，我一向认为，手枪练习这种消遣活动应当在户外进行，而福尔摩斯只要一时兴起，便坐在屋内的扶手椅上，操起自己的手枪外加 100 发子弹，以维多利亚女王的那种爱国主义劲头，用弹痕把对面墙上装饰得像蜂窝煤一样，我深深感到，我们室内的气氛及房屋的外观并不会因此而得到良好的改善。

我们的房间里塞满了各种各样的化学药品和罪犯的遗物，而这些东西常常会在意想不到的地方出现，有时会在黄油盘子里，或者其他更不应该出现的地方，可是他的文件却是最令人头疼的。他最讨厌丢弃或销毁文件，尤其是那些与他过去处理的案件有关的文件，他一两年难得有一次精力去收拾整理它们。因为，正如我在这些支离破碎的回忆录里提到的一样，当他做出了卓越的成绩因而扬名的时候，他才热情高涨，精力充沛。一旦这种热情很快消失，接下来他就会变得极其懒散。其他时间，他每天与小提琴和书籍形影不离，除了由沙发到桌旁，几乎很少移动。这样月复一月，他的文件越来越多，屋子的每个角落都堆满了成捆的手稿，他坚决不肯烧毁，而且除了他自己外，禁止外人随意挪动它们。

一个冬天的晚上，我们一起闲坐在炉边，我大胆地向他建议，等他把摘要抄进备忘录以后，不妨腾出两个钟头来整理一下房间，以便于稍微适合居住。他无法拒绝我这合理的建议，于是不高兴地走进卧室，一会儿返回时身后拖着一只铁皮大箱子。他把箱子往地板当中一方，拿个小凳子蹲坐在大箱子前面，向后打开箱盖。我看见用红带子绑成的小捆的文件已经占据了箱内三分之一的空间。

"这里有很多案件，华生，"福尔摩斯恶作剧地望着我说道，"我想，要是你知道我这箱子里装了些什么，那么，你就会要我把已装进去的往外拿，而不会要我把没装进去的往里装了。"

"这么说，这些都是你早期办案的工作记录了？"我问道，"我一直希望能有这些案件的材料呢。"

"没错啊，我的朋友，这些都是我成名前处理的案件。"福尔摩斯拿出成捆的文件。"这些并非都是成功的记录，华生，"他说道，"可是其中也有许多有趣的地方。这是塔尔顿凶杀案，这是范贝里酒商案报告，俄国老妇人历险案，还有铝制拐杖奇案以及跛足的里科里特和他可恶的妻子的记录。这里还有，啊，这才真是一桩稀奇古怪的案子呢。"

他伸长手臂从箱子底部取出一个小木匣，匣盖可以活动，好像儿童的玩具盒子一样。福尔摩斯从匣内取出一张皱巴巴的纸，一把旧式的铜钥匙，一根绕着线球的木钉和三个生锈的金属圆板。

"喂，我的朋友，猜猜这些东西都是什么玩意儿？"福尔摩斯看着我，微笑着问道。

"这大概是一些稀奇古怪的收藏品。"

"不错，而围绕它们发生的故事，那才真叫稀奇呢。"

"那么，这些遗物背后难道还有什么故事吗？"

"不仅如此，它们本身就是故事啊。"

"怎么这样说呢？"

他伸长手臂从箱子底部取出一个小木匣，匣盖可以活动，好像儿童的玩具盒子一样。

夏洛克·福尔摩斯把它们挨个拿出来，沿桌边一字摆开，然后又坐到椅子上，重新打量着这些东西，两眼流露出满意的神情。

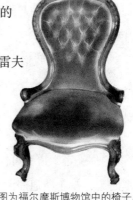

"这些东西，"他说道，"是我留下来用来回忆马斯格雷夫仪典案件的。"

我不止一次听到他提起这个案件，可是始终未能获知其中详情。"如果你能详细地讲给我听，那我真是太高兴了。"我说道。

"那么这些杂乱的东西就可以留在那里不去管它了。"

图为福尔摩斯博物馆中的椅子。

福尔摩斯调皮地大声说道，"你这个整洁成性的人的愿望又落空了，华生。可是我很高兴你能把这个案子加进你的案例记录里去。因为这个案子不仅在国内犯罪记录中很少见，在国外也极其罕见。如果你收集那些微不足道的小成就，却没有记载这件案子，那真是一个大大的缺憾啊。

"你应该还记得'格洛里亚斯科特'号帆船事件，我向你讲了那个遭遇不幸的人，他的谈话，使我第一次开始考虑自己的职业，而后来侦探果真成了我的终身工作。现在你看我已经声名远播了，公众和警方都普遍认为我是疑难案件的最高上诉法院。甚至你最初和我交往的时候，我当时正处理着的案件，后来被你记录为'血字的研究'，尽管那时我的生意并不是非常兴隆，但是我已经有很多委托人了。你无法想象，开始时我遇到了多少困难，我经历了那么长的时间才取得了今天的成功。

"我初来伦敦时，住在大英博物馆附近的蒙塔格街，闲来无事，我就潜心研究各门科学，以便将来能对自己有所帮助。那时时常有人来找我破案，他们大都是我的一些老同学介绍过来的。因为我在大学的最后几年，已有人关注我及我的推理方法。我侦破的第三个案子就是马斯格雷夫仪典案。那些一连串的奇异事件让我产生了极大的兴趣，加上那些关系重大的办案结局，促使我在今天这个职业上迈出了第一步。

"雷金纳德·马斯格雷夫与我在同一所学校读书，我们俩交情一般。因为他看上去好像很骄傲，所以在大学里并不怎么讨人喜欢。但我总觉得他的骄傲，不过是他用来掩盖他那天生羞怯的性格的一种手段。他有着典型的贵族子弟的相貌，身材瘦削，挺直的鼻子，大眼睛，举止稳重，彬彬有礼。实际上他的确是大英帝国一支最古老的贵族的后裔。在16世纪时，他的家族与北方的马斯格雷夫家族分离开来，迁至苏塞克斯西部定居，赫尔斯通庄园应该算得上是这一地区至今还有人居住的最古老的建筑了。他的出生地苏塞克斯一带的环境对他影响很深，他那苍白灵秀的面孔和他那安详的姿态，每每看见，我都会联想起那些暗灰色的拱道、直棂的窗户以及封建古堡的所有遗迹。有一两次我们俩在一起随意攀谈时，我还记得他一再表示他对我的观察和推理方法很感兴趣。

"分开以后，我们有 4 年没有见面，一天早晨他到蒙塔格街来找我。他变化不大，穿戴入时，好像一个上流社会的时髦青年，但是，他仍然保持着以前那种与众不同的安静文雅的风度。

"'你一向还好吗？马斯格雷夫。'我们热情地握手，我问道。

"'你一定知道我可怜的父亲已经去世了，'马斯格雷夫说道，'那是两年前的事了。从那时起，赫尔斯通庄园的一切就归我管理了。我还是我们这一区的议员，所以一直忙得不可开交。但是，据我所知，福尔摩斯，你已把你那令人惊叹的神奇本领用到现实生活中了？'

"'是的，'我说道，'我现在就用这点小聪明来养家糊口！'

"'听你这么说我很高兴，因为目前我迫切需要你的指导。赫尔斯通发生了很多怪事，警察至今还是毫无头绪。这个案件确实是非比寻常。'

"你可以想象我听到这里心中该是多么着急了吧，华生，过去几个月我一直空闲无事，现在我一直苦苦渴求的机会终于来了。我内心充满自信，别人无法做到的事情，我一定能做到，现在我可以大显身手了。

"'请把详情告诉我吧。'我大声说道。

"雷金纳德·马斯格雷夫在我对面坐下来，抽着一支我递给他的香烟。

"'你知道，'他说，'虽然我还是一个单身汉，但是在赫尔斯通庄园我却拥有为数不少的仆人，因为那座庄园破旧、凌乱，有很多琐事需要处理，所以我没有辞退原来的仆人，在狩猎野鸡的季节里，我通常要举行宴会，如果人手短缺，这一切都不好张罗。我共有 8 个女仆，一个厨师，一个管家，两个男仆，一个小听差。花园和马厩还要各有一帮子人。

"'众多仆人中，管家布伦顿在我家待的时间最长。我父亲当初雇佣他时，他是一个失业的小学教师。他精力旺盛，个性鲜明，很快就受到全家人的喜爱。他身材不高不低，一表人才，额头宽阔，虽然到我们家已有 20 年，但他还不满 40 岁。此外，他优点突出，多才多艺（因为他能说几国语言，几乎能演奏所有乐器），虽长期给人当差但怡然自得，是不是很奇怪？不过在我看来，他好像是安于现状，不思进取。我们的这位管家给每一个去过赫尔斯通庄园的人都留下了深刻的印象。

"'可是这么一个优秀的人也有缺点，就是像唐璜①一样作风轻浮，不难想象，像他这样的人，在偏远的乡村扮演一个风流浪子那是毫无困难。他刚结婚时倒也没有什么，但是自从他妻子亡故后，他就给我们带来了无穷无尽的麻烦。几个月以前，他已与我们家的二等使女雷切尔·豪厄尔斯订了婚，我们本希望他有所收敛，可是他还是抛弃了雷切尔与猎场看守班头的女儿珍妮特·特雷杰丽丝搅和在一起。雷切尔是一个好姑娘，但是有着威尔士人那种容易激动的性格。她刚刚得了脑膜炎，现在，确切地说直到昨天才能够下床走路。与过去相比，她现在只能算是一个黑眼睛的幽灵。这是我们赫尔斯通的第一出闹剧。可是紧接着第二出闹剧就发生了，将第一件事逐出了我们的脑海，那第二出闹剧，还得从管家布伦顿的失宠和解雇说起。

"'事情是这样的：我说过，这个人很聪明，可是就是他的聪明害了他，因为聪明导致他对毫不相干的事过分好奇。我以前从未想到他的好奇心带给了他什么，直到一件偶然事件的发生，才使我意识到问题的严重性。

"'我说过这原是一所凌乱的老庄园。上星期的一天，确切地说应该是上星期四晚上，我吃过晚餐以后，很不明智地喝了一杯浓咖啡，以至于我躺在床上久久不能入睡，一直折腾到凌晨2点钟，我感到再这样下去也无法入睡，便索性起来点亮蜡烛，打算接着读我那本没读完的小说。然而我把小说丢在弹子房了，于是我便披上睡衣走出卧室去拿。

"'到弹子房必须得先下一段楼梯，然后走过一段走廊，而走廊的尽头是藏书室和枪库。我不经意向走廊望过去，忽见从藏书室敞开的门内射出一道微弱的灯光，这时你可以想象，我是多么奇怪了。因为，临睡前是我已亲手熄灭了藏书室的灯并关上了房门。我开始自然想到一定有小偷。赫尔斯通庄园的走廊的墙壁上装饰着很多古代武器，那些都是以前的战利品。我从中挑出一把战斧，然后丢下蜡烛，蹑手蹑脚地穿过走廊，向门里张望。

"'原来待在藏书室里的不是别人，而是管家布伦顿。只见他衣着整齐，稳坐在一把安乐椅上，一张纸在他膝上平摊着，看上去好像是地图，他手托前额，貌似正在苦苦思索。我吃惊地立在那里，继续在暗中看着他。只见桌边放着一支小蜡烛，借着那微弱的烛光，我看见他衣着整齐，又见他猛然从椅上站起来，走向旁边的一个写字台，把锁打开拉开一个抽屉。从中取出一份文件，又回到座位上将文件在桌上铺开，然后就着烛光开始认真研究起来。看到他那样平静自在地偷看我们家的文件，我怒火中烧，一步跨向前去。布伦顿抬起头来，看见我站在门口，立马跳起来，脸吓得发青，赶忙

---

① 唐璜：西班牙的一位贵族，行为风流浪荡，专爱勾引女性，西方诗歌、戏剧中多引用。

"只见桌边放着一支小蜡烛，借着那微弱的烛光，我看见他衣着整齐，又见他猛然从椅上站起来，走向旁边的一个写字台，把锁打开拉开一个抽屉……"

把刚才在看的那张图纸一样的文件塞进怀里。

"'我说："好哇！你原来是这样报答我们对你的信任的。你明天就可以离职走人了。"

"'他好像备受打击，给我鞠了一个躬，然后就悄悄地溜走了。蜡烛依然还在桌上，借助烛光，我想看看布伦顿从写字台里取出的到底是什么文件。令我感觉意外的是，那文件根本无关紧要，只是一份古老仪式中的对答文典。这种仪式叫"马斯格雷夫礼典"，是我们家族的特有仪式。几个世纪以来，每个马斯格雷夫家族的人，一到成年都要遵照文典举行仪式——这只是我们家族的私事，如同我们自己的纹章图记，对考古学家来说或许会有些价值，但是实际用途不大。'

"'那份文件我们不妨过一会儿再做研究，'我说道。

"'好的，如果你认有必要的话，'马斯格雷夫有些犹豫不定地答道，'不过，我先继续讲下去：我用布伦顿留下的钥匙重新锁好写字台，刚要转身离开，突然发现管家就站在我面前，他自己不知何时又走回来了，这使我大吃一惊。

"'他情绪激动，声音嘶哑，他大叫道："先生，马斯格雷夫先生，我丢不起这个脸，先生，我身份低微，可是我一辈子最看重脸面，丢这份脸等于要了我的命。先生，如果你把我逼上绝路，那我的性命就交与你了，真的，我做得出来的。先生，今天出了这件事，如果你感觉再也不能容我，那么，请看在上帝分上，给我一个月的时间，让我像自愿辞职一样离开，马斯格雷夫先生，辞职没有关系，但是绝对不可以当着所有熟人的面把我赶出去。"

"'我答道："你不值得别人为你着想，布伦顿，你的行为太恶劣了。不过，念在你为我们家服务了这么多年，我也不想让你当众丢脸。但是，一个月时间太长了，一个星期之内你自己离开吧，随便找个什么理由都行。"

"'他绝望地叫道："只给一个星期时间？先生。至少给我两个星期吧！"

"'我重复道："一个星期。你应该知道这对你已经够宽大的了。"

"'他垂头丧气，带着绝望的表情悄悄走开了。我吹熄了蜡烛，回到自己的房间。

"'接下来的两天里，布伦顿特别勤奋卖力，处处小心谨慎。我闭口不提发生过的事，怀着好奇之心等着看他怎样处理这件事。以前，他习惯吃过早餐来接受我的工作指示，可是第三天早饭后他没有如常出现。从餐室出来时，我正好碰到女仆雷切尔·豪厄尔斯。前面我说过，这位女仆最近刚刚大病初愈，她看起来疲惫不堪，苍白瘦弱，于是我劝她先不要工作。

"'我说道："你需要卧床休息，等身体结实些了再工作吧。"

"'她用一种很奇怪的表情望着我，使我开始怀疑她又要犯脑病了。

"'她说道："我已经足够好了，马斯格雷夫先生。"

"'我回答道："那我们要听听医生的说法。你现在必须停止工作，你到楼上去，请顺便告诉布伦顿，就说我找他。"

"'她说道："管家已经走了。"

"'我问道："走了！去哪儿了？"

"'她说："他走了，到现在都没人看见他。他不在房里。啊，是的，他走了，他走了！"雷切尔说着，倚倒在墙上，发出一阵阵尖锐的狂笑声，这种歇斯底里的突然发作，把我吓得够呛，我急忙按铃叫人过来帮忙。仆人们把她搀回屋去。我问她有关布伦顿的情况，她一边尖叫一边哭泣。毫无疑问，布伦顿确实消失不见了。他的床昨夜没有人睡，自从前夜回房以后，再没有人看到过他。没人知道他是怎样离开的，因为早晨门窗都锁着。他的衣服、手表、钱钞，都在房间里留着，只有平时穿的那套黑衣服不见了。他的拖鞋没有了，长筒靴子却留下来。那么管家布伦顿夜里会去了哪里呢？他现在怎么样了呢？

"'我们把整个庄园从底层的地下室到顶层的阁楼都挨个仔细搜了一遍，可是还是没有发现他的踪迹。正如我说过的，这是一所迷宫一样的老庄园，特别是那些原始建造的老式厢房，现在已经无人居住。我们反复搜查了每个房间和地下室，但是失踪者好像从人间蒸发了一样。我难以相信，他会丢弃所有财物净身离去，还有，他又能到哪里去呢？我叫来了当地警察，但他仍然下落不明。前夜下过雨后，我们检查了庄园四周的草坪与道路，依然没有结果。情况就是这样。后来，又发生了新的事件，把我们的注意力从这个疑团上吸引过去。

"'雷切尔·豪厄尔斯这两天来病得越发严重，有时不省人事，有时又歇斯底里，我雇了一个护士通宵看护着她。在管家布伦顿失踪后的第三个夜里，护士看她的病人睡得很好，便坐在扶手椅上小睡了一会儿，第二天清晨她醒来时，发现病床上已经空无一人，窗户敞开着，而病人已无影无踪。护士立即叫醒了我，我带上两个仆人立即去寻找那个失踪的姑娘。很容易就查清了她的去向，从她窗下的脚印开始，我们沿着她的足迹，穿过草坪，来到小湖边，到了那里，足迹就在石子路附近消失了，而石子路是通往宅旁园地的。这个小湖有 8 英尺那么深，我们看到可怜的疯姑娘的足迹在湖边消失，心情就可想而知了。

"'于是，我们立即在湖边开始了打捞工作，着手寻找遗体，可是根本没有发现尸体，反倒捞上来一件意想不到的东西，那是一个亚麻布口袋，里面装着一堆生锈的破金属，还有一些已经失去光泽的水晶和玻璃物件。我们从湖里捞上来的除了这些奇怪的东西外，再无他物。虽然昨天我们竭尽全力进行搜查、寻找，我们还是无法得知我的管家和那女仆的下落。郡里的警察已经无计可施。我只好来向你求助，这是最后一招了。'

"华生，你可以想象，我是多么急切地听他讲述这一连串稀奇古怪的事件，我努力把它们往一块儿串联，并且想找出能把所有事件都串联起来的共同主线来。你看，管家失踪后，女仆也失踪了，看来女仆爱过管家，不过后来也有理由去怨恨他。姑娘是威尔士血统，脾气热情而火爆。管家一失踪，她立即就很激动。她把装着奇怪东西的口袋丢进湖里。这些因素都值得考虑，但是没有一个因素能真正触及问题的重心。引发这一连串事件的起点是什么呢？所有这些不是这一连串复杂事件的结果而已。

"我说道：'我要看看那份文件，马斯格雷夫，就是你的管家宁可冒着失去工作的危险去读的那一份。'

"'我们家族的礼典看起来很荒谬。'马斯格雷夫回答道，'不过因为它是前人留传下来的，应该还有些参考价值。如果你想看的话，我这儿有一份礼典问答词的抄件。'

"华生，我现在拿的这份文件，就是马斯格雷夫递给我的东西，这是一份很奇怪的教义问答手册，每个马斯格雷夫家族中的人在成年仪式上都要遵守的问答词。以下是问答词的原文：

　"'它是谁的？'
　"'那个走了的人的。'
　"'谁应该拥有它？'
　"'那个将要来的人。'
　"'太阳在哪里？'

"'在橡树顶上。'

"'阴影在哪里？'

"'在榆树下方。'

"'如何测知？'

"'向北十步又十步，向东五步又五步，向南两步又两步，向西一步又一步，就在那下面。'

"'我们该为它付出什么？'

"'我们的全部。'

"'为什么我们要付出？'

"'因为信誉。'

"'原文没有注明日期，但是文字使用了17世纪中叶的拼写法。'马斯格雷夫说道，'不过，恐怕这些对你解决疑案帮助不大。'

"'至少，'我说道，'它给了我们另一个难解的谜，甚至比原来的谜更有意思。很可能破解了这个谜，也就解开了那个谜。说句不好听的话，马斯格雷夫，我感觉你的管家似乎是一个极端聪明的人，头脑聪明可胜过他东家十代人。'

"'你的话我不大明白，'马斯格雷夫说道，'我个人以为这份文件根本没有什么重大意义。'

"'不过在我看来，这份文件有很重要的实际用途，我想布伦顿应该和我的看法不谋而合，那天夜里你抓住他之前，他有可能早已看过这份文件了。'

"'这很有可能。我们从来没有想过要好好把它藏起来。'

"'据我推测，他最后这一次不过是想把它的内容牢记于心罢了。上次你出现时，他正拿地图与草图和原稿对照，你一进来，他就慌忙把那些图藏起来了。'

"'的确如此。不过我们家族的这项老传统跟他有什么关系呢？这些乱七八糟的仪规能有什么意义啊？'

"'我认为这个问题很容易搞明白，'我说道，'如果你不反对的话，我们可以赶头班火车去苏塞克斯，去现场把这事好好研究一下。'

"当天下午我们两个人就到了赫尔斯通。可能你早已通过图片或文字记载对这个著名的古老庄园有过了解，所以对它我就不详细介绍了，我只想简单地说一下，那座古老建筑物从外面看来呈L形，较长的那排房屋是比较现代化的部分，短的一排则是古代建筑，也是整座庄园建筑的核心，其他的房屋都是从它那里延伸建造而成。旧式房屋中央那低矮厚重的门楣上，刻着建造的日期，1607 年，不过专家一致认为它的屋梁及石墙部分的实际年份比这还要久远。旧式房屋的墙壁又高又厚，窗户还很小，这就是这个家族在上个世纪又建造那排新房子的原因。现在，旧房子只用来做库房和酒窖使用。茂密的古树环绕在房子四周，形成了一个漂亮幽静的小花园，我的委托人提到的那个小湖距林荫路很近，大约距房屋有二百码。

"真的，华生，我已经确信，这 3 个事件不是孤立存在的，而是连在一起的一个谜，如果我能正确地理解'马斯格雷夫礼典'的真正含义，就一定能牢牢抓住线索，查明与管家布伦顿和女仆雷切尔两人有关的事件真相。于是我集中精力去探寻。为什么管家要急于掌握那些古老仪式的语句？显然是他发现了其中的秘密，这种秘密也正是这个贵族家庭几代人都忽略的问题。布伦顿希望能从这个秘密中捞到好处。那么，这个秘密究竟是什么呢？它对管家的命运又有何影响呢？

"我把礼典又重新读了一遍，心中豁然开朗，这种测量法一定是指某个地点，它与礼典中某些语句的暗示内容有关。只要找到这个地方，就能找到发现秘密的捷径，显然，马斯格雷夫的先人认为有必要用这种奇妙的方式将这个秘密传诸后人。我们开头必须得从两个方向入手，一棵橡树和一棵榆树。关于橡树一点问题都没有，因为它就在房屋的正前方，左侧的车道旁，一棵古老粗壮的橡树挺拔耸立在橡树丛中，这是一棵我平生见过的最高大的古树。

"'这棵橡树应该比你家的礼仪文典还要老吧？'驾车驶过这棵橡树时，我说道。

"'大概在诺耳曼人征服英国时，这棵树就存在了，'马斯格雷夫答道，'它的树干有 23 英尺粗呢。'

"这正证实了我的一点猜测，我便问道：'你们家里有老榆树吗？'

"'以前在那边有一棵老榆树，不过 10 年前被雷电击毁了。树干早被锯掉了。'

"'你能指出它原来的位置吗？'

"'哦，当然可以。'

"'其他还有榆树吗？'

"'没有老的了，不过新榆树倒不少。'

"'我想去看看那棵老榆树原来生长的地方。'

"我们乘坐的单马车还没有进屋，委托人就领我去了草坪的一个坑洼处，那里就是老榆树的旧址。位置差不多就在橡树和房屋的正中间。我的调查似乎颇有进展。

"'恐怕没法知道这棵榆树原来的高度了吧？'我问道。

"'我现在可以就告诉你，64 英尺。'

"'你怎么会知道？'我惊奇地问。

"'我的一个老家庭教师经常让我做三角练习，一般是测量高度。在少年时代，这个庄园里的每棵树和每幢房子我都测量过。'

"这真是喜从天降。我需要的资料真是来得完全不费工夫啊。

"'请告诉我，'我问道，'管家问过你榆树的事吗？'

"雷金纳德·马斯格雷夫非常惊讶地望着我。'你这么一说，我倒想起来了，'他说，'几个月以前，布伦顿在与马夫有一场小争执，确实向我问起过榆树的高度。'

"天大的好消息，华生，因为这说明我的思路完全对头。我抬头看看太阳，它已经开始西沉，我计算了一下，不要一个小时，它就要偏到老橡树最顶端的树枝上。礼典中提到的一个条件已经成熟了。而榆树下的影子一定是指阴影的最远端，不然为什么不选用树干来做标准呢？于是我应该寻找的是，太阳偏过橡树顶时，榆树阴影的最远端在哪里。"

"那肯定相当困难，福尔摩斯，因为榆树已经不在那儿了。"我说道。

"唔，好在我知道布伦顿能做到的，我也能做到。再说，实际上也没什么困难。我们一起去了马斯格雷夫的书房，削了这个木钉，我在木钉上拴上长绳，绳子每隔一码打一个结，然后将两根钓鱼竿绑在一起，加在一起正好是 6 英尺，然后和我的委托人重返老榆树旧址。太阳这时正好偏过橡树顶。我把钓鱼竿一端插进土中固定，一端竖直，然后记下阴影的方向，测量了影子的长度，测量结果为 9 英尺。

"下面计算起来就很简单了。如果竿长 6 英尺时影子为 9 英尺长，那么树高 64 英尺时影长就是 96 英尺了。钓竿阴影的方向自然就是榆树的方向。我丈量了这段距离，几乎就到了庄园的墙根。我在这地方插下木钉。华生，你可以想象，当我发现木钉两英寸左右的地上有个锥形的小洞时，我是如何欣喜若狂了。我知道这是布伦顿测量后做的标记，我已经追逐到他的行踪了。

"从这点开始，我们进行步测，我先用我的袖珍指南针定准方位，顺着庄园墙壁向北走了 20 步，又钉下一个木钉。然后我又小心翼翼地向东走了 10 步，向南走了 4 步，便来到了老房子那扇古老大门的门槛边上。按照礼典的指示，又向西行走了两步，我就走到石板铺就的通道上来了。

"华生，当时我很扫兴，感觉到了从来没有过的失望。开始我认为肯定是我的计算在某个方面出现了根本性的错误。斜阳正照在通道的地面上，我看到那些久经脚底磨损的古老的石板，已被水泥牢牢封死，肯定长年未翻动过。布伦顿显然没有在此地动过手脚。我敲了敲石板，听起来声音都一样，石板上也没有洞隙和裂缝。不过，幸运的是，马斯格雷夫已经明白了我测量追踪的用意，他与我一样兴奋，他手拿文件来核对我计算的结果。

"'就在那下面，'他高声叫道，'你没注意这句话：就在下面。'

"我原以为我们得挖掘下去呢，当然我立即明白我错在了哪里。'你是说，通道下面还有地下室？'我高声叫道。

"'对啊，下面有地下室，它们跟房屋一样老，来，走这个门。'

"我们走下弯弯曲曲的石头阶梯，我的委托人擦亮了一根火柴，点着了放在墙角木桶上的一盏提灯。一瞬间我们就看得出来，这就是我们要找的地方，而且最近几天明显有人来过这儿。

"这地下室是用来堆放木料的，可是原先那些被人乱七八糟丢在地上的短木头，现在已被人堆在两旁，中间留出一块明显的空地。一块重石板就立在空地上，石板中央生锈的铁环上绑着一条白黑格子的厚围巾。

"'上帝啊！'我的委托人惊呼道，'那是布伦顿的围巾，我发誓我见他戴过这条围巾。这个坏蛋到这里来干什么？'

"在我的建议之下，我们召来了两名本郡警察，然后我使劲抓住围巾向上提石板。可是它只是挪动了一小点，在一名警察的帮助下，我好不容易把石板挪至一旁。一个黑乎乎的地窖从石板下露了出来。马斯格雷夫跪在地窖边上，把提灯慢慢放进去探照着，我们都站在那里向下望。

"这是一个大约7英尺深，4英尺见方大小的地窖，靠边放着一个箍着黄铜的矮木箱，箱子盖子已被人打开，这把奇形怪状的老钥匙当时就插在锁孔上。箱子外面满是厚厚的灰尘，蛀虫和潮气已经蚀穿了木板，箱子里面长满了毛茸茸的木菌。一些像旧时金属硬币一样的圆片，散落在箱子底部，就跟我手里拿的这些一样，其他就没有什么东西了。

"然而，当时我们根本无暇顾及这个旧木箱，因为我们的目光都集中到了蜷缩在木箱旁边的一个什么东西上。那是一个穿着一身黑衣服的人，他蹲在那里，额头垂在箱子边上，两臂伸出抱着箱子。这个姿势使他浑身的血液都凝滞在脸上，我们都无法辨认这个面孔极度扭曲、脸色如猪肝一样的人究竟是谁。但在我们把他拖上来之后，他的身高、服饰，还有头发，足以使我的委托人认出，这就是他那失踪的管家。他已经死了好几天了，但是他身上没有任何伤痕可以显示出他为何会落得如此悲惨的结局。尸体从地窖里运上来后，我们发现还有一个难题仍未解决，这个难题跟刚开始遇到的那个一样，都很让人头疼。

"华生，我至今都依然承认，那时我对自己的侦查感到非常失望。我原以为，一旦我按照礼典的暗示找到这个地方，我就能圆满解决问题。可是现在我已经处身此地，却还没有弄清这个家族费尽心思苦心隐藏的秘密究竟是什么。就算我查明了布伦顿的下落，但是还得接着查找他遭此下场的原因；那个失踪的姑娘在这个事件中又扮演了什么样的角色呢。我坐在墙角的小木桶上，反复思考这些问题。

"一般遇到这种情形，华生，你是知道我会采用什么样的方法的。换位思考，把我自己放在他的位置，首先估量一下他的智力，然后尽力设想我在同样的情况下会怎么做。这样一

"那是一个穿着一身黑衣服的人，他蹲在那里，额头垂在箱子边上，两臂伸出抱着箱子。"

来，事情就简单多了，布伦顿的智力无疑是一流的，所以，根本不用考虑什么人为误差，就如天文学家们所谓的误差保留那样。他知道老房子藏有宝物，并准确地找到了这个位置，但是，石板盖太重，他自己根本无法挪动，接下来怎么办呢？即使庄园外有他可以信任的人，他也不会求得此人相助，因为开门放人进来，难免会被人发现，要冒有很大的风险。最好的办法莫过于在庄园里寻找一个助手。可是他能找谁呢？那姑娘深爱过他，男人不论对女人有多坏，都不会承认最终会失去那女人的爱。他可能会试着向雷切尔多献几次殷勤，以求重归于好，然后与她约定共同行动。两人夜里一起来到地下室，合力拉起石板。到目前为止，我能准确追踪他们的行动，好像我亲眼看到一样。

"但是就他们两个人，并且其中还有一个女的，要掀起这块石板，还是会过于吃力。因为连我加上那个身强力壮的苏塞克斯警察合力去掀也不觉得轻松呢。他们要是挪不动石板该怎么办呢？要是我的话我会怎么做？于是我站起来，仔细查看地上四下摆放的木料。我立马就发现了自己预料之中的东西。一根大约 3 英尺长的木料顶端明显有压过的痕迹，其他几块木头横边被压平了，它们好像被十分沉重的东西压过一样。显然易见，他们吃力地向上拖拉石板时，将木料塞进裂缝中，直到洞口撑开的足以爬

进去人为止，然后又用一根木料在下方顶住石板，以免它落下来，这块木料的一端顶在石板的边上，石板全部重量都压在它上面，就使它那着地的另一端被压得陷了进去。一直到现在，我的推论还是正确的。

"现在，我该如何重现那天夜里发生的一切呢？可以明显看出，这个地窖只能钻进去一个人，肯定是布伦顿钻了进去。姑娘在上面接应。布伦顿打开了箱子，将箱子里的东西递了上来，没有人发现他们，然后，然后发生了什么事呢？

"我料想，也许那个性情刚烈的威尔士姑娘看到这个亏待过她的人（可能他对她的伤害比我们想到的还要多），命运掌握在自己手中的时候，那郁积于心的复仇火焰突然燃烧起来？还有可能是木头偶然滑倒了，石板盖下来，将布伦顿关在自找的坟墓之中，而她的罪过只是对他的不幸遭遇保持了沉默？还是她自己出手推开顶木，让石板落下？不管是哪种可能，我都好像看见这样一幅场景，一个女人抓住宝物，狂奔在曲折的石头阶梯上，充耳不闻背后传来的瓮声瓮气的叫喊声，以及双手疯狂敲打石板的声音，她那个薄幸的情人就被活活闷死在那块石板下面。

"怪不得第二天早晨她紧张得面无血色，浑身发抖，还发出歇斯底里的狂笑，秘密原来就在于此。可是箱子里会是些什么东西呢？这些东西她是怎么处置的呢？毫无疑问，箱子里的东西就是我的委托人从湖里打捞上来的那些金属和水晶物件了。她寻找机会把这些东西扔到湖中，以便把事情处理得不留任何痕迹。

"我有 20 分钟坐在那里，纹丝不动，认真思考着这个案子。马斯格雷夫站在那儿，脸色苍白，提着那盏提灯，弯腰向石洞里看着。

图为一盏美国 19 世纪时的马灯。马灯常以煤油做灯油，再配上一根灯芯，外面罩上玻璃罩子，以防止风将灯吹灭，夜行时可挂在马身上，因而得名。

"'这些是查理一世时代的金币，'他手拿几枚从木箱中取出的金币，对我说道，'瞧瞧，关于礼典写成的时间，我们推算得还是很准确的。'

"'这里应该还有查理一世时代的一些东西，'我突然想明白了礼典的头两句问答蕴含的意思，便大声向他喊道，'那个你从湖里捞出的口袋在哪里，快给我看看里面的东西。'

"我们走出地下室，返回他的书房，他拿出那些破烂东西摆放在我面前。我看到那些破烂儿，立马明白他把它们看得无关紧要的原因了，因为这些金属已经锈得变成黑色，石块也黑不溜秋的。我顺手捡起一块用袖子擦了擦，它们竟然像星星一样在我手心闪闪发光。金属物件呈双环圈形状，但是已经扭曲变形得不成样子了。

"'你应该知道,'我说道,'即使英王查理一世已经死去,保皇党还在英国各地进行武装抗争,到最后他们不得不逃亡时,他们可能将大量贵重的宝物埋藏起来,等事情平定之后再回国取出。'

"'我的祖先,拉尔夫·马斯格雷夫爵士是查理一世时代最有名的保皇党成员,在查理二世亡命途中,他是拼死保驾的头等功臣。'我的朋友说道。

"'啊,这就对了!'我答道,'到现在为止,才真正找到我们一直在苦苦寻找的最后一个环节呢。我必须向你祝贺,你得到了一大笔珍宝,虽然它降临的时候有悲剧发生,但这确实是一件价值连城的珍品啊,此外,它还有更为重大的历史意义呢。'

"'那到底是什么东西啊?'马斯格雷夫诧异至极。

"'不是别的,它是英国国王的一顶古代王冠。'

"'王冠!'

"'一点没错。想想礼典上怎么说的!它是这样讲的!"它是谁的?是那个走了的人的。"这是指查理一世已经被处死。然后是"谁应该得到它?那个即将来到的人"。这里指查理二世,他的来临已经可以预见了。我想,毫无疑问,这顶破旧得不成样子的王冠,当年斯图亚特国王们都在头上戴过。'

"'它怎么会跑到湖里去了呢?'

"'啊,回答这个问题确实需要花费一些时间。'说着,我把我的推测和求证方法原原本本地为他讲解了一遍,直到夜色朦胧,月耀清辉,我才把那故事完整讲完。

"'那为什么查理二世回来后,没有把王冠取走呢?'马斯格雷夫边说边把遗物装回亚麻布袋中。

"'啊,你现在说的这点,恐怕我们永远也无法弄清了。也许是掌握这个秘密的马斯格雷夫在这段时间内去世,由于某个疏忽,他把这个做指示用的礼典传给后人但没有说明其含义。从那时起直到今日,这个礼典世代相传,直到有一天引起了一个人的兴趣,他解开了秘密,但却在冒险中丧失了性命。'

"这就是马斯格雷夫仪典的故事,华生。那王冠现在就保存在赫尔斯通——不过,他们在法律上颇费周折,又花了好大一笔钱才把王冠留了下来。我相信,你只要说出我的名字,他们就会把王冠拿给你看。至于那个女人,从此再无消息,很可能她已设法离开英国,带着犯罪的记忆逃亡海外去了。"

赖盖特村之谜

事情发生在 1887 年的春天，由于操劳过度，我的朋友夏洛克·福尔摩斯先生的身体搞垮了，还未完全恢复。当时人们对荷兰—苏门答腊公司案及莫波吐依兹男爵的庞大计划案仍然记忆犹新。这些案件与国家政治和经济牵涉过深，不宜在我的一系列回忆录中加以披露。但是，从另一方面看，那两起案子的奇异和复杂的特性，也给了我的朋友一个机会，让他认识到新的斗争方法的重要性，这种方法是他毕生对抗犯罪行为时所使用的诸多方法中的一种。

我查阅自己的笔记，发现在 4 月 14 日，有一封来自里昂的电报，通知我说，福尔摩斯病倒在杜朗旅馆。24 小时之内，我就赶到了他的病房，发现他的病情并不是十分严重，这才放下心来。不过，即使像他这样钢筋铁骨的身体，也禁不起连续不断的紧张工作，两个多月的疲惫与压力，终于摧毁了他的身体。这段时间内，他每天工作不少于 15 个小时，而且，他还告诉我，有一次他竟然五天五夜没有休息。胜利带来的喜悦，也无法减轻他在如此拼命地工作之后产生的劳累。他的名字响彻整个欧洲，各处发来的形形色色的贺电堆满他的房间的时候，我发现福尔摩斯依然深陷在痛苦之中，神情沮丧。即使他完成了三国警方都无法完成的任务，将全欧洲最有技巧的诈骗犯彻底击败的消息，也无法使他从疲惫的精神中振奋起来。

3 天过后，我们一起回到了贝克街。我想，换个环境对我朋友的健康会更有益，若趁此大好春光，到乡间去待上个把星期——这个念头吸引了我。在阿富汗时请我给他治过病的老朋友海特上校，现在在萨里郡的赖盖特附近购置了一所房子，他屡次邀请我去他那里做客。在最近一次邀请中他着重说明，要是我的朋友愿意和我一道去，他也会竭诚欢迎的。我委婉曲折地把我的意思说给福尔摩斯听，当他得知主人是个单身汉，而且他在那里完全可以自由行动时，他欣然同意了我的计划。从里昂回来一个星期以后，我们就来到了上校的家里。海特是一个热情爽朗的老军人，颇有见识，正如我所料，他很快就发觉他和福尔摩斯之间有很多共同话题，两人相见甚欢。

我们到来的那个傍晚，用过晚餐，随后一起去了上校的贮枪室。福尔摩斯四肢伸展躺在沙发上，海特则领我参观他收藏的东方武器。

"顺便说一句，"他突然说道，"我想从这里挑一支手枪带到楼上，以防有警报。"

"警报？！"我说道。

"是的，最近我们这个地区出了大乱子，大家都受到惊吓。老阿克顿是本地一个富有的乡绅。上星期一有人闯进他家里。损失虽然不大，却没有抓到那些家伙。"

"一点线索都没有吗？"福尔摩斯望着上校问道。

"目前还没有。不过这只是一件小事，是我们村子里发生的一件小案子，你处理过那么多国际性大案，它对你来说一定是微不足道的吧，福尔摩斯先生。"

福尔摩斯摆摆手打断了他的恭维，可是他脸上的笑容显著说明这些赞美之词还是让他感觉很好。

"有什么值得重视之处吗？"

"感觉没有。那些盗贼在藏书室仔细搜索了一番，尽管费了很大劲却收获甚少。整个屋子被翻得乱七八糟，抽屉全打开了，书籍也是狼藉一片。被拿走的除了一卷蒲柏翻译的《荷马史诗》、两根镀金烛台、一个象牙镇纸，还有一个橡木制作的小晴雨表和一团编织用的绳子。"

"还有这样的小偷，真是少见啊！"我喊道。

"嗯，这些家伙显然是顺手乱抓，抓着什么就是什么。"

福尔摩斯在沙发上轻轻哼了一声。

"地区警方应该能从这里找到些许线索，"福尔摩斯说道，"啊，很明显……"

我伸出手指发出警告："你是来这儿休息的，我亲爱的朋友。你的精神还不太好，请不要再插手这件案子了。"

福尔摩斯无奈地耸了耸肩，默默地看了看上校，于是我们转移话题，不再谈这种令人不快的事。

然而，天意如此，我作为一个医生提醒他注意身体的那些话最终还是白费了。因为次日清晨，事件已经发展到了我们不得不出面干预的程度，我们这趟乡村之行变得与想象的完全不同，我们再也无法置身事外了。就在我们吃早饭时，上校的管家完全顾不上礼节，慌慌张张地就闯了进来。

"您听说了吗？先生，"他气喘吁吁地说道，"在坎宁安家里！先生。"

"又是偷窃吗！"上校手中端着一杯咖啡，大声说道。

"凶杀啊！"

上校发出了一声惊叫。"我的上帝！"他说道，"谁被杀了？是地方法官还是他的儿子？"

"都不是，先生。是马车夫威廉。子弹射中他的心脏，他当场毙命啊，先生。"

"那么，是谁杀了他呢？"

"是那个盗贼，先生。他跑掉了，逃得没影了。他刚从厨房窗户进去，就让威廉撞上了。为了保护主人的财产，威廉丢掉了性命。"

"什么时候？"

"昨天夜里，先生，12点钟左右吧。"

"啊，那我们一会儿过去看看。"上校说道，又平静地坐下来吃早餐。"真是一件不幸的事，"管家走后，上校说道，"老坎宁安是我们地方上有头有脸的人物，也是一个作风正派、让人尊敬的人。他一定伤心透了，因为威廉在他手下当差好几年了，是个好仆人。不用说，案犯肯定就是那个去过阿克顿家的窃贼。"

"也就是偷盗那些奇怪东西的人？"福尔摩斯若有所思地说道。

"对啊。"

"啊！这可能是世上最简单不过的事了，不过，第一眼看起来多多少少还是有点儿奇怪，是吧？人们都

就在我们吃早饭时，上校的管家完全顾不上礼节，慌慌张张地就闯了进来。

知道，在乡下作案的窃贼总是会不停地变换作案地点的，绝不可能在一个地区内，短短的几天工夫就偷上两次，昨天你提到预防措施时，我就有这样的想法，这个地方恐怕是英国发生盗窃最少的教区了，由此可见，这里面的学问大着呢。"

"我认为这是本地人干的，"上校说道，"如果我没说错的话，阿克顿和坎宁安家正是他们下手的目标。因为他们两家是此地数得着的大户。"

"算是最富有的人家吗？"

"当然，他们本应算是最有钱的。但是，他们两家有官司纠纷已经好多年了。我看这场官司耗去了他们两家不少钱财。老阿克顿曾经声称坎宁安家有一半财产都是他的，而律师们则在两边捞好处。"

"如果这是本地恶棍干的，追查起来应该没有什么困难。"福尔摩斯打着哈欠懒洋洋地说，"放心吧，华生，我不会干预这件事的。"

"警官福雷斯特求见，先生。"管家突然推门进来报告。

跨步进来的这位警官年纪轻轻，外貌机警敏锐。

"早上好，上校，"他说道，"希望没有打扰你们，但是我们听说，贝克街的福尔摩斯先生现在就在这里。"

上校向我的朋友那里挥了挥手，警官随即点头致意，说道："我们想你也许愿意助我们一臂之力，福尔摩斯先生。"

"命运总是与你开玩笑啊，华生。"福尔摩斯高兴地说道，"警官，刚才你进来时，我们正在聊这个话题。或许你能给我们带来更为详细的情况。"当他像平常一样向后仰靠在椅背上时，我知道我的计划又泡汤了。

"阿克顿案件，我们还没有任何进展。但是目前这个案子应该可以开始调查工作。毫无疑问，这两个案子是同一伙人所为。我们有目击者。"

"是吗？"

"是的，先生。凶手开枪打死了可怜的威廉·柯万后，就像鹿一般迅速跑掉了。坎宁安先生从卧室窗户看见了他，亚历克·坎宁安先生从后面的走廊看到了他。是在12点差一刻出的事。坎宁安先生刚躺下，亚历克先生穿着睡衣正在吸烟。他们两人都听见了马车夫威廉喊救命，亚历克先生立即跑下楼去看发生了什么事。后门敞开着。他走到楼梯脚下，看到外头有两个人正扭打在一起。其中一个开了一枪，另一个倒在地上。凶手穿过花园翻过篱笆，逃了出去。坎宁安先生从他的卧室看见这个人跑上大路，但转眼间就不见了。亚历克先生停下来看是否还能救助那个中枪的人，结果凶手就趁机逃跑了。我们只知道凶手中等身材、身穿深色衣服，除此之外，再无有关他容貌的任何线索，现在我们正在积极排查，如果他是个外乡人，我们很快就可以把他找出来。"

"那个威廉在临终之前，有没有留下什么话？"

"没说一个字。他和母亲住在仆人们住的下房里。他是个忠实的仆人，他到厨房里去，可能是想看看那里是否平安无事。当然，阿克顿案件使这里的每个人都提高了警惕。那强盗刚刚把锁撬开，推门进屋，威廉就撞上了他。"

"威廉出去之前，有没有对他母亲说过什么？"

"他母亲年事已高，耳朵又不好使，我们从她那里得不到任何线索。她平时头脑都不太清楚，这次变故，几乎把她吓傻了。不过，我们发现了一个非常重要的情况。你看！"

警官掏出笔记本，从中取出一张已被撕去边角的纸，将它摊在膝盖上。

"我们发现死者手里紧握着这张字条。它应该是从一张较大的纸上撕下来的。你看，上面提到的时间，正是这个可怜的人丧命的时刻。要么是其余的部分被凶手从死者手中抢去了，要么是剩下的这点是死者从凶手那里夺回来的。这张纸条看起来好像是约会的字条。"

福尔摩斯拿起这张小纸片。上面的文字如下：

<blockquote>
12点差一刻
知道什么事
见面详谈
</blockquote>

"假如这真的是一个约会，"警官继续说道，"当然这只是一个假设：威廉·柯万虽然看起来老实忠厚，但他暗地里却与盗贼为伍。他与盗贼约好在那里见面，然后将盗贼领进家门，但是后来他们却闹翻了。"

"这上面的字真是很有意思，"福尔摩斯仔细地看了看字条说道，"它比我想象的要复杂得多。"然后他双手抱头，低头沉思，警官看到伦敦过来的大侦探办理起此案来也颇为费神，不禁暗自发笑。

图为柯南·道尔所写亲笔信。

"刚才你说过，"福尔摩斯过了一会儿说道，"盗贼可能和仆人之间有约定，这字条可能是一个人写给另一个人的约会信件，确实很有见解，这也不是没有可能的事。但这字条明明是……"他又双手抱头陷入了沉思。他再度抬起头时，我惊奇地发现他双颊红润，眼光如炬，整个人跟生病前一样精神抖擞，只见他一跃而起。

"我来说一下，"他说道，"我想好好地了解一下这个案子的一些细节问题。有些地方我很感兴趣。如果你不介意的话，上校，你和我的朋友华生暂时留下，我和警官出去走走，我要去证实一下我的一两个想法。半个小时后再见。"

半个小时很快过去了，只有警官一个人回来了。

"福尔摩斯先生就在外面，"他说道，"他要咱们4个一起去那所屋子里看看。"

"去坎宁安先生家里吗？"

"是的，先生。"

"去干什么？"

警官耸耸肩："不知道，先生。我想跟你说，我觉得福尔摩斯先生的病还没有好利索。他看起来行为古怪，而且情绪过于激动。"

"对此你不必大惊小怪，"我说道，"从我以前的经验来说，疯疯癫癫，恰是他胸有成竹的表现。"

"肯定有人会说他简直是发疯了，"警官嘟囔着说，"他现在就心急火燎，非要急着过去，上校你们准备好了吗，我们最好现在就走。"

我们见到福尔摩斯时，他正耷拉着脑袋，手插在裤子口袋里，在空地上走来走去。

"事情越来越有意思了，"福尔摩斯说道，"华生，你发起的这个乡间旅行收效显著。我今天早晨过得十分开心。"

"我想你已经去过犯罪现场了。"上校说道。

"是的，我和警官一道对现场侦查了一番。"

"有什么发现吗？"

"啊哈，看到了一些很有意思的东西。来，大家不妨边走边谈，我会告诉你们，我和警官都做了什么。首先，看到了威廉的尸体。正如警官所讲，他死于枪伤。"

"你对此还有所怀疑吗？"

"啊，什么事都认真点总没有错。我们的侦查没有白费。后来我们拜访了坎宁安先生和他的儿子，他们指出了凶手逃跑时，跳过花园篱笆的确切地点。这一点太有用了。"

"那是自然。"

"后来我们又去见了那个苦命人的母亲。她确实是又老又病，在她那里我们一无所获。"

"那么你的调查结果是什么呢？"

"这个案件的确有独特之处。我们现在进行的这趟访问多少可以使它更明朗些。警官，咱们两个人的意见一致，死者手里纸片上的时间，正是他死去的时间，这一点极其重要。"

"这无疑是条线索，福尔摩斯先生。"

"这确实是条不错的线索。就是写字条的这个人，让威廉·柯万在那个时间从床上爬起来。但是这张纸的另一半会在哪里呢？"

"我仔细检查过地面，但是没有找到它。"警官说道。

"另一半从死者手中被人抢去。那人为什么那么着急呢？因为字条会暴露他的罪行。抢走以后他会作何处理呢？他可能会顺手塞进口袋里，很有可能没有发现死者手里还留有一片。如果能够找到被撕去的那片纸，无疑会对我们有很大帮助。"

"不错，但是没有抓到罪犯，怎么能拿到他口袋里的东西呢？"

"是啊，是啊，这确实值得思考。另外一点明显之处就是这张字条是写给威廉的。但是写字条的人没有亲自交给他，如若不然，他当面把内容告诉他不就得了。那么，是谁送去的字条呢？或者是通过邮局寄送的？"

"我已查问过，"警官说道，"威廉昨天下午从邮差那里了接到一封信。但他已将信封毁掉了。"

"太好了！"福尔摩斯在警官的背上拍了一下，大叫道，"你连邮差都找过了。跟你一起工作实在很愉快。到了，这就是那仆人的房间，如果你愿意，上校，你可以看看犯罪现场。"

走过被害人住的那所漂亮的小屋，再穿过一条橡树挺立的林荫道，我们来到一幢安妮女王（英国女王，1702—1714 年在位）时代式样的气派古宅前，门楣上刻着马尔普拉凯的年份（1701—1714 年西班牙王位战争时，英荷联军在西班牙的马尔普拉凯村击败法军）。福尔摩斯和警官领着我们绕房子走了一圈，然后来到旁门前。花园紧挨着房门，花园的篱笆墙那边就是大路。一个警察正站在厨房门口。

"麻烦你把门打开，警官，"福尔摩斯说道，"喏，就是站在那边楼梯上，小坎宁安先生看到这里有两个人扭打在一起，老坎宁安先生站在左边第二扇窗户里面，看到那个家伙从矮树丛左边逃跑了。他儿子也看到了这一情景。亚历克先生跑出来后跪在伤者身旁。可以看出，这儿地面很硬，难以发现任何痕迹。"福尔摩斯说到这里，有两个人从屋角绕到花园的小路上。年龄稍大的那个，表情刚毅，一脸皱纹，目光沮丧；跟他一起的那个则是一个神情欢快、衣着华丽的年轻人，他的神情和衣着与吸引我们来到此处的悲剧形成了鲜明的对比。

"怎么，还在调查案子啊？"他对福尔摩斯说，"我想伦敦过来的人是不会轻易认输的。但你看起来进展也很缓慢嘛。"

"哦，我还需要一点时间。"福尔摩斯温和地说。

"这确实需要时间，"亚历克·坎宁安说道，"我也看不出我们有什么线索。"

"只有一个，"警察回答，"我们认为，只要能找到……我的天啊！福尔摩斯先生，你怎么了？"

我那可怜的朋友立即变得面目可怕起来，只见他的两眼上翻，脸部痛苦扭曲。忍不住一声闷哼，脸部朝下，摔倒在地。我们被他这突如其来的发病吓了一跳，急忙将他抬进屋里。他躺靠在一张大椅子上，沉重地喘着气，最后，他站起来时，为自己的虚弱感到不好意思并道了歉。

"华生可以告诉你们，我前不久生了一场大病。"福尔摩斯解释道，"我的神经痛随时都有可能发作。"

"要不用我的马车送你回去吧？"老坎宁安说道。

"哦，都走到这里了，有一点我还希望能了解得更清楚些。并且，我们很快就可以查清楚了。"

"是什么问题呢？"

"啊，我觉得，不幸的威廉并非是在盗贼进屋之前来到这里的，他应该是在盗贼进屋之后过来的。你们大概会这样认为，盗贼把门弄开了，但是没有进入房子。"

"我想这很明显，"老坎宁安先生严肃地说，"因为我的儿子亚历克那时还没有上床睡觉，要是有人走动，他一定能听见。"

"当时他在何处呢？"

"当时我就坐在更衣室里吸烟。"

"哪扇是更衣室的窗户？"

"左边最后一扇，就是我父亲卧室隔壁的那扇。"

"那么说当时你们的房间都还亮着灯？"

"没错。"

"这就奇怪了，"福尔摩斯微笑着说道，"一个有经验的盗贼，看见灯光肯定就知道家里还有两个人没有睡，却还敢闯进来，这难道不让人感到很奇怪吗？"

"那他必定是一个冷静而又胆大的老手。"

"哦，那是当然，要不是这么稀奇少见，我们也就不会打扰你了，"亚历克先生说道，"但你说在威廉抓到他之前，那个盗贼已经进了这个屋子，这一点我感觉十分荒谬。我们有谁发现这屋子被翻乱或者有东西丢失吗？"

"这要看拿走的是什么东西，"福尔摩斯说道，"大家不要忘了，我们要面对的这个盗贼非同一般，他有自己独特的行事手法。你们看，他从阿克顿家拿走了哪些稀奇古怪的物件呢，一个线团、一方镇纸，还有我们不知道的一些乱七八糟的东西。"

"好了，这里的一切都拜托你了，福尔摩斯先生，"老坎宁安说道，"如果你和警官有什么吩咐，我们一切照办。"

"首先，"福尔摩斯说道，"我希望你自己提出悬赏，如果官方要核定奖金数目，可能要花费很长一段时间，这些事也没办法一下子就办好。我草拟了一份公告，请过目，如果你不反对的话，请在这儿签字。我想 50 英镑对你们没什么困难吧。"

"500 英镑也没有问题，"老坎宁安先生欣然接过福尔摩斯递过来的纸和笔，说道，"但是，这儿好像有点错误。"他看了一眼那底稿，补充说道。

"我写得太匆忙了。"

"你看你开始写的：'鉴于星期二凌晨零点三刻发生了一次盗窃未遂案，'实际上发生在 12 点差一刻。"

这个明显的错误让我有些难过，因为我知道，这类小疏忽，会让福尔摩斯感到很不好意思。他一向善于把事实搞得清晰准确。可见最近的这场大病严重影响了他，通过这个小插曲，我也知道他的身体距离完全康复还有一段距离。显然，他自己也感到很尴尬。

警官提起了眉毛，亚历克·坎宁安则毫不掩饰地大笑起来。那个老绅士将写错的地方改正后，把纸递给福尔摩斯。

"尽快把它打印出来，"老坎宁安说道，"我感觉你的主意很不错。"福尔摩斯却小心谨慎地把它收起来，夹进自己的记事本里。

那个老绅士将写错的地方改正后，把纸递还给福尔摩斯。

"好了，"他说道，"我们现在要把这宅院好好检查一下，看看这个怪贼究竟有没有拿走什么东西。"

进屋之前，福尔摩斯仔细查看了房间那扇被破坏了的门。很显然，锁是被一把凿子或一把坚固的小刀撬开的。因为，我们看到了木头上明显留有工具插进去留下的痕迹。

"你们没用门闩吗？"福尔摩斯问道。

"从来就没有这个必要。"

"你们也没养狗？"

"有啊，但是它被链子拴在房子的另一头。"

"仆人们一般在什么时间休息？"

"大约在 10 点钟。"

"威廉在那个时候应该也睡觉了吧？"

"对啊。"

"真奇怪，他偏偏在出事的这个晚上没有睡觉。如果你能领我到房子各处看看，我将非常感激，坎宁安先生。"

走过厨房旁边石板铺就的长走廊，我们沿着一段木制的楼梯来到了 2 楼。楼梯平台的对面是另一条楼梯，它通往前庭，装饰得极为漂亮。走出平台就是客厅和几间卧室，坎宁安先生和他儿子的卧室当然也在其中。

福尔摩斯不急不忙地走着，留心查看房子的样式和构造。从他的表情我能够看出，他正在紧紧追踪着一条重要线索，可实在不知道他的推理所引导的方向究竟指向哪里。

"我说先生，"坎宁安先生很不耐烦地说，"这实在很没必要吧。楼梯口就是我的卧室。隔壁就是我儿子的卧室。你自己也能判断出来，这贼要是跑到这里，我们能毫无觉察吗？"

"我想你应该去房子外面转转，看看有没有什么新的线索。"他的儿子也不怀好意地笑着说。

"我希望你们能再迁就我一会儿，比方说，我真的很想看看，从卧室的窗户向外看究竟能看多远。这个，这是你儿子的卧室吧，"福尔摩斯说着推门而进，"警报发生时，他应该就坐在这个更衣室里吸烟吧。它的窗子是朝向哪儿的呢？"福尔摩斯走过卧室，推开一扇门，又开始四下打量另一间屋子。

"我想现在应该可以了吧？"坎宁安先生刻薄地说道。

"非常感谢，我认为该看的都已经看完了。"

"如果有必要的话，你还可以去我的房间看看。"

"如果不太麻烦的话，那请吧！"

老坎宁安先生耸了耸肩，领头走向自己的卧室。那是一件普普通通的房间，家具

巴斯克维尔的猎犬相关插图，在此篇中也有关于猎犬的故事。

也简简单单。当我们大家向窗子走过去时，福尔摩斯却放慢了脚步，落在了大家的后面。床边小桌上放着一大盘橘子和一瓶水。我们走过那里时，福尔摩斯故意挤在我的前面，把所有东西打翻一地。玻璃瓶摔了个粉碎，橘子则滚得满房间到处都是，这一切把我惊得目瞪口呆！

"你怎么搞的，华生，"福尔摩斯沉着地说道，"这下你把地毯也弄得一塌糊涂。"

我赶忙弯下腰去捡橘子，我心里明白，我的朋友让我来承担这个罪名，肯定有他的道理。其他人也赶快帮忙捡橘子，并把桌子重新扶正摆好。

"呷！"警官喊道，"他人跑哪儿去了？"

福尔摩斯不见了。

"先在这里等等看，"亚历克·坎宁安说道，"我看这个人神经有问题，爸爸，快跟我来，我们一起去看看他跑哪儿去了！"

说完两人快速冲出房间，只留下警官、上校和我三人在房里面面相觑。

"照我看，亚历克先生说的没错，"警官说道，"他很有可能又开始犯病了，不过我觉得……"

他的话音未落，突然就传来了一阵尖叫声。"来人啊！救命啊！杀人了！"我朋友的呼救声使我一阵战栗。我发疯一般从房间冲向楼梯平台。呼救声越来越弱，逐渐变得嘶哑，含混不清，声音就是从我们第一次进去的那个房间里传出来的。我一路猛跑，冲进里面的更衣室。只见夏洛克·福尔摩斯被坎宁安父子二人按倒在地，小坎宁安双手紧紧掐住福尔摩斯的喉咙，老坎宁安似乎正用力扭住他的一只手腕。我们3个人一拥而上，很快就从福尔摩斯身上把他们拉开。福尔摩斯摇晃着站了起来，脸色苍白，显然他已经精疲力竭了。

"赶快逮捕他们，警官。"福尔摩斯喘着粗气说。

"以什么罪名？"

"谋杀他们的马车夫威廉·柯万。"

警官看着福尔摩斯，两眼发愣。

"哦，好了，福尔摩斯先生，"警官终于说道，"我相信你不是真的要……"

"嗨，先生，好好看看他们的嘴脸！"福尔摩斯不耐烦地叫道。

一点不错，我还从没见过这样一种自甘认输而又充满罪恶感的表情。

那年老的神情呆滞、困惑，脸上流露出阴郁、愠怒的表情。而他的儿子却一改活泼愉快的神情，变得凶残起来，他眼露凶光，犹如困兽一般，原先的优雅神气一扫而光。警官不再多说，走向门口吹响了手中的警笛。两名警察应声而至。

"没办法，坎宁安先生，"警官说道，"我相信这一定是一场误会，但是你可以看到——啊，干什么？放下！"他举手向亚历克打去，那年轻人手中正要扣动扳机的手枪"咔嚓"一声落在地上。

"老实点，"福尔摩斯说着，沉着地一脚踩在手枪上，"到法庭上它就有用了。这才是我们真正需要的东西呢。"他举起一个揉皱的小纸团说道。

"被撕去的那部分纸！"警官喊道。

"没错。"

"哪里找到的？"

"在我预料的地方找到的。我很快就可以把整个案子的来龙去脉给你们讲个清楚。上校，你和华生现在先回去吧。最迟一小时咱们就可以再次见面。我和警官有话要问罪犯，但是午餐时你们一定可以见到我。"

福尔摩斯十分守时，一小时以后，我们就在上校的吸烟室里又见面了。与他结伴而来的还有一个身材矮小的老绅士。福尔摩斯向我介绍说这就是阿克顿先生，第一件夜间盗窃案就发生在他家。

"我向你们说明这件案子时，希望阿克顿先生也在场，"福尔摩斯说道，"因为，他对此案的细节也很感兴趣。亲爱的上校，恐怕你一定很后悔，接待了像我这样一个爱招惹是非的客人吧。"

"正好相反，"上校热情地答道，"有机会学习并研究你的推理方法是我莫大的荣幸。我承认，你的工作方法超出我的想象，我实在搞不懂你是如何获知结果的。而我却看不出来任何线索。"

"恐怕我的解释不尽如人意，可是不论是对我的朋友华生，还是其他任何对我的方法好奇的人，我从不隐瞒。不过，刚才我在更衣室里受了点小伤，我想来一点白兰地提提神，上校。刚才我的气力确实消耗殆尽了。"

"相信你的神经痛再也不会像刚才那样突然发作了。"

夏洛克·福尔摩斯纵声大笑。"到时候我们再好好谈谈这件事，"福尔摩斯说道，"我把这件案子按先后顺序给你们说说，我会把促使我下定决心的几个地方给你们解释清楚。如果有什么不明白的地方，随时可以问我。

"侦探艺术的最高境界，就是能从众多的事实当中，分析辨别问题的要害，分清哪些是主要问题，哪些是次要问题。不然的话，你的精力就会因分散而无法集中。所以，在这个案子中，我从一开始就确信，死者手中的那张小纸片是全案的关键。

"在深入讨论这个问题之前，我想提醒一句，如果亚历克·坎宁安的那番陈述是正确的，凶手在射杀威廉·柯万之后立马跑掉，那么，死者手中被撕去的那部分纸显然不是凶手撕掉的。如果不是别人，那一定是亚历克·坎宁安自己了，因为老坎宁安下楼之前已有几个仆人到达现场。这一点其实很简单，可是却被警官忽略了。因为他一开始，就认为这些乡绅与本案没有任何关联。而我，看问题从来不持任何偏见，只是按照事实指引的方向走下去。因此，调查的第一步，我就对亚历克·坎宁安先生在其中扮演的角色有所怀疑了。

"我仔细查看过警官交给我的剩下的字条。我立即注意到，其中蕴含的那些非常值得注意的信息。现在你们还没有看出字条上哪些地方能说明问题吗？"

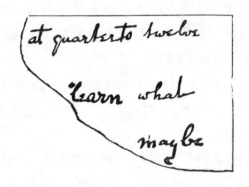

"字体看上去很不一致。"上校说道。

"我亲爱的先生，"福尔摩斯大声说道，"毫无疑问这是两个人交替着写的。我要请你们好好看看'at'和'to'字母中那两个't'写的多么有力，再把它跟'quarter'和'twelve'中那两个软弱无力的't'字比较一下，你们很快就能发现它们的差别。通过对这4个单词的简单分析，你们应该很有把握地说，那'learn'和'maybe'是一个下笔有力的人写的，而'what'是那个笔力较弱的人写的。"

"天哪，真是再清楚不过了！"上校喊道，"这两人用这种方式来写这封信，目的何在呢？"

"毫无疑问，没安什么好心，其中那个不信任对方的人决定，不管干什么两个人都要行动一致。这两个人中，那个写'at'和'to'的人显然是主谋。"

"那有什么根据吗？"

"通过两人的笔迹对比不难推断出来。但我们有比这个推断更为合理的理由。仔细检查一下这张纸，你就会发现：是那个手劲较强的人先把他要写的字母写完后，留下许多空白再让另一个人填写。但是，这些空白留的并不是很准确，你可以看出，第二个人在'at'和'to'之间加进去'quarter'一词时，那个词是硬挤进去的，显得很别扭，这就说明'at'和'to'那两个单词原先已经写好了。而那个先将字写完的人，无疑就是这一案件的策划者。"

"妙极了！"阿克顿先生大声说道。

"这不过是些皮毛而已，"福尔摩斯说道，"不过，我们就要谈到重要的部分了。大概你们还不知道，笔迹专家们可以根据一个人的笔迹来推断他的年龄，在正常情况下，可以很有把握地说出一个人的年龄。之所以说'在正常情况下'，是因为疾病、体弱之人，笔迹会带有老年人的特征，年轻的病人，笔迹也会带有老年人的特点。我们回过头来看这两个人，一个人的笔迹粗壮有力，另一个人的笔迹软弱无力，虽然't'字母少了一横，但是依然很清晰，我们就可以断定，其中的一个是年轻人，另一个人虽然上了年纪，并不是老弱不堪。"

"说得对极了！"阿克顿先生大声说道。

"不过，还有一点，那才真正有趣呢。这两人的笔迹有共同点。他们存在血缘关系，你们明显可以看出，那个'e'写得接近于希腊字母'ε'。但我注意到，其他很多细小的地方都有同样的问题。我对此确信无疑，这两种笔迹带有显著的家族风格。当然，我现在对你们讲的，只是我检查这张纸后得出的结论。事实上这张纸上还有23处地方可以用来演绎推论，专家们会比你们更感兴趣。总而言之，这一切都加深了我的看法，这封信就是坎宁安父子二人合写的。

"有了这样的结论，接下来就是调查犯罪实施过程中的一些细节问题了，看看它们对我们查清此案能有多大帮助。我和警官来到凶案发生的地方，果然看到了一切。我绝对有把握断定：死者身上的伤口，是在四码开外用手枪打中的。因为死者衣服上没有火药痕迹。而亚历克·坎宁安却说凶手在搏斗中开了枪，很显然，他在撒谎。此外，父子二人一口咬定说那个人朝大路方向逃跑。可是到那里一看，那地方有一条沟底潮湿的宽沟。而沟的附近却没有发现一个脚印。因此，我绝对有理由相信，坎宁安父子又一次欺骗了我们，案发现场那个来历不明的人，显然就是

福尔摩斯练习过拳击，也参加过拳击运动，因此他的手臂非常有力量，经常用拳头来应对困难，而且常常是获胜者。华生说他"毫无疑问，在与他同体重的人中，福尔摩斯是我见过的最优秀的拳击家"。

315

他们杜撰出来的。

"至此，我必须考虑这桩案子的犯罪动机了。为了弄明白这点，我首先要找出阿克顿先生家发生的那件盗窃案的原因。据上校所讲，我知道阿克顿先生正和坎宁安家有着官司纠纷。于是，我马上想到，他们之所以闯进你的书房，一定是想偷取与官司有关的文件。"

"的确如此，"阿克顿先生说道，"他们这样干的目的就在于此。我拥有他们一半财产的所有权状。如果他们能找到那份文件，我一定会败诉的，不过，幸运的是，我的这份证据存放在律师的保险箱里。"

"如你所说，"福尔摩斯微笑着说，"这样危险而不计后果的举动，我感觉就是亚历克所为。找不到他们想要的东西，他们就故意制造迷雾，顺手拿走一些东西，让人们觉得这是一件普通的盗窃案件。这应该说很简单清楚了，不过有些地方仍有谜团。无论如何，都要先找到那张字条被抢走的部分。它肯定被亚历克从死者手中抢走了，他一定是把它塞进了睡衣口袋里。不然的话，他还能放到哪里去呢？唯一的问题是，它是否还在那儿。这一点确实需要花大工夫。为此，我与大家一同去了他们家里。

"坎宁安父子是在厨房门外与咱们碰面的，你们应该都记得很清楚。当然，最重要的是在他们面前绝口不能提字条的事，否则就等于提醒他们赶快毁灭证据。于是，就在警官开口要讲字条的重要性时，我赶紧假装突然发病，晕倒在地，这才引开话题。"

"天哪！"上校笑着说，"这样说来，你突然发病原来是假装的，害得我们大家虚惊一场。"

"以一个医生的职业眼光来看，你装得太像了。"我高声说道，惊奇地望着他——这个经常变化花招把我搞得晕头转向的人。

"这是一种非常实用的艺术，"福尔摩斯说道，"我恢复之后，略施小计，让老坎宁安写出了'twelve'（英文的 12。英文 11 点三刻，写为差一刻 12 点。福尔摩斯故意将时间写为差一刻一点，以使坎宁安在更正时留下他的笔迹。）这个词，因此，我就可以拿它来和写在纸条上的'twelve'进行比较了。"

"哎呀，我真是笨啊！"我喊叫道。

"我知道，你对我虚弱的身体确实非常关心，"福尔摩斯笑着说，"很抱歉，当时让你那么着急。后来到来楼上。进入那个房间，我看到睡衣就挂在门后，于是故意弄翻了桌子，吸引他们的注意力，然后趁机溜过去检查那件睡衣的口袋。刚刚拿到那张纸——果然如我所料，它就在睡衣口袋里——坎宁安父子二人就恶狠狠地朝我扑来，我心里有数，若不是你们及时赶来相救，我当时必死无疑。就是现在，我还能觉得那年轻人的手正死掐着我的喉咙，他父亲正拼命扭着我的手腕想把字条夺过去。因为他们知道，我已经知道了案件的真相，他们原先以为很保险，现在，一下子彻底败露了，怪不得要痛下杀手，杀人灭口了。

"我后来找老坎宁安谈了几句，询问他的犯罪动机。他挺合作的，老老实实地回答了，他儿子则是一个彻头彻尾的流氓，如果真让他抓着了那把手枪，他不但会干掉别人，也会打死自己。坎宁安看到大势已去，彻底丧失了斗志，坦白了罪行。原来，两个坎宁安闯入阿克顿先生家的那天晚上，威廉偷偷跟踪了他们。抓住了他们的把柄，他威胁说要揭发他们，借机敲诈勒索。但是，跟亚历克先生玩这种游戏实在是太危险了，因为他向来精通此道。他发现，利用盗窃事件给当地人造成的恐慌心理，完全可以轻松地除掉威廉。于是，威廉就被他们诱骗出来开枪打死了。如果他们能完整地将这张字条握在威廉手中，并对作案的细节多加注意，可能永远没有人会对他们起疑心。

"那张纸呢？"

夏洛克·福尔摩斯把一张组合起来的纸摆在我们面前。

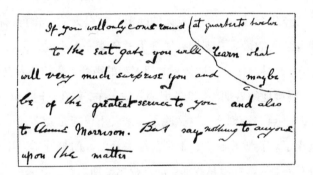

（内容为：如果12点差一刻前去东门，你将知道什么事，这对你和安妮·莫里森都好处极大。不要与外人说起，见面详谈。）

"与我们想象的差不多，"福尔摩斯说道，"虽然我们不清楚亚历克·坎宁安、威廉·柯万和安妮·莫里森之间的关系。但是事件的结果显示，这个陷阱设计得很巧妙。相信你们一定很高兴看到'p'和'g'的尾部显示的家族特征。而且，那老人写'i'字时，上面总是不带那一点，这是他的个性特征。华生，我认为我们在乡间安静地休养收到了显著的成效，明天我回到贝克街一定会精力充沛了。"

驼　者

　　那时我结婚已经几个月了，一个夏天的晚上，被白天的工作折腾得筋疲力尽的我坐在壁炉旁边抽着睡前的最后一支烟，尽管手里拿着一本小说，但我还是困得直打瞌睡。我的妻子已经上楼休息了，前厅传来大门上锁的声音，我的仆人也都准备休息了。我从椅子上起身，慢慢地磕着烟斗，准备把烟灰磕干净，就在这时，听到有人在按门铃。

　　我抬手看表，12点差一刻。都这么晚了，来者不可能是访客，一定是病人，唉，可能又要忙一整夜了。我皱着眉头，走到前厅去开门。门打开了，让我奇怪的是，站在门外台阶上的不是别人，竟然是我那老朋友福尔摩斯。

　　"哈哈，华生，"福尔摩斯说道，"希望我这时登门造访，没有打扰你休息。"

　　"亲爱的伙计，进来吧。"

　　"你看起来好像很惊讶，这很正常！放心吧，没事了！咦！当单身汉时爱抽的那种阿卡迪亚混合烟，现在还在抽啊！看看你身上落的那些松软的烟灰，就知道准没错。华生，一眼就能看出你还是习惯穿军装，你衣袖里老是放着手帕，你永远都不像一个平头百姓。今晚我能在你这里住一宿吗？"

马车是当时人们出行的唯一交通工具，图为普通中产阶级所乘坐的马车，两轮马车配单匹或双匹马，以及车夫。

　　"没问题，非常欢迎。"

"记得你说过，你有一间适合单身汉住的客房，看看你的帽架，我知道你目前并没有男性访客。"

"你若能留下来，我真是太高兴了。"

"谢谢你了。那么我就将我的帽子挂上这个空帽架了。我很遗憾地发现，英国工人来过你的屋子，那大概不会是什么好事，不会是你的排水管出问题了吧？"

"不是，是煤气。"

"是吗，油毡地上被灯光照着的那两个鞋印，一定是他的长筒靴留下的。晚饭不用了，谢谢你，我在滑铁卢车站已经吃过晚饭了，不过我倒很乐意跟你在一起抽会儿烟。"

我将烟袋递给了他，他在我对面坐下，默默地抽了一阵烟。我心里有数，他这个人无事不登三宝殿，之所以这个时候过来找我，肯定有什么重要的事情。因此，我静心等待，让他自己说出来。

"近来你业务很繁忙啊。"他说着，看了我一眼。

"是啊，天天从早忙到晚。"我回答道，"也许在你看来这样说很傻，但是我还是忍不住要说，我真的不知道，你是从哪儿看出来的。"

福尔摩斯开心地笑了。

"我对你的一切习惯了如指掌，我亲爱的朋友，"福尔摩斯说道，"你外出给别人看病时，路近了就走着去，路远了你才会坐马车。我仔细看了你的靴子，虽然穿过却很干净，很容易得知，你近来很忙，经常要坐马车出诊。"

"说得太好了！"我叫道。

"这只是一些小技巧罢了，"福尔摩斯说道，"善于推论者作出的推论，往往会让那些忽略基础和细节的人大吃一惊。华生，如果你在记录一些案子时，也是叙述时很夸张，但是你故意把一些关键之处隐藏起来，不透露给读者，所以才收到奇效。眼下，我处于和那些读者一样的位置，我遇到了一桩奇案，但是，要想侦破这个案子，我还缺少一两条重要线索，不过，我肯定能找到它的，真的，肯定能找到！"福尔摩斯眼中燃烧着火焰般热烈的光芒，一抹红晕慢慢在他那瘦削的脸上渲染开来，他这热烈、真切的自然情感真是太少见了。不过，仅仅是一瞬间——我再看他时他脸上就恢复了原先那种印第安人严肃、冷峻的表情，许多人认为他那样子根本不像血肉之躯，简直就像一台机器。

"这个案子，有很多有意思的地方，"福尔摩斯说道，"可以说，十分有意思。关于案情我已仔细做过调查研究，应该说已经接近尾声了。如果你能陪我走完这最后一步，那真是帮了我大忙了。"

"我非常乐意。"

"明天，你能跟我一起远行去奥尔德肖特吗？"

"可以啊，我的邻居杰克逊医生可以帮我照看一下诊所。"

"好极了。11点10分在滑铁卢乘火车出发。"

"时间很充裕啊。"

"如果你现在不困，我可以告诉你案子的有关情况，以及明天咱们有哪些事要做。"

"你来以前我是困得不行，不过我现在又有精神了。"

"我会尽量将事情的经过讲得简单扼要些，但是我绝不会遗漏关键之处。你可能已经看过有关这个案件的报道了。现在我正在调查的案件，就是驻扎于奥尔德肖特的芒斯特皇家步兵团巴克利上校被杀一案。"

"我一点都不知道。"

"看起来，除了当地人广泛关注外，这件案子在别处还未引起注意。案子发生才两天。大致情况是这样的：芒斯特皇家步兵团，你也知道，是英国军队中一支最有名的爱尔兰团。在克里米亚战争和两次平定叛乱战役中，它都立了奇功，而且从那以后，每一场战役中他们都有杰出表现。直到星期一晚上，这支军队都归詹姆斯·巴克利上校指挥。他是一个骁勇善战、经验丰富的老军人，他从一名普通士兵做起，因在一场战役中作战勇敢而受到提拔，随后慢慢成为整个军团的指挥官。

"就在巴克利上校还是中士的时候，他已经结婚了，他妻子名叫南希·德沃伊，是本团一个前任士官的女儿。可以想象，这对年轻夫妻在新的社交环境中会有那么一些小麻烦，好在他们很快就适应了，而且我还知道，巴克利夫人在该团女眷中是一个很受人喜爱的人，同样，她的丈夫也受到军官们的敬重。这里要补充一点，她是一个非常漂亮的女人，即使已经结婚30多年了，她依然容貌出众、风姿动人。

"巴克利上校的家庭生活堪称美满。告诉我很多情况的墨菲少校说，他从来没有听说这对夫妇之间起过什么争执。总的来说，他认为这两人之间的感情，巴克利上校对他妻子的爱要更深一些。他哪怕离开她一天，都会心神不宁，他的妻子虽然也爱他并忠实于他，但是比较来说，总是缺乏热情。他们二人在该团被公认为是中年夫妇的典范。从他们夫妻之间的关系来看，实在找不出任何能引发悲剧的东西。

"巴克利上校的性格似乎与众不同。平时，他是一个开朗活泼的老军人，但偶尔他也会表现得很粗暴、爱记仇。

"虽说禀性难移，但是这方面的性格他从来没有在妻子面前表现出来过。我还和另外5名军官私下交流了一下，有3个人注意到这样一种情况，就是上校脸上经常会流露出沮丧、阴郁的神情。少校还说，巴克利与人在餐桌上打趣谈笑时，好像会有一只无形的手突然将他嘴角的笑容抹掉。有时，他低沉、忧郁的情绪会持续好几天。他时有时无的消极情绪加上他有点迷信的心理，就是他性格的独特之处，他的同团兄弟们都能看到。他的迷信表现在他不喜欢独处，尤其是天黑之后，这么一个成人身上表现出来的孩子气，自然会引起一些议论和猜测。

"芒斯特皇家步兵团（本是老一一七团）的第一营在奥尔德肖特已驻扎多年，带家属的军官都住在营房外面。上校一直住在距北营有半英尺远近的一所叫'籁静'的小别墅里，那是一所独门独院的小别墅，西边距公路不到30码。家中还有一个马夫，两个女仆。巴克利夫妇没有孩子，平时也很少有客人留宿，因此，整个'籁静'别墅只住有5个人——男女主人和3个仆人。

"接下来，就要说到星期一晚上9点到10点之间在'籁静'别墅所发生的事了。

"巴克利夫人是一个热情善良的天主教徒，她一向对圣乔治慈善会很关心。这个慈善会是由瓦特街小教堂筹办的，目的是为穷人提供一些旧衣物。那天晚上8点钟，慈善会要召开一次会议。巴克利夫人匆匆忙忙吃过晚饭，要去参加会议。车夫听见她在临出门的时候，与丈夫说了几句无关紧要的家常话，说自己一会儿就回来了。随后她去找了在邻近别墅住的莫里森小姐，两人一起去参加会议了。会议时长40分钟，走出会场，经过莫里森小姐家门口时，两人分手，9点一刻，巴克利夫人回到了家中。

"'籁静'别墅有一间被用作清晨起居室的房间，朝向公路，草坪正对着玻璃大门。草坪宽度有30码，一堵装有铁栏杆的矮墙将草坪与公路隔开。巴克利夫人回家后径直走进这个房间，屋内的窗帘高高挂着，一般来说，这间屋子在晚上很少使用。可是巴克利夫人点亮了灯，又按响了按铃，让女仆简·斯图尔德送一杯茶过来，这与她平常的习惯大不相同。那时，上校本来坐在餐室里，他一听妻子回来了，起身去了起居室。车夫看到上校穿过走廊，走进屋子，却再也没有见他活着走出来。

"10分钟过后，巴克利夫人要的茶才端了过来，可是女仆走近房门时，惊奇地听到男女主人正在吵架。

"她敲敲门，没人应答，用手去转动门钮，根本转不动，原来门从里面锁上了。没有办法，她跑过去告诉了厨娘，两个女仆便和车夫一起来到走廊上，这时里面的两个人仍然吵得很凶，他们一致说只听到两个主人的声音。巴克利的声音很低，话也断断续续的，他们3个人根本没有听清他说什么。女主人却不大一样，她言语悲切，声音里充满了恨意，只听她提高了声音，大叫道：'你这个懦夫！'她一遍又一遍地说，'现在怎么办？现在怎么办？把我的青春还给我。我再不愿和你一起过了！你这个懦夫！你这个懦夫！'这就是她翻来覆去说的话。

"突然，那男的发出一声可怕的惨叫声，紧接着'扑通'一声好像有什么东西倒在了地上，随后巴克利夫人的尖叫声就从里面传了出来。车夫预感一定有什么不幸之事发生了，于是冲到门前，想把门撞开，但是，他实在是无法打开门，那两个女仆已经吓了个半死，什么忙都帮不上。突然他想到一个办法，他冲过前门，跑到窗户旁边的草地上，长窗的窗户敞开着，于是他从窗户爬了进去。他的女主人已经不再尖叫，她瘫倒在沙发上，昏死过去，那个不幸的军人已经在血泊中断了气，只见他身子僵直，双脚翘在沙发扶手上，脑袋着地，紧挨着火炉挡板。

"车夫发现男主人已经无法救治了，想把门打开，但是，一件意外之事发生了，在门的里侧没有发现钥匙，他在房间各处看了看，还是没有找到钥匙。他只好又从窗户跳出去，找来了一个警察，一位医生。那位夫人，毫无疑问，成了最大嫌疑犯。但是她现在仍昏迷不醒，只好先将她抬到楼上的卧室里了。上校的遗体被移到沙发上，接下来他们仔细检查了惨案现场。

"他的女主人已经不再尖叫，她瘫倒在沙发上，昏死过去，那个不幸的军人已经在血泊中断了气，只见他身子僵直，双脚翘在沙发扶手上，脑袋着地，紧挨着火炉挡板。"

"那位不幸的老军人的致命伤口在后脑部，伤口只有一个，有两英寸长，显然是钝器重击所致，但是很难猜测出是什么样的武器。他们在尸体旁边的地板上还找到一根奇怪的骨柄的雕花硬木棒。上校生前搜集的各种各样的东西，都是他从以前打过仗的国家带回来的，警察认为这根硬木棒应该是他的战利品之一。可是仆人们都说以前从未见过这个东西，不过，屋子里有那么多珍藏品，人们忽略它的存在也很正常。警察在房中没有发现其他重要情况，但是奇怪的是，在巴克利夫人和受害者身上都没有找到房间钥匙，房间里也没有，它好像神秘失踪了。后来，房门是由一个来自奥尔德肖特的锁匠打开的。

"华生，这就是事情的大致情况，星期二早晨，墨菲少校邀请我去奥尔德肖特协助警方破案。我想你肯定感觉这个案子很有趣吧，但我亲临现场，细致地观察一番后，立马意识到这件案子比我原先想象的要复杂得多。

"在查看那个房间之前，我先盘问了仆人，结果就是我刚才给你描述的那些。不过女仆简·斯图尔德又想起了一些很重要的内容。原先说过，她听到两人的吵架声后跑去找来了另外两个人，但是在她跑去找他们之前，她说两位主人的吵架声很低，几乎听不清楚说的什么，但是她通过他们说话的声调得知两人就是在吵架。我再三追问，她才想起好像有两次她听到女主人说起大卫这个名字，这一点非常重要，它有助于我们弄清争吵的原因，你要知道上校的名字叫詹姆斯。

"案子中有一点，给仆人和警察都留下了难忘的印象，那就是上校的脸，它已经扭曲得变了样。按他们的说法，人只有在极度恐怖时才会有那种表情，那张受到惊吓的脸太可怕了，可怕到不止一个看到它的人晕了过去。显然他已经预知了自己的末日即将来临，所以才产生那么大的恐惧，这种说法当然很符合警方的推论了。他们认为上校看到自己的妻子正准备攻击杀死他，而且，他脑后的伤口与这种说话并不矛盾，当时他可能就是想转过神来，躲过攻击。从夫人那里得不到任何情况，因为，突发的脑炎始终让她处于昏迷状态。

"从警察那里我还了解到，当天晚上和巴克利夫人一起出门的那位莫里森小姐，她说自己不知道夫人回家后为什么会发火。

"华生，搜集到这些信息后，我连接抽了好几斗烟，思考，分析，试着将主次问题区分开来。显然，房间钥匙离奇失踪，是这件案子的最耐人寻味之处。整个房间都仔细搜查过来，还是无法找到钥匙，而它又不在上校和夫人身上，毫无疑问，一定有第三者从窗户进出过房间，也只能是从窗户进出的。我想，仔细检查房间和草坪，肯定能发现那个神秘人物留下的蛛丝马迹。你清楚我的工作方法，华生，在这次调查中，每一种方法我都用上了。结果是找到了一些痕迹，但跟我原先预想的大不相同。那个房间确实有人进去过，而且是从公路上穿过草坪进去的。我总共找到了5个清晰的脚印：一个在公路上，就是他翻越矮墙的地方；还有两个在墙壁里侧的草坪上；靠窗的地板上还有两个脚印，看不太清楚，应该是他从窗户进入时，留在地板上的。这个人穿越草地时肯定很匆忙，因为同他的脚跟印比起来，他的脚尖印明显要深得多。我对这个人并不好奇，真正让我感到好奇的是他的同伴。"

"他的同伴！"

福尔摩斯从口袋里掏出一张纸来，这张纸又大又薄，他小心地将它在膝盖上展开。

"瞧瞧这是什么？"福尔摩斯说道。

纸上画的是某种小动物的爪印。5个脚趾上都长有细长的爪尖，整个爪印的大小像一个中型的吃点心用的小匙。

"应该是一只狗。"我说道。

"你听说过狗能爬上窗帘吗？我可是在窗帘上也清清楚楚地发现了这个动物的痕迹。"

"那么是猴子吗？"

"这不是猴子的爪印。"

"那会是什么呢？"

"不是猫、狗，也不是猴子，也不是我熟知的其他动物。我尽量根据原形大小来推测这个动物的形态。你看，它站立的时候4个脚趾着地，前后脚趾相距至少15公分。再加上它的脖子和头部长度，这个动物至少有两英尺长，加上尾巴，可能比这还要长些。再来研究一下另一个长度，这个动物走动过，我量了一下它跨步的长度，每一步有3英寸长，可以看出，这个小东西是个长身短腿的家伙，它虽然没有留下什么毛来，但是它的大致形象跟我说的差不多，它还爬到了窗帘上，说明这是一种食肉动物。"

"你怎么知道？"

"它爬到窗帘上，是因为窗户上挂有一只金丝雀鸟笼，它爬上去好像是想抓到那只鸟。"

"那它究竟是什么？"

"我要是能说得出来，案子就能大大地前进一步了。总而言之，这应该是一种鼬鼠、白鼬之类的小动物，不过与我以前见过的那些相比，这个体型更大。"

"这与案件关系很大吗？"

"这个，我也不太清楚。不过，我们已经知道了很多情况。我们知道，有一个人站在大路上看到巴克利夫妇在争吵。因为窗帘没有拉上，屋子里还亮着灯。他穿过草坪，由窗户进入屋内，还带着一只奇怪的动物。也许是他打死了上校，也许是上校一看到他就吓得跌倒在地，脑袋正好撞到了炉角上。最后就是那个很奇怪的事实了，这位闯入者离开的时候，带走了房间钥匙。"

"你的这些发现好像把事情搞得更乱了。"我说道。

"没错，我的这些发现，都说明这件案子比原先想象的要复杂得多。我从头想了想这件案子，得出这样一个结论：我必须从另一方面下手，才能弄清这件案子。可是，华生，我把你拖累得这么晚还没有睡，剩下的一些情况，留着明天去奥尔德肖特的路上，我细细地讲给你听。"

"谢谢你，既然已经说到最有趣的地方，就不用停下来了。"

"我们都知道。晚上7点半，巴克利夫人走出家门时，和她丈夫的关系还很好。就像我说过的那样，她虽然没有他那样的热情，可是车夫听得出来，她和上校说话的时候情绪还是很不错。同样可以肯定的还有，她一回来就立马走进那个最不大可能见到她丈夫的房间去，就像一个激怒的妇人那样，她要了一杯茶。后来上校进去见她，她勃然大怒，立即引发了争吵。可以说，在7点半到9点钟这段时间内，肯定有事情发生，使她对她丈夫的感情发生了突然转变。而在这一个半小时之内，莫里森小姐一直和巴克利夫人在一起，所以，尽管莫里森小姐不承认，我完全可以肯定，她一定知道与案件有关的一些隐情。

"原先我是这样想的，这位年轻女性肯定与那老军人有什么瓜葛，她向上校夫人承认了。于是上校夫人就怒气冲冲地回了家，这也是这位姑娘矢口否认知情的原因，这样的猜测与仆人们所听到的也没有多大出入。但是，在争吵中，巴克利夫人提到大卫，上校热爱自己的太太，这一点人人都知道，这就产生矛盾了，更不用说会有第三者闯入这回事了。这样一来，上面的猜测完全断了线，也站不稳脚跟，真是让人不知道该从哪里下手。但是，我已经放弃了上校与莫里森小姐有关系这个想法。但我相信，莫里森小姐一定知道巴克利夫人憎恨她丈夫的原因。因此，我就采取了单刀直入的办法，我走访了莫里森小姐，我说我确信她与案子的真相有关，并向她解释，如果不把事情弄清楚，她的朋友巴克利夫人将负有重大的刑事责任。

"莫里森小姐是位小巧文弱的女子，她有着怯弱的眼神和漂亮的金发。但是，她聪敏机智，很有远见。听完我的话，她坐在那里静静地想了一会，然后转过身来，态度坚决，说了一段很值得注意的话，现在我将它简明扼要地转述给你。

"'我答应过我的朋友，决不对任何人说起这件事，既然答应了，我就应该坚守承诺，'莫里森小姐说道，'可是，我那可怜的朋友，现在受到这么严重的指控，而她自己又病得说不出什么，如果真的能对她有所帮助，我情愿违背诺言，把星期一晚上发生的事，原原本本地告诉你。

"'大约在9点差一刻，我们从瓦特街慈善会回来。回家的路要经过赫德森街，这是一条寂静的街道。整条街上只有一盏路灯，靠在左手边上。我们接近路灯时，有一个人朝我们走过来，是个驼背，一个小箱子一类的东西吊在他的一个肩膀。他看来已经严重伤残了，因为他驼得厉害，佝偻着身体，头向下载，走路的时候膝盖完全弯曲着。我们走到他身旁时，借着路灯微弱的光芒他抬起头看我们。他看到我们立马停了下来，用一种可怕的声音惊呼道："上帝哪，是南希！"巴克利夫人吓得脸唰地白了。要不是那个外表可怕的人及时扶住了她，她恐怕就跌到地上去了。我要去叫警察，可是奇怪的事发生了，巴克利夫人对这个人说话礼貌又客气。

"'巴克利夫人用颤抖的声音说："30年了，亨利，我以为你早已不在人世了。"

"''我是已经死了。"这个人回答道。他说话声调让人毛骨悚然。他的脸色阴沉、恐怖，他说话时的眼神，我现在做梦还能梦见。他的头发和胡子已经灰白，他脸上满是皱纹，像一个风干的苹果。

"''你先慢慢走着，亲爱的，我和他有话要说，没事，不用害怕。"她强作镇定，说出这些话，但是她的脸色还是苍白无比，嘴唇也颤抖得几乎讲不出话。

"'按照她的要求，我先慢慢地走了，他们一起谈了有几分钟。后来她走过来时，两眼冒着愤怒的火光，我看到那个可怜的驼背正站在路灯旁，疯子一样地向空中挥舞着拳头，他似乎因愤怒而疯狂了。一直到我家门口，她都没有说一句话，然后，她拉住我的手，恳求我对谁都不要提起刚才路上发生的事。"

"''我们以前认识，现在他过得太惨了。"她说道。我答应她绝不说出去，她亲亲我然后就离开了，从那以后我们再也没有见面。现在我已经把全部真相告诉了你。以前之所以没有给警察说这些，是因为我不明白我朋友的处境多么危险。我现在只有把事情全部说出来，对她才有好处。'

"这就是莫里森小姐的告白，华生。你可以想象，这对于我无疑是黑夜中遇到的一盏明灯。以前那些看似不相干的发现，一下子都连贯起来了。案件的大致过程已经在我脑海中有了一个初步的轮廓。接下来就是要找到那个给巴克利夫人带来重大改变的人，如果他还在奥尔德肖特，找到他并不难。这个地方人口不多，一个残疾人必然会引起他人的注意。我费了一天工夫去找他。到了傍晚——今天傍晚，华生，我找到了他，他名叫亨利·伍德，就住在莫里森小姐和巴克利夫人遇见他的那条街上。5天前，他刚刚来到此地，我假扮成一名住客登记人员，与女房东聊得十分开心。这个人是个变戏法的街头表演者，他每天晚上都到那些私人经营的士兵俱乐部去表演几个节目。他养有一只小动物，装在一个小箱子里，随身携带，女房东好像很害怕那个小东西，因为她从来没有见过那样的小怪物。据女房东介绍，他经常用它来耍一些把戏。这些都是她告诉我的，她还说，像他那样一个高度残疾者能活下来真是奇迹，这个人说话时怪腔怪调的，最近两天，能听到他在房中唉声叹气，有时还会传来阵阵哭声。不过他看起来并不缺钱，在交付房间押金时，交给房东的有一枚像弗罗林①一样的奇怪的银币，后来她拿给我看了，华生，原来那是一枚印度卢比。

图为伦敦的绅士俱乐部。一般而言，俱乐部是由一群相熟的人组成，大家一起消遣，分享兴趣。在装潢华丽的环境下，俱乐部的服务对象是以有稳定收入的上流和中上流社会男士为主，不少会员把大多数时间花费在俱乐部，一些人甚至在此投宿，流连至通宵达旦。

"我亲爱的朋友，现在你应该知道我们的进展，以及我为什么要来找你了吧。很显然，那两个女士与这个人分手后，他尾随着她们走了好远，他在窗外看到巴克利夫妻正在争执，就冲了进去，他那个小东西也从箱子里跑了出来。过程肯定就是这样。不过，那屋子里究竟发生了什么事，在这个世界上，他是唯一一个能告诉我们的人。"

"你打算去问他？"

"没错，不过，我还需要一个见证人。"

"那么，你是要我去做见证人吗？"

"如果你愿意的话，最好不过了。如果他能坦白交代，一切都好说。假如他拒绝交代，那么，我们也别无选择，只有马上申请逮捕他。"

"可是怎么能保证，我们回到那边，他还在那儿？"

"尽管放心，我都安排好了，我在贝克街雇了一个孩子去盯住他，不管他走到哪里都别想甩掉他。明天我们去了赫德森街，就先找他，华生。假如我再耽误你睡觉，我可就要成罪人了。"

次日中午，我们二人赶往惨案发生地，由我的朋友领路又立即去了赫德森街。虽然福尔摩斯是一个善于隐藏自己的感情的高手，但我很容易就能看得出，他正在极力压制着自己内心的兴奋之情。我自己也承认，这确实是一件好玩又刺激的事情。这种兴奋、激动的心情，我们每次调查案件时都有所体会。

"到了，就是这条街，"说着，一条短街出现在我们眼前，街道两旁都是普普通通的两层楼房，福尔摩斯说，"啊哈，辛普森来汇报情况了。"

"他就在屋里，福尔摩斯先生。"一个瘦小的街头流浪儿向我们跑过来，大声说道。

"干得好，辛普森！"福尔摩斯摸了摸他的脑袋，说道，"来吧，华生。就是这间房子。"福尔摩斯递过去一张名片，说有要事求见。一会儿我们就和我们要见的人

---

① 银币名，19世纪末叶英国的两先令银币。

"他就在屋里，福尔摩斯先生。"一个瘦小的街头流浪儿向我们跑过来，大声说道。

会面了。

虽然天气很热，这个人却紧靠火炉蜷缩成一团，小屋子热得像火炉一样。这个人弯着腰，驼着背缩在椅子中，他的容貌畸形丑陋，看上去很丑恶。他向我们转过脸来，我才真正看清他的脸，那张脸虽然枯瘦、黝黑，但是可以看出，以前一定很俊美。他疑惑地看着我们，两眼昏黄、冷漠，但是里面射出愤怒的光芒，他不起身，也不说话，只用手指指椅子，示意我们坐下。

"想必，你就是从印度回来的亨利·伍德先生吧，"福尔摩斯和善可亲地说，"我们是为了巴克利上校的事情前来打扰你的。"

"这与我有什么关系？"

"这就是我为什么要到这里来的原因了。你应该知道，如果不把这件事弄个水落石出，你的旧相识——巴克利夫人，很可能将以谋杀罪受到起诉。"

那人猛地怔住了。

"我不知道你是什么人，"他大声喊道，"也不知道你怎么得知这件事的，你敢对我发誓你刚才说的都是真的吗？"

"千真万确，等着她恢复知觉以后，警方会立即逮捕她。"

"上帝啊！你也是警察吗？"

"不是。"

"那么，你是干什么的？"

"伸张正义，是每个人应尽的义务。"

"你可以相信我，她是无辜的。"

"那就是你有罪了？"

"不，也不是我。"

"那么，究竟是谁杀死了詹姆斯·巴克利上校？"

"他是罪有应得，所以才死于非命。我告诉你，如果真的像我想象的那样，一枪打碎他的脑袋，让他死在我的手中，他也是活该。如果他不是良心不安，自己被吓倒在地，摔死了，我敢发誓我一定会亲手杀死他。你要我讲一讲这件事，你想知道事情的经过，好啊，完全可以，因为我对得起自己的良心。

"事情是这样的，先生们。别看我现在背驼得像骆驼，肋骨也歪曲得吓人，但是当年在一一七步兵团，中士亨利·伍德却是一个最聪明漂亮的小伙子。那时我们驻扎在印度的一个叫作布尔蒂的兵营里，几天前死去的巴克利，当时和我在一个连队，我们都是中士。当时团里有个美女，是陆战队上士的女儿南希·德沃伊。那时有两个人爱着她，而她只爱其中的一个人，你们看到我现在蜷缩在火炉前，好像一个可怜的丑八怪，再听到我说当初正因为我长得英俊她才爱我时，心里一定感觉很好笑吧。

"唉，虽然她的心里只有我一个人，可是她父亲却让她嫁给巴克利。我那时是个冒失冲动的少年，巴克利却受过良好的教育，而且很快就要提升为军官了。可是那姑娘依然坚守着自己的感情，我差一点就可以娶到她，但是印度发生了叛乱，全国都动荡起来，一切都改变了。

"我们被围困在布尔蒂，我们那一个团，一半是炮兵，还有一个连是锡克族兵，以及许多英国平民，妇孺家眷。这时有一万叛军紧紧包围了我们，他们凶猛得犹如一群围在鼠笼周围的猎狗。第二个星期，我们的水就用完了。那时尼尔将军率领的纵队正在向内地移动，这时我们要想活下去，只有一条出路，就是和他们取得联系。如果我们要想杀出重围，还要带上所有的妇女和儿童，根本是一件不可能的事。于是我挺身而出，自愿潜出去向尼尔将军求救。我的请求被批准，我就去找巴克利中士，因为他比任何人都熟悉当地的地形，他给我画了一张可以穿过叛军防线的路线图。当天夜里10点，我开始出发，踏上征途。虽然我身负拯救一千条生命的使命，可是那天夜晚我爬上城墙，准备翻越出城的时候，心里挂念的只有一个人。

"按照路线指示，经过一条干涸的河道，我就可以避开敌军的哨兵，可是我刚爬行着绕到河道拐角处，就落在了敌人的埋伏之中——有 6 个敌兵正蹲在黑暗中等着我。很快我就被人打的昏死过去，并且还被绑住了手脚。但是，我真正的创伤不在头上，而在心里，因为我醒来后听到士兵们的谈话，尽管我只听得懂一点土话，我还是听得出，正是给我安排了行走路线的那个人，通过一个土著的仆人把我出卖了，所以我才会落到敌人手中。

"啊，这一部分我就不再细说了。你们现在应该知道詹姆斯·巴克利是个什么样的人，能做出什么样的事了吧。第二天，尼尔将军率军来到布尔蒂，解了围城之困，可是，我却在叛军撤退的时候被随军带走了，在那以后，我再也没有见过一个白种人。我受尽了折磨，设法逃走，却被抓了回去，再次遭受更残酷的折磨。你们自己可以看看，我现在被弄成了什么样子。叛军带着我逃到尼泊尔，后来又转到大吉岭。那里的山民杀死了带我的那几个叛军，于是我又成了他们的奴隶，直至最后逃脱。不过我不能向南逃，只好向北，最后逃到阿富汗。我在那里流浪了好多年，终于回到旁遮普。当年我和土著人住在一起时，学会了变一些戏法，靠这个来维持生活。像我这样一个一无是处的跛子，再回到英国或者再找以前的老同事还有什么用？虽然我一心渴望复仇，我也不愿意回去。我宁愿叫南希和我的老伙伴们认为我已经挺直腰杆死了，也不愿让他们看到我拄着一根拐杖像一只猴子一样爬行。他们从不怀疑我已经死了，我也愿意大家这样想。我听说巴克利已经娶了南希，并且在军中职位升得很快，即使这样，我也不愿把事情的真相说出来。

"但是，人到了晚年，会越来越渴望回到故乡。很多年以来，我一直梦想能看到英国郁郁葱葱的大地和田园。后来我终于决定，死前一定要再看一眼我的故乡。我存够了回乡的路费，然后回到了这里的兵营，因为我熟悉军队生活，知道士兵们的爱好，我靠表演来为他们助兴并维持自己的生活。"

"你讲得非常感人，"夏洛克·福尔摩斯说，"我知道你遇到了巴克利夫人，而且你们彼此都认出了对方。据我了解，接下来你跟踪她去了她家，在窗外看到她和她丈夫吵起来，毫无疑问，争吵中巴克利夫人斥责了他对你的行为。你一时控制不住自己，穿过草坪，闯了进去。"

"确实是这样，先生，他一看到我，脸色立马变了，那脸色真是难看，我以前从未见过。接着他就倒了下去，头部撞到了炉子挡板上。其实他在倒下之前已经死了。我从他脸上看得出来，他已经死了，就像我能读壁炉上放着的那本书一样。他一看见我心脏就停止了跳动，好像一颗子弹射中了他那颗罪孽深重的心一样。"

"在这之后呢？"

"南希也晕倒了，我从她手中拿起了开门的钥匙，想开门叫人。可是我觉得自己还是不要多事的好，这件事看起来对我很不利，一旦我被抓住，我的秘密也就难保了。匆忙之中我把钥匙放进衣袋，丢下我的手杖去抓特笛，它当时已经爬上了窗帘。我捉住它，把它放回箱子，尽快逃离了那个房间。"

"特笛是谁？"福尔摩斯问道。

这个人弯下腰，从屋角拉出一只箱子，打开盖子，

"据我了解，接下来你跟踪她去了她家，在窗外看到她和她丈夫吵起来，毫无疑问，争吵中巴克利夫人斥责了他对你的行为。你一时控制不住自己，穿过草坪，闯了进去。"

一只漂亮的红褐色小动物立刻从箱子里溜了出来。它身子细长，柔软，光滑，长着4只鼬鼠一样的小短腿，尖尖的鼻子，一双漂亮的红眼睛，眼睛很好看，这种动物我以前还真没有见过。

"这是一只獴。"我喊道。

"对，是有人这么叫，也有人叫它猫鼬。"那个人说道，"但我叫它捕蛇鼬，特笛捕捉眼镜蛇相当在行。我这里还有一条被拔去毒牙的蛇，特笛每天晚上就在士兵俱乐部里表演捕捉眼镜蛇，逗士兵们开心。

"你还有什么问题吗？先生。"

"哦，如果巴克利夫人有麻烦的话，我们会再来找你的。"

"可以，如果真的那样，我自己会站出来的。"

"如果没事的话，也不必把死者过去的罪行重新揪出来，制造丑闻。你应该知道，这30年来，他过去犯下的罪孽，使他一直饱受良心的谴责。这个结果应该让你很满意

了。啊，墨菲少校就在街那头。再见了，伍德。我想问问昨天过后有什么新情况。"

　　在少校转过街道拐角之前，我们追上了他。

　　"啊，福尔摩斯，"墨菲少校说道，"我想你应该听说了吧，这件事完全是咱们自己多想了。"

　　"那是怎么回事呢？"

　　"医生刚验完尸体。他们肯定，上校是中风而死的。你看，结果原来是这么简单。"

　　"是啊，真是再简单不过了，"福尔摩斯笑容满面地说，"华生，咱们可以回去了，奥尔德肖特这里已经没什么事了。"

　　"对了，还有一件事，"我们走向车站时，我说，"那位夫人，她丈夫的名字叫詹姆斯，而另一个人叫亨利，那她提到的大卫又是谁呢？"

　　"亲爱的华生，如果我是你乐于描述的那种理想的推理家，那么，仅仅根据这个名字，我就应该知道全部的故事。这显然是一个用来谴责的词语。"

　　"谴责的词语？"

　　"是啊，你知道，大卫有一次也犯了与詹姆斯·巴克利中士一样的错误。你可记得乌利亚和拔示巴①那个故事吗？恐怕我对《圣经》知识的详细之处记得不太清楚。但是你可以看一看《圣经·撒母耳记》第一章或第二章，应该可以找到这个故事。"

---

① 大卫和乌利亚以及拔示巴：《圣经》中记载，以色列王大卫为了攫取以色列军队中赫梯人将领乌利亚之妻拔示巴为妻，把乌利亚派到前方，乌利亚遇伏被害。

住院病人

　　我拿出一些不太连贯的回忆录，大致浏览了一下，想用它们来阐明夏洛克·福尔摩斯先生的聪明才智，但是我发现，要想挑选出一些能符合我要求的例子，还真是有点困难。因为在这些案子中，福尔摩斯虽然也运用了分析推理的绝招，证实了他那独特的调查研究方法所具有的价值，但案件本身却微不足道，或者没有价值，我觉得根本不值得在公众面前提起。另外，也经常会有这样的情况，他参与一些曲折而富有戏剧性的案子的侦破工作，但他在案子中所起的作用，却又无法满足我这个传记作者的愿望。我记录过一个小故事，名字是《血字的研究》，后来还有一篇关于"格洛里亚斯科特"号帆船失事的案子，都已成为能震惊刑史学家的岩礁与旋涡①般的案例。现在我要叙述的这个案子，虽然在侦破过程中我的朋友并没有起到举足轻重的作用，但整件事情是如此的奇特，以至于我觉得如果在记载中将此漏过不提，实在是一件憾事。

　　那是一个闷湿的阴雨天，我们的窗帘拉上了一半，福尔摩斯蜷缩在沙发上，把早晨邮差送来的一封信看了又看。我在印度服过兵役，所以感觉热天比冷天更好适应。尽管寒暑表已到 90 华氏度，我却丝毫没有感觉到任何不适。不过这天的报纸实在是枯燥无味。议会已经休会，人们都离开了城市外出度假了。我希望能去新森林中的空地上或者铺满卵石的南海海滩上去透透气。但是我囊中羞涩，不得不推迟了休假。至于我的伙伴，无论是乡下还是海滨，对他来说都没有任何意思。他只喜欢蛰伏在五百万

---

① 岩礁与旋涡：意大利墨西拿海峡上的岩礁，它的对面有大旋涡。此处作者用来形容惊险。

人之中，追踪那些飘忽不定的线索，关心那些沸沸扬扬的小道消息。他天生对欣赏大自然不感兴趣。唯一能转移他的注意力的一件事，就是去乡间看望他的哥哥。

我发现福尔摩斯正专注地看着信，顾不得和我说话，我就把那无聊的报纸扔到一旁，往椅子上一靠，陷入了沉思。忽然我的伙伴打断了我的思路。

"你想对了，华生，"福尔摩斯说道，"用这种方法来解决争端，实在是太荒谬了。"

"荒谬！"我应声回答道，但是马上又很惊讶，他怎么知道我内心在想什么呢？我在椅子上坐直了身子，迷茫地望着他。

"怎么回事？福尔摩斯，"我喊道，"这实在是让人难以想象。"

看到我一脸的诧异，福尔摩斯笑了起来。

"记得不久前，"他说，"我给你读过一段爱伦·坡写的一个的故事，他在故事里说一个思维缜密的推理者能够通过同伴的行为而作出结论，你当时还认为作者纯粹是在卖弄自己的技巧。而我说，我也有相同的习惯时，你常常会表示怀疑。"

"我没有说过啊！"

"也许你嘴上没说，但是，我亲爱的华生，从你的眉眼间可以看出你就是那么想的。因此，我看见你扔下报纸，陷入沉思时，很高兴我终于有机会可以研究一下你的想法了，我打断了你的思绪，以便证明我能猜出你在想什么。"

我对他的解释并不完全满意。"你给我读的那个故事中，"我说道，"那个推理者是通过别人的动作得出了结论。如果我没有记错的话，那个人被石头绊了一下，抬头看了看天上的星星，别的还有一些动作。可是我安安静静地在椅子上坐着，哪里给你提供了线索呢？"

福尔摩斯在思索的时候拉的东西是随情绪变化的，非常不好听，但出于对华生的补偿，之后都会拉几首华生喜爱的曲目。华生说福尔摩斯的演奏水平非常高，因此小提琴也成为福尔摩斯的一项优势。

"你对自己的判断是错误的。人的五官可以用来表达感情，你的面部表情也忠实地执行了这一职能。"

"你是说，你从我的脸上看出了我内心的想法？"

"从你的面部表情，尤其是从你的眼睛。或许你自己都不知道你在什么时候陷入沉思的。"

"是啊，我不记得。"

"还是我来告诉你吧。你扔报纸的这个动作引起了我的注意。在那之后，约有半分钟的时间你都坐在那里，若有所思。接着你的眼睛盯着那张最近加了镜框的戈登将军的画像，你面部表情的改变告诉我你已经开始思考了，但你的思想走得并不远，后来你的眼光又转向你书架上那张没有镜框的亨利·沃德·比彻的画像上。接着，你向墙上看了一眼，你的意思就很明显。你肯定是这样想的，等这张画像也装上镜框就可以填补那面墙上的空白之处，和戈登的画像正好对称了。"

"你完全看透了我的想法！"我惊奇地说。

"直到现在，我还很少看走眼呢。接着你的思想又回到那幅画上，你一动不动地看着比彻的肖像，好像看着他的脸在研究他的性格。后来你的眉头松弛了下来，可还是没有转移目光，由你脸上的沉思，可知你在回想着比彻一生的经历。我相信，此时此刻你肯定会联想到他在南北战争期间为北方负起的使命，我记得，你曾对他的不幸遭遇非常愤慨。你对这段历史感受如此强烈，因此，你想到比彻时也不能不想到这些事。过了一会儿，我看到你的视线从画像上移开，我觉得你的思想又转移到了内战上。我看见你紧闭双唇，双目闪闪发亮，两手握拳，我确信你正在想起双方在这场战争中所表现来的英勇情怀。但是，你的脸色慢慢又沉了下来，你摇起了头，我敢确定，你肯定想到了残酷的战争夺走了很多人的生命。你慢慢地伸出手，去抚摸自己的伤疤，唇角露出一丝笑容，我就知道，你心里肯定在想，用这种方法来解决国际争端，实在是荒谬可笑。在这一点上，我完全同意你的看法，那样做确实很荒唐，我很高兴我的推论完全是正确的。"

"千真万确！"我说道，"听完你的解释，我承认，我跟以前一样惊讶。"

"其实这些道理很简单，我亲爱的华生，我向你保证。要不是那天你对我的推论那样的怀疑，我是不会贸然打断你的思路的。今晚微风怡人，我们一起去伦敦街上走走怎么样？"

我欣然同意了他的建议，因为，我早已厌烦整天都窝在这间小小的屋子里了。我们一起逛了有 3 个小时，一直逛到舰队街和河滨大道，街上光怪陆离的人群宛如潮汐一般变化无常。福尔摩斯不停地作着独到的议论，他对细节的敏锐观察和精确的推理使我耳目一新，完全被迷住了。我们回到贝克街时已经 10 点钟了，一辆四轮马车正等在我们寓所门口。

"这应该是一位医生的马车，一位全科普通医生，"福尔摩斯说道，"行医时间不长，不过生意还不错。我想，他来这儿，应该是有事求助于我们。"

我深知福尔摩斯的工作手法，能够领会他的推理。车

舰队街是英国伦敦市内一条著名的街道，因邻近舰队河而得名。直到 20 世纪 80 年代舰队街都是传统上英国媒体的总部，因此被称为英国报纸的老家。鼎盛时期的舰队街共有 100 多家全国或地区性报馆，包括《泰晤士报》《每日电讯报》《独立报》《卫报》《镜报》《每日邮报》《体育报》等。

内挂着一只柳条篮子，借助于灯光，可以看清里面装着各种医疗器械。我知道福尔摩斯正是根据篮中的这些医疗器械，才很快得出了结论。楼上我们的窗户亮着灯，可知这位夜间访客确实是来找我们的。我心里充满好奇：我

我知道福尔摩斯正是根据篮中的这些医疗器械，才很快得出了结论。

的这位同行这么晚了还过来找我们，究竟为了什么呢？我紧跟在福尔摩斯身后，走进我们的房间。

我们走进屋里，只见一个面色细白、尖瘦脸、留着棕黄色络腮胡的人，从壁炉旁的椅子上站了起来。他的年纪不会超过三十三四岁，但他那憔悴的面容，不健康的气色，说明生活已经使他精力耗竭，元气大伤。他态度紧张，举止怯弱，像一位过度敏感的绅士，他站起来时，扶在壁炉台上的那只细而修长的手使他看起来更像一个艺术家，根本不像一个医生。他的衣服平淡朴素—— 一件黑色礼服，深色裤子，一条稍有一点颜色的领带。

"晚上好，医生，"福尔摩斯爽朗地说道，"很高兴，没让你等太长时间。"

"这么说，你和我的车夫说过话了？"

"没有，是那支放在桌上的蜡烛告诉我的。请坐，请告诉我，有什么事我可以帮忙吗？"

"我是珀西·特里维廉医生，"我们的来客说道，"我住在布鲁克街403号。"

"你就是那部论述不明原因的神经损伤专著的作者吧？"我问道。

听到我提起他的那部作品，他高兴得苍白的脸上泛出红光。

"我极少听人说起这部作品，出版商跟我说这本书没销路，我很伤心，以为根本没有人知道它呢，"来访者说，"先生，我猜你应该也是医生吧？"

"我是一个退役的军医。"

"我一直对神经病学很感兴趣。我本希望能对此进行专门研究，可是，一个人无论做什么事，都要先从手头工作做起。不好意思，我说远了，夏洛克·福尔摩斯先生，我知道，你的时间是很宝贵的。事情是这样的，最近在我布鲁克街的住处发生了一连串的怪事情。而今天晚上，事情已经发展到了非常严重的地步，我觉得再也不能耽搁下去了，所以，急忙跑过来请你帮忙。"

夏洛克·福尔摩斯坐下来，点燃了他的烟斗。"请我出主意也好，帮忙也罢，我都乐意效力。"福尔摩斯说道，"你可以将那些让你惶恐不安的事，详细地说给我们听听。"

"有一两点很琐碎，实在是不值得一提，"特里维廉说道，"现在要在这里说起，我自己都觉得不好意思。不过这件事让人觉得不可思议，而且近来变得越来越复杂了，我只好和盘托出，让你自己筛选，看看哪些重要，哪些不重要。

"开头，我不得不谈一下我大学时期的一些事。我曾是伦敦大学的学生，如果我告诉你们，我的教授当初一致认为我是一个很有前途的学生，相信你们应该知道，我并没有自我吹嘘。大学毕业后，我在皇家学院附属医院谋到了一个小小的职务，继续从事医学研究工作。很幸运，我对强直性昏厥病理的研究引起了人们的关注，我出了一部刚才你的朋友提到的关于神经损伤的作品，并因此获得了布鲁斯·平克顿奖。我可以毫不夸张地说一句，那时人们都认为我的前途一片光明。

"但摆在我面前的最大困难就是缺乏资金。想必你们都知道，一个专业人士，必须要挤进卡文迪什广场区，在它那十二条大街中找个地方开业才有前途可言，但那需要大笔的资金和设备开销。除了这些开办费用外，还必须要有足够维持几年开支的费用，还要准备一辆不错的马车和马匹，这些费用都是我无法承担的。我原本以为我至少要省吃俭用10年，才能有足够的资金到那里挂牌行医。但是，一件意想不到的事情发生了，给我的生活带来了转机。

"事情还要从那位名叫布莱星顿的绅士的来访说起。我两原本素不相识，但是，一天早上他突然走进我的房间，开门见山地跟我谈起来意。

"'你就是那位成绩卓越，并且最近获得一项大奖的珀西·特里维廉先生吗？'他说道。

"我向他点点头。

"'请坦率地回答我，'他继续说，'你会发现这样做对你很有利。你智慧超群，会取得不可估量的成就的。你明白吗？'

"这样莫名其妙的问题，让我忍不住笑了起来。

"'我相信自己会全力以赴的。'我说道。

"'你有什么坏习惯吗？不酗酒吧？'

"'没有，先生！'我大声回答道。

"'好极了！实在是好极了！不过我想问一下，既然你有这么好的条件，为什么自己不开馆行医呢？'

"我耸了耸肩。

"'对啊，对啊！'他赶忙说，'这没有什么好奇怪的。虽然你的脑袋里装得满满的，可是你的口袋却空空如也，对吧？如果我帮你在布鲁克街开业，你意下如何？'

"我感到很意外，于是惊异地盯着他。

"'啊，其实我这样做也是为我自己，并不是为了你，'他大声说，'咱们打开天窗说亮话，如果你感觉不错，对我来说就更加好了。我呢，准备拿出几千英镑进行投资，你知道吗，我想把这笔钱投在你身上。'

"'你为什么要这样做呢？'我受宠若惊地问道。

"'哦，这跟其他的投资事业一样，不过，这更加保险。'

"'那你希望我做些什么呢？'

"'我自然会告诉你。我来租房子，买设备，雇女佣，打理一切。你只需要坐在诊室的椅子上给病人看病就行了。你的吃穿开销和其他一些零用的东西都由我来负责。进款的 3/4 归我所有，剩下的那部分你自己留着。'

"那个叫布莱星顿的人就是这么说的，福尔摩斯先生，这真是个奇怪的建议，至于我们怎样谈条件，怎样达成协议，在此我就不细说了，免得你厌烦。最后的结果就是，在报喜节（每年 3 月 25 日为报喜节，即报喜天使加百列将耶稣降生告知圣母玛利亚的节日。）那天，我迁入了这所房子，并按他提出的条件开始正式营业。他也以一个住院病人的身份搬来和我一起住。他的心脏很衰弱，因此需要长期住院治疗。他将 2 楼两间最好的房间中的一间用作起居室，一间用作自己的卧室，他性格古怪，整日闭门不出，与别人鲜有往来。他的生活也没有规律，但是有一个方面却很有规律。他每天晚上同一时刻，都会去我的诊室检查账目。我每赚 1 基尼（基尼是一种英国金币，1 基尼为 21 先令，1 先令为 12 便士，1/4 基尼正好是 5 先令 3 便士），他都会给我留 5 先令 3 便士，剩下的他全部带回房间，存放到自己的保险箱里。

"我可以肯定地说，他对这项投资生意从没后悔过，因为他永远也不会吃亏。从一开始，诊所的生意就很好。我出色地看好了几个特殊的病人，加上原先我在附属医院的声望，我很快就有了名气，这些年来我也让他变成了一个富人。

"福尔摩斯先生，以上就是我过去的经历，以及我和布莱星顿先生交往的渊源。现在只剩下一个问题，就是今晚我为什么要来这儿向你求助。

"几星期以前，布莱星顿先生下楼来我房间找我。看他的样子，我就知道他的心情非常激动。他说近来在伦敦西区时有盗窃案发生，这些情况我也知道，但他当时根本没有必要那么激动，他主张我们立即锁好门，闩好窗户，片刻也不能耽搁。在这一个星期的时间里，他一直是心神不宁，经常向窗外偷偷张望，就连他那晚饭前为时不长的散步，也停止了。我从他的举动上可以看出，他现在对什么事或是什么人极其恐惧，可是我试着向他打听这些事时，他很恼怒，于是他的事我就不再过问了。随着时间的推移，他那恐惧的心情好像也渐渐消失了，他开始恢复了正常。可是最近又发生了一件事，重新把他推入恐怖的深渊，他现在失魂落魄，看起来既可怜又可气。

"事情是这样的：两天前我收到了一封信，这封信上既没有发信地址，也没有写信日期，现在我把它读给你们听。

'一位现居英国的俄罗斯贵族急需到珀西·特里维廉医生的诊所就医。长期以来他饱受强直性昏厥病的侵害。人所共知，特里维廉医生是医治这种病症的权威专家。病人准备明晚6点一刻左右前来就诊，如果方便的话，有劳特里维廉医生在家等候。'

"我对这封信很感兴趣，因为，病例稀少一直是研究强直性疾病的最大困难。你可以相信，到了约定的时间，童仆把病人领进来时，我已经在我的诊室里等候多时了。

"来人是一位个子不高的老人，消瘦、严肃而平凡——与人们想象中的俄罗斯贵族有很大差别。陪他前来的同伴则给我留下了很深的印象。那个年轻人身材高大，皮肤黝黑，非常英俊，但是神情凶悍，四肢与胸膛健壮得犹如一个力大无比的战神。他们从外面进来时，他体贴地用手扶着老人的一只胳膊，轻轻地把老人扶到椅子上，光看他的外表，你很难想象他会是那样一个温良恭顺的人。

"'对不起医生，请原谅我不请自来，'他跟我说话时，说的是含糊不清的英语，'这位是我的父亲，他的身体健康对我来说是头等大事。'

"他这样孝顺，使我深受感动。'也许为你父亲诊断时，你愿意留在这里守着吧？'我说。

"'不行，'他神情惊骇，大叫起来，'那对我来说太痛苦，我实在难以忍受。我不想看到我父亲发作时那种可怕的场景，我相信我绝对受不了，我的神经也很脆弱。如果你允许的话，你给我父亲深入检查时，我可以去外面的候诊室等着。'

"他们从外面进来时，他体贴地用手扶着老人的一只胳膊，轻轻地把老人扶到椅子上，光看他的外表，你很难想象他会是那样一个温良恭顺的人。"

"他既然这么说，我当然同意了，于是那个年轻人便离开了。我和我的病人便开始讨论他的病情，我记了很多详细的笔记。他的智力好像不太好，回答问题时经常出现颠三倒四的情况，我认为这些都是语言沟通不便所造成的。可是，我坐着写病历记录的时候，他突然对我的询问，不再作任何回答，我转身向他看时，惊诧发现他僵直坐在椅子上，面无表情，两眼发愣，直直地死盯着我，看来，他的疾病应该是又发作了。

"我的第一印象，就像我刚才所说的那样，既可怜又恐惧。慢慢地，我的职业感觉就显现出来了。我把病人的脉搏和体温记了下来，测试了他的肌肉僵硬程度，并检查了他的反应能力，但是，他的任何一方面都与我以前诊断过的此种病例没有共同之处。过去在治疗这种病人时，我使用了烷基亚硝酸吸入剂，效果显著。我想，这么一个大好时机，正好可以用来检测一下这种药剂的疗效。但是药瓶在我楼下的实验室里，于是，我让病人在椅子上坐着，自己跑下楼去拿药。我花了大约 5 分钟时间才找到药，然后我就赶快回到诊室。可是诊室内却空无一人，病人不见了，你可以想象我是多么吃惊了。

"当然，我接下来先跑到候诊室，他儿子也走了。前门关着，但是没有锁上。我那个接待病人的童仆刚来这儿不久，不太机灵。他一般都是在楼下等着，我摇响诊室铃铛时，他就跑上来领病人出去。这回他说什么也没有听到，整件事就成为一个难解的谜。布莱星顿先生不久之后散步归来，可是关于这件事，我一个字也没有告诉他。坦白地讲，近来我尽量跟他保持一定的距离，不和他多说什么。

"啊，我认为，那个俄罗斯人和他的儿子再也不会回来了，但是，今天夜里同一时间，他们又跟昨天一样，大摇大摆地相伴来到我的诊所，你们可以想象我该多么惊讶吧。

"'医生，实在对不起，我昨天什么都没说就突然离开了。'我的病人说道。

"'说真的，我被吓了一跳。'我说道。

"'啊，是这样的，'他说，'我每次发过病醒来时，总是头晕脑胀的，记不清刚才发生的事。我醒来时发现自己原来在一个陌生的房间里，你当时又不在这儿，我便迷迷糊糊地走出去，跑到街上了。'

"'至于我，'他儿子说道，'看见我父亲从里面出来，走过候诊室门口，我想肯定是诊治结束了。直到回到家以后，我才明白是究竟是怎么一回事。'

"'还好，'我笑着说，'除了我有些惶恐不解外，别的也没什么大不了的。现在，先生，如果你愿意去候诊室等一等的话，我将非常高兴，昨天突然中断的治疗现在可以继续进行了。'

"大约有半小时的时间，我一直在和那位老绅士谈论他的病情，后来，我开了药方，看着他儿子扶着他的胳膊离开了。

"我已经说过，布莱星顿先生通常会选择这个时间出去散步。没一会儿工夫，他回来后就直接上了楼。很快，我听到他从楼上跑下来，像一个疯子一样冲进我的诊疗室。

"'谁去过我的房间？'他叫喊道。

"'没人去过。'我说。

"'胡说！'他愤怒地叫道，'你自己上来看看！'

"我并不在意他言语粗鲁，因为他已经吓得快要发疯了。我和他一起上楼时，他指着地毯上几个浅色的脚印让我看。

"'你敢说这是我的脚印？'他叫道。

"那些脚印显然比他的脚印要大很多，而且可以看出，是刚刚踩上去的。今天下午那场雨下得很大，而到我这里来过的只有那对俄罗斯父子。那么，一定是在我忙着给那个老人诊断时，等在候诊室中的老人的儿子，不知出于什么目的，趁机进入了我楼上那位病人的房间。他没有翻动和拿走什么，但是这些脚印清清楚楚地说明，有人进去过这个房间。

"这件事搅得大家都心头不安，布莱星顿先生的反应更是出人意外，他变得异常焦躁。他最后竟然跌坐在椅子上哭喊了起来，我根本听不懂他在说些什么。是他让我来这儿找你的，当然我也知道，这样做很有必要。虽然他对这件事的重要性看得好像夸张了点，但可以肯定一点，其中必定大有文章。你可以乘我的马车，咱们一起回去，就算你无法把刚才发生的怪事解释清楚，你至少可以安抚他一下，让他平静下来。"

夏洛克·福尔摩斯一直在专注地听他讲话，他的叙述实在是够长的，我看得出来，他对这件事很感兴趣。他虽然与往常一样不动声色，可是他眯着眼睛，目光深沉，他烟斗里的烟升腾而起，并且越来越浓，这样更加深了医生叙述的那件怪事的诡异效果。我们的来访者话音刚落，福尔摩斯就从椅子上站了起来，将我的帽子递给我，又从桌上一把抓起自己的帽子，随着特里维廉医生向门口走去。一刻钟不到，我们就在布鲁克街这位医生的住所前下了马车。一个仆人领我们进去，我们随后走上宽宽的铺着极好地毯的楼梯。

这时突然发生了一件怪事，我们不得不停了下来。楼顶的灯光一下子被人灭掉了，黑暗中，一个尖锐、颤抖的声音在喊："我警告你们，我手里有枪，再往上走一步我就开枪了。"

"这有点过分了吧，布莱星顿先生。"特里维廉医生大声说。

"哦，原来是你啊，医生，"这人松了一口气，"另外两位先生，应该没有什么问题吧？"

原来，他已在暗中认真观察过我们了。

"没事，没事，好了，"那声音最后说，"你们可以上来，对不起，刚才我小心过度，太无礼了。"

他说着重新点燃了楼梯上的汽灯，我们看到站在面前的是一个神色古怪的人。他的声音和举动都说明了他已经紧张得有些神经错乱了。此人很胖，可是过去显然比现在还要胖，他脸上的皮肤松松地垂了下来，活像一只猎犬耷拉着双颊。他一脸病态，那稀稀疏疏的浅棕色的头发好像也激动得要立起来一样。他手中握着一把手枪，我们向前走时，他把手枪放进了衣服口袋。

"晚上好，福尔摩斯先生，"他说道，"我很感激你能来到这儿。现在世上再没有人比我更迫切需要你的指教了。我想特里维廉医生已经跟你说过，有人非法闯入了我的房间。"

"是的，"福尔摩斯说道，"那两个人是干什么的？布莱星顿先生，他们为什么要来骚扰你呢？"

"哦，"布莱星顿忐忑不安地说，"当然，这件事很难说。你没办法从我这里得到答案，福尔摩斯先生。"

"你是说你不知道？"

"请到里面来，进来吧，不用客气。"

他领我们进入他的卧室。这是一个宽敞舒适的大房间。

"你们看，"他指着床头的一只大黑箱子对我们说，"我算不上一个很有钱的人，福尔摩斯先生，想必特里维廉医生跟你说过。我这一辈子都没有做过投资，除了这一次。我不信任银行，从不信任它们，福尔摩斯先生。我只跟你一个人说，这只箱子里装着我所有的积蓄。因此你可以理解，那些陌生人强行闯入我的房间，会让我多么恐惧！"

福尔摩斯用怀疑的目光看了布莱星顿一眼，然后摇了摇头。

"如果你不跟我说实话，恐怕我也无法帮助你了。"福尔摩斯说道。

"可是我已经把所有的实情都告诉你了。"

福尔摩斯流露出不耐烦的神情，他转身就走："晚安，特里维廉医生。"

"你真的不给我一点忠告吗？"布莱星顿用颤抖的声音叫道。

"我给你的忠告就是，把实话说出来，先生。"

一分钟过后，我们已经到了街上，往回家的方向走去。直到我们穿过了牛津街，

"你们看，"他指着床头的一只大黑箱子对我们说，"……这只箱子里装着我所有的积蓄。因此你可以理解，那些陌生人强行闯入我的房间，会让我多么恐惧！"

走到哈利街时，我的朋友才开始说话。

"因为这个笨蛋，拖累你白跑一趟。华生，真是太抱歉了，"福尔摩斯说，"不过总的来说，这确实是一桩很有意思的案子。"

"我可什么都没有看出来。"我坦白地说。

"嗯，很明显有两个人，或者比这还要多，但是至少是两个人，他们怀有某种目的，故意接近这个布莱星顿。我敢肯定，那个年轻人两次去过布莱星顿的房间，他的同伙则跟他巧妙地配合着，在一边缠住医生使他不能脱身。"

"但那强直性疾病发作又是怎么回事？"

"那不过是骗人的小把戏，华生，在我们的医学专家面前，我不想说那么多。装病简直是太容易了。我本人就这么做过。"

"接下来又怎么样了？"

"这两次真是碰巧，布莱星顿那时正好不在房间。他们为什么要特地挑选这个时间来看病呢，因为这个时候候诊室里没有其他病人。而且，这个时间恰好是布莱星顿要外出散步的时间，可见他们对布莱星顿的日常生活情况太了解了。如果他们只是抢劫，他们至少会在屋子里翻翻找找，但他们并没有那样。除此之外，我从他的眼神里看得出来，他现在已被吓得魂飞魄散了，一个人只有面临生命危险时才会那样。他自己结下了这样两个仇人，他不可能不知道，因此他说的话让人无法相信。我敢打包票，他知道那是些什么人，但他由于某种原因，就是不肯说出来，也许明天他就愿意讲了吧。"

"难道就没有其他的可能了吗？"我说道，"虽然这不大可能，不过我们还是可以这样假设。特里维廉医生自己心怀鬼胎，闯入了布莱星顿的房间，那个患强直症的俄罗斯人和他的儿子，全是他凭空捏造的。"

借着灯光，我看到福尔摩斯笑了起来，也许我这个想法确实太不靠谱了。

"我亲爱的朋友，"福尔摩斯说道，"原先我也这样想过。但我很快就相信了医生所讲的话。楼梯地毯上留有那个年轻人的脚印，这样，再去看他留在室内的那些脚印就显得多余了。我要告诉你，他的鞋是方头的，不像布莱星顿的鞋是尖头的，但是跟医生的鞋比起来，又长了1.3英寸，你就应该知道，那位年轻人的确存在。剩下的问题咱们可以明天再说，我们现在只管安心睡觉。如果明天早上布鲁克街还没有新情况，那才让人奇怪呢。"

图为纪念柯南·道尔的铜像。

夏洛克·福尔摩斯的话很快就兑现了，并且还是以一种非常戏

344

剧化的方式。第二天早上 7 点半，天上刚刚透出一点晨光，我发现福尔摩斯穿着晨衣站在我的床边。

"有一辆马车在外面等着我们，华生。"福尔摩斯说。

"出了什么事？"

"布鲁克街出事了。"

"有新消息吗？"

"是一个惨剧，不过还说不准，"福尔摩斯说着拉起了窗帘，"看这个——从笔记本上撕下来的一张纸，上面的字是用铅笔写的，非常潦草：'看在上帝的分上，请赶快前来。珀西·特里维廉。'我们的这位医生朋友写这张纸条时，情况一定非常危急。快跟我来，我亲爱的朋友，咱们马上出发。"

一刻钟过后，我们又来到了这位医生的住处。他跑出来迎接我们时，神色惊恐。

"天啊，怎么会有这样的事！"他双手抱头，大声叫道。

"发生了什么事？"

"布莱星顿死了，他自杀了！"

福尔摩斯长长地出了一口气。

"是的，他昨晚上吊自杀了。"

我们走了进去，医生领着我们，进入一个显然是候诊室的房间。

"我不知道怎么办才好，"他大声嚷道，"快把我吓死了，警察已经在楼上了。"

"你什么时候发现的？"

"每天大约在 7 点钟，他都会让女佣给他送一杯茶。今天女佣走进去时，发现这个可怜的人就吊在房间中央。他把绳子绑在原先那根挂吊灯的钩子上，然后用昨天他指给咱们看的那个箱子垫脚，自己吊死了。"

福尔摩斯站在那里，想了一会儿，后来他终于说："如果可以的话，我希望能去楼上查看一下。"

我和他一起往楼上走，医生跟在我们后面。

刚进卧室，扑面而来的就是一副可怕的景象。我说过布莱星顿肌肉松弛，模样丑陋。现在他悬挂在钩子上，那样子越发明显，也更加难看了，简直没有一点人形。他的脖子拉得很长，像一只被扯长的、没毛的鸡脖子，这也使他身体的其他部位看起来更加肥胖，很不自然。他身穿一件长睡衣，睡衣下面露出那双笨拙的脚和那肿胀的脚踝。一个精明干练的警长，正站在尸体旁边，往笔记本上记着什么。

"啊，你好，福尔摩斯先生。"我的朋友进去时，他热情地与他打招呼，"很高兴见到你。"

"早上好，兰诺尔，"福尔摩斯回答道，"相信你不会把我当作私闯民宅的罪犯吧？这个案子的有关情况，你是否已经听说了？"

"是的，我已经听到了一些。"

"你有什么看法呢？"

"依我看，这个人已经被吓得灵魂出窍了。你看，他在这张床上睡过，上面有压过的痕迹。你知道，凌晨5点钟左右，是自杀最常发生的时间。他大概也是在这个时间上吊自杀的。看情况，他这样做是有准备的。"

"就肌肉僵硬的情况来看，他大约死了3个钟头。"我说道。

"屋子里有什么异常情况吗？"福尔摩斯问道。

"在洗手池里找到一把螺丝起子和一些螺丝钉。昨天晚上他好像抽了很多烟。这4个雪茄烟头，都是在壁炉上捡到的。"

"哈哈！"福尔摩斯说道，"找到他的烟嘴了吗？"

"没有，我没看见。"

"那他的烟盒呢？"

"有，就在他的外衣口袋里。"

福尔摩斯打开烟盒，闻了闻里面剩下的一支雪茄烟。

"呵，他的这支可是哈瓦那烟，壁炉台上的那些则是一些特殊品种，都是荷兰从它的东印度殖民地进口过来的烟。你看，这些雪茄都用稻草包着，并且比其他牌子的烟都要细一些。"他拿起那4个烟头，掏出口袋里的放大镜认真查看着。

"其中有两支是放在烟嘴上吸的，另外两支没有，"福尔摩斯说，"有两个烟头是用一把钝刀子切开的，另外两根是用牙齿咬下来的，真是一口好牙啊。这不是一起自杀事件，兰诺尔先生，这是一起策划已久的谋杀案。"

"不可能！"警长大声喊道。

"为什么不可能？"

"谁会那么傻，用吊死的方式来杀死一个人呢？"

"这就要我们来调查了。"

"他们怎么进来的呢？"

"当然是走前门。"

"早上前门是锁着的。"

"门是他们走了之后才锁上的。"

"你怎么知道？"

"他们留下的痕迹，我已经看到了。请稍等一会儿，我就可以进一步给你们说明事实真相。"

福尔摩斯走到门旁，转动门锁，一丝不苟地检查着。然后他拔出插在门锁里的钥匙，仔细看了一番。接下来他依次对床、地毯、椅子、壁炉架、尸体和绳索进行了细致的检查。一直到他彻底满意了为止，最后在我和警长的帮助下，割断了绳子，把那具尸体安放到地上，并盖上了一张床单。

"这绳子哪里来的？"他问道。

"从这上面割下来的，"特里维廉医生说着，从床底下拉出一大捆绳子，"他总是害怕着火，因此常将这些东西放在身边，这样万一楼梯着火时，他可以用绳子从窗口逃出去。"

"这倒给那些凶手省去了不少麻烦，"福尔摩斯说这话时，好像在思考着什么，"是的，事实已经非常清楚了，不过，如果到了下午我还不能把案子的始末原原本本地告诉你们，我自己也会觉得不可思议的。壁炉台上布莱星顿这张照片，我暂且先拿去，这有助于我的调查。"

"可你什么都没跟我们说呢！"特里维廉医生叫道。

"啊，这件案子的前因后果都已经很明确了，"福尔摩斯说，"这里面一共有 3 个人：一个年轻人，那个老人，还有第三个人，后者的身份，我还没有线索。前两个人，就不需要我多说了，就是那个假冒的俄罗斯贵族和他的儿子，这两个人的外貌特征大家都很清楚。他们之所以能进入这所房子，是因为屋子里有同谋，就是那个同谋将他们放了进来。我这里有话奉告，警长，你应该立即逮捕那个童仆。我知道，这个人是最近才来你的诊所的，医生。"

"那个小东西已经不见了，"特里维廉说道，"女仆和厨师刚才找过他。"

福尔摩斯耸了耸肩。

"他在这个案子里起了很大的作用，"福尔摩斯说道，"这 3 个人踮着脚尖，蹑手蹑脚地上了楼，年纪大的人走在前面，其次是那位年轻人，那个身份不明的小家伙跟在最后……"

"你太厉害了，福尔摩斯！"我突然叫道。

"啊，这些都可以看得出来，错不了，因为那些脚印上擦着脚印。我昨天晚上都已经看过了，谁的脚印是什么样子，我心里清清楚楚。然后他们来到楼上，走到布莱星顿的门前，他们发现房门紧锁。于是就用一根铁丝转开了里面的钥匙。就算不用放大镜，你们也可以看到，门锁上有很多划痕，这下就知道他们是从哪里下手的了。

"他们进入房间后，第一件事就是找东西塞上了布莱星顿先生的嘴巴。他可能正在睡觉，或者已经被吓了个半死，也叫不出声来。这里的墙都很厚，因此，就算他有机会喊那么一两声，也不一定有人能听得到。

"据我估计，他们在制服他之后，进行了某种形式的谈话，内容完全是一些私人问题，可能是审问也可能是职责，反正它持续了很长一段时间。那几支雪茄烟，就是他们在那个时候抽的。老人坐在柳条椅子上，他就是抽烟时用烟嘴的人。年轻人坐在那边，他在衣柜旁边磕过烟灰。第三个人在屋内走个不停。至于布莱星顿，我想，他此时应该直挺挺地在床上坐着，不过这一点我也不敢十分肯定。

"最后，他们抓住布莱星顿，把他吊了起来。这些事情他们应该早有安排，我相信他们甚至随身带有某种滑轮之类的东西，可以做成绞架。你看，那把起子和那些螺丝钉应该就是用来固定滑轮的。但是，他们又看到了那个吊钩，这下自然省了很多麻烦。事情干完以后，他们就逃走了，他们的同谋走时还锁上了门。"

我们全都很感兴趣地听着福尔摩斯对案件的描述，凭借那些细微的痕迹福尔摩斯就推导出了这一切，实在是太精妙了，有时就算他跟我们一一点明了，我们还是感觉很难想象，几乎跟不上他的思路。后来，警长立刻去查找那位应门的童仆，福尔摩斯和我则回到贝克街吃早饭。

"我3点钟回来，"我们吃过早饭后福尔摩斯说道，"那时，警长和医生都会过来找我，我希望好好利用这段时间，查清这个案子里那些有点模糊的细节问题。"

按照约定的时间，我们的访客准时到来了，可是我的朋友直到3点三刻才回来。我从他刚进家门时脸上的表情就能看出，事情进行得很顺利。

"有消息吗，警长？"

图为华生医生的书桌。上面放着一些医学书籍，水银血压计，还有一盏煤气灯。那两本厚厚的带着红色宽边的像字典一样的书，是1894年的《柳叶刀》医学杂志。

"我们已经抓到了那个童仆，先生。"

"太好了，我也找到另外那两个了。"

"找到了！"我们3个人异口同声地喊道。

"正是，至少我已经查清了他们的身份。我估计得没错，那个叫布莱星顿的和杀死他的那3个人，在警察总署可是大名鼎鼎的人物。那3个人的名字分别是比德尔、海沃德和莫法特。"

"是那伙抢劫沃辛顿银行的劫匪。"警长大声说道。

348

"正是。"福尔摩斯说道。

"那么布莱星顿原名应该叫萨顿了。"

"一点不差。"福尔摩斯说道。

"这下事情就像水晶一样透明了。"警长说道。

可是我和特里维廉却不知所云，迷惑不解地相互看了一眼。

"你们应该还记得沃辛顿银行大抢劫案吧。"福尔摩斯说，"案犯共有5人——这5个人加上那个叫卡特赖特的。银行看守托宾被害，窃贼们抢走了7000英镑，逃之夭夭。这件事发生在1875年。后来他们5人全部被抓获，但是警方缺少有力的证据，一时无法定案。这伙劫匪中最狡猾的就是布莱星顿，或者叫萨顿，他告了密。由他提供了证词，卡特赖特被处以绞刑，其余3个人被判了15年徒刑。前些日子他们被提前释放，你可以想象，他们一定要找到那个出卖了他们的人，为死去的同伴报仇。你们也看到了，他们两次都找到他，但是都没有得手，直到第三次才成功了。还有什么需要着重说明的吗，特里维廉医生？"

"我想你已经解释得很清楚了，"特里维廉医生说道，"难怪那天他会心烦意乱，原来他在报上看到了他们被释放的消息。"

"完全正确，他提到什么盗窃案，纯粹是为自己遮盖。"

"但他为什么不告诉你这些事呢？"

"啊，亲爱的先生，他太清楚他的那些老伙计了，他们必定会报复他，因此他才想方设法隐瞒自己的真实身份，不让任何人知道。他的秘密太不光彩了，他自己怎么好意思向外泄露呢。他虽然卑鄙，但还是处在英国法律的保护之下。警长，我相信，你会看到的，法律之盾虽然没有将他护卫成功，但是，正义之剑还是会为他复仇的。"

这就是那个住院病人和布鲁克街医生的奇异故事。那个夜晚之后，警方再也没有看到过那3个杀人凶手。据苏格兰场推测，他们应该逃到了那艘"诺拉克列依那号"轮船上。那艘轮船数年前不幸在葡萄牙海岸距波尔图以北数十海里的地方失事，全船人员——无论是船员还是乘客，无一生还。至于对那个小童仆提起的起诉，由于证据不足，不能立案；而这桩布鲁克街疑案，直至今日，还没有在报纸上被公开报道过。

希腊译员

　　我和夏洛克·福尔摩斯先生已经密切交往了很长时间，但我很少听他提起过自己的亲人，他也很少谈起自己早年的生活。他在这方面的沉默和保守，让我感觉他过于冷漠，不重亲情。以至于我有时候还会把他看成一个性格孤僻乖张之人，一个头脑聪明、智力超群但是缺乏人情味的人。他疏远女性，不喜欢结交新朋友，这些都是他冷漠性格的典型表现，不过他最过分的一点就是闭口不谈自己的亲人。一开始，我以为他是一个无依无靠的孤儿，亲人全都离世了。但是有一天，让我感到十分奇怪的是，他竟然跟我提起了他的哥哥。

　　那是一个夏天的傍晚，我们喝完茶之后便随意地东拉西扯起来，从高尔夫球俱乐部说到黄赤交角变化的原因，最后又说到返祖现象和遗传适应性问题，我们这时讨论的要点是：一个人的聪明才智有多少是遗传得来的，又有多少出于他自己早年所接受的训练。

　　"以你为例，"我说道，"从你以前告诉过我的情况来看，好像很明显，你敏锐的观察力和特殊的推理能力，都取决于你自己有过系统的训练。"

　　"在某些程度上可以这么说，"福尔摩斯思考着回答道，"我的祖上都是乡绅，自然他们过着他们那个阶层的人的生活。但是，我的那些才能多多少少就存在于祖先遗传下来的血脉中。很可能还受惠于我的祖母，她是法国画家吉尔内的妹妹。血液中的艺术细胞很容易就会以颇具特性的形式出现。"

　　"你怎么知道是遗传的呢？"

"因为我哥哥迈克罗夫特推理方面的能力比我还要强。"这对我来说确实是一件天大的新闻。英国居然还有另外一个人也具有如此独特的才能，警方和社会公众怎么都对他一无所知呢？我说是我的朋友太谦虚，所以才把他的哥哥看得那么高。福尔摩斯对我的这种说法报以微微一笑。

"我亲爱的华生，"福尔摩斯说道，"我可不是那种把谦虚当作美德的人。从逻辑学的角度来看，事物本身是什么样子，那它就应该是什么样子，无论是低估自己的能力还是自我吹嘘都有悖于事实真相。因此，我说迈克罗夫特的观察能力比我强，你要相信我说的绝对是事实，没有任何夸张。"

"你哥哥比你大多少？"

"他比我大 7 岁。"

"为什么别人没有听说过他？"

"哦，他在自己的那个领域可是风云人物。"

"什么领域？"

"嗯，譬如说在第欧根尼俱乐部里（第欧根尼是希腊犬儒学派哲学家）。"

我从来都没有听说过这个组织，我的脸上肯定也露出了疑惑的表情，夏洛克·福尔摩斯掏出表看了看，说："第欧根尼俱乐部是伦敦最奇怪的俱乐部，而迈克罗夫特则是其中最古怪的人。他每天下午 4 点三刻到 7 点 40 分都会待在那里。现在正好是 6 点钟，如果你愿意在这个美好的傍晚出去走走的话，我很高兴替你介绍一下刚才我说过的那些古怪的人和事。"

5 分钟之后，我们已经来到了大街上，朝着雷根斯圆形广场走去。

"你肯定很奇怪，"我的同伴说，"迈克罗夫特具有这样的才能，他为什么不去搞侦探工作呢？那是因为他不能。"

"但是你说过……"

"我说过，他的观察和推理能力确实在我之上。如果侦探这门艺术从开始到结束只需坐在安乐椅上就可以完成推理，那我哥哥肯定是这个世上无人能比的罪案侦探了。可惜他既没有从事侦探行业的雄心，也没有精力。让他去检验一下自己得到的结果他都嫌麻烦，宁肯让人说他是错的，也不愿去证明自己是对的。我多次向他请教过一些问题，他的答案后来都被证实是正确的，但是，案子提交给法官或陪审团之前，如果要他提出一些有力

图为猎鹿帽。猎鹿帽是一种前后有帽檐，并带有护耳的帽子。顾名思义，它是打猎时的衣物。猎鹿帽以其独特的形状而引人注意，尤其是作为侦探福尔摩斯的标准装备，猎鹿帽得以传遍世界。

的证据，他肯定甩手不干。"

"这么说，他不从事这个职业了？"

"也不是。我这个用来吃饭的营生，在他那里不过是闲来无事时的业余爱好。他在数学方面能力出众，因此就在政府部门做一些审计工作。迈克罗夫特住在蓓尔美尔街，拐个弯就是白厅街。他每天走着去上班，早出晚归，年复一年，除了他住所对面的第欧根尼俱乐部，他没有其他去处，也没有其他活动。"

"我没有听说过这个俱乐部的名字。"

"很可能没有。伦敦城里有许多性格内向而又愤世嫉俗的人，他们不愿意与别人打交道，可是他们也喜欢找个舒适的椅子坐坐、浏览一下最新的期刊画报。因为这些人的需要，就成立了第欧根尼俱乐部，现在这个俱乐部里拥有伦敦城里最不愿娱乐、最不愿交际的人。会员禁止关注他人的事情。除了会客室，其他地方绝对不许交谈，犯规 3 次，就要被提交到俱乐部委员会，谈话者很可能会被开除。我哥哥是俱乐部的创始人之一，我本人感觉这个俱乐部的气氛让人很舒适。"

谈话间，我们就转过了詹姆斯街尽头，已经来到了蓓尔美尔街。夏洛克·福尔摩斯在离卡尔顿大厅不远的一个门前停住，关照我不要开口说话，然后就领着我走进了大厅。我透过玻璃隔间看到一间宽敞豪华的房间，很多人正坐在那儿看报，每个人都有自己的角落。福尔摩斯把我领进一个小房间，窗外就是蓓尔美尔街，然后他又离开了一会儿，不久回来时还带着一个同伴。我知道那位肯定是他的哥哥。

迈克罗夫特·福尔摩斯比他弟弟要高大健壮得多，他身材魁梧，体型肥胖。他的脸庞较宽，但是跟他弟弟一样，有着那种特别机警敏锐的表情。他双目有神，一对灰眼珠，水汪汪的，好像一直在认真思考着什么，这种认真的神情，我只在夏洛克全神贯注地运用自己的智力时才看到过。

"很高兴见到你，先生，"他说着，伸出了他那如海豹掌般宽厚的手掌，"自从你开始记载夏洛克的案子后，他的名字才被人们到处传说。对了，夏洛克，我以为上个礼拜你会过来找我商量那件庄园宅屋案呢。我感觉你办那件案子不会很顺手吧。"

"不，我已经解决了。"我朋友微笑着说。

"肯定是亚当斯干的吧。"

"没错，就是他干的。"

"一开始我就认定是他。"他们两个在俱乐部凸肚窗台上坐下。"要想观察研究人，这正是个好地方，"迈克罗夫特说，"看，有两个人朝我们这个方向走过来，就拿他们来说吧！真是不错的例子啊！"

"你是说台球记分员和他旁边的那个人吗？"

"正是，你看那个人是干什么的？"

那两个人在窗对面停下了，其中一个人的背心口袋上有粉笔灰，那就是台球戏记分员的标志。另外一个矮小、黝黑，帽子扣在后脑门上，腋下夹着一包东西。

"我看他是一个军人。"夏洛克说道。

"并且最近刚退役。"他哥哥说道。

"我看，是在印度服役的。"

"而且是一个士官。"

"我猜，是皇家炮兵队的。"夏洛克说道。

"是一个鳏夫。"

"他应该有一个孩子。"

"不止一个，我亲爱的弟弟，不止一个孩子呢。"

"行了，"我笑着说，"对我来说，这太不可思议了。"

"绝对没错，"夏洛克说，"他神情威武，精神很好，加上他那晒黑了的皮肤，一看就知道他是一个军人，而且还不是一般的士兵，他最近刚从印度回来。"

"他脚上穿着那种所谓的炮兵靴子，说明他刚退役不久，"迈克罗夫特说道，"他走路时跨步的姿态不像骑兵，他歪戴着帽子，这从他一边眉骨上没被太阳晒到的浅色皮肤可以看出。看他的体重不可能是工兵。因此，他只能是炮兵。"

"还有，他愁容满面，想必他一定是失去了某个最爱的亲人。从他自己上街买的那些东西可以看出，好像他失去了妻子。你看，他买了一些孩子用的东西。其中有一个拨浪鼓，说明有一个孩子还很小。他妻子可能是因为生产去世的。他胳膊下面夹着一本小人书，说明还有一个孩子要操心呢。"

直到现在，我才真正明白夏洛克·福尔摩斯所说不假，他哥哥的观察力确实比他还要敏锐。夏洛克瞥了我一眼，笑了笑。迈克罗夫特拿出一个玳瑁盒子，取出了鼻烟，用一块大红丝巾拂去飘落在衣服上的烟末。

"对了，夏洛克，"迈克罗夫特说道，"现在有件合你心意的事，这是一个离奇的案子，别人拿来请我推断。但是我实在没有精力去仔细调查研究这件事，我只能断断续续地看一下。但是它给我提供了推理思考的乐趣。如果你想听听案子的经过……"

"亲爱的迈克罗夫特，我非常愿意。"

他的哥哥从自己的笔记本上撕下一张纸，草草地写了一张便条，按了按铃，把那张纸交给了侍者。

"我请梅拉斯先生到这里来一下。"迈克罗夫特说道，"他住在我楼上，我和他已经有点熟了，他遇到困难时，会过来找我商量。梅拉斯先生，据我所知，是希腊血统，他是一个语言学家，精通多国语言。他的生活来源，部分是靠在法院当翻译，部分是靠替那些住在诺森伯兰街旅馆的有钱的东方富翁做向导。我想，他的奇怪的遭遇，还是让他自己说比较合适。"

　　几分钟后，来了一个身材矮小、粗壮的人，他橄榄色的皮肤和黑色的头发说明他有南方人的血统，可是他的语调口音像是一个受过教育的英国人。他热情地握着夏洛克·福尔摩斯的手。得知这位专家想听一下他的奇怪经历，他那明亮的黑眼睛中流露出喜悦的光芒。

　　"我的事，说给警察听，他们根本不相信，"他悲伤地说，"因为他们以前根本没有听过这种事，也不相信会有这种事。但是我知道，在我弄清楚那个脸上贴满橡皮膏的可怜的人的命运之前，我的心里永远难以安宁。"

　　"你讲吧，我会认真听的。"夏洛克·福尔摩斯说。

　　"现在已经是星期三晚上，"梅拉斯先生说道，"那件事发生在星期一夜里，也就是两天以前。我是一个翻译，大概我的邻居已经告诉过你们了，我能翻译各种语言——或者说，差不多所有的语言——可是我是一个希腊人，还有一个希腊名字，所以我最精通的还是希腊语。很多年了，我一直是伦敦城里最有名的希腊语翻译，我的名字各个旅馆都知道。

　　"外国人在这里遇到了困难，或者旅游的客人到得晚了，他们都会请我去给他们帮忙，这都是常见的事。所以，星期一夜里，一位衣着时髦、名叫拉蒂默的年轻人来到我的住处，让我坐上他那等在门口的马车，陪他一起外出时，我并没有感觉有什么好奇怪的。他说，有一位希腊朋友过来找他谈生意，他自己说本国语言，不会说外国话，因此不得不找一位翻译。他告诉我他住在肯辛顿，离这里还有一段距离，他看起来很着急，我们刚走下台阶来到街上，他就急忙将我往马车里推。

　　"我一上马车就产生了怀疑，我发现我坐的不是伦敦街上那种一般的四轮马车，车子虽然有点破旧，但是很宽敞，装饰也很讲究。拉蒂默先生坐在我的对面，我刚要冒失地提醒他这样到肯辛顿肯定绕远了，可是一看他那奇怪的架势和举动，我的话还未出口就被噎了回去。

　　"他从怀里抽出一根头部灌铅、样子可怕的大头短棒，前后舞了几下，好像在试它的重量和威力，然后一言不发，将它往身旁座位上一放，接下来，又伸手拉上了两边的玻璃窗。当我发现窗上都糊着纸，故意不让我看到外面时，我更是吃惊不已。

"'真是抱歉，梅拉斯先生，挡住你的视线了，'他说，'实际上，我不想让你看到我们怎么去的那个地方。如果你认识走过的路，对我来说可能会有些不方便。'

"你们可以想象，他的话确实把我吓得够呛。对方是个身强力壮、孔武有力的年轻人，即使他手里没有家伙，我也根本不是他的对手。

"'这恐怕不太合适，拉蒂默先生，'我吓得都结巴了，'你要知道，你这样做是犯法的。'

他从怀里抽出一根头部灌铅、样子可怕的大头短棒，前后舞了几下，好像在试它的重量和威力，然后一言不发，将它往身旁座位上一放，接下来，又伸手拉上了两边的玻璃窗。

"'确实是太失礼了，'他说道，'不过你放心，我们会补偿你的。同时我也警告你，梅拉斯先生，如果今天晚上你想报警，或者做出任何对我不利的事，你的情况就很危险了。我提醒你记住，现在根本没人知道你在哪儿，因此，不论在这辆四轮马车里，还是在我家中，你都逃不出我的手掌心。'

"他这番话说得心平气和，可是说话时声音刺耳，言语里满是威胁之词。我沉默地坐在那里，心里很纳闷儿，他为什么要用这么奇怪的方式来绑架我呢？不论怎样，有一点我非常清楚，反抗徒劳无用，只好悉听尊便了。

"马车在路上大约走了两个小时，我根本不知道要去哪里。有时车子走起来咯噔咯噔响，我知道是走在石子路上，有时走得平稳安静，应该是走上了柏油马路。除了这些不同的声音变化外，再没有别的东西能让我猜出我们身在哪里。两边的窗户被纸遮得什么都看不见，车厢前面的玻璃也挂有蓝色的窗帘。我们7点一刻离开的蓓尔美尔街，而马车终于停下来时，我看看表，还差10分钟就9点了。与我同车而坐的那个人打开车窗，我看到一个很低的拱门，上面亮着一盏灯。我被匆匆推下马车，大门打开了，我们来到院内，我只模糊记得刚进来时看到了两边的草坪和树木。我说不清楚，这究竟是私人住宅还是乡间的田园。

"房子里点着一盏彩色煤气灯，火头调得很小，我除了看到房间很大，里面挂着一些图画外，其余什么都没有看见。在昏暗的灯光下，我看到开门的那个人五短身材、相貌猥琐，是一个塌肩驼背的中年人。他转过身朝向我们时，闪过一道亮光，我才知道他戴着眼镜。

"'哈罗德，这位是梅拉斯先生吗？'他问道。

"'是的。'

"'干得不错，好极了！梅拉斯先生，我们没有任何恶意，但是没有你，我们就办不成事。只要你跟我们合作，你不会后悔的，如果你要耍小聪明，只好让上帝保佑你了！'他说话时声音激动，腔调异样，时而还带有几声干笑，可是他给我的印象比那个年轻人还要可怕。

"'你们要我做什么？'我问道。

"'不过是向一位来访的希腊绅士提几个问题，并且让我们知道他的答案。不过不该讲的话不要多说，一切听从我们的指挥，否则……'他又发出几声干笑，'否则，你会希望自己压根儿就没出生过。'

"他说着打开一扇门，领我进入另一个房间，里面装饰很华丽，不过室内的光线还是很暗，那盏提供光亮的灯还是拧得很小。那个房间很大，我走进去时，脚踩在地毯上时感觉又厚实、又软和，说明地毯很高级。我看到屋子里还有几把丝绒面软椅，一个高大的白色大理石壁炉台，旁边好像还放着一副日本铠甲，灯底下有一把椅子，那个年长的人做个手势叫我坐下。年轻人就离开了，突然他又从另一道门回来，还带着一个穿着宽松睡衣的男士，他慢慢地走向我们。直到他走到昏暗的灯光底下，我才看得稍微清楚一点，他的模样把我吓得头发都立起来了。他面如死灰、神情憔悴，一双发亮的眼睛向外凸着，说明他虽然有气无力，但是精力却还可以。比他那瘦弱的身体更让我吃惊的是，他的脸上横七竖八地贴满了胶布，还有一大块纱布正好贴在他的嘴上。

"'石板拿来了吗，哈罗德？'就在那个身体羸弱的人颓然倒在椅子上时，年长的人大声叫道：'给他松绑了吗？好的，现在给他一支笔。梅拉斯先生，你来问问题，让他把答案写下来。先问他，是否准备在文件上签字？'

"那个人双眼冒火。'决不！'他在石板上用希腊文写道。

"'没有商量的余地吗？'我按照那坏蛋的吩咐再问。

"'除非让我亲眼看见她结婚，而且由我认识的希腊牧师主持婚礼。'

"那个年长的人歹毒地笑着说：'好啊，你知道自己会有什么下场吗？'

"'我一点都不在乎。'

"上面这些只是我们这场连说带写的问答中的一小部分，我被迫接二连三地问他

"先问他，是否准备在文件上签字？"那个人双眼冒火。"绝不！"他在石板上用希腊文写道。

是否愿意让步，答应在文件上签字，但是得到的都是同一个愤怒的答案。我很快就想到了一个好主意。每次问话时我都加上了自己的话，起初是一些无关紧要的话，试探一下旁边的那两个人能不能听懂。后来我发现他们没有任何反应，于是就放心大胆地问起来。我们的谈话是这样的：

"'这样固执对你没有好处。你是什么人？'

"'我不在乎。我在伦敦人生地不熟。'

"'你的命运取决于你的决定。你来这儿多久了？'

"'爱怎样就怎样吧。3个星期。'

"'那产业永远没你的份。他们怎么折磨你？'

"'它决不会落入恶人之手。他们不给我饭吃。'

"'签了字，你就自由了。这是什么地方？'

"'我决不签字。不知道。'

"'你就一点也不替她着想？你叫什么名字？'

"'除非听到她自己这样说才相信。克莱蒂特。'

"'签了字，你就可以见到她。你来自哪里？'

　　"'我宁愿不见她。雅典。'

　　"只要再有5分钟，福尔摩斯先生，我就能当着他们的面把所有事情都打听清楚。可能再问一句就能了解大致的情况，就在这时房门突然被推开，一个女人走了进来。我没看清楚她长什么样子，只知道她身材修长，体态优雅，有着乌黑的头发，穿着一件白色长袍。

　　"'哈罗德，'她说的是不标准的英语，'我再也待不下去了。这儿太憋闷了，只有……啊，上帝啊，这不是保罗吗！'

　　"最后这句话说的是希腊语，就在这时，那人一把撕掉嘴上的胶布，尖声大叫：'索菲！索菲！'并扑到那个女人怀里。那女人张开双臂，两人拥抱在一起，然而，很快那个年轻人就抓住那女人，把她推出了房间。年长的人轻而易举就制服了那个憔悴无力的受害者，把他从另一扇门拖了出去。一时间屋子里只剩下我自己，我很快站起来，心想也许我可以趁机发现一些线索，在这个屋子里好好看看。不过，好在我没有这样做，因为我刚一抬头，就看到那个年长的人正虎视眈眈地站在门口，死盯着我。

　　"'好了，梅拉斯先生，'他说道，'看到了吧，我们把你当自己人看，所以才让你参与了我们的机密。我们本来有位会希腊语的朋友，开始就是他帮助我们进行谈判的，但他现在有急事回东方去了，不然我们也不用麻烦你。我们想找个人代替他，听说你的水平很高，我们很幸运能得到你帮助。'

　　"我点点头。

　　"'这里是5英镑，'他说着向我走过来，'我希望足够支付你的费用。不过请你记住，'他用手轻轻拍了一下我的胸膛，干笑着说，'如果你跟别人提起这件事——任何一个人——那只有上帝能保佑你了！'

　　"我实在无法描述我对这个卑鄙龌龊之人的讨厌及恐惧之情。这时，灯光正好直照在他身上，我更能清楚地看到他。他面庞尖细，脸色发黄，留着一小撮稀稀拉拉的胡子，说话时脸向前凑着，嘴唇和眼皮都动个不停，像个肌肉痉挛病患者。我不禁想起，他那断断续续的怪笑也许是某种神经性疾病的症状。不过，他脸上最可怕的还是那双眼睛，幽青、发灰，眼底流露出邪恶、残暴、凶狠的光芒。

　　"'如果你让别人知道这件事，我们也会知道的，'他说，'我们有自己的消息渠道。现在，马车在外面等着你，我的朋友会一路护送你。'

　　"我急忙穿过前厅，登上马车，再次回头看了看树木和花园，拉蒂默先生如影相随，跟在我身后，坐在我对面，一言不发。沉默之中又是一段漫长的路程，车窗依然关着，后来直到过了午夜，马车才停了下来。"

"'就在这里下车吧，梅拉斯先生，'我的同车人说道，'很抱歉，这里离你家还有一段路，不过没有办法。你如果想跟踪我们的马车，那就是自找罪受。'

"他说着打开了车门，我刚刚跳下马车，车夫就猛抽一下，扬鞭策马而去。我惊魂不定地站在那里向四下里环望。原来这是一片荒野，四下全是黑压压的灌木丛。远处有一排房屋，上面的窗户里不时闪出一些零零星星的灯光，在另一边，我看到了铁路的红色信号灯。

"把我载到这儿的那辆马车早已没有了踪影。我茫然地站在那里，想弄清自己究竟身在何处，这时，我发现黑暗中有人向我走来。直到走近，我才看出原来是一个铁路搬运工。

"'你能告诉我这是哪里吗？'我问道。

"'这是旺兹沃思荒地。'他回答。

"'这里有进城的火车吗？'

"'你向前走大约一英里，就到了克拉彭枢纽站，'他说，'你正好可以赶上去维多利亚的最后一班火车。'

"到了这里，我的惊险经历就画上了句号。福尔摩斯先生，除了刚才我告诉你的那些，其他情况我一概不知，我不知道自己去了哪里，也不知道我遇见的是什么人。不过，有件事我很清楚，他们正进行着一项阴谋。如果可以的话，我要帮助那个不幸的人。第二天早晨，我把整个事件都告诉了迈克罗夫特·福尔摩斯先生，并向警察报了案。"

听他说完自己离奇的经历后，我们几人沉默地坐了一会儿。后来夏洛克望着他的哥哥。

"采取了什么措施了吗？"夏洛克问道。

迈克罗夫特拿起旁边桌子上的一张《每日新闻》上载：

兹有希腊绅士保罗·克莱蒂特，来自雅典，不通英语，另有希腊女士名叫索菲，两人均告失踪。若有告知其下落者，当予重谢。X 2473。

"各家报纸今天都刊登了这条广告。但没有任何回音。"迈克罗夫特说。

"希腊使馆知道了吗？"

"我问过了，他们一点也不知道。"

"发个电报问一下雅典警察总部吧。"迈克罗夫特转身跟我说，"夏洛克是我们

图为福尔摩斯电影海报。

家精力最充沛的人，那么，你尽力来查这个案子吧。如果有什么好消息，要随时告诉我。"

"当然，"我的朋友从椅子上站起来说，"我一定会告诉你，也会让梅拉斯先生知道。梅拉斯先生，如果我是你，这段时间，我一定会提高警惕，特别小心，他们看过这些广告，肯定知道你泄露了他们的秘密。"

我们两人一起走回家时，福尔摩斯在一家电报局停了下来，发了好几封电报。

"你看，华生，"福尔摩斯说道，"今天晚上我们来得很值吧。以前我经办过很多要案，都是这样经迈克罗夫特的手转给我的。刚才这个案子，虽然可能只有一种合理的解释，但是还是很特别。"

"你有希望解决它吗？"

"哦，我们已经知道了这么多情况，如果还不能顺藤摸瓜，查出真相，那才是怪事呢。对于我们刚才听到的情况，你肯定也有自己的想法。"

"不过还很模糊。"

"不妨说来听听，你是怎么想的呢？"

"在我看来，很明显，那位希腊姑娘是被那个叫哈罗德·拉蒂默的英国青年拐骗来的。"

"从哪里拐骗来的呢？"

"也许从雅典。"

夏洛克·福尔摩斯摇摇头："那个年轻人一句希腊语都不会说。而那个女士的英语还可以。由此可知——她来英国已经有一段时间了，那个男的根本没有去过希腊。"

"嗯，也是，我们假设她是来英国观光旅游的，是那个哈罗德勾引了她。"

"这很有可能。"

"然后她哥哥——想必他们两个是亲属——从希腊赶来干涉。但是，他却落到那个年轻人和他那个年长的伙伴手中。他二人把他抓起来，并对他进行暴力威胁，强迫他签署一些文件，逼他将那姑娘的财产转让给他们。他可能是财产的信托人，他当然不答应。为了谈判，那年轻人和他的同伙只好去找一个希腊翻译，这样就找到了梅拉斯先生，以前可能他们还用过别人。他哥哥到来的事，那位姑娘并不知晓，她那晚也是偶然碰见才发现了一切。"

"很好，华生，"福尔摩斯高声说，"我认为你说的已经与事实很符合了。你看，现在我们已经心中有数，就怕他们会提前下手。只要我们争取时间，抢在前头，肯定能把他们缉拿归案。"

"可是怎样才能找到他们住的地方呢？"

"嗯，如果我们猜得不错，那位姑娘的名字应该叫索菲·克莱蒂特，找到她的下落并不困难。这是我们最大的希望了，因为她哥哥在英国完全没人知道。明摆着，哈罗德与那姑娘交往有一段时间了——照情形看，起码有几星期了，因为她哥哥在希腊需要一段时间才能听到消息并赶到这里。如果现在他们还住在那个地方，那么迈克罗夫特的广告很快就会有回音了。"

我们走着说着，不觉回到贝克街家中。福尔摩斯走在前面先上了楼，他打开我们的房门时，吃了一惊。我从他肩头望过去，同样惊讶不已，原来他哥哥迈克罗夫特正坐在扶手椅上抽烟呢。

"请进，夏洛克。进来吧，先生，"迈克罗夫特看着我们惊讶的脸，微笑着说，"你们想不到我有这么好的精力吧？夏洛克，不知道怎么回事，这件案子还是吸引了我。"

"你怎么来的？"

"我坐的马车，超过了你们。"

"有什么新情况吗？"

"刊登的广告有回音了。"

"啊！"

"你们刚走没几分钟就有了回音。"

"怎么说的？"

迈克罗夫特·福尔摩斯拿出一张纸。"就在这儿，"他说，"信写在米色印刷纸上，写信的是一个身体虚弱的中年人，使用的宽头钢笔。

先生：

今天看到了报上刊登的寻人启事。特意告知，我对这位女士的情况有所了解，如果你愿前来一趟，我可以告诉你她的不幸遭遇。她现在住在贝克纳姆的默特尔兹庄园。

你忠实的

J.达文波特

"信是从下布里克斯顿发来的，"迈克罗夫特·福尔摩斯说道，"夏洛克，我们马上乘车过去，向他了解一下详情怎么样？"

"我亲爱的迈克罗夫特，现在先去救那个哥哥的性命要紧，他的情况比妹妹更危急。

我们应该先去苏格兰场找葛莱森警长，然后再直接去贝克纳姆。要知道，那人就要性命不保了，每一分钟都很重要！"

"顺便请梅拉斯先生一起去，"我提议，"我们可能需要翻译。"

"说得对极了，"夏洛克·福尔摩斯说道，"让仆人赶快去叫一辆四轮马车，我们马上就走。"他说着拉开了桌子的抽屉，我看到他拿出左轮手枪，放进了衣袋。

"没错，"见我正看着他，他说道，"要小心行事，从我们了解的情况来看，我们要对付的可是一群凶险狡诈的匪徒。"

我们到蓓尔美尔街梅拉斯先生家时，天已经完全黑了下来。一位绅士刚过来拜访过他，并把他接走了。

"你知道他去哪里了吗？"迈克罗夫特·福尔摩斯问道。

"不知道，先生，"开门的妇女回答道，"我只知道他与那位绅士一道坐马车走了。"

"那位绅士通报姓名了吗？"

"没有，先生。"

"是不是一个黝黑的年轻人，又高又帅的？"

"哦，不是，先生。是个戴着眼镜的小个子，脸又尖又瘦，不过态度还好，因为他说话时总是在笑。"

"快走！"夏洛克·福尔摩斯突然喊道，"情况已经很危急了，"我们立即驶往苏格兰场，在路上他说，"那些人带走了梅拉斯。他们前天晚上打过交道，知道梅拉斯不是一个有胆量的人，那恶棍一出现，就能把他给吓呆了。毫无疑问，他们还是请他去做翻译，不过，利用完以后，他们可能会因为他泄露了秘密而杀害他。"

我们本来打算乘火车，这样就可以比马车早一点到达贝克纳姆。谁知我们到了苏格兰场后，花了一个多小时才找到葛莱森警长，取得允许进入私宅的合法文件后。来到伦敦桥时已经是 9 点 45 分了，直到 10 点半我们 4 个人才抵达贝克纳姆火车站，下了火车，又乘马车走了半英里，才来到默特尔兹——一所阴森黑暗的大庄园，它背靠公路，坐落在私家园地上。我们打发走了马车，沿着车道一起走向房子。

"连窗户都是黑的，"警长说，"院子里面好像没有人。"

"我们要抓的鸟儿已经跑掉，鸟窝已经空了。"夏洛克·福尔摩斯说道。

"你为什么这样说？"

"一辆载满行李的四轮马车离去还不到一小时。"

警长笑了起来，说道："我在门灯下看到了车印，可那行李从何说起呢？"

"你看到的，应该是同一辆车子向两个方向去的车轮印。但是这向外驶出的车轮印要深得多——因此我们可以肯定，马车上装载的东西非常重。"

"你看得比我仔细，"警长耸了耸肩，说道，"这个房门很难撞开，如果没人应门的话，我们也只好试一试了。"警长使劲捶打着门环，又用力按铃，可是都没有用。夏洛克·福尔摩斯趁这个工夫走开了，过了一会儿就回来了。

"我已经弄开了一扇窗户。"夏洛克·福尔摩斯说。

"幸好你是法律的守卫者而不是破坏法律的人，福尔摩斯先生，"警长看见我的朋友把窗钩拉掉，弄开窗户的机灵方法时说道，"好了，既然如此，我想我们可以不请自便了。"

我们一个接一个通过窗户进入了房间，显然这就是梅拉斯先生那天夜里来过的地方。警长点亮了提灯，灯光之下，我们看到了梅拉斯描述过的那两扇门、窗帘、煤气灯，以及那副日本盔甲。桌子上有两个玻璃杯，一个空的白兰地酒瓶子，还有一些吃剩下的食物。

"哪儿来的声音？"夏洛克·福尔摩斯突然发问道。

我们全都静下来，站在那里侧耳倾听。一阵低微的呻吟声从我们头顶响起。夏洛克·福尔摩斯急忙冲出门，来到前厅。那痛苦的声音是从楼上传来的。他又急忙跑到楼上，警长和我紧跟在他身后，他哥哥迈克罗夫特拖着他那庞大的身躯，也以最快的速度跟了上来。2楼有3个门，那呻吟声是由中间那扇门传出的，一会儿低沉得像是呓语，一会儿又变成了细声尖叫。门是锁着的，但是钥匙留在外面的锁孔里。夏洛克·福尔摩斯很快就打开门冲到了里面，但是他转眼间就退了出来，还用手捏着喉咙。

"里面正在烧炭，"他高喊道，"等一会儿，毒气就消散了。"

我们朝里望去，看见屋子中央的一个铜鼎上正跳跃着蓝色的火苗，地板上弥漫着灰色的烟雾，黑暗中好像有两个模糊的身影靠在墙边，蜷缩成一团。刚打开门，从门缝里就蹿出一股呛人的毒气，我们几个人立马感觉胸口发闷，并咳嗽不止。夏洛克·福尔摩斯奔向楼梯顶部猛吸了几口新鲜空气，又冲进房间推开窗，将那铜鼎扔到外面的花园里。

"我们等一等再进去，"夏洛克·福尔摩斯从里面冲出来，喘着粗气说，"蜡烛在哪儿？我怀疑在这样的空气中能不能划得着火柴。迈克罗夫特，你拿着灯在门口照着，我们进去把他们弄出来！"

我们急忙冲进去把那两个中毒的人拖到有光亮的走廊上。他们早已不省人事，嘴唇乌青，脸部浮肿、充血，眼珠向外凸。他们的脸已经扭曲得变了形。要不是那黑胡子和短小粗壮的身材，我们根本就认不出其中一位就是几个小时前才在第欧根尼俱乐

刚打开门，从门缝里就蹿出一股呛人的毒气，我们几个人立马感觉胸口发闷，并咳嗽不止。

部和我们分手的那个希腊语翻译。他的手脚都被人紧紧捆在一起，一只眼睛有遭受重击的伤痕。另一个人，也同样被捆绑着，他个子很高，但是已经瘦得好像一具骷髅，脸上乱七八糟地贴着胶布。我们把他放到地上时，他已经停止了呼吸，我一眼就知道，我们的救助来得太晚了。而梅拉斯先生还有救，在阿摩尼亚和白兰地的帮助下，不到一小时，我很高兴地看见他睁开了双眼，而且我知道他已经挣脱了死亡的威胁。

　　梅拉斯只能简单地向我们讲述一下他的遭遇，不过足以证实我们的推断是正确的。那个访客一进屋就从袖子中抽出一根护身短棒，并威胁梅拉斯跟他一起走，不然就立即处死他，梅拉斯只好再次被人劫持到这里。确实，那个通晓各国语言的语言学家对那个狞笑的恶棍怕得要死，根本无力抵抗，他吓得双手发抖，脸色惨白，说不出一个字。他很快就被带到贝克纳姆，继续在谈判中充当翻译，这次谈判比第一次更充满暴力，那两个英国人威胁那个被囚的希腊人，如果他不答应他们的条件，他们会立刻杀死他。后来发现什么都不能使他屈服，他们只好把他重新囚禁起来。接着，他们开始回头对付梅拉斯先生，他们斥责他在报上刊登广告泄露了他们的秘密，最后操起棒子打晕了他，之后他就什么都不知道了，直到睁开眼睛看见我们围在他身边。

　　这就是那个希腊语翻译的奇异经历，这件事至今还是未解之谜。我们与答复我们广告的那位先生交谈后，得知那位年轻的女子出身希腊富贵之家，她来英国是要拜访几位朋友。在这里遇到了那个叫哈罗德·拉蒂默的年轻人，他使尽手段勾引、掌控了她，最后引诱她和他一起私奔。她的朋友听到这个消息大吃一惊，为了洗清干系急忙通知她住在雅典的哥哥。她哥哥来到英国，一不小心落到拉蒂默和他的同伙手中。他的同伙叫威尔逊·肯普——是一个十恶不赦的流氓。那两个人发现他不会说英语，无法求助，于是把他囚禁起来，使用暴力和饥饿来折磨他，逼他签字，让他把他和他妹妹的财产交出来。他们把他关在屋子里，那姑娘完全不知道，为了防止姑娘认出自己的哥哥，他们在他脸上贴满了胶布。就在翻译第一次去的时候，女性的直觉让她在见到自己的哥哥时，第一眼就认了出来。但是那可怜的姑娘自己也是阶下囚，在这所房子里，除了马车夫夫妇外没有别的人。而那两人还都是这两个恶棍的爪牙。两个阴谋家见秘密已经泄露，而囚徒又毫不屈服，就带着那个姑娘匆匆逃离。原来这所装饰豪华的庄园是他们花钱租赁的。但是在离去前，他们先对那个不肯低头的人和那个出卖他们的人实施了疯狂的报复。

几个月之后，有人从布达佩斯给我们寄来了一份剪报，报纸上刊登着一条奇怪的消息，说是两个英国人领着一个妇女出游，结果两名男子都被刺死。匈牙利警方认为这两个人因事引起争执，最后互殴致死。但是我知道，夏洛克·福尔摩斯根本不同意这样的看法。至今他仍认为，只有找到那个希腊姑娘，才能知道她是怎样为自己的哥哥报仇的。

海军协定

　　我结婚那年的 7 月，实在令人难忘，因为我有幸参与了夏洛克·福尔摩斯的三起重要案件，我与他一起工作的同时还研究了他的工作方法。这三起案件在我的笔记本中分别被整理成《第二块血迹》《海军协定》和《疲倦的船长》。其中第一个案子涉及的层面太广，并且关联到这个国家的许多权贵，所以若干年内不可能公布于众。不过，福尔摩斯经手了那么多的案子，都没有该案能显示他的推理水平，也没有这个更能让人印象深刻了。时至今日，我还保留着一份谈话记录——几乎与原话一字不差——是福尔摩斯与巴黎警署的杜布克先生和坦泽著名的刑案专家弗里茨·冯沃尔鲍畅谈案情真相的谈话记录。他们两个在这个案子上花费了不少精力，结果证明他们对那些无关紧要的枝节关注过多。然而，这个案子恐怕要等到下个世纪才能公布出来。在此，我要谈的是笔记本中的第二个案子，这个案子曾经也关系到国家的安危，其中有些部分更是突出了它独一无二的特质。

　　我读书的时候有一个交往亲密的好朋友，名叫珀西·费尔普斯。他和我年龄相似，但比我高两个年级。他非常聪明，几乎囊括了学校颁发的一切奖项，由于成绩优异，毕业时获得的奖学金，使他能够进入剑桥大学继续深造。我记得他有很多权贵亲戚，甚至我们还是小孩子时就听说过他舅舅是霍尔德赫斯特勋爵，一位声名显赫的保守党要员。这样显赫的背景在学校里并没有给他带来多少好处。相反，大家处处欺侮、捉弄他，在运动场上玩耍时，我们用铁环撞他的脚踝，或者伸腿绊他，引他出丑，感觉到刺激又好玩。不过大家一踏入社会，形势就完全不同了。我隐隐约约听说他凭借自己的才能和社会背景，在外交部找了一个很好的职位，后来我慢慢就把他淡忘了，直到下面这封信寄到我手中，我才又想起了他。

亲爱的华生：

我想，你应该还记得"蝌蚪"费尔普斯吧，当年你读三年级时我读五年级。或许你已经知道了，我通过我舅父在外交部谋到了一份不错的差事，颇受信任和器重。但是祸从天降，我的前途遭受了严重的打击，可能要就此告终了。

在此我没有必要多谈这件事的相关细节问题。如果你能答应我的请求，我可以当面与你详谈。我得脑炎已经有9个星期了，现在刚见好转，但是身体还极其虚弱。你能否邀请你的朋友福尔摩斯来我这里一趟？虽然当局一再表示一切都无可挽回，但是我还是想听听他对案子的看法。请尽快带他前来，并且越快越好。我现在每时每刻都生活在焦虑之中，简直是度日如年。请你务必告诉他，我之所以没有及早请教他，并不是不相信他的能力，只是在受到打击之后，头脑混乱，神志不清。现在我已经重新清醒过来，但是我怕自己会旧病复发，因此不敢想得太多。我的身体还很虚弱，你可以看出，此信是我请别人代笔的。请你务必请他前来。

你的老同学 珀西·费尔普斯

沃金·布里尔布雷

读了这封信，我很受震动，他在信中反复叮咛我一定要带上福尔摩斯前往，实在令我同情。就算这件事再困难，我也会全力以赴。而且我也知道福尔摩斯非常热爱他的侦探艺术，只要委托人相信他，他向来乐意提供帮助。我妻子也同意我的看法，就是一分钟也不应耽误，马上把这件事告诉福尔摩斯。因此早餐后一个小时之内，我就回到了我在贝克街的老住处。

福尔摩斯穿着睡衣，坐在靠边的桌子旁，聚精会神地做着化学试验。一个曲颈大蒸馏瓶，在本生灯蓝盈盈的火焰上烧得正沸，里面的蒸馏水不断汇聚，滴入一个两公升的容器中。我走进来时，我的朋友头都没抬一下，我看出他的试验肯定非常重要，于是就坐在扶手椅中等着。他看看这个瓶子，摸摸那个瓶子，然后用玻璃吸管从每个瓶子里吸几滴液体，又拿出一试管溶液放在桌上。右手捏着一张石蕊试纸。

"你来得正好，华生，"福尔摩斯说，"如果这张试纸仍呈蓝色，那就没什么问题。如果变成了红色，那就是说这溶液能夺人性命。"他把试纸浸入溶液，试纸立即变成了暗红色。"哈！我想的果然没错！"他喊叫道，"华生，我马上就有空招呼你了。波斯拖鞋里有烟叶，你自己拿。"他转身走到书桌旁，迅速写了几份电报，随手把它们交给了童仆，然后在我对面的椅子上坐下来，双膝曲起，两手抱住他那瘦长的小腿。

"这是一桩普通的谋杀案，"他说，"我想你带来的案子要有意思得多。华生，没有麻烦你是不会来找我的，发生了什么案子？"

我将那封信递给他，他全神贯注地看着。

"信上并没有多少信息，对吧？"他把信交还给我时这样说道。

"是没有说什么。"

"但是笔迹值得注意。"

"这不是他本人的笔迹。"

"千真万确，是一个女人写的。"

"绝对是男人的。"我大声说。

"不，是女人的，而且是一个性格独特的女人的。你看，调查一开始，我们就知道，你的委托人和这个人关系密切，这个人无论是好是坏，性格很特别。我现在已经感觉这个案子很有趣了。如果可以的话，我们马上动身前往沃金，去拜访那位处境艰难的外交官，还有那位代他写信的女士。"

我们在滑铁卢火车站幸运地赶上了早班车，没用一个小时，我们就来到了沃金，这里有大片的冷杉和石南树林。布里尔布雷是一幢坐落在一大片空地上的独立宅院，距车站只有几分钟的路程。我们递进名片不一会儿，就被请进一间陈设优雅的客厅里，几分钟过后，一个身材粗壮的男人客气地出来接待我们。他的年纪大概还不到40岁，他脸色红润，眼神愉快，看上去好像一个诚实爽快、稚气未脱的孩童。

鸦片俗称大烟，源于罂粟植物蒴果，其所含主要生物碱是吗啡。鸦片最初是作为药用，但如长期或过量使用，则造成药物依赖性；作为毒品吸食，会对人体造成难以挽回的损害甚至造成死亡。

"我非常高兴你们能来，"他热情地握着我们的手说，"今天早上，珀西一直在打听你们的消息。哎，那个可怜的朋友是不会放过任何一根救命稻草的！他的父母让我来接待你们，因为他们都被这件事搅和得痛苦不堪，一个字也不愿意再提起。"

"关于这件案子，我们可是什么都不知道啊，"福尔摩斯说道，"我想你应该不是他的家人吧。"

我们这个初次见面的朋友有点惊讶，他低头往自己身上看了一下，笑了起来。

"原来你看到我链坠上的姓名缩写图案'JH'了。"他说，"起先我还以为你真是聪明绝顶呢。我的名字叫约瑟夫·哈里森，珀西很快就要和我的妹妹安妮结婚了，因此，至少我也算是他的一个姻亲吧。我妹妹就在珀西房里，你们可以在那里见到她，这两个月来多亏她照顾着他。我们最好现在就进去吧，我知道他急着想见你们。"

我们被领进珀西的房间，它与客厅在同一层楼上。房间布置得既像起居室又像卧室，屋子的角落里摆满了雅致的鲜花。一位苍白、憔悴的年轻人斜卧在靠窗的长沙发上，窗户敞开着，整个房间都浸润在温和的夏日空气和浓郁的花香里。一个女子坐在他身旁，我们进去时她站起身来。

"需要我走开吗，珀西？"女子问道。

珀西紧握着她的手让她留下。

"你好！华生，"珀西热情地说，"你现在留着胡子，我快认不出来你了。我敢说你多半也认不出我了。这位，想必就是大名鼎鼎的夏洛克·福尔摩斯先生吧？"

我简单地给他们作了一下介绍，我们一同坐下。那位粗壮的中年人已经离开，可是他妹妹的手还握在病人手里。她是一个惹人注目的漂亮女子，身材稍微有些矮胖，不太匀称，不过她面容美丽，皮肤呈细腻的橄榄色，有着一双又黑又亮的意大利姑娘的眼睛，一头乌黑亮丽的头发。她容貌艳丽，这就使她的伴侣越发显得枯槁、憔悴。

"我不想浪费你们的时间，"珀西从沙发上撑起身子说，"咱们就直接谈这件事吧。

"我本来是一个生活快乐而且事业有成的人，福尔摩斯先生，我就要结婚了。可是这个飞来横祸，毁掉了我的大好前程。"

我本来是一个生活快乐而且事业有成的人，福尔摩斯先生，我就要结婚了。可是这个飞来横祸，毁掉了我的大好前程。

"华生可能跟你说过，我在外交部工作，全靠我舅父霍尔德赫斯特勋爵的提携，我很快就要升迁到一个重要职位了。我舅父成为本届政府的外交大臣之后，交给我几项重要的任务，我都顺利圆满地完成了，他终于对我的聪明才智给予了充分的信任。

"大约10个星期以前——确切地说，是5月23日——他把我叫进他的私人办公室，先是好好表扬了我一番，说我表现良好，然后又告诉我，有一项重大的机密任务需要我去完成。

"'是这样的，'他说着从柜子里拿出一个灰色的纸卷，'这是英国和意大利签定的秘密协定的原本，遗憾的是，报界、舆论界已经有了一些传言。这份文件极其重要，绝对不能有丝毫泄露。法国和俄国大使馆会不惜重金去搜寻这些文件的内容。如果不是需要一份副本，我肯定会把它锁紧柜子，密封保存的。你办公室里有保险柜吗？'

"'有的，先生。'

"'那好，先把协定拿去锁在你那里。我要提醒你：你可以等大家下班后，一个人留在办公室里慢慢抄写，免得被人看见。你抄好后，把原件和副本都锁到保险柜里，明天一早亲自交给我。'

"我拿了文件以后，就……"

"对不起，我要打断一下，"福尔摩斯说道，"谈话时房间里只有你们两个人吗？"

"是的。"

"是一个大房间吗？"

"长宽有30英尺。"

"说话时在房子中央？"

"没错，差不多就是中间位置。"

"说话声音高吗？"

"我舅父的声音一向很低，我几乎没开口说话。"

"谢谢你，"福尔摩斯说着闭上了眼睛，"请继续吧。"

"我照他的吩咐，等其他同事离开后才开始工作。办公室里只有查尔斯·戈罗特还剩一点公事没办完。于是我先出去吃晚餐，让他自己在办公室加班。再次回到办公室时，他已经走了。我急着想完成那项工作，因为我知道约瑟夫——就是你们刚才见过的哈里森先生——正在城里，他要乘11点钟的火车到沃金，我希望自己能赶上那班火车。

"我看了协定内容，立刻发现舅父说的没错，毫不夸张，它确实非常重要。没有细看，我就可以说那份协定确立了大不列颠王国对三国同盟的立场，同时预定了一旦法国海军在地中海对意大利海军占据绝对优势时，英国应该采取的对策。协定涉及的全属海军方面的问题。最后是双方高级官员的签字。我大致看了一下，就坐下来开始抄写。

图为代表三国同盟的君主画像。20 世纪初，欧洲出现两个对抗的军事集团，一个是由德国、奥匈帝国、意大利组成的三国同盟，另一个是英、法、俄组成的三国协约。这两个军事集团拼命在扩军备战。

"那份协定条文很长，用法文写的，总共有二十六条。我尽可能快地抄写，可是直到 9 点钟，才抄了九条，照这种情况，我是没有希望赶上那班 11 点钟的火车了。白天一天的工作让我极其疲惫，加上晚饭没吃好，我感到反应迟钝，昏昏欲睡，喝杯咖啡应该可以提提神。楼梯底下有一个小房间，门卫整夜都守在那里，按照惯例，他要给加班的工作人员用酒精灯煮咖啡喝。因此，我就打铃叫他。

"让我奇怪的是，随声而来的是一个妇人，这个面容粗俗的高个老妇人，腰里还系着一条围裙。她说自己是门卫的妻子，在这里干些杂活，我就让她去煮一杯咖啡。

"我继续抄了两条，越发困得不行，于是就站起身来在办公室内走动一下，活动活动腿脚。我要的咖啡还没有送来，我就奇怪怎么耽搁了这么久，于是就打开门，沿着走廊走出来看看究竟怎么回事。门外的那条笔直的走廊内，灯光昏暗，是从我办公室出来后的唯一通道。走廊尽头是一段拐弯的楼梯，门卫的小房间紧挨着楼梯下面的过道。楼梯的中间转弯处有个小平台，平台横向另有一条走廊。这条走廊尽头有一道楼梯通到旁门，专供仆人们使用，有时办公室人员为了图方便，也会通过那条捷径出入办公室。这就是我办公室的简图。"

"谢谢，你说的，我都听清楚了。"夏洛克·福尔摩斯说。

"请注意，我就要说到最重要的地方了。我走下楼梯来到大厅，发现门卫在门房里睡得正香，酒精灯上的咖啡壶正滚滚沸腾，咖啡溢了一地，我取下咖啡壶，灭掉酒精灯，正要伸手摇醒那个熟睡的人，突然他头上铃声大作，一下子把他惊醒了。

"'费尔普斯先生！'他奇怪地看着我说。

"'我下来看看咖啡好了没有。'

"'我煮着咖啡就睡着了，先生，'他看看我，又抬头看看那仍在震动着的电铃，脸上露出迷惑不解的神情。

"'你现在就在这儿，先生，那谁在打铃呢？'他问道。

"'打铃！'我叫道，'哪儿打铃？'"

"'是你办公室的电铃啊。'"

"我的心好像突然被一把冰冷的手握住了一样，那么，一定有人进入我的办公室里了，那份绝顶机密的文件还放在桌上呢。我发疯一样跑上楼，奔进走廊，走廊里一个人也没有，福尔摩斯先生，真的是空无一人。跟我离开时一个样，只是那份托我保管的文件不见了，副本还在，但是原件已经不翼而飞。"

福尔摩斯从椅子上直起身，搓着手。看得出来，这件案子极大地引起了他的兴趣。

"请问，接下来你怎么做的？"他低声问道。

"我首先想到盗贼必定是从旁边的楼梯上来的。如果他从正门过，一定会被我撞见。"

"你确信他没有躲在房间里，或者藏在走廊吗？你不是说过走廊很暗吗？"

"绝对不可能，办公室和走廊连一只老鼠都藏不住，根本无处藏身。"

"谢谢你，接着往下说吧。"

"门卫看到我脸色发白，知道出了大事，就紧跟着我上了楼。我们两人随后冲出走廊，跑下通往查尔斯街的陡峭的楼梯，楼下的旁门关着，但是没有上锁，我们推开门就冲了出去。我记得清清楚楚，这时听邻近的钟响了3下，正是9点45分。"

"这一点相当重要。"福尔摩斯说着在他的衬衫袖口上记了下来。

"那天晚上夜色特别暗，天上下着毛毛雨，查尔斯街上一个人影都没有，可是，街道尽头的白厅路上仍像平常一样繁忙，车马行人往来不绝。我们帽子都没顾得上戴，沿着人行道往前跑，在街对角那儿看到一个警察。"

"'发生了一起盗窃案，'我气喘吁吁地说，'外交部一份非常重要的文件被人偷走了，有人从这里过去吗？'"

"'我在这里站了有一刻钟了，先生，'警察说，'这段时间只有一个披着佩兹利披肩的高个子老妇人从这里经过。'"

"'那个是我妻子，'门卫高声叫起来，'有别的人过去吗？'"

"'没有看见。'"

"'这样看来，小偷一定朝另一个方向逃跑了。'门卫扯着我的袖子大声喊道。"

"我不相信他的话，他拉着我，试图把我引开，这更让我生疑。"

"'那个女人朝哪个方向走的？'"

"'不清楚，先生，我只看到她过去，可是我没有什么理由要去盯着她看。不过看她的样子很匆忙。'"

"'过去多长时间了？'

"'啊，还没几分钟。'

"'没有 5 分钟吗？'

"'是的，不超过 5 分钟。'

"'你这是在浪费时间，先生，现在每一分钟都很宝贵，'门卫高声叫道，'你要相信我，我老婆和这件事绝对没有关系，快朝这条街的那头追吧。好吧，你不去我去。'说着他就朝相反方向跑去了。

"我马上追上了他，一把抓紧他的衣袖。

"'你家住哪里？'我问他。

"'布里克斯顿，艾维巷 16 号，'他答道，'可是你不要被假相迷惑了，费尔普斯先生。咱们去街的另一头，看看有什么情况。'

"我想想他的话也没什么坏处，于是我们带上警察匆忙朝另一头跑去，可是只看见街上车水马龙络绎不绝，人们来去匆匆，都想在这个阴雨之夜赶快回到家中，没有一个闲人肯停下来告诉我们谁打那里走过。

"我们回到外交部，仔细地搜查了楼梯和走廊，还是没有任何结果。办公室前面的走廊上铺着乳白色的油毡，如果有痕迹很容易就能发现。我们细细检查，可是根本没有找到脚印痕迹。"

"那晚一直在下雨吗？"

"雨大约从 7 点钟就开始下了。"

"那么，那个妇人 9 点钟左右进来，带泥的靴子怎么会没留下任何痕迹呢？"

"我很高兴你提到了这一点。那时我也这么想过。这个干杂活的女工通常会在看门房脱掉靴子，换上布拖鞋。"

"这就明白了。这么说，那天晚上下着雨，却没有留下任何痕迹，是吧？这一系列事件的确很复杂。你们下一步又是怎么做的呢？"

"我们也仔细地检查了办公室。房间绝对没有暗门，窗户离地面至少有 30 英尺高。两扇窗户都从里面闩上的。地上铺着地毯，不会有地道口，天花板属于普通白灰刷的那种。总之，我敢用性命保证，那个偷文件的人，只能是通过边门出入的。"

"壁炉怎么样？"

"里面没有壁炉，只有个火炉。电铃就在我右手边旁的办公桌上。谁想按响它，都必须走到桌子边上去。奇怪的是那个罪犯为什么要弄响铃铛呢？真是叫人难以理解。"

"这个案子确实关系重大。你们下一步采取了哪些措施呢？我想你们检查房间，是想看看那个窃贼有没有留下什么蛛丝马迹——譬如烟头、掉下的手套、发夹或者其他一些小玩意儿，是吗？"

"什么东西都没有。"

"没有闻到任何气味？"

"哎，我们当时没有想到这一点。"

"嗯，在调查这类案子时，哪怕是烟草气味对我们来说也很有价值。"

"我从不抽烟，因此，屋里有一丝烟味，我都能注意得到。可是那里一点线索也没有。唯一不用怀疑的就是，门卫的妻子——也就是坦盖太太——是从那里匆忙离开的，这件事，门卫也无法作出合理的解释，只说他妻子向来都是这个时间回家。警察和我都认为文件在那个女人手里，最好的办法就是赶快把她抓起来，以防她将文件脱手。

"警讯传到苏格兰场后，福布斯侦探立即赶到这里，全力调查这个案子。我们叫了一辆马车，半个小时之内就到了门卫说过的地方。过来开门的是一位年轻姑娘，她是坦盖太太的大女儿。她母亲不在家，她把我们带进前屋等着。

"大约过了 10 分钟，响起了敲门声。这时我们犯了一个严重的错误，这一点都怪我。因为我们没有自己去开门，而是她女儿开的门。我们听到她说，'妈妈，家里来了两位客人，他们在等你'。之后我们就听到噼里啪啦的脚步声向过道跑去。福布斯一把推开门，我们两个人跑进后面的房间，也就是厨房，那个女人抢先一步走了进去。她眼含敌意地与我们对峙，很快，她认出了我，脸上立马浮现出诧异的神情。

"'怎么，你不就是部里的费尔普斯先生吗！'她高声说道。

"'好了，你以为我们是谁？为什么看见我们就跑？'我的同伴问道。

"'我以为你们是卖旧货的呢，'她说道，'我们和一个商店老板有纠纷。'

"'这个理由太牵强了，'福布斯回答道，'我们有理由认为你从外交部窃取了一份重要文件，你急忙跑到这里是想把它处理掉。现在，跟我们去苏格兰场走一趟，准备接受调查。'

"她的分辩和抗议都没有用。我们叫来了一辆四轮马车，3 个人一起坐了进去。临走前，我们把厨房仔细检查了一遍，特别留意了厨房里的炉灶，看她是否在那儿把文件烧掉了。但是，我们没有看见一点灰烬或者残余的纸屑。我们一到苏格兰警场就把她交给了女警察。我焦急地等待着，终于等到女警察拿了报告出来，可是还是不知道文件的下落。

"这时，我才第一次清醒地认识到自己的可怕处境，直到现在，我还在盲目行动着，根本没时间思考。我一直坚信那份协定很快就可以失而复得，根本没有考虑过如果找不回来会怎么样。直到现在什么都不用做了，我才有时间考虑一下自己面临的处境。简直太可怕了。华生肯定跟你说过，上学时我就是一个敏感、文弱的孩子，我天性如此。我想到舅父，还有他内阁的同僚们，想到我将给他们、给我自己甚至给所有亲友带来耻辱。我自己因为这件事身败名裂根本没什么，那有什么大不了的呢？但是现在它关乎外交大事，绝对不允许有任何差错。我自己算是彻底毁掉了，不但毫无希望，还充满了耻辱。我不知道自己后来都做出了什么样的举动。我依稀记得很多同事围着我，安慰我。有一个同事把我送到滑铁卢，送我上了开往沃金的火车。我想如果不是我的邻居费里尔医生碰巧也乘坐了那趟火车，可能那位同事会一直把我送到家。一路上医生把我照顾得非常好，多亏了他的照顾，我才能安全到家，因为在车站我已经晕厥过一次了，还没到家，我差不多已经变得语无伦次，快要疯了。

"你可以想象，医生按响门铃把我家里人从床上叫起来时，他们看到我这个样子，会是怎样的一种情景。可怜的安妮和我母亲的心几乎都碎了。费里尔医生在车站听警察说过一些情况，便把事情大致说了一下，还宽慰了大家一番，但是没有任何用处。大家都很清楚，我的病短期之内是好不了的，于是约瑟夫就匆匆忙忙地让出了这间舒适的卧室，让我做病房用。福尔摩斯先生，整整9个星期，我都躺在这儿，昏迷不醒，发着高烧，说着胡话，如果没有哈里森小姐和医生的关怀照顾，我今天可能无法在这里和你们说话了。白天是安妮小姐照看我，晚上由我们雇的护士来照看我，因为我的疯病一旦发作起来，什么事可能都干得出来。慢慢地，我的神志逐渐清醒过来，也就是最近3天，我才完全恢复了记忆。有时候我想它还不如不恢复呢。我清醒后的第一件事就是发了一封电报给负责这个案子的福布斯先生。他来到这里跟我说，他们已尽了一切努力，想尽了一切办法，但还是没有发现任何线索。他们也想方设法反复审查了门卫和他的妻子，但是对案子没有一点帮助。警方后来又开始怀疑年轻的戈罗特，这个人你应该还记得，戈罗特是我的同事，那天晚上他因为加班在办公室逗留了很长时间。警方怀疑他不仅因为他走得晚，还因为他有一个法国名字。但是实际上，我是在他离开之后才开始抄写那份协定的。他的祖先是胡格诺派新教徒，但是在感情和习惯上他和我们一样，都是典型的英国人。无论如何，从他身上找不出他与案子有任何关联。于是案子就停了下来，事情就僵在这里。福尔摩斯先生，现在你是我最后的希望了。如果你也令我失望，那我这一生的尊严和荣誉都将永远丧失。

这段长时间的谈话，让病人筋疲力尽，他无力地斜靠在枕垫上，护士过来给他倒了一杯提神的药剂。福尔摩斯默默地坐在那里，后仰着头，眯着双眼。在外人看来，这好像是一副无精打采、心不在焉的模样，但是我知道，他这个样子其实是在认真地思考着什么。

"你已经讲得很清楚了，"他终于开口说话了，"我要问的问题也就不多了，不过，我还有一个很重要的问题。这项特殊的任务，你有没有跟别人提起过？"

"任何人都没有。"

"例如哈里森小姐，你也没有告诉她吗？"

"没有。在我接受和执行任务这段时间，我没有回过沃金。"

"有没有人会碰巧去看你呢？"

"没有。"

"你的亲戚朋友有人知道怎么去你办公室吗？"

"是的，我跟他们说过。"

"当然，如果你没有对任何人提过这个协定，这些问题也就无关紧要了。"

"我什么都没说过。"

"门卫的情况你都了解吗？"

"我只知道他是一个老兵，其他的都不太清楚。"

"哪个团的？"

"啊，听说是科尔斯特里姆近卫队的。"

"谢谢你，我相信我可以从福布斯那儿了解所有的细节问题。警方搜集材料的工作一贯做得很好，只是他们从来都不善于利用它们。啊，多么可爱的玫瑰花啊！"他从长沙发前走过去，走到敞开的窗户前，用手托起一枝低垂的玫瑰，欣赏起翠绿娇红的花束。这对我来说真是一件新鲜事，他这副模样我以前从未见过，因为我从没见过他对自然景物产生过如此浓烈的兴趣。

"没有任何事比宗教更需要逻辑推理了。"他斜靠着百叶窗说，"推理学家们将来可能把推理法归纳成一门精确的科学。在我看来，上帝的仁慈和尽善尽美就寄托于鲜花之中。其他的事物，如我们的权力、愿望和食物，这一切都是生活的必需品。但是这些玫瑰花就不同了，它们是超然之物。它们味道芬芳、颜色艳丽，给我们的生活增添了美感。这些并不是生活的必要条件。只有仁慈的上帝才会给我们这样的恩赐。因此我要说，从花朵里我们会看到美好的希望。"

福尔摩斯在发表他的长篇宏论时，珀西·费尔普斯和他的护理人莫名其妙地望着他，脸上露出惊诧和失望之情。福尔摩斯手中握着那枝玫瑰花，陷入了沉思，这样持续了几分钟，那位年轻的女士打破了沉默。

"这桩案子还有希望吗，福尔摩斯先生？"她用生硬的口气问道。

"啊，这个案子！"福尔摩斯愣了一下，才醒悟过来，"嗯，这个案子确实是相当复杂，如果有谁要否认这一点，无疑很荒谬。不过我答应你们，我要详细调查这件事，有什么情况我随时会告诉你们。"

福尔摩斯在一般读者中的经典形象。

"你发现什么线索了吗？"

"你给我提供了7条线索，不过我必须先验证一下，才能断定其价值。"

"你怀疑哪个人吗？"

"我怀疑我自己。"

"什么？！"

"怀疑我下结论太快了。"

"那么回伦敦去检验你的结论吧。"

"你的建议非常好，哈里森小姐，"福尔摩斯说着，站了起来，"我说，华生，我们现在没有什么要做的了。费尔普斯先生，你不要抱太大的希望。这件事错综复杂，很棘手。"

"我急切盼望着能再次和你见面。"费尔普斯大声说。

"好，不管能不能给你带来好消息，明天我还是会坐这班车过来。"

"上帝保佑你一切顺利，"费尔普斯叫道，"还能为这件案子再做些什么，已经给了我新生的动力。顺便说一下，霍尔德赫斯特勋爵给我来了一封信。"

"啊！他怎么说？"

"他态度冷淡，但是没有说什么严厉的话。我知道，他之所以没有苛责我，是因为我重病在身。他一再强调这次事关重大，还说我的前程已经无法挽回——当然是指我被革职——等我恢复了健康，再找机会补救过失吧。"

"嗯，合情合理，考虑得也还算周到，"福尔摩斯说道，"走吧，华生，城里还有一整天的工作等着我们去做呢。"

约瑟夫·哈里森先生用马车送我们到火车站，很快我们就搭上了去朴次茅斯的火车。福尔摩斯一直沉浸在深深的思考之中，在我们过克拉彭枢纽站，他几乎没有开口说话，最后他终于说："伦敦的所有铁路线都是居高临下的，能俯瞰这些房子，真是一件令人愉悦的事。"

我以为他在开玩笑，因为外面的街容实在不堪入目，但他马上作出了解释："你看那些矗立在青石之上的孤零零的大房子，好像一些砖瓦岛点缀在浅灰色的海洋上。"

"那是寄宿学校。"

"那是灯塔，老兄！未来的光亮！每一座灯塔里都孕育着成百上千颗光辉灿烂的种子，他们会让英国的未来变得更加光明富强，我猜费尔普斯不喝酒吧？"

"我想他不会。"

"我看也是，可是我们应该把所有的可能都考虑周全。这个可怜的人已经处于水深火热的境地，我们能不能把他救上岸还是一个问题。你看哈里森小姐这人怎么样？"

"她是一个个性刚强的女孩。"

"是的，她人挺好的，如果我没看错的话。她是诺森伯兰那边一个制铁厂老板的孩子，家里就她和她哥哥两个孩子。去年冬天旅行时费尔普斯和她订了婚，她哥哥陪同她一块来见他的家人。不巧碰上这件祸事，她就留下来照看自己的爱人，她的哥哥约瑟夫·哈里森感觉这里还不错，也跟着留了下来。你看，我已经私自做了一些调查。不过今天我还得做一天的调查工作。"

"我的医务……"我刚开口。

"哦，如果你觉得你的业务比我这案件还要重要……"福尔摩斯有些尖酸、粗暴地说。

"我想说我的医务耽搁一两天没什么，因为这是一年中的淡季。"

"好极了，"福尔摩斯说着又恢复了好心情，"好了，我们一起调查这件案子吧。我想咱们最好先从福布斯那儿着手。他应该可以告诉咱们所有的细节，那样我们就知道从哪儿寻找突破口。"

"你是说你已经有线索了？"

"没错，我们已经有几个了，不过还需要进一步调查才能确定它们的价值。犯罪动机不明的案件是最难办的。眼前这件案子并非没有犯罪动机。谁能从中得利呢？法国大使、俄国大使、出卖协定给他们的那个人，还有霍尔德赫斯特勋爵。"

"霍尔德赫斯特勋爵？"

"对，可以想象一个政治家出于自己的需要，不惜毁掉这份文件，对他来说这也许不是什么坏事。"

"你认为有着光辉履历的霍尔德赫斯特勋爵会这样做吗？"

"很有可能，我们不排除这一点。今天我们就去见见这位高贵的勋爵，看看他能不能给我们提供一些线索。实际上，我的调查已经开始进行了。"

"已经开始了？"

"对，在沃金车站我已经给伦敦各家晚报都发了电报。每份报纸都将刊登这样一个启事。"

福尔摩斯递给我一张从日记本上撕下来的纸，上面用铅笔这样写着：

5月23日晚9点三刻，有马车载客至查尔斯街外交部门口或附近下车，知者请将马车号告知贝克街221号B，赏金10镑。

"你确信那个盗贼是坐马车来的？"

"如果不是也没什么。假如费尔普斯说得没错，无论办公室还是走廊都没有藏身之处，那么盗贼一定是从外面来的。在一个如此潮湿的阴雨天从外面过来，而且几分钟后就检查了地板毡，却没有发现湿漉漉的脚印，那么只有一种可能了，他肯定是乘坐马车过来的，这个推论应该没有一点失误。"

"听起来好像很有道理。"

"这是我说的线索中的一个，它可以给我们带来一些新发现。然而那铃声——可以说是本案最奇特的地方。为什么要弄响铃铛呢？是那个盗贼在虚张声势吗？难道是他还有同伙，按铃是为了阻止盗窃行为？或者不小心碰着了？或者……"随着思考的深入，他重新陷入紧张的思索之中，他的习惯和情绪我都颇为了解，他肯定是突然又发现了新的线索。

直到3点20分，我们才到达终点站，在小饭馆匆忙吃完午饭，立即朝苏格兰场出发。福尔摩斯已经给福布斯发过电报，因此他正等着我们。此人身材矮小，相貌丑陋，神情狡猾，一点也不友善。尤其是听到我们的来意以后，他表现得更加冷淡、不友好。

"你的方法我早有耳闻，福尔摩斯先生，"他话中带刺地说，"你就是喜欢让警方给你提供一切情报，然后自己了结案子，让警方丢人现眼。"

"恰恰相反，"福尔摩斯说，"我过去破获了53件案子，只有4件案子归在我的名下，其余那49件案子全部荣誉都归了警方。你不了解这个情况，我也不怪你，因为你还年轻，经验不足。但是如果你想在职务中取得成绩，那你最好跟我合作，而不是跟我作对。"

"我非常愿意听从你的指教，"这位侦探立马转变了态度，"不瞒你说，到目前为止我在工作中还没有获得过荣誉呢。"

"这个案子你都采取了哪些措施？"

"那个门卫，我们一直在盯他的梢，他离开近卫队时名声很好，我们也找不到一点嫌疑。可是他妻子是个坏东西，我猜这件事她肯定知道很多，不像她表面上装的那样一点也没关系。"

"你派人盯过她吗？"

此人身材矮小，相貌丑陋，神情狡猾，一点也不友善。尤其是听到我们的来意以后，他表现得更加冷淡、不友好。

"派了一个女侦探盯过她。坦盖太太喜欢饮酒，女侦探趁她高兴陪她喝过两次，可是从她身上也问不出什么。"

"听说有旧货商去她家讨过债？"

"是的，可是她的债务已经还清了。"

"她哪儿来的钱呢？"

"来源没问题，门卫刚领到年金，他们并没有显出手头很有钱的样子。"

"那天，她上去应承费尔普斯先生按铃要咖啡一事，她怎么解释这件事？"

"她说她丈夫很疲惫，她愿意代劳。"

"对，这与他后来在煮咖啡时睡着很相符。这么说，除了这女人性格不好之外，这边就没有什么问题了。你问她没有，那天晚上她为什么要慌慌张张地往家赶？她那个样子连警察都注意到了。"

"她说那天比平常回家晚，所以走得很急。"

"你有没有指出，你和费尔普斯先生至少比她晚出发20分钟，怎么赶在她前头了？"

"她解释说，我们乘坐的双轮马车比她搭乘的公共马车跑得快。"

"她有没有解释清楚，为什么她一到家就跑进后面的厨房？"

"她说她的钱就放在那里，她要去拿了付给讨债的人。"

"她倒是句句都有答案。你有没有问她离开时在查尔斯街上看见或者碰到什么人？"

"除了警察她没有看到任何人。"

"好，看来你盘问得已经很彻底了。你还采取了什么行动？"

"9 个星期以内，我们一直在监视戈罗特，但是还是没有任何结果。我们没发现他有什么问题。"

"还有其他的吗？"

"啊，我们已经无计可施——一点证据也没有。"

"你有没有想过电铃为什么会响呢？"

"啊，我承认这点把我弄迷糊了。这个人真是胆大包天，过来偷东西，还敢弄响电铃发出警报。"

"是的，这样做确实古怪。谢谢你跟我们说了这么多情况。如果我要你去抓人，肯定会通知你。走吧，华生。"

"我们现在去哪儿啊？"我们离开警场时，我问他。

"我们现在去拜访霍尔德赫斯特勋爵，这位内阁要员，未来的英国首相。"

我们赶到唐宁街时，幸运地发现霍尔德赫斯特勋爵还在办公室。福尔摩斯递过名片，我们立即被领进去了。这位内阁大臣按照旧式礼节接见了我们，并让我们在壁炉两旁豪华的沙发上就座，他则站在我们前面的地毯上。他身材修长，五官端正，神态尊贵，一脸的智慧，卷曲的头发早已变得灰白，他看起来仪表堂堂，气度不凡，果然是一位真正的贵族。

"福尔摩斯先生，久闻你的大名，"他笑着说，"当然，我不可能假装对你的来意一无所知。在这里只有一件事能引起你的关注。可否问一下，你是受谁所托前来办理此案的呢？"

"是受珀西·费尔普斯先生之托。"福尔摩斯答道。

"啊，我那不幸的外甥！你应该了解，正因为我们有亲属关系，所以我更不能包庇他。我担心这件事会严重影响他的前途。"

"如果文件能找到呢？"

"啊，那就另当别论了。"

"我有一两个小问题想请教一下，霍尔德赫斯特勋爵。"

"我会尽我所能提供一切信息。"

"这个就是你交代他抄写文件的办公室吗？"

"是的。"

"你们的谈话不可能被外人听到吧？"

"绝对没有。"

"你有没有跟别人提起过你想找人抄写这份协定？"

"从来没有。"

"你能肯定吗？"

"绝对肯定。"

"好，既然你没说过，费尔普斯先生也从来没说过，那除了你们俩就没人知道这件事，这么说盗贼出现在办公室纯属偶然。他是碰上了这个机会，就顺手拿走了文件。"

霍尔德赫斯特勋爵笑了起来。"你说的已经超出了我的能力范围了。"他说。

福尔摩斯考虑了一会儿。"还有一点非常重要，我希望能和你商讨一下，"他说，"据我所知，你极其担心协定的内容会泄露出去，如果那样，后果会很严重。"

内阁大臣富有表情的脸上现出阴影，他说："后果确实非常严重。"

"已经出现了吗？"

"还没有。"

"如果这份协定落到法国或俄国外交部手中，你能够听到消息吗？"

"我应该能听到。"霍尔德赫斯特皱着眉头说。

"将近 10 个星期了，还没有听到任何消息，咱们可以这样设想，由于某种原因，协定目前还没有落到法、俄外交部手中。"

霍尔德赫斯特勋爵耸耸双肩。

福尔摩斯分析案情，图中右坐者。

"福尔摩斯先生，我们很难想象，盗贼偷走这份协定只是想把它锁起来，或者是裱装一下挂在墙上。"

"也许他在待价而沽。"

"再等上一段时间，那份文件就一文不值了。再过几个月，这份协定根本就不是秘密了。"

"这一点很重要，"福尔摩斯说，"另外，我们不妨设想，盗贼突然突遭不测，病倒了……"

"比如说，得了脑炎，是吗？"内阁大臣说这句话时，飞快地扫了福尔摩斯一眼。

"我并没有这个意思，"福尔摩斯沉着冷静地回答，"好了，霍尔德赫斯特勋爵，我们已经耽搁了你太多宝贵的时间，现在我们要告辞了。"

"不管他是什么人，祝你早日找出罪犯。"这位贵族把我们送到门口时，向我们点头说道。

"他是一位伟大的人物，"我们出来上了白厅街时，福尔摩斯说道，"但是他要想保住自己的位子，还要做出一番努力。他尊贵但不富有，而且开销很大。你应该看到他的长筒靴底是重新换上的。现在，华生，我不愿意再多耽误你的本职工作。如果我那份马车启事还没有回音，今天我就没事干了。不过，如果明天你能陪我搭乘同一班火车去沃金，我将非常感激。"

第二天早上我们如约见了面，一同坐火车去沃金。他说那个广告没有一点回音，这件案子也没有新的线索。他说话时，脸绷得像个印第安人一样，没有丝毫表情，因此从他的面容上我根本看不出来他对案子的现状是否满意。我只记得他说话时谈到了贝蒂荣测量法（贝蒂荣：1853—1914，法国资产阶级刑事侦察学家，提出所谓"人身测定法"，即根据年龄、比较骨骼、结合摄影和指纹等方法鉴别罪犯，被称为"贝蒂荣测量法"），他对这位法国学者相当钦佩。

我们看到，费尔普斯还是由他的护理细心地照料着，但是他看着比以前好了很多。我们进去时，他毫不费力地从沙发上站起来招呼我们。

"有什么进展吗？"他急不可耐地问。

"我要说的是，正如我昨天预料的那样，我没有消息可以奉告。"福尔摩斯说，"我找过福布斯，也拜访了你舅舅，我进行了一连串的调查，稍有一点发现，不过还需要继续深入。"

"这么说，你没有失去信心？"

"当然没有。"

"上帝保佑！你终于这样说了，"哈里森小姐高声道，"只要我们有勇气、有耐心，事情早晚能查个水落石出。"

"这没什么好说的，我们可有事要告诉你呢。"费尔普斯说着，重新坐回到沙发上。

"我希望你们这边能有什么新消息。"

"是啊，昨晚我们这里发生了一件危险的事，还非常严重呢。"他说话时表情严肃，两眼流露出恐惧的神色。"你知道吗，"他说，"我没有想到，自己已经不知不觉地成为一个罪恶阴谋的目标了，他们不仅要毁掉我的荣誉，还要威胁我的生命。"

"啊！"福尔摩斯叫道。

"简直难以让人相信，因为我自己知道，在这个世界上我根本没有一个敌人。可是昨晚的经历告诉我，确实有人要想谋害我的性命，没有更加合理的解释。"

"请说给我们听听。"

"你知道吗，昨天晚上，我第一次没让人护理，独自一人在屋里睡觉。我感觉自己好多了，就不想再麻烦别人，但是我夜里一直亮着灯。啊，谁知夜里2点，我睡得不沉，突然有一阵轻微的声音把我吵醒了。那声音听起来好像老鼠在啃木板。我躺在那里静静地听了一会儿，以为真是老鼠。然而声音越来越大，后来从窗户上突然传来一阵刺耳的金属声。我十分惊讶，坐了起来，这下我终于听明白了究竟是怎么回事，先是有人用东西撬窗框的声音，后来则是撬窗户销子时发出的声响。

"接下来大约有10分钟的停歇，那人好像等了一下，看有没有把我吵醒。接着我就听到轻微的咯吱声，有人在慢慢拉窗户。我的神经已经不像往常那样坚强，我再也忍不住了，一下子从床上跳起来，一把拉开百叶窗。一个人正缩在窗下。我根本看不清楚他是谁，因为他飞快地逃跑了，并且他头上还带着面巾，下半个脸都遮在里面。只有一件事我敢肯定，他手上拿有凶器。看起来是一把长刀。他转身逃跑时，我清楚地看到刀光闪动。"

"确实太可怕了，"福尔摩斯说道，"请问你接下来怎么做的？"

"如果我要是身体再好一点，我肯定要跳到窗外追他。可是我还不够硬朗，我只好按铃把屋子里的人都叫醒。这中间就耽误了一点时间，因为这铃在厨房，仆人们都睡在楼上。我高声大叫，先喊来了约瑟夫，他又去把别的人都叫醒。约瑟夫和马夫在窗外花坛上发现了一些脚印，可是近几天天气非常干燥，跟到草地，他们就再也没有找到脚印。但是，他们告诉我，在路旁的木栅栏上，有一个地方有人翻过去的痕迹，好像有人打那儿翻过去时，把栏杆尖碰断了。现在我还没有报警，因为我想最好还是先听一下你的意见。"

费尔普斯讲述的这件事，明显给夏洛克·福尔摩斯带来了很大的震动。他从椅子上站起来，激动不已，在室内兴奋地走来走去。

"真是祸不单行啊。"费尔普斯笑着说道，显然这件险事让他心有余悸。

"对你来说，确实是风险重重啊，"福尔摩斯说道，"如果可以的话，你能跟我一起去外面走走吗？"

"哦，好的，我也想晒晒太阳。约瑟夫也一起来吧。"

"我也去。"哈里森小姐说。

"恐怕你就不用去了，"福尔摩斯摇头说道，"我希望你留在屋里。"

费尔普斯讲述的这件事，明显给夏洛克·福尔摩斯带来了很大的震动。他从椅子上站起来，激动不已，在室内兴奋地走来走去。

　　姑娘不高兴地坐回原来的椅子上，她哥哥则加入我们，我们一行四人走出房间。绕过草坪来到费尔普斯卧室的窗户外面。就像他说的那样，花坛上的确有脚印，但是已经模糊不清，难以辨认了。福尔摩斯弯下腰看了看，然后就耸耸肩站了起来。

　　"这些痕迹没什么用，没人能从中看出什么，"他说，"我们不妨绕着房子走走，看一下盗贼为什么对这个房间独有兴趣。依我看，他应该对客厅和餐厅的大窗户更感兴趣才对。"

　　"可是站在大路上，比较容易看到窗户这里。"约瑟夫·哈里森先生解释说。

　　"啊，那是当然。可是这里还有一扇门，他也许从这里试过。这道门是做什么用的？"

　　"这是边门，供商贩进出用的。晚上当然会上锁。"

　　"以前你遇到过类似的事吗？"

　　"从来没有。"费尔普斯说。

　　"你屋里有金银器皿或者其他能够吸引盗贼的贵重东西吗？"

　　"没有什么值钱的东西。"

　　福尔摩斯双手插进口袋，以一副以前从未有过的满不在乎的神情，在房屋周围逛了起来。

　　"对了，顺便问一句，"福尔摩斯对约瑟夫·哈里森说，"好像听说你在栅栏那边发现了一处地方，有人从那儿翻过去。领我们去看看吧！"

这位矮胖的青年把我们领到那里，有一根木栏杆的尖断裂着。那儿有一小段木片还挂在上面。福尔摩斯取下木片，仔细察看了一番。

"你看这像昨天夜里碰断的吗？这折口看来有些时日了，不是吗？"

"嗯，很有可能。"

"这里也没有人翻跳出去留下的痕迹，待在这儿对我们没有任何帮助，咱们还是回卧室再说吧。"

珀西·费尔普斯由他未来的姻亲搀扶着，慢慢地挪着步子。福尔摩斯和我快速走过草坪，提前回到开着窗户的卧室，那两人在我们身后落得很远。

"哈里森小姐，"福尔摩斯神情严肃地说，"你白天必须守在这里。无论发生什么事，你都不要离开，这一点非常重要。"

"福尔摩斯先生，你吩咐的我一定照办。"姑娘惊讶地说。

"晚上睡觉时，一定要在外面把门锁好，自己带好钥匙。请答应我一定要这样做。"

"那珀西呢？"

"他跟我们一起回伦敦。"

"就我留在这里？"

"一切都是为了他好。你这样做帮了他的大忙。快！赶快答应我！"

她很快点了点头答应下来，这时那两个人正好走进屋来。

"你干吗愁眉苦脸地在这儿坐着，安妮？"她哥哥叫道，"去外面晒晒太阳吧！"

"不用了，谢谢你，约瑟夫。我头有点疼，房间里凉爽舒服，我愿意在这儿待着。"

"你现在有何打算呢，福尔摩斯先生？"费尔普斯问道。

"啊，在调查这件小事的同时，我们不愿意忽略主要的调查工作。如果你愿意跟我们一起去伦敦，那将对我们很有帮助。"

"现在就走？"

"嗯，只要你方便，越快越好，最好一个小时之内。"

"我感到自己好得差不多了，我真的能帮上忙吗？"

"那是绝对的。"

"这么说，你打算让我在伦敦过夜了？"

"我正打算跟你说呢。"

"哦，如果昨晚的那位朋友今天再度光临，可要扑空了。福尔摩斯先生，一切听从你的指挥，你告诉我怎么做我就怎么做。要不要让约瑟夫跟我们一起去，也好有个照应？"

"哦，不必了，我的朋友华生就是医生，你知道，他会照料你的。如果你答应了，我们就在这里吃午饭，然后咱们三人一起进城。"

一切都按照他的吩咐，安置妥当，哈里森小姐紧遵福尔摩斯的意思，找个借口留在卧室里。我实在不知道我朋友是怎么想的，莫非他想把那位姑娘与费尔普斯隔开？

费尔普斯的身体已经恢复很多，他也希望案件有大的进展，加上一直期望有所行动，所以他去餐厅和我们一起共进午餐

图为写作中的柯南·道尔。忙碌的医生生活和作家的双重身份曾使柯南·道尔非常烦恼。1891 年 11 月在一封给母亲的信中，他说要福尔摩斯死去，因为这占据了他太多时间。但读者对福尔摩斯这一虚构人物的喜爱和执着使道尔最终又让福尔摩斯"复活"。

时显得非常高兴。但是，福尔摩斯出人意料地又做出了改变，陪同我们来到车站，把我们送进车厢之后，他不慌不忙地宣布，他自己不打算离开沃金。

"还有一两件小事，我要弄清楚了再走。"他说，"费尔普斯先生，你不在这里，反而对我更有帮助。华生，你们到伦敦以后，你要立即叫车把我们的朋友送到贝克街去，我回来之前你要一直陪着他。还好你们是老同学，一定有许多话要说。费尔普斯先生今天晚上可以睡在我的卧室里。明天早上我乘 8 点钟的火车到滑铁卢站，早餐之前我一定赶回来。"

"我们在伦敦，调查工作怎么办？"费尔普斯担心地问道。

"那个可以放到明天再做。眼下我必须留在这里。"

"见到布里尔布雷的人，记得转告他们，我想明天晚上就回来。"我们的火车缓缓驶离月台时，费尔普斯叫道。

"我可能不回布里尔布雷去。"福尔摩斯回答道，在我们的火车驶出车站时，他高兴地向我们挥手道别。

费尔普斯和我一路上都在谈论，为什么福尔摩斯会临时改变主意，可是我们俩谁也想不出令对方满意的理由。

"我猜他是想留下来找出昨夜那起盗窃案的线索。我看，那肯定不是一起普通的盗窃案。"

"那么，你自己有什么看法呢？"

"真的，也许你认为我是神经错乱，可是我相信，在我周围有一项重大的政治阴

谋正在进行着，不知道出于什么原因，我自己都难以理解，我竟然是这些阴谋家的目标。这听起来有点言过其实，还很荒谬，但是看看那些事实！盗贼为什么要撬开卧室的窗户？里面根本没有什么东西可偷，为什么他来的时候手里还拿着一把刀？"

"你确定那不是撬门的撬棍？"

"啊，不，就是一把刀。我看到明晃晃的刀刃直反光。"

"他跟你有什么深仇大恨啊，为什么要这样凶残？"

"是啊，问题就在这里，我也不知道。"

"哦，如果福尔摩斯也是这样想的，那就是他为什么要采取这一行动的原因了。对吗？假如你的推论是正确的，他能抓住昨夜那个要加害你的人，那他就在查找偷海军协定的人这个目标上有了很大的突破。要是说你现在有两个敌人，一个偷走了你的文件，一个人要来威胁你的性命，那也太荒唐了。"

"可是福尔摩斯说了，他不去布里尔布雷。"

"我太了解他了，我俩在一起有些时日了，"我说，"我知道，他做任何一件事都有理由，没有考虑周全是不会下手的。"我们说到这里，话题就转移到了别处。

这一天把我累得不轻，我真是筋疲力尽。费尔普斯长期卧病之后仍很虚弱，他的不幸遭遇使他更加容易紧张、烦躁。我竭力想转移他的注意力，使他开心，就给他讲以前我在阿富汗、在印度的往事，讲一些社会问题以及那些能让他忘却烦恼的事，但是收效甚微。他心中一直挂念着他那丢失的协定，他忐忑不安、惊奇万分地揣测着，福尔摩斯现在在做什么，霍尔德赫斯特勋爵又采取了哪些行动，明天早上我们会有什么样的消息。随着夜色逐渐加深，他的激动演化为焦虑，让他颇感痛苦。

"你对福尔摩斯先生有信心吗？"

"我亲眼见他办过许多案子，相当出色。"

"他应该还没办过这样复杂而又没有头绪的案子吧？"

"不是，我见过比你这个线索更少的案子，他都破获了。"

"但是不像这个事关重大吧？"

"这我就不太清楚了。不过我确实知道，他为欧洲三家王室办过要案。"

"你很了解他，华生。他这个人实在是不可思议，我永远都无法了解他。你感觉他有把握吗？你看他能成功侦破这个案件吗？"

"他什么都没说。"

"这就预示着大事不妙了。"

"完全相反。我注意到，没有线索时他通常会说出来。有线索而又不完全确定的时候，他才会异常地沉默。好了，我亲爱的朋友，你为了这件事紧张得神经兮兮的，也于事无补，我劝你早早上床睡觉吧，那样不管明天是好是坏，我们才有精神应付。"

我好说歹说，费尔普斯终于接受了我的建议进屋去了，但是从他那兴奋的神情，我看得出来，他根本没有心思睡觉。他这样的精神状态也影响了我，半夜过去了，我还在床上辗转难眠，脑子里想的都是这个奇异的案件，做出了无数个假设，可是一个比一个更难让人信服。福尔摩斯为什么留在沃金？为什么他要求哈里森小姐整天留在病房里？为什么他要秘密行事，难道是不让布里布雷的人知道他就在附近？我绞尽脑汁，竭力想寻求这些问题的答案，直到最后慢慢入睡。

我醒来时已经 7 点了，下床就起身去了费尔普斯房里，发现他越发憔悴，显然也是整夜没有睡觉。他张口第一句话就问福尔摩斯回来了没有。

"他答应了回来，"我说道，"肯定会准时回来的。"

我的话果然没有落空，8 点刚过，一辆马车疾驰到我们门口，我的朋友从车上跳下来。我们站在窗口，看到他左手上缠着绷带而且神色严肃，面色苍白。他进屋之后，稍过了一会儿才上了楼。

"看样子，他好像筋疲力尽了。"费尔普斯叫道。

我不得不承认他说得没错。"毕竟，"我说，"案子的线索可能还是在城里。"

费尔普斯长叹一声。

"我不知道事情怎么样了，"他说，"但是他回来我抱了很大的希望。他的手昨天好像没有像这样用布包起来。究竟发生了什么事？"

"福尔摩斯，你怎么受伤了？"我的朋友走进房间时，我问他。

"啊，是我自己不小心，擦破了点皮，"他一边回答，一边点头向我们道早安，"费尔普斯先生，你这件案子，确实比我调查过的所有案子都要曲折复杂。"

"恐怕它会超出你的能力范围。"

"不过也是一次极为难得的经历。"

"你手上的绷带说明你曾经身处险境，"我说道，"你能不能给我们说说发生了什么事？"

"吃完早饭再说吧，我亲爱的华生。要知道今天早上我从萨里赶了 30 英里的路。我刊登的那份寻找马车的启事，大概还没有回音吧？算了，算了，不能期望事事顺利。"

桌子已经准备好了，我正准备按铃，哈德森太太就送来了茶点和咖啡。几分钟之后，她又端过来 3 份早餐，我们一起去餐桌旁就坐，福尔摩斯狼吞虎咽地吃起来，一副饥不择食的样子，我满怀疑虑地望着他，费尔普斯则愁眉苦脸，垂头丧气地坐在那里。

"哈德森太太手脚利索，最能应急，"福尔摩斯说着掀开一盘咖喱鸡，"她会做的菜不多，可是她像苏格兰女人一样，做起早餐来很讲究。华生，你那边是什么菜？"

"火腿煎蛋。"我答道。

"太好了！费尔普斯先生，你想吃什么，咖喱鸡，还是火腿煎蛋？要不还是你自己来吧。"

"谢谢你，我什么都不想吃。"费尔普斯说。

"啊，来一点吧！你面前那一份，尝一尝吧。"

"谢谢你，我真的不想吃。"

"嗯，那怎么行呢，"福尔摩斯调皮地眨眨眼睛说，"我想，你不会拒绝我的一番好意吧。"

费尔普斯动手掀开盖子，刚一打开，他就发出一声尖叫，呆呆地坐在那里看着盘子，脸色跟面前的菜盘一样白。原来盘子中央放着一个蓝灰色小纸卷。他抓起那卷纸，贪婪地凝视着，然后把那纸卷紧贴在胸前，快乐地尖声大叫，开始在房间里手舞足蹈起来，突然他一下子倒在扶手椅中，过分激动使他筋疲力尽，以至于晕倒了。我们赶快往他嘴里倒了一点白兰地，免得他昏厥过去。

"好了！没事了！"福尔摩斯轻轻拍着他的肩膀，安慰道，"突然把它展现在你的面前，确实不大好，不过华生会告诉你，我总是喜欢让事情带点儿戏剧性。"

费尔普斯抓过福尔摩斯的手不停地吻着。

"上帝保佑你！"他大叫道，"你挽救了我的荣誉。"

"其实你也知道，这同样关系着我自己的荣誉，"福尔摩斯说道，"我可以告诉你，如果我办案失败，跟你受托失事一样，都会让人感觉很糟糕。"

费尔普斯把这份失而复得的珍贵文件藏进他上衣内口袋里。

"我虽然不忍心再打扰你吃早餐，可是我还是想知道，你是怎样找回来的，在哪里找到它的。"

夏洛克·福尔摩斯喝了一杯咖啡，又吃完了那份火腿煎蛋，才站起身来，点着烟斗，安稳地坐到椅子上。

"先给你们讲讲我做了些什么，后来又是怎么做的。"福尔摩斯说，"和你们在车站分手后，我就开始了轻松愉快的徒步旅行，走过了风景优美的萨里，来到了一个叫里普利的小村子，在一家小客店里用了茶点，然后又把水壶灌满，往口袋里塞了一块三明治，这一切都准备停当后。我又在那里等到黄昏，才开始赶往沃金，当我来到布里尔布雷外面的公路上时，太阳刚刚落山。

"好了！没事了！"福尔摩斯轻轻拍着他的肩膀，安慰道，"突然把它展现在你的面前，确实不大好，不过华生会告诉你，我总是喜欢让事情带点儿戏剧性。"

"后来，我一直等到公路上一个人影都没了——我看，那条公路上本来就行人稀少。我翻过栅栏，进入院子里面。"

"那大门一直都是开着的啊。"费尔普斯突然说道。

"不错，可是我就是喜欢这么做。我选了一个地点，那里长着 3 棵枞树，有这些枞树做掩护，我走过去也不用担心会被屋子里的人看见。我躲在旁边的灌木丛里，从这边爬到那边——看看我的裤子就知道了，膝盖都破成什么样子了——一直爬到你窗户对面的那丛杜鹃花旁。我就在那儿蹲着，看会有什么事发生。

"你屋子里的窗帘没有放下，因此我能看见哈里森小姐坐在桌边看书。10 点一刻，她合上书，关好百叶窗，然后离开卧室回去睡觉了。

"我听到她关门的声音，听得很清楚，她用钥匙转了门锁，把门锁上了。"

"钥匙？"费尔普斯突然叫道。

"是的，我事先关照哈里森小姐，她去睡觉时，要从外面锁上你卧室的门，并且把钥匙带在身边。她一丝不苟地照我的命令做了，可以说，如果没有她的合作，你现在就拿不到你上衣口袋中的这份文件，她离开房间后，灯也熄了，我还是蹲在杜鹃花丛中。

"昨晚夜色清朗，但是熬夜守候还是很让人厌烦的。当然，我的心情很激动，就像渔夫守候在水边等着鱼儿投网一样。不过，确实等了很长时间，华生，简直就像你我调查'斑点带子案'那个案子时，在那间可怕的屋子里等的时间一样长。听着沃金教堂的钟声一刻钟一刻钟地响起，我一再想，不会就此什么事都没有吧。最后，大约在凌晨两点钟，我突然听到一阵轻微的响声，有人在转动门把，用钥匙开门。顷刻之后，那扇供仆人出入的门被人打开了，月光下，约瑟夫·哈里林先生走了出来。"

"约瑟夫？！"费尔普斯惊叫道。

"他没戴帽子，可是肩上搭着一件黑色的斗篷，那样遇到紧急情况时，他可以立即遮住自己的脸。他蹑手蹑脚地沿着墙根的阴影，来到窗前，掏出一把长薄刀插进窗框，拨开窗扣。他撬开窗户后，又把刀子插进百叶窗缝隙中，撬掉窗销，打开了百叶窗。

"从我的藏身之处，可以看清室内的情况，当然他的一举一动我都看在眼里。他把壁炉台上的两支蜡烛都点亮，马上动手将门旁地毯的一角卷起来。他弯腰揭起一块小方木板，就是平常管子工修理煤气管道接头时用的那种。这块木板本来盖着T字形煤气管的接头，这里接出一条管子通入厨房。这个隐秘之处就是他藏东西的地方，他取出文件后，重新盖好木板，整理好地毯，吹灭了蜡烛。我当时就在窗外等着他，所以他跳出来时，不偏不倚正好和我撞了个满怀。

"嘿，这位约瑟夫先生，可比我想象的要凶残得多！他挥着刀恶狠狠地向我扑来，我不得不制服他，在我按住他之前，我的指节上被他划了一刀。搏斗结束之后，他眼露凶光看着我，看起来杀气腾腾，可是他听了我的劝告之后，还是把文件交了出来。我拿到文件，就让他走了。但是今天早上我给福布斯发了一份电报，跟他说明了一切详情。如果他动作快的话，他也许能将他缉拿归案，一切圆满。如果跟我预料的那样，他赶到那里扑了个空，呃，那对政府来说更有好处。依我看，不论是霍尔德赫斯特勋爵，还是珀西·费尔普斯先生都不赞成把这件案子弄到法庭上。"

"上帝啊！"费尔普斯喘着气说，"难道说，在这漫长而痛苦的10个星期中，这份被盗的文件始终和我在同一间屋子里吗？"

"正是这样。"

"是约瑟夫！约瑟夫这个混蛋，恶棍！"

"咳！那个约瑟夫，比看起来还要阴险毒辣。今天早上我由他的招供得知，他可能在股票交易中

柯南·道尔与其家人的合影。

栽了大跟头，为了翻身，他什么坏事都干得出来。他这么自私的人，一旦机会来临，他根本不会顾惜他妹妹的幸福，也绝不会考虑你的名誉。"

珀西·费尔普斯使劲坐回椅中。"我想得头都昏了，"他说道，"你的话更让我感觉到天旋地转。"

"你这个案子最大的困难，"福尔摩斯说教似的指出道，"就是线索太多，太乱。最关键的事实被无关紧要的线索给遮掩住了。呈现在我们面前的事实非常多，我们必须从中找出必要的，然后再按照合理的顺序把它们串起来，以便重新构建这个离奇事件的事实原貌。其实一开始我就对约瑟夫产生了怀疑，因为那天晚上你打算跟他一起回家，我想到他可能会顺道来找你，因为他对外交部的一切都很熟悉。后来，我听你说有人急欲闯进你的卧室。我想，那不会是别人，肯定是约瑟夫，他应该把东西藏在了那间卧室里——从你的叙述中我们知道，那天医生送你回来时，约瑟夫很快搬出了那间卧室——那时，我的怀疑立即得到了肯定。特别是第一次没有人陪你同住，就有人企图闯入，说明这位入侵者对房间的情况非常熟悉。"

"我真是有眼无珠啊！"

"据我想象，这件案子的真实情况是这样的：约瑟夫·哈里森由查尔斯街的那个旁门进入外交部，因为他熟悉路径，所以他就直奔你的办公室，刚好你那时不在，他一看房间里没人，立刻就按响了电铃，就在按铃的时候，他看到桌上的这份文件。只一眼，他就看出那是一份很有价值的政府文件，他知道机会来了，然后立马将文件塞进口袋溜掉了，这一切也就几分钟的事。你应该记得，后来那个困倦的门卫提醒你有人按铃时，你才反应过来，这一段时间足够他逃掉了。

"他乘坐第一班车回到沃金后，仔细查看了那份文件，更加肯定了它的价值，于是他先找了一个自以为安全的地方，把那份协定藏了起来，打算过一两天后再取出，送到法国大使馆或者任何可以卖个好价钱的地方。可是你突然回到家中，让他措手不及，匆匆忙忙就被迫搬出了那间卧室。从那天开始，屋子里每天至少有两个人在，他没有机会取回自己的宝贝。这种情况，肯定使他急得发疯。后来，他好不容易等到了机会。他企图潜入房间，谁知惊醒了你，他这次没有成功。你大概还记得吧，那天晚上，你没有服用平常吃的那种药。"

"我记得。"

"我估计，他那天肯定在药里做了手脚，想让你沉睡不醒，所以他才放心前往。当然，我料想，只要他感觉没有危险，他还会伺机行动。你离开卧室正好给了他机会，他求之不得呢。我让哈里森小姐白天守在卧室里，这样他就无法趁我们不在时把文件拿走。

然后，他认为一切都平安无事，而我就像刚才所说的那样，暗中在卧室旁边监视着。我早料到文件应该就藏在卧室里，但是我不愿意去搜寻每一寸地板和墙壁，让他自己从隐藏的地方拿出来，正好让我省去了很多麻烦。还有哪些问题我没有讲清楚吗？”

"头天夜里他本来可以从房门进去，为何偏要去撬窗户呢？"我问道。

"从门口进，他得经过 7 个房间，他从窗户进只需翻过草坪就可以了，简单多了。还有其他问题吗？"

"你不认为，"费尔普斯问道，"他有行凶的动机吗？那把刀子只能当凶器来用啊。"

"很有可能，"福尔摩斯耸耸双肩，回答道，"我只能肯定地说，约瑟夫·哈里林先生绝对不是一个心慈手软的正人君子。"

最后一案

　　怀着沉痛的心情，我现在提笔写下这最后的一案，为我朋友夏洛克·福尔摩斯那独特的才干做最后的记载。虽然记录得没有条理也不够细致，但是我一直竭尽全力想把和他在一起的奇异经历都写下来。从"血字的研究"开始，我们走到了一起，直到后来他侦破"海军协定"这一要案——正是由于他的参与，才成功地阻止了一场严重的国际纷争。本来我想写到"海军协定"时就此打住，再不去提及那场造成我一生惆怅的悲剧。但是，两年的时光已经流失，我的痛苦和悲伤还是无法弥补。直到最近，詹姆斯·莫里亚蒂上校为他死去的兄弟辩护的那几封信，让我别无选择，不得不把事实的真相公布于众。我是唯一清楚事实真相的人，时机终于到来，也就没有必要再遮遮掩掩了。据我所知，这件事报纸上只报道过3次，即《日内瓦杂志》，1891年5月6日；路透社消息，1891年5月7日；以及我上面提到的最近的这几封信。其中，前两次的报道都极为简略，最后这次，我要着重指出，完全与事实不符。现在，我有责任将莫利亚蒂教授与福尔摩斯先生之间发生过的事——披露出来。

　　也许有的读者还记得，我结婚之后，继续开业行医，在某种程度上来说，我和福尔摩斯原先那种亲密无间的关系渐渐变得疏远了。不过他在调查案子需要帮手的时候，还会过来找我，只不过这种情况也变得越来越少了。我发现整个1890年，我只记录了3件案子。从这一年冬天到1891年初春，我在报上看到福尔摩斯受法国政府的委托，正在调查一件极为重要的案子。这段时间，我两次收到福尔摩斯给我的来信，一封来自纳尔榜，一封是由尼姆寄来的，因此，我估计他还要在法国待上很长一段时间。谁知，

1891年4月24日傍晚他竟然来到我的诊所，真是大大出乎我的意料。更让我吃惊的是，他与以前比起来越发显得苍白、消瘦。

"没错，这些天我确实把自己累得不轻，"他看到我的神情，不等我发问，抢先说道，"最近我有点儿吃紧。你不反对我把你的百叶窗关上吧？"

桌上摆着一盏灯，是我用来读书用的，屋子里就这一点灯光。福尔摩斯贴着墙走过去，关好两扇百叶窗，并插紧插销。

"你好像很害怕什么东西？"我问他。

"是的。"

"害怕什么？"

"怕汽枪。"

"我亲爱的福尔摩斯，你到底在说什么啊？"

"我想你很了解我，华生，你知道我不是一个神经兮兮的人。可是，如果危险逼近了你还不敢承认，那不叫勇敢，那是愚蠢。你能给我点个火吗？"福尔摩斯美美地抽了一口香烟，好像那香烟能安慰他一样。

"真的很抱歉，这么晚了还来打扰你，"福尔摩斯说，"我还必须请你破个例，允许我待会儿去你家花园，翻墙离开你家。"

"可是究竟出什么事了？"我问他。

福尔摩斯贴着墙走过去，关好两扇百叶窗，并插紧插销。

他向我伸出手，借着微弱的灯光，我看到他有两处指关节受了伤，正在流血。

"瞧瞧，我并不是虚张声势，无中生有吧，"福尔摩斯笑着说，"这可是实实在在的真家伙，我的手差点被弄断了。你太太在家吗？"

"她去朋友家做客了。"

"真的！就剩你一个人在家了？"

"是啊。"

"那我就好开口说了，我想让你陪我去欧洲各地旅游一个星期。"

"要去哪里啊？"

"哦，随便了，对我来说都一样。"

这中间一定有什么蹊跷，因为依照福尔摩斯的性格，他绝不会漫无目的地出去度假，而且看着他那苍白疲惫的面容，我知道他的神经已经处于极度紧张的状态。看到我询问的眼神，福尔摩斯双手交叉，胳膊枕在膝盖上，开始向我解释他面临的情况。

"你可能还没听说过莫里亚蒂教授吧？"他说道。

"从来没有。"

"啊，世界之大，无奇不有啊！"福尔摩斯大声说，"这个人的势力渗入伦敦的各个角落，可是他的大名却无人知晓。这就使他的犯罪记录达到无以复加的地步。毫不夸张地说，华生，如果我能战胜他，为社会除掉这个祸害，解散他的组织，那么，我自己都会觉得我的事业已经达到登峰造极的地步了，然后我就可以接受转变，选择一种比较平静的生活了。有件事我只对你一个人说，最近我帮斯堪的那维亚皇室和法兰西共和国处理的那几件案子，给我提供了条件，使我能够如愿过上自己向往的平静的生活，并让我有精力去从事我所喜爱的化学研究。可是，华生，我只要一想到莫里亚蒂教授这样的人还肆无忌惮地活跃在伦敦街头，我就坐立不安，我根本没有办法在我的安乐椅子上心平气和地坐下来。"

"他究竟都干了哪些坏事呢？"

"这个人的经历非比寻常。他出身世家，接受过良好的教育，还有着卓越的数学天赋。21岁时，他就写了一篇有关二项式定理的论文，曾经风行整个欧洲。凭借这些，他在一所小一点的大学里获得了数学教授的头衔，从各方面来看，他无疑是一个前途无量的人。可是这个人从他的先祖那里遗传了某些极为凶残的天性，他全身流淌的血液都具有犯罪的本质。他的聪明才智不但没有使它们减弱，反而增强了它们的危险性，他的高智慧让一切都变本加厉了。终于他在大学城里臭名昭著，他被迫放弃头衔，辞去教职，来到了伦敦城。在这里，他做了一名军事教练。一般公众所知的情况就是这些，但是我接下来要说的是我自己发现的情况。

"你知道的，华生，再也没有人比我更清楚伦敦的高级犯罪活动。近些年来，我一直感觉，那些犯罪分子背后有股势力在支持着他们，这股邪恶的势力总是在庇护着这些恶人，为法律制造障碍，但是谁都拿他们没办法。我处理过形形色色的案件——欺诈案，抢劫案，谋杀案——我不止一次地感觉到这股力量的存在。有关这个组织在一些未破案的犯罪案件中的犯罪活动，我是通过自己的方法推论发现的，虽然有些案子别人并未请我插手。多年来，我一直想揭开他们掩护犯罪、保护罪犯的神秘面纱，最后，我终于等到了机会。我好不容易才抓住了一个线索追踪下去，千回百转之后，才找到了那位数学天才，昔日的大学教授莫里亚蒂先生。

"他是犯罪王国的拿破仑，华生。偌大的伦敦城，有一半的犯罪活动都是他一手策划的，那些没被侦破、没有结果的犯罪活动几乎都是他组织的。他是个鬼才、哲学家、深不可测的思想家，他头脑发达，在人类中绝对属于一流。他就像一只大蜘蛛，端坐在网中央，岿然不动，但是那网丝已辐射到四面八方，但凡风吹草动，他都了如指掌。他自己很少抛头露面，他是出谋划策的智囊，只需动脑，无须动手。他手下党羽众多，而且组织严密，进退有方。如果有案子要做，譬如说，要盗取什么机密，要抢劫哪一家，或者要除掉某个人，只要跟教授打声招呼，他很快就会策划好一切，并付诸行动。他的爪牙即使被抓，也有人花钱保他们出来或者为其辩护。而操纵着这些手下的核心人物却永远逍遥法外——甚至连怀疑都没有。华生，这就是我推断、查获的情况，我下定决心，全力以赴，一定要揭发、端掉他们。

图为福尔摩斯博物馆中的莫里亚蒂教授形象。莫里亚蒂教授是一个犯罪的天才，是福尔摩斯最大的敌人。他被福尔摩斯称为"犯罪界的拿破仑"，最后不敌精通搏击的福尔摩斯，跌入瑞士莱辛巴赫瀑布。

"不过，这位教授的防范措施做得非常到位，他异常狡诈，尽管我使出浑身解数，还是无法搜集到足够的证据，将他送上法庭。你知道，我是有点能力的，华生，可是，和他打了3个月的交道，我不得不承认，我碰到了一个势均力敌的对手。虽然我厌恶他无恶不作，但是我也佩服他智力超群，这是两码事。他最后终于有了一个小失误——虽然微乎其微——但是他已无法弥补，这一点足够了。我抓住这个机会，死死地盯紧他，现在我已在他的周围布下天罗地网，一切都准备就绪，就等收网了。3天之内——也就是下星期一——时机成熟，教授与他的主要助手都要被警方一网打尽。然后，法庭将会进行本世纪以来最大规模的审判活动，有40多桩神秘悬案将会告破，这些恶棍都要被处以绞刑。但是，如果我们的活动稍有差错，就算在最后关头，他们都有可能逃出我们的手掌心。

"唉，如果我能把这件事做得悄无声息，而莫里亚蒂教授又无法察觉，就万事大吉了。不过他实在太狡猾了，我在他周围每布一局，他都知道。他一次次想破网逃脱，但是，每次都被我抢先一步拦住了。告诉你，我的朋友，如果把我们两人悄无声息的战斗记录下来，必将成为侦探史上最精彩的一页。我们的斗争手法五花八门，我的工作还从来没有达到过那样的巅峰状态，我也从来没有被对手这样步步紧逼过。他虽然棋高一着，但是我总是能胜他一筹。今天早晨，我把一切部署完毕，心想，只需再等3天一切都烟消云散了。我回到家中，正稳坐在椅子上琢磨这件事时，屋门突然被打开了，莫里亚蒂教授出现在我的面前。

"我的神经还算坚强，华生，不瞒你说，那个一直让我耿耿于怀的人当时就站在门槛边上，我猛然间看到他时，着实吃了一惊。他的容貌我很熟悉，他身材高大，削瘦，额头高高隆起，双眼深陷，脸上的胡须刮得干干净净，面色苍白，一副苦行僧的模样，举手投足之间仍然保留有学者的风度。由于伏案学习用功过度，他稍微有些驼背，他的脸向前伸着，不停地左顾右盼，他那不怀好意的古怪模样让我感觉很讨厌。他眯起眼睛，十分好奇地上下打量着我。

"'你的前额，根本没有我原先想象的那样发达，先生，'他终于说道，'在睡衣口袋里摆弄上了膛的手枪，这个习惯太危险了。'

"说实话，他一进来，我立马就意识到自己身处险境。因为如果他想摆脱目前的困境，唯一的办法就是杀我灭口。所以，我眼明手快地从抽屉里抓出手枪，塞到口袋里。并隔着衣服将枪口对准了他。既然他这样说，我就将武器拿了出来，扳开机头，放在桌上。他仍旧是满脸笑容地眯缝着眼睛，可是看到他那歹毒的眼神，我还是暗自庆幸有把枪在身边。

"'显然你不了解我。'他说。

"'恰恰相反，'我答道，'我认为我对你了解得非常全面。请坐。如果你有什么话要说，我给你5分钟的时间。'

"'我想说的，你肯定心中有数。'他说。

"'这么说，我的答案你也心中有数了。'我回答道。

"'你不肯让步吗？'

"'绝不。'

"他把手伸进口袋，我立即拿起桌上的手枪。不过，他只是掏出一本备忘录，上面潦草地记着一些日期。

"'1月4日你坏了我们的好事，'他说，'23日你又出来碍手碍脚；2月中旬你又给我们制造了不便；3月底你完全搅乱了我的部署。现在，4月将尽，我发现，由于你步步紧逼，我已经走投无路，步履维艰。这种情况实在是让人忍无可忍。'

"'你打算怎么办呢？'我问他。

"'你必须就此罢手，福尔摩斯先生！'他晃着脑袋说，'是该结束的时候了，你知道。'

"'星期一以后再说吧。'我说道。

"呵呵！'他笑道，'我知道，像你这么聪明的人应该能看到这种事只有一条路可走。那就是你必须放手。你欺人太甚，我们别无选择。看到你把事情弄到这么不堪收拾的地步，我权当是一种智力游戏。如果我被逼无奈，采取了什么极端措施，我自己也会感到可惜的。没什么好笑的，先生，我可以很肯定地告诉你，我绝不是在吓唬你。'

"'干我们这行的，风险无处不在。'我说。

"'这不是风险，'他说道，'而是彻底的毁灭。你对抗的不仅仅是一个人，而是一个力量强大的组织。虽然你聪明过人，但你还是不清楚这个组织的力量与影响。你最好让开，福尔摩斯先生，否则遭到灭顶之灾的是你自己。'

"'好的，'我站起来说，'咱们的谈话很有意思，但是我还有一些更重要的事情要做。'

"他也站起身，望着我，一言不发，只是悲伤地晃晃脑袋。

"'那好吧，'他终于说道，'很遗憾，我已经仁至义尽了。我清楚你的每一步行动，星期一之前你无法得逞。这是我们两个人的生死之战，福尔摩斯先生。你想把我送上被告席，告诉你，想让我站到被告席上你简直是痴心妄想。你想击败我，我也告诉你，

"你必须就此罢手，福尔摩斯先生！"他晃着脑袋说，"是该结束的时候了，你知道。"

你休想。如果你能把我毁灭，放心吧，你将和我一样步入万劫不复的深渊。'

"'你高看我了，莫里亚蒂先生，'我说，'我来回敬你一句，告诉你吧，就像你所说的那样，如果能毁灭你，为了大众的利益，我心甘情愿和你同归于尽。'

"'就算是同归于尽，也不是我死你活。'他愤怒地咆哮道，然后转过身，晃着脑袋走出屋去。

"这就是我和莫里亚蒂教授那场别开生面的对话。说实话，他给我留下了很不愉快的印象。他讲话干脆、利索，叫人相信他说的话一点不假，不像一个小人物的胡言乱语。可能你会问：'为什么不找警察防着他点呢？'我确信他的爪牙一定会出面对付我。关于这一点，我已有充分的证据可以证明。"

"你已经被袭击了吗？"

"我亲爱的华生，莫里亚蒂教授是一个言出必行的人。有一天中午，我去牛津街处理一些事，在我穿过本廷克街与韦尔贝克街十字路口时，忽然一辆双马货车闪电般朝我直冲过来，在那千钧一发之际，我闪身跳到人行道上，才逃过一劫。货车冲进马里利本巷，眨眼间就飞驰而去。有了这次教训，以后我只敢走人行道了，华生。可是我走在维尔街上，突然从一幢房子的屋顶上飞过来一块砖头，在我脚边砸得粉碎。我叫来了警察，他们检查了那个地方。那里屋顶上堆满了修理房屋用的石板和砖瓦，他们说是风把一块砖吹落下去了。我心里清楚是怎么回事，但是我却拿不出一点证据来证明有人要加害于我。后来，我叫了一辆马车，去了蓓尔美尔街我哥哥的住处，在那里整整待了一天。刚才我过来找你的路上，又有一个暴徒拿着大头棒来袭击我，但是反被我打倒在地，警察已经将他拘捕，我可以很肯定地告诉你，刚才路上的那位先生，我一拳打在他的门牙上，我的指关节都弄破了皮，此时，那个退职的数学教授正在 10 英里之外的黑板上演算数学题呢。警察绝对找不出那位先生和数学教授之间有任何关系。听了这些，华生，现在你不会再奇怪了吧，为什么我一进你的屋子就要关上百叶窗，还让你允许我从后面翻墙出去，因为我不想引起别人的注意。"

我向来佩服我朋友的那种大无畏的精神。他坐在那里，心平气和地叙述了所发生的那一系列恐怖事件，我听得惊心动魄，毛骨悚然。此时此刻我更加佩服他的勇气了。

"今晚你要在这里过夜吗？"我问道。

"不，我的朋友，我在这里过夜，只会给你带来危险。我已经计划好了，一切都没有什么问题。关于那些罪犯的逮捕工作，事情现在已经到了不用我的帮助他们就可以进行逮捕行动的地步了，但是给他们定罪的时候，我还要出庭做证。所以，在警方放手行动的这几天，我无事可做，还是离开为妙，如果你能陪我一起去欧洲各地游玩一番，我将非常感激。"

"最近医务很清闲，"我说道，"我还有一位可以委托照应的好邻居，我很高兴与你同去。"

"明天早上出发可以吗？"

"如果有这个需要的话，当然可以。"

"啊，好啊，很必要。那么，下面这些是给你的指示。我亲爱的华生，我请你一定要一字不差地严格照办，因为现在我俩面对的不但有欧洲最聪明的恶棍，还有欧洲最强大的犯罪组织。好了，现在请注意，不管你带的是什么行李，上面都不可签上地址，并且今天晚上要派一个可以信赖的人送到维多利亚火车站。明天早晨，你雇一辆双轮马车，但是要特别叮嘱你的仆人，不要叫第一辆或第二辆自动出现的马车。你上了马车后，把要去的地方写在字条上交给车夫看，你要去的地方是劳瑟街靠斯特兰德尽头处。并且关照车夫不要随便丢掉那张字条。你提前要把车费付清，车子一停，你要立即穿过街道，在9点一刻到达街的另一边。你会发现有一辆四轮马车靠着街边等着，驾车人身披黑色斗篷，领子上镶着红边。你上了马车，就能及时赶到维多利亚火车站，搭上开往欧洲大陆的直达车。"

"我在哪里跟你碰面呢？"

"就在车站。我们预定的座位，从前数起就在第二节头等车厢里。"

"那么，咱们就在车厢里碰头了？"

"对。"

我让福尔摩斯留在我这里过夜，他执意不肯。他显然知道，他住在这里只会给我带来麻烦，因此他非走不可。他匆匆忙忙交代了一下我们明天的计划，便起身随我来到花园，翻过院墙到了莫蒂默街，随后他一声呼哨，立即唤来了一辆马车，我听见他坐上马车离开了。

第二天早晨，我一丝不苟地按照福尔摩斯的指令去做，处处小心谨慎，采取了严密防范措施叫来了一辆马车，以防落入敌人的圈套。早餐过后，我立即坐车前往劳瑟街。下车后我飞快地穿过这条街道，一辆四轮马车早已等在那里，车夫身材高大，身上穿着黑色大衣，我刚踏上马车，他就扬鞭策马，直奔维多利亚火车站。我一下车，他就掉转马头疾驰而去。

到目前为止，一切进行得都很顺利，我对我朋友的安排佩服不已。我的行李已经先到了车上，我没费周折就找到了福尔摩斯所说的那节车厢，因为整列火车上只有一节车厢上写有"预定"字样。现在，我唯一担心的是福尔摩斯还没有露面。我看了看车站上的大钟，发现离预计出发的时间只有7分钟。我试着在摩肩接踵的旅客及送别的人群中寻找我朋友那瘦长的身影，全然没有结果。我见到一位上了年纪的意大利传教士，嘴里说着含糊不清的英语，尽力想让搬运工明白他的行李要托运到巴黎。于是我上前帮了点忙，这就耽搁了几分钟。然后，我又向四周打量了一番，福尔摩斯还是踪影全无。回到车厢里后，我发现那个搬运工不管票号对不对，竟把那位老态龙钟的意大利传教士领来和我做伴。尽

图为19世纪头等车厢中的乘客。有钱人在火车的一等车厢里可以得到非常奢华的享受。

管我对他说，他侵占了别人的座位，但是没有用，因为我的意大利语比他的英语还要糟糕，所以我只好无可奈何地耸了耸肩放弃了，我继续焦急地向外张望，希望能看到我的朋友。突然一个念头袭上心来，我想到他昨夜可能遭到了袭击，所以今天没能赶来，想到这里，我不禁打了个寒颤。所有火车车门已全部关闭，汽笛鸣响，这时……

"亲爱的华生，"一个声音说道，"你还没有屈尊向我道个早安呢。"

我大吃一惊，猛然回过头来，那位年迈的传教士已转过脸来看着我。顷刻间他那满脸皱纹已经消失不见，鼻子挺起，下嘴唇已经收了很多，嘴巴也不瘪了，原先浑浊的双眼变得炯炯发光，佝偻的身躯也舒展开了。但是，就那么一下，他的整个身躯又很快萎缩了，福尔摩斯又像他来时那样突然消失了。

"上帝啊！"我高声叫道，"你快把我吓死了！"

"严密防范太有必要了，"福尔摩斯低声说，"我相信他们还在对我们穷追不舍。看啊，那位就是莫里亚蒂教授，他亲自来了。"

福尔摩斯说话间，火车已经开动了。我向后望去，只见一个身材高大的男人猛然从熙熙攘攘的人群中挤出来，不住地冲火车挥手，好像想让它停下来。可是为时过晚，我们乘坐的列车正在加速，一瞬间就驶离了车站。

"幸亏防范到家，所以我们还是有惊无险地顺利脱身了。"福尔摩斯说着高兴地站了起来，脱掉身上的黑色教士衣帽，叠好后装进手提袋。

"看过今天的早报了吗，华生？"

"没有。"

"那你还不知道发生在贝克街的事吧？"

"贝克街？"

"昨夜他们放火烧着了我的房子。不过没有造成重大损失。"

"天哪！福尔摩斯，这简直让人无法容忍！"

"从那个用大头棒袭击我的人被捕以后，他们再也找不到我的行踪。否则他们不会认为我已经回家了。不过，他们显然早已盯上了你，这就是莫里亚蒂教授来到维多利亚车站的原因。你过来时没有出任何差错吧？"

"我完全是按照你的吩咐做的。"

"你找到那辆四轮马车了吗？"

"是啊，它就等在那里。"

"你认识马车夫吗？"

"不认识啊。"

"那是我哥哥迈克罗夫特。办这种事，最好用自己信得过的人。眼下，咱们要赶快制订一个计划，看怎样对付莫里亚蒂。"

"既然这是一趟快车，又有轮船和这列车联运，我认为我们已经成功地摆脱他了。"

"我亲爱的华生，记得我对你说过，这个人的智力水平与我旗鼓相当，显然你并未完全理解我的意思。换作我是他，你绝不会认为，这么一个小小的困难就能阻碍我前进的脚步吧。既然这样，你为什么要小瞧他呢？"

"那他能怎么做呢？"

"我能怎么办，他就能怎么办。"

"那么，你会怎么办呢？"

"订一辆专列。"

"但是那还是来不及了。"

"绝对不会。这一列火车要在坎特伯雷站停车，平常至少要等上一刻钟才能上船。他会在码头追上我们的。"

"那样人家还以为我们是罪犯呢。我们为什么不在他到来时先下手抓住他呢？"

"那样我们3个月来的努力都白费了。虽然我们能捉住大鱼，可是就会惊到那些小鱼，他们会用尽全力，破网而逃。星期一我们就可以将他们一网打尽。不行，现在还不能逮捕他。"

"那怎么办呢？"

"到了坎特伯雷站，我们在那里下车。"

"然后呢？"

"啊，然后我们就来一次横贯全国的大旅行，先到纽黑文，然后再到迪埃普。莫里亚蒂一定像我想象的那样，跟着我们托运的行李跑到巴黎，在车站守上两天。与此同时，我们给自己买上两个毡制旅行包，小小地鼓励一下沿途旅行各国的旅行包制造商，然后从容不迫地经由卢森堡和巴塞尔去瑞士。"

于是我们在坎特伯雷站下了火车，可是下车后才发现，还要等上一小时才有去纽黑文的车。

我满怀悲哀地看着那辆装载着我们全部行李的火车疾驰而去，这时，福尔摩斯拉了拉我的衣袖，指着远方的火车铁轨让我看。

"快看，已经来了。"他说。

亚兰·卡甸（1804—1869）是通灵术的发表者，1804年卡甸出生于法国里昂。儿子在"一战"中牺牲以后，进入晚年的柯南·道尔开始相信唯灵论，沉迷于其中，疯狂尝试与亡者通灵，甚至还曾以此为主题写过好几部小说。

远方，一缕黑烟从肯特森林中腾空而起，不大一会儿，就看到机车牵引着列车飞速穿过弯曲的轨道，向车站方向驶来。我们刚刚在一堆行李后面找到藏身之处，那列火车就鸣着汽笛从我们面前呼啸而过，一股热气扑到了我们脸上。

"他过去了，"我们看到那列车飞快地驶过几个岔口，消失在远方，福尔摩斯说，"你看，我们那位朋友的智力还是有限的。他要是能够知道我的想法，而且能够跟咱们同时行动，那就厉害了。"

"要是他追上我们，他会怎么样呢？"

"那还用问，他非得杀了我不可。不过，现在看来，这场游戏还没有分出胜负。现在的问题是我们是在这里提前用午餐呢，还是赶到纽黑文再找餐馆，那样的话，我们可能要饿着肚子了。"

当天夜里，我们顺利到达了布鲁塞尔，在那里待了两天，第三天我们继续旅行，直达施特拉斯堡。星期一早晨，福尔摩斯给苏格兰场发了一封电报，当天晚上我们回来时，一封回电已经在旅店等着我们。福尔摩斯拆开电报，然后恨恨地诅咒一声把它扔进了火炉。

"我早就应该想到的！"福尔摩斯长叹一声说，"他还是跑掉了。"

"莫里亚蒂吗？"

"苏格兰场破获了整个集团，逮捕了很多人，可是莫里亚蒂还是成了漏网之鱼。我现在不在英国，也就没人能对付得了他，可是本来我认为苏格兰场应该可以手到擒来了，谁知道他们还是没有抓住他。现在你最好还是回英国去吧，华生。"

"为什么？"

"因为现在跟我在一起极其危险。那个人老巢已经被连根拔起，他回伦敦不过是自寻死路。如果我判断的没错，根据他的性格，他必定会不择手段地报复我。在我们那次简短的谈话中，他已经说得清清楚楚了。我相信他也会这么做。因此我郑重地奉劝你，回到你的诊所去吧。"

我与福尔摩斯多次并肩办案，我们又是志趣相投的老朋友，所以我很难同意他的这种要求。关于这个问题，我们坐在施特拉斯堡饭馆争论了半个多小时，但是当天夜里，我们仍然继续我们的旅行，并平安到达日内瓦。

我们一路畅游，在隆河峡谷度过了令人心旷神怡的一周，然后从洛伊克转道，来到吉米山隘，山上依然覆盖着厚厚的积雪，最后，借道因特拉肯，到了梅林根。这是一段赏心悦目的旅程，山下一片嫩绿，春色诱人，山上白雪皑皑，春寒料峭。不过我很清楚一点，福尔摩斯心头时时刻刻都笼罩着一层阴影。无论是在民风淳朴的阿尔卑斯山村落中，还是在人迹稀少的山路上，每一个从我们身边走过的人他都密切关注着，并投以怀疑的目光。从他的举动我可以看出，他深信，不论走到哪里，我们随时都有被人追杀的危险。

记得有一次我们通过了吉米山隘，正沿着令人沉闷的道本尼山边界向前行进，突然一块大山石从我们右方山脊上滚落下来，扑通一声掉进我们身后的湖中。福尔摩斯立刻拔腿冲上山脊，站在高耸的峰顶，伸长脖子四下里张望。尽管我们的向导一再对他说，这个地方春季里山石坠落是常有的事，但是没起什么作用。福尔摩斯虽然没说什么，但是冲我笑了一下，好像说他早就预料到了一样。

尽管他十分警觉，精神高度紧张，但从未流露出沮丧的神情。恰恰相反，我还从未见过他像现在这样精力充沛。他反复提到：如果他能使整个社会免受莫利亚蒂教授的祸害，那他将会很高兴地结束自己的侦探生涯。

"华生，如果真的到了那一步，我可以自豪地说，我这一辈子没有白活，"福尔摩斯说，"如果我生命的旅程在今夜结束，我也心安理得，问心无愧。由于我的存在，伦敦变得更加美好。我经手了上千件的案子，我相信，我从来没有滥用过自己的力量。我不太关注人为原因造成的那些浅薄的社会问题，我更喜欢研究自然界的一些问题。华生，等到我把那位欧洲最狡猾、最危险的罪犯逮捕或消灭的那一天，我的侦探生涯就可以光荣结束了，你的回忆录也可以到此为止了。"

剩下的话不多了，我尽量简明扼要而又分毫不差地讲完我的整个故事。本来这并不是一个我愿意细说的话题，但是我的责任心让我不可遗漏任何细节。

5月3日那天，我们到了荷兰梅林根的一个小村镇，住在老彼得·施太勒开设的大英旅馆里。店主在伦敦格罗夫纳旅馆做过3年侍者，是一个聪明伶俐的人，说得一口流利的英语。在他的建议下，5月4日下午我们两人一起出发，打算翻山越岭去罗森洛依的一个小村庄过夜。不过，他郑重地建议我们绝对不要错过半山腰上著名的莱辛巴赫瀑布①，只要稍微绕过一小段路，我们就可以去那里欣赏一番美景。

图为柯南·道尔的墓碑，上面放置着烟斗，是喜爱他的人们对他的悼念。柯南·道尔在1930年7月7日去世，葬在了位于东苏塞克斯的自家花园中。

　　那确实是一个险恶的去处。融雪汇成翻滚的激流，轰鸣着泻进万丈深渊，水花高高溅起，水雾翻腾，好像房屋失火时冒出的滚滚浓烟。河流注入的谷口本身就有一个巨大的裂谷，两岸矗立的山岩，黝黑如同煤炭，往下裂谷渐渐变窄，乳白色的、沸腾般的水流泻入深不可测的深壑，漫溢迸溅出的一股激流从豁口处翻腾而下，奔腾不断的绿波发出雷鸣般的怒吼，一层厚重而不停晃动的水帘连绵不息地发出喧闹声，水花四处迸溅，水流与喧嚣声让人感觉头晕目眩。我们紧贴着山崖站立着，窥视着下方拍击着黑岩的流水，倾听着深渊中发出的宛如怒吼的轰鸣声。

　　半山腰上，环绕着瀑布有一条特意辟出的小路，使人能够饱览瀑布的全景，可是小路突然中断，游客只好沿着原路返回。我们也只好转身往回走，忽然看到一个瑞士少年顺着小路向我们跑过来，手里还拿着一封信，信上有我们刚刚离开的那家旅馆的标记，是店主写给我的。信上说，我们刚离开旅馆不久，那里就来了一位英国女士，她已经到了肺病晚期。她在达沃斯普拉茨过冬，现在要去卢塞恩旅游访友。不料她突然咯血不止，看上去撑不了几个小时了，但是如果能有一位英国医生为她诊治一下，对她来说将是莫大的安慰，问我可否立即返回一趟，等等。好心的店主施太勒特意在附言中说，因为这位夫人断然拒绝让瑞士医生为其诊治，他别无选择，只好自己担起重大的责任，我如允诺，他本人将对我感恩戴德。

　　对于这种请求，我不能置之不理，我无法拒绝一位身在异国他乡并且生命垂危的女同胞的请求。可是一想到要留下福尔摩斯一人在这里，我就忐忑不安。最后我俩一致同意，在我返回梅林根期间，他将那位送信的瑞士少年留在身边，既做玩伴又做向导。我的朋友说，他要在这瀑布旁边再逗留一会儿，然后翻过山，漫步前往罗森洛依，傍晚时分我可以去那里与他会合。我转身走开时又回头看了他一眼，只见福尔摩斯双手抱臂，背靠着山石，俯身凝视着飞流直下的瀑布。谁知这竟是我和他的永别。

---

① 瑞士著名的瀑布。

我走下山坡，再次回头张望时，已看不到瀑布，不过那条山腰上通往瀑布的曲折的小径还清晰可见。我记得，当时有一个人顺着小路大步向前走着。身后绿色的山坡将他那黑色的身影衬托的非常显眼。我注意到他以及他走路时那种生龙活虎的样子，可是因为我有急事在身，急着赶路，很快就把他置之脑后。

　　我大约走了一个多小时，才回到梅林根。老斯太勒当时正站在旅店门口。

　　"嗨，"我急忙走过去对他说，"我相信那位女士的病情没有恶化吧？"

　　他脸上顿时露出诧异的神情，我一见他皱起双眉，心情立马变得异常沉重。

　　"这封信不是你写的？"我从衣袋里掏出信来问他，"旅馆里没有一位病重的英国女士？"

　　"绝对没有！"他大声说道，"不过这上面有旅馆的标记！啊，这肯定是那个身材高大的英国人写的，你们刚走不久他就来到了这里。他说……"

　　没等店主说完，我就大脑空白、满怀恐惧地沿着路往回跑到了刚才走过的那条小路。我回来时下坡差不多花了一个多小时，现在是上坡，尽管我拼尽了全身力气想跑快一点，可是回到莱辛巴赫瀑布时，还是花费了两个多小时。那里只剩下福尔摩斯的一根登山手杖，孤零零地靠在我们分手时他靠过的那块岩石上。然而他本人早已踪影全无，我高声呼喊，只有我自己的回音在山谷里来回飘荡。

　　看到那根登山手杖，我全身充满了恐惧。也就是说，他没有去罗森洛依，在遭到仇敌袭击时，他依然待在这条 3 英尺宽的小路上，一边是悬崖峭壁，一边是万丈深渊。那个送信的瑞士少年也不见了。他可能拿了莫里亚蒂的赏钱，留下他们独自走开了。后来怎么样了？有谁能告诉我们后来发生了什么事？

　　我被这件可怕的事吓昏了头，在那里站了有一两分钟，竭力想让自己镇静下来，然后开始回想福尔摩斯的工作方法，试着运用它去查明这场悲剧的真相。我发现这其实并不难，我们谈话时还没有走到小路的尽头，登山手杖指出了我们曾经站过的地方。水珠不断飞溅过来，因此山崖上的黑土始终是松软的，哪怕一只飞鸟落在上面也会留下痕迹。我发现自己脚下有几行清晰的脚印，一直延伸到小路的尽头，但是却没有返回的足迹。距离小路尽头几码处，地面上的黑土已经被践踏得泥泞不堪，裂罅边上的荆棘和羊齿类植物也被压乱扯断，卧倒一地。我俯下身子向下张望，水花在我周围喷溅开来，弄得我脸上身上都是。我离开旅馆时，天色已有些黑暗，现在我只能看到黑色岩石上的水珠闪闪发光，峡谷远处奔腾不息的浪花时常也会反射出一丝微光。我拼命呼唤，但是耳边传来的只有那咆哮的瀑布声。

　　不过上帝还是眷顾了我，后来我终于找到了我的同伴兼好友的临终遗言。我方才说过，他的登山杖斜靠在小路旁一块凸出的岩石上。我看到这块岩石顶上有一件闪闪发光的东西，我伸手取下来，发现原来是福尔摩斯随身携带的银烟盒。我拿起烟盒，下面压着的一小块叠着的方纸落到了地面上。打开一看，一共3张叠在一起，原来是他从笔记本上撕下来，写给我的。语气和笔迹完全显示了福尔摩斯的个性。指示明确，笔法稳健，好像他坐在书房里写出来的一样。

我亲爱的华生：

在莫里亚蒂先生的好心同意下，我写下这封书信，现在他正等着对我们之间存在的问题做一个最后的了断。他已向我详细叙述了他是如何摆脱英国警察的追捕并得知我们的行踪的方法。这进一步证实了我对他的才能所作的高度的评价。想到自己能为社会消除由于他的存在而带来的祸害，我就兴奋不已，就算这会给我的朋友们带来巨大的悲哀，尤其是你，亲爱的华生，不过我已经向你解释过了，我的事业已经到了必须要作出选择的时候了，对我来说，没有什么结果比这个更能令我满意了。我应该向你坦白，我原本知道梅林根那封来信是捏造的骗局，我之所以同意你离开，是因为我知道一旦他不能得手，这样的迫害肯定还会接二连三地到来，并且一次比一次险恶。请转告帕特森警长，他所需要的用来给那些匪徒定罪的文件就放在字首为M的文件档案内，里面有一个蓝色信封，上面写有"莫里亚蒂"。在离开英国时，我已将自己的财产作了处理，交付给我哥哥迈克罗夫特。请代我向华生太太致意，我永远忠诚于你。

你忠诚的

夏洛克·福尔摩斯

余下的事只要短短的几句话就能交代清楚。经过专家现场勘察，可以确定，这两人进行过一番搏斗，在这种情况下只有一种结果，那就是两人扭打在一起，最后站立不稳一起坠入深渊。他们的尸体，根本无法找回，而当代最危险的罪犯和最杰出的法律守卫者就永远葬身于那激流飞湍、旋涡横生的万丈深渊中。那个瑞士少年从此以后再也没有露面，毫无疑问，他也是莫里亚蒂的爪牙。

至于那些匪徒，公众应该都还记得，福尔摩斯搜集了他们的全部罪证，揭露了他们的组织，揭露了死去的莫里亚蒂运用铁腕对整个组织的严密控制。但是在整个诉讼过程中，对他们那罪恶的首领的诉讼却很少。但是现在，有些别有用心的人想要以打击、诋毁福尔摩斯的方式来为莫里亚蒂开脱罪名，所以我不得不把他的罪恶勾当和盘托出。我还要说，福尔摩斯是我此生见过的最高尚的人，也是最优秀、最聪明的人。

作者年表

1859 年　　5 月 22 日，出生于苏格兰爱丁堡附近的皮卡地普拉斯。

1885 年　　获得爱丁堡大学医学博士学位。当年，开始创作侦探小说《血字的研究》。

1887 年　　《血字的研究》发表在《比顿圣诞年刊》上，柯南·道尔由此开始崭露头角。

1890 年　　第二部中篇《四个签名》出版，随即引起轰动，柯南·道尔由此一举成名。

1891 年　　弃医从文，从此走上了创作侦探小说的道路。描写福尔摩斯的短篇小说开始在《海滨杂志》连载。

1893 年　　柯南·道尔开始厌烦侦探小说的创作，于是安排福尔摩斯死于瑞士的莱辛巴赫瀑布，但基于公众的强烈要求，后来，柯南·道尔让福尔摩斯在《巴斯克维尔的猎犬》中复活，并创作了更多福尔摩斯的故事。

1902 年　　柯南·道尔受封爵士。《巴斯克维尔的猎犬》付梓。

1917 年　　收到儿子在"一战"中阵亡的信件，开始从事世界性的神秘主义改革运动。

1926 年　　两册《神秘主义的历史》出版，但柯南·道尔拒领稿酬。

1927 年　　福尔摩斯系列的最后一部作品《福尔摩斯探案集》出版。

1930 年　　逝于苏塞克斯的克罗伯勒。

图书在版编目（CIP）数据

福尔摩斯探案集：全彩珍藏版 / (英) 阿瑟·柯南·道尔著；高格译. — 北京：中国华侨出版社, 2018.4

ISBN 978-7-5113-7597-1

Ⅰ . ①福… Ⅱ . ①阿… ②高… Ⅲ . ①侦探小说－小说集－英国－现代 Ⅳ . ①I561.45

中国版本图书馆CIP数据核字(2018)第041307号

福尔摩斯探案集：全彩珍藏版

著　　者：［英］阿瑟·柯南·道尔

译　　者：高　格

出 版 人：刘凤珍

责任编辑：姜　婷

封面设计：李艾红

文字编辑：乔会根

美术编辑：郭　静

经　　销：新华书店

开　　本：720mm×1020mm　1/16　印张：27　字数：549 千字

印　　刷：唐山富达印务有限公司

版　　次：2018 年 5 月第 1 版　2021 年 5 月第 4 次印刷

书　　号：ISBN 978-7-5113-7597-1

定　　价：75.00 元

中国华侨出版社　北京市朝阳区西坝河东里 77 号楼底商 5 号　邮编：100028

法律顾问：陈鹰律师事务所

发 行 部：（010）88893001　　　传　　真：（010）62707370

网　　址：www.oveaschin.com　　　E－m a i l：oveaschin@sina.com

如果发现印装质量问题，影响阅读，请与印刷厂联系调换。